青。蚨。子。

連明偉

【出版緣起】

打造優質華文小說品牌

國家文化藝術基金會董事長

施振榮

國藝會自一九九六年成立以來，於國內藝文領域扮演重要角色，積極輔導、協助、營造有利於文化藝術工作者的展演環境。二〇〇三年，因觀察到長篇小說發表不易及出版環境的艱困，啟動「長篇小說創作發表專案」。專案推動至今，出版多部重要文學經典，有半數以上獲得國內、外重要文學獎項肯定，也跨界改編戲劇，翻譯其他語言發行其他國家。

長篇小說專案是國內作家堅實的寫作後盾，藉由完整機制規畫，讓優秀作家全心投入寫作，並在此舞台盡情揮灑創意。整個計畫執行過程，國藝會是作品催生的助產士，也是替優秀作品媒合好出版社、拓展發表管道的媒人。我自二〇一一年擔任國藝會董事長以來，也當助產士和媒人，協助推動了十二部作品，其中三部獲得文學大獎肯定。也思考借重民間與企業界的力量，為藝文與企業界「搭橋」，促成多項「藝企合作」計畫。二〇一三年，和碩聯合科技股份有限公司，同意每年贊助專案一百萬元；二〇一六年，馬來西亞籍在台企業家潘健成董事長（群聯電子有限公司）、郭文德先生（前南山人壽董事長）專款贊助，推動華文小說國際交流，以及優秀馬華長篇小說創作及發表。

本書《青蚨子》是長篇專案出品的第三十一部作品，作者連明偉先生是一九八三年出生的宜蘭頭城青年。他從傳統與現代、陽間與陰間、成人與孩童等角度，重現宜蘭頭城的歷史記憶，以舊漁村為故事場景，寫無頭鬼、棺材船、日本兵、虎爺……等鄉野奇談，也寫沒落仕紳、妓女、移工、里長伯等市井日常，並在故事中，穿插俗諺、台語歌曲、籤詩、地方史志文獻等素材，是一部想像力豐富、內容多元的現代鄉土小說。也期待未來能透過網路或戲劇改編，以多種形式推廣作品。讓不同年齡層、不同領域的讀者，對作品產生好奇心、喜歡閱讀，也提升國內閱讀風氣及拓展市場行銷。我十分樂見這些多樣的推廣方式。

今年是國藝會邁入二十年的重要里程碑，回顧這些年成果，欣然見到長篇小說專案累積的豐碩佳績。也期許國藝會在下一個里程，仍能推動長篇小說專案，持續促進國內文學生態穩健發展，也積極和全球華文世界互動、交流，迎向全球讀者，打造優質華文小說品牌！

目次

楔子

南方有蟲，名𧋊蠋，一名蝍蠋，又名青蚨。形似蟬而稍大，味辛美，可食。生子必依草葉，大如蠶子，取其子，母即飛來，不以遠近，雖潛取其子，母必知處。以母血塗錢八十一文，以子血塗錢八十一文。每市物，或先用母錢，或先用子錢，皆復飛歸。輪轉無已。故《淮南子術》以之還錢，名曰「青蚨」。

《搜神記．青蚨》

七月初，太陽熱燙燙燒上村子野草亂石，金生氣喘吁吁跑得累了，扶靠長滿苔蘚的墓碑，整張臉紅成猴山仔尻川，心臟像缺水的魚拍打胸腔。索性坐在墓碑上，手背抹拭額頭，伸出舌頭舔了舔流進嘴巴的汗水，還是渴，怎麼會比海水還要鹹呢。雜草中，一隻大螳螂悚悚瞪起一雙複眼，昂起前肢，板起軍人臉孔。金生用舌頭和手掌蒐集臉頰上的汗，混著口水集中嘴巴，對準大螳螂，噗一聲，噴出唾沫。大螳螂恍然震動，上半身陷進黏稠稠唾液之中。跪彎俯身，兩手聚攏成碗，身子變作一架噴射機疾速奔去。螳螂突然張翅竄飛。金生撲了空。原來這種鬼屁肉食性昆蟲那麼敏捷，雖然氣餒，卻沒有放棄，身子在破舊與新穎的墓地泉台上跳躍，踩上一個一個墓碑，踏上一抔一抔墳土，鑿起好幾個菱形彩色瓷磚，撞歪好幾根蠟燭。嘴中鼓滿唾液與汗液，在村子的公墓上不斷彈射子彈，目標從大螳螂變成枯木蝶、蟋蟀與金龜子，最後在泥巴路上踩扁一條崇尚裸體的蚯蚓。累壞了，罵自己蠢，什麼都沒抓到，索性躺在墓碑前瞇覷雙眼，看著火龍果般的太陽滾啊滾越過山峰，傾向西，黃昏了。他又吐了幾口口水，抹去臉上灰塵，拿著碎石子丟著蜘蛛網，望著笨蜘蛛在網子中來回攀爬以為捕獲獵物。路還剩下三分之一，站起身，回頭尋找整個下午捆綁於墓碑上的紅繩。往後望，復往前望，四周俱是墳墓，大的、小的、新的、舊的、信仰鬼神和信仰神愛世人基督的，草澤猖狂吞食墓碑，還有些老大公的死人骨頭耐不住濕冷出來曬日頭。明天再繼續找路吧。沿著下午設計的路線撤退，夏風清涼，一陣一陣吹乾被汗水浸濕的上衣，只要繼續完成剩餘的路線，便能在這次的路跑比賽中拔得頭籌，當然，可是得好好鍛鍊這兩條瘦得像木炭的雙腿。踩大步，哼唱〈墓仔埔也敢去〉，心情雀躍亂喊著啥人是恁爸？我就是恁爸，這馬欲下山過爐出巡囉。金生以猢猻大王的氣勢俯瞰山下，靠山靠海的小村莊完完整整展露眼前，好一塊貴寶地——有餘村。

得冠軍拿金牌

七點半，日頭赤焰焰，理安宮前的廣場已經在昨日傍晚搭起棚架，靠向火燒寮山處立起台子，廟公阿火伯持拿麥克風吹氣試音：鄉親序大來人喔，早起的鳥仔有蟲食。台子左側是報名處，地面堆疊一箱箱礦泉水，右側合併三張方桌成長桌，上頭置放兩只巨大不鏽鋼鍋，一只放滿炒米粉，另一只則是加了冰塊的透心涼仙草蜜，村人推來擠去圍攏鐵鍋，拿起免洗碗筷大快朵頤一番。

鞭炮劈里啪啦，從鐵路圍牆一路響到廣場，人群放下碗筷紛紛昂頭尋找來客，原來是天大地大總以為自己屌最大的鎮長來了。廟內廟外響起熱烈掌聲，人群歡喜團聚，踮起腳尖湊熱鬧。金生剛吃下兩碗米粉，又囫圇吞下一碗冰涼仙草蜜，朝著天空打了一個彩色飽嗝，嗅了嗅從肚子溢出的味道，真新鮮，還帶有甜味呢。阿火伯和一堆村人圍著鎮長開講，一一握手。此時，村內另一座廟宇接天宮響起咚咚悶響大鼓聲，一群剃平頭、叼洋菸的哥哥們穿著齊整白棉衣、黃色功夫褲和黑色功夫鞋，紮紅皮帶，煞有氣勢列隊行來。隊伍前後各有一位哥哥舉旗，在空中左右揮舞，一群人團簇圍繞穿著灰色西裝的乾鐘伯。乾鐘伯左手拿起大菸斗，朝天空吐出一團灰煙，露出舌頭肥膩發笑。

金生在一群人的腳步間尋找呼喊聲。

羊頭從放著炒米粉的桌子底下爬出來，懷中抱了兩瓶舒跑運動飲料，一個不穩，整個瘌痢頭撞上金生肚子。

金生差點吐出剛吃下肚的食物。

「拿去，等一下我可不會讓你。」羊頭重新站穩身子。

「不會有毒吧？」金生指著飲料。

「怎麼會有毒，這是我剛從籤仔店偷來的，絕對沒過期。」

鎮長致完詞，棚台前敞出空間，阿火伯站在台上說接下來的節目是由長青組所帶來的精采表演。鑼鼓響起，表演台上忽然出現力爭連任的里長崇孝伯，寬大方臉，稀疏如稻稈的白髮，穿米色西裝。崇孝伯拿麥克風，一路左左右右搖搖擺擺晃上台，對著列隊的阿公阿嬤高聲唱和，來喔，來唱歌救寶島喔。

寶島曼波，曼波寶島，寶島曼波，曼波寶島。
寶島天清雲薄薄，南部妹妹娶兄哥，
唱出寶島的曼波，我來拍鼓你拍鑼，
喔——寶島，唱出寶島的曼波。
來跳曼波，來跳曼波，相招來去跳曼波。

崇孝伯聲音雖大，卻唱不出正確音調，時高時低，不是漏拍就是搶拍，配合音樂轟炸村人耳朵。金生和羊頭穿過人群腳縫，擠進前列。左側阿公們清一色穿黑色西裝褲，換上剛剛發下的深藍色polo衫，衣領處繫紅色吉祥大蝴蝶結。右側阿嬤們穿白色棉褲，粉紅上衣，戴起姑婆芋葉大的草帽跳起招魂還春舞。左一扭，右一翹，兩手前後搖擺，原地繞來兜去似不倒翁。金生和羊頭將運動飲料塞進口袋，手拉手，跑到隊伍前列跟著扭腰擺臀比風騷。

「各位鄉親，這次的里長補選不要忘了小弟，選一號才有前途。」崇孝伯一邊說一邊搖擺身子，走下台，跟隊伍裡的每位村民親切握手。「這次的墓仔埔路跑比賽，我個人贊助十箱礦泉水，參加的鄉親將免費得到一條佛陀加持過的無量福壽毛巾，得到冠軍的選手還有神祕大禮。」

「你看我阿嬤的尻川是不是很大，她還說要來參加這一次路跑比賽，真是神經病，我看她再怎麼爬也爬不到榕嶺土地公廟。」金生拉著羊頭跑到阿嬤背後，想嚇唬她。

「看起來很像神豬尻川。」羊頭點頭，停止搖擺身子，伸出食指，朝著扭動的尻川戳了下去。

「夭壽喔——」

金生忍住笑，馬上拉著羊頭往外跑。

「你找死喔，那是我阿嬤。」

「對不起嘛，我只是想要知道那團肉軟不軟。」羊頭低著頭像認錯。

金生和羊頭爬上芭蕉樹，想要搞清楚接下來的活動。主唱換了，廣場也換成一批青少年組路跑成員，通通穿著淺藍上衣，廣場外圍還有一群哥哥們舉著旗子和木板牌。乾鐘伯脫下西裝，穿白襯衫配金領帶，拿麥克風唱歌，聲音符合音調與拍子，不過聲音十分低沉，像是示威遊行喊口號。

人生海海，敢需要攏了解，有時仔清醒，有時清彩。

有人講好，一定有人講䆀，若莫想遐濟，咱生活較自在。

規工嫌車無夠奅，嫌厝無夠大，嫌菜煮了無好食，嫌某傷歹看。

駛著好車驚人偷，大厝歹摒掃，食甲上好驚血壓高，婧某會綴人走。

廣場後面的哥哥們擎舉牌子，寫著四個大字「歡喜就好」。

「各位鄉親，這次的路跑活動我個人贊助 Thirty Thousands，毋是 Dirty 喔，是 Thirty，也就是三萬箍，希望接下來的里長補選不要忘記小弟乾鐘。藍波 Two 啦，二號，乾鐘小弟佇遮拜託。」乾鐘伯跟著節奏在青少年組的參賽選手中緩慢移動，與村民一一熱情握手。

「羊頭，陪我去上廁所，吃太多了，肚子有點痛。」

「我要看表演，這一群人實在好蠢。」

「走啦。」金生拉著羊頭跑到接天宮的公廁。「你在外面等我，不要跑掉，不然等一下我要用大便抹你的臉。」

「快點，八點半就要開跑，錯過就麻煩了，我可是要拿冠軍的。」

「屁啦，冠軍是我。」金生拉下褲子，蹲身，炸出響屁。「真舒服，你要不要進來聞一下，很香喔，還有海苔肉鬆的味道呢。」

金生一面抖腳一面屙屎，肚子終於空了，用衛生紙擦尻川，吐出大氣，滿心歡喜跑出去，手也不洗就往羊頭的衣服擦。

「你很噁心。」羊頭皺著臉。

金生伸出舌頭，扮鬼臉。

音樂聲停止，會場到處充滿鑼聲、鼓聲和七嘴八舌的講話聲。趕緊跑回廣場，擠進人群，彎腰繫緊鞋帶，拉緊褲子，檢查運動飲料是否還在口袋。兩人從神桌上偷來兩頂大草帽，戴在頭上，這樣比較不容易中暑。阿火伯帶著村民做體操，一二三四，二二三四……五六七八。趁著羊頭蹲身壓腿，金生兩手握拳，兩根食指併攏，冷不防朝羊頭嬌嫩的屁眼刺了過去。羊頭驚叫一聲，沖天炮般跳了起來。

「我是替我阿嬤報仇的。」金生淘氣笑著。

羊頭有所戒備轉過身。

兩人額頭對額頭，眼睛對眼睛，手對手，腳對腳，像面對鏡子一樣做著暖身操。裁判正在棚台上講解比賽規則，不分組別取前十名，八點半準時鳴槍，一路從理安宮、榕嶺、土地公廟、青潭、店仔地到墓仔埔，抵達五叉路後，轉到山豬寮拿紀念毛巾，再沿著原路返回理安宮。前十名將有豐盛獎品，另外，今年還有神祕大獎準備贈送給冠軍。熱身完畢，金生和羊頭面對面，嘴巴鼓滿空氣，搖晃彼此肩膀鼓勵對方。

加油，你這個大白癡。

加油，你這個大豬頭。

沒有得獎的人沒有雞雞。

沒有得獎的人沒有咪咪。

村人將廣場擠得水洩不通，全部圍在警戒線右側，金生和羊頭擠不到前排。

五。四。三。二。一。

砰。

兩人在推擠中失散了。

金生瘦得結實精壯，雖然村子裡的囡仔都比他高大，體力卻沒有他好，伴隨穩定的呼吸與節奏，往前邁開步伐，剛開始絕對不能卯足力氣衝刺，這樣只會耗損體力。刻意跑到外圍，一條緊鄰鐵路圍牆的小路，之前沿著這條小路試跑十幾次，平均時間是一小時三十分，如果減少休息時間，可以縮短到一小時十分，有一次拚盡全身力氣甚至只跑了一小時。人群逐漸緩下步伐。金生每超過阿公阿嬤或是村莊內的囡仔，就會轉過頭，吐舌頭，扮豬臉，有時會遭到一陣追逐，不過大多數的追逐者跑沒幾分鐘便放棄了，只留下悠長的怒罵聲。

山路陡長，慢慢走都嫌腳痠，路徑窄，頂多容納三人。每當前方橫阻一個又一個大尻川，金生都有股衝動，想掄起拳頭用力搥打，只是自己要學習當一個人見人愛的好孩子，於是只好撿了一根長竹竿，遇上老歲仔或囡仔，就用竹竿敲擊別人的小腳肚尋出路來。抵達榕嶺土地公廟，前方大約只剩十幾個人未被超越，對著土地公雙手合十，虔心拜拜祈求冠軍。得到冠軍就會有金牌，還會有很多獎金，有金牌就能換錢，接著就可以買新的海賊王書包、愛迪達球鞋和專業的蝴蝶牌桌球拍。說不定學校的田徑隊會邀請他加入，還有機會將帥氣的照片刊在噶瑪蘭地方新聞報紙上，大大的粗體字寫著：「百年難得一見的飛毛腿。」為了這場路跑比賽，可是費盡心力，不僅早晚練跑，還在墓仔埔中規畫出一條最快速、便捷、不需繞道的捷徑。

村裡還是有些不要臉的勁敵，像是常常找他麻煩的坤申，以及班上的資優生耀光，兩人的體力都不輸他。早已經想好對策，他知道關鍵處在墓仔埔。如果選擇繞來兜去的泥巴路，不僅容易滑倒，還會被魔神仔和孤魂野鬼嚇到。精心設計的路線將強行穿越墳墓，踩在死人骨頭和傾圮墓碑之上，但是一點都不需要害怕，反正人死了就只是變成一堆長著青苔的白骨。

金生洗了臉，耀光和坤申蹲在溪邊休息。坤申想說些什麼調侃，但是有些喘，忙著喝水，沒有多餘的力氣。青潭往上，沿溪行，溯源上攀，路上錯綜布滿筆筒樹、構樹、血桐、小葉桑和青翠蕨類，有時也會出現觀音座蓮和長葉腎蕨，茂盛山蘇依附樹幹生長。石板層層疊疊，有些滑，草葉間不時飛來一隻猩紅蜻蜓和大白斑蝶。金生對坤申的方向示威般吐了一泡口水，頭也不回立即跑上石階，往店仔地衝，身後傳來坤申山豬嚎叫般的怒罵聲。攀上山稜，往前是墓仔埔，沿著計畫的紅線越過墳墓，踩踏落葉和泥土底下的死人骨頭，松鼠輕巧跳越枝椏般一口氣超越了三位競爭者。喘氣撐扶樹幹，前看看，後看看，尿急了，拉下褲子對準蜘蛛網尿出一條弧線。

抵達五叉路，已經領先其他參賽者好長一段距離，興致勃勃充滿自信往山豬寮跑去，忽然看到一位穿米色短褲、藍色上衣，胸前別紅蝴蝶結的傢伙面對面朝他跑來，還以為自己看錯了，怎麼可能跑得比他還快？天啊，地啊，沒良心的老天爺啊，竟然是村裡頭要死不活種果樹的老傢伙——直木伯。

直木伯輕盈擺動漆黑的木炭身子，露出微笑，說：「少年仔，加油。」

金生愣在五叉路上，完全不知道自己已經輸了長長的一段路，等到回過神時不禁開罵：「媽的，老傢伙是偷偷加了九二還是九五？」

直木伯俐落踢踏鹿蹄，跑進墓仔埔消失於山林。金生立即兩步併一步，往前衝刺，一定要得到冠軍，沒有其他選項，他可是無法憑空搞出金牌向別人炫耀。跑啊跑，跳啊跳，顛啊顛，腦袋完全沒有辦法保持冷靜，跑到山豬寮的休息攤位也只是匆忙拿走毛巾，完全沒有停下來吃香蕉、喝運動飲料補充體力。將毛巾綁在左手手腕，方便擦拭汗水，繼續加快腳步往五叉路與墓仔埔跑去。啊，直木伯一定是吃了藍色小藥丸或是祕傳回春藥，不然怎麼可能跑那麼快？完全沒有聽見路人說了些什麼，忽視坤申，忽視阿嬤，也忽視羊頭。耀光大喊他的名字，遞還他掉在泥濘上的毛巾。金生忘了說聲謝謝就繼續往青潭跑去。他可不能輸，輸給青少年組的還有理由，輸給長青組的就太丟臉了，六、七十歲的老歲仔怎麼不乖乖睡在棺木內呢？大白天還跑出來嚇人！

衣褲都濕了，汗水從額頭流進脖子，滑過胸膛，沾濕內褲，成了一條剛從水裡撈起的魚兒，濕潤、躁動且掙扎，拿起運動飲料喝幾口，將剩餘飲料全部灑在頭上。乳頭不斷摩擦衣服，很不舒服，索性脫了衣服綁在腰間往山下跑去。越過折彎，前方石階出現一位脖子披掛紀念毛巾的老傢伙，沒錯，是人神鬼妖都該唾棄的直木伯。金生吐出一口悶氣，咬著唇，奮力跑了過去。直木伯看見金生時也嚇糊塗了，愣幾秒，隨即奮力往榕嶺跑去。直木伯跑一步，金生就要跑兩步。金生不肯認輸，不斷加快速度，兩人在狹窄山路一前一後拉遠拉近，比腳勁，比幹勁，比忍勁，有時金生領先，有時直木伯領先，一大一小一老一少互不說話死命前奔，彷彿食人野獸正露出利牙猛力追逐。直木伯停下腳步，喘口氣，雙手杵著膝蓋喊：「畜生，無愛命喔，你共我搶第一欲創啥？」

金生沒理會，不能在最後關頭輸了，就算沒了呼吸、斷了腿或摔個鼻青臉腫也要繼續跑下去。無意間，樹根絆住腳翻了筋斗，立即爬起身，完全不在意右膝蓋的傷口繼續跑，柚子林的枝葉縫中逐漸透出寬廣的藍色太平洋，綿長鐵路貫穿村子，再來是一棟一棟參差的鋼筋水泥屋，往前，越過種植莧菜、地瓜葉與鳳梨的田畦，理安宮無比氣派出現眼前，耳邊忽然傳來震耳欲聾的音樂聲……

一時失志毋免怨嘆，一時落魄毋免膽寒，
哪通失去希望，每日醉茫茫，無魂有體親像稻草人，
人生可比是海上的波浪，有時起有時落，
好運歹運，總嘛愛照起工來行，
三分天註定，七分靠拍拚，愛拚才會贏。

金生第一個衝回起跑點。

鞭炮喧騰劈啪炸響，掌聲如雷，媽祖笑瞇瞇。村人圍著金生，在他的脖子掛上一條百合花圈，在他的懷中塞進兩罐礦泉水、一雙元氣紀念襪和兩頂奇怪的競選帽子。一頂寫著一號陳崇孝，另一頂寫著二號趙乾鐘。裁判經由廣播搶先宣讀成績，第一名，四十八分鐘五十秒，金生，村子有史以來最好的紀錄。直木伯從田畦邊跑來，廣場立即響起另一陣激烈掌聲。

太陽再次光亮漆刷身子，十分溫暖，金生擰乾繫在腰間的衣服，重新穿上，大口喝礦泉水，感覺右膝蓋有些疼痛，索性拿水清洗，對著紅澄澄傷口吹氣，有些刺麻與痛快。抬起頭，望向小路，想著羊頭和阿嬤什麼時候才會回來，忍著痛，跑到大鍋旁舀了兩碗仙草蜜，涼飲從喉嚨一口一口冰涼涼滑進肚子，真是舒服。

路的頂端露出一顆小光頭，大草帽在脖子後方晃來蕩去跳草裙舞。

羊頭滿臉紅光，脖子鼓出條條青筋，全身濕答答，跟在他身旁的是坤申。兩人的腳步差不多，但是坤申比較高，有優勢。羊頭卯足勁往前衝。坤申突然拉下羊頭捆綁於手腕的紀念巾，趁著忙亂搶先一步。

第九名，一小時二十分鐘二十秒，趙坤申。

第十名，一小時二十分鐘四十五秒，張洋投。

穿越終點線後，羊頭沉著臉跑到高他一顆頭顱的坤申背後，昂起頭，伸手用力推搡。坤申往前踉蹌一步，轉過身，伸出拳頭惡狠狠瞪視羊頭。羊頭不知道從哪裡來的勇氣，立即和坤申扭打起來，你一拳我一腳，你打頭我打鳥，你有肌肉我有骨頭。

大人連忙拉開兩人。

「你給我小心一點。」坤申罵。「果然是神經病生的。」

羊頭站得直挺挺瞪著坤申。

「囡仔人耍什麼流氓。」廟裡的理事出面制止。

金生跑到羊頭旁邊，露出鬼臉，只是羊頭一點反應都沒有。

我才是第九名，他故意害我輸掉的，羊頭慘澹著臉，站在原地喃喃自語。

金生把羊頭拉到鐵路旁，兩人坐在草叢間躲太陽。羊頭低頭抽咽，不說話。金生不知道要如何安慰羊頭，只好開始咒罵坤申，罵他沒有大腦、沒有膦鳥、沒有品行，根本不是人。

「我是冠軍喔，金牌可以分你一半。」

羊頭依舊沒有反應。

「第九名和第十名其實差不多啦，說不定禮物也是一樣。」

「我不管，反正我是第九名，我要告訴阿爸我是第九名。」

「不用理臭坤申，等一下我們一起放火燒他們家的房子，戳破他們家的輪胎，拿石頭砸爛他們家的窗戶，還要殺死他們家的雞。」

羊頭回過神，跟著金生一起怒罵，罵坤申上輩子是一隻母豬，這輩子是一隻公豬，下輩子是一隻陰陽豬，說他全家都是一個屁，噗一聲就沒了。

「不過這樣子豬好可憐喔。」金生說。「豬肉明明很好吃。」

羊頭弭平憤慨露出笑容。

頒獎典禮開始了。

兩人往棚台跑去。

羊頭的禮物是一千塊紅包和一盒添加蜂蜜的金鑽級肥皂。

金生衷心期待冠軍的禮物，連第十名都有獎金，第一名一定有個特大號的紅包。

村人以熱烈掌聲歡迎獲勝者。

音樂奏響，全村屏息等待，金生喜孜孜上台，一顆心臟跳得七上八下。

「希望這一次七月初的墓仔埔路跑活動，都能讓大家活動活動筋骨，好厝邊有時間也要出來走一走，跟街坊鄰居聊聊天，說不定明年就會是冠軍。今年的最大獎是由尋求連任的里長崇孝伯及競選者乾鐘先生共同提供，獎品是──骨灰罈和靈骨塔各一份。」

主持人緊捧一只碧玉做的骨灰罈走上棚台，金生瞬間像是遭到雷擊，張大嘴，不知該如何是好，急忙吞嚥口水，身子忍不住顫抖起來，想知道到底有沒有聽錯。村人瞪大眼珠子，先是看著禮物，再看著金生，突然間爆出沖天炮般的笑聲，連廟裡的威武門神都無比激動捧腹跺地。

直木伯喃喃抱怨，為什麼要跟老歲仔搶骨灰罈。

金生皺眉，捧著沉甸甸骨灰罈，指間還夾一張靈骨塔位的證明文件，動也不動站在台上，覺得自己赤腳踩到一坨臭死人不償命的狗大便。

生死簿：有餘村

東北海濱，溪澗從森林山谷肆意傾洩而下，水聲潺湲，很性格，很性感，很妖嬈。夏日風颱，大水巨龍吞石；冬日綿雨，小流圓潤吐珠。溪從上游的岩端土層滲出，款款流淌，彎彎迴旋，覆蓋大片林木，如同定期痙攣改變地貌河道，幾條溪流匯聚，東北拐、西南彎、西北扭、東南折，峰迴路轉水落石出，帶來豐饒土石，也帶來狹長型沖積平原。良久，良土成丘，良泥成田，良葉成蔬，逐漸有了人煙。吳沙進墾，番人退，再三進墾搶地。退至深山的番人即使在額頭以鐵針一刺一血，銘以王字，依舊無法抵擋冒險墾殖的唐山人。

第一城，頭圍，欄楯矗立，刺竹圍地，伐竹建屋，茨以茅，來往以春帆港為軸心輻射，圍界內逐漸興旺，一時往來旅者、商賈與羅漢腳攜來軟綿如春水的絲綢衣料，踏扁了用來當檻的中國福州杉和壓艙墊烏石。有餘村在頭圍城北側，小村臨海，兩百餘人，設有檳榔攤、籤仔店、賭博間、理髮鋪、棺材店、藥店、海產店等，各司其職各自運作。村內臨北靠山處有一口百年老井，不曾斷水，上頭覆蓋可以搬運挪移的厚實水泥板。陰雨小村以畚箕地形聚雨，不缺水，故老井之鑿有實用之外的緣由。

頭圍城初立，病瘟來襲，老弱婦孺死了大半無語問蒼天。

一日，智者白髮霜霜，留著拖地三尺的銀鬚乘風踏雲而來，望見悲傷的倖存者聚集柴禾，交疊死屍，引火焚燒，不禁仰天慨嘆。智者在火燒寮山洞內低頭閉目，左右合掌盤腿沉思，身影瞬間老駝。三尺銀鬚在洞內蔓生經絡，扎地抓土，吸水吮露，毒蛇蚊蚋無法近身。風吹草偃，不動如山，一個月後智者睜亮雙目，搖動筋骨，扭擺腰身，咳出一團漸次消散空中的猙獰晦氣。智者將藤蔓般的銀鬚捲在脖間、胸間與腰間。有餘村人大驚，聚攏之，尊尊敬敬肅肅穆穆尾隨其後。智者拄竹杖，行往青山，至山坳處倏然止步，以竹杖錐刺層層岩脈，厚石訇破，瞬間汩漫熱泉。智者說，在這鑿井、取水、植蔬，可抵疾病。智者從懷中掏出一把鈍刀，割去銀鬚，囑咐村人，井成之際將銀鬚丟入井內可護百年水脈。有餘村人低頭飲水，痛快沐浴潔身，再回頭時，智者已然隱匿蹤影化為天邊雲絮。

有餘村人感恩念德，將井取名為銀鬚井，初一十五定期供奉。災難日漸遠去，已經鮮少有人提起銀鬚井傳說。多年後曾有猴崽墜井，不死，鎮日哀號，探井尋獸卻是波瀾不驚只有倒影。還有一次，囡仔不小心掉進深井，救回來時心智瘋癲，關在媽祖廟內整整七天才去煞，好不容易才撿回一條小命。有餘村人意圖封井，卻又感念井水救命之恩，折衷之下，遂用厚重石板封住井口。

村人談起村莊，會依照語意、場景與對話而更動名稱：有魚村、友愚村、有雨村、有傴村、有腴村、友好村等等。談到豐收時就用魚、餘、腴和漁的意象，談到氣候就用雨、雩等字，說性別年紀就用傴、好、嫗等，其他的，還有欲望的欲、富裕的裕和遍插茱萸少一人的萸。村子東依太平洋，西靠竹筍香菇地瓜山，南北海濱往外延伸，不缺水、不缺蔬、不缺魚、不缺果，雖沒有豐饒的山羌、鼴鼠或山豬野味，不過菜葉肉食一樣不缺。早年，散居住家還會在芭蕉樹、香蕉樹、蓮霧樹、柚子樹、柑橘樹和金棗樹下飼養騰翅勃飛的放山雞，養幾條豬，牛倒是少的，不似頭圍城南部有大片汪汪水窪可供犁田。村人不忌口，牛肉、羊肉、雞肉、豬肉和魚肉都吃，吃得最多的是鴨和魚。頭圍城南端，水域寬廣，成群悍鴨或飛或浮於水面，自在且愜意。鴨長年在河濱沙岸活動，肉質彈牙，適宜製成鴨賞儲藏，過寒冬；料理時切成條狀，炒大蒜苗，加米酒和糖，最下飯。有餘村吃魚有規矩，講禮儀，魚珠交由長者下箸，不翻魚骨，翻了便代表沉船，筷子夾住魚骨尾端，騰起，一併夾起魚頭，大都由母者收拾骨頭上殘餘魚肉。

每年，村子都會盛大慶祝鬼月，甚至比過年熱鬧，從鬼門開、鬼月中到鬼門關短短一個月內舉辦二十幾個大小不一的節目與慶典，從家族祭拜到村莊舉辦集體祭祀，歌仔戲從《薛平貴與王寶釧》、《七俠五義》、《狸貓換太子》唱到《感天動地竇娥冤》，唱得村人聲淚俱下，餘音繞梁一唱三歎。從山鬼、猴子仙、魔神仔、石頭公祭到水鬼鰓族，銀紙燒給鬼妖，金紙燒給神佛，祈求土地公、土地婆千萬不要罹患老年癡呆，記得定時查勤，分劃畛域，東南西北矗立木樁昭告異族謹守本分，遠離村莊，勿近人身。鬼妖喜逢佳節，口袋塞滿銀紙忙著去陰間沽酒、殺雞或者開查埔查某。這時節見面第一句話不是問食飽未？而是問上香未？鬼神都要吃香灰，讓無形之物餓了肚子，容易滋生麻煩，小則戲弄擾人清夢，大則附身控人行止。必須謹守人鬼之間的距離，不踰矩，不放肆，不張狂，相信舉頭三尺有神明，離地三寸成鬼魂。於是，有餘村人顯得務實、樸拙、駑鈍甚至有些粗俗，缺乏精緻文化，而生活中曾經做過的任何言行都會被牢牢記住，魂魄離身，去不了極樂世界就只能墜入地獄，剖胸開腔仔細審視心眼，接受城隍爺公平的審判。

村內有兩間大廟，接天宮和理安宮，村人不懂儒釋道精神，或是糅合其中的民間信仰，反正都是信奉一輩子的神祇，無所差別，不管官位高低、神威大小，都得昂頭舉香，都得磕頭跪地，都得用仙桃排成壽龜鑼鼓喧天大肆祝賀。跑船的、開雜貨店的、無所事事的、覓得公家機關職的、男的、女的、不男不女的、黃髮的、垂髫的、病痛的或者等死卻遲遲不死的都會記得祭拜。村人從小就被教導，求神時要先表明自己是虔誠的善男信女，來自有餘村，年歲若干，族內掌事的稱謂與宗族脈絡。

不論所求為功名、健康、婚姻、錢財、牲畜、移居、莊稼或行旅，雙手合十結束祭拜前，都得加一句——闔境平安。

塗甓厝內的羊先生

羊頭喜歡笑，每次發笑時，鈍角三角形眉毛便會從額頭中央往兩側推擠，眼角上移，太陽穴露出好幾條深嵌紋路，那模樣很滑稽，又傻又笨像呆子，尤其羊頭的臉蛋總是不定期鼻青臉腫，更添增趣味，一張臉胖乎乎的，除了天生嬰兒肥之外，還常常因為挨打而紅腫。動手的人很多，大都是朋友間的玩笑，只有羊頭阿爸非常認真，不會控制力道，手下絕對不留情，把羊頭當作沙包練習。羊頭阿爸日日夜夜勤於練習，時常將羊頭阿母的臉頰揍成特大號發糕。羊頭阿母的眼白浮現血絲，鼻子歪了，手腳青筍筍貼滿藥膏，最後實在無法忍受就離家出走了。羊頭阿爸手勁大，之前跑過船，力氣是拉網掠魚仔練出來的。金生和羊頭常常在村子隱僻的菸店外等待各自的阿爸，蹲踞地上，縮在角落踩菸蒂，拿著紅磚碎屑畫畫。金生阿爸會在用餐時走出菸店，帶著金生去食飯，也順道叫羊頭一起去。羊頭站起身，望向菸店，咬著下唇猛搖頭。金生強拉羊頭，不讓羊頭感到尷尬。

羊頭很少抱怨，金生有時會懷疑羊頭可能是天生的白癡或是智障。

「你阿爸喝醉打人時你都不會躲嗎？」

「阿爸喝醉了，不是故意的。」

「我看哪一天你一定會被打死，不過請放心，到時候我一定會幫你收屍，送你一路上西天，還是你要去東天、南天或是北天都沒有問題。」金生將手搭在羊頭的肩膀上。

「可憐的阿爸沒有工作，欠了一屁股債，心情不好，只能整天喝酒。」羊頭揉了揉紅腫的臉頰，嘶嘶喊痛。「阿爸最喜歡罵我媽婊子、罵我雜種，邊罵邊摔東西，等到酒瓶花瓶都碎了，我爸就開始哭，哭得像是全家人都死光。」

「我爸從來沒在我面前哭過，我也一定不會在別人面前哭，那樣子太孬了。」

「剛開始我很害怕，不過後來就不怕了，反正頂多就是挨幾下打。有時阿爸發神經，還會抱著我哭，緊緊抱著我，我都覺得自己快要不能呼吸了。」羊頭吐出長長一口氣。

放完學，金生溜回厝，丟下書包，跑去灶跤找食物吃。

羊頭在厝外大喊：「該去拜訪羊先生了。」

金生拿兩顆蘋果、兩顆水梨和兩人份的餅乾跑出厝，又在簷前右側的樹上摘下土菝仔塞進口袋當零嘴。羊頭提一袋食物站在簷下等待，袋內食物攪和成團，像廚餘，是剛煮好的米粥。每天傍晚，羊頭提著食物上山，沿著接天宮旁的私有道路上行十分鐘，遇叉路，往右，雜木林中矗立一棟沒水沒電的長形建物塗墼厝，用稻草、泥土、石塊和樹幹糊成。羊頭解開門把大鎖，進厝，用報紙包裹一、兩坨大便出來，用鐵鏟挖洞，埋了，再拿出骯髒的塑膠洗臉盆，在大型盛水器內舀出一盆雨水。站在厝外，便能聽見裡頭有人影走動聲，不時發出低沉嗓音，像是獸物正在吼叫示警。當金生第一次歪著頭探進厝內，立即被一個猿猴大的黑影襲擊，黑影從地上拖著兩、三條粗厚的鐵鍊騰空跳來，眼露凶光，爪子抓破稀薄的空氣鬼吼鬼叫。金生嚇呆了，雙腿癱軟直往外掙扎爬去，右腳踝卻被猿猴緊緊攫住，使盡所有力氣踢踹，直覺性抓起石頭要砸，那雙爪子突然鬆開並重新遁入黑暗之中。

金生不願進入厝內。

塗鑿厝內關的不是怪物，不是猿猴，而是羊先生。

羊頭說，阿爸不會傷人。金生不信，堅決認為羊先生已經徹頭徹尾瘋了。從小學三年級開始，每個星期日下午，羊頭都會帶著羊先生去村內四界抛抛走，排解羊先生獨居苦悶。羊頭說，阿爸只是怕黑、怕寂寞，所以當初才會想要抓住金生一起聊天，說羊先生其實跟綿羊一樣溫馴。頭幾次，羊頭帶著羊先生走在街巷，金生還會擔心遭到攻擊，躲得遠遠的不肯靠近。幾次經驗之後，金生就不再害怕。羊頭拉起羊先生的特製鎖鏈，金生遠近跟隨，一路招搖撞騙走過大街小巷。村人望來憐憫與同情的眼神，卻不會主動給予幫助。

金生想出鬼點子，想賺些錢。「遛一次十塊錢，不多不少，只要口袋內一個硬幣。」

羊頭不願意做這種事，再怎麼說，羊先生都是自己的阿爸，只是羊頭無法抵抗硬幣的強烈誘惑。一個人是十塊錢，十個人就有一百塊，一百個人就有一千塊，一千塊的硬幣從天而降嘩啦嘩啦打在身上一定很痛快。兩人將羊先生拴在樹底下，將鎖鏈交給村人，待在一旁看著羊先生耍猴戲，實在是樂壞了，將賺來的錢全部買了巧克力、可口可樂和洋芋片，吃吃喝喝一同分贓。

很多時候，羊頭會呆愣愣看著羊先生。

羊先生喜歡坐在樹底下，搔頭髮，抓𡳞鳥，舔鼻屎，隨意抓起路邊的垃圾嗅聞品嘗。羊先生晃蕩腦袋，吐唾沫，露出一口令人感到噁心的骯髒牙齒，含著食指傻愣發笑。羊頭對著羊先生笑，兩個鈍角形眉毛擠向眼睛，露出癡呆的模樣。羊頭會拉起羊先生的手腕，往自己的臉頰輕柔打去。羊先生不明白羊頭在做些什麼，於是羊先生會用手掌用力拍打自己的臉頰，啪啦啪啦，直到臉頰紅腫。有一次，羊先生在垃圾堆裡找到一個發霉蛋糕，羊先生打開袋子，食指伸進蛋糕，挖起一小坨發霉的綠色奶油往嘴裡塞，羊頭沒有立即阻止，走到羊先生面前沉默注視。羊先生又將手指插進蛋糕挖起另一坨奶油，先送往嘴巴，舔幾口，停住，看著羊頭，再從嘴中抽出食指往羊頭的嘴巴塞去。羊頭沒有拒絕，緩慢張開嘴巴，將羊先生的手指頭含進嘴中。

羊頭說，他是一個好阿爸。

羊先生似乎忘記該如何說話，或者說，沒有人知道羊先生到底在說些什麼。羊先生癡呆望向遠方，像是望向永遠無法抵達的遙遠之地，嘴中喃喃自語，眼珠時而停滯時而溜轉。金生曾經近距離傾聽羊先生咿咿嗚嗚彷彿被攪爛的話語，是對一個人述說，又是對很多人述說，臨時止住，又無緣無故換了話題，逕自說起難以理解的名字、故事與記憶。每年，玄天上帝出巡，羊頭就會拉緊鐵鍊，要羊先生乖乖蹲在神轎底下求平安。羊頭也聽阿嬤的話，帶著羊先生去看了仙姑道長、九天玄女和濟公活佛，廟方每次都將羊先生的瘋癲歸咎於前世所欠之債，這輩子要來還，說一切都是孽緣。羊先生的病情始終沒有好轉。

村人對於牽瘋子逛大街逐漸失去興趣，金生和羊頭有些無奈，賺的錢從兩百多元到一百多元，現在只剩下零星幾個硬幣。

必須想想其他的鬼點子。

羊先生會模仿，這對金生來說可是天大的發現。

羊頭拉著吭啷作響的鐵鍊，走在濱海公路與村莊的街巷中。金生張大嗓門，喊著，看表演囉。兩人身後跟隨一大群大剌剌搶看陣頭般的孩童，整支隊伍走在巷中像節慶踩街，你推我，我擠他，偷摸女的尻川，偷打男的頭顱。選定場地，準備在廟埕前的榕樹下大展身手。鐵鍊繞樹一匝，羊頭從口袋拿出一條童軍繩再次繫緊鐵鍊。羊頭向囡仔收取糖果、餅乾或是從冰箱偷來的飲料。金生暖身，舒展筋骨，走向前，輕撫羊先生一頭亂髮，再拍打羊先生灰鏽鏽瘦稜稜的臉頰，兩手掌攤平朝著鼓起的嘴巴啪一聲拍下——表演開始。先是發出豬叫聲、狗吠聲、狼嚎聲，再來展開猴子偷桃、老虎咬樹皮和老鷹抓小雞的招式，四肢變成兩肢，立起前胸大吼一聲，重重跺地，瞬間化身一隻招財大耳非洲象。噹啷噹啷，羊先生胸前垂掛大紅吉祥鈴，每個動作都引起一陣悅耳聲響。羊先生時而戴草帽，時而戴飛碟造型的淑女帽，羊頭拿口紅將羊先生塗成一張大花臉，喜氣洋洋，四腳年獸要來敲門開窗賀新年囉。金生蹲身，前臂與膝蓋貼著柏油路面緩慢爬行。兩、三位囡仔尖叫出聲，自告奮勇當騎兵，兩腳跨上羊先生後背，左手抓住惡臭頭髮，右手拍打瘦扁尻川。羊先生不懂生氣，爬行著，看見囡仔笑，也笑得格外開懷，嘴裡發出一陣一陣豬嚎聲。黃昏，囡仔依舊持續叫囂，羊先生卻不願意再演下去，坐在地上像一頭笨重老牛動也不動。夜色漸濃，眾人一哄而散，羊先生扯弄圈繞脖子、手腕與腳踝上的鐵鍊，喉頭發出哦哦哦低啞聲。羊頭說，阿爸喊餓了。

這時，金生會立即跑去羊頭厝提暗頓。

金生不敢進入羊頭厝，只敢敲打鐵門呼喚羊頭阿嬤。厝內隱約傳出誦經聲，不僅僅是用錄音帶播放的〈大悲咒〉，還有羊頭阿嬤敲磬、打木魚與連續磕頭聲，那些聲音長滿蝨子，會跳到身上嚙咬讓人渾身發癢。金生向羊頭阿嬤要了一包裝滿餿水般的塑膠袋，越過鐵路，準備跑回塗墼厝，手提食物袋，默默跟在羊頭和羊先生後頭。羊頭小力扯動鐵鍊，怕傷了羊先生，空氣中傳出鐵與肉互相撞擊的寂寞聲音。羊先生跟在羊頭後面，不吵不鬧，也不像著魔的猿猴富有強烈攻擊性。抵達塗墼厝，羊頭吩咐羊先生站在原地，別動。羊頭解鎖，從厝內拿出洗臉盆，舀盆清水，叫羊先生喝得一滴不剩，再舀了另一盆清水置放地上，拿出抹布，抹拭羊先生的臉龐、手腳和身軀。羊先生依舊不吵不鬧。雲層洩下月光，羊頭的臉上流出好幾條小河，亮瑩瑩，比牛奶白淨。羊頭將羊先生的手指和腳趾都擦乾淨了，將羊先生的膦鳥和屁眼都抹舒服了，再喚著羊先生進入厝內。

羊頭拿出洗臉盆，裝滿水，再從角落拿出兩張舊報紙鋪在地上，急急忙忙拿出蚊香，蹲踞門口點燃。金生有些無聊，哼歌，拿一顆洩氣籃球在泥土地面呆愣愣彈打。空氣中傳來黏稠飯菜味，羊頭曾說，飯菜裡混著磨碎的藥丸，治腦袋用的。金生將裝滿食物的塑膠袋交給羊頭。羊頭拿著暗頓走進厝內，羊先生瞬間蛻變成猿猴，爪子刮磨塑膠袋，扒著食物直往嘴巴塞，狼吞虎嚥了起來。

坐在厝門口休息時，兩人不自覺爭奪起籃球。

籃球沒氣，打在地面彈不起高度，只好當足球踢，金生抓羊頭肩膀，羊頭抓金生頭髮，兩人推推擠擠擰擰扯扯，四腳像銀湯匙碰觸在一起發出響亮的撞擊聲。球踢遠了，兩人攤軟身子坐在厝前喘大氣，吹涼風，看月亮。

「你知道夜晚是怎麼形成的嗎？」

「我怎麼會不知道，是因為太陽被吃掉了。」

「才不是，阿爸說之所以會有夜晚，是因為要讓我們看見月亮。」羊頭朝著天空擲出一顆石子。

「我不信，你阿爸在鬼扯。」金生拿一根小樹枝畫地面。「為什麼月亮一定要被看見呢？」

厝裡的吞嚥聲逐漸消弭。

「要把羊先生銬起來嗎？」

「放心，阿爸會把自己銬起來。」

金生站起身，拍去尻川上的灰塵。

「我們以後不要再扮馬戲團了好不好？」羊頭抬起頭，用無辜的聲音詢問。「我不希望阿爸被別人笑。」

金生朝著月亮看了看，低下頭，有些生氣地望向羊頭。「我不要，羊先生又不是你一個人的。」

羊頭沒有再說話。

水霧中，金生邁開步伐低頭尋覓籃球。

涼風疾起，天空逐漸透出茄子淺紫，蟋蟀與青蛙在暗處響起求偶聲，青草濕潤彷彿細水流過，錦蛇在暗處蜷縮吐舌。金生找到漏氣籃球，用力敲打幾下，坐在籃球上試著維持平衡，東倒西歪幾次後就放棄了，索性拿著籃球跑回塗壑厝。

門緊閉，羊頭已經消失了蹤影。

生死簿：霧氣與瘴氣

火燒寮山不點火，應該說，有餘村秋冬的山野點不起火。即使烤乾濕材，聚集略微乾燥的木禾柴薪，往往也得耗上四、五個小時，倒不如直接闖路下山，瓦斯爐一開烘手烤腳，甚至泡個熱氣騰騰的放鬆澡。

山中野味不算多，村人鮮少熟稔劈荊、斬棘、狩獵與架設陷阱之道。上山者，大都沿著石硿古道或自行開闢私人路徑，左右探查，擇良田墾植。番薯島的執政者擁有這些遼闊的大片山林，不過生活其中的人們實無田權、地權與林權概念，執政者並不理會偏鄉的大山、小山、圓山、方山、近山、遠山、龜殼山、竹筍山、旗幟山等，任自然，任興衰，任萬物形釋攢聚。山林多霧，冷霧、濕霧、寒霧、水霧、林霧、泉霧、鬼霧、妖霧、仙霧等，若隱若現，若開若闔，若肥若瘦，若肌若骨，彷彿濃妝淡抹叢生山蘇草蕨附著的樹幹，土裡生，溪裡泛，葉裡汨，游移其中魅惑於外，增加水的廣度、淨度與濃度變化。風搖曳吹來，水氣不散，濃霧悄然挪移換位添補修飾。霧氣膨脹，往往一口氣吞食村莊，日光亦無法穿透，最遠可抵達海堤一帶，再過去就不屬山神管轄，海龍王自會派遣蝦兵蟹將駐守邊防。一年之中，依照時序盈滿春霧、秋霧及冬霧，唯有夏，山形肌理始終朗朗顯現，不過也時有例外，午後夏雨一至，也起霧，溜達嬉戲一會兒隨即匿跡，很調皮，亦慵懶。

山裡的水氣多為霧氣，只是凝滯良久易成瘴氣。

秋冬瘴氣積聚，上山照料果樹的農人會自動縮短時間，晨早不再戴斗笠、背竹筐、執鐮刀，日中上山，略澆水、鋤草與施肥，忙碌兩、三個小時便趕緊回村。霧氣轉成瘴氣時，其色黃濁、青紫並黑墨，如瘀青，大都集中於山凹深溝。瘴氣長腳，肉厚實，有個性，生氣起來也很撒野，像烏賊吐墨，又像嚼了滿嘴檳榔。荷香阿嬤曾說，瘴氣逼近時得噤聲，得閉氣，得壓身，得快步離開不可好奇停留；萬一被瘴氣捉到，只得燒起柴來取暖，大聲開罵，壯大氣勢。有餘村秋冬多雨，曾有紀錄，將近半年細雨從未停過，下雨時無法生火，不下雨時亦有濛濛霧氣，想要點燃一把火如同水中撈月。瘴氣濃稠不易消散，聲音、顏色和行動都被嚴整封鎖其中，人走到哪，瘴氣就跟到哪，形影不離，愛黏人，直到瘴氣玩累，人也累癱了。兩、三天算普遍，曾經有人憑空消失了兩個禮拜才跌跌撞撞下山。不過，瘴氣不與人結仇，不與人生怨，不玩死人命，也不做引人墜崖的缺德事，調皮的瘴氣跟魔神仔不同，不找替身。

平貴是村中唯一能在綿綿陰雨中上山的人。依照平貴說法，霧氣和瘴氣本是一體，族裔同生，陰陽共路，好兄弟，好姊妹，只是五官身軀略有不同。平貴只有小學畢業，在村人眼中是位野人、粗人、山地人，雖跑山路，卻非原住民。皮膚黝黑，肌肉結實，肚子無時無刻不裝滿野味，裝滿自然，最喜歡啃生蒜頭，說起話來有些野獸，有些腥，有些暴，有些臭，有股原生躁動的草莽氣。上山的行頭相當簡單：一包鹽、一根鋤頭、一把山刀和一個腿肚子粗的大鐵碗。大鐵碗為烹煮之器，洗淨了，就往頭頂一蓋當帽子遮陽。村裡，能在山中跟得上平貴腳步的只有卓越和文鐵，不過兩人也吃不消。卓越和文鐵曾經懷有興致，備妥狩獵器具，同平貴上山獵山豬。文鐵帶著柴犬一同狩獵，沒想到柴犬四隻腳還沒有跑得比平貴快。卓越和文鐵跑得氣喘吁吁，往往只剩柴犬追逐，平貴抄近路，冷不防矗立山豬面前。卓越說，平貴那時比山豬還凶，齜牙咧嘴，蹲低身子等待良機，斧頭一揮，山豬粗肥的頸子立即噴濺鮮血。山豬不死，凶狠嚎叫繼續奮力掙扎，企圖用獠牙刺人。平貴如閃電移動，拔出山刀，削下一塊豬臀肉，再砍斷豬隻右側後腳。山豬癱在爛泥中，血濘滿地，身子劇烈顫動。平貴這時還不是人，是隻豹子，狠狠撲向山豬咬肉吮血，喉頭低鳴不已。等到卓越和文鐵抵達，平貴早已收刀，抓了把濕葉塗抹臉上去血漬。平貴的行徑充滿野性，野得不像話，山裡來水裡去，跨山越嶺，不理縣界，不靠地圖，從來不曾辦理入山入園證，不怕冷、不怕雨、不怕霧，胸前生著厚絨絨一片黑毛，能聽音辨位、辨物種、辨重量。一年四季穿汗衫、廉價西裝褲和一雙破底雨鞋，跑東躍西上峰下嶺渡溪泅水。雨來了，照樣行動，反正秋冬永遠乾不了，倒不如多動動，活絡四肢筋骨。平貴有巧思，精於陷阱，能搓繩，能削木，能將銅線隱於野草不著味道痕跡，很能在林木中抓些野獸，例如山羌、山豬、台灣獼猴、食蟹獴、帝雉和穿山甲等，平貴沒有保育概念，不覺得捕抓林中野獸有什麼錯。一次，抓了穿山甲，丟進袋子，正大光明來到頭圍城的喧譁市集拍賣，無意間引來警員關切。山下，平貴只是一位普普通通、穿著破爛的死老百姓，沒有山上的神勇姿態，沒有生死兩拚的獸性，喃喃低語，說這些畜牲都是老天爺給的，是活在自然中的，沒有主人，抓來賣有什麼不對？平貴向警察說道理時逐漸萎弱氣力，聲音趨小，最後像根木頭動也不動，圓睜睜看著警察沒收兩隻穿山甲。警察告誡，下次再犯就關去牢房過苦日子。那幾天平貴失魂落魄，沒了精力，失了血氣，在夯土屋四周徘徊走動，哀聲嘆氣，平貴的母親阿滿婆看不下去，也不留人，知道唯一的辦法就是將平貴趕上山，逍遙逍遙幾天就沒事。幾日後，平貴滿腮亂苗滿頭蓬草，右肩掮扛山豬，腰間山刀磨得洸亮，胸前絨毛更加肥厚，虎背熊腰好強壯，腳丫子結了一層厚繭自在下山，笑起來時又是那副傻呼呼的模樣，說話聲音無不發自丹田。有餘村人說，這才對，平貴又是平貴了。

平貴喜歡待在山上，不喜歡下山，有人問他為何整天要自找苦吃，平貴就說，山上可隨口吐沫，隨地撒尿，隨地放屎，愛跑哪就跑哪，跟神仙一樣快活自在。平貴還會反問，山下有什麼好？又是車子又是輪子，還有鐵翅，腳都沒處用了。原本住在祖傳的矮窄夯土屋，後來遇上風颱，垮了，原地搬運來貨櫃鐵皮屋，存了錢，再用水泥磚牆蓋一間方型平房。平貴是有餘村內第一批去越南討新娘的先鋒隊，當時討越南新娘有三道嚴密手續。第一關，身家調查與身體健康檢查，資料得詳實，身高、體重、家族病史、親族狀態、健康情況等等都得附上。第二關，女子脫衣褪褲，裸身站立挑選者面前，選妻者父母可隨行，女子抬頭、彎腰、轉身、舉手甚至原地跳動，確定肢體無殘。第三關，挑選者直接將女子帶進房間，親自褪去女子的衣褲檢驗是否還是處女。平貴第一次品嘗了查某人香，了解身體真正的柔軟與溫暖，之後林林總總花了二十多萬才娶回越南老婆。當然，現在的費用可是要再往上調個十萬、二十萬。

阿滿婆替新媳婦取了個優雅的名字——采蔓。

可惜的是，阿滿婆走得早，沒等到采蔓學會整套閩南菜、醃製法、殺價技巧、家傳燉煮法、拜天公祖先該有的繁文縟節便撒手歸去，病體不拖，也算福氣。

采蔓來到番薯島，分別去鄉公所、越南辦事處、外交部等政府機關辦了繁瑣手續。阿滿婆說，尚未宴客之前都不算正式入門。宴客日相當熱鬧，席開四十餘桌，全村兩百多人一致扶老攜幼歡天喜地來到，還有從番薯島中部、南部搭火車參與的近遠房親戚，姓氏宗親會和地方代表也來了。豬殺了八，雞、龍蝦、鱸魚各五十，螃蟹二百四十，九孔四百八十，不僅請人，還在廟埕前擺一桌拜神，在海灘擺一桌宴龍王，以及在墳墓擺一桌祭鬼魂。有餘村人有禮，但不過分拘禮，手頭闊綽的便獻上紅包禮金，村人慣約一千六至兩千二之間。手頭緊的送禮，大禮、小禮不拘，送陶瓷碗盤、成對金屬鋼杯、衣裙襯衫、石雕玉磨、檯燈衣櫃、風扇暖爐、保濕潤膚乳均可，外層包裹紅紙就算有了誠意。當然，也有人送農產品及農產加工品，例如釀娘子就送成雙大甕，一甕釀海馬藥酒，用來促進夫妻床上柔情軟事，一甕釀陳年米酒，煮燉湯藥補品正好。還有人直接在紅包袋內裝一張紙契，簽名蓋章非常正式，說明短時間之內無法備妥大禮，待一、兩個月後自當奉上，請見諒。收禮者與獻禮者都清楚對方手頭吃緊，又不想隨意拿用過的物品濫竽充數，只好出此下策，也算有心。當然，也有人不顧顏面吃免費喜宴，反正只要跟隨村人進場就好，就像極度吝嗇的青筍嫂，什麼都沒帶，只帶了一張嘴和無底洞般的百納袋肚。

村人都想一睹采蔓的異國風采，另一方面，也想要看看野人平貴是如何人模人樣穿上西裝。平貴方形大臉，剃淨腮幫鬍鬚，亂髮理成三分短，抹上濃厚髮油，腳蹬一雙黑皮鞋，著一套寬鬆西裝衣褲，白襯衫漿得工整，全身散發一股廉價的香水味。平貴皺眉，一口痰沒處啐，只好又嚥下去。一身衣著穿得相當不自在，原本還不肯穿上，扭扭捏捏推推搡搡抵抗著，最後在白襯衫下搭了件黃縐汗衫才感到舒坦。每當村人回想那夜，便覺得有些細節出了錯，錯得刻意，錯得張揚，錯得義正詞嚴，錯得讓人留下深刻印象。例如平貴牽著采蔓走紅毯時，緊張得脖子畢露青筋，不知是吃壞了肚子還是看不慣盛大場面。例如宴客的酒香氣濃烈，純淨如水，村人唏哩呼嚕猛灌下肚，嫌不夠，還以為酒裡添水稀釋不老實，菜餚未滿桌，便有人打起酒鼾，趴在桌上昏沉入睡。例如廚師不知從哪請來，特別講究「食」，說這是中國一門大藝術，搬爐炭，上頭架鍋注入熱水，熬一鍋清湯，螃蟹活跳跳橫行杯盤，鐵鑷一夾下滾水，饕客自取鮮度食用。例如平貴叫來山友，無雨卻有霧，濕潤潤，濃稠稠，黑魅山林吐出麻醉瘴氣令人癲狂，要客人不僅撐破肚皮也要笑破肚皮。又例如采蔓白皙的臉頰被畫得像猴山仔尻川，紅通通，負責化妝的不是別人，而是阿滿婆本人。大喜日，客者不提，平貴不語，新娘子亦不敢對妝容表達意見。村人翻開照片，想起當日新娘妝容，都難以相信照片中的人，竟然會是安靜嫻淑的采蔓。青筍嫂說這絕對是阿滿婆刻意安排，讓新娘子扮醜，遏止村人無謂想像。

阿滿婆死後，厝內大小事情都由采蔓決定。

采蔓治家很有一套。首先，學習掌控家中財務。

平貴打獵扛下來的野獸先在厝內秤斤論兩，采蔓估量價格，往上加兩、三百，給人議價空間，再同平貴一同兜售。村內本有市集，周日清早，村人將自個兒種的、釀的、採的、收的、捕的、撈的大剌剌隨意置放攤位，以物易物。談錢真有意思，也真沒意思。小的野獸，如鼯鼠、猴子或雛鳥就在村內換些蔬果魚貨；大的野獸，如山羌、山豬或野牛，兩人就去頭圍城賣，采蔓會先向鄰居詢問獸物是否屬於保育類，怕觸了法，惹麻煩。若是，便自行在厝內支解，再分裝小袋；若非，則保有全屍，如此才能跟顧客討些好價錢。出門前，采蔓會要求自己和平貴一定得先洗個澡，撒些爽身粉。采蔓穿著樸素棉上衣、彈性纖維黑褲，隱約露出好身材，有時也會敷些淡妝，看上去清爽，膚色特別白亮。采蔓會要平貴穿上領子衫、漫漿成線的西裝褲，剃盡鬍子，露出肉墩墩下巴。采蔓會賣菜，很能觀察頭圍城的攤販以及交易的潛在規矩，在鄉公所旁的側巷中覓了位置固定販售。初始，沒有人知道這對夫妻的身分，但是當人們經過攤位時，雙眼一定會不自覺注視著采蔓。在這以老年為主的顧客和攤販群間，采蔓非常顯眼，身上所散發的恬靜氣質彷彿是本地人所欠缺的異國風，逐漸的，攤位有了些固定的老顧客。采蔓有生意頭腦，販售時，彈性將定價打個七五折，半賠半賣，有了穩定客源後再逐漸往上調整價格。采蔓知道平貴所能取得的獸物並不穩定，天公伯不一定天天賞飯吃，於是在平貴的帶領下，自己也來到火燒寮山闢地，種植香茅。平貴跑山狩獵，青筍嫂就會跑到厝中找采蔓聊天，教采蔓一些國台語、閩南烹飪方式和討價還價的技巧，也教采蔓如何採鹿角藻、海帶和石蓴。後來，采蔓也會自個兒騎著跤踏車到東北海濱的礁岩採集新鮮海菜，平日可賣，也可加菜。

平貴愈來愈困惑，想著真是奇怪，平貴怎麼又不平貴了。

上山的時間少了，肚腩開始萎縮，胸前絨毛漸次脫落，無法準確分辨張翅於天空的各種飛禽，常常會在半夜醒來，說霧氣濃起來了。以前阿滿婆持家，平貴沒什麼好掛念，上了山，往往兩、三個禮拜才下山盥洗一次。采蔓嫁來番薯島，平貴就有所掛念，笑起來，臉就有了深刻的皺紋，逐漸將上山時間縮減為六至七天。阿滿婆駕鶴至西方如來世界玩耍之後，厝內只剩采蔓，平貴特別不放心，心情焦躁，每個禮拜依舊試著固定狩獵，只是一抓到獵物立即下山。也有空窗期，一臉喪氣空手而歸，時時抱怨霧氣濃，獵物難尋。平貴賺不到錢，心灰意冷，想找些事情做好打發時間，遂在香茅田旁用廢木、遮雨棚布和塑膠繩索搭起雞寮，養了四、五十隻雞，也算是半個小型飼雞場。第二年，采蔓懷上孩子，兩人有了爭執。采蔓希望回越南，在那還有父母可以照料她產前產後的生活，怕頭一胎會出亂子。采蔓不希望囡仔出生時，平貴還待在山上不見人影。平貴面對采蔓是說不出什麼道理的，或者說，平貴也覺得采蔓說得比他有道理，再怎麼說，采蔓都是大學生，讀過書，遇上外國人說英文也完全沒有問題。以前，平貴覺得讀書讀太多的人都有憂鬱傾向，開口閉口都是些詰屈聱牙的鬼扯蛋，雙腳從沒踩進爛泥，身軀從沒淋過冬雨，更別說從山羌的腹腔扯出內臟，認為這種安全的活法實在太窩囊，讓人沒勁，然而面對采蔓，平貴心中的大道理成了乾絲瓜，剝開黑褐外殼，只剩纖維般的鏤空內裡，不得不妥協啊。平貴逐漸穿衣套褲，固定剃盡鬍鬚，不再上山，逐漸將重心轉移至漸具規模的飼雞場。

木頭換成鐵柱，雨布換成木板及磚瓦，還挖了蓄水池。

文鐵問，平貴不上山嗎？卓越問，平貴不抓山豬嗎？青筍嫂問，平貴整天待在厝內不跑山、不賺錢，是要累死采蔓嗎？平貴非常頹喪，覺得自己一無是處，走到哪都惹人嫌，特別害怕別人望來的眼神。後來，平貴倒也能自我解嘲，說現在不騎山羌、山豬與山鬼，只能在厝騎小雞。卓越笑著說，我看不是騎小雞，是騎采蔓才是。平貴不反駁，微笑點頭，騎采蔓啊騎采蔓，采蔓真好騎。平貴並沒有真的放棄入山，晨早到飼雞場調配雞飼料，有了閒暇，就會朝著若隱若現的獸徑探去一、兩個小時，最多不超過三小時，只是每次入山都覺得愈來愈不踏實，虎頭蛇尾，走一步退兩步。

一日，大霧翻騰，平貴不自覺邁開腳步往山中走去。

雜樹、爛泥濘、卵石溝與榛莽荒林，至山峰，再一路火燒尾巴下至溪澗。冬日小水，葉苗條，血桐樹下忽見一雙晶亮眼珠。平貴朝野獸追去，氣喘吁吁墜入霧中。平時，平貴能在淡雲濃霧中睜開第二雙眼睛，看見獸類快慢疾緩的移動，肌肉賁張，準備隨時奮跳、撲抓、扭打並揮舞刀斧，只是平貴這會兒傻愣愣站在原地，腦中一片空白，耳內嗡嗡嗚嗚恍若蚊蚋叢聚，動不是，往前不是，不動也不是，後退也不是。真是慌了，終於知道什麼叫做迷路。他曾經聽過村內小兔崽子羊頭、耀光和金生說在山中迷路如何如何，還癡笑是天方夜譚，當時他覺得教育果真亂七八糟，全養出一群不知東西南北的高貴人。如今，平貴迷了路，不肯相信身體竟然失去天生本領，一尻川坐在蘆葦中氣惱不已，只好揉眼拍臉，搖頭晃腦，隨手抓起一抔泥土、一掌亂草往嘴裡塞，嚼啊嚼。直到鎮定情緒，便不再困惑，因為他知道曾經存於血液與骨頭中的獸性都已經悄然消散，那些曾經食進腹肚的獸靈都投胎轉世去了。

踏足山林，卻注定離開。

雨水亢奮，霧氣透露各種模糊的顏色，平貴試著回溯。

霧氣被瘴氣吃掉了。

平貴罵了髒話，沒用，再去蒐集木柴、準備點火也慢了，愈是抵抗，瘴氣愈加興奮，只好啥事都不做倚著樹幹發呆。就在這待上兩、三天，等到瘴氣疲倦了、乏味了、後勁無力了，就能望見下山的路。兩、三天，不長的，忍住飢餓便好，采蔓雖然擔憂卻也不致驚慌，村內的青筍嫂、阿火伯和熱心的崇孝伯會陪在采蔓身邊。村人時常困於瘴氣，消失幾日，不礙事的。平貴不知道自己到底發呆了多久，坐累了，腦中就開始想些五四三，想雞群是否沒飼料可啄，想采蔓會不會記得給厝內的觀世音菩薩和歷代祖先上香，想前後門是否防得住小偷，想下大雨時厝內會不會積水，想萬一地震引發大海嘯時該怎麼辦。平貴窮極無聊，開始對著瘴氣說話。瘴氣或濃或淡、或淺或深、或厚或薄、或活躍或沉靜，表情善變，展現百轉千迴的型態，卻沒有任何一種瘴氣願意跟平貴說話——瘴氣認不得平貴了。平貴哀歎，伸手抓撓如螵蛸、如軟繭、如蟻丘的瘴氣，胳肢窩發癢的瘴氣突然咯咯發笑，花枝亂顫，抖出一身濕氣。

隔日，平貴還在夢中打獵，瘴氣便悠悠溜了，只剩一縷霧氣在平貴的山刀尖端凝成露珠。夢境可考，亦不可考。平貴讓腸胃蠕動的聲音驚醒了，嘰哩咕嚕，還以為耳朵又聽見霧氣和瘴氣的拌嘴聲。睜開眼珠子，世界是清明的，綠是綠，褐是褐，樹是樹，水是水，石是石，蒼莽是蒼莽，人煙是人煙，只可惜平貴不是平貴了。平貴打起精神，攀至高峰，聞見海水襲捲而來的濃烈氣味，不敢再依憑本能隨意切入任何一條獸徑。持刀，每隔一段路就在樹幹砍上刻痕，砍前還跟樹公、樹婆再三道歉。聽見雞聲，懸浮的心便踏實了，雙腳也充滿力氣。平貴沒有立即下山，不慌不忙打理雞窩，補充水和飼料，巡視雞舍，一刀斬了吞食小雞和雞蛋的臭青公，順道挖了四根麻竹筍和摘了一袋子山蘇嫩芽。

平貴回到家。

采蔓和青筍嫂一夜沒睡，眼袋都厚了。

平貴笑嘻嘻說昨天一時興起，在山上待了一晚，抓了蛇，想說今早回厝還能採些最新鮮的山蘇以及剛破土的嫩筍。

青筍嫂罵咧，說平貴真不像話，竟然讓大肚子的采蔓獨守空厝，忙著踅向厝外向村人通風報信。

采蔓不理會平貴，自個兒點了香，給神明和祖先祭上。

平貴刻意跑到采蔓面前，左手舉起蛇，說剁一剁，煮蛇湯，右手舉起沾滿泥巴的筍子，說切一切，炒肉絲。

采蔓故意生氣，不想理會平貴。

平貴將蛇放進鋁鍋，撒鹽，攪拌了一會兒，拿著筍子和山蘇來到厝後洗菜。水聲嘩然，好熱鬧，平貴坐在塑膠椅上彎身洗菜，洗得腰都痠了。屋頂傳來一陣細雨水聲，霧氣濃，鴿腹灰的天空瀰漫一股嘆息，平貴依舊保有辨認霧氣和瘴氣的能力，只是彼此不再能溝通，現在他的耳朵必須用來聽見雞群的咕咕聲、馬路的喇叭聲和采蔓的叫喊聲，必須甘於心有旁騖。平貴略有所思，抬起頭，像凝定，望著火燒寮山一副藻苔般沉睡面容，知道瘴氣正搔弄腮幫子，剛打了一個巨大無比的呵欠。

聚寶盆

碧玉骨灰罈價值十幾萬，金生成天抱著不肯離手，彷彿那是個特別重要的寶物。吃飯時，阿公癟著嘴巴，露出銀亮假牙，認真地說，這個骨灰罈大小正好，冬暖夏涼，以後百歲住在裡面一定很舒適。阿公說得好像已經在裡面住過似的。阿嬤對於骨灰罈很感冒，認為這會帶來厄運，不吉祥。金生搞不懂這到底是不是一場烏龍，路跑第二名還有獎金六千塊以及一台電風扇，第三名也有獎金五千塊以及高級琺瑯無毒鑄鐵鍋。只有第一名的禮物令人難以理解，怎麼會是骨灰罈和遠在噶瑪蘭郊區的骨灰罈位呢？

骨灰罈除了可以裝死人骨頭之外，還隱藏許多功能。阿嬤原本想拿骨灰罈去換錢，說折半價也值好幾萬，何必將這種死人用的東西放在家裡。金生不願意，抱著骨灰罈死也不放手，將彈珠、鉛筆、橡皮擦、立可白和剪刀都放進去，旋起蓋子，搖啊搖，聆聽清脆響聲。曾經抱著骨灰罈到溪邊抓魚，罈內養十幾隻大肚魚，餵食米粒，只是沒過三天魚兒全都死光了。常常抱著骨灰罈一同洗澡，脫得精光，涼水填滿罈子，擠進一雙瘦腳，像栽種人類的盆栽，手腳如枝葉搖晃。想跳，又怕一跳罈子就破了，於是只好左左右右扭動身子，寸寸挪移，尻川與身子靠向牆壁一同倒下。他一點都不在意，骨灰罈還卡在腳上，擠啊擠，扭啊扭，雙腳終於從骨灰罈中掙扎下來，喘口氣，再抱起骨灰罈對著空罈說話。你好嗎？你叫什麼名字？你幾歲？我叫金生，我的阿爸和阿母都成為死人骨頭了。你有阿爸阿母嗎？他們還活著嗎？你知道死掉的人都去什麼地方嗎？喂，你為什麼都不說話。你這個白癡，只有白癡才會對骨灰罈說話。整顆頭顱塞進骨灰罈，嘴唇像魚兒啄著水面啵啵啵啄著罈子。再從骨灰罈內探出頭，立起身，對著罈子肆意撒尿，吐一泡口水，罵咧著，這麼難得的解毒童子尿一定要釀成酒，讓坤申那個大渾蛋喝。

腦袋出現整人的壞點子，金生心中不由自主充滿一股雀躍。

生死簿：燔柴瘞薶

《爾雅．釋天》：「祭天曰燔柴，祭地曰瘞薶。」

有餘村人非常敬仰天地萬物，頭顱始終牢牢叩磕在一切泛靈神跡之前，頭可磕媽祖、神農大帝、保生大帝、觀世音菩薩、虎爺、地藏王菩薩，腳可跪大樹公、石頭公、姑娘廟、萬應公或浮現海中的萬年神龜。

接天宮主祀玄天上帝，理安宮主祀三王公和黑面媽祖，祭祀均按習俗，定期盛大慶祝。此外，春帆港前有一大樹公，有餘里北濱界有祭祀孤骨亡靈的金斗公廟，往南，有石頭公，往西，靠山坳水湧處有銀鬚井公。村庄北側有間福德正神，南側有萬應公廟，石硿古道內半山腰處亦有一土地公、土地婆合祭小廟，更別說藏身於巷弄暗道的道壇。

村人每日要供奉厝內神祇，初一十五要拜天、拜地、拜地基主，還常南北往返至各地法壇寺廟祭拜。古之廳誌記載的寺典，包含了社稷壇、先農壇、神祇壇、火神廟、祭旗纛、城隍廟、厲祭、關帝廟、文昌廟、天后廟和各種蘭中祠宇，後來儀式有所偏廢，各支各脈的神明也有所興衰，能夠持續香火鼎盛的都是傳言施展神跡，後來發展成靈驗、準確且預卜立竿見影的宮寺。頭圍城還有釋迦牟尼佛佛堂、玉皇大帝廟、九天玄女宮、大日如來佛寺、三太子宮、開蘭吳沙公祠等，依照各種神佛的能力與走向，所求亦不同，求財、求運、求婚姻或者單純回歸於求取福祉，希望宮寺能夠安魂祛魅，能夠陰陽調和，能夠讓祭拜者在表達虔誠之後，一切順遂，平平安安大圓滿。有餘村人依舊相信這套天人關係，人在做天在看，夜路走多會遇見鬼，沒遇見鬼也容易遇上酒駕飆車的夭壽人。

有拜有保庇，無拜出代誌，心安理得最重要。

相較於廣義的泛靈論，有餘村人的信仰還是多了些規矩，大都呈現擬人化傾向。自然萬物，如穀、蔬、果、木、竹、藥、花、草、毛、羽、鱗、介、蟲之屬，都是無情天地養育的有情之物。雲厚而有雷，雷公以懲惡揚善的形象烙於心坎；水深而有龍，海巡管水面上的查緝偷渡，龍宮管水面下的海族鱗事；龜大而成島，守望頭圍城，遮風避雨，體溫熱燙依舊噴湧火泉……各種超乎人類極限、超乎肉體允許的存在，具體或不具體，這些全人、全獸與全神形象，在村人的想像與建構中，大多求其大，求其廣，求其深不可測，求其堅硬無可磨損，求其雲從龍風從虎的隱跡現蹤。只要能在極短時間，造成立即性的震撼與悚然，便能在輩輩反芻中，時刻呈現集體印象，或曲解，或想像，將物體幻化人形，進而脫離被掌控的狀態。自然而然形塑物體，來回於享受與被享受、享用與被享用、食與消化之間，取得珍貴卻不可貪求的人形，僭越輪迴，進而占有一席之地。

對大多數村人而言，天地間的萬物還是以人類能否控制、駕馭與超越作為依憑與對照。若是超出理解，則會給予地位，表達尊重，並從人類貧乏的想像中超越提升，進而擬神化。然而，大部分的天地物種還是在粗略、謬誤與概念性的分類之中，隸屬被剝奪的角色。以毛為例，有牛、彘、馬、山羊、金錢豹等；以羽為例，有雉、燕、鶺鴒、鴛鴦、土畫眉等；以鱗為例，有鱸、鯉、烏魚、扁魚等，不管何種屬類，不管何種稱謂方式，村人都試圖將這些天地萬物妥善歸納，臣服器具所能殺戮的名單之中。人力若能以器具控制其生殺大權，物體便無法彰顯靈格，不夠超乎想像，不夠巨大，不夠感官上的刺激與暴力，便難以成神。

村人對於天地萬物，存有無法言說的感激，說不清彼此之間到底如何聯繫，卻又時刻掛念，以直覺性、想像性或延續性的概念詮釋未知，然而無論持魚鏢、山刀或攥拿彎刀刈嫩筍，當村人站在舢舨、斜坡或浪潮中，畢竟無法避免各種異質疆域所隱藏的危險殺機，七爺八爺準時抓人，閻羅王與城隍爺的話不可忤逆。

生死來去，諸多儀式始終帶有濃厚的土地氣息，祭天祀地，崇拜無法掌控的力量，將一切歷往視為命定。

妖魔化，鬼魅化，或者神佛化。

任何大自然物種，只要在名稱之後加上鬼字，彷彿就會有心血精魄般的存在。有調性，有氣味，有顏色，有半人半獸的雛形，稱謂繁複豐饒，相當混搭，如山鬼、水鬼、竹鬼、猴仔鬼、蚯蚓鬼、烏魚鬼、九層塔鬼、艾草鬼、七里香鬼、荷蘭豆鬼、錦荔枝鬼甚至是借用形容物質的錢鬼。村子裡最能將鬼字置放於萬物之後，而讓人不感到彆扭與強詞奪理的，便是阿火伯。

阿火伯不常說鬼，他知道不能一天到晚把鬼字放在嘴邊，時代不同了，要講求證據，講求科學精神。不過，當阿火伯需要強調情緒時，還是無可避免將鬼字置放其後，增添餘韻，就像是釀娘子會說釀你的死人骨頭，像是荷香阿嬤會說那是我向日本人學認字的古早古早，像是平貴無預警往旁呸出的那口痰，或像永叔說的老爺夫人賞我一根菸吧。阿火伯叨念鬼字，將物體人形化，賦予調皮個性，表達各種介於怨嘆、驚訝與無可奈何的情緒。生活中的各種狀態都可使用，連綿大雨時，阿火伯會說瘴氣鬼又跑出來搗亂；出航無魚時，會說鯖魚鬼還在睡；筍子挖得多時，會說竹子鬼真會生，尻川大；美人蕉不結果時，會說蕉鬼又出去偷情。

這樣的語言運用並不專屬阿火伯，村人偶爾也會來上一句，這到底搞什麼鬼。

說到底，燔柴瘞薶是內化的，超越語言，深入骨肉與潛意識，當頭顱始終牢牢叩磕在一切泛靈神跡之前，有餘村人始終透過超越物體形象的驚訝、震撼與驚悚，滿足對於未知的探求，展現變形，以此證明自我近乎淺薄的存在。

上刀山，下油鍋，遊歷地府不必躬身，聽說書者說，看戲子演，或讀上天下海的鬼扯小說，而關於自己的人生，思慮則必須像是柑橘樹，要抓地，要迎風，要淋雨，要把雙腳踩進水裡，雙膝跪在土丘，並且虔誠冀望——求平安，求安康，求六畜興旺不災不禍。

空襲警報

一大早，羊頭騎跤踏車出門時，金生正拿著剪刀蹲在地上，在鐵罐鋁罐的底部鑿洞，接著用一條細麻繩鑽過細洞，將罐子穗緊緊綁上擋泥板。羊頭睜大眼睛，想知道金生到底在搞些什麼玩意。金生說，這是為了壯大聲勢。羊頭跑去垃圾堆裡找出六個鐵鋁罐，依樣畫葫蘆，替跤踏車綁起一條長尾巴。金生從神桌上拿了兩顆蘋果和六顆人參糖，趁著阿嬤沒注意跑出去騎跤踏車。

村內繞一圈，繞過人之初棺材店、紫花檳榔西施攤、太平洋簸仔店、彌勒佛藥店、菸店、鱻鮮鮮海產店、頭頂有光理髮鋪、靠杯飲料店，再接到濱海公路上；往南，右轉繞過鐵路下的磅空，騎到接天宮右側。路況不好，小徑充滿石頭泥巴，兩人丟下跤踏車，踩踏愉快的步伐來到溪邊。阿公的土梨子樹、蓮霧樹、柚子樹和整過地的地瓜葉田就在溪邊岸上，四周圍起鐵絲網。

金生仰起頭，看著肥碩綠柚。

「看什麼那麼專心，天空破洞了嗎？」

「摘一顆來吃。」金生指著垂在枝椏末端的柚子。

羊頭仰起頭。「好高喔。」

「蹲下。」金生雙手壓低羊頭，爬上羊頭背脊。

「你好重喔。」

「高一點，再高一點啦。」金生踩上羊頭肩膀，往上一躍，順勢抱住柚子，隨著身體重量扯斷莖葉落進爛泥。

羊頭也摔倒了，滿臉汙泥。

「豬頭，你害我跌倒了。」金生一邊罵著一邊驕傲地將柚子舉在太陽底下。

兩人跑進溪流中洗臉喝水。

金生用大石頭卡住柚子，讓柚子在水中翻轉沉浸。

羊頭翻開石頭找螃蟹和蝦子。

阿公卸下噴灑農藥的器具，摘幾顆早熟蓮霧，在水中清洗後丟給金生和羊頭，提醒不要玩得太瘋，記得準時回厝食飯。巡完果樹，阿公將鐮刀、鋤頭、除草劑和各種大大小小的器具收進磚砌農舍，下溪洗臉，再神清氣爽跑到接天宮跟村人聊天。阿公不太管金生，說兒孫自有兒孫福，管太多只會有反效果，下場就像後生金卓越仝款。阿公對於很多事情都有定見，十分篤定，不讓人多說什麼，不過當阿公遇上嘮叨的阿嬤，梁子可就結大了，兩人見面如同冤家。

阿公說，什麼千年修得共枕眠，倒不如一輩子當和尚。

金生和羊頭坐在溪石上食蓮霧，果子香嫩，甜滋滋。

兩人打完水漂，將石子對準水面與樹枝上的蜘蛛網，打出一個窟窿是一分，集滿十分就能剖開柚子，拯救番薯島柚太郎。金生玩得倦了，抱起柚子，趿上拖鞋往火車鐵軌跑去。羊頭邊叫邊喊，慢點，看不見人了啊。

村子平常是安靜的，屬於河流、草苔與綠，麻雀聲與夏蟬聲油亮一座一座小山。一陣尖厲刺耳的火車汽笛聲過後，村人的談話會突然加高音量，彷彿各踞山頭互相叫喊。金生走在鐵軌石子路，偶爾仰起脖子，望向刺眼太陽，皺眉，再度低頭。兩人走走停停，持續踢踹，不時伏在熱燙的鐵軌聽著遠處火車運行的動靜，錚錚如石子敲擊，試圖從地面的震動判斷火車遠近。

「喲，羊頭，你聽得見嗎？」金生在左側鐵軌大喊。

「喲，我聽見了。」羊頭趴在碎石子上，右耳貼著鐵軌。

「我告訴你喔，等一下我就要切腹自殺了。」

「那你記得死掉之後要回來村子看我，順便告訴我地獄長什麼模樣。不過你要拿刀子切開肚子嗎？會很痛喔，腸啊、肝啊、膽啊和一堆內臟都會離家出走。」

「放心，等一下就會有火車來幫我切腹，不用老子我親自動手。」金生躺在鐵軌中央，望向天空，棉花糖雲朵不斷膨脹。

「子彈列車要來了，準備受死吧。」羊頭跳起身，壓低頭，身子當子彈朝著金生衝去。

金生摀住頭，羊頭忽然一個跳躍繼續往前。

「哎呀，我死了，手和腳分開了怎麼辦？」

「很簡單，縫起來啊。」

「喔，來不及了，我死翹翹了。」金生在鐵軌上翻滾了好幾圈。

「你們在那裡做什麼？哪裡不玩在鐵軌上玩，想死啊，我就知道又是你們兩個兔崽子。」一聲音從圍牆外傳來，是許耀光的母豬媽媽，村人都叫她翡姨。

兩人伸舌頭，沒回嘴，爬起身重新抱著柚子走下鐵軌。母豬左手捧一堆剛洗好的潮濕衣褲，右手揮舉十幾把衣架子大聲罵咧。母豬有一百多公斤，頭髮稀疏，燙成小波浪，說話時會昂起頭，瞪一雙驕傲的眼神。母豬像是一隻準備七月供神的神豬，一雙肥耳朵，咬橘子，脖子垂掛十幾塊大金牌。為什麼母豬可以生下許耀光這樣的資優生呢？金生異想天開，覺得許耀光應該跟他同一國，都是孤兒，不得已只好讓母豬收養。

火車從遠處響起鳴聲，兩人拔腿就跑。

莒光號轟隆轟隆從眼前經過，金生牽起跤踏車，舉起手，大力揮舞熱情打招呼，接著將柚子丟進前籃，踩踏板，往頭圍城正式進攻。

頭圍國小距離有餘村兩公里，如果騎跤踏車上學，快的話只需十五分鐘，慢的話需要半小時。兩人的跤踏車各自拖曳一條長尾巴，吭噹吭噹響亮亮。金生猛踩踏板，不可一世，配合鐵罐鋁罐摩擦地面的聲音大喊：「原子彈來襲，要來收稅金囉。」

砂石車趕著去看外星人般快速駛過濱海公路，右手邊是一大片無人照料的蓮霧樹和柚子林，鄰接鐵路，夏躁蟬鳴，再往前幾步就是蜿蜒的山路小徑。春帆港前有一株神樹，左彎，沿海濱小路通向大坑里。好幾次，兩人用報紙、細長的竹子和繩子做風箏，騎踏跤踏車，海風獵獵，風箏不是墜地就是飛高斷線。

「笨蛋。」金生放開左手，只用右手駕車耍特技。「我問你一個問題喔，要怎麼才能更像許耀光？」

「為什麼要像許耀光？」

「他這次段考又考了第一名啊，我真搞不懂為什麼他的國語、數學和一堆狗屁科目都可以考一百分，一定是作弊。」

「像他很簡單，只要每天上課都穿白色襯衫就很像，對了，每個釦子都要扣得緊緊的才行。」

「才不要，那樣子很蠢，一點都不舒服。」

「我知道了，你可以每天下課都去找老師，當各個科目的小老師，還可以加分喔，學期末老師還會送你獎品。嗯，別忘了一定要加入學校籃球校隊，還要很會跑步，最好順便參加一下田徑隊。」

「我很會跑步啊，還得過路跑冠軍，你忘了喔？我的躲避球也打得比他好。」

「那為什麼要像許耀光？」

「因為每個人都喜歡許耀光啊，算了，當許耀光也沒什麼了不起，而且還要認母豬當媽媽。」

金生加快腳步踩踏板，換左手握緊車把，右手高舉迎風。

太平洋左岸，有餘村右岸，大片海灘廣闊綿延。防波林植滿草海桐、林投、海芒果和黃槿，近海處有大片沙岸，潮間帶頂端往上二十公尺置放消波塊，與防波堤夾著一小畦一小畦耕地，大多用來種植土花生、茄子和架起棚子的絲瓜。

羊頭扒開瀰漫淡淡清香的柚子，果肉有些澀。

柚子扒成兩份，一份大一份小，不知道該如何分配。

金生摘了一大堆土花生，塞滿口袋，又摘了一顆林投果、三粒海芒果，將所有的戰利品放在沙灘上。

金生和羊頭剝開花生，喀嚓喀嚓咀嚼，膩了，便喜孜孜吃起柚子。

「去找枯枝吧，來烤花生，脆脆的烤花生最好吃了。」金生站起身，拍掉短褲黑沙，跑進防風林裡找木頭。

羊頭抹淨嘴巴，往潮間帶尋覓。

金生抱滿一堆細柴和胳臂粗的柴，口袋還塞滿枯葉。羊頭拖了一根和身子一樣長的漂流木。兩人在花生田旁疊起木頭。金生蹲踞，拿出火柴棒擦出火苗，燒起瘦枝枯葉。灰煙冒起，兩人趕緊跪在沙上匍匐身子，對著火光呵護吹氣。火旺了。金生全身都是汗，索性脫去上衣，繼續將粗柴塞進火中。兩人各拿一根長木翻攪，將花生丟向火團邊緣仔細燒烤。

「林投果和海芒果可以吃嗎？」羊頭指著果實。「聽說海芒果有毒。」

「就是有毒才要吃。」金生說。「測試一下有多毒，老師不是說人生就是要有實驗精神嗎？」

「可是實驗這個有什麼用？」

「對付趙坤申啊，你忘記那個傢伙搶走你的第九名，而且我最討厭趙坤申和他阿爸趙乾鐘了。每一次，趙乾鐘都會派一堆抽菸、吃檳榔的流氓來厝內飲茶，蹺著二郎腿，抖啊抖，啃光了瓜子還是不肯走。趙坤申還會跑到我的房間東撬撬西翻翻，上次還拿走我的骨灰罈。只是一點辦法都沒有，誰叫我老爸掛點，欠下一屁股債根本還不起。」金生抓起一團沙，揉實，丟向大海。

「誰要吃？」

「猜拳。」

「會不會死掉？」羊頭有些恐懼。

「不會死啦，又不是叫你整顆吞下去，而且火車都撞不死你了，怕什麼。」

羊頭若有其事點頭。

剪刀石頭布。

「不公平，你慢出，再一次。」羊頭說。

剪刀石頭布。

「你輸了你輸了，不管，你要把整顆海芒果都吞進去。」羊頭拿起海芒果，掰開，流出黏稠汁液。

「看起來很噁心。」金生皺著眉，鼻子和嘴巴彷彿深深塌陷。

「願賭服輸，不然你的雞雞會爛掉。」

「哼，你的咕咕雞才爛掉。」金生拿起半顆海芒果湊到嘴邊，嚥唾沫，深呼吸，假裝鎮定凝視果實。「等一下我快要死掉時，一定要趕快打電話叫救護車喔。」

「放心，我會送你出山，燒很多很多的美鈔和金元寶，你可以在陰間當大富翁。」

金生瞇細雙眼，伸出舌頭舔舐海芒果，整張臉瞬間縮擠成團。「死定了啦，真雞巴，整個嘴巴都腫起來了。」

羊頭笑得不可遏止，手掩著肚子蹲下身。

金生跳著顛著，跑進海裡濺出浪花，猛漱口，嘴巴發麻沒有任何感覺，像注射了神經麻藥。毒素蔓延口腔，深至肚腹，刺痲感急速傳向腦袋。不斷吐出海水，再撈起更多海水往嘴裡灌，嘴巴鼓得渾圓不停漱口。

羊頭跑來，好不容易止住了笑，遞出烤花生。「需不需要叫救護車？」

「叫你的大頭鬼，你給我滾去吃大便。」金生嚼完花生，拿出三顆人參糖往嘴裡塞，嘴巴有了些感覺，安下心，隨即蹲身往羊頭潑水。

上衣濕了，羊頭跑上岸不肯再下水。

「你這個膽小鬼。」金生大喊。

羊頭扮鬼臉，伸出舌頭。「你咬我啊。」

近黃昏，層層疊疊的山冢逐漸吞下太陽，天空盤旋紫色萵苣烏雲，下起雨，淅瀝淅瀝打在海面像彈琴，兩人繼續往火裡添柴，將燒紅的木炭堆成小碉堡。

「我要去給阿爸送飯了。」羊頭拍打沾上黑沙的衣褲。

「再等一下嘛，我陪你去，我們先去摘蘑菇找蝸牛，烤起來一定很好吃。」

羊頭撿了一張破爛報紙遮住頭頂。「不要了，阿爸太慢吃飯，肚子會餓。」

「算了，不稀罕，我看你不是要去送飯，是送人出山。」金生拿一根燒得火紅的木棒朝羊頭揮趕。「走開，滾啦滾啦，趕快死回家，不要在這裡鎮位。」

「我替阿爸送完晚飯再來。」羊頭無辜說著。

「誰理你，到時候火就熄了，我要一個人吃掉所有的蘑菇和蝸牛。」金生坐在火堆旁淋著小雨。

「那我走了喔。」羊頭再說一次。

「快滾——」

金生獨自哼唱〈來去夏威夷〉，腳掌拍打節拍。雨水陣陣如擂皮鼓，非常涼爽，舔起來有方糖味，身子濕透，暑氣便散去了。雲層不再哭出眼淚，天光陷入藍紫，淺灰，西邊的山脊燃燒起火像燒了一盆銀紙。入夜，火熄滅，燈塔的白光酥亮，金生沒有去火燒寮山找蘑菇和蝸牛，獨自坐在灰燼旁淋雨看海。一個人真是無聊。不想回厝，用口袋內的打火機亮出火光繼續燒柴。柴濕了，無法點燃，逕自冒出陣陣灰煙，索性放棄，跳起身，拍手腳，晃頭腦，揣緊衣服褲子用力甩向空中，擰了擰再套回身上。

蒼白的光，懸浮的鬼燈籠，堤岸後方的燈火亮了一排。

可以玩些什麼？原地繞圈，踢沙，吐口水，螃蟹步，章魚腳，水母般噴水騰躍。肚子有些餓，一個人的寂寞遊戲撐不了多久。漁船啪嗒啪嗒冒出濃煙駛進港口，金生踩踏海芒果、土花生和乾枯的海星，穿行菜圃中找樂子，抓泥巴，摘幾片菜葉如植物學者仔細研究。走上堤岸，龜山島形的瞭望台響起一陣嘈雜聲。穿著國中制服的哥哥從背後抱著穿著短裙的姊姊，兩人親密倚靠堤岸欄繩，臉頰互偎，哥哥的雙手在姊姊的腰肢、臀部與胸部緩慢游移。踅回石椅，哥哥左手拿香噴噴的滷味與炸物，右手拿冰涼涼的芒果口味啤酒，你一口，我一口，手環手喝交杯酒，感情永遠不會散。

金生聞見食物香味，肚子咕嚕亂叫，喉頭不斷嚥下一泡泡口水。

「看什麼？眼珠子大喔。」另一位哥哥忽然大喊。

金生想拔腿快跑。

「過來。」

「只是一個小弟弟。」姊姊甜滋滋說著。「別嚇人。」

摩托車拔掉消音器，行駛間傳出轟隆轟隆聲，一盞強力光柱從遠至近射來，另一對穿制服的情侶隨手遞上半打啤酒。

「叫什麼名字？」

哥哥們一致染金髮，抹髮蠟，抽菸的人朝著金生的臉頰吐煙。

他們總共有六、七個人，一個人絕對打不贏，要逃的話一定要快。

「不要鬧他了。」姊姊說。「你看他一臉要哭不哭的。」

「誰說我要哭了？」金生嘟起嘴巴，抬起頭。

哥哥從口袋掏出香菸，點火，遞給金生。「來，抽一根。」

金生動也不動，惡狠狠瞪人。

「這麼凶做什麼，混黑道喔？還是家裡死了人？」哥哥從石椅拿起冰啤酒，打開瓶蓋，遞給金生。「喝一口試試看，爽到翻掉喔。」

「不要聽他們胡說，趕快回家。」姊姊說。

「怕啦？」

金生不服氣，雙手握住啤酒，深呼吸，嚥下唾沫，張嘴一口一口灌下冰啤酒，沒喝幾口就想打嗝，怕一放下酒瓶就前功盡棄。冰涼的酒滑進食道，填滿肚子，不小心吐了幾口唾沫，嘴巴鼓得大大的。啤酒罐空了，金生搖了搖，想要證明自己似的捏緊罐子。

「真厲害，叫什麼名字？」哥哥遞上另一罐啤酒。

「我叫金生，阿爸叫金卓越，阿公叫金石義。」

「這小子我認得，是我老弟他同學，他老爸欠下一千多萬，錢還不出來，聽說人早就不見，可能是被撕票。」

「才不是。」金生發現說話的人是許耀光的哥哥。

「好啦，不要逗人家。」姊姊將金生拉到懷中，遞上一袋小吃。「吃吧，裡面有百頁豆腐、炸魷魚和炸薯條喔。」

金生一邊拿著長竹籤吃炸物，一邊賭氣喝下啤酒。水果啤酒有些甜，含有苦味，喝進肚子還會脹氣，全身充滿氣泡緩慢膨脹了起來。拿著竹籤在紙袋內胡亂戳刺，想知道紙袋內到底還會出現什麼食物。肩頭逐漸鬆弛，不再緊張，四肢泛起冷意，走起路來比出巡的七爺八爺神尪仔還要搖擺。右手舉起左手，讓左手自動落下，左手舉起右手，讓右手自動落下。夜黑了，海灘浮起軟綿綿氣泡像是一朵朵百合、玫瑰與山茶的花苞花瓣，舌頭與食道涼爽了起來，身子被包裹在酒嗝黏膜中，隨著海風飄揚而起，踩不到地，一伸手就摸到天空。繼續喝了兩瓶啤酒，眼珠子睜得大大的，拿著一根不知何時夾在手指的香菸戳刺滿腦子彩色泡泡。閣來閣來，我無醉，學著阿爸喝醉酒的模樣走七星步，擺八卦陣，學猴子龜孫，當王八雜碎。青色胸膛般的夜色，氣泡膨脹，一些被刻意遺忘的事情逐漸顯現雛形。身子成了一隻沙蟹鑽進溫暖的懷抱，張開手，怕錯過什麼，將姊姊緊緊密密抱了起來。他的頭靠在姊姊柔軟的胸脯，兩手順勢擁住姊姊的腰肢與大腿，眼眶有些濕，夜裡沒有下雨。意識模糊，彷彿安穩躺在柔軟的女性胸脯上，隨著呼吸律動而陷入沉睡。細雨綿綿，身子瑟縮僵硬，膦脬冷成葡萄乾，雞雞凍成小香腸。山谷吐出濛濛瘴氣，海漫癘氣，沉進冷颼之夜。張開舌頭，試著將雨水咀嚼成唾液，蜈蚣爬進喉嚨，往肺部迂迴鑽去。天空亮起信號彈，一蕊一蕊萌出冷絕的花，有人不自覺間便被遺棄了。

空襲警報——

鬼子打來，阿母緊走喔。

生死簿：穿西裝食喜宴

友忠伯有些小肚腩，存了些積蓄，留著灰白鬍子，禿頭，時時刻刻都將自己打理得清爽乾淨。有時心情好，或者冬日出了大太陽，就會把百格櫃中的純金項鍊戴在脖子上，穿西裝，噴香水，拿著過期喜帖晃到接天宮和理安宮的廟埕說閣欲去食辦桌，有夠煩。說的時候還會刻意放大音量，別過頭，假裝一點都不在意，再從口袋拿一把塑膠紅梳子，將稀疏柔軟的髮絲往後梳，露出一臉公雞啼叫般的驕傲。

未遇上釀娘子之前，友忠伯是相當疑神疑鬼的一個人，當別人誇他西裝漿得筆挺，穿得有夠緣投，看起來真膨皮，他會高興幾秒，彎身倒茶時又會從脊椎骨爬出螞蟻爬行般的悚然不適，念頭翻轉，覺得剛才的誇讚似乎帶著試探與奉承，不真誠。抬起頭，皺著眉，問拄才講的是啥物意思，搞得場面有些尷尬。當友忠伯盛裝打扮，修毛髮，抹髮油站在石獅右側茶水几旁，卻沒人主動稱讚幾句，又感到格外不爽快，覺得雖然當上了兩間廟的常任理事長，每年分別固定捐獻兩間廟六萬六千六百六十六元香油錢，卻依舊沒有受到尊重，實在不應該，有餘村人簡直就是一群刁民。

友忠伯不容易信賴人，有著相當偏激的想法，覺得如果有人伸出雙手就是要來討錢，死人是用來騙白包，活人更不用說，一張嘴亂七八糟口無遮攔簡直鬼話連篇，兩手掌搓啊、揉啊、滲著汗啊，都是想從別人的褲袋中拿走鈔票。友忠伯願意相信的，只有擁有嘴巴卻不說話，有手卻從不移動，有腦袋卻不太會思考的，像是啞巴、神祇、石刻以及永遠的愛崽——嘯天犬。

渡大海，入荒陬，天南地北經緯輻射，友忠伯跑了二十幾年船，積存一筆錢，娶了隔壁的隔壁的隔壁村的一間家裡開雜貨店的豪放查某人，生了女兒。過了十幾年，在一個幾乎沒有什麼值得一提的下午，友忠伯開著貨車拉下一箱加了冰塊的冷凍鯖魚，走進厝，心底突然感到有股不安，他發現厝內空了，沒人，怎麼喊都只剩單薄的回音——牽手竟然帶著女兒跑了。原本，村人聽說友忠伯的牽手和事業有成的查埔看對眼，成了小型塑膠射出廠的老闆娘，組成另一個家庭；輾轉，又聽說牽手帶著女兒跟了一家擁有兩間旅館、三間修車廠的小開。友忠伯不管用腳頭趺、用手關節都不會想到自己如此深藍竟然還會被戴綠帽。村人私下耳語，雖然試著不讓友忠伯聽見，然而對於醜聞，友忠伯比任何人都還要敏銳，裝作沒聽見，裝作耳聾，卻能理解村人望來的同情眼神。同情對於友忠伯而言，無疑是鄙夷。不出航，船的纜繩緊緊繫住纜繩柱兩、三個月，船歇著，成了賽鴿返回棲所的中途歇息站。友忠伯怕卸面皮，低掩門窗，足不出戶，鳥不出褲。里長崇孝伯前來打探，每隔三、四日就來敲門，好心提著吃了一半的瓜子桶、鳳梨酥盒、青香蕉和散裝的老婆餅前來，假裝路過，順道找友忠伯聊天，其實是擔心老鄰居一時想不開，上演跳樓或者開瓦斯自殺的死亡戲碼。

友忠伯並非單身，厝內還有大他十幾歲的媽媽桑春妹子替他準備菸酒，替他洗衣，替他倒垃圾，替他在冰冷冷的床鋪上摺被暖被。一點都不寂寞，花了大筆大筆鈔票包養從外地來的春妹子，友忠伯說，趁錢毋免愛番薯島，芋仔、白米佮冬粉也愛加減食看覓。一個月後，春妹子讓友忠伯趕出了門。春妹子閱歷豐，被查埔罵慣了，臉皮厚得很並沒有什麼劇烈反應，塗紫口紅，鋪厚妝，灑金粉，頭髮相當波浪卷，烘托已經衰弛的臉部肌肉，搖晃銀質、塑膠質和銅質手環，笑嘻嘻從長裙內縫暗袋掏出剛拿到的鈔票，數著，食指放在唇中沾唾液，撓搔大腿，好放蕩。友忠伯繼續罵，罵得街坊鄰居探頭關心，大聲吼著，錢，錢，提去餔，接著從褲袋中有技巧地避開千元鈔，掏出六、七張百元鈔票往空中丟去，鈔票曲曲折折落向潮濕地面。友忠伯全身顫抖，怒氣燃燒血液，一個一個血紅素在血管內外爆裂煙火，罵著，偷人佮偷錢，袂見笑。春妹子保持鎮靜，沒有表情，甚至帶著笑意，衰老的笑，世故的笑，嬉戲的笑，撿了錢，喜孜孜將鈔票塞進靠近下腹肚的內側暗袋。只有春妹子了解，友忠伯不過演了一場連自己都騙過的戲，她遲早會被趕出來，遲早會成為被咒罵的賤女人，她是友忠伯所想的另一位早已離去的她。她容忍他的放縱，接受他的無禮，甚至沒有因此而感到難過。春妹子習慣了查埔的發洩，似是而非的辱罵成了情趣，雙腿一開，耳朵一閉，吭啷吭啷錢滾錢自然迎來財神，知道要感恩，上了這年紀還有人包養，是應該萬幸。

失落有著理由，所有的過錯都是被北港香爐查某人插也插不滿所害，所有的查某人都不是什麼好東西。友忠伯不管獨自待在厝內喝番薯島啤酒，還是拿著八八坑道高粱、白蘭地或是擺放多年的貴州茅台去廟前的茶水几找酒伴，一逕昂起頭顱，頂起下巴，自言自語罵咧查某人全都是水性楊花，不檢不點，只是過了一會兒又覺得自己真蠢，浪費時間罵人還真是不值得。委靡好一陣子，鎮日沉醉，醉了好，醉了簡單，醉了有藉口，不怕出洋相，友忠伯再去找春妹子，仗著醉意完全沒有口德，說睏甲攏無欲睏啊，奶仔挲甲攏無欲挲啊，叨幾句，又繼續往嘴裡大口灌酒。一天二十四小時，清醒四、五個小時，直木伯、阿火伯和石義伯勸了幾百次還是沒用。一日，友忠伯放尿時忽然發現原來尿液也是會搽口紅抹胭脂，一缸血尿讓人嚇出一身冷汗，才知道不行繼續這樣下去，身體抾堪得，會規組害了了。五十初，人生才剛過一半，不能這樣下去，不然下半輩子就只能躺在床上讓人把屎把尿，還沒辦法採野花喝花蜜，實在窩囊。逐漸有了振作的念頭。那陣子，友忠伯的指尖不時發麻，頭暈，擔心中風，但是不管指尖如何發冷、如何失去感覺，就是不願意去看醫生，直到疾病上身，才知道嘴巴說歸說骨子裡還是相當怕死，決定開始好好控制飲食。方法非常偏激，完全不吃豬肉、羊肉、牛肉和雞肉，整天只吃街尾那攤魚肚飯，滷過的魚肚配上白飯，添加滷肉醬汁和醃筍乾，再叫一碗燙青菜保持營養均衡。檳榔不吃了，菸少抽了，冬天開車去湯圍讓熱水把身體燙煮一回又一回，直到皮膚紅腫，出了汗，就像和查某人有了七次溫存。

友忠伯決定出航，想再存些錢，就算沒人養，也要付得起住在老人安養院的龐大費用。

食了三個禮拜魚肚飯的友忠伯，終於去看了醫生。

春妹子生了病，感冒沒去看醫生，等到發了燒才整日在破厝內哀號，友忠伯一邊罵咧一邊載著春妹子去噶瑪蘭城去看大醫院大醫生，自己順便提心吊膽做了檢查。抱著必死決心，飲食控制成了最後籌碼，多多少少希望能夠減緩中風趨勢。護士抽了血，醫生要友忠伯隔個禮拜再來看報告，順便預約掛號。那禮拜，友忠伯三天兩頭就去頭圍城買些清粥小菜到春妹子厝，囑咐東囑咐西非常嘮叨，拿紙巾擦拭春妹子白皺皺臉皮，陪著一起看八點檔連續劇。春妹子說，彼位查某真好，雖然散食，但是攏會拄著心愛的人，真好，真好。友忠伯會說，電視搬演的攏是假的，規工看規工看，看予你青盲。春妹子細聲病語，要友忠伯替她倒些熱茶，去灶跤煮薑湯，替她穿上毛襪，幫她從衣櫃中拿出圍巾。節目結束，友忠伯問會不會冷，要不要加被子，電暖爐的熱氣夠不夠強，他坐在香氣、生氣與死氣瀰漫共生的春妹子旁，細細叨念，要她別逞強，不要整天接客，萬一接了客也要記得叫查埔戴套，有什麼需要就打電話給他。臨走前，回頭冷然說著，人來到這世間就是來還數，啥物日劇、韓劇、有的無的攏是騙人的。友忠伯並不清楚那些話到底是哪個層面的自己所吐露，他有著非常強烈的訹說欲望，彷彿希望一切事情都能井然有序，希望所有不堪都能用簡單的字眼好好撫慰。

特地剪了髮，穿上西裝衣褲，參加喜宴般隆重地去看檢查報告。坐在椅上，等待醫生宣告，腦海想的不是被他當作早已死去的老婆，不是女兒，而是媽媽桑春妹子。醫生說指尖麻痺是神經壓迫引起的，跟中風一點關係都沒有。醫生好心詢問是否要順道做肝膽腸胃超音波檢查。友忠伯高興得直搖頭，拍打胸脯，說身體很健康，骨頭像檜木一樣硬，不用再多做什麼鬼檢查。離開診療室，整個人又興奮又虛脫，腳步亂了，滿額頭滿掌心都是汗，急著想把醫生說的好消息告訴村人，他知道自己不能高興得過了頭，要鎮定，不然容易遭到天譴，七爺八爺會提早來掠人。深吸口氣，抹頭髮，優雅地從褲袋中掏出手機點進通訊錄，些微遲疑，打了通電話給春妹子。

確實是春妹子的手機號碼，卻是另一個查埔接的。

查埔問要不要留話。

友忠伯腦袋一時空白，沒頭沒腦回應，我今仔日——今仔日無欲食魚肚，欲食雞腿。

關掉手機，踱起腳步，暗暗咒罵一聲脅恁老母有夠袂見笑。然而，友忠伯知道今天是穿西裝的日子，是吃喜宴的日子，是恁爸重生的日子，心情應該開心，喙笑目笑，度量必須比宰相肚還大。

早上，天色陰，山間霧氣裹著墨綠松羅膨脹了起來，照例穿上西裝衣褲，從灶跤拿了一袋乾炒辣椒、豆乾、小魚乾和花生的拌嘴零食塞進口袋，到厝前鞋櫃穿一雙破黑襪，拿起鞋子對著鞋頭哈幾口氣，吐口水，雙掌再抹去灰塵。一隻短尾黑母狗在下著微雨的街巷內跑來竄去，骨瘦，血眼，尖耳，短毛剝離大半，接近右側的乾癟腹部有些擦傷，左前肢瘸了。友忠伯和黑母狗對望幾眼。狗兒布滿眼屎的雙眼在雨中不斷猛眨，像是看不清楚。友忠伯皺眉，罵了句真該死，放下鞋，聳肩，踅進厝內拿一把黑大傘，剛要踏出門，不自覺止住腳步，轉身踅到灶跤垃圾桶前，尋找昨夜啃過的雞骨頭和熬煮白蘿蔔的豬大骨。

雨水與霧氣充滿蟻酸般焮毛，扎扎麻麻，友忠伯穿上皮鞋，撐傘擋雨朝狗走去。黑母狗的頭顱正在鄰人丟擲的垃圾袋內探頭探腦，咬著袋內物品。走近了，用光亮皮鞋踹了踹狗尻川，黑母狗受了驚，縮起短尾一瘸一跳遠了幾步，用做錯事的眼神覷著人。友忠伯用脖子與肩膀夾著雨傘，右手從袋中掏出碎骨殘肉丟向狗兒，露出牙齒，發出嚇阻聲，黑母狗後退幾步，友忠伯反倒笑了起來。打開袋子，將骨頭一古腦置放地面，雙手探向雨中洗手，轉身朝向廟埕走去。友忠伯又在廟公阿火伯面前搬演獨幕劇，一把梳齒在髮上順理時，靈光一閃加油添醋，說最近忙，要去北關幫忙夜巡抓偷渡，要去湯圍當證婚人，還要去噶瑪蘭城參與漁業管理所舉辦的船長講座會議，不僅參與，還是主辦單位特地邀請的重要發言人。講得興高采烈，吐沫星子飛竄，都渴了，阿火伯卻皺著臉，十分憂愁完全沒專心聽。友忠伯這時才發現原本該待在廟埕鬧熱的村人都不見蹤影，一問之下，才知道有人去準備神明慶生的鮮果祀品，有人跑去漁會抗議，說鯖魚價大跌，跌到都快要褪褲膦，要政府趕快啟動漁業平準基金。友忠伯拍大腿，大嘆一聲，馬上轉身也要去頭圍城插一跤。阿火伯連忙叫住友忠伯，說人攏欲轉來囉。友忠伯耐下性子，坐在椅上發呆一會兒，無所事事只好繼續喝茶、翻報、東張西望，拿出花生和阿火伯一起食用。村子邊緣傳出一、兩聲狺狺狗吠。阿火伯若有似無說足濟工啊，規工攏佇吼，吼甲暗時死人攏欲起床四界踅。回厝時，繼續撐黑傘，皮鞋踩出水印，站在杳茫雨中搜尋瘸腳狗。骨頭消失了，狗也消失了。腦袋忽然浮現嘯天犬三個字，他不知道這字眼是從哪裡來的，可能是作夢，可能是在野台戲中看過孫悟空大戰神獸，也有可能是受到連續劇影響。如果狗是嘯天犬，那麼收養者就是帥氣的二郎神，沒想到養條狗就可以有法術，上天下海當神仙，直接獲頒免死金牌百毒不侵。

那些日子，春妹子三天兩頭就去找友忠伯。

友忠伯相當冷漠。

春妹子拿著恩客留給她的八寶粥、義美泡芙、薏仁花生罐頭踅進厝內，要友忠伯陪她一起吃。春妹子也會用恩客留給她的錢去買一些刺五加、三葉膽茶、高麗人參片和養生雞精給友忠伯。春妹子知道友忠伯愛喝茶，尤其喜歡喝阿里山的烏龍茶和埔里改良的阿薩姆紅茶，也會託著關係要人給她買來。茶好，喝了可以降血脂肪。初始，友忠伯非常不能接受老邁的春妹子在他面前晃來蕩去，奶子不奶子，尻川也不尻川，覺得自己無緣無故染上一身晦氣。不管用什麼話來辱罵春妹子，春妹子依然不加理會，別過頭，晃蕩一頭鬈髮，髒話當耳邊風，臭酸當吃補，不會感到不舒服。春妹子說，就像縫衣服時總是會刺到肉，頂多就是出點血，把血吸進嘴巴就沒事。友忠伯後來也罵膩了，不趕人，看到春妹子提一、兩盂熱燙薑母鴨或是羊肉湯時，也沒有什麼特別感覺，兩人坐在沙發一起吃食，繼續看電視八點檔，醜陋的女主角始終能鹹魚大翻身。友忠伯抱怨湯頭不夠濃，老薑不夠味，米酒不夠烈，應該要加陳年高粱，肉要再燉久一些，小火熬煮湯才會清。春妹子洗碗擦桌，清潔淤塞食物殘渣的水槽，切些柳丁、梨子和火龍果吃，兩人先後洗澡，再縮進同一張床上脫褲做愛。有時，褲頭還在腳踝邊就結束了，純粹摩擦幾下，叫床聲不管怎麼聽都很公式義務，沒有激情，只是肉疊肉出點汗，讓心臟跳得快一點，像是泡溫泉取暖。兩人再一同洗澡，幫彼此刷背，搔癢，穿衣服套褲子，上床睡覺，偶爾因為手掌發冷而彎身搓揉對方肚腹，或者用雙腳互蹭。隔日，春妹子早起煮粥，配些脆瓜、肉鬆和海苔醬。兩人安靜喝粥，友忠伯拿著報紙看社會新聞，春妹子將刊登地方廣告的報紙拿來墊桌子，飽了，春妹子擦拭桌面，回到房間摺棉被，上濃妝，收拾昨夜羹器準備回厝。春妹子會交代，昨夜沒吃完的放在冷凍庫，別忘記拿下來解凍，加些米酒和麵條就是一餐，酒少喝些，菸能戒就戒，不然整天咳。友忠伯每次都會把一、兩千塊塞進春妹子的掌心或褲袋，不再把錢往天空撒，春妹子只是笑，衰老的笑，世故的笑，嬉戲的笑，不拒絕也不表達過多情意，說，另工有閒我閣再來。友忠伯不說再見，嫌煩，要春妹子要走就快滾。友忠伯站在屋簷下，抽著菸，心神不寧看著春妹子年邁的腳步逐漸走遠，看見春妹子的尻川愈變愈大，腰肢粗肥，頭髮霜白，走路一瘸一瘸像母狗。友忠伯罵，他媽的，真賤，真不要臉，內心深處卻又知道被罵的人並非是春妹子，而是自己。如果罵的是春妹子，也知道咒罵已經不僅僅是咒罵。

古人說的沒錯，查某人真是禍水，只是又能怎樣？有時被淹死也是心甘情願。一聲聲被遺棄的狗吠從街底巷弄間竄出。

雨又大了。

衣櫃應該多放些乾燥劑，不然西裝衣褲不出兩、三日就會發霉。

花生要剝，啤酒要飲，菸要抽，米飯得煮熟吃，魚還是要去鱗挖臟。

春妹子照樣接客，接得毫不猶豫，接得理直氣壯，接得正大光明，不漲價也不調價，偶爾也會想起友忠伯的絮絮叨叨，提醒多加注意安全，講究衛生，千萬不要變成噶瑪蘭香爐。辦正事前，會先叫恩客洗淨全身上下，私處和胳肢窩最好多搓幾下，還特別囑咐要戴套，不想戴套的，就用肥厚的雙手、鬆軟軟的乳房和乾癟癟的嘴巴來服務。遇到態度強硬的恩客，春妹子也不會正面拒絕，這樣子太傷情分，有失禮貌，別人進門來花錢都是客人、大爺與天皇老子，必須服務周到。春妹子熟練地用雙手掩住下體，極其自然擺出騷姿微張雙腿，說多搖幾下，再多搖幾下，搖出個囡仔最好了。恩客聽了，心中就有了疙瘩，套子也就乖乖戴上。春妹子原本不太在意生活細節，整天讓健保費、水電費和生活開銷逼迫就夠她暈頭轉向，更別說保養，能夠混口飯吃最重要，可是現在她的生活扎進草禾，滴進水銀，沉甸甸的，因為已經有了想望之人。她會專心聆聽廣播，買些賣藥郎推薦的男女大補全、桑葉茶和甜菜根錠，或者特地從各地廟宇道觀求來平安符，燒了，混入燉雞腹肚中，以武火、文火緩慢熬煮。

友忠伯的收斂是有章法的，從無禮謾罵漸至淺薄無語，收斂神色，飾以威嚴，再臨時迸出一、兩句饒富趣味的冷嘲熱諷，像是莫閣食，食甲遐大箍，尻川親像母豬仔；像是你的查埔人誠濟，減我一个袂要緊；像是莫閣來遮，足厭氣，我上愛面子，一个人生活較自在輕鬆。然而，友忠伯的語氣有了轉變，雖是嘲諷，話裡話外卻都能聽出那股若有似無的關心，旁敲側擊，不點破，也不大張旗鼓。春妹子聽了也只是笑，偶爾鬥幾句，說友忠伯無人愛，五十歲矣閣是一个人，身軀邊也無錢，足散食，可憐。春妹子笑著說家己是觀世音菩薩下凡，救苦救難，唵嘛呢叭咪吽唵嘛呢叭咪吽。友忠伯回嘴，我看是狐狸精，來欶我的血差不多。春妹子和友忠伯的話都點到為止，顯露絲絲縷縷情意，有著隱射、刺探與水面上下來回的曖昧。兩人都想要看見對方微微氣憤，或者握緊拳頭插腰蹬腿，一古腦陷入困窘；到了臨界，石子錚錚，火光灼灼，惡意之言舒緩成意在言外的隻字片語，距離拉遠了，留下餘韻，存在想像，各自揣摩話中的方寸空間——打草必得驚蛇。

春妹子最喜歡窩擠厝中翻箱倒櫃，打開一個一個抽屜，將沾上蟑螂屎的過期水電證明、宗族名冊、保險單、日曆、書信、明信片、電話簿、舊身分證、發黃報紙堆疊置放桌上，再用抹布細心拭去灰塵。文件從正面翻到背面，再從背面翻到正面，猜測鬼畫符的含意。春妹子不是不認得字，只是許久不用，也就生疏、陌生、有了鏽蝕味，就像捕魚人腹肚必然割去的闌尾。

春妹子對照片很感興趣。

相反的，友忠伯卻對照片最頭疼。

文件夾縫掉出幾張發黃照片。春妹子持拿照片，反覆琢磨十八歲少年友忠伯身旁的查某人和囡仔，接著又搜到舊相簿、結婚證書、囍字薄金片和劣質銀項鍊。春妹子拿了兩組年代各異的照片仔細對照，心中有了大致的想像與推論。春妹子恬恬的，皮肉不動，試探詢問照片是何時照的。友忠伯的雙腳交疊跨靠軟沙發，瞥幾眼，皺眉頭，說歇睏時看電視就好，食飽傷閒看啥物相片。春妹子逕自擦拭照片上的灰塵，從塑膠隔膜夾縫中拿出照片仔細審視，再塞回。春妹子繼續清除另一抽屜中的蟑螂屎與菸屁股，抬起頭，望著友忠伯，開了口，嘶嘶發聲沒頭沒尾說著什麼。友忠伯轉過頭，春妹子沉著臉兀自說著應該愛聯絡的，有聯絡無？當初為啥物欲離開？幾歲啊？閣按怎講也是家己的查某囡仔。友忠伯挺起身，板起臉孔，電視轉靜音說欲問就問，莫佇彼哭爸哭母哭祖先十八代，踅踅念踅踅念，足煩。春妹子確實想要打探友忠伯的妻子與囡仔底細。而當友忠伯認真回覆，春妹子卻又退縮，問了覺得自己雞婆，愛管事，像賊仔，只是心中沒有答案，全身上下像是被螞蟻咬嚙，折騰得很。春妹子不回應，清潔文件，傾斜櫃子，灑些酒精消毒，再把文件重新綁上橡皮筋放回抽屜，故意晃到電視機前阻擋友忠伯視線。友忠伯皺著眉，低聲咒罵，真正有夠狡怪。

村人逐漸承認春妹子和友忠伯之間的關係，然而，卻不會因此而刻意冷落春妹子的生意。查某人香依舊濃，查某人味依舊蕩，查某人奶依舊垂，這跟情面薄厚無關，而是跟生活有關。幾年來，友忠伯從遠洋退至近洋。友忠伯與春妹子的關係依舊若有似無，甚至隨時都可能隔牆異變，置換門鎖，大舉搬遷，不過也可能換鎖後幾個禮拜又溜上床鋪討溫暖。

翻臉，不需要什麼特別大的理由。

是小事，亦是大事——友忠伯的女兒回來了。

不過一壺熱茶的時間。

寒冬，春妹子窩躺床邊弓起左腳，彎低腰，垂頭，靠一盞微弱日光燈修剪指甲。腳趾甲修得深了，還嚙出傷口。拉起窗簾，讓房間亮些，重新坐回床邊，彎身，張嘴發聲喑啞不成調，哼唱〈針線情〉、〈雙人枕頭〉、〈酒後的心聲〉、〈雪中紅〉和〈家後〉，用牡丹紅的蔻丹塗抹指甲。等會兒應該先要把陰乾的衣服收進厝，用暖爐烘一烘；電鍋內燉煮黑糖枸杞木耳甜湯，要先試試甜味和黏稠度；星期五晚上應該要去夜市換掉木質味香水，味道不夠濃，香氣不夠豔，柑橘果香或梔子花香才好。隱然間，春妹子還能聽見客廳傳來的電視聲，小人們聲嘶力竭討論到底是否該調升最低薪資。有一陣子，還以為耳聾，想著外頭怎麼都沒了聲音，卻也不擔心，弓腳，仔仔細細對著腳趾甲吹氣。慵懶起身，搥腰揉背，對著鏡子探看口腔右側一顆破了大洞的臼齒，用舌頭舔了舔，穿上室內拖，想著友忠伯可能睡著了。春妹子一邊用手指捲著分叉枯萎的髮絲，一邊搖晃身子來到客廳。

友忠伯在黑色立領針織衫外加上灰西裝，綴起鈕扣，底下還是棉質運動褲，看上去相當不搭。身子坐在沙發上，方桌對側坐一對面熟的年輕男女。

客人來，春妹子逕自踅去灶跤泡一壺熱茶。

春妹子拿著茶壺和小茶杯來到客廳，友忠伯一反常態坐得直挺挺，十分緊張，舌頭還打了結，不知該說中文還是台語，好不容易擠出話卻又草草收尾。方桌上有一張濃香喜帖。春妹子彎腰，謹慎沏茶，原本想要坐下來聊聊的，友忠伯臨時對春妹子比手畫腳，說去去去，水果——福祿特。春妹子沒走幾步，友忠伯就說番仔，啊，毋是，是外勞仔啦。春妹子回到灶跤切柳丁和火龍果，仔細排盤，她從來沒有看過友忠伯如此驚慌失措，急忙套上西裝外套，連頭髮都沒梳，看上去竟然有些落魄。不難過是騙人的，再怎麼說都相處了一段時間，但是知道這些話是正常的，承諾與名分從來就不曾正式存在兩人之間。她兀自調侃，怎麼可能會有那麼老、那麼妖嬌的外勞仔呢。想著想著，就笑了。春妹子端著水果回到客廳，向友忠伯點頭，同樣比手畫腳一番，拿條抹布踅到神龕假裝擦拭。雨水綿密，風騷包，春妹子的思緒磨成細針，極敏銳，長滿觸角，瞅著、聽著、探頭探腦著，神桌從左擦到右，從右擦到左，原來沙發上的女子是友忠伯的女兒，要結婚了。難怪眼熟，照片看過十幾遍，父女倆眼睛和嘴巴長得特別像，不過女兒比較白，鼻子特別挺。

友忠伯挺直腰桿，右手掌抹口水，不斷往後梳攏稀疏髮絲，神色驚慌，怕說出的話和動作都有失父親的顏面與輩分，糊里糊塗說沒問題，一定會去當證婚人。友忠伯不敢看女兒，聲音有些膽怯，跟未來的女婿說話時倒是回復一絲慣常的誇耀語氣。問食啥物頭路？穩定無？年終提偌濟？少年人一仙、兩仙攏愛趁，以後起樓仔厝才毋免共銀行借錢，利息足懸。知無？友忠伯還沒訓完話，剛要從勞工權益問題扯進日益嚴重的通膨，年輕人已經坐不住，茶只喝了一半便匆匆離去。

送完客，恍恍然坐回沙發，拿起喜帖看了又看，湊近鼻尖聞了又聞，長繭的指頭謹謹慎慎觸碰真金燙字。友忠伯完全沒有發現臉頰上早已滲滿汗珠，雙手抖動，嘴裡歙動卻始終吐不出一句完整的話。

春妹子坐回沙發，拿起茶杯，喝著猶然冒煙的熱茶。

友忠伯像想起什麼，嘆口氣，喜帖從掌中掉落，輕微撞擊地板的聲音讓人瞬間醒過神。友忠伯緩慢脫下西裝外套，掛在衣架上，叫了春妹子一聲，春妹子沒有搭理，友忠伯再叫了一聲，說暗時免煮，先去湯圍浸溫泉，閣再去食龍蝦魚翅。

春妹子沒有問原因，若無其事地說，食袂起，外勞仔上散食，無錢。

友忠伯和春妹子不再說話了。

傍晚，友忠伯用塑膠袋裝了換洗的內衣褲，拿著鑰匙站在厝門口等待。春妹子披上圍巾和紅色大外套，拿一把傘，考慮到底要帶幾罐裝滿薑茶的保溫瓶。

兩人拖拖拉拉，終究上了車，洗完溫泉去餐館子食飯。

友忠伯變了。

打飽嗝，抽菸，看電視，若有似無提到要春妹子搬來厝內。春妹子不回話。友忠伯也沒再提。隔了一陣子，趁著兩人同在餐桌吃飯，吶吶說著要春妹子不要再買外面的食物，說不健康，以後家己買材料，厝內煮，看欲煮人參雞、火鍋、當歸羊肉爐攏好；還說去火燒寮山闢塊地，種些番薯葉、大陸妹和短莖蘿菜，家己種家己食上健康。

春妹子依舊不回話。

有一陣子，春妹子試著不接客，成天待在友忠伯厝內乖乖做家事，洗衣服，曬床單，擦桌子，買菜、做菜與洗碗，早晚給祖先和觀世音菩薩上香。午後時日難熬，最是無聊，春妹子煮飲品，夏日是青草茶和決明子茶，冬日是燒仙草和紅豆湯，掀開熱氣盈溢的鐵蓋，瞇細眼，聞味道。當然，藥補雞湯少不了。不靠查埔營生之後，春妹子的時間便闊綽起來，雜事做完，沒什麼事情可做就聽廣播或看電視發呆，等待電鍋或鍋爐的熬燉湯物。初始，避諱走動前廊，盡量避免不必要的眼神，只是時間一久也不再理會，坐在簷下修剪指甲，或者坐在籐製竹椅閉起眼睛打呼嚕。春妹子跟過很多查埔，從來沒有動過真感情，曾經同居，不過也都是點水鴛鴦。春妹子想，自己和友忠伯注定沒有好結果，千萬別癡心妄想，能陪伴一日就一日。

友忠伯不知道春妹子住進厝後會變得如此放蕩，如此自然，如此不拘禮節，總覺得春妹子應該要懂得禮數，多少都要有些形象，卻又不知道到底要裝出哪些形象。友忠伯會要春妹子坐得好看一些，腰挺一些，腳別動不動就打開，喝湯別發出唏噓聲。這些習性其實一直存在春妹子身上，友忠伯愈對春妹子要求，春妹子愈覺得友忠伯是認真的，動了情的，真心希望她留下來的。

春妹子竟然感到害怕了。

春妹子要友忠伯愛她，又不要友忠伯愛她，她很矛盾，愈是矛盾愈是抗拒；她想要定下來，至老死前死纏爛打跟定一個查埔，求善終，即使她知道這樣會害死那個查埔。

晚上，友忠伯洗完澡，鑽進棉被，隨手脫下外褲內褲，傾身撫摸春妹子腰肢，再往柔軟下腹搔去，手指探進內褲內的叢毛，試著往下，再往下，內褲隨著外褲一同脫去。

暗嘛，實在愛睏，春妹子說，輕輕按住友忠伯的鹹豬手。

友忠伯不理會，翻轉身，全身猛力壓住春妹子，煞有規律前後左右搖晃一陣。

只是春妹子不叫了。

又有幾晚暗暝，友忠伯的雙手探進春妹子下腹巢穴，春妹子夾緊腳，撥開友忠伯的手。

無爽快？友忠伯問。

友忠伯翻身，抓著春妹子的乳房當挲圓仔。

春妹子有些倔強，挺直手臂拒絕友忠伯。

友忠伯放棄，躺回床上，罵咧著睏予死上好。

春妹子不知為何突然爬上友忠伯的身子，用舌頭舔著、含著、咬著友忠伯的耳朵，抓起友忠伯的手掌往自己的臉用力打去。

神經喔，友忠伯縮回手。

春妹子鬆了手，在友忠伯的軀幹間游移，撫弄敏感處，撓起慾望。

友忠伯一個翻滾，爬上春妹子。

真正毋痛的，伊真正愛我，春妹子透過窗簾洩入的夜燈餘光窺視眼前男人。不夠的，這樣還不夠清晰，頭一次，她想要好好看著她的愛人，看穿他的身體，看進他魆黑眼珠，看入他殘缺的懦弱靈魂。春妹子突然離開友忠伯懷中，赤裸下半身踅到大廳，從神龕櫃中拿出兩根紅蠟燭回到房間，用火柴點燃，蠟液貼黏床頭櫃。兩盞火淚是兩顆顫巍巍心臟，隨時都可能熄滅復歸暗黑。

創啥？友忠伯問。

春妹子搖頭傻笑。

對望幾秒，友忠伯傾過上半身，吹熄燭火，罵了聲痟查某，繼續騎上春妹子。

春妹子的身子順著顫動續而貼近床頭櫃，再度燃起燭光，興奮卻又害怕地看著光裸的友忠伯。張開十指，緊緊捺著友忠伯的臉頰與胸膛，輕微的陷落與隆起讓她有想哭的欲望，她確實透過明晃晃燭光看著友忠伯騎著她肉弛色衰的身軀。

燭光熄滅續又重新點燃幾回，友忠伯索性不再理會，要看就看，沒什麼好害羞，不管是光身或穿著西裝都好，反正如今都成了落難鴛鴦，被扒光羽毛也不必在意。有光也好，有光就能看見兩人是多麼不堪、多麼醜陋、多麼落魄，更因為如此才更要緊緊抓牢對方即使掐緊脖子。

這查埔有些癡，有些狂，真捨不得打她，他是願意愛她的，願意揉她，願意霸占她，在瀕於枯萎的肉身盡力播種——如何為一位六十多歲的老婦瘋癲？

友忠伯臥躺在床，下體的肉身和尚光著頭直翹翹，春妹子拔起一根蠟燭挨近，蠟油尾隨身軀震動四處滴落。火光些微，影子牢牢追逐，但求照見彼此哀愁面目即可。老眼昏花，於是要在此刻的恍惚明亮中辨認彼此，身有殘缺，心有柔情，而最深情之處在於讓自己活了過來，蠟油滴在身上一陣一陣疼痛，或紅或白，而後形成一層薄膜。皮膚都焦灼了，髮都白了，心卻年輕得令人無法承受。這樣的愛其實是種懲罰吧。春妹子又開始叫床，壓抑，隱忍，如此動情卻又語無倫次，不再似以往公式。

因為過於親密而引起深層恐懼。

不能拖累友忠伯，要害也只能害自己，也只能害那些隨意來去的恩客。又洗了一次澡，兩人穿好衣服躺回床上，春妹子緩慢無聲匍匐過身，黑暗中將上半身靠向友忠伯，頭枕著對方肩頭，右邊的胳膊原本擱在友忠伯胸膛，但是不暖，索性將手從友忠伯衣服下襬伸了進去，緊緊覆蓋友忠伯身體，食指不時兜圈，掌心貼上胸膛便溫暖了。友忠伯的手隔著一層棉質外衣輕柔拍打春妹子的手，說暗矣，緊睏。春妹子的手沉靜撫摸友忠伯起伏的胸膛，溫暖的體溫、結實的身子與規律的呼吸，讓春妹子更加難過了起來。

隔日，春妹子離開了。

天色如此陰沉。

霪霪冬雨，友忠伯躺在床上忽然冷醒了，流了滿嘴唾沫，翻轉身，另一邊空了，沒人，是冷空氣，是蜷縮的棉被，濃厚的香水味與香皂味早已骨瘦骨瘦。撐起上半身，臥靠牆壁，想著適才夢見了什麼，春妹子似乎在洗澡間搓洗，哼唱性感卻不成調的歌，友忠伯興沖沖推門內探，還沒探出人影夢就醒了。友忠伯對自己禸了一句，罵沒用，夢到誰都可以，為什麼硬是要夢到六十多歲的老妓女？友忠伯呆愣愣望著枕頭，沒錯，春妹子還躺在這，他伸出手，拉下一根春妹子長髮，再揀了自己一根短髮想打個結，卻始終失敗。友忠伯撲身向床頭櫃拿菸，前陣子春妹子剛洗了床頭櫃上的菸灰缸，說在哪抽都好，就是不要在房間，等會兒整間房間不小心都燒了；仔細想想，那也是好幾個月前的事情。一邊咳一邊抽，咳死了最好。菸屁股插滿菸灰缸，再用打火機燒燃兩根斷髮，嗅聞那股肉焦之味。等會兒春妹子會不會提著雞湯回來？當雞的就是死性不改愛煮雞湯。真的不來了嗎？很好，這樣子簡簡單單的很好。友忠伯握緊拳，菸頭火光閃滅，身子毫不自覺前後震盪。如今床鋪又是一個人睡了。

秋冬雨，手腳冷，友忠伯在厝內穿著棉質運動衣褲，戴了頂環住雙耳的東北皮絨大氈帽，抽著菸，菸屑掉在掌心也沒有任何痛覺。自從春妹子離開，友忠伯的心緒就讓雨水漬肥，然而卻又是虛心，不知要找什麼來填補。屋簷底下，不遠處響起爪子刮搔空氣的細微撕裂聲，泥土鬆軟長苔，沒有影子，瀰漫一股不欲讓人聽聞的哀傷。友忠伯撐一把大黑傘，踩木屐，喀啦喀啦在綿雨中探尋聲音，看見短尾，再看見細瘦尻川與嶙峋身子，瘦頸在垃圾袋中咬嚙，是嘯天犬。左前肢瘸了，輕弓，不觸地，眼裡流露神經質般的怯懦。友忠伯伸出大掌，啪一聲打在狗屁股上。嘯天犬萎過身，低嚎幾聲往後退。友忠伯抬起腳又一踹。嘯天犬挨了踹，退幾步，尾巴更加垂落。友忠伯再往前去，伸出大掌要往狗肚打去，卻忽然軟了力道，彎下腰，順勢抱起滿身臭味的嘯天犬。嘯天犬奮力掙扎，直到面朝天空露出染有皮膚病的肚腹，索性放棄不再動了。友忠伯將嘯天犬捧進懷中，踩踏雨水，心不甘情不願踅進厝。媽的，這雨天，媽的，這母狗，怎麼都這麼欠幹。

友忠伯撿回嘯天犬作伴。

他以為自己已經不願再去相信任何一個人。

友忠伯依舊會呆愣愣站在屋簷下噴香水，抹髮油，抽香菸，夏穿襯衫西裝褲，秋冬加西裝外套。最近開始替換領帶，原是靛色，後來一口氣買了紅色雨滴狀、金色格子狀和七彩橫紋狀，依照心情隨機替換，認為這樣子生活才有一些小小的樂趣與變化。閒暇時，依舊喜歡穿起整套西裝，拿三、四張過期的喜帖塞進口袋，刻意趖到廟埕，說誠無閒誠無閒，透日攏有約會。不同的是，現在不管走到哪裡，不管晴天、陰天或雨天，嘯天犬都會緊緊跟隨，一前一後形影不離。嘯天犬左前肢瘸了，行進時一跛一跛。友忠伯非常照顧嘯天犬，吃的、喝的、住的、玩的都花了大筆鈔票，秋冬還特地給嘯天犬穿上自製的貼身背心。

直木伯說，嘯天犬命真好，活得真不像狗。

阿火伯說，嘯天犬老了走大運。

友忠伯坐在椅上，招招手，喚來頸子下別著紅蝴蝶結的嘯天犬，拍打養肥狗肚，笑著說，過幾工閣欲𤆬狗仔去總統府食暗頓。

頭好壯壯 好育飼

天好亮，頭好暈，地好暗，跤好冷，夭壽夭壽發燒了喔。

金生躺在床上像躺在大太陽底下，床褥熱燙燙，一條棉被一條棉被往身上添，汗水陣陣滲出皮膚漫成海，躺著冰枕頭，內臟發燙，喉嚨咕嚕咕嚕彷彿又喝下一罐番薯島啤酒，肚子膨脹，一口氣吐出發餿的糜爛鹹粥。不時捧抱骨灰罈，怕吐了滿身滿床，骨灰罈內裝滿惡臭穢物。鼻涕是黃的，痰是綠的，汗是透明的，血絲是紅的，頭是天公伯的，腳是陰曹地府的，心臟撲通撲通怎麼不是自己的。睜開熱燙雙眼，世界多了一層膜，阿嬤看起來年輕了十八歲，阿公拱豹身、露虎牙將金生咬了起來，穿上拖鞋，發動打檔機車去看西醫。金生穿一件長內衣、高領毛線衣還加一件阿公穿的冬天棉襖，身體鼓鼓的，不倒翁似。往東倒，往西滾，醫生吩咐張開嘴巴、拉開衣服、躺在床上脫褲子露屁股。護士姊姊拿細針往圓滾滾、紅通通的尻川扎進去。喲，蜜蜂鑽進身體，要採蜜了。哀號一聲，護士姊姊呵護的微笑好燦爛。不痛不痛，阿公拿一粒人參糖塞進金生嘴中。睜開眼。閉起眼。睜開眼。閉起眼。挖掉眼珠子，敲破腦袋，把許耀光的獎狀搶過來，把趙坤申抓去關禁閉。

目珠是火，目屎是水，有燒香哪會無保佑？這世間真是沒天良。

三暝，四日，五暗，六月的尾巴早就消失，身體還是不斷發燙，打針、吃藥、睡脺鳥都沒用。不過脺鳥怎麼睡呢？睡懶覺才是。頭暈暈，腳輕輕，一步兩腳難得不長翅膀就會飛。阿嬤緊張叨念，拜天公，拜公媽，拜鳥母，不停用手背撫著金生額頭測量體溫，阿公背著金生來到春帆港前的樹王公廟前求平安。那是一株樹齡上百年的茄冬樹，老神在在，樹立港口護衛往返船隻，樹幹圍著紅巾如肚兜，題「神威顯赫」虎嘯大字。樹冠圓碟型蓬蓬密密生長，痲雀築巢，烏鴉棲身，歡迎鄉親序大共同來做伙。阿公將高燒不退的金生歇放石椅，阿嬤將散開的布巾重新披覆金生身上。阿公說茄冬老壯護番薯，樹王靈顯祐萬民，今個兒來這求平安囉。阿公不是迷信的人，這次卻拿著鮮果在樹王公廟前祭拜，膝跪土，頭磕地，執拗的腰桿子貼平地面。阿嬤拿著胳膊粗的百枝香一拜一磕，香煙裊裊，大聲嚷叫要樹王公保庇喔。阿嬤朝小廟拜，朝樹幹拜，再朝著寬敞的天頂正大光明地拜。香柱端端正正插滿香爐。阿公捧紅筊，閉起眼，低下頭，皺紋鎖住表情虔心膜拜，兩手往空中順勢一丟，是笑筊。再一擲，還是笑筊。阿公擔憂地收攏紅筊，仔細交代金生的名字、住址、生辰八字，要樹王公行行好收金生當契囝。

夏風替綠葉枝幹抓癢，唏唏嚇嚇，樹王公捧一大本契囝名冊頓足思考，這乾兒子的名字筆畫不多，人品也不算壞。

金生張開眼睛，樹冠遮住白銀天光，幾縷陽光從樹縫緩慢篩落，淋在臉頰，真是亮，模模糊糊記起阿公曾經說過的樹王公故事。

樹王公是個老彭祖囉，想死都死不了，樹圍八尺，高十六尺。聽說當初清朝噶瑪蘭廳通判烏竹芳來此巡視，忽起狂風大雨，通判暫時躲避樹王公濃蔭之中。當時，王法不彰，羽族、魚族和殼族幻化人形，準備擄掠田糧稻穀，吸取百姓精氣神。通判烏竹芳下令官兵奮力抗衡。無奈狂妄妖術一時橫行，眾官兵精神渙散，眼珠子往上一勾便雙腳癱軟自動棄械。臨危之際，地底深處忽然劇烈震動了起來，樹根破土，青綠莖葉緊密纏繞妖孽，鎖身勒喉，再猛猛拽向深土，妖孽無不成了大地養分。風雨停歇，雷霆收斂，又露出日頭囉。烏竹芳通判感念其恩，特別上書。朝廷敕封該樹為樹王公，建廟封神。阿公說這樹王公可不是一般的樹，樹王公上半部還有朴、松、榕、血桐和構樹五種植物共生，主根是茄冬。

阿公說這是多元主義民族大融合。

阿公終於喙笑目笑撿起聖筊，敬酒，再磕三個篤實的響頭謝恩，顫顫巍巍立起身，摘樹葉，一條紅線串起古銅錢繫掛囡仔胸前。

阿嬤摘了葉子，置杯底，注入熱水搖晃，手指攪拌後再倒進金生乾癟癟的嘴巴。

天好亮，頭不暈，地好暗，跤不冷，夭壽夭壽樹王公看起來笑瞇瞇好慈祥，真是佛心來著。透早，天色微微光，阿公虎吼一聲把金生和阿嬤都吵醒了。金生蜷縮被窩鑽啊鑽，一點都不想動，身子不燒了，依舊虛弱，時不時還會湧起一股冷意，攏棉被，縮成小蝦米。阿嬤搖晃金生包裹棉被內的跤，靠向床頭，用手背碰觸金生額頭。金生枕在水枕上，頭殼晃動陷眠，說著難以辨別的鬼話。

阿公叫醒金生，食稀飯，佐脆瓜，換上棉衣棉褲，戴上水壺與披一條毛巾就往廟埕走去。村人坐在潮濕石階前開講，阿公和金生一到，人就齊了。

崇孝伯立起身，吼一聲，要大夥兒排成一列，眼觀鼻，鼻觀心，心呢，什麼都不觀，要靜如澄水又動如脫兔。金生哀歎，悽慘矣，一定是發燒感冒讓阿公決定帶他來做強身健體的殘廢體操。每星期一、三、五早晨，廟埕前定時聚集練功者，人數不一，卻都是生龍活虎難得生病的老歲仔。金生曾經和羊頭坐在石椅，望著一排老人練功，不像是如來神掌、龜派氣功或者查克拉對抗的大陣頭，反而像是一二三木頭人，動也不動站立原地。動作最大、最快的拳術可能就是陳式武當太極。崇孝伯站得跟電燈桿一樣挺，氣沉丹田，穩健喊出招式名稱。托天抱月，哼是吸氣、哈是吐氣；飛雁回首，哼是吸氣、哈是吐氣；迎風走沙，哼哼哈哈；搖臂朝天，哈哈哼哼吸氣吐氣；搖簸箕，氣如水之流動無罣無礙——凝然一識。雙腳與肩同寬，微蹲，雙手如抱龍珠，手指自然隨氣抖動，前甩如春風撩水，後甩如秋風戲鵲。老人發癲，原地抖動如遭雷擊，骨頭酥軟重複進行復健運動，金生跟著推移運氣，熱汗湧冒，身子火爐悶燒。天公出日頭，戇人會出頭，站在原地氣喘吁吁，拿毛巾擦汗。

不到半小時，放棄了，拿著石子在青苔石面畫畫。累了，挖一顆大鼻屎，在怪物的臉上加上三八痣。火車輾過鐵軌聲傳了過來，用鞋子抹平圖畫，抬起頭，瞇細眼，望著熱燙太陽。雨神和雷神都躲到哪裡去了？三太子住在太陽裡嗎？發著呆，興起一股追日的奇怪幹勁。為什麼太陽會從東邊的海升起？為什麼太陽會從西邊的山落下？自然科學課本教的是真的嗎？要怎麼證明？老人們還在廟埕前原地甩動雙手，金生拔腿往理安宮跑去，爬上石碇古道迌迌探險。

山林陰涼，脖子掛的銅錢鏗鏘有力撞擊胸腔，一口氣跑到榕嶺土地公廟。火球持續燃燒，筆筒樹、血桐和食茱萸交掩潺蔭，天空飛來大大方方全身都被看光的展翅大冠鷲。金生不知道自己為何要跑來這，有時人的行為是難以找出道理的。雙手合十，向土地公虔誠祭拜，希望每天都開心，希望暑假不要結束，希望身邊的人永遠頭好壯壯。蹲坐土地公廟，順手啃起神桌上被蛀過的大蘋果，吃完了，當神射手，果核精準丟進香爐。跑進廟，望著土地公和土地婆，覺得那套刺繡彩雲祥果的員外錦衣沾滿灰塵，金生吐了一掌口水，雙手抹勻，輕撣神祇華衣，捋一捋土地公鬍鬚、抹一抹紅潤臉頰、拍一拍結滿蜘蛛網的基座。土地公、土地婆的眼珠子被擦得亮閃閃，嘴角涎出口水一副知足模樣。陽光探進破舊磚瓦，窄小廟堂兀自發亮，香爐中的香腳神采奕奕挺立。好啦，我要去追日頭了，下次再來當客人，金生踅出土地公廟，來到水聲淙淙的清澈小溪，伏身洗臉，對著水面上的自己做鬼臉。

一步一步，想像自己是一隻山羊在苔石間快速跳躍。

林藪涼，葉蕨旺，水蛭吸飽血，小黑蚊嚶嚶嗡嗡在山蘇葉鋒團簇移動。啪一聲，一個巴掌驅趕蚊子。腳尖蹭地，背拔高，旋轉一匝拉回重心，苔石好滑。當蜻蜓，輕點水，留下影子再跳躍。當猴子，扶樹幹，丟石頭，剛長出的長尾還沒長出毛。林蔭真是他媽媽他奶奶的涼，要趕快往上爬不然就當不了夸父、追不到太陽。保持重心迂迴前行，怕跌進水裡，褲子濕不濕沒什麼大不了，只是丟臉。一位身材纖細的女孩坐在石塊上，拿一株野牡丹撥弄水面，樹蔭裂洞，光打在女孩身上又似穿透，隱晦浮在青綠水面似蝌蚪嬉戲。約略距離一株筆筒樹，金生停止跳躍，雙腳沉穩站上石子，往前瞧，前方就是清潭。女孩穿白衫米裙，細膩膩雪白白的雙腳互相依偎端坐，一群大白斑蝶輕盈拍翅伴隨溪流潺湲。蟲聲噪鳴，水紋清淺，女孩轉過頭，觀音座蓮隨風搖曳透出一對柔和雙眼。

「怎麼一個人在這？」金生望著石子仔細踏點，一步一步跳過去。

女孩笑著。

金生跳到女孩坐的大石旁，蹲下身。

「為什麼我在村子裡從來沒有看過祢呢？」金生探頭詢問。

女孩繼續拿著野牡丹輕拂水面。

「祢的頭髮為什麼是白的？」金生問。「我知道了，祢很老了對不對？不，祢應該是白子，我們學校也有白子，皮膚又白又紅，好像輕輕一碰就會流血。祢是不是不能曬太陽？」

女孩轉身，百合花似的陽光在身上盛放開來。

女孩蓄留長髮，柔和臉龐，嘴唇水潤，鼻梁尖聳卻不突兀。眼睛細長明亮，閃著水，仔細瞧，還能在那對眼睛中看見自己。白髮從左邊額頭上方柔順分開，水草般絲縷垂掛遮住耳朵，當夏風吹拂，幾綹頭髮伴著枝葉搖曳窸窣碎語。那張臉乳石般白皙，水晶般透明，猜測不出年紀，看起來很年輕也可能很蒼老。

「祢叫什麼名字？」

女孩張開唇，許久沒有說話般停頓了一會兒。「我叫河。」

「好奇怪的名字，跟祢一樣奇怪。」金生隨意折摘細蕨，雙膝跪地，用蕨葉騷動水波。「祢一定不知道我的名字，不過我的名字很好記喔，罵人專用。」

河同時跪落，雙手貼石，胸脯靠向水邊輕緩吹氣。

上游漂下新舊綠葉，像一艘艘船打轉，順著水繼續往下游流淌。

「我的名字叫畜生，要用台語發音喔。我不是在罵祢，只是中文名字念起來就是這樣。」金生把手探進水，拿起石頭找蝦子。

「我記住了。」河的呼吸吹皺水面，水珠四處噴濺。

「我也記住了祢的名字。」金生放下石子，拿起另一塊石子。「祢知道抓蝦子最好的時間是什麼時候嗎？是晚上喔，只要拿手電筒照著水面，蝦子的眼珠子就會發亮，身子動也不動，接著只要在蝦子後面放一個杯子就可以了。蝦子一受驚就會往後跳。生蝦子很好吃，鹹鹹甜甜的，別看我個頭小，我可是抓蝦子高手。」

河轉過身，併攏雙腳，坐在蘆葦叢旁的青石上輕輕答覆一聲。

「我可以帶祢去玩，有我罩著不用怕，羊頭這個小孬孬也會好好保護祢的。不對，羊頭實在太沒用，我當保鏢保護祢就夠了。」金生說。「對了，祢在這裡做什麼？」

「沒有做什麼，就只是等著。」河傾身，望向石礫芒草。

「等什麼呢？」金生有些疑惑。

「沒有等什麼，就只是等著而已，好像是看著河水流過河床不需要什麼理由。」

金生似懂非懂點點頭。「我也常常等著，不過我是在等人。」

溪流淙淙濺濺穿行石縫，滑過藻苔，匯進深潭，湧動如林間漫起的水霧。

金生牛飲喝水，漱口，抹嘴，拍打尻川站起身。「好啦，我肚子飽了，都是水，再喝下去肚子就要爆炸，現在我要去追太陽，去不去？」

呼喚聲從山下如雷傳來。

「唉，真糟糕，阿公在找我，不能當夸父了。要不要一起下山？我帶祢去找羊頭和羊先生玩。」

「我還想要待在這一會兒。」河撫摸草苔，從腰間卸下葫蘆裝水。

「好吧，那我等一下回來，祢千萬不要走開。」金生敏捷跨出腳步，往溪流兩側的泥路跑去。

透中晝，天色光亮，雲層綿薄飄浮山闕，阿公再度吼了一聲。

喝了水，身子特別神清氣爽，頭不暈，腰打得直，雙腳非常踏實有力，下山途中臨時停住腳步轉頭探望。流水在沙埔與石面中潺湲擴散開來，滲入地面，隱約還能聞見夏天的野花摻和水與沙土的淡薄氣味。麻雀嘰嘰喳喳，踮高腳尖，回望，已經看不見河。

「喲，千萬不要走開喔。」

生死簿：籍貫 番薯島有餘村

有餘村南北狹長，東西窄仄，山嶺林峰居多，缺乏田地，排除房舍、鐵軌、橋梁、廟宇、街巷、墓地和港埠用地之外，還存在一些破碎、堅硬、地質貧瘠多覆礫石的土地。村人除了忙於捕魚，編織破網、賭博沽酒與吃喝拉撒之外，還會對畸零地產生妥善利用的想法。空地必須物盡其用，耕作必須井然有序，剷除咸豐、羊蹄、昭和、火炭母、兔仔菜和茯苓菜等野草，鋤頭試探掘土。軟土去除碎石，可直接播種耕植，硬土需要運來腐植良土覆蓋，隆如泉台，如肥枕，如大肚腩，再植下種子施以自然肥料。

羊頭厝旁有塊荒地，羊頭阿嬤整了地，種植三畦蕹菜、九層塔、辣椒和地瓜葉，是混合式菜圃，靠近牆壁的位置矗立兩株營養不良的木瓜樹。木瓜樹約高一尺半，雖結果，然而果肉大多乾癟，面色不佳無法壯大，約至一個竹節長度便停止生長，進而萎縮。羊頭搖頭晃腦爬上樹，摘下青木瓜準備刨絲涼拌。青木瓜絲開胃，夏日食用最退火。蕹菜的品種同湯匱，由於無法使用溫泉灌溉，植出的葉較厚，莖偏瘦，口感略粗，易生梗；其他的九層塔、地瓜葉和豌豆等菜蔬，不施農藥，養出的菜蔬都有蟲蛀不甚美觀，多為內用，或者贈予鄉里鄰居，偶爾用既有的菜蔬換些未種植的菜蔬與果子，大都禮尚往來互供有無。

群厝靠山，橫隔馬路矗立十幾株文旦樹，自由放任無人認領。八月，文旦樹生芽冒葉，進而吐珠，日月呵護之下逐漸結實纍纍，肥至十月，若沒有遭逢颱風或寒害，便會自動果熟蒂落。柚子呈球形與洋梨形，皮厚，有兩、三種品種。八月的果子尚瘦，略苦，垂枝至十月的果子則香甜飽滿，表皮滲出濃烈柚皮油。平日無人管理，柚子樹肆意蔓生，枝繁葉茂盤根錯節，日復一日捱過夏焱冬淼的慘澹氣候。

村內還有些無人在意、任其招搖或內斂的野果之樹，例如隨處可見的香蕉。這些曾經是村人勤於種植的果樹，常常在一段時間之後乏人問津，成為名正言順的公共財，方便貧窮者、缺錢者、飢腸轆轆者、挨餓受凍者自行採摘，接天宮和理安宮間就種植一整排野性十足的香蕉樹。果熟了，村人看見便順手摘下品嘗一番，極其自然，採摘者不會被冠上小偷等惡名。若無人問津，果實熟透任意掉落腐爛，天地不仁，人亦不心疼，反正人不吃，野猴吃，野猴不吃，蟲子吃，蟲子再不吃，鬼吃，鬼連香灰都搶著吃沒道理不吃樹上的肥果子。無所事事的永叔認養幾株野香蕉，果沒熟就刈下，說是怕給鬼搶去吃。永叔將兩斤重的米、一顆蘋果和青澀的香蕉串放進大型黑色塑膠袋內，對著袋內物品自言自語，說好好睏，睏醒就大漢矣。永叔提起袋口，轉三匝，再用繩索紮緊封口置放角落，等幾日，香蕉就熟了，沒人、沒鬼、沒妖、沒精、沒不良分子會刻意跟永叔搶。石義厝有一片土地，靠溪岸，原本混植桶柑、柚子、蓮霧和兩株畸形歧生的土褐新興梨，後來由於人力不足，只好集中精力種植蓮霧，還是品種相當特異的綠蓮霧。綠蓮霧色如翠玉，透光，口感清甜水潤，可惜產量不豐，防治蟲害的方式也較為特別。此外，在石坑山和火燒寮山彎曲山路徑旁，還有村人零散種植的土菝仔樹、高接梨和番石榴等。古籍中有記載，蘭地果之屬有：荔枝（來自泉、廈者有烏葉、狀元紅諸品，近時頭圍植之，香味殊別）、龍眼（即龍目，一名荔枝奴，熟時曬乾曰魁圓）、鳳梨（葉似蒲而闊，兩傍有刺，果生叢心，皮似波羅蜜而色黃味酸耳，末有葉一簇，因形類鳳，故名，惟不及台南為佳）、香檨（紅毛人從日本國移來，樹高多陰，實如豬腰，盛夏大熟，即外國所載南方有果，其味甘、其色黃、其根在核是也）、波羅蜜（亦荷蘭國移來者，實生樹根，大如斗，皮似如來頂，剖而食之，味甘如蜜）、檳榔（向陽曰檳榔，向陰曰大腹，實可入藥，一穗子數百粒，秋末採食，至二、三月乃盡，如雞心，和老藤食能醉人，可以祛瘴）、荖藤（即香藤）、桃、李（另有一種如鈕大，名珍珠李）、梅子、石榴、番石榴（俗呼梨仔茇）、番柿（形似柿，皮有毛，俗呼毛柿，西域種）、橘（一年相續者名公孫橘，又有四時橘，味酸）、柚（即秦風所謂條也，蘭地以瓣大肉如絲者為貴，名文旦，出漳州）、柑（有仙柑、紅柑、雪柑、盧柑、九頭柑諸種，亦橘屬也，台地以出自西螺者為佳，蘭則微酸）、葡萄、甘蕉（各地皆有，秋冬尤盛）、香橼、甘蔗（性溫味甘，有紅皮、白皮二種，又幹小者曰竹蔗）、佛手柑（台產較大於內地，但香不耐久耳）、木瓜、番薑（有方、長二種）、山楊梅、山柑、土菱、枇杷、菩提果（俗呼香果，花實青黃，味甘而香）、椰子等。其中，最為普遍的應當就屬金棗樹。

每年，十一月到隔年三月是牛奶柑採收期，金棗突破青春，轉大人，枝椏如鹿角，樹冠如蓬蓋，盡責庇蔭麾下圓土。枝有分脈，葉有大小，枝蔓枝蔓又枝枝蔓蔓，果實從深青、青黃至橙亮，猶帶稚氣，卻也志氣得很，白濛霧中迸現纍纍成串橘金，通體飽滿，眼珠子骨碌轉動——想滾落，想墜地，想經歷那必得經歷的腐爛與虛空。金棗望著村人走動，聽著鞭炮聲鑽進枝椏密處，細瘦分枝中扭腰擺臀，寸寸靠向土壤。果皮甜，果肉酸，當彈珠，當糖果，當金元寶，貪吃的囡仔拿一顆放進嘴巴，一張臉馬上皺縮成樹輪。由於缺乏寬闊土地，村人無法大規模種植，索性庭前左右置放一、兩株盆栽，如門神。並不需要費心照料，只要記得在結果前與結果時修剪枯葉、分枝並控制植株高度，避免果樹肆無忌憚旺盛蔓生即可。植有金棗樹的唯一麻煩，就是植株的生命力過於強悍，一株小型景觀盆栽在數年間往往長成高過一人的果樹，不再是盆栽容器所能容納。村人無可奈何，將原本作為裝飾性的金棗樹植入荒野空地，釋其自由，讓粗根呼吸，讓勁幹搖擺，讓綠葉抓風，緊密同大地連成一體。金棗愛陰濕，愛霧氣，愛瘴氣，愛陰雨連綿柔情似水，愛寒冷的秋冬獨善其身。村人熟知金棗的特色與營養，果肉具有止咳潤喉、養顏美容與滋養脾腎功效，還能入菜滿足口腹，酸味甜味，增添色澤與菜餚芳香，如茶葉泡進熱水開胃入脾，解油膩，汨清香。村人自創獨門料理，例如荷香阿嬤包粽時將金棗皮切絲，與米同炒，讓粽子泛出清淡果香；例如家家戶戶饗客必定料理的金棗蜜排骨，酸甜入肉，不油不膩，金棗提味引出排骨鮮甜，卻不喧賓奪主；例如釀娘子自釀的金棗醋，不流俗於市售水果醋，反其道，不添加大量冰糖，蒐集各家各戶不同品種的金棗，洗淨，陰乾，入甕，撒上少許糖，浸上醇厚米醋，只消一至兩個月便成，醋酸味四溢，很帶勁，入口柔順能立即回甘，酒香似淺似深久久不散，竟有如澄淨篩濾之清泉。村人自釀金棗，炒菜、調羹、烹魚或者中和腥味，只要加些金棗釀液，或者現摘果實入菜，便能在瞬間襯托出食材原味。食後回甘，不渴，極清爽。

種植金棗樹最有經驗者，莫過於對慢跑情有獨鍾的直木伯。

直木伯植有七株金棗樹，對外號稱北斗七星大吉大利樹，從接天宮旁的山路往上兩百多公尺，遇第二叉路，擇右側泥路，越雜草百尺便至。直木伯說種植金棗樹就像儒家所稱的齊家、治國、平天下，果園必須通風，土質必須不酸不鹼，得定期修剪枝葉，定期施肥，定期驅蟲，任何一個步驟都要細心謹慎，不得肆意妄為。直木伯對於栽種的金棗樹非常具有自信，品質優良，收成穩定，販售時單價也較高。其金棗特別圓潤多汁，黃澄碩大，果肉酸甜，回甘的速度特別快。近幾年，直木伯更加注意起養生健康，想要停止潑灑農藥，不想對果樹和土地造成負擔，自動自發報名經濟作物研習推廣班，勤做筆記，抄錄一堆連自己也看不懂的耕作撇步，說現代化的種植是反璞歸真，跟土地當朋友，當情人，而最能體現永續經營、生態保育與環境倫理觀念的，便是有機種植。直木伯聽東說西，懂南忘北，太多莫名其妙的專業辭彙常常使人難以招架，於是最後自我提綱挈領一番，決定成為友善小農，秉持對土地、人類、生命友善的準則，減少使用除草劑和一堆有的沒的化學農藥。村人說他愈老愈番癲，直木伯不在意，相當樂在其中，為了驅蟲，他調配辣椒、蒜頭、米酒和醋的混合液，試過用碳酸氫鈉混合生薑液，試過讓驅蟲劑先行發酵以增強效用，也試過混合茶渣和咖啡渣覆蓋植物根部以異味驅蟲。直木伯時常呆愣坐在果樹下，同果樹閒話家常，談氣候、教育、死去的老婆與時刻浮現腦海的記憶。

無意間，直木伯得知頭圍城桶柑產銷班在農業改良場輔佐下，完成驗證稽查，受到政府認定，發下一張產銷履歷證書，也就是替農產品標上經營者、產地、品種、植栽紀錄、採收流程和專業檢驗等等，還能利用包裝上的產銷履歷上網查詢，追溯產銷班農戶的生產流程，從澆灌時間、除側枝、摘葉與採果等諸多過程都有詳細記錄。當然，在番薯島農產品安全追溯資訊網站上，還有植栽與負責人照片。直木伯覺得這樣的規畫很符合他齊家、治國、平天下的儒家信念，也很符合慢跑必須暖身、伸展筋骨、調配腳步和控制速度的概念。另外，他也想利用這個機會，好好記錄潛在的柑桔潛葉蛾、柑桔茶黃薊馬、柑桔黑星病和柑桔褐色蒂腐病等樹疾，以因應潛在農災。

直木伯鎮日想著要替北斗七星大吉大利樹申請身分證，想到頭髮都銀白了、稀疏了、不得不離家出走了，由於產量實在不多，農會辦事處建議直木伯不要自尋煩惱，邊哄騙邊恐嚇，說申請過程非常麻煩，要加入會員、填資料、受訓、花錢請人來檢驗等等，怎麼算都划不來，到最後只會白忙一場。直木伯站在農會門口，氣得說不出話，握緊拳頭身子不斷顫抖，不知該如何是好，總不好站在原地動也不動，也不好對基層職員大呼小叫，這樣子實在有失金棗樹王的好修養。

最後，直木伯氣憤大吼，聽好，我是有餘村的，我種出來的金棗也是有餘村的。

沒人了解直木伯到底想要說什麼，就連直木伯自己也不了解，只是在語言奮力發洩之後便舒爽了，拳頭鬆了，肩頭軟了，脊梁略微彎成微笑。直木伯獨自哼哼唧唧，腳踏得特別起勁走回馬路。白日亮晃晃，直木伯的雙腳忽然有些發癢，繫鞋帶，撩褲管，從褲腰內拉出衣服下襬想著一路從頭圍城跑回有餘村，才兩公里，不遠的。直木伯開始暖身，扭脖子，抬手臂，搖尻川，拉筋蹲身，原地跳動當彈簧，仔仔細細摺疊證件塞入內側褲袋。唉，有餘村的金棗樹，誠歹勢，政府瞎了眼，沒想到連辦一張身分證都會難產。直木伯一邊跑，一邊喘著氣想著金棗真是好物，果肉甘甜，味道香醇，喝過洋墨水的產銷班教授還說金棗富含有機酸、維生素C和纖維質。真好真好，吃一顆可以跑十里，吃一盤可以多活百日，壞人吃了變好人，好人吃了變聖人，聖人吃了變不是人，啊，原來跑去當逍遙的神仙。

這世界應該多向金棗樹學習，枝葉俠氣，果肉充滿仁義道德，從發芽、茁壯、結果到腐爛都井然有序，體現經世濟民大道理，徹徹底底是從心所欲而不踰矩啊。

拜託拜託 請支持藍波 Two 里長伯

里長補選幾乎一面倒，每日大清早，藍波 Two 廣播車便在村內強力放送宣傳。村人很清楚，不論再選幾次，不管透過哪一種看似公平的競選機制，比財力、關係、勢力、人脈或影響力，崇孝伯絕對無法戰勝趙乾鐘。阿公左腳搭上右腳膝蓋，開講時提到一堆有的沒的選舉亂象。金生聽多了，自然也會射飛鏢、耍大刀，就差沒胸口碎大石，說這世界都是靠關係，哪有什麼公平正義可言？現在的社會都是由財團和黑道把持，而且最渾蛋的黑道就是吃財團軟飯的政府。

漁人歸航，農人卸鋤，找不到臨時工可做，三三兩兩零零散散走出厝，穿越聚在電火柱下的白蟻，梭巡廟埕，一番電光石火激烈辯論。金生打飽嗝，摸圓肚，用舌頭舔了舔牙縫菜渣，跑到羊頭厝喚人，兩人踩踏拖鞋濺起積水，一前一後竄進黑夜。

「不用選了，趙坤申那畜生老爸一定會當選。」金生篤定說著。

「很好啊，這樣子村子會變得很有錢，不會發生災難，我阿嬤說有錢能使鬼推磨，不知道是不是真的。」羊頭往前跑幾步。「慢一點啦，肚子都是食物，好想吐。」

「我阿公說這社會不公平，富的富上天，窮的窮寸鐵。有錢人都住天頂，乞食人只能睡水溝，如果再這樣下去，說不定我們就可以搞他媽的革命。」

「我才不要革命，想來想去都只會挨打，說不定還會有人不小心死掉。」

「可是沒有人死掉的革命很無趣。」金生轉過頭，對著羊頭扮鬼臉。「你難道不知道坤申厝內多麼有錢嗎？他家投資九孔池、養蝦場、飼料行、海鮮餐廳，開了兩家鬼民宿，還在頭圍城收購

三、四家雜貨店，變成一點都不超級的鬼市場。哼，不僅這樣，坤中他死老爸還是接天宮和理安宮的頭家之一，什麼鬼屁獅子會、老鼠會和粉鴿會的幹事。我阿公說，這群傢伙實在會搞錢，搞得滿身銅臭味。我覺得老天不僅沒有長眼睛、沒長屁眼，連心肝都沒有長。」

羊頭忽然一腳踩上大便。

「白癡，臭死了，一定是你說錯話。」

「我什麼都還沒說。」羊頭單腳站立，脫了鞋，將右腳鞋底的糞便抹上石階。

「他們是黑道，不是白道，是黑的。」金生忽然提高音量。「有一天，我一定要用機關槍把他們全都幹掉。」

「可是——」羊頭皺著眉。

「可是什麼？我最討厭有人說話只說一半，有屁快放，有屎快拉。」金生輕拍羊頭臉頰。

「我以為會去祭壇的人，都是走投無路的善良老百姓，我還看到你阿嬤。」

「什麼祭壇？眼睛瞎了吧。」金生伸出手，捏住羊頭的眼皮往上提。

「不要弄了，真是沒有禮貌，我會痛啦。」

廟埕前的大盞燈光於黑暗中明亮，像歌舞秀，透出鹽巴白、棉花白、魚肚白和幽靈白的光線，大老遠就能看見台上兩位候選人穿全套西裝，各坐左右，等著囉哩囉嗦胡言亂語的主持人遞上麥克風。沿大片芭蕉樹林前行，夏風打呼嚕，稀稀疏疏吹落榕樹葉，地面積水冰涼涼，空氣散溢蚯蚓土味與昆蟲費洛蒙味。主持人敲響銅質大鑼，展開氣勢一面倒的政見辯論。金生和羊頭先繞到小溪，清潔鞋子上的糞便，再爬上溪岸往廟埕跑去。

「你在哪裡看到我阿嬤？」

羊頭直挺挺站立原地，不說話，也不走動。

金生逼近，用骷髏頭般的恐嚇面容凝視羊頭。

鏘鏘鏘鏘鏘——廟埕前正在展開一道一道辯論題。

「我剛才說了什麼？」羊頭低下頭，臉頰沉入陰暗。

「白癡，你最不會說謊了，說，不然以後不跟你玩，還要割下你的臭雞雞去釣魚。」

羊頭雙手雙腳互相揉搓，聲音癟成游絲。「你不可以告訴其他人喔，我帶阿爸去祭壇，師尊說多來幾次，阿爸就會恢復正常。」

「聽他在放屁，白癡說的話你也信？」金生看著難過的羊頭，沒有再度追問。「算了，不逼你了，走，去看他們鬼扯蛋。」

廟埕前擠滿了人，金生拉著羊頭，突破大人身軀竄到前排，途中看到耀光、坤中和幾位班上同學，不過都謹慎避開，免得要打招呼或是一言不合在神明面前打擂台。討論完失業率攀升，接著談論貧富不均、少子化現象與農漁民各項被大大縮減的福利。崇孝伯拿起麥克風發表意見時，總有人擂鼓叫陣掩蓋聲音，雖然憤憤不平握緊雙手，卻也只能搥打大腿乾著急。趙乾鐘拿起麥克風時，不僅沒人擂鼓，還有人幫忙維持秩序保持安靜，後生坤中坐在舞台前第一排，拿著冰糖葫蘆猛舔。趙乾鐘拿起麥克風暢談番薯島的黑金、賭博風氣、政黨對決和兩岸關係，口沫橫飛，志氣高昂，不過跟地方事務扯不上一丁點關係，特別強調現在少子化現象嚴重，涎口水、舔金牙要村人轉厝上床後，務必為番薯島帶槍上陣，多多努力，萬一床倒了，還能免費申請替換，政府絕對有補助。崇孝伯放棄了，西裝革履坐在椅子上垂頭喪氣，搖著頭，臉上像被噴了墨汁寫了王八。金生拉著羊頭往外頭竄，說別看了，讓眼睛和耳朵都乾淨點。

夜空中，星星眨啊眨，睜開了鬼眼睛，金生行走芒草碎石，聆聽蟋蟀與肥蛙層層疊疊的求偶聲，張開嘴，胡言亂語唱起歌來：你阿母好，我阿母也好，你阿祖好，我阿祖也很好，你阿爸好，我阿爸也好，他媽的，我們全家都很好……

村人的情緒無不懸盪在選舉動向之中。

風吹草動很正常，風吹草不動就表示天有異相，為了讓後代囝孫萬萬歲，查埔就要趕緊抓好膦脬，查某人就要趕緊護住奶仔。阿公說這個選舉可真是一波三折，頭圍城有餘里第十七屆里長是陳崇忠，因為罹患猛爆性肝癌過世，後由二弟陳崇孝接棒，當選第十八屆里長，可是在尋求第十九屆連任時以三票飲恨，敗給一位由政黨欽選出來的外地人，還不滿四十，膦脬都還沒長智慧毛。後來，滋生出一連串選戰疑雲，原來新里長的弟弟、弟妹、已死的阿祖等二十多位親友，在選舉前遷入有餘里成為幽靈人口，法院裁決當選無效，判處一年徒刑、緩刑三年，繳交公益罰金廿五萬。阿公繼續講古，說崇孝伯想捲土重來，競選連任，沒想到這時連心肝都是黑的趙乾鐘出現了。阿公不喜歡趙乾鐘，說趙是隻老狐狸，不正經，不老實，整天只想炒地皮，總有一天會把有餘里賣給財團，蓋些大型國際觀海別墅，賺了錢，一定跑去番薯島首都置產。補選開跑，村內產生許多變化，黑衣人拿著競選單贈送免費洗潔精，說厝內需要好好清洗才會有好氣象。衣櫃則會出現許多新衣服，標示「凍蒜，藍波 Two」的白色棉上衣和紅色競選帽。阿公很嚴肅地說，這是賄選，不過沒人管也沒人敢抓。一日到暗，選舉廣播車在村內不停繞來兜去，趙乾鐘狡猾的笑臉成了大型看板晃來蕩去像是巨幅靈照。電線桿、分隔島、公車招牌和路邊的行道樹都插滿競選旗幟。

阿公說做人要清醒，認真思考，衡量人情，所以必須義無反顧支持崇孝伯。

金生也支持一號，他也要學阿公一樣做人要清醒，認真思考，衡量人情。

每個禮拜，阿嬤不知從哪拿回一張張用紅色春聯紙寫成的俗諺、格言或打油詩，草書飛款貼上廳壁，春聯紙上的筆畫特別不安分，草會搖，蟲會飛，蛇會爬，少一撇缺一橫，溜出春聯成天逛大街。上上禮拜是「食果子，拜樹頭；食米飯，拜田頭」，上禮拜是一首〈世間做人莫荒唐〉的勸世歌：「世間做人莫荒唐，凡事總愛有主張。老人行路靠相助，鈍刀切菜望缸幫。」這個禮拜則是「求平安較好求添福壽」。每次阿嬤撕下舊春聯，金生無不張大雙眼，望著廳壁又貼上什麼鬼屁箴言。中文字方方正正，帶稜角，許多格言中出現的字金生都不懂，也不需要擔心，反正只要過個兩、三天，就能背得滾瓜爛熟。阿嬤從早到晚不停複誦，說有念有保佑，沒念沒屁用。最近，阿嬤的嘴邊諺語是「真布施，毋驚假和尚」。金生不知道背這些有什麼用，大概是怕得了老人癡呆於是只好動動腦，沒事找事做。

阿嬤貼完醒世春聯，笑得非常開心，笑得假牙都要掉了，強調海港人的生活就應該樸素簡單。阿公不屑，說你阿嬤欲變成瘋癲痟查某，八大金剛下凡也救不了。

下午，金生無緣無故想起河，走出門突然想溯上溪流，阿嬤拉住他，神祕地說要帶他出去走走，買大波露巧克力吃。口水在嘴巴中打轉，尾隨哼唱日文歌的歡喜阿嬤，走出屋簷，走過太平洋籤仔店，走過成排老舊住家，經過彌勒佛藥店，抵達坤申厝前，左彎，內有一條隱蔽深巷。巷弄兩人寬，夾於三層建物之間，舊漆剝落陰暗潮濕，破碎的稜形瓷磚掉落於牆角廢棄水管，羊蹄蕨迸現的淺綠深綠從壁縫中伸展開來，一口一口吞食日光。

這裡是禁區，金生平常絕對不會來這，不僅容易遇上死對頭，斜對面還有一家邪門得很喜氣的人之初棺材店，店內不放經文，老闆整天在那唱著我等著你回來，我想著你回來。金生保持鎮定跟緊阿嬤，沒有什麼好怕的，就算遇見鬼，也要打得鬼東西鼻青臉腫，把鬼眼珠挖出來當彈珠。空氣充滿黴菌般念經聲，唏唏嚇嚇細細碎碎，聲音低沉，不時傳出被悶死在井裡的老鐘聲。窄巷內，緩慢湧進人群，阿嬤查看手錶，抓撓衣袖褶痕不安等待，沒幾分鐘便碎步探向經文聲來處，濃濃煙味與淡淡檀香緊密纏繞，薰瞎一尊一尊神祇。往內，行二十尺，上方垂掛厚質黃色經文布幔，上頭彩繪一千顆骷髏頭組合而成的慈悲立佛，兩眼圓睜，嘴露尖牙，胸膛長滿溜轉的黑眼珠，眼珠內伸出一根根斷指。

再往內，有一間相當肅穆的玄極共修道場。

村民與外來客排列成辮，眉頭深鎖，臉色焦急，紛紛戴上墨鏡與鴨舌帽遮掩面容。有人捧白米，有人提日本水果禮盒，有人帶梅精、蜆精、雞精就差人精，有人用漆金紅木匣子裝玉環和金戒，有人從懷中掏出百年高麗人參，用四、五層白色絲綢仔細包裹，還有人戰戰兢兢打開紅色方巾檢查包裹其中的指甲、頭髮和銅錢。阿嬤掏出紅包，從左側口袋塞至右側，再從右側口袋塞至左側，拿不定主意，緊張地將紅包揣在汗涔涔掌心，重複數著三張鈔票，各為一千、五百和一百元鈔。金生搶過紅包。阿嬤猛然拍打金生頭顱，要他別搗蛋。原地繞圈，望著四周年華老去的金童玉女妖精山魈，指著鈔票，問要包給誰。阿嬤說這是大人的世界，很複雜，囡仔人有耳無喙，恬恬就好。阿嬤親吻紅包，雙掌再度揣緊鈔票，說這裡是分壇，全噶瑪蘭只在這有分壇，總壇設於中部。

阿嬤說壇有上下游，每個神明都有各自分屬的責任、工作與地位，唉喔，反正就像一個班級會有班長、副班長、風紀股長和學藝股長一樣。繳了年費就能獲得庇佑，神佛非常靈驗，不過一定要誠心敬意，不能心存疑慮，也不能頂撞師尊的神聖意見。師尊呢，就是乩童，雖然不太能夠上天下地、八仙過海，不過萬一信徒遇上難解的麻煩事，倒是可以幫忙逢凶化吉，改運避禍，求平安。除了可以詢問搬遷、疾病、工作、求桃花之外，還能問樂透和三星彩。阿嬤嘮嘮叨叨，自我催眠。金生想，等會兒見到師尊應該要問些什麼？如何幹掉耀光？如何揍扁坤申？如何不寫暑假作業還能得到好成績？去哪裡撿硬幣買炸雞吃？去哪裡吃免費的冰淇淋？沒錯，應該心存敬意，向師尊下跪，親吻師尊小巧玲瓏的腳趾頭、手背和兩側臉頰，如果要嘴對嘴也行，不過必須保證靈驗才能犧牲小我，不，應該是犧牲初吻。三點半，道壇響起木魚敲擊聲，誦經聲汩汩水落，窄巷內的人們收攏衣裳閉目養神，安撫煩躁心，眼珠子在虔誠等待中瞇細了，鬆弛了，空氣浮泛古樸沉香，醉醺醺，獨樂樂眾樂樂，搖頭晃腦放鬆四肢，軟化脊椎，頸子酥軟自動下垂。尾隨人群，一步一步穿越幡幡經文布幔，行禮如儀，大千世界平常日，進入香煙瀰漫的神聖壇址。

道觀方庭，兩側盆栽種植肥大矮松，結樹瘤，兩根前簷木質支柱鏤雕騰雲飛龍，彩霞若絮，神龜浮海，八卦壁畫繪麒麟、猛虎和看起來非常性感的多情鳳凰，左右兩面灰質牆壁懸掛信眾贈與的匾額，廳前，有一特大匾額大墨草書——天地無極觀仁壇。鏤空泥磚鋪地，經緯排列，踩踏其中有顛晃感。信徒們神色虔誠，望向檀木紅漆神龕，神祇大大小小，供奉九猿將軍、白猿老祖、觀世音菩薩、佛祖、關公、天上聖母、文武財神、南北極仙翁、孚佑帝君、彌勒佛、地母娘娘、九天司命以及不動明王等，文官武官大官小官貓官狗官老鼠官，絲綢盔甲，怒相善容各有分別，金製、銀製、銅製、木雕、石刻、鐵鑄，不管是野史、正神甚至是異國神祇等等一概不拒。神龕前擺長形方桌，置放三大疊黃色符籙、一個絳紅墨盒、一枝飽滿朱砂筆。庭有雕龍香爐，插立三大炷牛糞粗香，煙生羽，霧生翼，淡金濃銀雞巴屁眼光。金生不可置信張大嘴巴，眼珠子轉啊轉，原來神明閒來無事都在這裡開派對，搞雜交。一位中年仙姑化濃妝，保持瑤池金母福泰微笑，頭髮盤成髻，身著白衣黑裙。仙姑持棒，輕敲磬，信徒隨即閉緊雙眼席地跪坐。金生左右張望，不知如何是好，膝蓋竟成了有情之物不自覺跪落，神祇捧書、執劍、握刀、駕斧、掌鞭、配以斧鉞刀刃之器各顯神通，凡人無不伏地表達尊重。仙姑持黃布巾，替信徒蒙上雙眼，顱後打結。金生眨巴雙眼，蒙眼之前不禁噗哧發笑，原來是仙姑的腮紅塗得太深，配上過白的粉底活像湘西殭屍。

安靜了。

世界暗黑，只剩耳朵隨著誦經聲彈跳。

一聲磬，眾人昂起頭，同時唱起〈聖凡如意歌〉：

人有人意，我有我意；合乎人意，恐非我意；合乎我意，恐非人意；人意我意，恐非天意；合乎天意，自然如意。

經文聲細碎如蚊子叮咬，一拍就是一掌血。

一花一世界，一血一天堂，極樂之境即將抵達。

眾人續而誦念偈語與《地藏菩薩本願經》：

爾時十方無量世界，不可說不可說一切諸佛，及大菩薩摩訶薩，皆來集會。讚歎釋迦牟尼佛，能於五濁惡世，現不可思議大智慧神通之力，調伏剛強眾生，知苦樂法，各遣侍者，問訊世尊。是時，如來含笑，放百千萬億大光明雲，所謂大圓滿光明雲、大慈悲光明雲、大智慧光明雲、大般若光明雲、大三昧光明雲、大吉祥光明雲、大福德光明雲、大功德光明雲、大歸依光明雲、大讚歎光明雲，放如是等不可說光明雲已……

挺身跪坐，膝蓋癢，胯下癢，肚子癢，胸膛癢，脖子癢，經文聲呢呢喃喃絮絮聒聒嚶嚶嗡嗡，有節奏、快板、鼓聲、險韻，東方搖滾很即興。雙目蒙蔽，卻依舊透視一切，神龕上的神祇踩踏風火輪，騰雲駕霧，降麒麟，騎虎爺，神牛扭腰擺臀火燒尾巴演三國。金生不落神後，也想舞大刀，來一段三七步人世間痞子壞男人舞。曲膝，坐上空心磚，隨著經文來段光明東、光明西、光明南、光明北的光明顫動，不倒翁似顫動半小時。有人哭了，叫父、叫母、叫祖宗十八代；有人翻滾，上演鹹魚翻身，魚死網破；有人磕頭，大頭小頭叩石盤；有人哭號，噶瑪蘭潦倒公主哭倒雪山隧道。節奏強，人心震撼有餘韻，來不及回味卻立即又來一段英式抒情迷幻搖滾。不嗑大麻，嗑檀香；不抽雪茄，抽線香。有人用食指沾沉香伸進金生嘴巴，說一聲，舔。金生很抗拒，卻還是乖順舔了，還用門牙輕輕嚙咬嘴內靈巧手指。手指在嘴腔中順時針滑一圈，抽出手，接著便有人牽引金生和阿嬤起身，前行一段路，經廊道，轉彎，跨檻，再前行十步，彎身脫鞋，越過咿呀咿呀叫春似木門，再跪下。地是軟的，空氣是乾淨的，耳朵響有誦經餘音。伸手探索，膝蓋跪著乳房似蒲團，從跪姿轉至坐姿，靜心傾聽，猜測師尊模樣，是否會有馬臉、蛇身、鹿角、鷹爪、魚鱗、虎毛、豹齒甚至是鯨魚肚？

師尊咳嗽了。

大地隱然顛晃如迎神諭。

師尊竟然會呼吸，天啊，真是要命，金生猛吸一口氣。

有人取下兩人眼罩，金生眨眼，手指用力搓揉眼皮。

檜木檀香瀰漫，師尊不動如山背對兩人。

蒲團接臨兩木質階梯，中間垂掛竹編簾幕。

師尊披黃色袈裟若隱若現，梳油頭，衣料從左肩斜傾至右腹，裸露右側肩膀，不時咳嗽。

阿嬤低頭，面色虔誠，扎扎實實跪成一尊石獅，壓著金生頭顱磕三響頭，再從褲袋拿出捏皺紅包。仙姑遞來紅色圓形塑膠盤。阿嬤攤平紅包，置放其上。仙姑彎腰，將供奉金遞至師尊蒲團前。

師尊發了音，喉嚨似爬滿螞蟻，以半陰半陽聲說：「求啥？」

阿嬤續壓金生頭顱。「師尊有教導：『未生之惡念讓它消滅，既生之惡念讓它斷根；未生之善念讓它萌芽，既生之善念讓它增長。』來見師尊不求什麼，只希望這個猴死囝仔平安長大。這囝仔最近身體不好，體質虛，容易頭暈。」

「長大不需求，世人太過依賴神蹟，以為占卜、符籙、禁咒、內丹、外丹、房中、仙藥、服氣等術才是真正神力，其實並非如此，那些全是虛妄。啊，這世界本是虛妄。要求平安，初一、十五吃素齋，平常不吃油炸雞排，不喝珍珠奶茶，讓囡仔多念經文即可。」

「還不趕快謝謝師尊。」阿嬤又壓著金生頭顱往地板磕三響頭。

金生一時頭昏腦脹。

師尊拉起蒲團旁一根金屬桿子，蒲團順時針轉了九十度，止住，以肉身肩膀面對跪者。

「懇請師尊賜予箴言。」

「這世界沒有所謂的箴言，人們牢牢記住的大都只是廢話，不然就是耍弄文字遊戲罷了；但是，世俗子弟還是必須要以廢話來提醒自己，就像錢與金銀首飾對我而言是不需要的，可是這些都是弟子的心意，我啊，必須接受。唉，我本不該如此，入世卻不得不如此，又有誰能理解我的難處——」師尊張開嘴巴，延展蜥蜴舌頭，尾端出現牙籤般卷軸紙條。

師尊取下紙條，置放紅包旁。

仙姑踩三寸金蓮，搖臀晃奶，取出紙條遞給阿嬤。

金生傻愣愣望著竹編簾幕內的師尊，沒發現不對勁，頭是頭，脖子是脖子，肩膀是肩膀，手是手，最奇怪的，就是師尊右側肩膀起著紅色汗斑，長著好幾顆紅腫青春痘。有股衝動，想要拿雞毛撣子搔弄師尊下巴，擠出肩頭青春痘，或者近距離仔細觀察，摸一摸，聞一聞，戳一戳。兩人低頭，退至木板邊緣，拉開左右開闔的日式木門退出房間。

金生拉著阿嬤衣襬，回望逐漸關闔的木門，師尊摁下搖桿，蒲團逆時針旋轉九十度，留下無法磨滅的珍貴背影。原來師尊也是要講求潮流、方便與舒適性，需要以科技撫慰人性。金生探前探後，繞圈彳亍，走進另一間瀰漫檀香味的共修房。方形木櫃緊靠壁牆，各個小櫃門標示各類草藥名稱。阿嬤攤開師尊嘴中吐出的紙條，遞給正臨案執筆的老書生。老書生大毫一揮，春聯紙便留下神聖格言。阿嬤複誦，也要金生跟著念，直到墨水漸乾。

離開前，仙姑遞給阿嬤一道符，一帖師尊親自調配的強身健體大補藥，吩咐藥材同老母雞文火熬煮三小時。仙姑說，記得定時取藥，一帖一千，百分四十的費用將捐獻做善事。

阿嬤摸了摸空口袋，只剩零錢，不得已靦腆發笑。

阿嬤向老書生道謝，望向春聯，呢喃誦念這禮拜重要的人生哲學。

畜生本是人來作，人畜輪迴古到今；不要披毛並戴角，勸君休使畜生心。

生死簿：釀骨頭

有餘村家家戶戶屋簷牆角，大都會擺上兩、三桶釀物，玻璃瓶身蒙上厚厚灰塵，釀物端看各自的需求與口味。

以釀物而言，卓越厝的偏甜，性喜香果肥蜜；繼生厝的偏酸，填以檸檬柑橘；財典厝的配以草葉桑麻，講求功效，最適合調體質；荷香阿嬤厝的以釀出陳年酒香為特色，擺放最久，也最醇厚。

不管村內村外大人囡仔，無不同意釀娘子所釀的——不論是酒、醋或任何以變質為技術的醃漬品——都屬上品。村人說，要喝釀，找釀娘子準沒錯，她啊，就連死人骨頭都能釀出清甜。這些話有憑有據，有夯土有根基，並非空穴來風，每當釀娘子跟村人起口角，一定不自覺迸出這句略帶詛咒的話：小心，我釀你的死人骨頭。如果自覺不夠狠毒、不夠火辣、不夠氣勢，還會在語言的大缸大甕中肆意調料，胡亂配種親朋好友與祖宗十八代。

釀娘子自認有些高人一等，性子野，很剽悍、很張狂、很有不知從哪溜出的奇思怪想，更特別的是，十分篤定腦中的道理，覺得和她有所扞格的老傢伙都很沒教養，不要臉。釀娘子不屑跟查某人辯，表面上，很能跟村內的查某人來往，互通消息，聊八卦，實際上只是想要鞏固交際圈，以此滿足內心若有似無的空虛。她會向青筍嫂說身上的花布衫真漂亮，顏色鮮豔，哪裡買的？穿在身上都把牡丹給比下去了，唉喔，十八歲呢。或者，會跟翡姨說，最近真是瘦了，是做了什麼運動還是喝了什麼神奇的減肥茶？翡姨油膩笑著，就像懸掛肉攤的五花肉，全身不停顫動。這些稱讚很能讓人高興，無不主動拿來瓜子、杏仁茶、太陽餅或綠豆沙給釀娘子享用，一起興高采烈，說三道四指桑罵槐。然而，釀娘子心中想的卻是另一回事，是蜜裡的沙子，是水裡的蝌蚪，是樹幹的肥瘤。語言真是好用，隨便幾句不入流的話就能讓人快活發瘋，或讓人痛不欲生。釀娘子很能善用話語來達成目的，不管是好的或帶有小小的惡意。

如今，釀娘子是一個人。

人都有其來處，就算盡力抹滅過去所作所為，依舊會留下蛛絲馬跡，人們習慣從這些線索中發揮想像，即使帶有變質、誇大或揣測都毫不在意。釀娘子有過許多查埔情人，這在村人眼中有些不守婦道，甚至大逆不道，然而實際上除了鄙夷之外，心中還不時潛藏一股極其低掩的欣羡。阿火伯說，如果釀娘子生下來就帶把，有棍棒，一定能幹上一番大事業。釀娘子還是一朵花時就嫁了，生下一男一女，家庭和樂，少紛爭，很有一番枝繁葉茂富裕盛況。可惜，沒人天天過年，老公財典開車送貨不小心和對向違規的大卡車發生擦撞，一車滿滿的新鮮菜葉掉進深谷，一句話都沒留下就急著去見佛祖。釀娘子帶著兩位囡仔和接近三百萬的賠償金輾轉嫁入外地，聽說當了姨太太，過得還算愜意，不必擔心生活，徹徹底底在有餘村消失了二十多個年頭。偶爾聽見財典的序大說起已逝的後生，說起月初固定在相同帳戶匯入壹萬元的釀娘子，說起四散的兒孫。財典序大百歲去世，釀娘子並沒有出現在喪禮中。前幾年，釀娘子趁著低價買下面海的鋼筋混泥土建物，兩層樓。室內重新粉刷，建築外側以紅色、褐色和黑色石礫抹平，裝潢並不特別，不過在以白漆水泥為基本建築底色的村人眼中，還是覺得十足洋化。原先，沒有人知道釀娘子就是以前村內早婚女孩，一方面因為家族陸續搬遷，另一方面則是釀娘子的皮膚白了，變漂亮了，有了中年婦人肥而不胖的樣貌，笑容世故卻又媚惑。臉頰鋪一層胭脂白粉，衣衫潑辣張揚，一年四季都穿百褶大花裙，每兩個禮拜就去髮鋪燙一次髮。初始，釀娘子不主動跟村人打交代，獨居生活悠閒自在，看電視、喝茶、睡覺、散步都無人管束，村人還以為來了外地人。

髮鋪的阿秋嫂逐漸與釀娘子熟稔起來。

阿秋嫂替人剪髮、洗髮、染髮、燙髮和護髮，雙手經常浸泡冷水，加上經期不順，偏好水煮蔬菜，不愛肉，手腳整天都跟枝仔冰一樣冷，三天兩頭頭暈腳輕，求醫問診也沒結果。中醫把脈聽診，西醫打針驗血，說是缺血、氣虛與紅血球數不足，吃了幾年苦澀的藥粉和形形色色的藥丸子並沒有任何起色；尤其秋冬，綿雨纏綣，手腳像是浸入冰窖失去彈性與溫度。阿秋嫂什麼辦法都試了，老毛病從沒改善，一年一年過去也得習慣，沒碰水，雙手索性戴上厚手套。阿秋嫂說，查某人的手攏是按呢，親像落雪。那日，釀娘子剛讓阿秋嫂洗完頭髮，坐回椅上，將紅色皮革錢包往後背塞。阿秋嫂濕透的雙手在衣服下襬抹淨，拿著剪髮圍巾要給釀娘子披掛。無意間，兩人的手有了接觸。釀娘子一碰就感覺不對勁，再摸，搓了搓，阿秋嫂的手依舊冰冷。阿秋嫂感到不好意思，面有難色收回手，一臉怕人嫌棄的表情，說一到冬天就這樣，無法度。阿秋嫂替釀娘子圍上剪髮圍巾，胡扯護髮和染燙話題。阿秋嫂調低椅子，抓一條黃色毛巾置放濕髮外側，十指與掌肉隔著毛巾在釀娘子的頭皮搓揉按摩，不疾不徐，柔中帶勁。釀娘子閉起眼，嘴巴沒有停下，說自己以前生了兩個囡仔，月子沒做好，碰了冷水，受了風寒，後來身體特別容易發冷，四肢尤其嚴重。中醫西醫都沒用，偏方試了一堆，剛開始確實有些功效，只是日子久了，身體適應藥效之後手腳再度冰冷起來。阿秋嫂拿著剪刀、梳子，一邊俐落修剪頭髮，一邊聽著釀娘子絲綢質地般的養身之道。釀娘子說查某人身體容易虛，易犯陰濕，每個月又會出水，容易貧血，必須好好調理身子。之前輾轉聽了中醫建議，採食補，妥善注意日常飲食。釀娘子從圍巾中伸出手，揪著阿秋嫂膀子，說陰濕體質後來有了改善，氣色也好多了，手掌一年四季都是溫熱。

釀娘子透露，都是靠喝醋來改善體質的。

初始，釀娘子不動聲色，不輕意與人開口說話，像是仔細打量什麼，隨著神祕遠近隱現，隨著百褶裙搖擺晃蕩，隨著語調風騷誘惑，逐漸有些村人開始串起門子。阿秋嫂偷偷掩掩捧著鐵製水壺，空瓶子進，實瓶子出，塞在懷間像揣著易受風寒的幼崽——裡頭裝的是黑豆當歸醋。浸泡的材料有黑豆、當歸、枸杞和人參片，主要用途是清腸胃、調經血、驅寒散熱、增強體魄和滋陰補陽。釀娘子指示，晚飯後飲用，兩、三天喝一次，先讓身體習慣，接著日日飯後飲用，喝上約半個月，身心暢快了，適應了，再試著晨早飲用，添些溫水，空腹最佳，能去除體內的汙濁穢氣。阿秋嫂唇內本來就釀了兩甕鳳梨醋，三、四年了，還沒開封，有些抵抗釀娘子推薦的釀品，不過喝上一陣子之後，手腳雖然還無法發熱，氣血卻明顯活絡；只要興起寒意，甩甩手，摩擦幾秒，雙掌便溫暖了。阿秋嫂沒有想到原來喝醋竟然也會喝上癮，手腳發熱了，面色紅潤了，整個人有精神了，講話與活動也更加俐落。村人食好鬥相報，陸陸續續向釀娘子討醋喝，喝多了，感到不好意思便開始掏錢買。

釀娘子釀的醋，品項多，創意足，非常具有個人特色。醇厚如高粱，清香如烏龍，回甘如脆梅，香甜如蜜棗，釀物有桃、梅、鳳梨、檸檬、香蕉等當季水果，再依照味道佐以中藥或艾草、當歸或九層塔等草葉。自釀自飲六大甕不到一個月便見底，剩下果漬，索性到頭圍城一口氣買了二十幾個大型密封玻璃厚罐。

釀娘子不缺錢，手頭也不算特別闊綽，心血一來想吃些海鮮如龍蝦、海膽、魚翅和明蝦等的也不曾手軟，更別說平日買鞋、購衣、染髮等小額治裝與化妝品。儘管生活過得去，心裡頭卻始終不踏實，不知缺少了什麼，心是空的、虛的、沒有厚度的，敲打下去會響起單調回音。恍恍惚惚，怪罪無情時光，讓她不再是十八歲。步入中年，欲望收斂了，內心深處卻不甘願；潑辣深厚了，不再立即毒舌反諷；青春與驕縱折損了，為了抵抗，只好定期拉皮濃妝豔抹，想著有朝一日能重返春光無限囡仔氣，肌膚吹彈可破。就在種種複雜矛盾之中，不知不覺被磨掉的性格逐漸重新顯露，發芽了，妖嬈了，眼神銳利了，說話又有了不帶髒字的嘲諷。低頭咬唇，眉來眼去，雙手適時掩住嘴巴，留下細長眼眉般狐狸媚笑。嬌羞是騙人的，身上脂肪瀰漫乳香，肌膚雖然不算緊繃，不過細心照料下也算細緻迷人。她必須想像自己還年輕，她也要別人認定她依舊年輕，掐得出水，像芙蓉，她感覺空寂般的身軀玻璃瓶釀出一些時日翻轉的流動味道。

情感如同果肉，容易腐爛，必須浸泡酸澀的米醋才能長存。

釀娘子跟很多查埔都有糾纏，看對眼，口語與眼神互相試探；或者物質往來，查埔人送來茶葉、燕窩和新鮮菜蔬，釀娘子不吝嗇地給予親吻與擁抱；更多時候，能同時和三、四位查埔曖昧來去，若有似無，一句話便演繹出無限柔情。村內的查某人眼不見為淨，只是謠言四起便開始私下罵咧，真不要臉啊。讓釀娘子釀過的查埔人從沒抱怨，一面盛讚傾倒的評語讓原本持有偏見的查埔也心癢難耐，躍躍欲試卻又怕落人口舌。查埔會去找釀娘子，討醋喝，當然也有人刻意尋出理由，說手腳發冷、頭昏想吐、沒食欲、受寒發冷、耳殼嗡鳴、夜裡輾轉難眠火氣大等，不管什麼疑難雜症都能找釀娘子。孤男寡女，兩人到底做了哪些事情？解憂？按摩？洗身軀？淫聲浪語？還是單純喝醋拉被純情聊天？一切其實另有隱情，絕不說破，時時懸念相當三緘其口。查埔人會用賊臉竊笑，若有所指地說，喔喲，是要去買醋？還是去釀醋？是釀人？還是被釀？

醋液擁有神奇功效，女的喝了能美白養生、調理經血，男的喝了能強身健體、退火舒爽。一缸一缸慢釀，不馬虎，從米醋到水果、藥草的挑選都經過審慎評估，手續講究，步驟繁複。缸買來要洗，洗後曝曬日光，若無太陽則需陰乾七日。果實得選當季，種植時不添農藥；藥草得現採，取嫩芽嬌葉。釀品種類繁多，金棗醋、龍葵醋、黑豆醋、紅豆醋、薏仁醋、桑葚紅麴醋、黑棗青梅醋等，釀娘子持續研發，還想要釀蛇、釀蜈蚣、釀蜜蜂、釀海馬、釀海龜甚至是釀鰻苗等，爬的、游的、跑的以及飛的，都想釀。

釀娘子成了出水芙蓉之後，睡過許多查埔人的臂枕，除了友忠伯之外，其他的查埔都比釀娘子年輕。有了查埔人，就像有了冤家敵人，也就名正言順壯大了氣勢與膽識，身子散發傲嬌氣，常常一針見血發表意見，聲音雖然保有年輕，行徑卻是世故熟練。釀娘子開始有事沒事踅去鄰居厝聊天，不忘帶些鳳梨酥、金棗醬和剛蒸煮的花生，說厝內太多，吃不完，再放下去就壞了。釀娘子馭夫有術，管男人管得服服貼貼，讓友忠伯說東不敢往西，說南不敢往北，說低頭就不仰頭，說仰頭就不轉頭。

兩人來到頭圍城市集買菜，釀娘子穿紅色高跟鞋走在前方，友忠伯提三、四個塑膠袋尾隨，袋內裝滿嫩筍、雞蛋、熟豬肝和高粱醉雞。

人啊，要保持身心健康，飲食最重要，絕對不能吃加工品，什麼是加工品？就像是香腸、火腿、魷魚丸、肉鬆、豆皮和蝦餃魚餃蛋餃一堆火鍋料。釀娘子原本只是跟友忠伯叨念，但嗓門大，氣勢強，四聲分明像教訓也像演講，不一會兒就有許多人圍觀彷彿搶著目睹師尊。厝內自製的加工品當然沒什麼問題，買來的就不一定。用跤頭趺想就知，永遠不知廠商用的是不是死豬肉，調配的是不是洗腳水，有沒有添加塑膠、石油和橡皮筋，吃一、兩天是沒事，吃上半個月就會出大事。現在的科技年代，塑膠可以做海帶，石油可以加飲料，紙板可以做豆皮，連水桶都可以蓋大樓，不管怎樣，吃下肚的食物一定要特別注意。

有人說，難怪啊，吃了加工品就感覺特別不舒服。

另一人說，哎呀，以前是從大陸來的食物不能吃，現在連番薯島的食物也都黑心了。

釀娘子看見路人擁護，如柴薪添油更來勁，滿嘴唾沫繼續長篇大論。我說啊，早上先喝一杯溫醋清腸胃，排掉體內餘毒，一日開始一定要身心清爽。肚子餓了，簡單，吃些清粥，或是喝一、兩碗熱豆漿配饅頭夾蛋。不過切記，絕對不能吃罐頭，什麼鮪魚罐頭、鯖魚罐頭、脆瓜、豆腐乳、麵筋花生等的都含有重金屬，裡頭不知加了多少防腐劑。釀娘子不動聲色巡視眾人，短暫停歇再立即以聲音招攬注目。這年頭得講科學，得講飲食均衡，體內的酸鹼質絕對要時刻維持，中性還不夠好，最好能偏向鹼性。我可不是來這賣醋講醋，我講的是健康。說自己以前皮膚黃，容易頭暈，精神不濟，都是後來喝了醋才養好身體。釀娘子講得不亦樂乎，興致高昂，忘了友忠伯還提著好幾袋菜蔬鮮肉。友忠伯滿身是汗，站在人群外看著釀娘子，眨巴著嘴，笑容蒼白，那模樣像是剛被撈捕上岸的鯖魚。釀娘子走過去，罵咧著，別一臉癡呆，沒看過恁祖媽喔。友忠伯沒回嘴，繃緊肌力提袋子，跟隨釀娘子一攤一攤挑選物品，從口袋掏錢付帳，彎腰點頭好幸福。

友忠伯和釀娘子的關係完全顛覆村人想像。

男不主外，女不主內，男不霸氣，女不溫順，男不陽剛，女不陰柔。釀娘子的氣勢完全凌駕於友忠伯之上，陰陽顛倒發展失衡，村人說，友忠伯上輩子一定欠了釀娘子，今生遇到就該還，不還得清白乾淨下輩子還得繼續還。友忠伯很聽話，照他的說法是這世界必須講求男女平等，時代不一樣囉。

友忠伯很難接受村人指指點點，有人說友忠伯老了，一定是得了白內障與青光眼，才會看不清人事。如同往常，蹬皮鞋，抹髮油，穿西裝，說些無關緊要的風涼話。釀娘子告訴他，禍從口出，做人就要修口德。友忠伯不敢違逆，毫無異議，也不知是養成宰相肚還是修成好品行，後來村人說閒話，竟然還會跟著一搭一唱湊熱鬧，說是啊，釀娘子是有些不檢點，該好好管教。友忠伯並不清楚釀娘子到底如何把他給釀了起來。村人說，友忠伯變了，從原本的刻薄、孤僻、自大與不講理，變得有笑容，有溫度，滿嘴巴含了香甜花蜜，嚼了養氣人參。村人認為，釀娘子的嘴巴真厲害，把友忠伯一張厚臉皮給吃了下去。

友忠伯感覺到自己種種細微改變，只是他打死也不會承認，因為這有損查埔人的面子和志氣。

當釀娘子親暱笑著，身子暖呼呼柔綿綿迎上來時，友忠伯便會聞到一股幽香，像是發自母親的乳房、妻子的乳房、女兒的乳房或是路邊野花賣身的乳房，查某人已經一位一位從身邊悄然離去。當釀娘子是一位母親時，她會替友忠伯理領子，抹去沾上下巴的食物渣，耐心地替友忠伯套上衣褲。當她是一位牽手時，會替友忠伯燒飯、洗衣、添茶水、擦桌椅，窩躺在他皺縮塌陷的臭皮囊，滿髮披散，頭顱微蹭，手指撓搔癢穴，假裝少女懷春之聲，問，你愛不愛我？你有多愛我？為什麼你會愛我？你愛過多少查某人？你說那些查某人和我哪個比較好？她用舌頭舔著友忠伯身體上的皺摺、黑斑與小型肉瘤，用大拇指與食指搓揉乾皺如蜥蜴的皮膚，旋圈，在皮膚鑽出一個又一個小小漩渦，鳥喙般緩慢嚙咬。痛嗎？不痛。真的不痛嗎？痛。真的痛嗎？痛，痛到後來也就不痛了。釀娘子伸出手，打友忠伯一巴掌，說你真壞，我真愛你的壞。搖晃了一陣子，釀娘子又打了友忠伯另一巴掌，說你真的很壞，我真的沒辦法不愛你，你壞起來真讓我樂壞了。當她是一位女兒時，友忠伯會無怨提拿熱水瓶、燒燙的燒酒雞以及袋袋新鮮菜蔬站在身後，若遠似近，凝視、等待並守護，可以一句話都不說，也可以傻愣愣做牛做馬。

離開市場，友忠伯的雙手多提了四、五個塑膠袋，新購了海鮮透抽和兩條分別為紅橙底、花紋飾的百褶裙。釀娘子停下輕快腳步，晃了圈，裙褶隨風擺盪好風騷，摘下髮圈甩頭，伸出舌頭露出調皮表情，一頭香髮往友忠伯脖子磨蹭，大方挽起情人，緊摟膀子不放。刻意用嬌滴滴的聲音說，行，咱轉去釀大蒜醋，聽講大蒜醋會使驅寒，抗氧化，降低血脂肪，促進新陳代謝，降低膽固醇，增強免疫力啥物有的無的，最重要的是，還有威而鋼功效喔，絕對予你春去秋來樂觀健康食百二。

棺材掛急診

厝內無人。

天色灰暗，剛下過一陣激烈大雨，地面潮濕了，午後沉沉的睡眠有著軟軟的夢境。頭有些疼，迷糊中一字一句誦念箴言，鏗鏘有力，在腦袋鑿出坑疤小洞。金生搔著頭，想著夢，剛剛一定是吸著奶，吮著蜜，不然嘴巴不會嘟起來，枕頭也不會濕。跑到廁所脫褲子，露出小桿子，在馬桶水面尿出一幅孫悟空大戰牛魔王三百回合鬼畫符。沒洗手，拉起褲子往灶跤跑，肚子咕嚕咕嚕喊餓，掀開餐桌薄罩和鍋蓋，啃了冷雞翅，還吃光祭神的甜豆紅棗芋泥。跑出厝，止住腳步忽然想起夢，夢中他立於淙淙小溪，水流冰涼漫淹腳踝，一位女孩微蹲溪床中央俯身低頭，捧起水，緩慢啜飲——那是河。河輕吹一口氣，掌心的水便騷動，雙掌徐徐浸淫水中，攤開，竟是錦緞色千萬魚苗，斑斕鮮豔，啣著渾圓水珠。火紅，金光，硯台墨。金生跑向河，顛跳著，怕不小心踩上成群成簇的魚，水流清淺好涼爽。

回厝找出骨灰罈，上頭貼了金生的大頭照。雙手伸進罈內掏揀，從彈珠、石頭、照片、明信片、光碟片中找出可樂糖，塞進褲袋，重新檢查確定沒有糖果就出門去了。廟埕擠滿村人，都是為了準備慶典表演，拿傘、持劍、甩紅巾細絹，三三兩兩或坐或立或舞或跳，崇孝伯特地沏三大壺熱茶，石桌上有花生、話梅和綠豆糕供人自行取用。鬼鬼祟祟跑向石桌，嘴巴塞滿食物，一溜煙跑了，阿嬤在後頭問拄才有人收衫褲無？轉圈，踢石，吐口沫，一隻灰色的巨大鯨魚擱淺天空，用手指戳了戳隨時都可能爆炸的緊繃魚肚皮。沿古道前行，泥巴黏膩膩，拔出腳時發出滋滋滋聲響。爬高了，喘著氣，望向海與村莊，土是土，水是水，天空是天空，海岸線飽滿向外延伸。低頭向土地公、土地婆打招呼，哼唱小調往青潤探去，踩踏輕盈腳步，想著等會兒要帶河去找羊頭玩。林子叢密，裂開的窄縫無比疼痛露出被切割的天空，水一會兒綠，一會兒藍，一會兒褐，用腳掌的大拇趾和食趾夾著拖鞋，晃悠晃悠，夢中的河站立一塊綠苔石子，趾尖揚起水波。

「河。」金生大喊。「我來找祢玩啦，快出來，我有帶可樂糖。」

山羌被驚動，肉蹄子在泥土與草藻中踏出足印。

霧氣水軟，有著果凍質地，金生蹲身，喝水洗臉，對著水面的模糊印子揮拳頭，膝跪地，傾身側頭，右耳靠向水波隱隱約約聽見悠遠呼喚。一尾魚。伸出手，撲身，大魚隨即躲進石隙消失蹤跡。脫衣沖涼，再坐上大石自言自語，我不管祢了，我要一個人吃掉糖果。剝開糖衣舔了舔，將糖果塞進嘴巴滾動吸吮，跳上另一塊占據半面河道的巨石，大字躺著曬太陽。水光天光葉光土光，一尾大魚在林葉間搖鰭擺尾好自在。左躺右滾等人來，始終沒有人來，等著事情發生，始終沒有事情發生。夏霧輕巧，不凝滯，風吹來便消散，頭殼不知不覺又發疼了，自從發燒後身體就畏寒，呼吸時全身興起陣陣涼意，繞旋胸腔漫上腦袋，昏昏沉沉還以為暈船。

水氣濃了。

霧氣和瘴氣在峰林間凝成棉絮，慵慵懶懶絲毫不願移動，享受周休七日。

手一揮，黏黏稠稠，再一揮，身體便被吃掉。

全身都發癢。

「要回去啦，不理祢了，小心點，瘴氣要來抓人囉。」

拍打衣褲灰塵，穿拖鞋，往溪岸泥地走去。回音隱然響起，疑惑停下腳步呆愣幾秒，往回走，穿過霧氣，再穿過一團一團滑溜溜瘴氣，溪岸兩側新舊碧綠夾樹無人。腳步沉，每個活動都得更加費勁，張開嘴巴咬瘴氣，口腔刺麻像咀嚼十幾隻蠶張小蜘蛛。

天色陰霾。

暗了。

一抹一抹青墨緩慢研磨骨頭。

彎身，轉圈，強行穿越忙著曬日光浴的霧氣和瘴氣。

水淙淙，石肥肥，草苔絨絨實實一口一口吞下枯葉，松蘿吐絲蔓生，枝葉黑，草苗綠，枝椏遠遠近近響起嘎嘎烏鴉聲，嘔出一地殘枝斷羽。烏聲粗啞，帶血。撿起石子奮力丟向成群烏鴉。烏亂翅，羽飛散，繼續踩石前進，水路灰濛不可辨，溪流迢迢始終通向村莊。壓抑緊張，握緊拳頭大喊一聲，我什麼都不怕喔。再往前，回聲反彈，兩腳發軟索性不走了，抖動身子，望向彎曲上游，望向彎曲下游，額頭不知不覺冒出冷汗。水野了，兩岸夾林密紮，陌生歧路蒸騰團團黑暗，蹭鞋底，洗腳喝水，踩進爛泥漚葉，想著到底竄進哪片暗林？是讓瘴氣抓住了？還是像荷香阿嬤說的中了魔神仔的蟲？或者只是睡著？拍打臉頰，捏緊掌肉，會痛。夢裡也是會痛，甚至比清醒還要痛。嘎咯嘎咯烏鴉聲響起，腳印子濕答答緩步通向未知泥路，白芒傾掩的獸徑敞開來。好奇心驅使之下，金生爬了進去，膝蓋磨蹭軟土，陷進去，再陷進去。露水涼，草的盡頭一片夜，高低錯落的枝椏懸掛乳房般的哀傷月亮。一地墓塚，不過無人，亦無鬼。枯木魅惑，折身，凸眼，攲斜痙攣，五、六隻烏鴉搖晃枝椏抖抖身，飛上天，啄食乳頭。金生張大眼珠，覷蒼穹，視后土，好奇與驚慌糾結成團無法言語。霧氣濃，一股尖銳叫聲從墓塚遠端吵死人、鬧活人般響起，暗影疾速奔向疏林，邊跑邊喊，夭壽，較停仔，我規世人的金銀財寶還未攢好，是欲按怎交差見人。循暗影跑去，坳谷隱現蘆葦蔓生，越過枯萎林木，乍現嵎嵎鬼頭饅頭山，層遞著，堆疊著，肌理嶙峋著。腳步聲近了，金生竄進荒荒草莽偷望月光下的婦人，中年婦人全身寶石綴飾反射金光、銀光、紅光、碧光與玉光。婦人盪大波浪卷，穿繡一朵紅牡丹的白旗袍，腹肚三層肉，向山腳底的渡口一顛一晃，搖動肥胖尻川像轎子震盪。木製渡口，一艘船，無人無鬼無妖。渡口懸浮鬼燈，如燭光，如磷火，翅粉晃晃悠悠灼光閃。從渡口的木製平台躍下船，咚一聲，向左向右，傾了，發現那並不是船，而是長形方整青苔肥厚的老棺材。

竹竿鬼，木欒魂，船頭船尾各刻壽字，瀰漫濃濃檀香味。

中年婦人嚷著歹勢歹勢，傷慢啊。

遠處，有人用低啞聲咳嗽示意。

金生怕被發現，躲進覆蓋茅草的棺材尾雜亂什物中，棺材船一顛，浪就起，嘩嘩啦啦啦，頭尾止不住搖盪。什物摸起來冰涼入骨，透過月光，無意間發現都是皮革和金屬製成的各式刑具，有火籤、虎頭牌、鐵鍊、腳鐐、斧、皮鞭、枷、鎖、鐵砧、立籠、釘棍、釘板、手腳釘等等。金生全身發麻，想著不小心竟上賊船，不，是上了鬼船，說不定黑道正要去討債，也說不定自己已經心臟暴斃早早掛點。到底該如何脫身？每次試著移動身子，棺材船便會隨意搖擺濺起罪孽般水紋，只好繼續躲藏保持平衡。

魅聲漸次嘈雜，渡頭的鬼火亮灼了起來。

玉簪婆上船囉。

無頭鬼上船囉。

緣投桑該上船囉，欲來轉去，等咧閣欲去接清發。

城隍爺準時開講——

棺材在水泊中肆意搖晃，濺上水珠如蟲子，滑黏黏，緩緩爬。有雙手奮力拍擊棺材船兩側，準備聚集鬼心、鬼眼、鬼心臟，月光慘淡得如此豐滿。

船尾，一雙手撐竹竿，一杵一杵探向河道深處，船舟左傾右斜如肉臀子好妖媚。

「八爺，往左。」船頭喊。

月光隱現，眼神穿透茅草與刑具望著整具棺材，共一人五鬼。

船尾持竿者是八爺，一位國字臉、眼眶凹、大目瞪、嘴唇紅的鬼差，眼白與瞳孔間分岔樹枝狀血絲。眉毛旺盛如欉，如枝葉垂落，兩側顴骨對稱如丘，咧著嘴，從口袋掏出檳榔與血珠子大口咀嚼。額頭有三層深深摺痕，凶相，滿臉落腮鬍。膚黝黑，身材矮短，寬肩厚胸，黑手，白指甲。八爺穿白襯衫西裝褲，不紮襯衫下襬，胸前兩、三顆鈕扣沒扣，陰風起，便啪吋啪吋拍打大理石般冰冷胸膛。八爺大腳掌，不穿鞋襪，腳背毛茸茸。

「無問題，七爺，咱來行船囉——」八爺大喊，聲如洪鐘震盪波波水紋。

七爺站在船頭吆喝，瘦高如細竹，長形臉，顴骨高聳，深層皺紋散布其中，雙眉緊鎖若有所思，眼眉與嘴角均下垂。嘴巴伸出蜥蜴般赭紅舌，垂至下頷。全身穿著合身黑色西裝褲，白襯衫，細版人皮腰帶，紅色橫條紋領帶，領帶夾是一副鬼工假齒。蹬皮鞋。修長雙手齊整衣褲，不起縐。七爺導引方向續而蹲踞，拿槳，悠悠慢行悠悠淺划。船行順暢，停槳，坐在小椅凳上蹺二郎腿，抖抖腳，黑襪貼身，皮鞋用人脂擦拭得如此光亮。七爺從內襯袋掏出人精髮蠟罐，旋開，手指沾染，抹髮，塗抹眼睛上方兩櫼黑黝黝眉毛。

「唉喔，七爺實在是愈來愈緣投。」玉簪婆捂著嘴笑著說。

「人要衣裝，佛要金裝，鬼差也要穿得乾乾淨淨才跟得上時代。」七爺一說話，垂落的舌頭便跟著甩動。「整天都是同一套古老出巡服多無趣，也要洗呢，總不能天天穿，風吹日曬雨淋，說有多髒就有多髒。人家觀世音菩薩都有那麼多化身，有男有女、不男不女，幾千幾萬件華衣可穿，我只是穿西裝抹髮油，袂超過啦。」

「講著愛媠，咱緣投桑攏無講話。」八爺傾過身，故意用粗厚手指輕觸緣投桑。

緣投桑忽然全身顫抖起來，雙手雙腳像是受到極大刺激，兩眼迷濛緊閉，嘴裡發出非常纏綿妖嬌的呻吟聲。

「攏無變，有夠癲哥。」玉簪婆一臉作嘔，伸出晶亮手指遮住雙眼。

「等一下會口吐白沫。」七爺說。「記得，不要吐得滿棺材都是，臭死鬼不償命，還要清潔，麻煩喔。」

緣投桑冷靜下來，喘大氣，不巧船臨時一顛，整棺材的人鬼亂晃，緣投桑上半身撞擊側板，再度發出纏綿妖嬌的呻吟聲，完全無法克制。

「有爽無？爽規百年矣閣佇爽，真正無長進。」八爺大力划槳。

緣投桑有一張異常俊俏的臉龐，皮膚白皙，鼻梁挺，不似讀書人羸弱，也不似勞動者粗野，整張臉風流多情，兩眼深情汪汪，嘴角著實勾人心魂。緣投桑握緊拳頭，用興奮後的虛弱聲音緩慢說著：「八爺，別鬧了，身體禁不起，興奮說來就來，等會兒克制不住高潮射了，啊，是吐了整棺材就麻煩了。」

棺材船繼續穩然向前划行。

風蕭蕭，破浪。

惢惢哭聲從風中隙縫悠悠傳來，極壓抑，循聲望去，原來是無頭鬼正在啜泣。無頭鬼其實有頭，一張蒼白卻乾淨的臉龐，長髮垂肩隨風飄逸，身子看去如同玻璃單薄。無頭鬼窩聚雙腿，雙手環抱膝蓋，歪頭，用手背擦拭淚水，啜泣聲透露絲縷哀怨，既沉重，又冷寒。

「一日到暗就知影吼，上好耳仔會聽無，我毋是臭耳聾——」玉簪婆十分嫌棄。

無頭鬼繼續哭，不理會。

緣投桑十分謹慎地從口袋拿出銀紙牌衛生紙，遞給無頭鬼。「不管發生什麼，都可以找我商量，我也可以當妳的靠山喔。我知道要相信另一隻鬼很困難，但是我真的是一片真心誠意。」

無頭鬼道謝，接過紙巾，擦拭紅腫雙眼。

「八爺，記住，等會兒清發上棺材前要先記得跟崔判官聯絡，還要打通電話給春夏秋冬大神，問麻將打完沒，陽間每日都死一堆人，哪有鬼差還在悠悠閒閒打麻將。對了，上次咱們村內底的日本將軍又在鬧脾氣，不願參加鬼魂普查，魂魄的籤文我沒辦法重抄，只好沿用舊的湊合湊合，這次看誰說得動日本將軍。唉啊，將近百年囉，還是不肯投胎，整天在村子裡四處遊蕩，日本人撒完尿拍拍屁股早就走了，我還是頭一次看到有鬼魂不思鄉。還有，土地公土地婆那邊也要招呼一下，不然失了禮數沒禮貌。」七爺說。

八爺划累了，木槳左右替位。「媽的，後擺應該叫什役來，共城隍爺申請信仰經費，馬達走起來毋是較緊？也毋免恁爸佇遮喘大氣。」

棺材船在水中劇烈顛晃，金生頭暈，剛要縮身休息，無頭鬼剎那響起一聲分外悽慘的哀傷叫聲——時間到了，該去死了啊。無頭鬼綁起頭髮，不知從哪拿出一把細長尖銳的鋸子，架在肩膀，雙手從容優雅拉拽鋸起脖子，鮮血噴濺滿船，瞬間乾成黝黑血漬。無頭鬼一時雙眼浮腫，頸項橫生風乾肉屑，嘴角露出一抹淡淡微笑。至中，鋸子卡住，原來鋸到骨頭，得再用力些才行。無頭鬼說痛，好痛，請再讓我繼續痛苦下去吧。無頭鬼左手拉起頭顱，往天空斜傾六十度，右手握緊鋸子乘勢使力，喀一聲，鋸開脊椎骨頂端。無頭鬼繼續斜傾頭顱九十度角，鋸子橫切過頸，完美自殘。無頭鬼手拎頭顱，舔淨頸項邊緣的血漬，啃嚼肉塊，再將頭顱置放膝蓋，眨眼睛，滿嘴巴沉溺於腥甜的血漬、眼淚與鼻涕，真是痛快過癮。無頭鬼將刀鋸沉進水，清洗一番，再從頸子背後直插進皮肉，立起金屬般背脊。無頭鬼安靜拭淚，不哭了，展露微笑，因為痛苦而獲得前所未有的慰藉，捧頭顱，用衣袖細心擦拭臉頰，取下髮圈，雙掌緩慢撫摸長髮，一絲不苟挑揀白髮，用力一扯，髮便斷了。

金生拍打腦袋，想從鬼魅夢境中醒來，只是一點辦法都沒有。

一顛晃，浪大了，船身上下起伏，上昂衝撞，無頭鬼抓住咕嚕咚嚨跳起的鬼肉頭顱，拽長髮，一不小心鬆了手，整顆頭顱滾進棺材底，前翻後滾繞七圈如喜氣洋洋人頭綵球，竄進茅草棚刑具堆中。無頭鬼眨巴悲傷雙眼，望向蜷縮刑具堆中的金生，張大嘴巴，以破鑼聲叫喊哭泣。

「沒有用的，本來就應該上吊自殺，這世間到底有什麼好留戀？就連小孩子都活不下去，錯了，是不想活下去——」無頭鬼流出大顆眼淚。

「誠是痟鬼，做鬼遮爾久閣袂認分，是佇吼爸吼母吼恁祖母十八代？」玉簪婆目瞠貓眼礦石罵咧。

無頭鬼一身細瘦，搖晃走向刑具堆撥開布巾與茅草堆。

天光亮了，又暗。

金生從刑具堆中霍然起身，搔頭抓肚，下意識縮緊脖子，雙手握拳護在胸前抵抗突來的攻擊。

眾鬼轉過頭，倒抽一口七世冤魂氣，眼珠瞪得像出血的豬睪丸。

棺材船搖晃顛簸，人鬼重心不穩撞成團。

「坐好，莫烏白振動，等咧反船。」八爺大吼，一掌抓住金生頸後衣領往上提。

一群鬼全部圍擠棺材船尾仔細盯瞧金生。

「這臭囡仔看起來面熟面熟。」玉簪婆用手指捲起銅錢串起的金屬髮絲。

緣投桑因為不斷撞擊，興奮得很，身子顫動，伸出舌，躲在眾鬼身後試著平緩要鬼命的氣息，怕臨時發生摩擦衝撞而導致快感。

「唉喔，別踩我的頭，腳要長眼睛啊，雖然沒了地心引力，踩了還是會痛。」無頭鬼伸出一雙手，猛力拍打玉簪婆的翠玉腳，捧起自己的頭顱仔細呵護，用衣袖擦拭臉頰，撥攏散落額間的髮絲。

「別看了，都回去給我坐好。」七爺晃動長舌。

金生使勁朝天空揮拳踹腳，始終徒勞無功。

七爺好奇彎身，裡外盯瞧，隆起額骨，眉間皺紋深渠，細長手指塞往嘴巴，撥弄一圈一圈往內往外匝繞的長舌；續而蹲身，在一堆刑具中急忙搜尋什麼，找了一會兒沒找著，再摸褲袋，一古腦掏出髮蠟、蒲扇、照妖鏡、鋼筆、竹簡古冊、毛筆、信用卡、鬼府身分證、小腿骨、冥紙等等，還是沒找著，再搜上層西裝外套的內袋。

「揣啥？」八爺吐出唾沫噴向金生。

「找美國資本神送的什麼蘋果菝仔香蕉機，還是叫蓮霧西瓜火龍果機呢？除了陰魂不散的模範鬼外，要勾進陰曹地府的魂魄我都仔仔細細記在裡面。」七爺非常急躁，搔髮，昂起墨眉。「唉喔，原本想說這樣子比較方便，還可以玩玩植物打殭屍，沒想到臨時找不到。啊，八爺，你不是也有什麼鳳梨橘子水蜜桃機，打給我試試看。」

「無啦，麻煩，我自頭到尾就無贊成用啥物手機仔，上討厭用智慧型手機，無紮無紮啦。」八爺相當厭煩，拉近金生，眼神嚴肅帶威嚇，噴喘大氣。

七爺收攏散落滿船的繁雜什物，重新塞回褲袋。

「看起來真是膨皮古錐，毋知是按怎死？有留全屍無？」

金生抓住八爺大掌，雙手使勁一拉，抬起身，往八爺手腕凶狠咬去。

「幹恁老師較好，看著七爺八爺袂求饒赦，閣會咬鬼，真正是惡人，陽間啥物人本教育實在有夠離離落落。」八爺放開手，悶吼一聲，伸出另一大手要往金生臉頰猛力揮去。

金生一屁股跌坐刑具，受了驚。

七爺忽然伸手止住八爺。「唉，別急啊，崔判官不是告誡上千上萬遍，性子急容易擾亂心神，什麼事情都做不來。我看這撒野東西還挺人模鬼樣，不知從哪冒出來？」

八爺鼻孔噴吐一聲，氣憤地用右腳狠狠踢踹，棺材船隨即劇烈搖晃。「好，我啥物攏毋講，我上無站節，這位猴死囡仔就予你好好處理，我恬恬仔看就好。」

七爺抱起金生。「何時往生？哪位鬼差勾你魂魄？怎麼會跑來這鬼地？住在哪裡？讀幾年級？」

金生很害怕，不說話，一逕搖頭。

「說說家裡的狀況，父母是誰？阿公阿嬤還在嗎？今年幾歲？」七爺輕柔拍打金生肩脊。

「一定是做歹代誌才會枉死，較停仔勾你的魂魄去枉死城。」八爺雙眼一瞪，鬍子一吹，一副惱怒模樣。

水月，平靜無波，整艘棺材船在暗流中緩速漂浮似時日停滯。

蘆葦岸，灰茫炙燃幾朵綽約殘花，極隱密，莖葉叢叢錯錯浮潛殘影幽魂，梟一聲，驚擾水面惹波紋。

玉簪婆義無反顧撥開無頭鬼和緣投桑，衝到七爺八爺面前，珍珠眼擦得雪亮，拍掌握拳。

「啊，莫怪看起來面熟啊面熟，有時我四界亂趖，趖去有餘村創治人時就看著這死囡仔。」

七爺將金生放回棺材邊的椅凳，睜大眼珠。

「閣咧假啞口。」八爺喉頭低吼。

金生低頭癟嘴，兩眼無辜直視掌心，雙腳互相踢踹，一副鬼神不理的倔強模樣。

「一定是像我一樣自殺。」無頭鬼嘆口氣。「本來就不應該生下來，真是不應該，生下來只是受苦。唉，身為人，本來就是錯誤。」

「你莫佇遐規工玻璃心，世間哪有遮恐怖，我看是你傷脆弱。」玉簪婆說。

七爺從西裝側袋掏出甜膩乳頭糖，遞給金生。「別緊張，吃顆糖，想說再說，別聽鬼們說瞎話。」

金生吸吮乳頭糖，依舊不發一語。

「八爺，划吧——等會兒接了清發先繞去秦廣王殿找崔判官，看《生死簿》怎麼批的，若崔判官忙，將囡仔押去孽鏡台前一照便知。孽鏡台前無好人，該如何處置，等會兒自然真相大白，不用我們在這窮著急不知所措。」七爺聳身，慎重整理西裝衣褲。

八爺持槳，七爺站立棺材船頭指引方向，赤紅鬼火瓣瓣尾隨，燒亮整艘船。

金生靠向棺材左側，傾身，伸手撩水。

月低垂，鬼悲嚎，一艘棺材船，一人孤單的水影。

撥撓間，水面上的臉孔隨即散開。

「從有餘村來的嗎？」緣投桑靠向金生。「我以前也住在有餘村，不過記不得是多久之前。已經死了好久好久，久到當初的親生父母都投胎了三、四次，久到被我玩弄過的女孩、男孩都繁衍了好幾代，久到忘記自己到底做了哪些喪心病狂的壞事；不過，現在我可是堂堂正正的鬼，有標章，有認證，有獎章，鬼鬼讚不絕口，絕對是陰曹地府的榮譽楷模。雖然偶爾也會有股衝動想去甌忘台喝孟婆湯，重新墜入六道輪迴，不過想了想還是放棄了，在這當優秀無比的模範鬼也不錯，無憂無慮，不愁吃穿，雖然時時要忍受苦難，不過這些苦難也都是自找的，忍受也就成了享受。時間一久也就習慣，所謂：『為人容易做人難，再要為人恐更難；欲生福地無難處，口與心同卻不難。』唉，可是有時做些什麼，都不是自己可以控制的不是嗎？慾望就親像鴉片菸風飛沙，興頭一起啥都擋不住——」

起風了，撩撥簇簇浪花。

無頭鬼將頭顱謹慎置放胸前，緊捧著。「你也是自殺的吧？你是一個人還是全家人一起？是吃安眠藥還是燒炭？不會是跳樓吧。我覺得要等到身體自然腐敗死亡，實在過於漫長。」

「哼，我才沒死。」金生刻意嘟起嘴，昂下巴。

「那你怎麼不考慮早點死一死？我真的是為了你好，活著這麼痛苦，只有無盡的苦惱和悲傷，何必呢？聽我的話準沒錯，正所謂早死晚超生，晚死早傷神啊。」

「死你的大頭鬼。」金生氣憤起身。

「好矣，攏予我恬恬。」八爺大吼。

棺材船內的眾鬼低下身，靜坐矮凳。

緣投桑靠向金生叨叨絮絮說著。「我啊，未滿十八就姦了男，淫了女，我第一次看到查某人麻糬般的乳房就興奮得無法自拔，每天晚上睡覺都要吸奶，我最喜歡舔女生胸脯上的粉色脂肪球，後來我阿母的脂肪球紅腫發炎，就不給吸了，你說不吸奶是要怎麼活下去？還有什麼好活的。我說還是做鬼好，吸了那麼多奶，滿腦袋都是奶奶奶奶奶。雖然現在吸不到，可是用想的也就夠了。」

「莫聽這有的無的。」玉簪婆罵咧。「閣是囡仔，你這馬是按怎，做鬼也欲風流倜儻食幼齒喔——」

棺材船低一晃，高一蕩，濺起濕漉漉水珠子。

風狂捲，浪突然大了，亂了章法。

七爺挺身，站在棺材船頭迎風探望。

八爺一雙大腳使力鎮住棺材船尾。

「有事情發生。」月光剝蝕，霧氣瀰漫水淼淼，七爺瞇細眼望向幽冥遠方，掐指一算，搖頭皺眉，不妙不妙細細碎語。

「啥代誌？」八爺不知從哪拿出勺瓢，將棺材船內的水奮力外舀。「莫非是日本將軍啉燒酒醉起酒痟，頂擺提著酒矸仔鬧欲鬧地府。」

七爺閉起眼，面色凝重，心神專注聆聽遠方幽幽渺渺的鬼域之聲。

風中忽然生出黑紫嫋嫋妖氣。

「慘了，地府的《生死簿》不見了。」七爺張大眼珠，挺起脊梁煞是嚴肅。

「這擺不得了。」八爺撐大眼珠子，兩掌握住棺材兩側，試著穩住船身。

夜空中，一道橘尾鬼火乍然衝向暗黑夜空，一晃眼，亮了，整座山城突然乍現，又突然黯淡成朦朧晃影。

颶風難以抵禦，夾帶十尺大浪撲湧而來。

整艘棺材船往上陡然仰起，顛簸，七爺站在船頭拿出羽扇念咒施法；八爺雙腳一跨，穩馬步，繃肌力，吼聲如雷如電如虎如豹，氣運丹田準備奮力破浪。疾風強，浪頭高，眾鬼東倒西歪顛顛晃晃，無頭鬼哭嗓抓髮，再一鬆手，頭顱騰空飛起。緣投桑因為劇烈撞擊而全身震顫，嘴張目開，癡呆貌，吐出黏稠白沫。玉簪婆撞碎手腕翠玉鐲，再一撞，懷中掉出成堆成纍的金元寶，紙鈔迸散騰飛竄進深黝天光。八爺鬼吼一聲——何方怪風，竟然欲予棺材反船掛急診。

風捲浪，浪亦捲浪，整艘棺材船瞬間便被吞噬。

咕嚕嚕，咕嚕嚕嚕，金生沉進深水，強勁水勢將身子壓向幽深之底。

水面碎裂光影，亂針繡，潑墨肆，蟻穴蜂巢赭紅豔綠濃抹，簇簇蕩來，縷縷漾去，伸手想抓卻被溺進更深水域。兩手兩腳盡力上划，卻被一股股危浪打下，掙扎許久。耳膜轟隆隆密閉，嘴巴一張溢出成群氣泡，想抓住什麼，雙手竟無法施力，力量逐漸從指尖流散開來。恐慌籠罩，求生意志被一股更大的力量所統攝，肩脊逐漸鬆軟，頸項、軀幹、手腳與肌肉癱成水草，往下沉，隨波亦反波。忽然想起水面上一張一張熟悉與陌生的臉孔，臨近者，遠方者，死去者，默然隱去的人們都因危急而彼此相互親近。父母，祖輩，庭埕的金棗枝葉蓬勃壯大。水族，鱗人，鬼火晃蕩成為金童玉女一雙滑溜雙眼，閉目前，迎上最後一瞥。親族正替他沐浴，雙手懷抱年幼如崽的身軀，可以哭，可以鬧，可以排泄，也可以盡情吮奶。

水浪撲湧後，漸次平緩無波。

龐然巨物輕柔含住身子，逆水，越過黝黝草澤往淺灘游。

午後無止無盡，屋簷下恍惚甦醒，夏炎日，秋雨夜，乾燥濕冷等著伊——伊等會兒就要歸來。

是夜了，不再睡，全身濕透睜開雙眼，撐起身，腦袋很不舒服，甩手，扭轉脖子，用力摩擦浸在泥葉漚爛淺灘中的雙掌。

沒有棺材船。

一隻烏龜駝背龜殼，撐四蹼，在金生的胳膊旁昂起皺長頸子，用一副好奇與老邁的表情張望。

金生一掌壓住龜殼。

烏龜瞬間縮攏四蹼、尾巴與吊兒郎當的龜頭。

金生用兩掌夾住烏龜，捧到眼前。烏龜在龜殼內打量一會兒，覺得安全了，逐漸伸出龜頭慵懶舒展脖子。

月亮乳白，彷若毫無沾汙，蟋蟀與翡翠樹蛙躲在草澤與淺水潭中鳴叫，金生感到冷了，趕緊脫下衣褲，扭乾再穿上，找不到拖鞋，只好光腳踩踏厚苔土石下溪岸，往山腳跑去。

烏龜伸出皺巴巴的四蹼和脖子，搖尾巴，無比好奇窺探燈火盞盞的有餘村。

生死簿：啟動平準基金

救人喔，政府大人緊來制止鯖魚價參加世界級跳水比賽——

春帆港沒落許久，漁歌鼓棹不再，鹽船徘徊的盛況亦不再，如今，再度遭逢噩耗。

蘭地的漁業主要分為遠洋漁業、近海漁業、沿岸漁業和養殖漁業。遠洋漁業主要捕獲的魚類為鰐、蝦、什魚類等，產量近一千公噸上下；近海漁業以夜間作業捕獲的鯖、鰺為主，南方澳漁港作為根據地，產量近一萬公噸，是最主要的漁業型態；沿岸漁業主要捕獲的魚類為鯊、鮪、鰹、鯖、鰆、鰺、旗魚、花枝、小卷、油魚、白帶魚等其他什魚類，產量約三千至四千公噸，其中，以定置網漁業產量為主。養殖漁業主要分布於頭圍、壯圍、五結等沿海鄉鎮，現有面積約一千二公頃，主要以養殖草蝦、斑節蝦以及高級魚類為主，產量四千至五千公噸，多外銷。近海漁業由於捕撈的魚種迴異，撈捕方式又分為巾著網、焚寄網、鯖鰺圍網、刺網、中小拖網、一支釣、延繩釣、曳繩釣等。春夏的魚類主要是鯖、鰹和鬼頭刀，秋冬為紅目鰱和白帶魚，另有洄游性的鮪魚和旗魚等。

近年來，斜風搗濤，山雨破浪，縣政府和地方單位力圖變革，企圖將春帆港轉型為多元化休閒港區，將傳統漁業改造成娛樂漁業，規畫鯨豚生態區，並日漸削減龜山島戰略地位，力求開放。長遠計畫中，將讓龜山島的北、西、南沿岸一浬內的海域轉型為潛水生態觀賞區。旺伯是寶島順風一號的船長，掠魚多年，相當熟稔縣政府、漁會與民間自組團體為春帆港制定的大小規畫，也會固定參與各種說明會。旺伯之前跑遠洋，如今跑近海，攢了錢，陸續買了小型的動力管筏和動力舢舨。管筏和舢舨不是為了捕魚，就像耕作人認為買地保值，傳子孫，旺伯也認為買船保值，雖然得花錢維修，不確定能否傳世，不過想要海釣時乘著小船便能出海，自由自在，是非常值得的一件事。旺伯長成年歲，剛好錯過春帆盛日，一路見證港口淒傖蕭條的灰墨時光。行船人，日日夜夜行駛浪潮，多少都有與海搏鬥之心，不過年紀大了，腦袋不再整日想著賺大錢，安居樂業的基底逐漸厚實起來。旺伯除了熟稔漁獲數量、海潮迴流、氣候天象，還特別在意政府頒布的各項條例，每一期漁會會刊必定仔細研讀，還會至鄉公所的布告欄察看最新公告，閒來無事也會跑到漁會會客室同老船長和辦事人員抽菸聊天。旺伯國字臉，粗厚頸，說起話來中氣十足，常說色情笑話，髒話與性器官連袂出口當娛樂，外表看起來粗野、沒水準，內心卻是十足細心縝密。旺伯知道要在番薯島立足，除了認真打拚，肩膀要寬、臂膀要粗、說話要大聲之外，還得特別注意政府的立案動向，這社會有條例、有法規、有人定準則，得遵守；當然，也得從中多多少少撈些油水，占些便宜，不然稅都是繳心酸的。福利得申請，補助得加倍，一有漁民相關退休撫卹立即徹頭徹尾搞清楚，雖然每次都讀得一個頭兩個大直想發火。旺伯並非小鼻子小眼睛，也非機關算盡，只是懂得用政府的條例法規來護衛自己和家人，多多爭取權利與福利。旺伯說，無人規工過年，掠無魚仔時陣，除了褲袋揑予絚，薰莫噗傷濟，閣愛了解親愛的政府大人公布的補助條款，加減申請。

無鮪，挖筍。無鰆，刃蕉。無鯖，種菜。無旗魚，打獵。無油魚，養雞。無白帶魚，多飲山泉水。無花枝，多採山蘇野菜。反正，火燒寮山養得活村人。旺伯不擔心，漁獲多時攢些錢，漁獲少時還有土地可靠，等過一陣子總會傳來漁汛消息。日子夾汗，真是臭，時而暈船，時而靠岸，時而豐收露出微笑。旺伯靠海生活，沒趕上春帆港的百棹千舵，沒有年少出走的豪情壯志，也沒有涵養出在商言商的銳利眼光，時日緩急，船燈次次更新，不知不覺間也就鐵鏽苔生安定下來。風浪見過，心就不野。年少喜歡同海鬥，同浪鬧，每年四月至五月瞄準黑鮪魚商機，行船暫棲南方澳和東港，準備與魚群搏鬥廝殺。主要漁場位於東部外海，北緯二二度，東經一二三度，旺伯探索魚區，獨裁網羅，鮪魚、鬼頭刀、鯊魚、深海狐鮫等成群結隊投胎轉世，只是上了年紀之後，心態不知不覺便變了。以前喜風光，現在好熱鬧，之前喜冒險，現在好安分，最抒情的口頭禪無非是風調雨順。旺伯依舊非常關心漁業發展，每次修訂相關法規，必定條條細看擔憂有所闕漏。他時常想像並建構理想性的未來，例如能在法規中明定小型拖網不得進入沿岸三浬內作業、燈火漁業禁止進入離岸六浬內作業、大型圍網不得進入烏石鼻與龜山島以東十二浬連線內海域作業、禁止網具類在人工魚礁區作業，甚至在各河口五百至六百尺內設置水產動植物繁殖保育區等。旺伯知道面對大海，得適度，得進退，不得橫徵暴斂。

天公伯厚面皮，食飽傷閒，不時來創治人。

無魚通掠已是常態，近年來，旺伯稀少遇見漁獲暴增的盛景。

豐收再現，卻已是月之背影。

噶瑪蘭城主要有兩地魚市場，包含蘇澳的集中拍賣場以及頭圍的梗枋和大溪，然而不管何處卸貨，都面臨相同狀況——鯖魚漁獲量爆增，導致價格崩跌。冬末，鯖魚競相洄游至噶瑪蘭外海產卵，漁船出海，網一撒，便是大圓滿。船船大豐收，也是艘艘大歉收。蘭地兩地魚市場每日卸貨量都超過三千公噸，幾乎是過去旺季的數十倍，鯖魚批發價從一公斤二十多元跌至二至三元。實在太多魚，嚇死人，一下網，捕撈的漁獲重量幾乎能壓垮船隻。做魚罐頭行不通，食魚食到想嘔吐，沒有冷凍庫可以冷藏，加工廠早已魚滿為患。出海只是惡性循環，一再壓低魚價，不出海又看不慣外地人占船席貪便宜，真是難抉擇。問農委會漁業署，問養殖漁業科長，問漁會總幹事，問東、問西、問南、問北也問不出個妥善解決之道。誰都知道要由市場的供需機制來制價，誰都知道再捕下去就沒魚，誰也都不願落人之後，龍宮大概迎娶媳婦或生下龍子，賞魚賞過了頭。大型圍網漁船不願休漁，扒網漁船亦跟進。旺伯一顆心不踏實，出港不是，入港也不是，不知該如何是好，萬一價格跌至一元？萬一明年真來魚荒？捕撈早已不合成本。

掠無魚仔足苦惱，掠遮爾濟魚仔閣較苦惱。

只得問天、問地、問海、問浪、問神明指點迷津去。

如祕聞，如奇談，如鬼胎，如被封鎖的消息，如不見天日的月鱗夜光珠，接天宮的玄天上帝乍現天光，以神轎頂桌，轎杆筆墨如摶摶鷹鳶翱翔展翅，再順勢俯衝，神桌上的黑沙若蜻蜓點水，一點、一墨、一撇、一捺輕巧滑過，一字清明，二字連綴，三字勾勒雛形，似停頓，似接續。暫時扛轎的廟公阿火伯與助手不由自主繃緊肌肉，滿臉通紅，興奮感混著疲倦感。血脈賁張，又一字露珠顯現。敷以黑沙，續寫。神轎輕盈墜向神桌如鑼鼓送神。阿火伯僵直身子，噴吐金光，手腳瞬間鬆軟還原為凡人。艾卿伯隨侍一旁，趕緊拉了張椅子送上，替阿火伯擦汗遞水。阿火伯講，玄天上帝坐神龜轉去天庭囉。艾卿伯持神冊，暫時擱下硃砂筆，望向聚集廟埕的全村漁夫，一字一句鏗鏘有力，緩緩吐出玄天上帝的指示——啟動漁業平準基金。

無人知曉漁業平準基金到底是啥，只有旺伯的腦海存在一些粗淺的關鍵字與模稜兩可的概念。下午，旺伯坐在客廳沙發拆封漁會保險與水電費單據，突然想起一篇刊在漁會會刊的社論。放下單據，翻找桌底成疊成卷資料。兩年前的會刊，頁已發黃，是一篇短文。坐回沙發，重新閱讀，社論從番薯島設置平準基金的歷史談起，政府原建置稻米、小麥、玉米、砂糖和一般糧食作物平準基金，用聯合收購大宗物資的方式，掌控原物料價格，以此穩定物價指數及市場供需平衡。自從加入WTO之後，為了遵循貿易自由化，尊重市場機制，決定陸續廢除平準基金。文中說明自由經濟市場絕對拒絕政府過多干預，任意調控物價只會導致失調。文中更進一步說明，穩定物價需要有完整配套措施，除了供給需求之外，還得消除市場的預期心理、監控稅制、消除囤積積習和透過媒體傳達正確的訊息等。旺伯一字一句鉅細靡遺閱讀，文後終於提到漁業平準基金制度。強調漁獲易受波動，彈性不足，故不建議取消。文中呼籲，此項基金只適合小區域範圍，由於易受操控，也易虧損，不建議任意啟動。閱讀完畢，真是頭昏腦脹，讀冊人就是喜歡把事情說得愈複雜愈好，怕人看懂，被搶飯碗，讀了三次才大致理解。只是，這對於是否出海捕魚還是沒有任何幫助。

要是出海，就得瞻前顧後，得搶船席，趕卸貨，送工廠，日日夜夜不睡也要拚出海，掠魚人不掠魚難道要飲西北風——唉呀，是飲東北季風。如今旺伯的眼光遠了些，雖然很多事情依舊看不透，欲望癢歸癢，老老實實還是得揪住。旺伯不明白這些從基隆、洄瀾、後山甚至是從打狗湧入彭佳嶼海域的漁人們，到底知不知道魚價慘跌都是自個兒造成的。近海圍網漁業協會董事出面調解，好言好語，說等到魚價回穩再出港，對大家都好。旺伯說，這馬是鯖魚交配期，毋是漁船交配期，港口擠滿船隻動彈不得，何必呢。或許這擺就毋趁，放水流，或許這樣才好，不論是讀冊人上愛講的海洋環境生態、資源永續保育或是市場供需機制考量，這次都要抓緊臁脬忍一忍，千萬別衝動，這樣才能以量制價。旺伯向玄天上帝擲筊尋求支持，就三天，最多七天，等魚價回穩另做打算。誰都想撈一筆，只是不能愈撈愈心酸。

漁會承受巨大壓力，聽抱怨，同時亦聽神明指示，張貼公告，宣布立即啟動鯖魚平準基金，補助金額尚待公布。至少得休漁三日，之後若價格未回穩，將自動延長至七日，所有措施都將盡力減少基層漁民的損失。此項措施亦有但書，若三日內有出港捕撈行為，立即取消補助。

沒麻將就別手癢，沒鞭炮就別舞獅，沒門楣就別亂迎財神，旺伯不出航，有餘村和春帆港的老漁夫也不出航。這絕對是揪心難耐的雞巴決定，即使打定主意，心中卻始終猶疑，只能盡量找些閒事打發。嗑瓜子，抽菸，打麻將，開查某，開講，看電視名嘴預言世界末日。心不靜，氣難定，思緒亂糟糟，心頭肉插滿魚刺長長短短一針一痛，再怎樣都得忍住不破功。旺伯試著轉移注意力，找些事情做，要孫子指導何謂網路衝浪，蒐集漁產平準基金條例，在文件檔上複製貼上，列印下來，字字句句研讀。日日夜夜，鯖魚價格起伏不定，老漁夫自從領受玄天上帝的指示，念茲在茲，默念無人理解的補助方案。旺伯列印一疊法規，放在廟堂供人索取閱讀。不出航的日子，真是綁手捆腳，只能耐心等待，部分扒網業者與大型圍網漁船業者以支薪壓力為藉口，拒絕休漁。

發浪產卵的鯖魚能有多少數量？

怕錯過，又怕破戒，怕濫捕，又怕不捕，旺伯真想拿些火藥轟炸這些沒天良、沒道德、沒環保意識的掠魚人。

三日過了，漁會遲遲沒有公布進一步消息，也沒有後續動作，旺伯心灰意冷，自己按捺得如此痛苦也不好再勸戒村人。

旺伯出航，想駛至釣魚台、黃尾嶼、赤尾嶼一帶中小型列嶼，之前遠航至此釣青飛，最喜歡放下竹筏划至釣魚台列嶼中的無人島，尤其是鳥嶼。旺伯和移工們帶著小魚簍和笞仔，用來放鳥蛋。

鳥嶼的鳥蛋最多，上百顆，農曆四、五月頭頂黑壓壓一群海鳥集體在礁岩下蛋。卵蛋眼珠子大小，味道腥濃，最宜燒烤食用。海鳥不怕人，走近了，也只是慵懶展翅。行走藻苔礁岩，撿拾卵蛋，望海鳥，島上停靠幾艘漁船膠筏隨著浪潮上下起伏。旺伯喜歡迎風的瀟灑，滿頭亂髮，海水在身體表層結成鹽巴，海浪絲絲，鳥喙縷縷，掠魚人的血性浮動起來。看海過活，看浪數日，每一趟漁獲都是為了繳清孩孫的學費與貸款。唉，釣魚台列嶼實在太遠，來回都得花一星期，旺伯想，或許就去龜山島附近晃晃，如果再遠些，到彭佳嶼、棉花嶼或者花瓶嶼就好。出港，向海巡署登記，迎風破浪讓旺伯重新活了過來。年輕時不愛讀書，找不到稱頭工作不得不掠魚，現在有了積蓄，反而無法割捨這種生活。繞了龜山島一匝，沒垂釣，沒上岸，沒捉海鳥，成群鯖魚游於船底，想要滿載漁獲幾乎不費氣力，漁民為之瘋狂，只是內心底層有一股隱然聲音穿透而出，不縮手，是沒有什麼好下場的。

海鳥成群飛向鳥嶼，旺伯回航，再次登記報備。

漁業平準基金公布最終補助辦法。

旺伯曾經登記出海，被排除於補助名單之外，百口莫辯。

被誤解就算了，反正沒賠本，也沒被政府胡亂徵稅，玄天上帝駕龜指示果真靈驗。黃昏，旺伯神情黯淡站立船舷，船頭一陣浪，船尾搖搖晃，比鄰停歇的漁船入了港，幾位船員捧著便當啃排骨。便當盒底下墊著紙，食完了，將揉成一團的墊紙、竹筷與便當盒一同丟向大海，紙張舒展，逐漸袒露面目。斜陽細雨，兩、三日前列印的基金施行辦法浮於海面，字詞沾染油漬模糊難辨，旺伯卻能一眼攫住，腦海如朗如誦浮現拗口條例。是啊，雖然沒領到錢，也沒讓多少人更了解確切的補助辦法，不過至少對得起永遠不值錢的良心——

農委會自行公告或漁民團體、漁業團體向農委會申請指定公告之漁產品，其在個別魚市場進行批發交易之價格，連續五日達平準價格之一百三十以上或平準價格之百分之八十以下時，依下列方式實施平準：

一、價差平準：漁產品價格超過平準價格者，提撥超過部分之百分之十存入本基金；漁產品價格低於平準價格者，由本基金補貼不足部分之百分之十。漁產品價格，以提撥或補貼當日之價格為準。

二、實物平準：依漁產品價格高於或低於平準價格之事實，實施拋售、收購或倉儲，並由本基金補貼貸款利息、倉租。

實施實物平準，農業特別收入基金管理會或漁民團體、漁業團體應依農委會之規定，定期將庫存情形陳報農委會……。

七月天 龜將軍出巡

厝內的郵件信箱、鞋櫃和鐵門夾縫不時塞滿傳單，有廟宇祭祀通知單、選舉宣傳單、賣場俗俗賣特價單和鎮公所印製的慶典活動單，有餘村將舉辦噶瑪蘭公主與龜山島將軍模仿選拔比賽，現場活動繁多，摸彩、贈吉祥鹹粥、爵士音樂會、鄉村聯誼表演和放生法會。獎品與獎金鉅細靡遺一一羅列，獲勝的龜山將軍和噶瑪蘭公主將頒發六千六百六十六元獎金，另外還有機會上地方新聞，接受採訪。入選的將軍和公主，主辦單位將贈送雙人龜山島來回賞鯨船票。

金生與高采烈跑到羊頭家，猛敲鐵門，大聲嚷叫，大羊頭、小羊頭、白癡羊頭你趕快滾出來食潘喔。羊頭剛睡醒，揉眼皮，打呵欠，拍臉頰，腳步蹣跚走了出來。

金生拉著羊頭一古腦往厝內跑。

「我想尿尿，好想睡覺喔。」羊頭有些遲鈍。「等一下，別拉我，鞋子還沒有穿好啦。」

「我們一定要得到六千六百六十六塊，不，兩個六六大順加起來就是一萬三千三百三十二元。」金生將傳單塞給羊頭。

「一個是將軍一個是公主，怎麼可能都拿冠軍？」羊頭一臉疑惑攤平傳單。

「真笨，我扮將軍你扮公主啊。」金生用拳頭搥擊羊頭腦袋。

羊頭點頭，過了幾秒，忽然尖叫出聲像是讓蜈蚣咬到。「為什麼我要當公主？公主是女生，我是男生男生男生，我有雞雞。」

羊頭拉開褲襠要金生看。

「不然你要當烏龜嗎？如果你要當烏龜，以後都叫你龜公喔。你知道龜公是什麼意思嗎？嘿，是查某間的保鑣，皮條客喔。」金生睜大雙眼，昂起下巴語帶恐嚇。

羊頭陷入沉思。「我不想當龜公，也不想當公主。」

「當噶瑪蘭公主哪裡不好？化完妝一定很漂亮，沒有人會認出來，絕對絕對不會曝光。」羊頭歪著頭考慮許久，雙眉緊蹙，最終勉為其難答應了。

整個禮拜，兩人如火如荼趕工製作服裝。金生問阿嬤，龜將軍和噶瑪蘭公主穿什麼？為什麼龜山島和蘭陽平原會談戀愛？阿嬤想了很久，說反正就是大烏龜和蚌殼精的不倫之戀。

金生參考了歌仔戲、八點檔歷史連續劇和第四台民間傳說故事，自得其樂想像了兩套古裝。備妥針、線、剪刀、鉛筆、報紙、美工刀、漿糊、彩色海報紙等，將所有的用具攤放地面。打開父母衣櫃，拉開抽屜，揣出內衣、內褲、棉衣、禮服、襯衫和西裝。拿阿爸的衣服量身，太大了，要長成大人才能穿。時間久了，衣褲發黃褪色，沾滿蟑螂老鼠屎。西裝是手工精心裁縫，黑底，深咖啡色橫紋細線條，內側繡刺大名。想了想，有些不捨，十幾年後或許還能穿呢，將阿爸的整套西裝重新掛回衣架。套上阿母繡紋玫瑰樣式的米色胸罩，套紅裙，成了火紅大燈籠。這件行，那件不行；這件不行，那件行。綠色好，像青苔；黑色不好，像送殯服；紅色好，像蠟燭；橙色不好，像黃昏。捧起層疊衣褲，一件一件尋覓剪裁，決定扮成靈活的忍者龜，背著龜殼，配上長棍或哼哼哈兮的雙截棍。拿厚紙板，畫橢圓，用美工刀割下，再依相同尺寸切割另一橢圓，分別當作龜殼的前胸後背。挑選深綠長袖綿羊毛織衫當厚殼，米白色百褶長裙當前胸，青綠襯衫當厚殼與前胸間的縫合衣料。拿起剪刀，毫不猶豫剪開衣服，犁開裙子，反正衣服褲子擺著也只是擺著。龜殼外貼上衣料色塊，拿銀針綠線，仔細縫合夾縫處。眼睛有些疲倦，細針不時穿過厚紙板刺進掌心，流出血，吸了吸便不痛，繼續低頭編織。

「猴死囡仔，你換帖羊頭來矣。」阿嬤喊。

金生走出房間，腦袋黏稠稠像是米粥。

羊頭站在客廳中，低頭嘟嘴。

「看到閻羅王喔，怎麼要死不活？說，幾天沒有大便了？」

「下禮拜就要比賽，可是我還是不知道噶瑪蘭公主要穿什麼？」羊頭抓搔一頭短髮。

「做兩扇大蚌殼就可以了，噶瑪蘭公主住過龍宮，所以一定是蚌殼精。」

羊頭把頭低得更沉。「我沒有材料。」

「真麻煩。」金生抱怨。「不要什麼都靠我啊，我又不是你的專任保母。」

「對不起。」羊頭咬著下唇，三角眼看起來更憂鬱了。

金生拉著羊頭往房間內走去。

衣褲散落一地，堆疊成丘，羊頭睜開牡蠣般眼珠。

「進來啊，站在那做什麼，這些都是我阿爸阿母的衫褲，家己揣，免客氣，至於費用嘛，當我的小嘍囉三天就好，真是便宜你了。」

羊頭走進房間，拾起各式衣物興奮翻找：繡蕾絲的女性內褲、青島啤酒圖案的男性內褲、脫線的紅色襯衫、黑領帶、汙黃胸罩、廟會祭祀紀念衫等等。

「太慢了啦，我來選比較快，蚌殼應該是灰色或是深咖啡色，我想蚌殼精應該很性感，穿著比基尼，擠乳溝露大腿。至於顏色，就紅色吧，很搶眼，我阿母的紅色泳衣免費贈送。還是你要用我阿嬤閃亮亮的表演服？」

羊頭呆愣，捧著金生遞來的一大堆衣服。

「趕快做啊，到時我們還可以給對方評分，好好研究到底要怎麼擺動作。」金生從厝外提來軟舊紙箱，塞給羊頭，指示各種器具位置。

金生拿起阿母一件米白裙，套上身，裙腰處剛好卡住肩膀，再拿起剪刀，左右各裁了一個洞，手臂順暢穿過，對著鏡子做鬼臉，裙襬搖搖跳草裙舞，衝向羊頭，大喊，怪物來了。羊頭不甘示弱，拿起西裝褲，在鼠蹊處剪大洞，雙手穿進褲管，頭穿進洞，喊著我是番薯島忍者，別動，乖乖聽話，不然就要了你的狗命。金生捧肚笑得岔氣，拿白色破布將羊頭的脖子、嘴巴和鼻子圍攏旋繞，說忍者才不會露臉。兩人套著親自設計的怪異服裝，倒在床上翻滾。金生用龜殼打羊頭，羊頭用蚌殼打金生，兩人在床上你一拳我一腳，鬼吼鬼叫。累了，躺在床上閉起眼睛，好像睡著了，醒來之後繼續準備裝扮，睡不著就趴在床上看天花板，繼續用龜殼與蚌殼攻擊對方。

鬼月迎曙光，日夜不會慌——歡迎鄉親鬥陣參加。

透早，天未亮，羊頭跑去金生厝著裝。

金生開燈，從阿母的梳妝檯拿出一堆過期許久的化妝品，要羊頭坐好，不准動，不准偷瞄，學習佛陀定性。羊頭扭動身子，很不安分。金生拿口紅，替羊頭塗嘴唇，再拿眉筆，將羊頭的三角眉畫成柳葉眉，對著零散錯落的化妝品東敲敲西找找，尋出腮紅，拿著腮紅刷輕抹羊頭雙頰。

「像妹妹，不對，是像三八的蚌殼精。」金生伸出舌頭。

「看起來不像我吧。」羊頭仔細盯瞧鏡子。

「一點都不像，現在可是個人見人愛的大美女，還可以拍雜誌上電視——哇，原來我是個化妝高手。」金生非常驕傲。

上完妝，羊頭轉身脫下全身衣褲，換上一套女性連身泳衣。「可以穿內褲嗎？」

金生左盯右瞧，思考好一陣子。「還是脫下內褲啦，蚌殼精很開放，是妖精界流行服飾的指標，都沒在穿的。」

「可是蚌殼精不僅要露大腿，現在還不能穿內褲，這樣子雞雞會冷，一不小心還會感冒。不管，我想要穿內褲。」羊頭將三角白色內褲盡力塞進泳衣，在鼠蹊和尻川隆起好大一團，續而拿起蚌殼，重新確認全套衣著。

「總覺得哪裡不對？」金生狐疑抓搔腦袋，接著像想起什麼興匆匆跑去客廳找來報紙，一口氣揉成一團。

「我覺得蚌殼精好可憐喔，都沒有褲子可以穿。」

「從現在開始你就是噶瑪蘭公主，噶瑪蘭公主不穿褲子，如果要穿也是穿裙子。」金生將報紙揉成團，塞到羊頭胸前。「性感多了。」

「這樣很不舒服，可不可以塞其他的東西，軟一點的。」羊頭抗議。

「有夠煩。」金生去晾衣場隨意抓幾件衣服當填充物。「整天喊痛，真是長不大。」

「你才長不大。」羊頭很不服氣。「根本就是幼稚鬼。」

「好啦，不要亂動。」金生拿膠帶黏合泳衣，怕穿幫。

羊頭對著鏡子原地繞圈，再拿起蚌殼嘗試開闔。

「記得等一下講話要女孩子一點，娘一點。」金生提醒。「最好要露出蓮花指，不對，是露出蚌精指。」

「什麼是蚌精指？」

「煩死了，連蚌精指都不知道，反正就是蚌殼精的手指。」

「好擔心喔，看不出來是我吧。」羊頭謹慎詢問。

「煩不煩，就說看不出來啊。」金生將白色桌巾剪成方形。「我順手替你做了一條面巾，蒙上臉，就像電視上的小龍女一樣，誰也猜不出你是誰。不跟你鬧了，我要準備變身烏龜將軍，你趕快來幫我。」

金生穿上龜殼，手腳套上童子軍似的綠色五指長襪，用黑色簽字筆在紅色手帕上寫了「龜」字，綁上額頭。龜字有好多筆畫，寫錯了好幾次，畫上好幾個大叉叉還是寫不好，最後只好寫注音。從冰箱拿出碗公，碗內裝滿用葉子和泥巴攪和的綠泥，抹上臉頰、脖子與手指，胡謅說是依照黃金比例調配，擁有絕佳美白效果，黑人搽了變白人，白人搽了不是人，還能延年益壽。不一會兒，臉頰、手指頭全部染成深綠，金生對著鏡子齜牙咧嘴，露出流氓的、凶狠的、男子氣概的表情，搭配自製木質雙截棍煞有氣勢。

對鏡補妝，不時擠眉弄眼，涵養運氣，挺胸收臀好個陽剛飄撇的龜山氣派大將軍。

阿公阿嬤坐在灶跤圓桌食饅頭啉豆奶。阿嬤瞪金生，吩咐吃飽了再出去野。阿嬤也有參加活動，從上上禮拜開始就勤於練習，從下午三點一直練到晚上七點，晚飯都來不及煮。阿公念說七老八老了還不正經，參加什麼鬼屁妖嬌舞蹈團。阿嬤起身，拿竹簍忙裡忙外收衣曬褲。金生和羊頭食一半，阿嬤突然大喊我的衫哪會無去，兩人互看竊笑，立馬衝出門逕自跑向海灘。

遠處傳來渾厚口號：每天五蔬果，健康跟著我，每天動一動，生活才會有感動。

越過濱海公路，攀堤岸，往春帆港，兩人決定不穿拖鞋怕影響整體美感。活動現場已搭起舞台，兩側還有護龍般攤位。台上，帶領村人運動的不是阿火伯，而是一位胖嘟嘟、腆彌勒佛大肚的傢伙，戴著傳遞祕密情報的高科技墨鏡，啊，原來是頭圍國小的訓導主任，學生總是私底下戲稱主任為神豬。舞台下方聚集滿滿人群，白雲遮掩海面，神豬說，等會兒第一道曙光就要從龜山島後方亮起。海灘氣氛很古代，亦很現代，參賽者除了妝扮成烏龜與蚌殼之外，哥哥還穿長袍馬褂，戴黑圓帽，垂辮子；姊姊穿漢裝、唐裝、神仙裝，袖子寬鬆，下襬在夏風中修長飄浮。

「Left，left，right，right，go，turn around，go go go——」神豬帶領村人運動。「來喔來喔，大家一起來，大太子來做伙，二太子來鬥陣，三太子來 Say hi，left，left，right，right，go——」

金生和羊頭竄向人群後方，音樂聲震得沙地劇烈搖晃。

鬼月，曙光破雲。

村人停止運動，抬起頭，陽光從遠方天頂緩慢落下，身子瞬間溫暖起來。

「鄉親看著無，這就是蘭陽八景中的龜山朝日。來，繼續，不要停，要活就要動，不活也要動，現代人做牛、做馬、做雞、做鴨、做豬，就算做畜生也要做運動。現在跟著我一起跳。右腳踏出去，左腳縮回來，動作大一點。左腳踏出去，右腳縮回來，姿勢醜一點。不要停，動了不會凍，不動你就走不動。扭尻川，拍大腿，抓空氣。」神豬用大嗓門吼叫，滿頭大汗，有些喘不過氣。

金生和羊頭穿著比賽服裝，沒有受到影響，依舊能一起活動做健身操。

「手部也要甩一甩，從左到右是摸麻將，從右到左是搓湯圓。原地跳動是當殭屍，手肘夾身是當火雞。雙手展開畫半圓，左右搖擺，左邊是老婆，右邊是情人，親一個，吻一個，大家和樂融融一起偷情，小三小四小五小六天天小七 Seven 見。」

一團一團肥滋滋的尻川很有節奏。

金生跳累了，想休息，由於怕壓壞龜殼，所以不能仰躺只能趴俯沙地，一會兒擺動龜鰭，一會兒動也不動曬日頭。

羊頭想休息時，只需要放下蚌殼，不過這樣子就會露出性感大腿，於是只好坐著，用蚌殼掩蓋身子。

「身體要健康無撇步，每天都要走一萬步。鄉親們怎麼會這麼厲害，身強體健一點都不喘。好了，現在體育操暫時告一段落。」神豬氣喘吁吁停止腳步。「接下來將有國際知名的爵士樂團表演，請各位鄉親好好享受，邊聽音樂邊曬太陽，上爽快。另外，舞台左側可以領取免費鹹粥，各位鄉親莫客氣，勇健食。」

兩人跑去排隊，擠在一堆拿八卦鏡、孔明扇與太極劍的村人之間。

廟公穿白衣、黑色功夫褲，拿一把銀劍當拐杖。

「阿火伯，怎麼沒去主持節目？村裡的廟會不是都是你主持的嗎？」金生問廟公。

羊頭興致盎然研究起太極劍。

「我啊，是存心予人糟蹋，無愛免錢的主持人，鎮公所提萬二去揣人，我看這一定是政商勾結。」阿火伯嘆口氣。

「主持人是我們學校的訓導主任喔。」金生笑著說。

羊頭觸摸劍鋒。「怎麼不會刺刺的？」

阿火伯隨人群往前。「共恁講這種代誌無效啦，恁兩个喙上無毛的死囡仔。後擺，我阿火伯就無機會做主持人囉。」

領完鹹粥，拉一把塑膠紅椅向大海跑去。金生趴臥沙地，拿塑膠湯匙吃粥。羊頭面朝大海，卸蚌殼，用舌頭一小口一小口舔粥。舞台傳來薩克斯風、小喇叭和豎笛共同演奏的〈丟丟銅仔〉、〈Fly me to the moon〉、〈西北雨〉和〈哆啦A夢之歌〉。

アンアンアン／とってもだいすきドラえもん
アンアンアン／とってもだいすきドラえもん
（ㄤㄤㄤ／我最喜歡哆啦 A 夢了）

羊頭唱歌，跳起舞。

金生爬起身，跟著扭腰擺臀，跳了一會兒又餓了，重新排隊領鹹粥，吃得肚子鼓了起來。天空藍白，雲層從紫色染成淺金，海面吹來涼風，龜山島浮出海面擎舉太陽。遠方起了爭執，崇孝伯被一群傢伙半推半請走下舞台。爵士樂停下，有人拍起銅鑼般掌聲，趙乾鐘穿一身福壽員外裝走上舞台，拿麥克風，咳兩聲，開始躼躼長演講，說有餘村是一个好所在，有鄉土閣有現代，說選藍波二號大吉大利，鬼月一定吉祥如意。

金生實在搞不懂大人的選舉，為何一定要搞成武力械鬥。

從龜殼內側縫製的暗袋拿出節目單，祈福氣球升空後，里長、鎮長和來賓將一一致詞，接續進行繞沙曼陀羅祈福活動。九點，將軍公主將進行選拔比賽，每位參賽選手分別有兩分鐘時間走台步，評審成績占總分百分之六十，觀眾票數占總分百分之四十，接著是摸彩活動與鄉親聯誼表演會。正午休息食便當，下午兩點隆重舉辦放生法會。

兩人食飽了，疊好碗筷，振作精神重新整裝。

金生躍跳而起，耍弄一套毫無章法的雙截棍，打在身上哀號連連，龜殼都差點壞了。

「這樣不行，沒看頭。」羊頭裁決。「應該先在地上爬行，再出其不意跳起來，轉身三百六十度最後單腳站立。」

「這樣子太蠢了。」

兩人在海灘上曬太陽，吹海風，踩水，一次一次準備表演。

報名處排了兩列，分別站立各種服飾的龜山島將軍和噶瑪蘭公主。哥哥穿著從外國進口的忍者龜套裝，有些穿著用心縫製的龜殼紋路裝，有些打扮成《七龍珠》內的龜仙人，拿拐杖，穿藍白拖，下巴黏白鬍鬚。金生逐漸失去信心，比來比去覺得自己只會贏過穿著烏龜裝、由母親懷抱的兩歲嬰兒。

怎麼可以灰心喪志呢？一定要想出策略。

報名完，金生四處尋覓羊頭，最後在垃圾桶旁發現羊頭，伸手敲了敲蚌殼。

羊頭打開蚌殼，一臉垂頭喪氣相當鬱卒。「我不想參加比賽了，姊姊們都好漂亮，看起來真的好像公主，我覺得自己比較像個丫鬟。」

「笨蛋，賺了錢我們可以一起出去玩，還可以帶羊先生去看醫生。」

羊頭猶豫了起來，試著重新振作。「台步怎麼辦？」

「剛剛不是排練很多次了嗎？」

龜山將軍和噶瑪蘭公主輪番上陣，金生愈發緊張，腦袋發脹，耳朵紅腫，雙腳磨蹭夾桿子，非常想尿尿。哥哥穿烏龜裝，無不施展渾身解數踢踹拳腳，來一段詠春拳、長拳或者是螳螂拳。姊姊拿麥克風高唱情歌，飆海豚音。即將輪到自己。必須冷靜下來，深呼吸，用力搥打心臟和腦袋，腳步遲緩走上舞台，腦中一片空白，忘記剛才到底演練了哪些動作。神豬主持人感到疑惑，再度叫喊一次。里長、鎮長和評審用奇怪的眼神盯瞧。金生套龜殼，右手持雙截棍，腳蹼往前恍神移動，卻讓音源線絆倒了，砰一聲，整個人臥趴舞台。評審擔憂地站起身。腦海臨時冒出鬼點子，四蹼緩慢爬行，低沉說著：喲，喲，喲，頭圍城有餘村是不是邀請了龜山島大將軍，我都幾百年沒移動過，全身痠痛啊，不過這麼盛大的活動是一定要參加的。悲慘的人生總是要往前爬，往前衝，各位鄉親大家一起來衝衝衝。金生爬起，左手拿麥克風，右手在空中旋轉雙截棍，大聲唱著：

衝衝衝，提出信心向前衝；
衝衝衝，踏遍天下我上勇；
衝衝衝，走揣著我的心中；
最美麗，當初堅持的理想；
若心中充滿熱情來衝，一定成功。

金生唱完，觀眾和評審一同拍掌，跟著唱起衝衝衝，唱著失敗是普通平常，一枝草一點露。下了台，腦袋依舊響起熱烈旋律，兩掌用力拍打臉頰希望能清醒些，跑去找羊頭想要給些建議，不過左瞧右望，羊頭怎麼不在這些花枝招展的噶瑪蘭公主之中？難道臨陣脫逃不願上台？真是笨蛋，沒用的傢伙，靠不住。回到舞台旁的攤位，左右兩側各自站立將軍公主，前方放置塑膠箱讓觀眾投票。金生在投票箱前昂起頭，繃緊肌肉，擺正綁在額頭上的布巾龜字，耍一套亂七八糟失傳許久的雙截棍，挺起龜殼，維持頂天立地的無畏姿勢。

舞台忽然傳來如雷掌聲。

灰蚌裹身，羊頭牽著只用一條破布遮住胯下的羊先生。

羊先生像隻野猴子，半蹲半跳，試著打開蚌殼，羊頭在隙縫中露出蒙上面紗的頭顱，丟出糖，急忙踩踏碎步移動到舞台另側。羊先生跑跳著，緊緊跟隨蚌殼精，雙手輕敲蚌殼，耳朵緊貼聆聽聲音。羊頭不時打開蚌殼，丟出糖，露出一身女性泳衣與嬌滴滴玉脂大腿，羞澀不已，時不時尖叫一聲，蚌殼成了不斷扇動的蝴蝶翅膀，往左飛，往右翔，緊密掩身轉圈，再露出紅潤臉孔。台下忽然有人大喊一聲，張洋投。羊頭掀動蚌殼，伴著鬧熱掌聲，導引羊先生離開舞台。有人說，這變態演得真好，有人說，兩人真有默契，還有人說，真的有像神經病。

羊頭站在投票箱前，剝了一顆糖給羊先生吃，拿著繩子在羊先生腹部繞三匝，接著打結收繩，闔上蚌殼。

許多人搶著投票，紛紛敲打蚌殼要羊頭露個臉別害羞。

坤申用力掰開蚌殼。「來，我來替你這個不要臉的小妖精照相。」

「坤申你這個渾蛋。」金生罵。

羊頭緊縮蚌殼，羊先生安靜蹲踞沙地，偶爾搔頭，偶爾抓胯下。

坤申對沒有反應的羊頭失去興趣，轉過身，咧咧嚷嚷走向大海。

日光大，海水醃漬大好時光，羊頭在蚌殼內哭了，不斷顫動身子。

金生伸出手，想抱住羊頭說對不起，卻什麼都沒有做，呆愣愣站在一旁。

正午，工作人員搜集投票箱計票，羊頭依舊不肯移動。

「肚子餓不餓，拿饅頭給你吃好不好？還是想吃粥？」金生窺探蚌殼細縫。「好啦，下次換我當蚌殼精，不然以後你也可以叫我龜公，我絕對不會生氣的。」

羊頭沒有理會金生，啜泣聲逐漸小了。

「開始領餐盒了，報名單給我，我去領。」

羊先生挪向羊頭磨蹭著。

蚌殼打開微縫，吐出單據。

金生領回餐盒，吃起蔥花麵包和肉鬆麵包，喝奶茶，掰開大蒜麵包餵食羊先生。

羊頭還是不願意打開蚌殼。

神豬主持人在台上公布入選的將軍公主，下午放生大會結束之後將在現場公布名次。

羊頭入選噶瑪蘭公主，金生卻落選了。

羊頭挪動身子，露出隙縫，拉著繩子牽引羊先生回厝。金生提麵包餐盒尾隨。沙子與柏油路面十分熱燙，兩人踮起腳尖小跑步了起來。金生想道歉，卻拉不下臉覺得沒有必要，始終閉緊嘴巴。

羊頭不哭了，眼睛依舊紅腫。抵達塗墼厝，羊頭快速卸下蚌殼，解面紗，鬆開綁住羊先生的繩子，從大甕中舀一盆水讓羊先生大口大口喝，踅進塗墼厝，換上一件羊先生的骯髒短褲，光裸上身走出來。

「我不是蚌殼精，也不是噶瑪蘭公主，我是張洋投。」羊頭賭氣地說。

「知道啦，好了，趕快來吃東西別生氣了。」金生打開餐盒，遞出蔥花麵包和奶酥麵包。日光好亮，像是敲響喪禮的銅鑼般亮，羊頭洗完臉，坐在塗墼厝門口和金生一起啃麵包。舞台上的爵士樂團正在演唱最後一首歌。

濱海公路挨挨擠擠停滿五輛大卡車，裝滿橘黃色塑膠大水桶，裡頭都是生猛活魚，睜大眼珠，擺動兩鰭，不斷翻滾跳躍噴濺水珠，吐出白泡泡口沫。金生雙手伸進水槽抓魚，鱸魚、鱖魚、鰱魚、青魚、草魚在水中活蹦亂跳。

靜水缺氧，魚群開闔嘴巴，奮力朝向水面吐納。

「添些水，剛才車子搖得太厲害，水都灑出來了。」司機大哥的夥伴喊。

金生站在卡車上，踮起腳尖往遠處觀望，沿著濱海公路浮現一條緩慢踅來的人龍。司機大哥抽出管子，接水龍頭，噴出嘩啦嘩啦水柱。魚群在水槽中有氣無力跳動，魚嘴歙動，如誦南無阿彌陀佛。人龍朝向卡車走來，龍頭處有五位穿紅袍的得道高僧，虛胖福態。一人領頭，面目虔誠捧觀世音菩薩，兩側，高僧各捧彌勒佛與藥師佛隨侍一旁，後方緊隨一群穿青灰僧衣的和尚尼姑，敲磬，展示彩布鍍金佛經，捧蓮花圖騰，大聲誦唱經文。村人與信徒各顯神通，抱觀音，擁三太子，捻佛珠，三跪九磕天龍護佑一路顛簸，拿塑膠蓮花扇子搧出仙風佛氣。梵音咒語綿密響起，佛經讚頌，嗡嗡嗡，隆隆隆，要嚴肅，要誠心，要心無雜念當無欲之人。信徒飲了水，一路丟棄塑膠扇，一路踩踏前人留下的透明礦泉罐，搖搖擺擺闊闊氣氣呼籲凡夫俗子得心存善念不做歹事啊。舞台播放改良版〈大悲咒〉，轟天震地，彷彿神佛必須靠著經文活動筋骨。高僧表情肅穆，不苟言笑，法相莊嚴如不動明王，將尊貴神祇捧至法桌前，跪地高舉表達誠心，徒子徒孫徒輩東施效顰立即下跪，如國喪，如喪考妣。高僧舉香，獻果，念咒。東方有日出，西方有歸途，南方有極光，北方有瑞氣。各位上師，各位同修，各位大德，今日有緣齊聚海濱一角——僧侶抓準時間，敲大鑼，海風捲沙成火。

高僧華服飄逸，搖鈴向前，走到海潮指引東方極樂世界。

「是觀世音菩薩要出山嗎？」羊頭問。

「神經，你才要出山，光頭佬要送魚兒們回大海。觀世音菩薩是神仙，已經死過了，現在可是金剛不壞之身。」

「真奇怪，為什麼不能再死一次？噶瑪蘭公主可以變成蘭陽平原，龜山島將軍可以變成火山，為什麼神仙就不能再死一次？」

「我阿嬤說觀世音菩薩是救苦救難的大英雄，跟超人、蜘蛛人和蝙蝠俠差不多厲害，而且菩薩又沒有做壞事，不會被玉皇大帝懲罰啦。這些魚看起來很好吃，又肥又新鮮，好想偷拿一條給阿嬤煮。」

羊頭一臉飢腸轆轆。「我也想吃，不過怕被觀世音菩薩罵。」

信徒雙膝跪地，如侏儒，一步一步匍匐前行表演五子哭墓。

人龍從濱海公路排至海邊，高僧拿麥克風，祈願番薯島有餘村風調雨順、國泰民安。皮鼓配銅鑼，高分貝音量炸開雲層，螃蟹爬出洞穴好奇觀望。村人各自換上奇裝異服，有印度肚皮舞裝、擂台兔女郎兔男郎裝、武當太極八卦功夫裝等，金生和羊頭在七仙女舞蹈團中插進隊。七仙女舞蹈團是噶瑪蘭女中的專業舞蹈班，姊姊的衣衫如潔白雲絮，如天鵝，蹬一雙粉紅色芭蕾鞋，海風一吹，就像嫦娥奔月輕飄飄準備飛起來。

鼓聲、鑼聲、念經聲和海潮聲都在祈禱的靜默中噺啞。

趙乾鐘從高僧手中搶過麥克風，大剌剌自誇。「今天，咱的 Fish 要重新游回大海，總共兩千斤活魚，這絕對是做大善事，有大功德。逐家講北極的冰層正在融解，逐家講南極的企鵝沒地方住，我講咱庄仔頭就要做善事。我不入地獄，誰入地獄；我不犧牲，誰要犧牲。記得，二號，藍波 Two，我絕對袂買票，絕對清氣。支持二號，晚上才睡得著，不然小心作噩夢。」

咚——大鼓接續隆隆響。

七仙女捧鋁製碗盆一一肅穆遞來，每個圓盆內都裝著五、六條失去活力的鮮魚，彷彿遭受酷刑，嘴巴張得異常大。接過圓盆，念一聲阿彌陀佛，持續往前遞送即將返回大海的魚群。金生計算魚隻數量，突破兩百，衝上四百，達陣六百，繼續往上。

「好累，我不想幹了。」金生氣喘吁吁倒臥沙地。

「這些魚看起來都好像快要掛點。」羊頭說。「魚肚都翻起來了。」

「我不管，恁爸不幹啦，我要當神仙，當孤魂野鬼，好吃懶做整天吸香煙。」金生的龜殼緊貼前胸後背，汗水從額頭滴落滲進沙中。

四周瀰漫臭魚味，鍋盆內的水不知何時熱滾如溫泉。

「一起去游泳，走不走？」

「觀世音菩薩不是救苦救難嗎？我想只要把這些魚都放生，阿爸或許就會清醒。」羊頭垂著頭說。

「不管了，你去吃大便吧。」金生跑到海邊，卸下龜殼，丟棄雙截棍，全身上下只剩一件白內褲，雙腳踩進海中，大叫一聲我的老天爺啊我要投海自盡了，千萬別阻止我。身子浸水，只剩一顆頭顱浮在水面，像隻小鯨豚噴出水柱。抓水，拍水，打水，有時像魚游泳，有時像青蛙踢水，直到累了才回到沙岸。

沙灘上的人龍持續傳遞魚群，鍋盆傾倒，魚隻順著浪潮入海。

潛進海，往放生處游去，伸手捕捉有氣無力的魚。魚尾滑，魚頭潤，魚鰭尖刺扎手。魚眼大，魚肉肥，魚骨堅硬擊掌。一隻魚溜出手，飛了起來；一隻魚滑過腳，潛了進去。金生在海底抓住一條大草魚，臨時憋不住氣立起身，嚇傻岸上的人。

高僧止住鈴聲。

「幹，真正是畜生。」趙乾鐘大喊。

「誠是放雞卵無，放雞屎一大堆。」阿嬤罵咧。

金生吸口氣，憋住，潛進海底往側邊游去，謹慎探頭呼吸，再踉踉蹌蹌歡歡喜喜跑到北側礁岩曬太陽。躺在海灘像溺斃的魚，有些渴，海鳥伸長嘴喙啄痛腹肚。遠處，重新傳來鏗鏘有力的銅鑼聲，人龍齊整俯身跪下。海潮湧來，清洗人龍鱗上的汙穢，龍鬚一張，龍腳一放，帶著吉祥預兆開枝散葉。金生前進三步退兩步，套上龜殼，撿回雙截棍，緩慢靠向舞台施展偽裝術。敵不動我動，敵動我亦動。羊頭重新帶著蚌殼走上舞台，從趙乾鐘和崇孝伯手中接下紅包。金生往前跑去，擠進人群看熱鬧，羊頭成了模特兒站立不動，姿勢性感撩人，舞台底下有一群人爭先恐後啪嗟啪嗟拍照。

羊頭驕傲得很，絲毫不沮喪，逢人就說我叫張洋投，我是蚌殼精，我是蘭陽平原公主。

金生突破重圍，將羊頭拉遠舞台。「我要看紅包。」

「好啊，予你鼻芳一下，但是只能用眼睛看喔。」羊頭打開蚌殼，拉開褲子，紅包成了尿布包住屁眼。羊頭從紅包內抽出鈔票，數了數，六張一千元大鈔，六張百元鈔，六個十元硬幣加上六個一元硬幣，一個也不少。

「借我摸摸看嘛，哇，鈔票都是新的，還有香水味。」

「我不要，你一定會拿走。」羊頭將鈔票重新塞回紅包，緊貼內褲，再將紅包塞向屁眼。

「小氣鬼，算了，我要回家了。」金生轉身離去，沙灘留下一條長而彎曲的腳印。

神豬大放厥詞。「鄉親啊，恁敢知影小野麗莎的妹妹叫啥物名？咱今仔日來長智慧，小野麗莎的妹妹就是小野麗貓妖嬌舞蹈團啦，咱噗仔聲共彼催落去。」

金生呆立原地，以為眼花。

舞台上有一群老婆婆，髮積雪，臉上鋪上起司厚度般白粉，紫色唇膏，豔麗腮紅，全部穿著黑色蕾絲繡銀色圓形亮片超短裙，露出失去彈性的大腿與充滿贅肉的腰肢。老婆婆穿黑色素雅無袖短上衣，右肩別赭紅鳳梨大彩球，五花肉手臂鋪上十幾層肥厚爽身粉。只有阿嬤穿著從白色褪成米黃色的寬鬆胸罩，外罩棉衣薄紗無袖花邊，露出鬆弛渾圓的胖肚。老婆婆擠乳溝，一對玉脂寶奶正在乘坐雲霄飛車上上下下左左右右，白髮插一朵比狐狸還妖媚的紅玫瑰，嘟脣吐舌，扭扭擺擺，一個媚眼轉身一次迴光返照大地回春。觀眾目瞪口呆，佛珠與佛像從手中掉落，擲地有聲，放生儀式的莊嚴慎重瞬間成了一次次乳房與尻川的靈活律動。歌曲是火熱電音舞曲〈一級棒〉：

身材一級棒棒棒到你沒話說
連你的 Pa Pa 也說我 hot hot hot 過頭
腿長一級棒棒棒 Nobody says no
嗶嗶嗶嗶嗶管他誰的老母

看我最棒 向我敬禮說聲 hi hi hi
You are sexy girl

腰束奶膨 屁屁碇硞硞
態度 Number One O O A O
腰束奶膨 屁屁碇硞硞
Made in 番薯島是我

生死簿：十二月，白花豔

秋冬，有餘村是潮濕的，霧氣綿雨朔月不開，水染過的柔情，很纏綿，卻也陰毒，特別容易在多情的紋路上曖昧生苔。隔十日、二十日，雨天晴霽，乍裂洞，天空忽然可以窺探凝視，秋光冬陽亮一陣、暗一陣、晃一陣、蕩一陣，歪斜照射在多日浸濡的軟土，蚯蚓們在做愛，咸豐草急著竄苗遮羞。有風，清爽無汗之日，雨打著鼾聲沉睡，蕭蕭瑟瑟竟也屏除悲情，村人趁著日光暖了，影子壯了，拿起掃把，清潔屋簷底下的枯葉、殘枝與斷羽。偶爾，又來一陣烏雲，還不致下雨，等到碗徑粗大的金棗樹往下扎根準備搖蕩出一顆顆飽滿的果子，日光便亮，家家戶戶就醒了。

十二月，晴天是難得的。

日光一照，百姓家戶不管是內部磚牆還是外部磚牆都蒙上一層水氣，白漬的，水光的，像剛刷亮又像吞進影子，露珠的質地。這股濕氣原本飄浮空氣之中，無風凝滯，無燥尋覓，缺乏強烈的活動狀態，棄置時間內外，濡濕床單、書冊、衣褲、碗盤、書櫃、山鬼、草葉、神祇、蟲屍、泥土甚至是身體的內外，隱隱然，放鬆了，又緊繃了，不容易被注意，也不容易讓人質疑。然而，日光卻將那緩慢近乎沉睡的狀態烘托起來，光是粗質的，水氣是細質的，絲絲縷縷甚至溶溶湛湛。屋簷外，微弱熱氣成群起鬨，讓屋內水氣留下形影。地板與立牆，乾腳印和濕腳印，低屋簷和高屋簷，一片牆開始滲汗，另一片牆開始哭泣，第三片牆留下綿密的恩愛唾液，好溫柔。地面的瓷磚、水泥與土石都凝出一層保護膜，在水的指認中發現依附的彼此。在晴天雨天交界，在抬頭觀望日頭，在行經後的遺棄角落，不經意發現整片屋牆地板一致抹上厚實的水珠子，隨意、坦然且自在，並不在意會讓人摔上一跤，或者讓人用抹布吮成汙水。水氣始終水水的，肉肉的，彈性彈性的，需要枝幹，需要堅硬的依靠，附地攀牆，一層一層蓬蓬展開，水氣優渥闊綽。那是極其緩慢的水耕，秋天播種，冬天瀰漫、滋長與開枝散葉，並且在無意間迸生綠苔，可能是白芝麻、黑芝麻般潑灑錯綜，可能是牆上圓細的髮洞，無聲無息便生出一朵朵妖嬈豐腴之花，隱藏在透明、光亮、水涔涔露珠中。

水乾淨，白花便開了，開得又野又豔，尤其在屋內，從牆的內部剝落滋生汩出霧氣。

白花有欲望，開了花就把牆的內裡扒開，留下凹痕，露出巢穴，傷口般，等待長長的墜落與撫平。村人雖視為常態，如屋宇立牆之盛日農產，心中卻還是企圖杜絕惡花，以免旁生枝節。由於村子日照少，氣溫低，濕度高，常下雨，風速徐緩，讓水泥滋養的白花蠢蠢欲動了起來，吸取混凝土內的可溶解成分，隨著不疾不徐的滲流吐出層層蕊心。每逢冬日，當村人以毛巾、乾布或其他布料擦拭黏附牆板與地面的水氣，必然會望向盛開的白花，無語著，呆愣著，想著時間已然在屋宇之中，安頓了泥土、隙縫與必要的種子，不欲彰顯的低調日光、陰晴、風速與蚊蟲必然也會竄進這堅硬之物，好好纏綿一番。除濕機一開，白花隨著水氣蒸發而剝落，或白或灰，或方或圓，因為失去水氣而夭折斷莖，落一片地——當滲入牆面的水分過多，便會將 $Ca(OH)_2$ 氫氧化鈣帶出牆面，形成鹼性的結晶物質，或是隨著細緻水流沉澱蔓生。村人並不討厭白花，只是苦於花之蔓生，種子肆意繁衍，連根、連莖、連葉遍布毫無節制；若放任不理，長時間下來，白花可能會和鋼筋有了交情，談了戀愛，商量彼此互生互惠成為一體多面。這種水氣與椿柱之間的私情，將會大大損壞結構物的耐久性。

村中查埔人試著杜絕物體間的纏綿幽會，尤其是十二月的白花，冷寒、妖冶且豔得蒼白，奇怪的是，查某人不會產生巨大的抗拒，甚至對於牆上的花紋斑斕很有一番情感。壁內的白花有其緣由、來處與適合成長的特定傾向，接受日曬雨淋之面，往往在時間、風雨與陰晴催化之下，長出牆紋，龜裂的、合縱連橫的、分叉成渠的、蜘蛛絲網的；當外牆有了縫隙，水氣便會緩慢滲進牆面，往內牆扎，往內牆靠，並從中獲得養分，吸得表面油漆都成了粉狀，再從內牆萌芽。此時，光是粉刷已無濟於事。

冬末的牆壁白花紛紛，提早預定明年夏初無颱時的十幾日苦活。

苦差事屬於查埔人和囡仔，跟查某人沒有關係。

村人自有一套實用措施，不請師傅，自個兒處理，雖然勞其筋骨，卻能省下大筆鈔票。有些治標不治本，特別貪求短期效益的，遇到白花盛日便會在牆面重新抹上水泥，貼瓷磚，以不變應萬變，不過就像里長崇孝伯說的，這無非是在潰爛的皮膚貼上一層新皮，注定壞死。村人總是喙笑目笑，推廣自創的防範步驟，但大體流程均雷同。俟晴天，等太陽，好日子，伸伸懶腰，先打防水發泡劑填滿空隙，用彈性水泥在外牆抹上第一層；累了，在屋簷蔭下抽根菸，喝口水，好好歇息。等到彈性水泥乾燥了，再塗抹第二層，再歇歇，等乾燥。兩層大約已經足夠，若想一勞永逸，可塗抹上第三層，或者再加第四層，可保五年至七年不壞。接著上油漆，先水性防水漆，再油性防水漆。油漆不僅能加強防水，還能反射陽光，讓牆壁更加堅固亮潔。當然，這才完成一半，還有室內繁花盛宴的牆面，必須先磨除牆面，挖空，重新補足水泥，磨平，乾燥後重新上漆，若有閒暇亦能黏貼瓷磚。當然，有時花開高樓危壁，那就省不了錢，得請師傅來搭鷹架，架高梯，提了油漆爬上爬下。花季間隔多久，端看粉刷下的工是否踏實、細緻與謹慎，不得馬虎，不然幾個月後，整面牆又會開始脫皮，起水泡，像得了嚴重的皮膚病。

有餘村內，就屬采蔓厝的牆養分最好，最會開花。

平貴不似村中的查埔想讓牆面平整。

阿滿婆說，平貴捨不得刷牆，因為平貴偶爾也會跟牆壁說話，牆花和霧氣牽得上血緣，是有生命的，不該用鋤頭去砸，也不該用鐵鑽去鑿。

面向山嶺的方整厝壁，原本要貼上大片方型壁磚，樣式都選好了，米色，皮紋磚，可惜後來阿滿婆生了病，這事也就暫時擱置下來。阿滿婆生病後，特別喜歡靠向這堵近山之牆，陰暗的，濡濕的，帶有蟲子細微的繁殖聲，自己也化身為喜陰植物躲藏暗處。自從阿滿婆被醫生診斷罹患胰臟癌，進而無法上、下床，最後全身癱瘓，不過是兩個月短短時間。那段時日，阿滿婆依偎著牆，床板緊靠牆壁，身子縮在牆與床的夾縫拱出溫暖床窩。同樣是那段時日，阿滿婆的病痛開始連袂而生，疾病結親家，病毒勤往來，熱熱鬧鬧辦起喜宴，先是抽血、切片檢查、核磁共振，再來是化療與手術。霧氣與瘴氣時常從山巒竄起，傾漫入屋，白濛濛，水潤潤，自行在牆板塗抹行行列列淒迷身世，一些塗鴉，一些影子，必然的靠近與拒絕，像徵兆。阿滿婆相當痛苦，但是不願意叫出聲，覺得哭天搶地活著實在很沒骨氣，不像查某人，不，不像人。阿滿婆自知死期不遠，並不擔憂，纏繞心中的是無法釋懷的愁然。每日每夜身子快速衰敗，脊椎動物退化成軟體動物，從拿香祭拜到心中默禱，從洗米掌廚到無法捧碗持筷，從一碗飯的食量縮減成半碗、四分之一碗、幾口飯，從不情願到帶著一絲豁然微笑，吃喝拉撒，喜怒哀樂，眼耳鼻舌身心意——重新當一個囡仔。阿滿婆始終安靜，像個沉睡中的囡仔，不吵糖吃，不巴著人講話，不怨天尤人，躺在床上低身匍匐成為植物，指甲蔓延，頭髮成絲銀亮，皺紋同窩靠的牆面有了花開徵兆。

盛日將屆。

阿滿婆用指甲刮搔牆壁，用軀幹蹭，用臀部磨，用雙腳煨，取暖著，亦向那堅硬之物探求什麼。

每個禮拜，平貴和采蔓會帶著阿滿婆坐公車至噶瑪蘭城看醫生，那樣的行程對於阿滿婆而言，實在痛苦。阿滿婆趁著尚未沉入昏睡前，拍了遺照，將櫃內的碧玉、金鐲和項鍊交給采蔓。阿滿婆很相信采蔓，也只能相信，知道她嫁來番薯島並不是專門來騙錢。阿滿婆淡淡說，等不到囡仔了，真可惜。采蔓睜亮眼珠，猜測阿滿婆話中的意思。阿滿婆躺在床上，緊緊攫住采蔓的手，用極度緩慢的話語一而再、再而三告誡采蔓，說到時候昏迷，千萬不要急救。阿滿婆千交代萬交代，害怕醫生猛打回命針讓她起死回生，不過是活受罪啊。阿滿婆靠向布滿皺紋之牆，絮絮叨叨反反覆覆言說，說得聲音蔓延成網，根莖成絡。

死前一日，精神特別好，還能下床，彎腰拉筋，自個兒去浴缸用熱水洗滌身子，將滿頭銀髮一根一根解絲去繭。阿滿婆說好想好想看日出，再看一次好天氣就好，可惜的是，冬日太陽始終躲在雲層之後。阿滿婆整理衣褲、毯被和證件，擦拭神龕，清洗鍋碗瓢盆、茶壺茶盅、飯瓢麵桿和圓桌方椅，拿出抽屜內褪色照片看了又看。午飯食鹹粥，采蔓和阿滿婆坐在屋簷下的橫躺木椅歇息。搖椅在地面發出嘎嘎咯咯摩擦聲，阿滿婆非常疲倦，卻捨不得閉上眼睛，嘴巴喃喃，語氣平淡，說平貴小時候如何哭著要奶喝，如何攀爬而後學會走路，如何用手掌打死蒼蠅，如何把米酒當成糖水喝，十幾歲的平貴又如何用弓箭射死山羌，煮鳥蛋，把小山豬騎下山。阿滿婆繼續碎語，說吵架時少說幾句，喝口水，冷靜下來比較重要；說喜歡或討厭什麼都要說出來，不要憋在心中，平貴會懂；說平貴笨，不過夫妻倆既然生活在一起就不要埋怨，多諒解；說以後不要打囡仔，要打也不要在外人面前打，誰不會犯錯呢；說嫁來了就是有緣，就算是孽緣也可以修成良緣。阿滿婆沉靜說著，東一句西一句，停頓了，過了一會兒繼續接續，有時開了頭沒有尾，有時有了尾卻遺忘開頭。

時光往往溜轉即逝。

采蔓沒有完全聽懂阿滿婆所說的話，兩人有時互相微笑，有時只是交會彼此的眼神。

采蔓沏了一壺紅糖枸杞當歸茶，端起兩小杯，一杯遞給阿滿婆，一杯自己捧著，緩緩啜，慢慢飲，看著村莊又被冬雨團團圓圓覆蓋了起來。

冷不冷？采蔓問。

阿滿婆點頭。

采蔓拿來一條羊毛織毯覆蓋在阿滿婆身上，密密紮紮掩住脖子和大小腿。

阿滿婆睡著了。

睡著就不需要再醒來。

無悲無喜卻是亦悲亦喜，大圓滿。

紙蓮花開了。

阿滿婆冰冷身子靠向那堵已然龜裂多縫的牆，閉起嘴巴，合攏雙眼，沉睡著。

丟棄語言，抽離靈魂，魂魄踩地時也能輕盈顛跳。

雨停了，日光強了，牆面肆無忌憚從傷口萌出花苞。牆面蒙一層厚實水氣，沿著重心往下墜成水珠，白花錦簇，黑影恬靜，窸窸窣窣在水中蔓生枝葉。或許是從那日開始，灰牆在平貴和采蔓的心中就有了不同意義。平貴會跟白花說話，跟已死的阿母說話，跟那張空懸如無物的牆面說話，你一言我一語，若有似無的對話。那些吸取死亡而生的牆花開始滋蜜，汩泌的，川流的，向著未知那端緩慢移動，一條河流與另一條河流的交會、分叉與匯集，河床寬廣了，鐘乳石般往下垂墜，出現各種不同的顏色與型態，綠絨的苔，石墨的黴，傘頂的褐色菌絲，聖蕨般葉形。村人送走阿滿婆，平貴和采蔓守著愈趨繁盛的屋牆，牆內似乎隱匿什麼，顏色、味道甚至是物體之本身，彷彿等待牆面崩裂，才能走進那至今仍令人迷惑的堅硬之中。當然，除了堅硬，還隱藏許多不足為外人道的柔情，不然是養不出花的。然而自始至終必須心無所求，對那堵牆不抱持任何希望，方能見到白花後面的什麼，碎裂與填滿，縫隙與時間，一條主脈搏與血管所能連結起來的錯綜輻射。所有的牆紋終將通向一處未知、充滿疼痛與豁達的悠悠之境，被迫、自願與無所知覺的，將因為寬廣紋路而深植種子——不管最終開花或不開花。

十二月，初霽，牆未刷開滿白花，一隻失蹤許久的枯葉蝶穿透窗簾飛至灰牆，細細吮吸盛日牆灰。

有餘村人醒來時，將重新定義知覺上的柔軟與堅硬。

漁汛

「快啊，拿鍋子搶魚。」

大清早，羊頭捧著大鋁鍋來到金生厝前敲門。

兩人一同越過海堤來到沙岸，上百條魚被白花花浪潮沖上岸，魚肚朝天擱淺，都是昨日放生的淡水魚，剛死不久，沒有瀰漫濃厚的魚腥發腐味。兩人脫下鞋子，立起竹竿當標誌，小心踩踏滿布魚屍的海濱沙灘。村人各拿鐵鍋、垃圾袋、尼龍袋、竹簍和藤編容器裝魚。初始，村人自顧彎腰撿拾，怕耽誤撿魚大業，有多少魚搶多少，陣陣浪潮不斷將鮮魚拍打上岸，於是村人逐漸放慢撿魚速度。日頭大，額頭滲出豆大汗水，兩人蹦蹦跳跳將鋁鍋裝滿鮮魚，回厝，拿大桶子裝水裝魚，洗去沙子，將肥魚裝進塑膠袋冰進冷凍庫。兩人再次拿著空鍋跑到海濱，站在海潮線上彎身撿魚。

「你們兩個窮小鬼也來，哼，這可是我家的魚。」坤申朝羊頭的鍋子丟沙。「你們這些渾蛋沒有經過我的同意，根本是小偷。」

羊頭下意識將鍋子拉向自己護住身體。

「吃大便啦，上面又沒有寫你的名字。」金生雙掌摶起沙球。「很多人都在撿，要抗議，你跟里長伯說啊，真是小鼻子小眼睛。」

坤申作勢向羊頭丟擲沙球。

羊頭轉過身，拱起後背縮起腦袋。

「算了，要撿就撿，你們真是可憐，只能吃沒人要的垃圾魚，這些魚根本就是準備拿去飼豬的潘。還有，以後里長伯要換人做了。」坤申笑了。

金生將沙球丟向坤申，大聲咆哮。「找死啊，有膽你再說說看——」

「白癡，才不要理你，阿爸說現在要做個有文化的人，不能當流氓囡仔。」坤申伸舌，轉身跑遠幾步。「這些魚都是我阿爸買的，專門讓你們提來食平安，讓你們提來食落屎，食予恁四肢不健全小兒麻痺。」

金生生了氣，一屁股坐在沙地上，嘟嘴，踢踹鋁鍋，食指挖出魚眼珠。沙子熱燙，海灘泛起一股濃稠魚腥味。

羊頭坐在金生身邊，捧鋁鍋，用身子擋住直射陽光。「要不要回去了？」

金生無比氣憤用拳頭捶擊沙灘。

「等一下來做生魚片吧！」羊頭試著露出微笑。

「不要煩我，哪有人用淡水魚做生魚片，智障喔你。」金生聞了聞魚眼珠，舔了舔，放進嘴巴咀嚼幾口又吐出來。「好了，我要回去睡大頭覺。」

「不繼續撿嗎？」羊頭捧一鍋魚。「一條魚可以賣到五、六十塊喔！」

「不撿了，你繼續一個人當乞丐。」金生穿上拖鞋，倒出魚，持拿鋁鍋往回走。「你不要那麼窩囊好不好，一點骨氣都沒有。」

空氣浮泛一股焦熔熔模糊熱氣。

生死簿：去日

四點半，天微曦，墨色還是濃的。

生理時鐘不早不晚榫進刻齒，皺巴巴一雙手照例在右後方拿了抱枕，墊靠腰間，手一撐，上半身便靠向牆壁。暖爐暖烘烘在房間內圓弧轉動，靜靜的光亮，靜靜的旺盛，房間裡除了荷香阿嬤外，還有菲律賓籍看護琪拉。

荷香阿嬤沒有打擾任何人，甚至沒有打擾自己，身子鋪靠枕頭，腦袋還在想著剛才做了什麼夢，很像夢見綁辮時的孩童時期，光著腳，踩踏泥巴落葉，梭巡一株碩大如篷、遮蓋半個村鎮的榕樹，不時抬頭望向天空，想著蟬聲到底從何而來。暗黑中，在另一個夢境的四點半中醒來，柔軟莖葉將她撐浮半空，漸次下沉，沉進身體，沉進意識，筋肉糾結筋肉，骨頭磨合骨頭，發出隱然誦經聲。下了床，沿循聲音走進大廳，到佛堂的神明和祖先牌位前插香，聽見金爐香灰中傳出誦經聲，一醒神，才知道是自己嘴裡叨念所傳出的聲音。又或許是另一個夢，在清冽晨曦中醒來，眼睛還沒張，腰就挺了，木質床鋪旁摸到了挑針和毛線球，沒有多想什麼，十指便自動運作，熟練編織一頂白色針織毛線帽。呼吸是均衡的，夢是均衡的，各種疼痛與麻木也都是均衡的，必定帶來一些溫暖的餘燼味。織去黑，天光便逐漸亮了，荷香阿嬤放下手邊活，握著拳，輕微捶打血液不甚流通的大髀和尻川。下床，就得開眼，塵世晃一匝，走一趟，沾染七情六欲。荷香阿嬤揉眼，掉落碎金般眼屎，緩慢挪身，坐在床沿想著另一個世界與另外的另外的一個世界，不知道自己為何還活著。人啊，當牙齒掉光只能喝粥時，連喟嘆都是奢侈，得感恩，或許感恩了大半輩子不求大富大貴，自然就會迎來喜喪，真好。

雞叫了。

琪拉醒來，伸懶腰，問吁吁？欲去便所吁吁無？

睏啦，睏啦，你繼續使力撲（Sleep）。

荷香阿嬤獨坐床沿，慢慢打開身體，身體和意識坐在一朵出淤泥而不染的花苞，眼眉尺寸，心思卻是十萬八千里。

一、三、五，太極日，二、四、六，動禪日，禮拜天，去海堤甩手晃臂呑雲吐霧，培養有容乃大的氣度。荷香阿嬤記不得從何時開始，生活顯得無所事事，什麼事情看起來都帶有急迫性，不過皺紋一縮，呵欠一打，慵懶懶什麼事情都不要緊。心態軟了，速度也慢了，冬雨浸軟的石頭有了懸浮跡象。原來意識擁有諸多世界，自由來去並不需要門票，只要頭一垂眼皮一落，就能優哉游哉潛身入夢。唉，想死死不了，死了卻要遊走陰陽，兒孫自有兒孫福，人生在世又有什麼好擔憂？

荷香阿嬤有八個囡仔，兩個囡仔先後夭折，剩下四女二男。二女兒車禍身亡，最後只活下五個囡仔。荷香阿嬤住在有餘村小兒子厝中。大女兒、三女兒和四兒子每個月輪流匯一萬塊給小兒子槐南，自從請了看護琪拉之後，匯款的金額便提升至每個月一萬五。荷香阿嬤不喜歡看護，不是不喜歡琪拉，只是臨時多出一雙手、一雙腿和一雙眨巴眨巴的眼睛，過分殷勤的幫助讓她感覺自身殘廢，家族不需存在這種累贅。

九十歲高齡，荷香阿嬤依舊能在街巷渠弄間走動，眼精明，手腳健壯有力，脊椎直挺挺不駝背，拄一根木質拐杖指天撐地，牙齒雖然掉了大半，戴上假牙笑起來依舊開朗。一次，小兔崽子騎打檔車，隨機搶奪村人錢包，荷香阿嬤見狀急忙追趕叫罵，喉中響出磬聲，擲拐杖箭矢射去。車一顛，人一晃，小兔崽子重心不穩摔了車，磨破膝蓋，忙亂中再度撐起機車直往村外駛去。荷香阿嬤繼續叫罵，腳步慢了，心也軟了，看起來都還未滿十八，比孫子的年紀還小。村人說，荷香阿嬤不管怎麼看都像田徑選手，跑成了一陣風。荷香阿嬤一輩子沒受過什麼大傷，也沒得過什麼大病，只是脊椎、肌肉、骨頭、軟骨都在時間的催化中逐漸酥軟，粉粉的，粒質粒質的，風化得相當嚴重。

身軀與心靈上的石頭或許都必須化為塵土。

琪拉二十四小時隨侍在旁，荷香阿嬤喜歡叫琪拉自個兒去找些樂子，別成天陪在她身邊，說想靜一靜。這日，荷香阿嬤上完香，喝完粥，趖去接天宮悠哉打太極，出了滿身香汗回厝洗澡，再到後頭的竹圈內撒米餵雞，如同往常，派遣琪拉去煮湯粥，煎蛋，備妥海苔醬、花生和脆瓜。荷香阿嬤仔仔細細數了六隻雞，不多不少，每隻雞都走得氣宇軒昂，啼聲大得驚人。回厝，煮一鍋水，丟了兩顆雞蛋咕嚕咕嚕在熱水中撞擊，曾孫早上起來就是喜歡吃水煮蛋。煮完了，剝殼，撒些鹽，放進電鍋內保持溫度。荷香阿嬤去厝前給植栽修剪枝葉，再提拿鋤頭，彎身鋤了些茯苓菜、昭和草和羊蹄雜草，腰痠了，蹲踞菜圃用指頭挑揀嫩菜，一邊挑揀，一邊念起經文。一家族的人醒了，開始忙東忙西，上衣，上妝，上學，上班，整間厝騷動了起來。若是夏日，陽光已經烈了，菜圃中的身子早已逼出一身汗；若是冬日，陽光委靡雲層之後，柔風吹拂軟雨打落，腳趾頭有些發麻，外頭無法久待易受風寒。趖進厝，洗手，洗菜，洗著前世今生般歷歷過往，看著兒子輩、孫子輩和曾孫輩鬧熱食早餐。

槐南特別交代，今天得早點回家。

槐南是漁會職員，老婆菀兒是電子工廠領班，有兩個囡仔，一男一女都讀了國中；曾孫是四兒子的孫子，年輕夫妻在台北打拚，租間小套房沒有多大空間，索性暫時將囡仔寄養老厝。一厝的人食了粥、蔥花麵包和豆沙包，飲了豆漿、牛奶和玉米濃湯後各自展開全新一日。厝內臨時空蕩了，清幽了，雨聲滴答滴答清亮拍擊屋簷，順順坐在沙發上看卡通，兩隻小腳在瓷磚地上不停踢踹。琪拉陪伴曾孫。荷香阿嬤踅進房間，換一套素雅衣著，上薄粉，戴起深紅保暖氈帽，拿起手提包與雨傘出門看醫生。至頭圍城的免費接駁巴士就在村頭，很近，走上五、六分鐘就到了。不必算準時間，反正走到那，車子就等著了，零散的學生、老歲仔坐在中型車廂內互相打招呼。荷香阿嬤順手從手提包內拿出幾顆巧克力，塞給司機和同車友人。荷香阿嬤在座位上望雨，冬雨淅瀝淅瀝浸蝕骨頭，竟然散發出純純酒香，一股慵懶懸浮空中。今日不一樣，等過了今日再死，不急。車行十分鐘便抵達，下了車，不忘向司機道謝。荷香阿嬤撐著傘，踅去郵局領錢，前陣子密碼忘了，剛換過，現在的數字連綴老伴和自己的生日，再也忘不了。沿市集攤販順時針繞一圈，採買好的菜蔬暫時擱在攤位，有些熟識的老闆還會主動將食材送至厝內，或者藉口要去北觀買魚順道送荷香阿嬤一程。照例看醫生，其實並不是什麼病，應該說到了這年紀，出現什麼病痛都不再令荷香阿嬤感到困擾，腰痠背痛、血液不順、頭昏腦脹甚至是骨折都是必然而然。生活如同往常良有規律，兩、三日就要來看一次醫生，看一次護士，看一次診所內的老歲仔。看人，同時也被看。大大方方拉下衣服，大大方方脫下褲子，自在坦率，不再羞赧。荷香阿嬤塞了巧克力給護士，特地用乾淨的透明塑膠袋包裹私釀金棗，準備讓醫生泡茶養身。醫生說，阿嬤的身體誠健康，一定會活到百二歲。荷香阿嬤笑了笑，感到不好意思，說活膩了，活到認不得時間，熟識的人是一个一个離開。看完醫生，沿市場不疾不徐走一圈，向攤販提拿一袋一袋食材，來到站牌底下等車。回程是另一位司機，摸摸口袋，巧克力沒了，左翻右找從手提包內找出幾粒人參糖遞上。下了車，村人幫忙提什物送至厝門。

回厝，陪曾孫看電視，查新信件，閒來無事便坐在書桌前，開燈，戴起老花眼鏡瞇細眼，謹慎修改遺書。

寫了十幾年，只要一有時間荷香阿嬤就戴起老花眼鏡，從充滿什物的抽屜中抽出遺書，二、三十封謄寫再三，更早之前的遺書已經燒了。每一封都嚴整摺疊，裝進標準信封，正中間欄位寫著「いしょ」。荷香阿嬤受日式教育，雖然只有公學校畢業，不過漢字和日文字認得不少。抽出信箋，攤平，擺在燈光下仔細看過一遍又一遍。修改時，會先在心中潤稿找出合適句子，記住了，便從另一抽屜拿出毛筆和墨汁；先前還磨墨，只是最近貪圖方便，不磨了，毛筆沾染墨汁就能大筆揮毫。然而，荷香阿嬤是健忘的，等到尖毫沾上白紙，腦袋往往又是一片空白。睜大眼珠，再次從頭閱讀，一字一句，一句一景，咬文嚼字彷彿訓練咬勁。厝內的土地在老伴離去後就分了，留下一塊農地還是自己的名字，以後肉身不在，兒女平分繼承；帳戶內還有八、九十萬，每個孫子上大學時發三萬塊獎勵金；死後只舉辦家祭，不辦公祭，壽衣、棺材和骨甕一切從簡，不請道士尼姑誦經，不土葬，不燒紙錢，不請磬鈸鑼鼓禮儀隊，燒了就埋在老伴身邊——想累了，筆便暫擱，趴在書桌像小學生在教室內午睡，唾沫沾濕整片臉頰。

冬雨沉靜出另一種可能，荷香阿嬤提拿大包小包從厝外回來，琪拉趕緊幫忙安頓食材。食材都是用老人年金買的，給一家大小加飯菜，不花子孫的錢。琪拉從袋中取出物品，用水滌洗，將需要冷凍的物品先放進冰箱。荷香阿嬤避諱魚、蝦、雞、鴨、牛、羊等物，從十幾年前開始便戒了口腹之欲，不吃有靈之物，需要補充高蛋白時就喝牛奶、豆漿與提神精氣湯，或者吃些乳製品以及無法受精的蛋。這可是為族人和村人積陰德，能不殺生就不殺生，肉吃多了，不過就是吃進滿肚子冤魂，一堆牲畜魂魄一同向包大人擊鼓喊冤，能不拉肚子嗎？荷香阿嬤知道，大人和囡仔可不能亂吃素。吃素會產生許多後遺症，包含長不高，吃不飽，容易營養不均衡，還會貧血，手腳特別容易冰冷。荷香阿嬤拿大刀在砧板上切紅蘿蔔、番茄和洋蔥，想著下午順道來煮些蔬菜湯，另外用剛買來的白蘿蔔熬燉排骨，給一家族的人補血氣。厝外響起短促呼喊，順順顛跳腳步來到灶跤喚人。荷香阿嬤甩手，抹衣角，撐持拐杖來到厝前，原來是永叔。

永叔全身都濕了，背一個黑色硬殼工具箱如大型砧板卡在腹間，一看見人就大喊，唉喔，荷香阿嬤你真正是觀世音菩薩，大慈大悲阿彌陀佛喔。雙手合十，腰身往下順勢拉起工具箱頂蓋，裡頭裝的是各式各樣的蠟燭、沉香、烏香、佛珠串和成框的三D立體神像，亦有明信片，內含菩薩、關公、濟公、達摩、瑤池金母、玉皇大帝和媽祖等照片，說不管有什麼願望寫在上面就對了。荷香阿嬤笑得額頭皺紋又深了，要永叔進厝坐會兒。永叔一邊搔弄頭髮說歹勢，一邊拍打衣褲上的雨漬，覺得乾淨了才踅進厝，坐在客廳沙發陪順順看卡通。荷香阿嬤從房間八斗櫃底層抽出一條黃舊內褲，拿出一捆綁成擲筊的鈔票，抽一張五百，想了想又換成一千。無意間瞥見桌上攤開的遺書，不自覺坐了下來，戴起眼鏡重新閱讀，想著該給三女兒多留些錢，再怎麼說都嫁得不好，還有鎖起來的項鍊鐲子也要提早分配，白紙黑字簡簡單單，免得百歲後子孫吵架分孌。

琪拉敲門，說食中晝頓——荷香阿嬤睡著了。

中午，依舊陰天，雨小了。

荷香阿嬤要永叔留下來吃飯，一桌四人，家常菜，白飯、菜脯炒蛋、一甕滷肉和一鍋白蘿蔔燉排骨湯。荷香阿嬤拿碗添飯，加熱水，用筷子攪拌，配上自備素菜、豆子、長生菜和豆乾。永叔不洗手，光抹嘴，澆滷肉，夾菜，吃得過癮就在椅子上彎起膝蓋，用腳掌子打節拍，嘴巴油光，咕嚕咕嚕喝湯。打了飽嗝，永叔便開始對自己的失態感到不好意思，不斷咧笑，用骯髒的指頭撫拍順順，要囡仔慢慢仔食，莫哽著。食飽了，永叔說的話也就多了。荷香阿嬤沉靜聆聽，不回話，偶爾點頭稱是，這種沉靜反而讓永叔的言行顯得誇大猥瑣。永叔傻笑，站起身說要洗碗。荷香阿嬤連忙阻止，說琪拉會洗，囥著囥著，食水果。永叔一時不知是否該坐下，一古腦趖到客廳，拿出工具箱，放在荷香阿嬤面前一一展示，說隨意選，一律八折，想想不對改口說半折，想想又不對，就說買一送一跳樓大拍賣。

荷香阿嬤說把賣不掉的留下來。

永叔左看右瞧，面有難色，銷量差的只剩白蠟燭，實在不吉祥。

荷香阿嬤並不避諱，買下滯銷產品，說白蠟燭好，燒起來乾淨，正好照亮陰陽路。

荷香阿嬤從褲袋中掏出一千元，塞進永叔掌中，說阿祖包紅包，予你順勢大富貴。

永叔將六盒白蠟燭放進神龕前的櫥櫃，塞進三把上好沉香，再放了兩盞玻璃製酥油蓮花燈。呆愣拿錢，忘了道謝，猥瑣的模樣好像都被看穿，連忙抱起工具箱，一面向荷香阿嬤鞠躬一面向厝外退，說欲先行，閣有代誌欲處理。

荷香阿嬤說閣來坐，千萬免客氣。

下午，微弱雷聲，雨紛紛。

琪拉照顧順順入睡。

等死是極盡緩慢的過程，如同編織一頂針織毛線帽，線球絲絲剝開，縷縷串連。荷香阿嬤坐在前後搖擺的藤椅，茶几上有凍頂烏龍熱茶，冒著煙，一條褐色暗毯覆蓋身上。茶杯旁置放一台收音機，卻始終沒有轉動開關，一方面囡仔還在睡覺，另一方面自己也需要安靜，只是空閒下來的時間必須有些聲音，不然荷香阿嬤就會覺得日子少了喧譁，缺乏波瀾。荷香阿嬤是不需廣播的，聽了四、五十年，早就聽不動，早就耳背，但是依舊必須繼續聽，除了當背景音，還必須驗證肉體世界的真實感——耳朵是否還貼在兩側臉頰？當荷香阿嬤的雙手有意無意勾繞毛球與棒針，腦袋是空的，意識是懸浮的，嘴裡輕聲將佛經哼唱成搖滾樂：復有他方國土，及娑婆世界，海神、江神、河神、樹神、山神、地神、川澤神、苗稼神、晝神、夜神、空神、天神、飲食神、草木神，如是等神，皆來集會——眾神集會，百鬼也來插一跤，牛頭馬面七爺八爺在喃喃祝禱中化身為一顆一顆唾沫星子。一山水，一土木，一火花，蒼蒼茫茫鏗鏗鏘鏘，腳步得輕，一次轉身白髮霜霜，再一次轉身，身心都成了乳中孩搖啊搖。

夢境是露珠，凝在草端，滑入葉脈的指縫或者滴進軟綿綿的沃土。

荷香阿嬤是在水中誕生的。

大水像血，溫燙，充滿苦難，且帶有毋需張揚的疼痛。

運動時出水，生囝、受傷或者憂傷時也出水，乾乾淨淨的流，乾乾淨淨的擦拭，乾乾淨淨的濕潤。荷香阿嬤還記得第一次尿失禁，還以為身體迴光返照，迎迓春天，大水在腫脹的雙腿靜脈中流成支脈，澆灌老皺皮膚。荷香阿嬤保持鎮定，知道發生了什麼事情，獨自清洗身體。洗乾淨了，身體也就無塵無垢。菀兒日夜兼差，當領班，特地請假，半強迫半請託帶著略有抵抗的荷香阿嬤去檢查。醫生沒查出什麼大毛病，血壓略高，至於尿失禁則是因為膀胱已經開始退化。醫生建議，人上了年紀，老化得特別快，如果厝內沒有人可以隨侍在旁，最好還是請個外籍看護。荷香阿嬤恍惚想著，尿液有什麼好嫌棄，不過是尿騷味重了些，還不是水，就跟羊水差不多。另一個恍惚夢境中，荷香阿嬤提大簍子，裝滿衣服，走在一條不湍不急河道旁，芒與礫石，風與陽光，蟋蟀發瘋叫春，的確是春天的大好日子。囡仔踏水嬉戲，荷香阿嬤一個一個數，三個囡仔都是女的，兩個兒子還沒出生。不，應該是四個女兒，還有一個女兒去了哪裡呢？二女兒怕生，最黏人，拉著她的衣襬搖搖擺擺笑成一朵白燦燦百合花。一條河，一條蜿蜿蜒蜒如腰線臀形的河，她尋了位置，擇大石蹲坐，拿起洗衣槌浣衣，肥皂起泡去漬。一件衣服讓水流漂遠了，二女兒追著，弄濕全身，撿回了衣服討功。二女兒最喜歡躲在她的耳後左探右瞧，當荷香阿嬤轉頭，二女兒便不好意思遮起臉來，伸出頑皮的舌頭，說別偷看啊。水流款款擺擺流動於雙腳，有白茅清香，有蝶，有啄人魚蝦，坐在石上，並不清楚自己正處於生命中的哪段水域。花花花，滑滑滑，嘩啦嘩啦的水氣。

下午了。

荷香阿嬤在另一個世界的櫥櫃中整理私貯的金銀華飾，微微暗暗，好幾個塵封許久的漆木匣子，放置照片、底片、名片、手抄的親族友朋聯絡簿、結婚與喪事禮金名冊，各自代表生命的某幾個切片。荷香阿嬤仔細捧出覆著一層灰塵的龍鳳木匣，熟悉的刻痕，撫摸再三的角度與磨痕，紅綢鋪墊內襯零亂擺放好幾條金項鍊、鑽戒和玉鐲，試著思索飾品來處、記憶與未來去處，紛紛雜雜想了很久，還是不知道自己到底遺漏了哪一項。想得愈多，頭腦愈是渾沌，索性坐在床沿緩慢撫摸每件飾品的刻痕、角度與凹凸圓潤。有幾條項鍊特別容易咬肉，有幾只玉鐲子有了細微裂痕，該挑出來，免得戴了受傷。琪拉敲門，指外面，說人轉來矣。唉，琪拉都來了四、五年，會說台語了，菲律賓的囡仔也都大了吧。荷香阿嬷將木匣重新放回原處，繼續浸在幽冥暗處。

人回來了，幽魂回來了，各個世界的分身也都回來了。

荷香阿嬷在藤椅中醒來，腳踝間的大水蔓延許久，有些潮，不至於冷，大概是心頭燒著一把綿密的火。琪拉拿抹布擦，荷香阿嬷也拿了條抹布蹲在地面擦，跟琪拉所累（Sorry）所累道歉。

四兒子槐承一家子敲門，來喊人了。

荷香阿嬷應一聲，說等會兒就出去。

荷香阿嬷隱約聽見外頭的喧鬧聲，順順和其他的孩子玩在一起。荷香阿嬷拿了衣服，拄拐杖，進入廁所盥洗，用黑糖肥皂洗滌，塵垢都該去除，肉身鬆弛都是自然，讓全身瀰漫出淡淡芳香，有頭有臉回到房間。琪拉在房間等著，拿了吹風機和梳子幫荷香阿嬷吹頭髮，上妝，噴香水，換上一套暗紅色低衩旗袍，最後抹上口紅，在髮簪旁插一朵從生日蛋糕上取下的豔紅塑膠花，洗過了，很乾淨。看著鏡中自己，從當童養媳至今，內心深處其實一直都在期待一場盛大婚禮。未滿十八歲便睡在老伴枕邊，沒有結婚儀式，沒有嫁妝，甚至沒有拜過高堂，當然也沒有新娘服可穿。荷香阿嬷曾經提過這場婚禮之夢，老伴說簡單，改天去照相館重新穿西裝、套禮服，要照幾張就有幾張，然而生活就是如此，愈是容易達成的事情愈容易被擱置。想做的事情很多，活到這把年紀也只能不在意，遺憾時要笑得出來。荷香阿嬷並不抱怨一輩子的遭遇，比上不足比下有餘，她算是相當幸福，嫁入好家庭，還供讀書。鏡子裡是永遠的少女，是新娘子，雀躍中帶著清淺的時間流逝感，沒有重量，卻仔仔細細滲進各個角落——好的穩的，都有了各自的嘆息與故事。

走出房間，大女兒拐著腳趕忙攙扶，十幾年前發生車禍所留下的後遺症，大女兒也接近七十，當了祖母。小小的客廳擠滿人，菀兒正在灶跤切水果，槐南拿鐵梯，將哥哥槐承帶回來的「福祿壽三星圖」壽畫懸掛屋牆右側，「松鶴圖」壽屏則擺放在荷香阿嬤房間，當裝飾，也當更衣時的隔板。槐承站在厝門口要孩孫向荷香阿嬤請安。一些孩子圍繞庭前，猜拳，準備玩紅綠燈。槐南的兒子捧著大塑膠袋，如同大肚彌勒的大布袋，從厝外一路嚷著燒燒燒，借過，燙死人不賠命喔。菀兒喊著這樣的分量怎麼夠？原來為了方便，槐南直接向餐廳購買熬燉好的豬腳。孫子有芒草高，有柏樹高，通通請假回來，荷香阿嬤在心中一個一個數，不管怎麼數卻還是數不清，大女兒一脈多女，四兒子一脈多男，小兒子一脈還是小家庭，這些大的、小的、老的、少的、正在發育與邁向衰老的熱熱鬧鬧一同窩擠老厝。荷香阿嬤心中感到篤實，一股深層喟嘆盈滿胸膛。人篤實，一雙腳穩然踩踏地上，情緒也就酸澀，而底層的記憶咀嚼久了則會回甘。

荷香阿嬤坐在客廳，同孫子和曾孫看《天線寶寶》，一位孫女親暱依偎，一會兒問要不要喝些熱茶，一會兒問冷不冷，需不需要添些衣物。荷香阿嬤搖頭，說不用麻煩。唉，老伴死了，幾個孫子不成材，鬧過事出過麻煩，但勉勉強強依舊是個大家族，真要細想就容易感慨，淚眼汪汪，眼睛眨巴眨巴或許也就不再泛淚。

一路坐到黃昏，尻川疼。

牙齒不好，花生只能含在嘴中緩慢吮出果核香氣，熱茶喝了三杯，再喝下去晚上就無法入睡。

三女兒坐公車回來，還在讀高中的女兒陪伴母親。三女兒提袋子，裝了十幾顆壽桃和十幾粒紅蘋果，看見廳前擺起兩張圓桌，其中一張桌子還用壽麵和紅龜粿裝扮起吉祥壽龜，手一勒，緊了，疙瘩了，覺得自己真是寒酸，袋子也就不輕易卸下。三女兒同荷香阿嬤說話，接著踅到灶跤幫菀兒打理晚餐。荷香阿嬤嘆了氣，女兒嫁得不好自己也有錯。孩孫中，荷香阿嬤最不放心的就是三女兒，這麼多年來，三女兒最不常回老厝，回來時也沒有時間多聊，三女兒總是躲著她。荷香阿嬤踅回房，從衣櫃底層抽出一捆一捆皺巴巴鈔票，拉開橡皮筋，攤平紙鈔，裝進信封袋，左下方仔仔細細寫下「母」字。荷香阿嬤踅到門口，叫喚孫女靜靜。荷香阿嬤把靜靜拉進房間，嘆口氣，遞出信封袋，要靜靜回厝再拿給母親。荷香阿嬤問了靜靜的兩位哥哥。靜靜抬頭望著荷香阿嬤，收斂臉色，不知該如何拿捏說話分寸，用不張揚的細軟聲音說大哥還在牢裡，二哥在南部跟人學修車。靜靜向荷香阿嬤道謝，將信封袋塞進口袋。荷香阿嬤臨時想起什麼，摸了摸口袋，將一顆人參糖和兩千元塞進靜靜掌心。

靜靜低著頭，抿著嘴，再次說了聲謝謝。

兩人都不說話了。

荷香阿嬤從櫥櫃中拿出一條白色圍巾，披掛靜靜脖子，拍撫靜靜肩頭，說去走走。

荷香阿嬤戴氈帽、撐拐杖、披圍巾，琪拉隨侍在後，靜靜走在身邊挽起荷香阿嬤的手。雨難得停了，風還是大的，漩渦般颳起落葉。三人緩步行走，走過屋簷，走過傾圮鐵皮，走過龜裂壁面，走過鬆軟泥地，走過笑嘻嘻石獅，留下一個一個浮水腳印。荷香阿嬤說著不著邊際的話，說廟裡以前最熱鬧，那時廟小，還沒擴建，祭拜觀世音、彌勒佛、地藏王菩薩和神農大帝，石獅子和虎爺非常調皮，時常偷跑出去玩；初一十五來這拜拜，過年也來這拜拜，誰誰誰結婚就在這搭棚殺豬。荷香阿嬤說，以前妳阿母和妳二阿姨最喜歡坐在石階上看歌仔戲，舔糖葫蘆，有時候還學著唱呢，你二阿姨死得早，如果當初慢一點出門——唉，不過活下來也辛苦，妳阿母還在輪大夜班嗎？真是辛苦啊。荷香阿嬤停頓一陣子，頭歪向右側，說起以前做女工和下田耕種的事情，話語脫去沉重感嘆，顯得輕盈，風聲軟軟，聽見了如同沒有聽見。

回厝，天色暗了，身體和影子親密貼黏，荷香阿嬤停在厝前望著大門。冬末，一年要過了，再一、兩個月就要過年，門旁的春聯淡去筆墨，紅紙也已褪色。荷香阿嬤舉起拐杖，指了指掩藏紅色帘幕底下的八卦鏡，說應該取下來擦一擦，都髒了。槐承叫大兒子去拿鐵梯，架好，拿了塊抹布仔細擦拭，再擺正。有些睏，累了，空氣中不知何時浮泛一股菜餔香氣，荷香阿嬤回到房間，打開暖爐烘烤身體，嘆息短，回憶長，身子蜷曲彎縮床上。

鞭炮乍響。

紅蛋一顆顆互相撞擊。

荷香阿嬤懷抱面目衰老的囡仔，意識嗜睡，如此慵懶禁不起打擾，化成煙塵肉屑之前原來如此漫長。

細水長流，浸至深層土石。

老伴的遺照收進櫥櫃，多年來的怒容與笑容都顯得憨厚。記得了，又忘記了，父母與夭折的囡仔以不同方式向她告別，老伴放開她的手又牽起她的手，舊識友朋從新鬼變成舊鬼，從舊鬼投胎成囡仔；一雙一雙眼睛睜開，復又閉上，呼吸著，吐納著，喘息著，如同一尊臥躺百千風霜的臥佛，離去後，又恍恍惚惚回來入定。坐落宴席，穿上槐南娶妻時身上那套低衩旗袍，線頭鬆了，軟質彈性的衣料將身子包裹起來。很香，麵線緩呼呼蒸出熱氣，一旁置放三大甕豬腳和油光醬汁。很香，囡仔的汗滲進地板，查某人有一股乳味，查埔在酒甕中倒出陳年老酒。唯一臭的，是自己，即使一輩子洗滌過千萬次。荷香阿嬤捧一杯熱茶，笑嘻嘻看著一家族人用筷子夾起肥潤豬腳，澆湯汁，攪拌，嘴裡唏哩呼嚕吸吮壽麵。

燒——菀兒將剛煮好的壽麵端上桌，置放荷香阿嬤面前，佐以香菇、金針、苜蓿芽和番茄，避葷食。

荷香阿嬤默念一句阿彌陀佛。

大人們圍坐餐桌，椅子不夠，孩孫碗盛豬腳麵線，跑去客廳看電視之前還必須先拿杯子倒柳橙汁和菝仔汁一一祝壽：祝阿祖福如東海、壽比南山，祝阿祖福祿雙全，祝阿祖長命百歲，祝阿祖年年有今日、歲歲有今朝，祝阿祖身體健康、萬事如意。荷香阿嬤笑著，一句吉祥話點一次頭，點到頭都痠了，啜口茶，加深一條皺紋。孩孫因為推擠而濺出飲料，滿地甜味，荷香阿嬤正準備要拿抹布擦拭，厝內燈光剎那熄滅一片漆黑。囡仔尖叫起來，碗筷撞擊各自碎語。槐南要大夥兒別緊張，要兒子去客廳和神龕前拿些蠟燭和手電筒。順順知道位置，溜轉奔跑出去，不怕撞牆也不怕跌倒。

荷香阿嬤說毋免驚，等會兒電火就來啊。

手電筒沒電，只好在餐桌立了十幾根白光灼灼的蠟燭。

繼續喝酒，繼續吃肉，繼續說嚼不爛的吉祥話。

槐南跟槐承提起有餘村近況，說最近鯖魚產量過豐，導致價格崩盤。鍋爐烹煮熱水，菀兒說吃不夠還可以再下湯麵，還說煮了一大鍋枸杞蓮藕紅糖湯，要留點胃吃甜點。荷香阿嬤的兩個女兒坐一旁，東一句西一句扯著蔬菜養生湯該如何用文火熬煮，討論哪個地方出產的白木耳最適合煮甜湯，手上哪個穴道能夠治頭痛。孫子和曾孫們各自拿著一盞蠟燭在廳堂內行走，捧碗筷，護燭光。荷香阿嬤坐在椅子上吃素麵，嘴裡溫燙，肚子飽實，真是舒服。荷香阿嬤想，晚一點燈就亮了，再晚一點也就不需要燈了，走過暗地，穿過漆黑，孩孫很好，是啊，孩孫不管在不在身邊應該都要很好的。

燈亮了，孩孫們訝異幾秒。

槐南用不悅的語氣問白蠟燭從哪裡來的？怎麼不拿紅蠟燭？

荷香阿嬤用大拇指掐滅蕊蕊燭火，說是今早買的，因為便宜於是就多買了些，還說白蠟燭好，看起來特別乾淨。

荷香阿嬤再度眨眼，晨早四點半，暖爐在床邊運轉，琪拉裹著棉被臥睡一旁，還打著鼾呢。拿起抱枕塞向背脊和牆壁之間的空隙，隨手抓起挑針和棉線球，編織尚未完工的毛線帽。眼角凝出碎金，一揉，鏗鏘有聲掉了滿棉被，身子和意識似乎都甦醒了過來，想著自己竟然又活過了一天，該慶幸，也該悲傷。荷香阿嬤略微疑惑望著房間，還是往常模樣，沒有改變，除了多上那塊區隔位置的「松鶴圖」壽屏之外。透過暖爐火光看著壽屏的木質雕刻，松柏枝葉，羽鶴翅膀，影子如此深遠，離去的日子彷彿重新回到身邊。山枯了，水盡了，所有突起與陷落依舊留下看不見的幽幽暗處。荷香阿嬤想，皺紋一多，即使不笑，看起來也就像是笑了，生活啊，就是要好好吞口水，按穴道，搥肌肉，曬太陽時不忘再曬曬月亮。

紙紮人

第七日。

春氣始至，四時之初，四時之卒。忌外旅、安門。宜祭祀、嫁娶、裁衣、修造、祈福、納采、安床、入宅、拆卸。菜蔬有米豆、絲瓜、茄子、番茄、大蔥、牛蒡、萵苣、白豆、紫蘇。魚有鯧魚、鮑魚、沙魚、鯇魚。晨光初亮，金生躺在鋪巧拼的地板昏沉睡夢，阿母早已起身盥洗。

冬尾，輕微滲涼，阿母將豆漿與黑糖饅頭放進電鍋內蒸，給祖先和神明上香，祈求厝內大小平平安安，趖去廟埕旁的菜園除草、灑水、摘菜。阿公阿嬤悠閒早起，各自在街巷伸展身子，練太極，演練祕傳獅吼功，或者揣摩運氣時的無聲勝有聲。阿嬤會特地等待六點十五分的早餐車到來，車上播放台語老歌，聞聲，趖出厝，買油條、菜包、肉包、燒餅和飯糰。醒來，肚子特別餓，有些頭暈，好像夢見烏鴉啣枝啄葉鑽進冷氣機底下築巢。金生懶，不想早起，沒什麼好做的第七日，該好好放長假。打開電視，看卡通，晨間新聞中的氣象先生說今天多雲至晴。餓壞了，跑出房覓食。圓桌有阿嬤買的燒餅油條，電鍋有溫燙的豆漿饅頭，一口氣全抓進懷中，躲進房，坐在床上狼吞虎嚥食早餐。吃飽了，打嗝，真是滿足，電視頻道實在沒什麼有趣的節目，索性躺在窗戶旁攤開身子，大字形，掀開窗簾曬日光，阿爸會說，這種天氣真是他媽的舒服。阿爸半夜出航，跑沿岸漁業，傍晚才會裝滿漁獲回航。一點都不想寫功課，數學習題沒算，新的國語生字還有整整十二個字等著查國語字典，寫筆畫、部首與例句，補習班的英文還有一堆單字要背，寫作業實在令人厭煩。躺在床上，滾過來，翻過去，捶打發縐的棉被，打到手都麻了，不知為何認為自己非常厲害，絕對是練武奇才，應該在少林寺長大才對。

阿母回厝，將新鮮菜葉放進鍋內浸水，清洗，甩乾，剝梗葉備用。

從電子工廠帶回的塑膠物品堆放牆角，一旁矗立小型機械壓具，但是今日是第七日，早上特地不上工，阿母換好衣服，問阿公阿嬤欲食啥物？缺些啥物？需要買些啥物？阿母先帶金生去有餘村內的市集晃一匝，回厝，卸下交換而來的什物。金生準備兩個大塑膠袋，放進機車置物箱，戴上西瓜皮安全帽，坐上阿母騎的機車去頭圍城市集。阿母說，抓好喔，別掉了。金生將雙手環向阿母腰肢，抱住，身子緊貼。阿母身上瀰漫一股淡薄柑橘清香，衣襬輕柔揚起拂上臉龐。阿母反穿潔白防風外套，金生跨坐機車，躲在阿母身後，防風外套抵住所有狂飆而來的颶風。很舒服的機車震動，睡著幾秒，睜開眼，阿母還在懷中，掌心還能牢牢抓住阿母溫暖的身子。駛進人聲鼎沸的頭圍城市集，下車，卸安全帽，拿出袋子，睜亮眼珠看大千世界。

攤位繁多，賣魚的、賣廉價牛仔褲、賣手工胸罩、賣童衣、賣雞鴨魚肉、賣牛奶饅頭、賣蘿蔔甘藍洋蔥、賣十元百貨、賣養樂多、賣手工餃子、賣炊糕、賣手工紅麴魚丸……金生買三枝原子筆、一個口紅膠和三顆一組的桌球。阿母買嫩薑、韭菜、洋蔥、辣椒、水蓮菜、絞肉和豬腳，討價還價攀關係拿了不少免費蒜頭，還在十元攤買了一把打薄剪刀，想說以後可以直接替厝內的查埔人理髮，省些錢。金生沒有拉住阿母衣襬，也不想牽阿母雙手，萬一被同學看到一定會被笑，很丟臉，刻意一會兒走快一會兒走慢拉開距離。那不是你們的副班長小桃嗎？眼睛大大的，皮膚好白，笑起來還有酒窩，長得真是漂亮，過去打招呼啊。蒸餃攤位，小桃的媽媽包高麗菜豬肉餃子，小桃滿臉笑容招呼客人。阿母帶著金生踅到攤位，買兩籠餃子。阿母誇小桃真乖，星期天還來幫忙。

金生提兩袋裝滿蔬果的大塑膠袋，不看小桃，刻意撇過臉，望向玩具攤位上的彩色積木。真煩，一點都不想打招呼，金生接過小桃遞來的冬瓜茶，插吸管，一口氣喝光，嘴巴、喉嚨和肚子都甜滋滋的。離開時，小桃的媽媽還多塞了兩罐養樂多給金生。阿母笑，說下禮拜再來。回到停放機車的位置，阿母放好什物，叨念說看到同學也不會打招呼，沒禮貌，真是的。金生不理阿母，吐舌頭，感到厭煩。上車，去塑膠五金行買尼龍繩、螺絲釘和遮雨棚布，都是阿爸修葺漁船的器具。回程，金生不抱阿母，瞪視流逝的街景與遠處的山巒生悶氣。阿母悶著說，脾氣真大，這有什麼好彆扭的，搞不懂，以後怎麼去社會工作呢？

回厝，將重物提進灶跤，收拾散落文具，想起剛才應該趁著阿母心情好，買新的卡通書包。金生拆開桌球紙盒，取出三顆圓滾滾桌球，對著地面彈啊彈，再將兩顆桌球重新放回紙盒，收進書櫃，用過期的考卷遮住不讓人發現。金生找出桌球拍，膠皮已經硬化，失去彈性與黏性，桌球彈在板子上依舊乒乒乓乓。我去找羊頭寫功課，金生一古腦丟下話。阿母吩咐十二點半前一定要回厝食飯。從零錢罐中掏出二十元，將桌球、桌球拍和作業簿丟進斜背包，興奮地騎著跤踏車找羊頭，準備到頭圍國小打桌球。

校隊正在練球，兩人只得和學校的工友叔叔同桌。

一顆球彈過來，一顆球彈過去。

直球，下弦球，上弦球，側弦球。

撞擊。

摩擦。

再次用力撞擊。

左邊，右邊。

重心壓低，微傾向前，雙手大鵬展翅，雙腳魚躍龍門，千萬不能露出大肚子。

滿頭是汗，累了，跑到教室外買運動飲料喝，再拿兩張木椅坐，看著校隊滿頭大汗練球。兩顆小頭顱尾隨小球顛晃，像鐘擺，左右左右；身子不久又恢復力氣，拿起球與球拍對著牆壁空打，或者讓球在球拍上垂直彈跳。校隊學長姊相當認真練習揮拍、移位與擊球。還沒十二點，肚子就餓了，雙腳無力像漂浮。兩人騎跤踏車回到有餘村，去廟裡的供桌拿可樂糖、牛奶糖和花生糖吃，還塞了一大把放進褲袋。羊頭回厝。金生的跤踏車大熱天竟然脫鏈了，只好下車撐立腳架，試著修理，鍊條卡住了，修了很久還是修不好，移動時非常不順，索性緩慢牽車回厝。正午，影子矮短，天空和地面都好燙，烏鴉咳出蟲屍，花朵一瓣一瓣燃燒。拿石子，繃緊肌力往烏鴉丟去，嘎嘎嘎吵死人。嘯天犬綁鐵鍊，圈在欄杆，雀躍搖擺尾巴吠著討食物吃。

一點了。

阿公阿嬤慵慵懶懶坐在客廳沙發看新聞，要金生趕快去灶跤食飯。

阿母不在，原來買錯尼龍繩，要去塑膠五金行換。

金生更衣，打開冰箱一口氣喝光兩罐冰涼運動飲料，拿碗筷吃午飯，滷肉、炒菜脯卵、香腸片炒高麗菜，還偷吃了只准早餐食用的肉鬆和海苔醬。

食飽，碗筷浸水，舔十指，坐在沙發上陪阿公阿嬤看午後的重播新聞。為什麼新聞可以一看再看？真搞不懂。阿公阿嬤都睡著了，新聞主播穿著漂亮衣服，說著專業的話。跑到前廳吹風，玩跳繩，等阿母回厝，站在亮晃晃日光下，踢石，轉圈，蹲踞地上替金棗盆栽拔草，抓到一條蚯蚓，拿地基的紅磚頭將蚯蚓切成兩條，雙手沾滿黏稠液體，再放進洞穴。

地面有前幾天畫的跳格子，歪歪扭扭，顏色淡了。影子逐漸拉長，額頭滲出一層薄汗，不禁吐舌，實在是非常燥熱的天氣，臉頰與脖子都被曬得溫燙。

第七日，春氣始至，四時輪輾軸轉，雪溶於水，水浸於石，石化於泥，泥中花開花落葉蜷葉曲時日沉沉靜默塵埃。

阿母還沒有回來。

生死簿：脫褲子討教

細雨綿綿，秋冬午後颳來一陣強一陣弱冷風，這時日最適宜泡湯。

村人不論年歲大小，均好泡湯，尤其是除舊布新過年節，身心徹底滌洗之後一番新氣象新皮囊，好吃食，好做愛，好祭祀。一家族穿厚外套羽絨衣，備妥礦泉水、換洗衣褲、肥皂與毛巾，開車，從頭圍城至湯圍。查埔前往免費的公共澡堂，查某人前往收費的隔間澡堂。褪下衣褲，塗抹肥皂，刷洗全身皮膚撓出癬苔，瓢子舀水嘩啦啦砸頭而下，沖去泡沫，身子一古腦浸至熱水仔細汆燙，滿臉通紅，毛細孔淌出大粒汗細粒汗，頭皮、指尖和臟腑深處隱然發麻，沁入骨子的寒氣從體內緩慢溢出。一吸氣，一吐氣，身心內外都無比暖和。

脫褲子有啥好害臊？

老祖父喜歡帶囡仔泡溫泉，一老一小坐著公車搖搖晃晃來到湯圍溝。老祖父平常不在意囝孫是否可以朗誦之乎者也，也不甚在意是否會加減乘除，在意的是孫子在一次一次裸裎中，是否長高幾公分，是否隆起結實肌肉，是否凸出喉結。初始，囡仔還有些害羞，拿著毛巾遮掩，有了兩、三次經驗之後，性子便野了起來，或蹲、或立、或跑、或跳、或摳搔胳肢窩、或清洗尻川洞、或拉扯胯下皮，浴池中玩耍戲弄，查埔囡仔都有等著粗壯的寶桿子，查某囡仔都有等著豐滿的玉乳房。水氣氤氳，濃濃恰似淡，潑一掌沸泉，灑一胸滾水，所有天生好奇的囡仔在水中優哉游哉，睜亮好奇雙眼，望向滿池裸身入定的食色老僧侶。不食色，哪裡來的後代序細？食色好，情色好，色不色射不射都好，只是慾望勃發千萬別脫套子烏白亂濺，得止乎禮。囡仔玩興濃，從長方形澡池一端戲至另一端，胸膛入水，踩踏滾水之中的鱗脬乳房石，掀起款款波紋，而後浮游身子露出頭顱，自在得非常不像話。石上有藻荇草苔，黏稠滑潤，長年吃食查埔的體垢、煩躁與慾望。囡仔想著，說不定可以在澡池摸出一、兩顆金銀寶石，或是熱氣迷濛之中，出現手捋鬍鬚、滿臉笑意的白髮仙人。不一會兒便滿身汗，坐上石階，雙腿踩踏泉水自在晃蕩，撓水導波，身子逐漸附著層層肥厚草苔。一閉眼，一睜瞳，入定的僧侶竟然成為株株綠葉蓬勃、根莖吮水的大蘿蔔。囡仔還以為自己眼花了，揉眼，拍打臉頰，吐出一口寶貴童子氣。

大蘿蔔開始說起人話。

有餘村傍山面海，腹地不大，農產品屈指可數，稻作有蓬萊米和秈稻米，水果有甜心菝仔、桶柑和金棗，若有土坡或畸零地，除了任亂草滋長，大多用來種植翠翠葉蔬。曾有異想天開的村人，意圖營造在地農業特色，特地向湯圍的農人取經，溫泉除了能浸泡肉身，還能灌溉農作物。湯圍除了出產知名的溫泉米之外，還有蔬菜四寶，分別是溫泉蕹菜、溫泉絲瓜、溫泉茭白筍和溫泉番茄。有餘村內，種植菜葉子的老歲仔、無所事事的中年查埔無不脫褲子討教，在澡堂中記誦栽種法則，借種，借苗，借肥料，當然也心癢癢想借查某，只是查某人不是想借就能借，借了麻煩，不小心爽過了更麻煩。湯圍所種植的溫泉菜的確別具風味。蕹菜莖粗葉大，綠葉盎然，分段切剖，油鍋熱炒不顯老，口感十足爽脆。溫泉絲瓜翡肉柔軟，通體翠玉色澤，熬燉時佐以嫩薑、蛤蜊與米酒，入喙即化如煙霧拂面，瀰漫淡然蔬香，米飯澆以湯汁，食後久久回甘。茭白筍鮮甜，白皙亮潔，烘烤、汆燙、熬燉均可，形體不散，清甜完整凝聚，筍肉富含彈性，結實卻軟，嚼之帶有脆爽口感。溫泉番茄則皮薄肉豐，汁液鮮甜，入菜、直接採擷啃食均有獨特風味。有餘村的查埔在溫泉水的有情催化之中，想像小漁村也能有大農收，於是依樣畫葫蘆，只是常常畫虎成犬。此地並無豐沛的自然溫泉，好在村子不缺水電也不缺瓦斯，熱水一滾、再滾、沖沖滾，煮沸後也能以人工灌溉。湯圍以二十六度至三十度的溫泉水澆灌，有餘村人獨具匠心，天馬行空發揮想像，為區別屬性彰顯特色，加溫東北季風雨水至三十五度，取法湯圍農夫們的栽種技術：肥料得豐，礫石得軟，泥土得爛，蚯蚓得鑽，雜草得除。如今，小漁村即將迎來新氣象，生不出囡仔不要緊，得從土裡生出肥滿的菜葉子才行。蘭地蔬之屬有芥（秋種冬熟）、薑（春種夏熟）、蔥（有香蔥、麥蔥、風蔥三種，風蔥可療風疾）、韭、薤（種少）、蒜、白菜（山東種多，但味稍別）、莧菜（有青、紫二種）、芥藍菜（俗呼格藍菜，一名觀音菜）、莙薘（葉厚而柔，俗呼厚茉菜，有小毒；按《唐・西域傳》，末祿有軍達，即莙薘也）、頗薐（種出西域頗薐國，頗訛為菠，俗呼為赤根菜，方士隱名為波斯草；按劉夢得《嘉話錄》：「菠薐種自西國，有僧將其子來，云本是頗薐之種，語訛為『波稜』。」）、甕菜（種來自東彝古倫國，以甕盛之，譯不能通，但名甕菜）、蒝荽（《本草》謂之胡荽）、芹菜、茼蒿（葉似艾，花似小菊，性冷味香）、紅豆、茄（有紫、白二種）、筍（土產味苦，亦不甚香）、蘿蔔（秋、冬、春皆有）、紫菜（生海石上）、海粉（青、白二色，狀如粉條，生海中）等。村人異想天開，心花怒放，無不希望菜葉子快速生莖長葉，地下莖、地下根、地下情一併雞巴萌發，身子成了隨處移動的人肉田圃——到處亂長，到處亂愛，到處留情。

別輕易對溫泉菜說愛啊。

大蘿蔔說，有餘村的查埔縱使想管住自己，溫泉一泡，也管不住褲襠下火辣辣、皮癢癢的寶桿子。打蛇隨棍上，摸臀隨奶下，這些查埔怎麼可能安分得了。湯園的婧查某日日夜夜飲用溫泉水，渾身散發千萬種水柔風情，比烈酒、賭博、毒品還要勾人心魂，不採擷、不品嘗是對不起自己和祖宗十八代。婧查某長年風花雪月，出入眾多胳膊、懷抱與膦鳥之間，嫺熟查埔各處敏感，技藝了得，夭壽得很，研發出十足珍貴的炮房四寶。蘿菜展葉般撫摸，纖纖十指按摩眉間、腋下、胸膛、腰腹、鼠蹊、尻川和大小腿。絲瓜般軟柔，讓查埔蕩漾漾、滑溜溜抱在懷中，一會兒閃躲，一會兒竄入舌穴，一會兒嬌滴滴黏進身體內側，被包裹，同時也溫柔包裹。茭白筍般的白腿、腰肢、乳房、脖頸和臉頰，查埔吸一口，還想咬一口，咬一口，還想舔一口，體液汩汩流動。以及輕意擠壓而出的汁液，適當緊繃的叫聲，從番茄薄潤外皮淌出來，滲出來，顫得全身骨頭酥麻無法自拔，是的，這輩子和下輩子是多麼願意自甘墮落任荒淫。查埔一傳十、十傳百，講定價格，脫褲子露膦鳥，仔細清洗包皮討教，婧查某用身體滌洗彼此，好一個爽歪歪、好棒棒殘廢澡，肥皀泡沫滿天飛，日月星辰滿地影，圈地立楯，軟土鬆泥，掘巢窟，注水，兩隻多情鴛鴦在騰霧溫泉中浮浮沉沉自在浸泡，姑且忘卻時日、身分與社會眼光，一起濕潤，一起溫柔，一起討論該如何植栽菜葉。當然，此種請教不得過分張揚，不得旁若無人漫天渲染，只適合在飲酒、泡澡時陽剛飄撇，可吹噓，可鬼扯，可不畏道德不理良婦，不拿名片便能錨定位置，鋪張身形如何，傳誦口技如何，專屬查埔開敞胸懷的大男人話題。如果談話間臨時出現了查某人，查埔便會故作凜然，植栽菜葉便真的是植栽菜葉，談風向，談土質，談籽苗，談日曬，談泉水，談不灑農藥友善耕作，談東南西北就是不談心癢難耐的慾望。被抓到了，輕則吵架、分房、冷戰，重則分居、離婚、鬧自殺，搞得一家子上上下下雞犬不寧。查埔不懂，偶爾吃個溫泉菜是有這麼嚴重嗎？查某人也不懂，不吃溫泉菜是有這麼嚴重嗎？只是查埔很難想像，為了幫助消化，多吃幾口溫泉菜，偶爾也會不自覺被戴上綠帽子。查某人笑嘻嘻，說，身體虛，有時也要多吃些肉補一補。

別輕易對溫泉菜說不愛啊。

有餘村人依舊認真煮水，手提銀水壺澆灌菜葉，只是菜葉子並沒有想像中快活。或許是水土不服，或許是東施效顰，或許是張冠李戴，葉不舒展，莖不挺拔，根不抓土，不是枯萎就是渾身爛熟，病懨懨毫無氣色。村人這時不是褲襠腫，而是腦袋腫，想來想去都覺得自己實在愚蠢，一定是調皮的精蟲千軍萬馬跑到頭殼作亂。泡溫泉是泡溫泉，種菜是種菜，揣查某是揣查某，怎麼可以混為一談？面子實在掛不住。村人告誡自己得勒緊褲帶，開查某不僅花錢，還容易引起家庭紛爭，褲帶勒不緊，涮身子、泡溫泉就好，別再春心蕩漾當花心大蘿蔔。只是，慾望這回事，還真不是勒不勒褲帶就能解決的麻煩事，就算褲帶勒緊了也沒差，反正還有拉鍊進可攻退可守。冷風颼颼，細雨綿綿，村人無意間看向窗外，發現一位故作鎮定的老查埔悽悽慘慘落落魄魄褪褲膦，雙手不知要搗住臉孔還是搗住下體，身後一位老查某拿著秀梳仔氣憤追趕，尖聲咒罵，你上好死去你的婧查某彼爿，莫閣轉來，你若轉來，我就提鉸刀鉸斷你的膦鳥，恁祖媽袂稀罕你彼枝齒戳仔——

囡仔光裸身子，再度踏入熱水。

蒸氣繚繞，一株株讓溫泉燙得舒服透頂的食色僧侶晃蕩一身皺摺、凹陷與蜷曲，恍恍然睜開眼，喘大氣，立起身，坐在浴池石階轉動頸項，心滿意足，千手觀音般折摘前世今生不可思議的慾望菜葉。老祖父看著全身燙得紅彤彤囡仔，不禁哂笑，想著教訓是一次接一次，高潮也是，再過幾年囝孫的寶桿子就會開始不安分。

土地公急出尿之土地婆棒打土地公

烏龜從骨甕內露出長頸，啄嚙著，試圖奮力爬出，甕面光滑缺乏摩擦力，四蹼攀爬幾步就倒頭墜入水中。金生每天捧甕換水，蹲看觀察，戳一戳有些硬度的龜殼，再將烏龜捧出水中翻身戲弄。腹甲朝天，烏龜四跤抓撓，極力攀抓卻依舊無法翻身。金生原本打算去水族館買飼料，只是口袋摸了摸沒有錢，索性放棄了，吆喝羊頭一同鑽進蘆葦草叢抓蟋蟀、蚯蚓、蚱蜢和青蛙，去溪邊抓蝌蚪和大肚魚。不過奇怪的是，烏龜竟然喜歡吃蔬菜，青江菜、大白菜和高麗菜都吃，尤其喜歡吃切得細薄細薄的胡蘿蔔。金生擔心烏龜整天吃菜，吃成了要命的和尚尼姑龜，到時真的吃齋念佛還得了，所以有時刻意只給烏龜吃蟋蟀和各種蟲子，不給蔬菜。

金生和羊頭輪流捧骨甕，越過堤防讓烏龜看海，曬太陽，吹涼風。金生不再開口閉口滿嘴都是師尊所教導的格言，反而滿口烏龜經，說昨天替龜兒子換水，牠還用嘴巴啄我，想跟我說話呢；說龜兒子會認人，每次打開骨灰罈，龜兒子就會睜亮大大的眼睛看著我；說龜兒子最乖了，什麼地方都不去，應該要找幾顆石頭和幾根水草放進罈子，不然龜兒子一定很寂寞。羊頭將龜兒子放在掌心，左瞧右望，撥弄不斷搖擺的尾巴。金生拿起烏龜，兩掌夾住龜甲龜腹懸在空中，龜兒子奮力划動四蹼，彷彿游於海浮於浪，成為龜蛇把海口的龜山島。金生把龜兒子放上海灘，蹲踞一旁摶沙成球往空中丟，說來比賽啊，看誰丟得遠？沙球往空中飛去，風一吹便立即散了，飄飄落化為細沙。羊頭壓住烏龜，拿起，指尖彈擊龜殼，對著腹甲做鬼臉，恐嚇說等會兒就要來煮熱騰騰的龜湯，加嫩薑片、海鹽和芝麻油，讓羊先生吃了補腦。

「為什麼上面會有字？」羊頭指著梯形組合的腹甲。

「笨蛋，怎麼可能？不要整天做白日夢。」金生繼續朝天空丟擲沙彈，逆著風，散了，沙子撲灑臉頰。

「真的有字啦，還會跑來跑去。」羊頭揉搓眼珠子。

「好了啦，你趕快回去寫暑假作業，我還要等著抄，不是快到返校日了嗎？我記得老師說過要先檢查，看我們有沒有乖乖寫作業。」金生奪下龜兒子。「這些字一定是想要提醒你寫作業，趕快滾回去，對了，你要不要順便幫我寫作業？考慮一下，我會請你吃牛奶糖和可樂糖喔。」

「可是我好想待在這裡吹涼風喔。」羊頭垂下頭，鼓起胖臉頰。

「懶惰鬼。」金生將龜兒子放進骨甕，穿拖鞋，吆喝羊頭回撤。「這樣子我的作業怎麼辦？」回厝，食完午飯，金生打了油膩飽嗝，非常滿足，獨自窩進房間睡大懶覺，嗯，沒錯，好好睡覺膦鳥才會變大。房間燥熱，不蓋涼被也會滲出一層薄汗，還沒睡著就醒來，聽見客廳電視不斷傳來的社會新聞，有人自殺，有人意外身亡，有人強暴移工，有人集體跪在總統府前希望政府重視勞工權益，有人騎機車用繩子綁著流浪狗一路拖行。索性爬起身，打開骨甕蓋子，用甕水潑灑臉龐，再潑灑身子。抓起龜兒子，伸舌頭，皺眉毛，一臉凶狠恫嚇，再躺回床上隨意翻滾，呆望龜兒子。睜大眼珠，伸出舌頭舔舐龜兒子厚軟腹甲，草澤味，接著把龜兒子放在胸膛爬行，試著繼續睡。龜兒子緩慢爬上金生臉頰，四蹼柔軟，尾巴擺盪搔癢下巴。開張眼，龜身腹甲浮現密密麻麻方塊黑字，蟲蛇形，魚獸狀，鰭、鱗、羽、水、石、竹、花、草、果等字。疑惑地拿起龜兒子仔細瞧，有些字認得，大多數不認得，蛇吞象，飛沙走石，全都是鬼畫符。仰起頭，午後陽光照射肆意流竄的方塊字，一點一橫一撇一豎俱在腹甲中龍蛇推沙、展翅、隨四蹼擺動颯颯窣響。看累了，不自覺打呵欠，垂下雙手，閉上雙眼，龜兒子逕自攀爬，一溜煙爬進魂魄所來與所去之處。

林子綠密，鬼氣濃濃疏疏陰風颼颼，泥上滿是枯枝亂葉。

烏鴉一聲啼。

碎石子在喉道內痛苦磨蹭。

整片亂林在乳月照射下摻抹深淺魆青，林墨綠，土墨褐，石墨灰，冷風濡濕如此透明。風與葉子窸窣窸窣交談搞曖昧，極隱私。眨眼，有一股強烈的恍惚感，腳下泥土如流沙黏稠下陷，逆時針漩渦，猛然握住石子和竹幹，奮力上爬，怕被泥土吃進去。林脈廣，葉脈長，根莖滲入骨骸堆疊至半山腰高，小心翼翼踩踏粗肥地下莖。遠山下，渡口處，懸二、三十盞漂浮鬼火，水陸交界齊整排列十幾艘白骨胭脂棺材船，滿布青苔，數名鬼差在胸膛、手肘、腳踝處緊繫準備逮捕惡鬼的鋥亮鐵鍊，各拿一張人骨靠背涼椅，跨腳，看陰陽八卦雜誌，食香灰，飲要人命的高糖可樂，低頭玩智慧型手機。低聲走至竹林邊緣，想著自己作了夢又來到陰曹地府，上次七爺還說要抓他去孽鏡台照荒唐，查罪孽。往前，林間錯落屋宇人家，亮一、兩盞吐舌鬼火。鬼火一睡，就黑了，冰冷立即凍傷全身。接著刹亮，一顆大眼珠眨啊眨繼續燃。不敢走了，躡手躡腳退回竹林深處，蹲身靠向竹子望向月亮。是夢吧，如果是夢，也就沒什麼好怕的，反正死了也會回到另一個世界；如果不是夢，也沒有關係，反正如果真的發生意外也不會有人在意。

黑夜響起鬼語魅聲，間有大笑，從竹林叢密深處遞送傳來。

金生蹲身尾隨，如一隻沉靜斂翅的夜梟睜大雙眼。

「真糟糕，這樣下去全都亂了。」

「對啊，崔判官，這款代誌愛較緊處理。」八爺拍打胸脯。「我出面，毋免驚。」

「陰間亂，陽間也會跟著亂，現在陽間已經世道淪喪，再這樣子下去到底該如何是好。」崔判官的額頭因擔憂而摺出深深皺痕。

領前鬼火團簇炬亮，驅森寒，一前一後各有鬼差護衛。

崔判官方形國字臉，八字眉，兩撇蟹鉗翹鬍往兩側彎垂，眼清亮，鼻挺拔，下巴鬚從下頷肆意延展。

「沒問題，這事找土地公準沒錯。」七爺聳長舌，腳蹬光亮黑皮鞋，穿黑西裝，輕鬆踩踏石階，每次跨走一步，崔判官和八爺就要走兩步。

「這土地公蹛佇遮爾懸是欲減肥喔？欲減肥食瀉藥仔就好，也免規工苦毒家己。」八爺用手背抹去額頭汗水，氣喘吁吁。「真正幹恁祖先十八代，行這種路，就是欲叫我閣死一遍。」

「別抱怨，累了就休息一會兒吧。」崔判官摘竹葉，置放掌心，右手掌伸進胸口襯衫內，從肋骨處抽出朱砂人血勾魂筆，舔舔舌，竹葉上大楷似畫成井字。用力搓揉竹葉，成粉，往暗空揮灑，沉墜後，石階右側忽現圓形石井，旁有麻繩捆綁木桶。「八爺，麻煩提桶水吧。」

「唉，崔判官，後擺用勾魂筆寫運動飲料毋是較緊？」八爺抱怨歸抱怨，隨即提上兩桶涼水。

「整天喝飲料，會傷魂魄，你不知道陽間製造商在裡面加了多少劇毒，都是塑膠和石油，能喝嗎？喝多了，小心癡肥腦殘成智障。」七爺笑著說。

「七爺說得是，井水才好，這年頭講究環保，湧泉最健康，這整片山林自然會過濾雜質。」崔判官拭汗。「拿些水給緣投桑喝，有跟上來嗎？」

「有。」八爺大喊，提著水往石階下踅二、三十公尺，遞給緣投桑。

「沒辦法，十殿輪轉王和一殿秦廣王商量好了，從模範鬼開始投胎，總不能一直讓這些鬼魂留在陰間永世不得投胎轉世，這樣子多悽慘啊。」崔判官嘆口氣。「不過這也要土地公、土地婆答應，願意點頭，不管怎麼說，於情於理，這些模範鬼也在土地公廟裡當了百年鬼差。」

「積累不少功德，下輩子不用當畜生。」七爺再提另一桶水喝。

「再往前走吧，多運動，身體爽快，辦起案子才會順利。」崔判官果決地說。

八爺搖晃壯碩身子前行。「欲行也愛講一聲。」

金生踩進竹林爛泥，低掩身，緩慢踅上草苔石階，始終跟鬼差保持兩、三折彎，靜聲尾隨緣投桑。

緣投桑走走停停，略遲疑，每踏一階就搥打膝蓋，至井忽然癱軟，靠向井墩屈膝駝背，左看右望沒發現任何鬼影人蹤，嘆息聲便更沉了。

月光灑上緣投桑清癯身，晃悠悠，絲縷穿透，金生不知不覺靜悄悄走至緣投桑面前。緣投桑抬頭望見，不驚訝，亦不嘶吼，低垂著頭，身子像是受了劇烈衝擊不斷顫抖，握緊拳頭，卻極度克制，絕對不能因為情緒高漲而奮力捶打任何物體。然而，緣投桑無法繼續忍受，突然一拳打上井墩，無可遏止的興奮剎那襲來，痙攣般，癱倒井邊蜷縮手腳，成蝦，成嬰，成獸崽。泛出淚，口吐白沫，被強烈的、侵蝕的、無可言喻的空虛籠罩。手指掐入掌心，繼續忍耐，一旦用力過猛，腦袋將會讓另一股刺激與亢奮掌控。緣投桑重新坐靠井墩，雙手摀住臉孔，輕聲嗚咽啼哭。

「已經很久了，我以為我會開心，會快樂，可以不要再沉溺於無謂興奮之中。去轉世，去投胎，沒什麼了不起，上輩子的傷害和痛苦都曾經讓我如此愉悅；可是現在，沒錯，就是現在，我必須去喝孟婆湯，必須放棄所有，必須失去一切。我不想，這實在太痛苦了，必須忍受人世間興奮後的虛脫，忍受空白，忍受質疑，忍受別人充滿惡意的拒絕與訕笑。我不想。我以為可以一直沉溺於罪並因此深受懲罰，這樣多好，非常公正，可是人世間的世界並不會因為罪惡而受到懲罰，反而會因為愛而受傷。我以為我已經夠豁達了，到頭來並非如此，原來我是如此懦弱——」

金生踅到緣投桑身邊，同樣靠向井墩坐下。

陰風習習吹颾竹林，緣投桑的精液眼淚落上金生掌心，亮成灼灼鬼火。

「以後，如果真的害怕，那就緊緊抱著人哭吧，雖然會被笑成小孬孬，不過也沒有什麼關係。」金生嘟起嘴，右拳從上往下搥打左膝蓋。「哭了之後一定會更堅強，如果沒有更堅強，也一定會更加柔軟，不是嗎？」

緣投桑抬起頭，勉強露出微笑。「牛頭馬面會把我押到醧忘台，逼我喝孟婆湯，重新墜入六道輪迴。我原本想投胎當豬公，可以整天吃，整天睡，整天拉屎，整天幹母豬，最後還能當祭天神豬。唉，不過死後幫土地公做了些事，積累了功德，下輩子恐怕又會是人，真是可悲。還是當畜牲好，白刀子進，紅刀子出，俐落結束一生，又簡單又乾脆。」

「緣投桑，緊來喔——」八爺的呼喚雷震傳來。

「要走了，必須向土地公、土地婆告別。」緣投桑抹淨精液眼淚，咬著下唇平緩情緒，左右握住的拳頭逐漸鬆弛，全身震顫緩步踏上石階。

腳步繫上鉛塊，繫上罪孽，繫上初始童身。

回眸的重量如此深沉。

「唉喔，夭壽鬼緊來，提玉露水泡茶予人客啉——」

石階頂端，鬼火滅，懸浮蒼白魅燈。一株林葉茂密的老樹聳立後方，樹幹圍紅巾，如大肚兜，樹幹有九鬼懷抱粗，抓地極深，枝椏叢聚，葉子密密匝匝蓬蓬勃勃，鳥梟羽族共存。風吹窸窣窸窣，一時難辨葉與翅羽，枝幹依舊直聳矗立，一副與世隔絕的模樣。落葉基肥，泥土沃饒，有草香。屋宇用木椿、石子、黏土與竹節搭成，扎實穩固，每面牆都有六根竹節粗，篤實，不怕風雨。

踅到透光的窗戶旁探望，客廳內，崔判官端坐茶几一方，七爺踅到灶跤幫土地婆，八爺輕拉緣投桑衣領，將縮著脖子的喪氣緣投桑提到崔判官一旁。

「閣袂曉叫人，無大無小。」八爺罵。

「最後一次來拜見土地公。」緣投桑低頭咬唇，交叉雙手，想說些什麼卻又止住。

「唉，不用多禮，都那麼熟了。崔判官，好久沒來了，最近過得如何？」土地公拿出小茶杯，提鐵壺，撲哧撲哧在茶杯內外澆灌熱水。「按怎，緣投桑在這做事做了近百年，發生什麼事？竟然有勞崔判官親自前來，是不是偷跑去陽間躲在窗戶後面偷看查某囡仔洗身軀？這種事情我說了幾百次，緣投桑就是改不了。魂魄，我留下，等會兒叫土地婆去向後面的老樹公借幾根秀梳仔，予伊一擺一擺爽閣起雞母皮。唉，雞卵密密也有縫，這擺予別的鬼差掠包，真正卸面皮。」

土地公雙下巴，膚色紅潤，髮和鬍鬚非常銀亮，耳垂渾圓垂至肩膀。

七爺提來水波噴濺的胖肚鐵壺，置放火爐旁。

「拿椅子，找位置坐。」土地公共倒六杯茶。「別見外，當自己家。」

緣投桑拘謹站立一旁不敢坐。

土地婆一頭銀髮，拿盤，盛放瓣瓣柳丁和片片水梨。

「唉，不是，緣投桑沒去陽間偷看女孩子洗澡，不然八爺早就挖出他的眼珠。」崔判官嘆口氣，欲言又止。

土地婆安置好水果盤，從櫃中拿出自行烘焙的添壽堅果，再換盛放玉露水的新鐵壺。「來，用這款水來煮看覓，這是對老樹公的葉仔提來的，水上甜，食了上健康。咱緣投桑這擺是犯了啥物天庭地府的規矩？是毋是A片看傷濟無納錢？還是偷提色情光碟片？」

「土地婆放一萬個心，緣投桑沒做錯事。」崔判官拿起茶杯啜飲，雙手揣緊茶杯，旋轉著。

「說真的，都相處近百年了，沒感情是騙人的。」土地公說。「這次到底怎麼了？」

八爺大掌拍上緣投桑頭顱。「對啊，足有感情。」

緣投桑立即感到極度興奮，呼吸加速，噴出一口一口慾望氣息。

「八爺，你也大人大種矣，莫閣創治緣投桑。」土地婆說。

七爺站起身，輕撫緣投桑背脊，遞上茶。「喝口茶吧。」

「是按怎，崔判官你也講予清楚。」土地婆露出一絲驚慌。「我百年的心臟足無力，我驚等一下會予氣甲心肌梗塞。」

「唉，你們也知道《生死簿》的重要性，主星辰分野，治山川疆域，宰水族魚龍人命投胎。這本記載山川、水道、禮制、祀典、生死、風俗、物產與歷史的《生死簿》無緣無故消失了。真是令人頭疼啊，《生死簿》不能離身，絕對不能，我時時告誡自己，可是那天鬧迷糊，像是走錯大門投錯胎，開門看到不該看的眼珠長鬼針草，是長鬼針眼才對。我跟賞善司、罰惡司、查察司加上我四大判官打完麻將，喝了些滴血燒酒，吃了韓國人參雞，興致勃勃跑去向日本不動明王借了光碟。這一看就入了迷，再加上喝醉酒，頭腦昏昏沉沉睡著了，醒來，骨頭發冷，胸口一摸就知道出代誌啊。」

「遐爾無細膩，是看啥看甲戇神戇神？」土地婆替崔判官泖茶。

「說起來真的有些卸面皮，唉，我從不動明王那借來一些日本武士自殺剖析大全，想要好好研究研究。日本人剖腹自殺的方法真多，刀子的紋路有橫紋、菱形、十字形和梯田形，至於介錯人，就像鬼差每日替人持刀，有點像番薯島人相信的龍頭鍘、虎頭鍘和狗頭鍘。我還特地做了筆記，想說幾百、幾千年了，陰曹地府的懲罰都沒變，這樣子不行，食古不化非常迂腐，得創新，得變革。你看九殿有敲骨灼身小地獄、抽筋擂骨小地獄、烝頭刮腦小地獄、磨心小地獄、沸湯淋身小地獄、紫赤毒蛇鑽孔小地獄等等，可是到了後來，還不是因為習慣而日漸麻痺，反正再怎麼苦也必須承擔，反覆煎熬，最後竟然也就甘心於此。有鬼還說這簡直像是倒吃甘蔗，很能找出樂子來。唉，舊鬼不肯投胎，新鬼還在接受刑罰，地獄實在太歌舞昇平，西方極樂世界根本就不用去。秦廣王叫我想想辦法，多想一些新穎嚇人的花招，一定得好好折磨惡鬼，於是想說向日本學習學習，西風東漸也好，明治維新也好，慘的是，不管我怎麼想破頭，都還是覺得待在地獄好——反正，《生死簿》就這樣搞丟了。」

「真麻煩。」土地公替眾鬼差沏茶。

「要趕緊找回來，秦廣王說現在番薯島人已經很不愛生孩子，男的只喜歡打手槍，女的只愛用按摩棒，難得做愛還戴上兩層保險套，搞得全世界生育率倒數第一名，沒想到這下連《生死簿》都弄丟了，沒有靈魂自願投胎，沒辦法，只好先抓各地模範鬼充充人數。不然到時生下的孩子沒有魂魄，缺乏完整意識，像政客一樣明明無腦還要裝專家，非常麻煩，到時番薯島就徹底沒救了。」崔判官抓搔腦袋。「地府臨時決定，模範鬼一個一個抓去投胎，先是緣投桑，再來是白琴、鴨掌先生、玉簪婆、清發等等，現在只怕事情多了，沒鬼差幫忙，出些亂子就麻煩。地獄真是擠，全都是鬼，這些整天哀號的孤魂野鬼最喜歡跑去陽間胡搞瞎搞，抓都抓不完。」

鐵壺咿嗚乍嗚，熱氣蒸騰裊裊溢散。

土地公打開茶壺，澆灌熱水，闔上茶蓋浸泡，再一一替眾鬼差沏茶。

崔判官直搖頭。

「再喝一杯吧。」土地公對緣投桑說。「等會兒就要去酾忘台？」

緣投桑點頭，低聲回應。

「下輩子好好做人，唉，做人難，人難做，難做人啊——」土地公有所感慨。

「土地公講的話愛聽予清楚。」八爺對著緣投桑耳提面命。

金生謹慎縮起脖子，避免發出任何聲音。

忽然有鬼差小廝急忙敲擊木門。

「按怎？」土地公問。

「日本將軍又喝醉了，和清發起了爭執，現在正要打起來。」

「這日本將軍也真是，一日到暗拋拋走，厚屎厚尿四界揣麻煩。」土地婆抱怨。

金生起身，看到河站立門口，不自覺發出一聲細細尖叫。

「先告退。」崔判官起身，七爺八爺隨即起身。「對了，《生死簿》還請土地公土地婆多多注意，勞費心神了。」

土地婆長嘆一聲，拉過緣投桑親切擁抱，兩手環住背脊，頭顱枕上肩膀，輕拍。「好好做人啊，萬一後世人閣是查埔，閣無法度忍耐，就去開錢，買查某總比做歹代誌好。閣有，後擺喙舌莫烏白跳加官，莫去騙查某囡仔，也莫烏白拜啥物白眉神。」

緣投桑昂起頭，臉上肌肉不停抽動，身子震顫卻非興奮，而是一股更悠遠綿密的懺悔與難過，似乎想說些什麼卻始終哽咽於喉。

一行鬼神止住腳步，沉默著，不知該向哪個方位移動。

「好啊，攏予我出去。」土地婆隨手從牆角拿起一根掃帚，往上舉，震天氣勢揮舞趕鬼。「攏去投胎做好人，莫徛佇遮。土地公你也是，夭壽鬼，緊去處理日本將軍的代誌，共《生死簿》揣出來，若無，就莫轉來。好啊，這馬攏予我出去，我欲來摒掃摒掃房間。」

暗林中，石階濕漉，鬼火蕊蕊前後引路，崔判官領前，七爺八爺護衛左右，緣投桑默然尾隨，每一個腳步都如此沉甸。身影漸次萎縮，成晃影，抬起頭月亮依稀明亮，有蛙鳴，萋萋光景歷歷在目瞬間流逝。命籤緩慢浮現：

一見佳人便喜歡，誰知去後有多般；人情冷暖君休訝，歷涉應知行路難。

河導引方向，鑽入竹林，落葉泥地一踩便是濕黏腳印。越竹葉，拐彎，右側延伸另一條修長隱密石階，曲徑彎折如殼紋，鬼火在竹林團簇中忽閃忽滅。河著急，腳步急促，不知不覺與土地公拉開距離，隱隱約約聽見細碎足聲，止住腳步，仔細辨認聲音來源，不知是土地公的呼喚或是日本將軍和清發的激烈爭吵，石徑上下望去，遠處隱密均不見人。

「河。」金生蹲伏草叢，撥開林葉，斜露上半身。

河原地圈繞一匝，尋人，清亮眼珠望見金生，有些驚訝，眉頭深鎖舒展不開。「怎麼會出現在這？」

「我也不知道。」金生站上石階，抓撓亂髮。「上次要來找祢，不知不覺搭上了棺材船，撞見七爺八爺。」

「怎麼不見人影鬼跡？」土地公拄拐杖踅來。

「真糟糕，絕對不能被發現。」河咬唇思考，額頭不斷滲出汗水。「怎麼辦？」

「真是老了，幾個階梯就不行，應該坐虎爺來的。」土地公氣喘吁吁撫鬍鬚。「你後面站的是誰？」

「來不及了。」河睜亮眼，忽然想起什麼，急忙卸下腰間葫蘆。葫蘆細頸綁紅繩，繫錦繡紅囊，從囊中抖出三顆蝌蚪狀草藥丸，一古腦往金生嘴巴塞去。「趕快吞進去——」

藥丸藻綠，泛蘆葦與草蕨幽香，入口，隨即滑溜成蝌蚪，快速扇動尾鰭竄進喉嚨、食道與腸胃，金生感覺腹肚極度絞痛，魚兒在五臟六腑中俯衝撞擊，不斷攪動血液、腺體與器官。蹲身，捂住腹肚，喉嚨兩側各有一把小刀似尖銳剮割，切裂脖頸，極深，從喉結下方左右延展，順時針割出半弧形直抵耳後，喉鰓如同鼻翼緩慢歙動。緊接，身軀劇烈發癢如聚集幾百隻水母，猛螫，一寸一寸皮膚薄片細削，肉與肉間長出細緻鱗片，銀色透亮，扇狀，貝殼狀，柔軟指甲狀，一片一片細密包覆，在臉頰、脖子、軀幹與手腳形成一層柔韌保護膜。手掌腳掌肥厚生肉，鼓鼓脹脹，指縫間形成飽滿肉蹼爪。背脊扭曲變形，壓縮，再膨脹出刀背般堅硬背鰭。金生繼續呼吸，不再使用鼻孔，而是透過脖子兩側不斷扇動的深縫。

「繼續往前走吧。」河繃緊臉，對杵拐杖的土地公說。「兩個要命鬼都壞脾氣，我怕真的打起來難收拾，大家歹看面。」

「後面躲著誰？」土地公側身探望。「好像從沒見過。」

河擋在土地公面前。

土地公很好奇，一手撫鬚，一手持拐杖撥開河，對著金生渾身上下估量一回。「是鰓人啊，新找來的鬼差？」

「從奈何橋抓來的，問過崔判官，說暫時找新鬼差幫忙沒問題，只是臨時丟了《生死簿》，還不能記上一筆。」河將金生推向前。「還不快向土地公請安。」

「土地公好。」金生眨巴魚嘴，右鰭舉向眉間慎重敬禮。

土地公笑得很開心，一嘴白牙，兩個肥胖耳垂晃悠蕩悠。「走吧，不知道會鬧出什麼魂魄鳥事，斷不能容兩鬼無端放肆。」

鬼吐火，河引路，百梯石階層層疊疊牽引幽境。林漸疏，木漸矮，抵達石梯盡頭至平台，巒間開闊，再往前，月光漸淡。敞亮了，開闊了，無有阻礙了，望去便是整村繁榮盛況，行入，再度行入其中，舌紅、眼白、膚亮、牙銀、血豔、骨褐、瘀青紫、指甲光、皮屑灰、瞳孔黑在暗黑中發閃，城若大若小，鎮若密若疏，鬼氣森森蓬蓬魍魍魎魎肆意瀰漫，啃脂肪，食骨頭，磨鬼肩，擦鬼臀，兩腳懸浮亦可踏土行走。自盡街迂迴錯綜，無止無盡身燒鬼火，半肉半骨，眼珠子帶血飄浮，肉鋪子油膩供應殺鬼店主人拆卸而下的器官，旁置甕鼎沸湯，骨當柴，內臟加薑絲、鹽巴和番薯烏米酒煮下水湯，香氣濃，肉極鮮。五金攤位賣銀亮磨光刑具，剪刀、鐵鍊、鉤斧、刀叉等銳利恫嚇之物，攤主人拿一把小刀，試刀鋒，伸出前臂，輕輕削下薄如羽翅的絲綢皮肉，攤位前翻騰飛濺如鳥聲磔磔。鞭炮聲響起，斷頭屍將頭顱置放胸前。口啣蠟燭，燒，口啣鞭炮，炸，繼而口啣炸藥，轟一聲血肉橫飛，牙齒粉碎如塵埃，朵朵檳榔血渣花藤葛蔓生。陰冷襲來，臨火，攤販主子搖擺身軀，光身浸油桶，再起身，凝成蠟鬼晃蕩手腳，燃火焚身，灼灼耀耀火光漸次焦熔鬼身魅影。金生看得目瞪口呆，手腳酥癢，突然很想一古腦跑開卻無法移動，一不注意，便失去河和土地公行蹤。原地繞圈，刀光劍影，血竄骨裸，全身鱗片隱然收斂，冷，極冷，即使一旁旺盛烘烘火光。從內心冷至體外，全身無法遏止震顫不已，不自覺緊咬舌頭，已滲血，再用力彷彿就將承受斷舌之刑。河臨時竄出，握住金生越過攤位，穿過鬼影，跑向由竹木搭建而成的日式風呂館，兩層樓高。

血腥味極濃。

熱氣蒸騰，撲上身卻冷如冰霜。

「血不要泡，眼珠子不要吃，人骨棒也不要輕易啃食，什麼漢席燕菜、人脂血糕、豬心鴨掌狗腦雞胸什麼的都碰不得，躲在我後面，不然會惹出麻煩。」河搖動金生肩膀再三警惕。「知道嗎？」

金生遲疑點頭。

浴血池寬敞，長形方整，貼人皮磚，內有骷髏頭當基底，源頭處縮擠數百惡鬼，受罰，刀鋒切開手腕腳踝，汩出一陣一陣溫熱鮮血。傷口凝住，繼續切，愈切愈深斷筋斷骨。血味腥甜，炊煮氽燙裊裊騰煙。眾鬼們浸泡浴血池，放輕鬆，解罪孽，抒怨氣，不再大啖苦水成天哀歎。日本將軍一鬧，眾鬼無不縮頭顱，躲血泊，或者拿起嬰兒人皮圍巾擦拭一一離開。土地公杵拐杖，挺脊梁，煞有氣勢站立兩鬼中間。左側是肥如相撲力士的日本將軍，右側是骨瘦精幹的三十多歲中年男子，各圍一條染血棉質外巾遮蓋胯下。日本將軍方形臉，瞠圓目，留兩撇小鬍，左側額頭有燒燃爆裂的傷口深及頭骨，豹頭虎身，體毛濃密，體型結實臃腫，喉頭發出憤怒低吟，左側額頭的傷口汨出蚯蚓般條條血液。身後椅凳，齊整摺疊一套漿得筆挺的軍服、厚質皮帶與軍帽，配一把刺刀。右側中年男子滿臉鬍渣，蓬頭垢面落魄模樣，雖有肌肉卻瘦楞，墨黑身，肋骨條條分明，全身上下都是刀傷，塊塊肉屑近乎掉落。中年男子的胸口插一把鏽刀，刺穿心臟，刀柄於後背，刀鋒於前胸，刀子隨心臟跳動隱現濁光。

兩人對峙，一旁跪著大聲哭泣的悲傷女子。

「唉，得饒鬼處且饒鬼。」土地公左瞻右望。「清發，你知道自己性子衝，多讓讓，退一步，人鬼不爭海闊天空嘛。又不是七世仇家、八世冤家、九世情深孽緣，別再鬧了。」

「土地公伯，這外來的番仔有夠不像話，整天只會喝酒鬧事，不是我性子魯莽，是實在看不下去。」清發握緊拳頭，蹲低身，滿臉憤怒。「唉，以前番薯島被日本鬼統治，現在不同了，番薯島沒有剩下多少日本鬼子。這世代，不管是人是鬼，死不了也活不了，做什麼都好，做什麼也都不好。哼，我啊，管你什麼日本將軍，還不是番薯島無人理會的孤魂野鬼，早就被忘得一乾二淨。」

「八格野鹿，一群死番仔真是不知天高地厚，過不久就會有人將我的精魂血魄迎回日本，等著看。哼，以為我愛喝番薯島啤酒，我啊，最愛清酒，最愛藝妓，才不愛吃番薯島的番薯。沒什麼了不起——」日本將軍喉頭低吼，右腳往外一跨濺起淋淋鮮血，雙掌撐立大腿，昂起頭，斥仙罵佛猛瞪清發。

「到底是按怎？清發你共我講予清楚。」土地公用拐杖從上往下敲擊浴池。

「剛才大家一起泡湯，安安靜靜的，這些鬼在一旁乖乖放血，沒想到這個假日本將軍喝了酒，躺在浴池打鼾，醒來後很不安分，整個人開始起痟發癲。」

「我沒喝。」日本將軍癟著嘴。「我沒喝太多，你們這些番薯鬼不要聯合起來對付我，按怎，鬼數多就了不起啊。我告訴你們，等一下就會有日本隱形轟炸機來這四處轟炸，我的火藥和子彈很夠，非常現代化，我才不怕你們，反正死也沒得死了。」

噗。

眾鬼一手搧氣，一手尷尬掩鼻，原來日本將軍放了屁。

「番薯島啤酒我沒喝太多，番薯我也沒吃太多，真的。」日本將軍聳起身，感到羞赧，語氣卻又極其認真。「剛才我躺在血泊中，沉浸日治時代的威嚴統治，沒想到忽然有人哭爸哭母哭番薯島悲慘歷史，真是八格野鹿氣死鬼，我才正要當上無可取代的王牌將軍，前途一片光明。」

「去拿水壺。」土地公吩咐金生。

金生呆愣愣走到軍服旁，拿起水壺，旋開，內有濃濃酒味。

土地公拿過水壺嗅聞，重新旋緊。「日本將軍，你又偷喝酒了，我看這味道不是清酒，而是金門高粱。不是說好要喝就乖乖待在厝內，不要到外面來嗎？每次喝酒就鬧事，這壺我先替你收好。」

「唉，我知道白琴整天都在哭，不過她是在懺悔，有什麼好罵的。不像你，只會喝酒，沒用。」清發指責日本將軍。

白琴用手背拭淚，收起祭祀的香爐和父親牌位，悚悚立身。

「下次別來這裡哭。」土地公說。「孤魂野鬼難得來血浴池泡湯，需要好好放鬆魂魄，讓臉部肌肉恢復彈性，免得沒日沒夜面目猙獰。唉，說真的，整日聽鬼哭也是會心煩的，白琴，下次找個沒人沒鬼的地方哭吧。」

白琴點頭。

「好啦，沒事了。」土地公嘗試平緩白琴情緒。

土地公揮動拐杖，驅趕眾鬼，說不要睜著血眼看熱鬧。

鬼群離散。

河帶走清發，土地公吩咐金生帶日本將軍離開。

浴血池旁的眾魂魄回到原先位置，手持利刃，垂下手腕腳踝，一刀一刀剖切直至手腳斷裂，流淌滿地滿池熱呼呼鮮血。金生站在日本將軍胖墩墩肥厚厚身子旁，呆傻發愣，不知該如何是好。日本將軍鼻孔噴氣，雙手顫抖，不自覺揑緊拳頭，八字鬍因怒氣而翹飛，額頭傷口汩出黏稠腦漿。金生捧起軍服，踅到日本將軍身旁，血氣朦朧黏稠，團團抹抹澎湃湧來如漫大霧，剛要說些什麼，日本將軍突然繃緊手部肌肉，呻吟低吼，往後扭動肥厚尻川撞飛金生，拳頭再往地板猛捶。天皇陛下萬歲萬歲萬歲——日本將軍仰頭大吼一聲，衝向血浴池，不小心踩上滑溜溜血罣丸，身子仰天騰飛，砰一聲，撞進血泊濺起滿池赭紅。金生一時頭昏眼花，鰭軟了，鱗身倒臥血泊如砧板魚。

日本將軍大呼一聲，吐大氣，兩個肥奶子浸泡血水，兩手敞開慵懶靠向人皮磚，沒頭沒腦說著，唉喔，地獄整天開冷氣，沒事涮一涮，出了滿身罪孽汗才舒服。

金生墜入暈眩，兩側魚鰓兀自開闔扇動。

生死簿：小卷竹

竹有多支族裔，蘭地古史記載有刺竹（高五、六尺，大者樹圍，旁枝橫生而多刺堅利，環植屋外，人不敢犯。或取以為茅屋椽桷，器物資之，其用甚廣）、長枝竹（一名鬣腳綠，高二、三尺，圍三、四寸，節疏而平，椅、棹、床、櫥每資其用。剖細如絲，可作籃筐諸器）、蘆竹（似黍，生水涯濕處）、筀竹（大小有二種。大者圍二尺，長四丈，茅屋取以為柱；小者用以編簾，其筍尤佳）、金絲竹（一名「箭竹」，大如小指，土番取以為箭）、佛眼竹（高四、五尺。《華彝考》云：「節密而凸，宛如人面。」《通志》：「一名佛眼竹，可供玩索。」）、觀音竹（即「鳳尾竹」，枝柔葉細而幹小，藝植小盆，亦可供玩）、七絃竹（幹白，有青線紋五、六、七條，葉與竹同，《采風圖考》云）、綠竹（無刺而長，不甚高，圍亦不甚大，筍極清甘）等，蘭地之竹大都瘦勁孤高，枝椏挺拔，節節升霄，不似高山箭竹迎風矮短。這些竹的用處甚廣，竹筍可食，清心解毒，飽肚腹，熬燉排骨尤佳；竹青是去火去燥的中藥材；竹管剉之、剖之、曬之，去枝節，齊長短，亦可作為掃帚、棚柱、竹椅、竹桌、立牆、柵欄等材料用；燃之，亦生竹炭，燒製品可加入飲水過濾除臭，潑灑入地便是肥料；另，竹亦有淡香，不濃不抹卻是長遠，求仁求德般，細水長流般，具有強烈滲透力；用竹炊煮的食物，亦有植物芳香，燃之雖有爆竹聲，但可去脂去油，加入甘蔗一同入柴煙燻，食物益發甘甜。剖竹節兩端外側，削偏枝，在圓管面切割小窗頂蓋，加米加水，覆上原蓋，入火，再燒烤成竹筒飯；米粒更加清香飽滿，不焦不稠，甚有風味。

有餘村亦有竹，從頭圍城西側的鵲子山、鹽草林山、火燒寮山、鶯嘴嶺甚至往北延伸至窖寮山，群山疊嶂中，時刻隱現各種姿態的蕭瑟之竹。有實竹，亦有虛竹。仙逝賢哲在《噶瑪蘭志略》和《噶瑪蘭廳志》中所記有缺，大概礙於山川險峻、土石礙行、瘴氣蓬勃，無法真正親臨採集風俗，多類屬性的眾竹中，還缺少了神祕的小卷竹。

小卷竹為有餘村特產竹，其他靠山面海的漁村亦零星耳聞，但難得現蹤。大體而言，小卷竹所在之處，大都是地方鄉野掩口不語的禁地、靈地、祭祀之地。小卷竹相較其他竹類，節粗，幹壯，竹幹深墨，外圍漆一層白霜，月光下亦發亮潔。小卷竹性喜濡濕水澤，扎根極深，高五至六尺，常群聚，沛然豐然旺旺然，風一來，整片林子就唏唏嗩嗩嗚嗚咽咽集體鳴叫。遇上綿雨，整片林子便是安靜恬然，陷入淺眠，隨著土地軟綿起伏；遇上大雨，整片林子亦是安靜恬然，像是隨意翻身躲雨，枝葉對著雨水細細耳語。泥土潮了，石頭酥了，有了海底的闃靜想像。這片林子表面上不憂不愁、不傷不痛、不悲不哀，始終和霧氣交換深層訊息，吐納著，休養生息，不言不語，卻帶有更加深刻的嘆息，深入肌理，像從打鼾中溢出的夢囈，像呼吸間的短暫交替，像骨頭的顏色。

小卷竹，如同其名，細竹之形類同小卷。

小卷原為海中生物，屬於魷魚類鎖管科，頭尖刺，有實管散鬚，體為圓錐形，尾端如狼毫飽滿收尾，左右如有軟翼，體長五至十公分，若為成體，則從小卷之名進化為中卷或透抽。煮熟甘甜，配醬油芥末，實為海中鮮品。然而，小卷竹之小卷不來自大海，而來自有餘村人身上物。當人掉落幼齒，長者便吩咐孩童將落齒丟至隔壁屋簷上，許願，求平安；同樣，當有餘村的成年男孩決定跑船，必得在右側下腹開一小洞，從身體內側裁出那條如內臟尾巴的闌尾，有餘村人稱闌尾為小卷。挨刀，休息四、五日，便可下病床，整理簡單的行李直接上船，討生活。跑船者必割闌尾，一刀，簡簡單單，一清二楚，免除在遼闊大海罹患急性盲腸炎無處可醫的窘困。跑近洋的雖然降低了危險性，為求慎重，圖自保，也會騰出時間割下體內隨意溜轉的尾巴。如今雖不強制，但割闌尾依舊是慣例。為求平安，跑船者會向醫生索求那一條體內相伴良久的小卷，聽從村內耆老指引，取銀鬚井水，獨自至後山找尋枝繁葉茂的小卷竹林。耆老特別交代，雖然身軀不必刻意沐浴，不過得保持虔誠之心，小卷竹可是跑船者留於鄉土的隱然命脈。沿途不得割筍剖幹，不得踢踐折枝，不得留下標誌，否則將遭懲罰。

小卷竹林不常乍現，若隱跡，若浮動，若飄移，只有當村人虔誠護衛闌尾沿山路逶迤，穿越濃霧，出入迷徑，心存默禱匍匐而行，才能聽聞瀟瀟灑灑風濤竹浪揚塵之音；再往內覓，有水氣，有異香，探進鬼魅密林求一番水落石出。大半輩子，有餘村人只有一次進入小卷竹林的機會，曾有人二度進入，卻不幸留下後遺症，不是失智發癲，就是在山上晃蕩神隱數十日，消筋瘦骨，留有記憶的絕對不提山上事；有人猜測留戀過深，有人猜測得知天啟，有人猜測其中存有詛咒，眾說紛紜無法釐清，不得解。

不管是用報紙、塑膠袋、盆罐、缶碗或其他容器包裹闌尾，一旦進入濃霧，置放懷中、褲袋或手掌的肥短闌尾便會開始蠕動，緩慢的，黏稠的，充滿黏液與血絲爬行。闌尾雖是退化器官，不過村人依舊保有迷信，認為其存在必然對身體有著不可磨滅的價值。割除的唯一好處，便是斷絕發炎，跑船顛晃時絕對犯不上盲腸病。有人說闌尾的作用，是產生各種對於人體腸道有所助益的微生物，貯藏各式各樣細菌；有人說闌尾不僅是大腸末端一個小囊袋，還隸屬黏膜免疫系統，壁帶內充滿淋巴組織，主要功能是產生抗體，抵禦、攻堅並吞噬各種病毒。有人說心臟長在身體左上部位，比較重，為求平衡，右下部位也要有個器官或囊袋以求平衡，所以剛上船的年輕查埔人容易頭暈嘔吐，身體一時陰陽失衡，軀幹右下側有所空缺。闌尾如小卷伸展身軀，無奈缺水，只能蜷縮身子，艱困尋覓洞口。

迷霧離散，竹林濤然，刈下闌尾的年輕人不知身在何處，恍恍然，不知不覺竟然站立於經脈竄動的小卷竹林中。竹極高，遮蔽天日；竹極廣，遍布山嶺；竹極深，鞏固土石。站立其中，竹深不知處，卻無驚慌恐懼之感。竹節粗大，平均有手臂粗，更有壯碩如髀寬，雄厚、肥沃且挺拔。節中，萌出細緻新枝，鮮葉嫩芽，水性的。地下連莖所眷養與滋潤的泥土，則是油性的，滑潤潤，枯葉底下盡是肉肉的黑泥土。進入小卷竹後，無法深探，無法定位，只能避開橫莖如波的竹鞭，避開直立有姿的竹竿，尋覓略霑陽光的寬敞處，常是濕土斜坡。年輕人撥開散布土面的箬殼，蹲低身，掏出懷中謹慎存放的闌尾。此時，年輕查埔人的腹肚會發生悶鼓般聲響，略帶疼痛，傷口微滲血絲，地面上的闌尾蜷曲身子，如蟲繭，如肉瘤，如蜂蛹，纖纖觸手靈活擺動，順著竹林湧溢的汪然水氣猛然蹬跳，騰空數尺，墜落後，再以充滿絨毛般的身子鑽進土壤，留下彎曲深穴——土地更加豐腴了。

年輕查埔人將帶來的銀鬚井水傾注洞穴，灌溉，抹平，使之平實，最後再對整片小卷竹林進行跪拜，磕三個大響頭。風吹颳，細聲默禱，小卷竹林的枝葉均勻擴散水氣，跑船者和有餘村有了更緊密的連結，彼此簽訂密約，即使船再顛、浪再大、潮再湧，身體內也有一個器官是被完整吮進土裡。

回撤，沿來路，踏過抽芽之竹、茁壯之竹、傾圮之竹、開花之竹、化泥之竹、竹節盈盛露水之竹，前人的闌尾蛻變成地下莖脈而成高聳竹竿，空心的，隨風搖曳，隨雨蕭瑟。或許，要到從心所欲不踰矩之年，才能得知何謂真正的冷，才能感覺小卷竹林若隱若現的沉穩性。山的性格，土的吟誦，水的涵養，割下的身體器官將化為春土，包容著，命定著，將人與土地運命緊密聯繫。年輕查埔人的身體還帶有悶鼓般聲響，左右不平衡，血氣方剛，著實是反抗與不服，認為即使滿懷傷痛與缺陷，依舊得挺起腰桿。年輕查埔人是活性的，血性的，獸性的，要到遙遠遙遠甚至無法感知何謂遙遠，才能知道根扎得多深，地下莖脈蔓得多廣，小卷竹林的空虛與即將填滿空虛的部分，早已完整包覆了生命。

跑船者終究必須離開小卷竹林，一回頭，銀鬚井水不在，闌尾也不在，整片迎風竹林颯颯抖動，葉鋒釋光，發出柴禾堆疊聲，發出土石崩解狀，發出木質茁壯香，篤定，扎實，帶有憨厚性格，手腳不知不覺都因為露水與汗水而濕透，滿身泥土，滿臉汙垢。或許，有那麼一次深情回首，若昭若隱通向忘卻。水氣豐沛，紛然散溢，一隻一隻緩慢成長的小卷從土裡冒出頭，睜亮深黝黝靈動眼珠子，優哉游哉，通體如蜻蛉之翅透明光潔，款擺虛空，弓身瞬間彈射拉長，收縮，再次彎身，最後在細長的葉端停歇入夢，凝成水珠。

跑船者恍惚幾秒，轉過頭，想起即將和遠洋船公司簽約，得提前準備許多資料，包含海員手冊、巴拿馬籍船員證、國際預防接種黃皮書、護照、中華海員總會會員證書、基本四項訓練證書、救生艇筏及救難艇操縱證書、醫療急救證書、操作級雷達及 ARPA 訓練證書、助理級航行當值證書等等。繃緊大腿肌，踩踏沉重腳步朝向大海，心情竟然如同小卷竹般空空然，等著被填滿。以後，不管是在陸地抑或是在海上，都注定得多多練習平衡。

跋山涉水十萬八千里

天公伯有命令，愛來食素啊——師尊對村內的信徒下指令。食素三日，調養身體，保持精神清明，通五臟六腑汙穢氣，暫時不殺生，留下牲畜性命。

大清早，祖孫曬陽去菜園，阿公搬石、挖土、澆水、施肥，勞動身心。金生蹲踞田圃，挑揀滿簍新嫩的地瓜菜葉，中午好炒菜。莖葉溯源，挖深土，拔出三根發育良好的番薯。沒事做就炕番薯，最好食得尻川直放沖天響屁。洗了番薯塞進口袋，一溜煙跑去找沒用的羊頭，越鐵路，下斜坡，不知是誰家的潑辣雞飛出棚子，追逐一會兒，想著等會兒抓到就烤來食，刀子在雞頸子用力一抹，拔毛，燙熱水，再挖內臟，不難的。抓住雞尾，蹲身，雞頭轉頸亂啄，手一滑，番薯就掉了出來。試了好幾次索性放棄，打算找羊頭一起圍攻，兩個人好辦事。望了望呱呱啼叫的公雞，口水直往腹肚流，嘴巴好久沒沾油光，真是搞不懂為什麼一定要聽師尊的鬼屁話，每晚食飯前，阿嬤還會逼著一家子一同念經。這禮拜的格言是：未生之惡念，讓它消滅；既生之惡念，讓它斷根；未生之善念，讓它萌芽；既生之善念，讓它增長。金生只想大口啃雞腿，食肯德基麥當勞，或者路邊攤賣的雞排和炸雞皮也不錯，又不是牛，不需要整天食蔬菜穀類。

羊頭行走街巷，提塑膠袋，完全沒有注意到有人偷偷摸摸尾隨。金生臨時閃立羊頭面前，一把搶過塑膠袋往鐵路跑。羊頭跟不上，急忙叫喊，回來，別鬧了。金生站在鐵軌邊翻揀袋子，裡頭裝著剪刀、廢衣縫製的內褲、夾克和一串香蕉。

「還給我啦，裡面又沒有汽水。」羊頭氣喘噓噓。

「拿這些東西做什麼？要去流浪當乞丐喔。」金生原地兜轉，找樂子。「我們去追公雞好不好？雞毛拔一拔，燙一燙，再生個火就有烤全雞吃喔。」

羊頭拽過袋子沒發表意見。

「就這麼決定，聽我的，反正你一定沒意見，我也不准你有意見。」金生伸出手，擁攬羊頭肩膀往回走。「等一下你擋在前面，張開手，拿個磚頭或者木板什麼的嚇唬嚇唬牠，我會在後面用木棍打公雞。」

「不行，」羊頭頓住腳步。「我有事情要先上山。」

許耀光穿著籃球運動衣褲出現在鐵道斜坡，皺眉搜尋什麼。「你們有看到一隻公雞嗎？」

「白癡喔，村子裡到處都是公雞。」金生回應。「我什麼都沒看到。」

「算了。」許耀光越過兩人，往前探，沒走幾步便轉過頭來。「對了，下禮拜一是返校日，老師要檢查暑假作業簿，至少要寫一半喔。」

羊頭驚訝地倒抽一口氣。「要寫那麼多喔？」

「哼，我才不管。」金生倔強地說。「要寫你們自己寫。」

「老師叫我盯著你們寫作業，不然我會有麻煩。」許耀光搔腦袋，額頭滲出汗，有些侷促不安。「還有，我媽叫你們來家裡吃飯，別整天跑來跑去像小偷。」

羊頭傻笑。「真的可以去吃飯嗎？」

「我們很忙，沒空。」金生歪著頭說。「反正我就是喜歡當小偷，別雞婆了。」

「隨便你們，我要去找失蹤的公雞。」許耀光轉身往前。

羊頭嘀咕，說不知道什麼時候才能去許耀光厝內食飯。

「走。」金生推著羊頭越過鐵路。「不找公雞了，你要上山做什麼？」

「替羊先生剪頭髮。」羊頭從袋中掏出鏽蝕剪刀。

金生尾隨羊頭，沿接天宮旁小徑往上。

「張洋投。」小桃大喊。「我在這裡，你趕快下來。」

羊頭轉身搜尋聲音來源，露出微笑，急忙跑向廟口。「妳怎麼會來這裡？」

「我陪媽媽來拜拜，等一下還要吃廟裡的炒米粉和平安湯圓，你要一起來嗎？」

「不行，我要先去找羊先生。」

「誰是羊先生？」小桃撥劉海，玩弄垂在左側肩膀的黑辮子。

「羊先生是一隻羊。」羊頭咬唇，胸膛瞬間萎縮。

「你最不會說謊了，你看，臉都紅得像猴子屁股。」小桃伸出食指，輕觸羊頭臉頰。

金生跑到羊頭身邊。「羊先生真的是一隻羊。」

「誰的話都可以信，就是不能相信你的鬼話。」小桃睨了金生一眼，轉頭望著羊頭。「真的是羊嗎？小氣鬼，你什麼時候養了羊？為什麼沒有告訴我？我還以為我們是好朋友。」

羊頭不說話，側身，不敢直視小桃。

「你們要去餵羊嗎？我也要去。」小桃說。「反正我媽媽還要求籤、燒金紙和吃平安粥，我有很多很多時間。」

「不行。」羊頭試著拒絕。

「為什麼？」小桃理直氣壯。「你不能拒絕我。」

「沒有為什麼。」金生應話。「為什麼一定要回答妳的蠢問題，真煩，妳趕快滾啦。」

「這樣我不借你抄作業喔。」小桃插腰，嘟起櫻桃小嘴。

「沒什麼好稀罕，我們可以跟許耀光借。」金生回嗆。「妳寫的字很醜，鬼才看得懂。」

羊頭原地匝轉，握緊拳頭，跺著腳。

小桃一雙手攏上羊頭肩膀。「走吧，一起餵羊去，我什麼都不會說，相信我，我最會保守祕密了。」

金生昂頭，睥睨哼聲表示不屑。

羊頭走得很慢，不敢抬頭，溯至叉路，越林，來到塗墼厝。

厝門鑰匙已經被打開，鐵鍊成了一條冬眠的蛇蜷曲地面，羊頭走進塗墼厝，放下塑膠袋。厝內透不進光，濡濕，散發一股濃厚霉味。羊頭從置放角落的紙箱中拿出舊報紙，雙手當耙清理糞便，踅出厝丟至竹林。打開大門，陽光徐徐落下，羊頭洗手，從厝內拿出鐵製盛水容器置換新水。金生從草叢中找出洩氣的籃球，朝泥地猛力拍打。

「羊呢？」小桃問。

「可能出去吃草了。」羊頭昂起頭，瞬間又低下頭。

「我們買了一隻羊，之前還有免費的羊奶可以喝呢。只是這隻羊生了病，大部分的時間身體都不好，尤其是秋冬下雨時心情特別憂鬱。不過現在是夏天，所以羊都跑出去吃草了。還有喔，這頭羊曾經咬死過人喔，所以妳最好小心一點。妳看起來雖然非常難吃，全身上下都是骨頭，沒有什麼肉，不過這隻羊不太挑嘴。」

「我才不怕。」小桃抓起野草丟向金生。「走開啦，羊到底跑去哪裡？」

「我去找。」羊頭轉身朝密林踏去。

「對了，妳的作業寫完了嗎？聽說下禮拜要檢查。」金生朝向小桃踢籃球。

「我早就寫完了。」小桃回踢。「不過，我才不借你抄，你不是一點都不在意嗎？」

「小氣鬼，反正你會借給羊頭，羊頭會借給我，這不是沒差嗎？」金生的右腳探向球底，往上一頂，試著讓球停在腳尖。

「我又沒說會借給羊頭。」小桃伸出舌頭，做鬼臉。

「沒什麼了不起。」金生左右腳互相傳球。「反正我一個下午就能寫完所有作業。」

鐵鍊吭啷吭啷互相撞擊，間或還有獸物粗野低吼聲，羊頭拖拉滿臉泥濘的羊先生往塗墼厝移動。

小桃突然受驚，下意識往後退了一步。「這不是羊。」

「我說他是羊就是羊。」金生撫摸羊先生頭顱，右手在羊先生的嘴邊拍打，羊先生伸出舌頭舔舐金生手掌，非常乖。

羊頭皺著臉。「真麻煩，又忘記了。」

「忘記什麼？」金生幫忙牽拉鐵鍊。

「發情了。」羊頭說。「一個禮拜應該要來一次的，上次竟然忘了。羊先生發情時會攻擊人，所以最好小心一點。」

羊先生低吼，立起身，雙手扯動圈繞脖子的鐵鍊想要掙脫。

羊頭拉緊鐵鍊，羊先生乖順低俯頭顱。

羊頭拍打羊先生臉頰，在耳旁細語。「乖，等一下先理頭髮。」

羊先生雙手觸地，聳動的瘀青肩頸不再抵抗，進入塗髮厝。

小桃站立門口，怯怯內探，始終不敢進入厝內。

羊頭從塑膠袋中拿出剪刀。

羊先生穿一件汙黃內褲蹲踞地面，手腳觸地，時不時摳弄屁眼和胳肢窩，搔胸膛，拉扯脖子鐵鍊。

迎向日光，羊頭左手一撮一撮抓攏羊先生藏滿蟲蝨的亂髮，右手持剪刀喀嚓喀嚓修剪。金生站立一旁，幫忙按住羊先生頭顱。羊先生非常不耐煩，四處亂動，金生拍打羊先生臉頰當警惕。羊先生駝身，拱背如橐。羊頭說最好剃光頭，這樣三、四個月再理一次髮就好。羊先生時不時挺起身子，昂起脖子。金生兩掌不斷施力壓伏，要羊先生跪地，說這樣才容易掌控。羊頭謹慎剪下亂髮，接著拉起羊先生的下巴鬍鬚繼續剪。羊先生用力拉扯鐵鍊，牙齒凶狠齧咬，手腳用力甩開兩人。羊頭怕剪刀不小心在羊先生的身體捅出血窟窿，只好狠狠打起羊先生巴掌。羊先生眼露凶光，齜牙咧嘴，一口咬住羊頭手腕。羊頭沒有哭，也沒有再打羊先生巴掌。金生雙手使勁嘗試扒開羊先生嘴巴。羊頭推開金生，忍著痛放下剪刀，望向羊先生，一句話都沒說。血滲了出來。羊頭咬唇忍耐，傾身，緩慢傾靠，親吻羊先生額頭。羊先生不再滿臉猙獰，也不再怒吼示警，逐漸鬆嘴，嘴唇含著羊頭的手，濕潤舌頭仔仔細細舔舐上下兩道傷口，吸吮著血。羊先生溫馴了。羊頭縮回手，繼續修剪羊先生的鬍子。羊頭拍撫羊先生的頭顱與臉頰，說乖，鐵盆裝水，新內褲當毛巾，擦拭羊先生的臉頰、頭顱、頸背、胸膛、腹部、大腿、小腿與腳掌。羊頭再換一盆水，清洗骯髒的毛巾。羊頭背過身，刻意擋住小桃視線，替羊先生褪去內褲，持拿毛巾擦拭羊先生布滿屎尿的尻川與膦鳥。羊先生在擦拭中起了生理反應，肉和尚充血腫脹。毛也該修修，羊頭自言自語。金生也有些手足無措，感到非常不自在。

「先出去吧。」羊頭不知不覺嚴肅了起來。

金生走出塗鑿厝，關起門，來到儲水桶旁洗手。

「羊——」小桃止住話語。

「我們真的養了一隻羊。」金生試著放鬆心情，刻意呵呵笑。「我們要替羊剃毛，清理屎尿，一天還要餵食三次。」

小桃不自覺發出尖叫，嚇得一臉青紫。「你們這些變態，竟然把人關起來。」

「真的只是一隻羊。」金生假裝怪獸，十指聳立前撲。「一隻長得很像人類的羊。」

「不要過來。」小桃後退。「好噁心喔，我要去告訴警察伯伯。」

「去說啊。」金生扮鬼臉，發出咩咩咩羊叫聲。

小桃轉身，驚慌失措急忙跑向廟埕。

塗鑿厝內傳出呻吟聲。

羊頭滿手白濁來到盆水旁清洗。

「結束了？」金生往內窺探。

羊先生換上新內褲，頂著參差不齊的光頭蹲坐牆角，望向從窗戶篩濾而入的光芒，身體的影子與室內的陰暗相連恍若一體。羊先生用過長的指甲搔脖頸，抓胸膛，扭動身子扯弄鐵圈。羊先生溫和了，平順了，如飼養的家畜不再具有攻擊性。金生探進身，拿起鐵鍊一端，圍著木樁扎實繞上七、八匝，從門外搬進一塊大石重重壓住，彎腰拾起散落地面另外兩條鐵鍊，不知是否該圈扣上羊先生頸項。羊頭走到羊先生身旁一同蹲伏，接過金生遞來的鐵鍊，雙手顫抖望向羊先生準備套上。羊頭臨時止住，先將套圈環往自己的脖頸，再拿著鐵鍊圈繞木樁，從袋中拿出剪刀靠向羊先生，拉起手。羊先生抵抗著，收手拒絕。羊頭再試。羊先生將雙手裹成拳頭。羊頭張開小掌覆蓋羊先生的手，一指一指緩慢掰開，先替羊先生修剪手指甲，再跪地替羊先生修剪腳趾甲，陪著羊先生望向窗外天光，偶爾，羊先生說出一、兩句不成章法的話，羊頭猜測語意並嘗試回應。羊先生不太理會羊頭，持續言說無人理解的話語。羊頭在羊先生身邊待久了，羊先生便伸手將羊頭摟進懷中，在羊頭的頭髮之中尋覓蝨子，伸出舌頭舔舐羊頭的脖子與手肘。羊頭窩在羊先生懷抱之中，昂起頭，用臉頰磨蹭羊先生鬍渣下巴，許久，才像從夢中甦醒，卸下沉重鐵圈，離開羊先生補償似的胸膛與護衛雙手。

「你知道爸爸為什麼會變成這樣子嗎？」羊頭坐在厝門口，嘟起嘴。

「我又不是你肚子裡的蛔蟲，怎麼可能會知道？」

「爸爸沒有瘋。」羊頭信誓旦旦。「真的沒有瘋，他把我抱在懷中時，已經將所有的故事都告訴我了。」

「這世界永遠有說不完的故事。」金生撿回籃球。「我爸爸也常常虎膦很多有的沒的故事，非常會臭彈，不過我不想跟你說。」

「你真的不想聽故事嗎？」羊頭從金生手中拿過籃球，拍打幾下。「我可以偷偷告訴你。」

「你的腦袋一定是被你老爸打壞了，我才不要聽你在那虎膦，又不是神經病吃飽沒事幹。」金生抓起一抔土丟向羊頭。「不過說真的，我覺得這世界上根本沒有人發瘋，每個人都只是活在自己的世界，想要理解別人的世界還真是困難啊。」

「爸爸可是背負著使命。」

「可以不要聽嗎？感覺會很無聊。」金生伸出舌頭。「我一定會睡著。」

「我不管，反正你好好聽我說嘛。」羊頭撥去臉上灰塵，用力捶打籃球。

「好吧，不過你要說快一點喔，你爸爸到底跑去哪裡了？不會是陰間吧。」

「爸爸說，他要暫時離開一陣子。有一天，爸爸夢見龍尾颱風帶領了大批空軍、陸軍和海軍準備攻占有餘村，村人很害怕，紛紛敲打鍋碗瓢盆，想要嚇退龍尾颱風。可是呢，現在不管做什麼都要講究高科技，都要講究聲光效果，打仗都是用砲彈、火藥和生化武器，以前的天狗和年獸都成了沒用的小孬孬。龍尾颱風的大軍可厲害了，不僅借來雷公鎚，還花大錢賄賂龍宮，派遣好多蝦兵蟹將想要占領整個村莊，土地公、土地婆和媽祖都打算撤退，說雨下太多了，容易引發土石流。村人非常緊張，向番薯島政府報告了好幾次都沒用，不賺錢的事情，是不會有人出面處理的。」

「我知道喔，就像阿公說的，砍頭的生意有人做，賠錢的生意沒人做。」

「你不要插話，安安靜靜聽我說嘛。」羊頭嘟起嘴。「村人很緊張，在媽祖和玄天上帝面前開了鄉里大會，決定派遣村內最優秀的勇者征討龍尾颱風。村裡頭的查某查埔都要跋筊抽籤，抽中籤王的村民，將依據神明旨意和龍尾颱風釘孤支。大家都非常擔心，怕自己就是那一位幸運兒，希望勇敢的人能夠自願站出來。你知道嗎？我的爸爸就是村裡頭最勇敢的人喔。出征前一晚，所有的人都參加了晚宴，有好多好多食物，全部都是免費的，吃都吃不完，有山雞翅膀、菜鴨腹肉、三尺龍蝦、四斤章魚、五顆眼珠的石斑、鹿角熬的湯藥、山羌燉的滷肉，當然還有香蕉、水蜜桃、蓮霧、水梨、鳳梨、龍眼、荔枝和橘子。喝了酒，肚子就燒了起來，舔了冰棒，肚子就下起了雪。爸爸穿上皮革盔甲，腰間繫一把金光閃閃的劍，摸起來非常光滑，像是永遠都不會生鏽。我相信爸爸一定能夠嚇退龍尾颱風。我們跳了一整個晚上的舞，直到清晨，接著每個人舉起火把來到海邊，一艘舢舨船正停在沙灘上準備出航。村人推動舢舨船朝向大海。天空逐漸亮了，風浪依舊大，我們站在岸上看著船隻乘風破浪，爸爸的身影愈來愈小，船頭懸掛媽祖的平安旗，船尾懸掛玄天上帝踏龜的破浪幟，看上去真是無比威風。爸爸跟我說，他很快就會回來，不用擔心，還特地囑咐我，說暫時將身體交給我照顧。一定是龍尾颱風不肯妥協，將爸爸關了起來，不然就是龍尾颱風被嚇得屁滾尿流，躲了起來，爸爸為了完成使命，所以即使是上刀山、下油鍋，即使跋山涉水十萬八千里，也要把龍尾颱風抓起來關進監獄，這樣子才能杜絕後患。爸爸只是少了魂魄，等到三魂七魄平安回來，身體就會好起來，村子也就能風調雨順過上好日子。」

「我還國泰民安哩，神經。」金生的手背貼上羊頭額頭。「明明沒發燒，怎麼腦袋已經壞了。說這麼多難道都不會口渴嗎？聽了都想睡覺。你倒不如說你媽媽中了蠱，你爸爸為了救你媽媽，於是請來道士施法，可是對方的道行太高，為了將你媽媽救回來，只好以命換命，抵押你爸爸的靈魂。怎麼樣，我鬼扯的故事還不錯吧。」

羊頭拿銳石，用力往籃球鑿刺。

「你說的故事就跟阿嬤要我背的格言一樣。」金生站起身，拍去衣褲灰塵。「全都狗屁不通。」

羊頭沉著臉，側身踢遠籃球。

「今天太陽好大，我們去海邊炕番薯吧。」金生刻意逗弄羊頭。「好啦，別不高興了，下次換我說故事給你聽。」

羊頭起身踅進塗墼厝，摘一根香蕉遞給羊先生，確認鐵盆內還有乾淨的水。

羊先生蹲踞地面，兩眼眨巴眨巴望向窗外，身體前後節奏搖擺，時而傻笑，時而面目呆滯。

羊頭將地面的鎖鏈置放羊先生腳掌旁。

羊先生將鎖鍊一端的金屬項圈重新掛至脖頸。

羊頭關上門，跑向村內，始終不發一語。

咕咕咕，公雞在熱燙鐵軌啼叫，昂動頸，嘴喙啄食散落石間的禾草，時不時扇動黝黑赭紅亮麗大翅膀。金生在草叢中找到一塊方形木板和一根胳膊粗樹枝，將木板遞給羊頭，指示羊頭站立鐵軌一端，立起板子當威嚇。金生拿著樹枝當棒槌，追逐不肯輕易馴服、到處竄逃的公雞，逐漸進逼牆角，前後包圍，困住不斷展翅竄飛的公雞。蓄勢待發，等待良機，提拿樹枝猛力揮向公雞肚腹，唉啊，技術不好沒擊中，決定重整旗鼓前後夾擊，再一揮，公雞趁勢展翅飛奔向右。再次撲了空，真是丟臉。金生有些氣餒，只是不能輕言放棄，定下心，全神貫注，低俯身，手腳當網，嘴裡發出沉沉恐嚇聲。看準了，這次公雞絕對跑不了，他已經能夠準確抓到公雞遁逃時的方向和高度。先踏左腳，引公雞往右，持拿樹枝等待，還未有機會狠力往下揮打時，羊頭忽然充滿怒意從上而下用力揮起木板擊打公雞。公雞嘴喙半張，喉道撲哧撲哧鼓脹，雞冠委靡，肚腹破裂，肛門露出青屎、血腸與內臟，身子歪斜，左側翅膀半折翼，兩腳懸空抖動。羊頭丟下染血的木板，低下頭，沉默無語望向垂死的咕嚨咕嚨公雞，全身不自覺劇烈顫抖。金生一時間受到驚嚇，先是望向公雞再望向羊頭。羊頭咬緊唇，握緊拳頭，轉身跨步往遠處鐵軌奔跑而去。金生站立原地，看著羊頭身影逐漸融化在熱氣蒸騰的軌道，想開口說些什麼，卻始終發不了聲。

火車撳響鳴笛，鐵軌滾燙燃燒成頎長的彎曲火光。

生死簿：砌磚

夏秋兩季，最宜砌磚。

砌磚得避開雨，大雨、小雨、綿雨、細雨、春雨、冬雨與陰陽雨都得避；另外，夏天得避颱風，秋天施工得趕在厚絨絨鋒面來臨之前，適合這類工作的時間並不多。所有砌磚的衝動大都來自雨天，可能因為無法施工而強化竣工欲望，可能為了抵抗雨水，也可能只是想將自己與陰寒的世界暫時隔離開來，建一道矮牆，築一環低垣，蒙蔽灰天暗地陰濡之氣。

如此想望，必然不發想於盛夏，卻也只能在盛夏施行。

紅磚由黏土燒製而成，是基底，建物磚瓦最小單位，常用於建構各種房舍、窯爐或隔牆。砌磚是相當基本的建築工法，含技術性，還能考照，如今的番薯島什麼都講證照，崇孝伯最喜歡說，都是些鬼證照，到時連死都先要考照不然地獄還不收呢。有餘村人並不覺得砌牆有何了不起，不過是堆疊塊塊紅磚，調控牆之長度、寬度與厚度。自行進行建築工法，能省錢，也能打發大好、大壞、不好不壞的瑣碎時光。村人能夠進行最基本的砌牆，買來磚頭、水泥，一層磚抹一層水泥，往上鋪，直到鋪了小垣當界線，或者在苔石剝落的矮牆重新糊上水泥，意思意思添幾塊平整紅磚。村子裡最在乎砌牆的，只有性子孤僻的文鐵。

文鐵是水泥工，該有的專業技能一項不缺，例如堆砌磚牆、鋪瓷磚、洗石、抹平地面、抹縫等。村子並不常需要這種務實的勞力工作，大抵地基一挖、鋼筋一綁、水泥一灌、瓷磚一貼，整棟建物架構最少能夠撐上二、三十年，除非遇到臨時改建或需要大規模翻修。當然，突如其來的強烈地震也會讓屋宇傾圮，只是就算有錢可賺，文鐵也不喜歡發生這種悲慘事，會覺得自己非常卑鄙，缺乏同情。時常說自己這輩子廢了，就算再怎麼努力也不會有什麼令人稱羨的出頭，又說這條爛命廢得好，廢得徹底，廢得無牽無掛。人生在世，所圖為何，大多時候不都是處在一團幽昧不明的混沌嗎？整日不知在忙些什麼，或者該忙些什麼，養柴犬，沒事就喜歡踅到海邊嚼檳榔、抽菸和撿石頭。文鐵的個性相當篤實，將所有心力專注於堅硬、沉著與默不吭聲的繁瑣工事之中，重複動作，熟練技術，因為四肢、軀幹與肌肉的疲倦而讓他感覺生命中似乎有著什麼更加堅固了起來。

工事細分繁多，其中，最讓文鐵在意的便是砌牆。

根據番薯島國家標準，用於建築的紅磚尺度必須符合長兩百公釐，寬九十五公釐，厚五十三公釐。磚塊與磚塊間難以同等尺寸，所以允許牆磚差別不可超過正負百分之一點五，非結構牆用磚不可超過正負百分之二。每個磚之平均重量為二至二點八公斤。磚頭與磚頭必須頭尾對齊，方方正正，不苟言笑，然而撞擊時又必須爽朗健談，鏗鏘有力如金屬鋥鋥發亮。好的磚頭必須稜角分明，表面平整色澤赭紅，無裂痕，無彎曲，無細縫，無砂眼，吸水率必須在百分之十三以下，抗壓強度必須在每平方公分公斤數三百以上。這些繁瑣規定早已經精準內化於文鐵之中，不論是性格、想法或看待事物的方式，像是拿起物品秤重，時常會不經意說出，喔，這是兩塊磚的重量，那是六塊磚的長度；或者說，那差不多是一堵牆的長度。悶葫蘆，不，葫蘆還是空心，有回音，文鐵更像一塊悶磚頭，安安靜靜不輕易發出聲響，質地實在，被擠壓在層層重量之中鮮少吭聲。承受壓力，也承受日日夜夜反覆自傷的日子。個性樸拙近乎駑鈍，不理世事，甚至偏向固執怪僻。村人不易亦不喜歡主動靠近，都說他腦袋裡裝的是水泥，沒彈性，見到文鐵，最多也只是說幾句話，扯些無關緊要的問題。文鐵始終不為所動，點著頭，用一張磚塊臉望向別人不悲不笑。當然，如果村子必須執行規模較大的砌牆工程，便不得不喚來文鐵。

用磚砌牆有好有壞。磚的優點是便宜，易搬運，體積小，耐久性、耐火性及風化抵抗力都強，易砌造，可塑性較不受限制，而且垂直抗壓強度良好。由於建築工法與技術不斷進步，磚牆的缺點亦逐漸彰顯，例如耐震力弱，不適合用於建蓋高層建築，磚塊間填補用的水泥砂漿容易風化剝落；另外，砌造工程非一蹴可幾，非一日之工，得朝夕緩慢實踐，得耐性子，得花時間，聘請者也得花大把大把銀子——這種緩性近乎停滯的工作卻強烈吸引文鐵。

不知是工作特性滲透了進來，還是文鐵的個性不由自主影響了工作，或者說，兩者其實密不可分。

砌牆季節只有夏秋，其他時節雨紛紛霧茫茫，滿壁磚牆都是濕。

雨季長，日常活動雖不局限室內，扯上工地活也只能無奈待在室內，遮風避雨才能保證建物竣工後的水準。文鐵特別講究細節與品質，村人都以為是商業考量，怕砸了招牌，然而文鐵想的其實無關商業，於是只要綿綿細雨，便能聽見文鐵的嘆氣聲。獨來獨往，逼近五十，依舊光棍，有性慾需求就去湯圍買花草查某，或是看A片打手槍。飼養一隻敏捷柴犬，最近則在厝後搭起簡易棚子，將兩層塑膠棚重疊打洞，繫繩，撐開，再打樁，用四根木頭亭亭抵住棚布四方。為了防範雨水，長形棚還特地設計成斜傾形，雨水能順著棚布高低肆意外流，滲進屋厝後方的溝渠與軟土。文鐵將磚頭規則地擺放棚架之內，躲避風雨，堆成鍋蓋形，確認磚牆不受天候影響，接著拉延長線，舉燈，這時，文鐵便開始正式砌磚。塑膠棚下，紅磚齊整堆疊，模模糊糊浮現柔柔軟軟深淺概念，形狀不甚明白。到底要砌些什麼？可能會是另一堵厚牆、一個前衛的紅磚裝潢藝術、一次完美堆疊，或者只是想要將身子閉鎖於人群之外。文鐵不著急，抽菸，食檳榔，讓大型收音機鎮日播放廣播。覺得哪裡不順眼就起身挪移，覺得哪裡失了分寸就對磚頭訓話，有時端坐，對著磚頭發愣十幾分鐘，有了想法便立即醒來，抖落菸灰，搬磚，直到出現令人困惑的雛形，近瞧遠望思索著。或許，再度坐上紅磚，琢磨眼前半成形磚形。柴犬搖晃尾巴，趴俯磚塊，偶爾因為火車震動鐵軌的聲響而昂頸吠叫，睜亮眼珠，望向火車再望向文鐵。時間就這樣過去了。文鐵感覺時間的方式就像沿一堵非常非常長的磚牆前行，無止無盡，一回頭也找不到起點，似乎可以望見磚牆頂端，觸摸得到，想要攀緣卻一點辦法都沒有。雨水在塑膠棚上擊打，寸寸指油壓，將濕氣推擠而入，文鐵平穩端坐，用腳跟踢踹磚頭，將另一些磚頭掂在掌心，有些毛燥與粗糙在躁動，磚頭與文鐵不時互相撞擊，甚至發出細微悶響聲。

睡前，文鐵用另一層塑膠棚布蓋起磚頭以防雨水。

日光燈暗了，身子側躺，依舊苦惱思索腦中未成形的什麼。

或許必須等待秋冬過境才有結果。

夏日，陽光充足最適宜幹活兒，文鐵把頭髮理成平頭，削鬢角，穿早已破洞的無袖黑色內衫，底下是深褐色工作褲，在敞開或閉鎖的空間中面對心中一堵理想的牆。想定了，拿尺畫線，或者重新建構，抹去舊線，戒慎恐懼般畫上新的直線、斜線與轉折。一塊一塊方磚，緩慢置放、推擠、敲平再刮縫。磚與磚間的各個接觸面不忘抹上水泥砂漿，填滿空隙，防止雨水、霧氣、涼風甚至是陽光滲入。站在陰影下，才有辦法更加辨識光源。對於未知事物，文鐵有著自我詮釋的獨特想望，不懂困擾於心的是什麼，沒有開口詢問，也知道不需要詢問，或許那樣一堵牆根本就不具任何實際作用，只是矗立，如同時間。文鐵緩慢前行，牆時而在左，時而在右，更多時候根本就沒有一堵牆，只是必須如此想像，如同想像手邊即將完成的各式建物。

未上漆，磚始終鮮紅，若遠似近的揣摩充滿氧化鐵的況味，就像身體，永遠存在無可取代的底層內在，也是鮮紅得令人無比痛心。

殭屍跳恰恰

醒來，睜開雙眼，腦袋依稀恍惚不知身在何處。抓撓脖子，有些癢，魚鰓外側堆滿灰塵落葉，兩手伸向眼前一望，是鰭。猛然挺身，原來身子正躺在簡陋木屋破舊竹蓆之中，一盞脂肪燈，黑瞳細蕊，歪斜照亮幽暗角落。一股惶惑，索性跳下冰涼竹蓆窺探暗黑，吊床搖晃懸掛，左側四、五個老舊竹簍子置放角落，右側擺放浸水發腐的五斗櫃，裡頭裝滿研磨草藥的陶質圓口容器。一扇窗，一株扭擰老樹周身橫生結瘤，葉子豔紅，棲息火兔、冤鷹與厄魚，被時日無情詛咒的長手無毛猴猻滿懷怨恨，嘎嘎喊，啞啞叫。暗紫天，藻綠地，一個模糊身影從水霧之中濛濛走來，雙手捧抱姑婆芋葉杯，盛放透明薄膜水泡。

「終於醒了。」河推開門，姑婆芋葉置放木質方桌。「雖然不會餓也不會渴，不過怕你一時不適應，要不要意思意思喝些水？」

金生走至方桌注視水泡。

「我幫你舀些水吧。」河踅出。

水泡在姑婆芋葉中四處滑動，粼粼水光，如絲縷，如鰻苗，如珊瑚卵蟲，懸浮未睜開的千萬眼珠，金生伸出右鰭好奇戳刺。

河遞上盛水的扁舟竹葉。

金生略微遲疑，最終還是決定嘗試啜飲。

河捧起包覆水泡的姑婆芋葉，輕拍打，牙齒在水膜底端咬出一個小窟窿，嘴巴包裹漏洞細細吸吮。水泡內的微小水流肆意活絡，迴旋兜轉，散發麒麟銳爪之光。光之蝌蚪滲進河的嘴中，滑過喉嚨，鑽進腹肚內側。河一鼓作氣飲入，臉龐逐漸扭曲呈現青紫，像中了毒，一臉苦痛放下癟皺的水泡薄膜，捂著腹肚坐在木椅上。金生慌張，急忙遞上清水。河擠出微笑，拒絕了。河顛顛簸簸踅至門外，摘下幾葉鮮芽嫩蕨咀嚼吞嚥，臉色逐漸舒緩，溫柔了，善意了。

「別在意。」河用布滿青色血管的雙手擦拭滿臉汗水。「每天我都要喝下這些水。」

「下次我幫祢喝。」金生鼓足勇氣。「這樣子就不會這麼痛苦了。」

河依靠垂木，蘆葦芒草旺盛沿岸，大河之上，靜悠悠飄浮瘦靄肥霧。

「是什麼水？」金生舉起魚鰭抓搔魚頭。「為什麼裡面好像有發光的魚？幾百幾千條，是鹹水魚還是淡水魚？怎麼沒在村子裡看過？」

「是水精。」風彎蘆葦，河的雙手環抱胸膛。「水精就是生活在水裡的各種生物，有藻苔、水草、魚苗和各種蝦蟹。」

「哇，原來是養顏美容的大補丸，喝了一定會長命百歲。」

河緊捂肚腹，往上按壓，經過肋骨、胸膛、脖子、下巴而至嘴巴，五官糾結，喉嚨發出深沉嘔吐聲，無比痛苦嘔出了暗黑藻膜。藻膜球形，外圍長滿纖毛包裹穢物。河拿一根細長竹籤用力刺向藻膜中央，兩顆血絲眼珠子突然顯露，發出尖銳哀號，伸出兩隻小手奮力抵抗。藻膜漸蜕，死嬰般的肉團漸次停止抵抗，最終塵灰消散。

「水精當然就在河中，不過，這些水喝不得。」河深深嘆氣。

金生望向藻膜，有些發嘔。

「我的魂魄與元神已經開始消散了。」河試著調勻呼吸。

「是因為水精嗎？」

「不說這個，你怎麼會來到這裡？最近陰曹地府正準備清查整肅，每間鬼厝妖房都仔仔細細嚴密調查，每個角落都不輕易放過，杯中、碗中、盆中、瓦中、甕中甚至是腦袋與胸膛。崔判官特別交代，不管上天下海，不管如何翻天覆地，一定得找出失物。」河站起身。

棲息樹枝的草魚瞬間撐起前鰭，甩動粼粼粗尾翻跳至河的胸懷，魚嘴開闔似吐露消息。

河伸手撫摸草魚。「等會兒鴨掌先生和玉簪婆都要來。」

「我也不知道為什麼會來到這裡，是作夢吧，可能看了太多番薯島民間傳說故事，也可能以為自己在戲台子中搬演武俠戲。」金生皺眉，思考了一會兒。「像是睡了一覺，又像是根本沒有睡著，每次醒來都昏沉沉的，頭好暈，還以為自己走了很遠的路。不過，意識清醒之後，精神就會變得很好，什麼妖魔鬼怪都不怕，而且我也挺喜歡這身魚打扮。」

「這裡是陰間的蓬萊村，不能隨意進入，唯有死者才會被牽引至此。」河慎重地說。

「放心，不會怎樣的，我天不怕地不怕有八大金剛護體。」金生調皮吐出舌頭。「我在這裡認識很多鬼朋友，像是七爺、八爺、玉簪婆、無頭鬼和緣投桑。」

「緣投桑被抓去投胎了。」河撫摸草魚，輕聲交代什麼，再將草魚輕巧放置地面。

草魚左右撐扶兩鰭，大力甩尾，蹦蹦跳跳急速竄動，撲通，一古腦溜進水中。

「我還有認識其他的鬼啊，像是我的爸爸媽媽——」金生低下頭，聲音逐漸微弱。

「你不能一直待在這裡。」河說。「我怕你困在這裡回不去，那樣就麻煩了。」

「待在這裡當鬼差不好嗎？」金生亢奮了起來。

「不一樣，我們自願如此，而你不同，你的陽壽未盡，不該蹇困地府。」河往水邊走去，略沉吟。「你有該完成的使命，不僅是你，每個人都有該完成的使命。現在我逐漸了解，就連死亡也是有著相對應的意義。生的使命在於完成生，然而死的使命除了完成死之外，還存乎其後，完成死亡對於他者所帶來的影響。不多說了，我看你就暫且當鰓人鬼差，不過這裡跟陽間不同，不用打拚，不用吃穿，也不用擔心天災人禍。所有的鬼魂都有富足心靈，都有應該承受的懲罰與責任，一點都不苟且。你可以在附近溜達，也可以偷溜去鬼村參觀，不過，還是多多少少躲避七爺、八爺和牛頭馬面等眾鬼差。尤其是八爺，不講情面，特別嚴肅，千萬別輕易冒犯，如果察知陽壽未盡兜轉鬼村，身無佩帶地府發放的命牌，一定會被勾去魂魄，關進大牢，到時不管是陽間還是陰間都將各失居所，只能等到肉身毀滅，才能元神回歸俱為一體。」

「我不怕。」金生大喊。

「真是說不聽。」河搖頭。

「我有媽媽保護我。」

「走吧，鴨掌先生和玉簪婆正在奈何橋沿岸等著呢，聽說崔判官也在，等會兒記得要有禮貌。」

河引領金生往大河沿岸緩步走去。

廣漠大河，草莖浮生惡念，蔓衍泥淖，冤氣、仇氣、恨氣、怒氣、憤怒氣、癲狂氣渾沌相混，團團聚為黴靄低沉水面。一隻吸血蟲跳河自盡。一朵妖花腐爛。一朵哀怨雲墜落。月亮沉浮河央晃啊晃蕩蕩蕩，冤鷹掠水，白鷺鷥染血，蟾蜍臥趴草湄吐出鮮豔豔毒菇。遠處，土地公以拐杖擊地，搖晃一方河畔，草彎身，蟲觀望，鴞癡笑。蝦蟹出泥領旨，伸舌頭，睜眼睛，露出手腳讓土地公看個清清白白仔仔細細，說自己什麼都沒幹。土地公年歲大，拿出老花眼鏡置放鼻梁，說再這樣下去不僅會得白內障，還會視網膜剝落，唉啊，眼油直流，眼屎一顆又一顆。陽間的雕塑都老了，褪色了，模糊了，何時才能有新的泥身？土地公再次以拐杖擊地，蝦蟹搖臀晃乳溜進洞穴當歡喜冤家，吵著要做愛去。

河和金生來到土地公身邊。

「以前的坐境範圍真大，管轄範圍也真廣，城池倉庫、水利海防、村庄番社、田賦戶口、鹽鐵絲綢以及星野山川，大至疆域，小至蟲豸，每一物項都得鉅細靡遺有條不紊管理。還好，番薯島上到處都是分身和老朋友，處理事情方便得很，打個招呼便行，去拜訪相鄰的土地公就像去厝內的灶跤仝款，啉茶、食瓜子哪裡用得著客氣。」土地公搖頭嘆息。「可惜現在難囉，身體化成泥土，小廟一間一間傾圮，沒人祭拜，地方大小事情愈來愈無法插手。你說，要調個資料，問個詳情，還要看智慧型手機神、平板電腦神和網路神的鬼怪脾性，這樣子是有什麼面子當地方父母官。信仰不足，權限不夠，土地公都不土地公了——」

「沒辦法，這個時代已經將許多精神遠拋後頭。」河向土地公作揖。「我們不僅老了，還注定被遺忘。」

「上個月，探訪兩、三個鄰近村莊，才發現隔壁庄的土地公有夠落魄，比流浪漢還悽慘，牽手土地婆竟然化為塵土。或許，被徹底遺忘的日子不遠了。人們將古老拋諸後頭，將傳說視為怪力亂神，這並非代表滅亡，遺忘之中，我們將繼續守護無人聞問的信念。只是存在如果只剩形式，留戀也就大可不必。」土地公前行幾步，用拐杖擊地，另一方泥地俱現蝦蟹。「朔月日，大浪夜，你們耳清目明有沒有瞧見什麼異樣？」

蝦兵蟹將認真回想，搖著頭。「啥都沒看到。」

「唉，我看叛逃也是合情合理，整天讓崔判官用勾魂筆點墨眉批，還真不是滋味，換作是我，寧願下十八層地獄。人世間因果輪迴浮浮沉沉，哪一項不脫欲望？不脫愛恨？不脫權力鬥爭？整日背負怨念一遍一遍謄寫能不厭煩？不管身在何處，言談舉止都是俗務事，哪一樣又可徹底脫離六根？都是不乾不淨。我整日和土地婆自我安慰。我為人人，人人也要以信仰餵哺我。勾魂筆是用崔判官肋骨刻的，說不定崔判官整日打麻將、玩撲克牌、飲金門地窖高粱，沒時間洗澡，《生死簿》就是讓崔判官的體味給熏跑了。別說不可能，連科技大神都來搶我們的飯碗，這世上還有什麼不可能？我是斷然不肯為五斗米折腰，不過不爭氣啊，三根香就能酥軟我骨刺滿身的老骨頭。」土地公抓搔下巴鬍鬚。「仔細檢查過各個鬼差居所了嗎？說不定受了陽間道士賄賂，想要竄改命運。這些鬼差公益服務近百年，沒有功勞也有苦勞，沒有苦勞也有疲勞，更何況我是相信他們的。」

「等會兒正要去找白琴。」河尾隨土地公。

「這事急得很，絕對不能拖延。」土地公神情緊張。「再拖下去，陰間陽間都會大亂，土地婆家法伺候還是小事，反正尻川挨板子已經習慣了，萬一事情向上呈報給城隍爺，或者上奏天庭，代誌就大條如牛屎。到時，陰陽不分，妖怪四處肆虐亂象橫生，一定會發生古籍記載的伐樹出血、一身二體、狗作人言、人生角、狗豕相交又或者天雨草等，到時，我們就準備倒大楣喔。說不定，天庭一個命令下來，要我們輪迴投胎普渡眾生。河，不知道祢有沒有注意到，這奈何橋下的川河已經變了氣味，怨氣比往常都還要濃厚，現在每個魂魄都在擔憂要被抓去投胎。好了，不多說，還得沿岸詢問蝦兵蟹將和鰭族祖先十八代，或許多少能問出些端倪。鴨掌先生和玉簪婆正在孽鏡台上聽崔判官吟詩頌詞，應該是聽令指揮啦，你們也趕緊去，順道替我向崔判官問候。」

河和金生點頭作揖。

「還習慣吧，當鰓人鬼差比想像中還要辛苦。之前，鬼差都是由我向城隍老爺親自呈獻名冊，再由判官欽點，過程謹慎，層層審核，需要細查陽間作為，陟罰臧否，獎善懲惡，經過多方面談與慎重篩選，再派駐轉劫所以及陰陽交會的隘口。如今，無法將鬼差名冊上呈使司，所以暫時委屈點吧，跟著河，你會知道所有陰間的行政流程與注意事項，別擔心。」土地公响笑，滿臉皺紋像是樹枝分叉。

金生急忙拱起兩鰭，打算下跪。

「都什麼年代，古禮就免了，又不是拜見城隍爺。」土地公連忙攙扶金生。「去吧。」

枯木欹斜，瘦扁枝幹伸出木爪子，吐怨氣，發詛咒，鳥聲磔磔鵂鵂啼，草叢與牡丹齊出血。河領前，金生尾隨。沿岸，水灘泥沼緩動，蛇尾長滿罪孽纖毛，滑溜溜，咬嚙彼此交纏的殘身破體。泥路如此歪斜，河說，愈靠近上游，川河之水愈趨乾淨同時也愈難掌控。源頭有著鬼神都懼怕的力量，一旦靠近，很有可能便會被吞噬，一定得小心。千萬年的草苔藻荇浮生，連綿蔓衍，性食肉，將蚊蚋、蜘蛛與蟲豸一口一口吞進草澤。兩魂魄踏過雜株苔石，沾滿墨液，草澤長滿鈞鉤鬼物，有著什麼正試著鑽進魚鱗。金生尖叫，止住腳步，彎腰挑揀惡草鈞鉤，魚鰭一碰，鈞鉤立即蛻變成蟲肆意嚙咬。河微笑，安撫金生，細挑腳踝鈞鉤，傾身伸出舌頭，讓細蟲爬了進去。別擔心，河說，陽間有大麻、迷幻菇和搖頭丸，陰間也有各種迷幻藥物，都屬草蔬，不傷魂魄，藥效更強，適量食用還能鎮定真氣元神。地府魂魄若無法忍受酷刑，便採集這種稱為水孽草的植物。重要的是，食用水孽草並不違法，草澤水域隨處可見隨時可取。金生挺身，暫時不去理會鉤滿雙腳的水孽草，覺得癢，覺得緊張，自己從來不曾食用過富有刺激性的迷幻草藥呢。水孽草不算毒品，而是補品，如同綜合維他命以及烏骨雞湯。泥漸乾涸，河拍去手腳淤泥，笑著，繼續踏入濛濛水霧，說食用水孽草其實不恐怖，應該說水孽草本身並不恐怖，恐怖的是我們願意陷入藥草所帶來的虛幻，不管原因是出於逃避、隱忍、傷害、痛苦或是自棄。不論陽間陰間，每一次細小決定無不隱現崩毀，以及艱困的重建，所謂的恐怖與驚懼絕非單純指涉物之消逝，而是自我對外所產生的每種善惡念頭，散布日常，左右生活。一不小心，我們便容易成為水孽草的捕獲物。這些水孽草吃食人與鬼魅的欲望，貪嗔癡傻如流沙、如莽原、如烈火，從來不曾斷絕。陰間異域，鬼魅享受懲罰，依賴懲罰，水孽草完全失去作用與價值。穿水霧，越黃土，踩踏若輕似重的步伐，一箭之遙，遠遠望見一座充滿性慾氣味的亭榭矗立川河右側。

亭榭高聳，築於鬱黑色皴岩之上，梁柱亭亭支撐硬山式燕尾翹脊屋頂。

前面便是孽鏡台，河說。

往前探去，孽鏡台從冤霧中緩慢浮現。

河無所畏懼，逕自朝向亭榭踅去。

孽鏡台底端，上百男女赤裸裸相互層疊，手腳纏繞，頸項磨蹭，乳房、尻川與腰肢互相糾結，牙齒嚙咬青筋頸項，剛好咬出淺淺傷痕，不出血，帶有一絲苦痛正好。一層身軀，疊岩，再一層身軀，黑岩與肉身秩序積累。階梯以男女背脊為踏石，圓環上繞，踩起來十分柔軟，帶有溫暖。男男女女高矮肥瘦相互搓揉愛撫，眼神如此狂歡迷離。肉縫中，時有扶疏頎長之樹，肉感木質，錯綜雜生，無論長短粗細，均由膨脹的陰莖與開裂的陰唇長成。男為根，女為莖葉，開有花蕊。金生好奇拔下一、兩片肉葉。啊，請進入我的身體，啊，請愛我，啊，請找尋我嬌滴滴的敏感帶，啊，請加倍努力地強姦我——靡靡之音不斷響起。

「趕快上來拜見崔判官。」河站立亭口大喊。

金生丟下肉葉，踩踏激情的胸膛背脊往上奔跑。

孽鏡台居高臨下，傾月面浮現遠近山脈，高低起落，更遠處巖巖峻嶺之下，敞開寬闊盆土。月光照出一條汪洋水徑。千山萬水仄夾村莊，越竹林，山巒延伸向東北，續越稜，正好養育山好、水好、土好、鬼好、感情恰恰好的蓬萊鬼村。欲火灼目，哀號、高潮與呻吟聲俱存，金生著迷野曠迷濛水色風光，人肉肌骨如此放蕩，完全忘記要好好拜見崔判官。河將金生推至亭內，整理全身衣物，徐緩氣息立定一角，穩固下盤，挪正腰肢，挺立胸膛，兩眼專注不斜視——亭內鬼差正打起太極拳。左側是玉簪婆，右側是鴨掌先生。鴨掌先生留清朝長辮，頂圓外紅帽，雙下巴，滿臉油膩發笑，穿青緞長袍外加烏石馬褂，裹著鴨膽形大肚腩，一雙備而不用的黝黑長筒靴置放一旁。鬼如其名，有一雙巨大無比的禾稈鴨掌。鴨掌先生正好面對穿著便服的崔判官。

「來啦，河，我正在向玉簪婆和鴨掌先生談到鬼氣的重要。」崔判官閉目養神，絲毫沒有受到任何驚擾，向右緩慢旋身，懸腕轉臂。「太極的虛實變化非常神祕，難以捉摸，但若仔細探究，便可知曉智慧底蘊，其實不脫鬼氣之間的陰陽調和。易學難精，不猛衝，不急躁，不暴虎馮河，得耐著心性與魂魄對話。所謂太極者，無極而生，動靜之機，陰陽之母也；陰中有陽，陽中有陰，缺一不可，偏向亦不可。必得負陰抱陽，胸臆渾然一體。這太極之法，亦是做人、做鬼與做妖的處事法則，雖然無法以此喚回失物，卻能利用此法搜尋，必能有所斬獲。鬼氣運行不曾歇止，曲終而返，循環不息，如同《生死簿》終將物歸原主。如此，心之搏動，血之脈流，魂魄之聚精，陰陽之調和才能源遠流長生生不息。」

鴨掌先生氣喘吁吁，不敢停止運氣，怕擾亂精血流動，膝蓋因為長時間下蹲而顫抖。

「鬼氣源生於恐怖、驚駭、悚懼、陰森、顫慄等情緒，這些都是對未知的想像，甚至是更高層次的狂歡——」

鴨掌先生有樣學樣，將心神放在博大精深的八手變化，跟崔判官同時舉腳朝天空踢踹，一個重心不穩尻川著地，大叫一聲，拍揉肥尻川坐在骨椅子休歇。

「誠無效，規工就知影食土鴨仔進補。」玉簪婆叨念。

「如何做到行雲流水呢？運勁如抽絲，鬆腰如落葉，邁步如流水。」崔判官面不改色，氣沉丹田。

金生呆愣一旁，之前跟阿公學的太極拳都只是做做樣子，從沒認真。

崔判官行收式，立定身，徐緩吐氣。

「唉喔，運動煞，身體愛流汗，緊來啉茶按呢才會健康。」玉簪婆行收式，舒緩全身金銀碎鑽翠玉骨，抖落滿地銅錢汗，在人骨椅上泖茶，歡歡喜喜端捧茶杯至崔判官面前。「來，大人，緊來啉茶。」

崔判官以心運氣，以氣養身，以身凝形，許久才開口。「玉簪婆，妳就是急性子，都死了這麼久脾性還不改，這樣子做不了大事。」

「真三八，鬼差是欲做啥物大事業，是欲做菩薩還是欲做仙？」玉簪婆掩嘴大笑。「做銈較緊，我繼續做我的錢婆就好。來，欲啉茶家己來。」

「大家一起來喝茶，別客氣。」崔判官注意到亭內有陌生鬼差。

「鯤人是新來的鬼差，可潛至川河幫忙尋覓《生死簿》。」河解釋。

「拜託了。」崔判官對金生拱手作揖。

鴨掌先生實在渴，喝了三杯還不夠，也不怕燙，拿起茶壺一古腦吸住茶嘴。

「誠毋是款，按呢別人欲按怎啉？有夠自私。」玉簪婆一臉厭惡。

「我也毋是故意的，喙焦無法度，敢講愛我喙焦甲魂飛魄散，按呢按怎作穡？玉簪婆，你啊，就是規日直直哀直直吼。」

「都這個節骨眼了，還這麼愛吵，整天鬥嘴，怎麼就沒見你們鬥出什麼豐功偉業，再吵下去各賞五百板子一面枷。」崔判官蹙眉。「河，土地公有什麼消息？」

「土地公四處詢問，相信很快就會有眉目。」

「希望如此，唉，這段日子我一日多省吾身，一定是好日子過久了，缺乏憂患意識，我看再過不久，我的太平日子就要變成太監日子。鬼怪斷然樂於待在地獄享福，而這些鬼物，領受欽命有所意識，說不定也想四處迌迌。我啊，齋戒多日，深思熟慮過後覺得諸事做得不夠完善，是應該痛改前非洗心革面一番。這段日子，我戒菸、戒酒、戒衛生麻將、戒簽公益彩券、戒看好萊塢和寶萊塢電影、戒上網、戒玩智慧型手機切水果遊戲。河，祢說說，這樣子自我砥礪能否功過相抵。我不求升官發財，但求平安順遂。現在我每日打太極，喝水，親近大自然，嗅聞五穀雜糧，蓬萊村大小角落都有我微服出巡的鬼影。行有餘力，不忘巡視陽間，整日整夜忙得不擇飯而食，不擇水而飲，不擇席而臥，我告誡自己絕對得恪盡職守——」

「崔判官不用擔心，所謂：『福兮禍所依，禍兮福所伏』，只要心存善念，諸事凜然以對，厄運必定會自動化解。」河得體回應。

「對啦，免操煩，是福毋是禍，是禍覕未過，上悲慘就是暫時放牛食草歇睏去。」玉簪婆接過崔判官遞來的茶杯。

「唉。」崔判官深深嘆息。「好了，鴨掌先生，你先帶著玉簪婆、河和鰓人去向白琴告別，詢問消息，說不定能問出一些蛛絲馬跡。我得換上官服，等會兒還要去大殿報到。城隍爺至今尚不知情，眾鬼差一同瞞著呢，萬一到時怪罪下來，一萬顆頭顱都不夠砍。先下去吧，萬事拜託，我還得多欣賞欣賞這月色山光，以後怕是被挖去眼珠無福享受。」

「遵命。」鬼差齊聲。

「對了，鰓人，下次早點跟河一起過來運氣養身。這鬼氣最好能練到收放自如，不僅有益魂魄，需要驚嚇陽間善男信女時多少也能派上用場。氣一出，屁一放，鬼舌頭緩慢晃動便是陰森，絕對比電影還要逼真寫實——」崔判官試著露出笑容。

鴨掌先生領頭，帶領一行鬼差走向孽鏡台。

金生攙扶興奮勃起的肉身樹幹，剛被水孽草咬嚙的身體不斷發癢，一股騷動竄入血液。

崔判官保持沉默，昂起頭，月光在洶濤川河中凝出玉脂。

冤氣團團爬升，水路隨即晃蕩沉入死寂。

「順小路，過竹林就到了。」鴨掌先生一條烏黑長辮搖來晃去。

「誠遠。」玉簪婆滲出一身寶氣珍珠汗，丁鈴噹啷掉落地面。「你看我大粒汗細粒汗，全身滴落一堆珍珠，你是欲按怎賠？這一粒珍珠愛上萬箍。你有錢欲買，我閣無欲賣，稍等一下是會死人喔。」

鴨掌先生停下腳步，冷然覷視。「拄才拍太極拳毋是神采奕奕？」

「這無仝款，袂行相提並論，你無看我有縛跤喔。」玉簪婆喘口氣，抓攏臉頰、脖頸和手臂上的珍珠汗急忙塞向嘴巴，雙手交掩三八發笑。「真歹勢，這味我上愛，實在無法度。」

鴨掌先生抬起巨大鴨掌子，望了望，兩眼透出貪婪，伸出舌頭猛流口水。

「白琴準備好了嗎？」河問。

「哪有可能？」玉簪婆蹲踞地上撿拾碎珠，抹去唾沫，將碎珠丟向嘴巴咀嚼。

鴨掌先生放下腳，兩肉掌啪吋啪吋互蹭。

「雖然聽伊吼甲耳空生鉎，但是後擺就無機會聽咧——」玉簪婆面露憂容，站起身。

「我一日到暗聽甲有夠心煩，足想欲提針線共伊的喙紩予密密。」鴨掌先生一雙鴨蹼子原地跳動。

「白琴要去哪？」水孽草的藥效讓金生全身輕飄飄了起來。

「閣會使去佗位？」玉簪婆彎身，審視金生的魚鱗和魚鰭，清嗓音。「新來的，真正啥物攏毋知。你知影白琴為何透暝透日攏佇哭？毋是食飽無代誌。唉，白琴死前也誠是苦命。伊的親生老爸老母一口氣生八个，精子毋拍拚，頭前七个攏是查某囡仔，上後一个才是後生。白琴排第七，彼時陣，歹日子，攏是重男輕女，哪有可能飼遮爾濟囡仔。伊老母抱伊去予算命仙算命，算命仙講這个查某囡仔命足硬，相剋老爸老母。伊的親生老爸天生短跤，無力，行路也行袂好，人講是肌肉萎縮還是小兒麻痺症我也毋知，伊老母就種作飼雞。無錢喔，只有共囡仔一个一个送予人做養女，童養媳啦。白琴六歲時陣，就予伊老母送到四、五个村莊遠的戲班仔飼，講是飼，做人的養女，事實上是換銀兩，人命是值偌濟錢？送出門就共父母永遠陰陽兩路，讀冊人會講是形同陌路。戲班仔看這查某囡仔眉清目秀，聲也好聽，親像水流，毋拄好大漢後唱歌仔戲會使獨當一面，做小生做苦旦。但是，這查某囡仔的性格足硬，像牛，講袂聽，家己偷走足濟擺，毋過真正走袂遠，攏予戲班仔掠倒轉來。轉來，就悽慘落魄，規村內底就聽這个囡仔吼，予搧喙顊，用掃帚拍甲尻川佮小腿肚四界烏青。」

「水肥叔替白琴贖身。」鴨掌先生搶著說。

「你這个鬼差毋知禮貌，我講一半你是插啥物喙，好好烘你的鴨掌肉。」玉簪婆指著鴨掌先生叨念。「這水肥叔是好人，雖然散食，但是看這查某囡仔可憐，共白琴買倒轉來相陪。唉，水肥叔厝內無某，老爸老母早死，買囡仔轉來也是有情有理。毋過白琴閣細漢，啥物攏毋知，就知影怨嘆。戲班仔佮村內的人攏講，水肥叔買囡仔轉去是欲飼予大，做某。」

「世人上愛八卦。」鴨掌先生沒好氣地說。

「這世間也是有好人。」玉簪婆睨鴨掌先生一眼。「水肥叔無睏過白琴，攢錢予伊讀冊，毋過白琴初中無讀了就走矣。水肥叔共白琴揣轉來足濟擺，無效，這囡仔就是無欲蹛佇厝，閣四界亂講話，講水肥叔規工偷看伊洗身軀，暗時睏的時陣，一雙豬哥手就會偷摸伊的奶仔。事實上，水肥叔只有佇白琴細漢時共伊洗過身軀，兩、三年後，就無睏仝一个房間。水肥叔厝內無好額，日日用扁擔擔肥，工課就是剉柴、抾柴、擔水、沃水、挑沙、割稻仔，幫庄頭內的人堆田稜，趁一兩五銀。頭路辛苦喔。水肥叔本來買白琴是飼大漢欲做某，後來生活久矣，有感情，真正毋甘去蹧躂。水肥叔講這就親像心頭肉，無得怨嘆，頂世人欠的。白琴大漢，也毋管水肥叔死活，前後三擺結婚攏無請水肥叔，講驚見笑，挑水肥是有啥物好見笑，歹竹也是會出好筍。水肥叔死前，心內底思念的只有白琴，講伊對袂起囡仔，最後一口氣就是念著查某囡仔的名。死後，只有草蓆崁身，無棺柴，散食喔——」

「等一下見到白琴，記得別提起這些事情，免得她難過。」河交代。

「千萬莫厚話。」玉簪婆睨了鴨掌先生一眼。

金生傻笑，全身鱗片因為水孽草藥效而不自覺開闔歙張，嘴中啵啵啵吐出氣泡。

「我知影，好啊，咱來行。」玉簪婆催促鴨掌先生。

鴨掌先生用健壯無比的肉蹼左右搖擺，晃動尻川，肉蹼如雙翅扇動空氣不斷彈跳，不一會兒就在折彎處失去蹤影。玉簪婆扶著腰肢怨嘆，說全身金銀財寶都要散架，不可能再快了。河和金生跟在玉簪婆身後，踩踏一顆一顆滑溜珍珠汗。玉簪婆揮手止步，喘大氣，說跤無力，閣想欲歇睏。河步行向前，叫鴨掌先生慢點。玉簪婆撫膝揩汗，要河早去早回。金生蹲踞地面撿拾珍珠，一雙魚鰭好奇玩弄。

「生的請一爿，飼的恩情較大天，講起來，攏是一世人的恩情。」玉簪婆拍打金生肩膀，意在言外地說。「唉，村庄人佇水肥叔的眠床底佮衫仔櫥揣著伊一世人儉腸凹肚儉的錢，閣有一張批。錢一半欲予村內造橋鋪路，另外一半留予查某囡仔。村庄人買棺柴，四个查埔人夯，請嗩吶隊，摃大鼓，燒銀紙，共水肥叔送出山。」

「一世人的恩情——」金生呢喃，血液快速湧動，腦袋無法冷靜下來。

河躍跑而回，說白琴不在厝，引領向前，從歧出路徑中探向竹林小道。爬坡延伸，頂端，鴨掌先生坐在泥路之上挑除腳底碎石。竹林瑟瑟傳出微弱哭號。越亂竹，攀碎岩，前行數十尺敞現平坦，森森竹林圍繞一方泉台。

白琴亂髮披散如麻，跪在墳墓前上氣不接下氣奮力號哭，滿臉鼻涕眼淚，雙手不斷捶打地面。鬼差圍聚白琴身旁等待，風蕭蕭，草莽莽，已死肉身不得安寧。

「好啊啦，莫閣吼，聽到攏欲臭耳聾。」玉簪婆捂住耳朵。「我知影你誠後悔，但是敢有啥物辦法，毋管是做人還是做鬼攏愛好好寶惜家己。」

「玉簪婆，你講後世人無遮爾好的老爸是欲按怎活？」白琴咬唇，口齒不清。

「一世人一世情，一世鬼一世恩怨。」玉簪婆向前攙扶白琴。

白琴起了半身，臨時推開玉簪婆再次雙膝跪地，頭顱猛力叩擊地面。「你就放予我吼，我吼了無目屎就無欲吼。這馬，我目屎閣遮爾濟，我心肝就親像予刀仔剖，肉一塊一塊落，我是欲按怎還阿爸的恩情。嗚，我真正無有孝，我知影家己毋著矣。但是，為啥物恁欲離開，恁忍心予查某囡仔一个人繼續佇這思念，繼續艱苦，繼續念著恁的大恩大德。嗚，我毋甘，我心頭內誠痛苦，阿爸，恁敢有聽著我佇這喝你的名，恁敢有機會知影我佇這吼出聲，恁敢有——」

「唉，真正變態，這毋是有不有孝，是戀父情結。無，比啥物戀父情結閣較嚴重，根本是亂倫。」鴨掌先生合攏手指，捂住耳朵，因為不斷聽見哭聲而唉聲嘆氣。

「阿爸，查某囡仔無有孝，這世人死矣也無法度好好服侍，我就欲去投胎轉世囉，我就欲告別囉。嗚，後世人有緣拄著，袂認咧恁就莫怨嘆，我希望後世人也是做你的查某囡仔。我會乖巧，會聽話，會去考博士，做醫生，起樓仔厝予你蹛予舒適，嗚。」白琴的眼珠充滿淚水，衣袖一抹，兩顆血眼珠從眼眶掉落。

血眼珠十分黏稠，瞳內長滿吸血蝌蚪，彷彿輕微擠壓就要迸裂。

玉簪婆從後抱起白琴腰肢，讓白琴起身坐上墳磚。

白琴抽咽，起身走下墳墓，從旁挑起一根扁擔與前後兩個籮筐，顫顫巍巍走至墳前。前方籮筐盛放老父牌位和香爐清香，後方籮筐裝著一顆一顆滑溜溜血眼珠。白琴用衣袖擦拭老父遺照，再至後方拔除墳土雜草，接過玉簪婆點燃的三炷清香跪拜老父。眼眶深幽幽燃燒兩盞水燈，頃刻竄出千百條血蟲子，吞噬、交纏並繁衍，緩慢長出另一對眼珠。

「我們來送妳。」河說。

「我知影，這擺換我囉。」白琴嗚咽。

「後世人就愛大富大貴。」玉簪婆忍住離別情緒。「家庭上重要，讀冊會出頭這句話攏是滾耍笑。」

「崔判官無法度來相送，真對不起。」鴨掌先生說。「你也知影最近陰間發生足濟代誌，崔判官想欲問看覓，有《生死簿》的下落無？」

白琴持續悲嚎。

「問這欲創啥？真毋是款。」玉簪婆罵咧。「無看著白琴正悲傷。」

「是崔判官吩咐的。」鴨掌先生沒好氣地說。

「毋管是三太子還是觀世音菩薩來，我攏毋驚——」玉簪婆回了嘴，攙扶白琴重新坐回墳碑。

「鴨掌先生講的也是，投胎進前，也愛好好交代彼工的代誌，造福陰間。」

白琴抹去鼻涕眼淚，大喊：「阿爸啊。」

河嘆氣。

金生溜到籮筐旁擠弄眼珠子。

血眼珠渾身黏液，彈性十足，輕巧逗弄黑瞳子還會膨脹。

「我實在無看著是啥物鬼偷提《生死簿》，孤魂野鬼才毋敢近倚崔判官，一枝勾魂筆會決定人的生死福祿，驚死鬼魂，毋過也有可能是鬼差，只有鬼差才有法度倚近崔判官。」白琴的眼珠重新紅腫了起來。

鬼差們面面相覷。

「咱鬼差偷提《生死簿》欲創啥？」玉簪婆試著化解尷尬。「做鬼差比做人好百倍。」

鴨掌先生點頭如搗蒜。

「共崔判官、土地公佮土地婆說多謝，恩重豈止如山。」白琴復跪墓前，膝行向前，頭顱叩出紅腫瘀青。

鬼差們沉默無語。

白琴的身體隱然透出發光血字：

祖宗積德幾多年，源遠流長慶自然；若更操修無倦己，天須還汝舊青氈。

白琴向眾鬼差一一叩拜，嗚咽哭喊，感謝多年來提攜照顧。

河、玉簪婆和鴨掌先生連忙向前攙扶白琴。

白琴拍撫膝蓋、手腳與額頭上的灰塵，從地面撿起剛掉落的血眼珠，靜置籮筐，淚眼汪汪捧起籮筐內的老父牌位，點火，緩慢焚燒神主牌位，再抬起籮筐踅至後方，挖掘淺窟，埋進血珠。我欲用我的目珠服侍死去的老爸，雖然伊已經投胎轉世，肉身也無葬佇遮，白琴呢喃，喑喑啞啞唱起〈望你早歸〉：

每日思念你一人，袂得通相見，親像鴛鴦水鴨不時相隨，無疑會來拆分離；

牛郎織女伊兩人，年年有相會，怎樣你若一去全然無回，放揀阮孤單一个。

若是黃昏月亮欲出來的時，加添阮心內悲哀，你欲共阮離開彼一日，也是月欲出來的時，

阮只好來拜託月娘，替阮講予伊知，講阮暝日悲傷流目屎，希望你早一日轉來——

遠而近，竹林幽徑傳來牛頭馬面眾鬼們喧鬧聲。

牛頭馬面鬼差用堅潤竹竿前後串起人頭肉串，走走搖搖，搖搖擺擺，擺擺晃晃，竹身穿透喉頭串起十二位男女鬼魂。鬼頭伸吐長舌，說唉喔，嘴巴癢，喉嚨癢，舌頭癢，鬼差大人咱們再來說些五四三，我一天沒咒人祖宗十八代就渾身不舒服。

起程了，面惡心善的牛頭鬼差大吼一聲。

白琴從罄空的籮筐取出隨身型擴音器，極其熟練裝上電池，垂掛麥克風，二胡古樂悠揚傳來。最後一次跪拜老父，哭聲衝出雲層拔音響磬，高音一時垂墜，清清嗓音後再往上衝刺尋求突破，忽有一口氣阻塞胸膛，只得握拳搥胸，緊咬唇，一鼓作氣，哭聲瞬間如銅鑼迸亮，竹葉簌簌悚然。白琴哭喊，我拜，我再拜，我三拜。艱難起身，牽掛與懊悔不曾減滅。竹竿成為巨蛇，蠕動延展，蛇頭從白琴喉頭鑽進身體。腹肚風箱般漸次變大，蛇身貪婪滑溜迂迴前進，肚皮鐵青腫大如牛腹垂奶。白琴舔舐蛇毒，拍打肚皮，啵，蛇頭從肚臍眼竄出。蛇發鬼語，確認魂魄身分。蛇款擺身子溜回白琴喉嚨，穿過頸項，復成為一根彈性十足的竹竿。牛頭馬面鬼差引領即將投胎的魂魄往川河晃去，懸頭，伸頸，身子拉扯手腳，搖搖擺擺跳起亂舞恰恰，好喜樂，好興奮，好淫蕩。

剛低下頭，水孽草迷眩意識，一條冰涼涼蟒蛇亦從從金生喉頭鑽進肚腹，竄出肚臍——啊，真是有夠舒爽。

生死簿：煙雨花

友忠伯原本以為自己和春妹子已經船過水無痕，毋需牽掛，想太多只會綁手捆腳自找麻煩，沒想到枕邊人釀娘子離去之後，春妹子又來了。

有餘村人都很想知道，這個性情古怪的老傢伙如何在釀娘子調教下變成乖崽子，又如何完全不吭一聲便分了手。友忠伯把自己鎖在古厝，不再穿西裝、打領帶臭屁行走街巷，村人就知道事情不對了。釀娘子啥都沒變，要說變，就是變得更花俏了些，一下子著迷豹紋裝，一下子喜愛粉紅雨滴裝，黑皮帶鑲水晶鑽橫掛腰間，展露身體曲線，每周蛋白護髮從沒少過。村人愛說閒話，這會兒卻不好意思正大光明言說，一方面假裝禮貌，一方面也是因為友忠伯是接天宮和理安宮常任董事，打壞關係只會惹火上身。崇孝伯會問，友忠人呢？釀娘子聽見了，衣襬搖晃，髮絲飄逸，胡亂回答，唉啊，放錯料，都釀壞了。阿火伯會問，友忠足久無來廟仔拜拜，人咧？釀娘子拉開嗓門，後禮拜會來，免操煩，你看神明徛佇遐笑咪咪攏無煩惱。翡姨和髮鋪的阿秋嫂陪伴釀娘子，提水果籃，笑聲爽朗像蜜蜂螫人，一身花枝招展踅回屋厝。

友忠伯消失了。

有人說友忠伯去了東南亞找新老婆，有人說是挖了地洞把自己埋起來，有人說是拿著魚槍去找仇家。實際上，老番顛並沒消失，只是舉止有些怪異，神出鬼沒幹著荒唐事，例如留了滿臉落腮鬍，例如大清早把老松盆栽埋進土，隔日看不順眼持拿鏟子移植，第三天再換位置。有時坐在藤椅，看望人群，即使蒼蠅與蚊子停在臉上也絲毫不動。村人見怪不怪，反正再過一陣子，友忠伯又會梳油頭、噴香水、大談參加縣政府舉辦的私人會議派對，以及花公絡的巴黎、夏威夷、九寨溝和京都遊樂之旅。

那段時日到底在做些什麼？意識試圖欺騙自己，或刻意遺忘，日日夜夜四處夢遊。友忠伯將身分證、駕照、行照和印章放進信封袋，騎打檔車到郵局，解除定存五十萬，一口氣領出三十萬。行員好心，擔心受騙，詢問為何要提領這麼一大筆錢？友忠伯一時間沒反應過來，畏縮幾秒，回了句無你的代誌，過了一會兒覺得失態，清喉提嗓，面不改色說是欲提去做禮金買查某。錢磚放進兩層黑色塑膠袋，用尼龍繩田字捆綁，踅到廁所，脫上衣，拿出預備好的剪刀膠帶，將錢磚袋緊貼肚腩最後穿上衣服。疑神疑鬼，怕有人跟蹤，戰戰兢兢如履薄冰。腳步聲如雷鳴，喇叭聲如砲彈，街巷的賣菜攤、文具店、電線桿和十字路口的早餐店怎麼到處都有要命的監視器？行至菜攤，咳兩聲，蹲身，假裝隨意挑揀高麗菜、番茄、空心菜、芹菜、芥菜等，說菜攏予臭蟲咬，無媠；遇到菜葉光澤漂亮的，便說菜葉仔遮爾媠，農藥用傷厚，是欲毒死人？左瞧右望，神情緊張審視四周，完全不理會攤販到底說了些什麼。友忠伯雙手護住小肚腩，假裝氣定神閒，緩慢踅回停車處，嘯天犬突然大聲吠叫，嚇得友忠伯跳了起來，滿額冷汗，膦鳥還滲出尿來。恍恍惚惚靠向機車，試著安定心魂，扯著嘯天犬項圈凶狠踹上一腳。

畜生，友忠伯罵著自己也罵著嘯天犬。

回厝，重新用透明塑膠袋裝入三十萬，套兩層信封袋，放進喜餅盒，盒內還故意擺放一大疊過期的水電、土地稅和房屋稅帳單。喜餅盒放入神龕櫃底，覺得不妥，改放祖先牌位下的紅漆立櫃，還是覺得不妥，最後決定藏在床底下。

隔日，穿西裝噴香水的瀟灑友忠伯又回來了。

拿鏟子把老松植回盆栽，替冷水花、大岩桐、黃金葛和黑葉觀音蓮仔細澆灌，修剪殘枝枯葉，將擠塞灶跤角落的酒瓶塞入紙箱，把兩、三個禮拜的衣褲鞋襪全都丟進洗衣機，刮鬍子，剪指甲，洗澡，用力刷洗身子。從冷凍庫中把冰得像頁岩的蛋餅皮拿下，放在洗碗槽中退冰，接著下油鍋，打兩顆蛋，夾火腿與罐頭玉米粒，再泡一杯養身五穀麥片粉。食飽，嘴唇抹淨，上樓穿起襯衫與整套西裝，抹髮油，香水淡薄仔淡薄仔抹於手腕耳後，面對鏡子清嗓音，調整紅領帶，對鏡子中的身影說，人生啊，就是愛知足。

黑皮鞋上鞋油，兩腳晶亮亮踩踏柏油路，嘯天犬緊密跟隨一同出遊去。

雜貨店內買了泡芙和蛋卷禮盒，假裝順道去探訪春妹子。鑰匙還在，打開後門往房內走，因為踟躕而異常緩慢。走到房間門口，立在門外呆愣幾分鐘，毫無勇氣敲門，於是沿著縫紉機、茶桌與堆滿大小紙箱的窄巷廊道晃到前廳。廳前，一張大紅圓桌，上頭擺置空酒瓶、塑膠杯、檳榔渣、瓜子殼和菸屁股，空間侷促，破皮的黑沙發上方隨意疊放圍巾、花皮大衣、深紫棉毯、發黃臥枕、胸罩和男性黑夾克。踅到門口，看見一雙陌生的男性拖鞋，覺得真是礙眼。重新走回房間門口，發著呆，不知道自己到底站立多久，也不知道見了面該說些什麼，心臟在胸腔內慌亂跳動，掌心都潮了。㑑，辱罵還刻意壓低聲音怕被聽見。禮盒齊整放在灶跤飯桌，從後門溜了出去，走遠幾步還回過頭來關門上鎖。

許多次，友忠伯一身黑西裝，梳油頭，理鬍渣，噴香水，隨意到雜貨店買個幾樣生活用品如抽取式衛生紙、花生醬、萬金油、麥片和紙碗紙杯等，大清早來到春妹子住處。有時房門沒關，便探頭探腦打量黑黝房間，窗簾緊閉，老舊除濕機在衣櫃旁震動；大多時候，啥事都沒做，在春妹子住處晃繞一圈，無事可做便再晃一匝。日子實在難熬，難以繼續隱忍，心一狠，拳頭一握，躪脟一抓，索性坐在沙發上嗑瓜子，開電視看新聞，神經質地將音量調成靜音。友忠伯比誰都還緊張，覺得卸面子，時刻告誡自己絕對不能慌張，男子漢正港大膦鳥，有啥物好驚的。從早上六點坐到九點，房間終於有些動靜。春妹子穿暗紅短褲，套一件領子鬆塌的白上衣，嚴重黑眼圈，粗肥鬆軟的大腿、手臂與乳房露出血色與深紫色錯綜血管。可能是許久不見，心中有了美好想像，竟然覺得春妹子年輕了，白了，皮膚更加彈性了，一頭鬈髮蓬蓬亂亂襯托出女性獨特性感，肥肉衰老卻瀰漫出性慾味道。春妹子並沒有露出驚訝神色，揉雙眼，撇嘴角，帶著一絲笑意卻立即沉入老邁，像是早已經知道友忠伯所有的招數與底細。

春妹子說，有人客閣佇內底睏。

友忠伯用不在乎的口氣說，拄才路過，順路來遮食瓜子。

你坐，我去便所洗面，春妹子去灶跤煮稀飯，煎蛋，炒一盤高麗菜，接著到客廳招呼，說來食早頓，冰箱無菜，無啥物好食的。

友忠伯結巴，我來遮是欲褪衫褲，毋是欲食早頓。

春妹子說，內底閣有人客。

窗外落下綿密小雨，友忠伯跟著春妹子走到飯廳，兩人沉默坐在木椅吃清粥小菜。

春妹子說，我去叫人客起床。

友忠伯尷尬地叫住春妹子，說沓沓仔來，無要緊。

春妹子洗了澡，香噴噴的，穿了亮片胸罩和銀內褲就在房間內趕人客離開。

友忠伯站在房間門口望著春妹子。

門口洩進冬陽，滑如油，軟如脂，春妹子彎起左膝，從腳踝開始塗抹乳液，輕緩按摩，遍布小腿、膝蓋、大腿、私處、下腹部、乳房與一雙手臂，感嘆地說，以前毋知影保養。

友忠伯興起一股強烈厭惡，其中，卻夾雜一股無法抗拒的春妹子誘惑。

前行幾步，輕掩門。春妹子滿身胭脂贅肉、翠玉軟骨，起身替友忠伯脫西裝、襯衫、皮帶與西裝褲，用充滿乳味的雙掌撫摸友忠伯胸膛，輕輕揉按，一搖一擺脫下友忠伯內褲。兩人順勢交疊、曲折、延展、鬆弛並繃緊肌肉，閉上雙眼，將軀體與性愛隱藏於黑暗之中。初始，噴發一股激情，隨著愈加熟悉的觸碰，口舌充塞舔舐前後花草膩香，腦袋與身體逐漸被一股刺麻難耐的空白腐蝕。友忠伯抱著春妹子，緊緊抱著，伸出敏感的舌頭親吻春妹子的身體。

閣欲試看？春妹子問。

友忠伯的自尊被傷害了，低搖頭，若無其事地說傷忝啊。

光裸身子，復躺床鋪沉於海底，友忠伯輕微拉扯嚴合密實的窗簾，透不進一絲光，兩人起身洗澡，重新在房間內穿上衣服。

友忠伯說，我看你身材變好啊，按怎，是開錢去按摩做面，還是規工去十八骰仔。

春妹子，毋是十八骰仔，愛講予清楚是SPA。

友忠伯說，遐爾仔好額。

春妹子露出拘謹笑容，誠是滾耍笑，哪有啥物錢，三頓有食飽我就滿足。

友忠伯察覺出春妹子的客套，不再多說什麼，從口袋掏出一千，原先友忠伯都是放在桌上，這回硬是塞進春妹子雙掌。

春妹子推辭，說也無共你服務著，真歹勢。

友忠伯把錢放在桌上，春妹子又把錢塞進友忠伯口袋，兩人來來回回幾次，直到尷尬了，不自覺隔開幾步。

友忠伯先鬆軟態度，將錢塞進口袋，說幫我攢一條燒毛巾，昨暗睏無好，頷頸仔痛。

春妹子轉身進入灶跤。

友忠伯愣頭愣腦探看房間，拉開梳妝檯抽屜，在假睫毛、粉餅、口紅、腮紅與睫毛霜間塞入鈔票。

春妹子用熱水燙毛巾，擰乾了，遞給友忠伯。

友忠伯扭動頸，走進灶跤，自言自語說這所在實在有夠垃圾。

春妹子不為所動笑了笑。

友忠伯開門，穿皮鞋，用鞋尖輕撓伏趴在地的嘯天犬，離開前不忘多加一句，明仔早起我會買清潔劑來，灶跤佮房間愛鑢予清氣，莫傷荏懶。

友忠伯不太相信人，疑心病特別重，廟公阿火伯算是唯一好友，同一間國小、國中畢業，之後輾轉在村鎮鬼混，兩人年輕時跑過同艘船，搞過一些小生意，賣洋菸、釀酒、開檳榔攤、轉賣碧玉觀音等。友忠伯不輕易言說真實的生活，寧願胡謅，滿腦子密密匝匝被害妄想，十足偏頗，覺得別人處心積慮想要占他便宜，還會謹慎地對阿火伯保持距離，深怕不知不覺便被捅了一刀。友忠伯以董事身分宣布祭祀事宜，村人低頭講話，便覺得嘰嘰喳喳聲像是嘲諷，而當場子不夠熱絡，又覺得村人沒有認真聆聽積極加入討論。跟人打招呼，對方的微笑多了幾秒，便覺得笑容太假，不真誠，不笑呢，又覺得別人在汙辱他。友忠伯的確知道自己的毛病，表面上可以跟任何人大談闊論，推心置腹，實際上心底時刻謹慎防備。友忠伯說這是天生的，想改也改不了。阿火伯規勸幾句，他便靜默不語。阿火伯曾罵，說你這世人無救矣，換帖兄弟也毋相信，莫怪牽手佮查某囡仔攏走矣。對於阿火伯的勸告，友忠伯會嘗試聆聽，尤其當兩人坐在媽祖、千里眼與順風耳神祇前，檀香燃燒，金紙翻飛，神明肅穆凝視，心中雖然不快，卻不會見笑轉受氣。人啊，還是要有一、兩個肯講實話的朋友。友忠伯低下頭，神情落寞，不再回嘴。阿火伯發完脾氣，友忠伯便會坐在茶几前燒一壺熱水，泡茶，將時間浸得更入味。

友忠伯將春妹子的事情跟阿火伯說了。

阿火伯聽了直搖頭，嘆氣，起身在茶几旁徘徊走動。

友忠伯呢喃，我會叫春妹子莫閣做，我已經去郵局提領一筆錢。

阿火伯立定，抬起頭看向友忠伯，說，誰人攏好，揣趁食查某是家己揣麻煩。

友忠伯沒說話。

阿火伯說，春妹子啥物人客攏好，你知無，只要有錢攏開過矣——

友忠伯想回嘴，卻始終吐不出半句話。

阿火伯搖頭，說，隨在你啦，牽手也毋是我佇牽，也好，查埔人出外趁錢是需要一个查某佇厝內顧前顧後。

發起疑心病時，脾氣特別不穩，一身筆挺西裝，不過喝酒、抽菸、嚼檳榔一概不拒，想著春妹子就是一個不知羞恥的騷貨，發起浪來連公狗都可以上，會不會全村的查埔人都已經上過春妹子？

這樣子他不就是撿破爛？好的破爛不挑，硬是要挑個人老珠黃，自己也真是夠賤。接著又想，撿破爛又怎樣，俗話說職業無貴賤，不偷不搶安分守己有什麼見不得人。他可以再去找其他查某，可以花錢舒爽，不過他抓緊膦脬，嘗試不再惹花黏草。不再捕魚，重心逐漸轉移至岸上，時間多，心寂寞，愈發慌了，想要多花些時間找人說話，有空坐火車轉巴士去番薯尾找女兒開講。女兒嫁得好，囝婿在鄉公所當公職人員。這年頭啥物工課攏無好，做高官會變狗官，做立法委員會無囝孫，做醫生會予黑道拍，做老師會予家長告，就是做公職人員上好，永遠是為民服務不沾鍋；無法度趁大錢，換來的，是安穩生活，買車起樓仔厝絕對無問題。應該要帶春妹子去南部見親情，不過該如何介紹？說是外籍新娘？還是有餘村好厝邊？或者什麼都不說，反正這馬的世代講究的是自由戀愛，誰說老了就不能找個伴？

好一陣子，友忠伯大清早便去找春妹子，停留的時間愈來愈長，來去的時間也愈來愈不固定，愣頭愣腦想著，怎樣才能讓春妹子不脫褲子不幹，不，是不被幹。很早之前，就跟春妹子提過。春妹子拒絕，說做習慣了。友忠伯憤憤想著，真是公狗改不了吃屎，母狗改不了喝湘，想要下定決心把春妹子搶過來，像年輕人那樣子談戀愛太累了，他覺得自己其實無法接受釀娘子那樣開放的查某，太野，太三八，太放蕩，他真不知道前陣子為何鬼迷心竅如此迷戀。腦袋似乎清醒了些，他要春妹子，即使心底厭惡，甚至時不時想要狠狠甩春妹子幾個響亮巴掌，逼問她為何要如此作踐自己——他說不出口，也下不了手。

真是個沒用的老王八羔子。

春妹子煮些稀飯，開脆瓜罐頭，炒高麗菜，蒸蛋，將昨夜的剩菜剩飯熱燉上桌，兩人饒有默契食完飯，友忠伯將剩餘飯菜放進冰箱，擦桌子，蓋飯罩。春妹子洗碗。看一會兒新聞和連續劇，兩人一前一後進入浴室將身體清洗得乾乾淨淨，來到房間脫衣褪褲，扭腰擺臀。春妹子兩腳開開說把火滅一滅吧。友忠伯的肉和尚依舊癱軟，心底確實充滿強烈性慾，可是與之抗衡的則是意識深層的厭惡。兩人在黑暗中撫摸彼此，胸口隆起，骨頭接縫，肌肉腫脹鬆弛，血管竄出皮膚相互交纏，愈是深入愛撫，愈是窺探彼此內心深處的空虛。肉食性的慾望竟可以如此素食。兩人不說話，裸露全身，沉靜聆聽對方的呼吸聲與心跳聲。友忠伯還是什麼都沒說，捨不得說，頑抗不說，就是給錢。春妹子依舊拒絕。友忠伯把錢固定放在梳妝檯的小抽屜內。春妹子需要錢，可是覺得當面收費實在太傷感情，再怎麼說，都是枕邊的老情人。六百、八百或一千加加減減，多少也是一筆生活補貼。

春妹子的頭顱側躺友忠伯臂肘，傾身，手指在友忠伯胸膛寫字，開了口，後擺錢莫藏佇抹粉箧仔。

友忠伯啥話也不說。

春妹子說，閣過三、四个月，我錢儉予夠，就欲搬去老人院蹛。

友忠伯轉過頭問春妹子，無欲閣趁？一个月的老人館所費是偌濟？

差不多兩萬三到兩萬五。

友忠伯有些憤懣，是欲蹛偌久？是毋是欲蹛甲出山？

春妹子伸回手，收斂面容徐緩氣息，不知該生氣還是反擊。

友忠伯用極度厭倦的口氣，壓抑著，若無按呢，我艱苦艱苦來飼你，一个月收一萬箍就好。

春妹子蜷縮身子，轉過頸子想向友忠伯說些什麼。

友忠伯用睥睨語氣止住春妹子，好啊好啊，就按呢講定，莫閣共我講啥物五四三，查某人啥攏好，就是厚話，聽了就刺疫。

春妹子止住話，側躺，寸寸靠向友忠伯，輕輕橫過一隻手覆蓋友忠伯胸膛。

友忠伯肉笑皮不笑罵一句，真正是痟查某。

村人笑著說，唉喔，春妹子是著彩券喔；真夭壽，春妹子毋是欲出山，是欲收山囉；唉喔，後擺膦鳥癢是欲按怎較好；來啊來啊，春妹子閣來最後一擺就好。春妹子開朗了，有自信了，穿紅小鞋，飾大朵牡丹，走路一搖一擺，尻川大，毫不避諱穿起最新流行的黑色彈性褲，展現日漸豐腴的身材。每次出門買菜必定濃妝，香水抹得凶，最喜歡混合使用紅玫瑰和佛手柑精油，頭上不是頂著竹編船形大帽，便是用水滴狀花布巾圍攏像採茶姑娘。遇上恩客，一併掩嘴笑嘻嘻。

初始，友忠伯非常討厭別人望來的眼神，覺得被歧視訕笑，只是念頭轉換後便不再時刻困擾，人都活到這歲數，什麼大風大浪沒見過，還在意張三李四你他媽的雞巴眼光？他愈想愈氣，愈氣愈憤慨，情緒極欲反撲，㑚，恁爸就是愛粉味，誰講袂使？恁爸就是愛香爐，就是愛尻川大的，就是愛老查某，誰講袂使？中年入花叢，愛死風塵老花蕊，毒豔豔芳香惡臭活像十全大補丸，一手摟住害羞的春妹子，一手提著擺放菜蔬鮮果的竹簍子，大大方方，手必須牽，腰必須摟，臉必須親，尻川有時必須輕柔捏幾下，兩人如同兩塊布滿磨痕的肥皂，貼合著，不用碰觸便溢出肥皂泡沫。

春妹子喜歡被當作花瓶，有水無枝或有枝無花都好，被捧在懷中或被鎖在櫃中不管如何珍藏都好，這輩子從沒當過如此幸福的破花瓶。

友忠伯可囂張。

親親摸摸愛愛撫撫摟摟抱抱磨磨蹭蹭，很恩愛，到了後來開始心生炫耀，廟埕茶几旁，向廟公、里長伯、直木伯、年輕小兔崽子等口沫橫飛自吹自擂，加油添醋，說薑還是老的辣，辣起來嘴巴和膦鳥熱麻麻，一個字，爽。說尻川搖到床都坍了，嘴巴叫到聲音都啞了，乳房軟到人都陷進去了，兩手把臉悶得死死的，友忠伯拍打大腿說啥都試了，窒息式掐脖子最過癮，要死不死痛快得很。村人一同胡言亂語，說下次也要開查某試看覓。友忠伯笑著說，春妹子這馬貴矣，一擺千八，佮紅燈右轉罰的錢仝款，欲罰錢的人攏來揣我。村人笑嘻嘻，後擺也欲來紅燈右轉，膦鳥左轉，開錢才有價值。

不檢點的廢話自然廣於流傳，春妹子聽了，沒生氣，沒氣餒，也沒什麼特別情緒，再怎麼說，現在她暫時都跟了友忠伯，還特地要了郵局帳戶，每月初固定匯入一萬。春妹子是貪財，不過人講信用，不食言，因為這筆錢而有了些志氣。春妹子的話語柔軟帶刺，包容中帶有侵占，不輕易在人前言說，這樣太傷查埔，她在房間說，在床上說，在耳邊說，舌頭舔著友忠伯吊兒郎當的耳垂。她說，後擺去外口莫講阮的代誌，傳來傳去誠歹聽，我是無要緊，但是外口會按怎看阮我就毋知影。春妹子伸過手，環住友忠伯腹肚，繼續說，毋是我佇講，你這款個性愛改，莫佇外口烏白講，也毋知別人是安啥物心，攏是看好戲。春妹子踅踅念，說起真心話竟是如此瑣碎綿長。春妹子不在乎友忠伯是否感到厭煩，我看你有時間加減去運動運動，莫規工跔佇厝內，也莫一日到暗去廟內佮人開講，阮兩个會使去海濱騎跤踏車，去後山迌迌。過年時，海濱毋是欲放煙火，後擺阮兩人會使做伙去，聽講誠婧，天頂一蕊一蕊開花。友忠伯忍受不住，側過身，拉棉被，撇嘴角表示想欲睏。春妹子似自言自語，靠向友忠伯繼續說，逐擺攏是遠遠的聽到炮仔聲，也無出去看過，傷寒啊，秋冬就是愛落雨，一陣一陣攏無欲停，按呢是欲按怎看煙火——

友忠伯的口技愈發膨風，毫無遮掩，大事小事葷素不拘，櫥櫃內有好多套西裝可換，春妹子又替友忠伯添購兩套西裝、三件西裝褲和五件襯衫，有白襯衫也有方格，可依場合更換。友忠伯秋風納涼，春風得意，沒什麼好操煩，疑心病逐漸被自滿填塞，表現出過分自信。阿火伯說友忠伯不僅沒刷牙，有口臭，現在連放的屁都臭死人，都快成了臭屁仙。友忠伯無話不談，什麼狗屁倒灶芝麻小事都要插一跤，發表各式高見，滔滔不絕沉浸某種異樣的幸福感中，長了翅膀飛上天。然而，他的觀眾與聽眾愈來愈少，大都笑呵呵，隨意應付幾句。這些人實在小心眼，不夠意思，見不得別人好。好幾次，擦出火花，其實也沒什麼好吵的，就是友忠伯多吹牛幾句，村人不自覺多嘲諷幾句，場面就尷尬了。初始是對事，後來便是對人，說友忠伯是春妹子養的小白臉，說友忠伯食軟飯，無膦脬。大事化小，小事化無，無奈友忠伯一口怒氣難消，心底的驕傲得意便有了難以抹去的陰影。

春妹子把友忠伯當愛人，當查埔，當囡仔，提出許多要求。要友忠伯緩慢減少菸量，一周只給兩包，說莫早起時仔就餔薰，死後會變作肺癆鬼；要友忠伯別三天兩頭就去買滷味、鹽酥雞和大腸麵線吃，說外口賣的攏是黑心產品，無健康；要友忠伯酒少喝，都多大歲數，去食辦桌時莫共人拚酒，胃佮肝本來就毋好；要友忠伯襪子內褲穿一次就該洗，不缺洗衣精，也不是要省水電費，莫遮爾癩哥爛癆；要友忠伯有閒，喙齒就愛去看醫生抽神經，莫佇遐唉唉叫親像叫魂；要友忠伯緊去看醫生治痔瘡，莫佇遐拖磨。春妹子早也說，晚也說，看到就念。友忠伯無法忍受，大吼一聲。春妹子安靜幾分鐘，繼續念，說不念就不念，也不用生這麼大的脾氣，碎碎念不就是為了你好嗎？友忠伯吼也沒用，拿了菸和打火機，趕緊穿上外套趕去厝外散心。

同枕聚首就是得摩擦，得衝撞，得生斑，心頭一塊肉反反覆覆被蒸騰得難受。多為對方著想會被嫌煩，不為對方著想又過意不去；見到面覺得煩，不見面又覺得怪。生活習慣實在落差太大，看不慣對方。友忠伯嫌春妹子整日沒事做，就會去大賣場買乳液、面膜、收斂水、有機無機草本精油等，擺滿整張梳妝檯，也不見皮膚白到哪去。春妹子嫌友忠伯就會說大話，整天西裝筆挺像是要當公祭司儀，送人出山。友忠伯嫌春妹子無智識，規工就會聽廣播買啥物強身健體丸、防病養生湯、消炎止癢膏等，浪費錢，盡用些來路不明的藥仔。春妹子嫌友忠伯即使誇家己交遊廣闊，換帖兄弟卻沒幾位，要借一、兩萬周轉攏無。友忠伯嫌春妹子年紀大，不懂自制，穿那麼妖嬌、搽那麼濃的香水去老人中心學跳國標，是欲做老狐狸還是老妖婆。兩人話語交鋒，激怒彼此，電光石火，琢磨到了後來便是深沉靜默。瑣碎、無趣、平凡，日子如熟爛的過夜菜葉浮泛酸味。然而，不管如何牽強，兩人還是彼此隱忍下來，煮粥炊飯，食菜脯，配炒卵，菜葉沒洗乾淨還是會不小心咬到碎石。

兩人最大的衝突便是錢。

日子是日子，錢是錢，兩者攪和起來便是生活。

春妹子知道這是壞習慣，只是依舊手癢，受不了，從友忠伯的錢包內偷拿幾張鈔票，怕恩客不付錢似的。友忠伯目睹幾次，恬恬無講話，後來受不了便叨念幾句，要春妹子不要像做賊的，歹看。春妹子對錢敏感，一口氣上來，滔滔念著我是佗位虧欠你，想欲提錢去買鮮花素果來拜祖先也愛先報備？一、兩百箍是會使買啥？買金紙銀紙還是買棺柴？我一个月予你一萬箍是假的？我買芳粉胭脂是有開著你的錢？我坐車看醫生開的是番薯政府的錢。你莫予家己看遮爾懸，笑死人。

友忠伯大多忍讓，只是時日一久，頻繁的爭吵真是讓人極度厭煩，尤其談到錢，兩人的用詞更是跤扈囂張。一日，友忠伯覺得自己再也無法忍受，算了算同居月分，一月一萬另加小費，將錢放進信封丟在床邊，對春妹子說，共妳的糞埽錢提轉，有夠癩哥，攏是潲的味。友忠伯一氣之下出了門，踅去春帆港抽菸消磨時間，回來時怒氣未消，厝內繞匝不見春妹子，信封沉甸甸留在床上，兀自咒罵，痟婆，真正是拄著痟婆，上好去死。沒想到春妹子竟然一去不回，這死婆娘。友忠伯無可奈何，自己愛面子，放不下自尊，想著隔一段時間再厚著臉皮去找春妹子。友忠伯不低聲下氣，不大聲哭嚎，不死皮賴臉膏膏纏，想起老情人，就去大賣場買夜宿美腿睡眠襪、保濕唇蜜、香水、面膜或保濕液，提到春妹子厝，一屁股坐在沙發看電視。春妹子咒罵死老猴，心中卻還是高興。春妹子繼續叨念，一邊說錢莫亂開，一邊踅進灶跤煮飯，友忠伯實在是餓壞了，面黃肌瘦，逐日佇厝內食罐頭泡麵。

兩人吵吵鬧鬧，分分合合，像鎢絲明滅的燈泡。

幾次摩擦之後，囂張氣燄便逐漸消退，不知從哪學會自我嘲諷，開口閉口依舊吹噓，然而話語不再輕易侵犯或嘲諷他人，萬一隱忍不住，也會先向自己開刀。這招其實是以退為進，不管吹噓或挖苦，總不能把人逼到絕路，過河拆橋也得先看對方會不會游泳。浮誇深埋骨子，只是裹上一層糖衣，人們還以為友忠伯不管是做人或是說話都踏實了些。春妹子知道友忠伯的伎倆，有時看不慣，念幾句，我毋知你這个人遮爾奸巧，我看你這世人應當去做奸商，去做政府狗官，膨風攏毋免寫草稿。友忠伯說，我這世人是活甲親像糊仔，知影啥物意思？就是親像你仝款爛糊糊，無救矣，哼，我是無得意，你是床頂上得意。春妹子說，你喙哪會遮糞埽。友忠伯說，我就是上糞埽才會佮你做伙。

春妹子感覺到友忠伯日益強大的敵意，而她無法分辨那到底是爭吵，或者只是生活中的小小樂趣。

春妹子又走了。

友忠伯非常生氣，覺得自己不應該每次都先低頭，這樣子實在不像查埔。

春妹子沒有再去過友忠伯的厝，友忠伯也不肯主動聯絡示好，兩人認定只要誰先透露感情，誰就輸了。

輾轉難眠，只好憤恨自己與對方的無情與多情。

細雨隱然，風撩撥，水痕無春卻蕩漾。

友忠伯感冒，發了燒，消息傳得沸沸揚揚滿街滿巷，也不知是真是假，春妹子想不聽都難。

廟公阿火伯託翡姨再託青筍嫂再託媽媽桑刻意講給春妹子聽。媽媽桑老態龍鍾，大半輩子練出的口技相當厲害，撩撥心田，把友忠伯說得上吐下瀉，說得病入膏肓，說左腳已經踩進棺材內擱著了。媽媽桑的話只能聽三成，其他的大都是廢話，不過這股遊說多多少少帶有煽動性。春妹子問，彼个凍霜的死老猴是染著啥物病，是菜花？還是梅毒？我看是愛滋病啦。媽媽桑說，管待伊是啥物病，你就愛念以前的恩情好歹也愛去看一遍，是騙痟也好，是欲轉去北京賣鹹鴨卵也好，轉去看覓抉減你一塊肉，也抉開你一仙半銀，是有啥物好考慮。春妹子突然竄出一股發癲怨氣，我就是落臉，就是老查某，就是尻川開開予人耍，免費予人睏一眠攏會予人棄嫌。媽媽桑嘆口氣，說，隨在你。

春妹子嘗試不去想友忠伯。每到黃昏，看見窗外落下綿雨，整個人就心慌，心疼自己，更心疼友忠伯，而這內心深處的同情與憐憫還摻雜倔強，人老了，好不容易有了歸宿，反而貪求起尊嚴。看鏡子覺得自己醜，看電視整日吵吵鬧鬧揭發有毒食品覺得煩，想做菜沒人吃，躺在竹搖椅又睡不著，只好踅去海堤散心。晚冬涼雨，春妹子穿毛線衣厚外套，手腳依舊發冷，不自覺走向友忠伯老厝，有心無心看望，希望遇見友忠伯卻又怕遇見友忠伯。厝內無燈，朦朧街燈下方的幾團飛蛾聚成鬼燈籠。雨大了，風急，春妹子撐傘往回，碰巧遇見穿雨衫的阿火伯來給友忠伯送便當。阿火伯話都沒說清楚，著著急急把裝著餐盒碗筷的塑膠袋塞給春妹子，說還要趕著去載孫子放學回家，轉身開溜。春妹子提拿餐盒，不知如何是好，去也不是，不去也不是，再找人送進厝也難，便當留在門口實在太懦弱，左右踟躕，彷彿遲疑是否該喝下孟婆湯。不管啦，心亂如麻的春妹子將餐盒放在門口，沒喊聲，沒按電鈴就走了，心頭詛咒，人上好榾予死。回厝，內心惴惴不安，耐住性子編造理由，別人的死活攏佮我無關。輾轉難眠，覺得自己真是缺德，夜裡上了幾次廁所，洗臉，躺回床上閉起眼睛就是睡不著。大清早，天空青紫，春妹子從溫暖被單中起身，戴毛帽，穿毛衣與兩層衛生褲，覆上厚外套急忙出門，穿梭濃厚霧氣。地面潮濕，穿上毛襪的雙腳依舊冰冷，雨溶進霧，霧溶進身體，身體溶進深沉擔憂之中，不自覺加快了腳步。

夭壽，飯閣园佇門跤口，無食暗頓是欲做仙喔，誠浪費，春妹子拿起飯盒，打開，炸雞腿便當已經冷了，菜葉凍一層油，散發一股臭酸味。搖頭，自言自語，食遮爾油，也袂好好照顧家己的身體。

嘯天犬從屋簷底下跑來，挺立瘦頸，搖尾巴，對著春妹子討好吠上兩聲。

春妹子將便當放在屋簷下，餓壞的嘯天犬隨即大口嚼肉。

春妹子說，飼的狗仔攏是仝款樣。

回厝，一邊嘮叨一邊踅進灶跤煮了皮蛋瘦肉粥，煎蛋，蒸地瓜，開菜心罐頭和旗魚鬆，裝進保溫便當盒。心慌慌，試著保持鎮定，提拿便當盒走進霧中。門沒鎖。春妹子在灶跤喊人，沒有聽見回應，無法忍受食物瀰漫的發餿味，洗了碗盤，將垃圾捆緊丟向厝外，再喊了一聲友忠伯，依舊沒人回應。春妹子按捺不住。冬日，陰牆斑駁，苔生花，春妹子假裝若無其事走進房間，牆角陰暗，棉毯包裹友忠伯的蜷縮身影，露出一張毫無精神的臉孔。春妹子面向友忠伯，卻刻意別開眼神，擔心從注視中透露任何情緒。友忠伯好幾日沒有洗澡，衣服與身體散發一股濃稠惡臭，像是全身長滿爛瘡的流浪狗。頭髮蓬鬆，鬍未刮，眼神抑鬱注視床褥，由於消瘦，皮囊全都發皺了起來。

友忠伯嘗試發出一些微弱聲音，只是嗓音鹹住了。

春妹子不躲不閃，靠向床褥，手背貼上友忠伯額頭。

友忠伯低沉喉音瞬間噴射髒話。

春妹子在友忠伯口沫橫飛的詛咒中嘆著氣。

辱罵聲漸趨絲鹹，聲音小了，友忠伯卻還是抗拒，整張臉都罵紅了，接著喘，接著咳，接著嘔，贏弱雙掌死命推走春妹子。

春妹子不走，杵在床邊看著友忠伯。

友忠伯用腳踹。

春妹子被踹遠，乳房和腹部都疼痛，還是靜立床邊看著友忠伯。

友忠伯忽然攤軟身子，放棄掙扎。

兩人靜默相視，似惆悵，更似柔情纏繞的哀悼，都有話要說，都不知該如何開口。

春妹子徐徐說一聲，我提早頓來，欲食無？

友忠伯蜷縮身子，裹著棉被，點頭，忽然間哭了。

春妹子從灶跤拿來保溫便當盒，拉一張木椅靠向床邊，用湯匙一口一口餵食眼睛紅腫的友忠伯。春妹子煮熱水，燙毛巾，擦拭友忠伯身子，接著打開窗簾迎光，丟垃圾，刷洗廁所，餵食嘯天犬，給祖先和觀世音菩薩上香。離去前，走到友忠伯身邊，說話有情又似無情，好好歇睏，啥物攏免煩惱，身體勇健起來上重要，等咧我會送中晝頓來。

天光斜射，是蒼白，是潔光，窗簾上的牡丹印花火燒了起來，友忠伯沒有回答，揉揉眼，緊咬乾裂嘴唇呆愣望向春妹子。

兩人自欺欺人，想著一切都會好起來。

冬雨軟綿，被褥溽出一股潮濕。

春妹子暫時搬回友忠伯厝，餵狗，洗衣，煮食，買菜，掃地，除濕，祭拜，生活中大小事情都包攏下來。友忠伯躺在床上，時而發高燒，時而夢囈，時而嘔吐，不過清醒的時間愈來愈長。友忠伯聽膩廣播，春妹子要文鐵幫忙接線，將客廳的電視搬進房間。友忠伯躺在兩層厚重棉被之中，冒冷汗，發熱汗。友忠伯喊冷，春妹子就幫忙多加一件厚棉被，用熱毛巾擦拭友忠伯，煮黑糖薑茶去寒；喊熱，春妹子就將棉被換成夏季薄被，從冰箱中拿出冰枕讓友忠伯躺，用冰毛巾擦拭汗水。友忠伯大多時候臥躺，有時感到不舒服，翻身，伸手在床邊探觸春妹子。春妹子坐在床邊陪友忠伯看電視，看新聞，看連續劇，時而打盹時而因為劇情悲傷哀嘆。春妹子坐在椅上睡著時，友忠伯便拉來棉被，蓋在春妹子身上，沉靜望著那張未化妝的衰老面孔。他多麼恨這個老查某，但是他又是多麼多麼需要她，無法說愛，這年紀說愛的人都沒有什麼好下場。他聽著她悠緩如鼷鼠跳躍的呼吸聲，想起嘮叨不止的叮嚀，沉入黑暗，沉入睡眠，沉入幽禁之中。

他握住她的手，不動聲色，怕被發現。

友忠伯感染肺炎，需要調息很長一段時間，從來就不知道自己如此脆弱，如此厭惡活著，也不知道嘴裡說的是夢話還是真話，不斷胡言亂語，你莫對我傷好，我真正擔當袂起，我無錢，我啥物攏無。

春妹子睜著鴿子般眼神，望向友忠伯，不發一語，等著友忠伯詛咒完自己。

友忠伯說，為啥物欲對我遮爾好？

春妹子說，我無想欲對你好，但是我無法度看著你按呢——唉，我只是欲予家己較好過。

友忠伯伸手想牽春妹子，手懸在半空臨時止住，收回來，繼續詛咒自己，我上好死死去，反正也無人關心。

春妹子用毛巾擦拭友忠伯臉頰上的汗水，說，莫閣發神經，緊歇睏，話講遮爾濟是攏袂喙焦？

友忠伯說，日後你袂棄嫌，阮就來去公眾結婚好無？

春妹子搖頭，你真正頭殼燒歹。

身體日漸好轉，友忠伯凝視春妹子的時間夜夜增長。友忠伯看電視，看報紙，早餐喝粥，午晚餐有雞湯或黑骨雞補身，身子有了氣力，踅到客廳或前後庭的躺椅望向天光。嘯天犬趴臥地面，一聽見雷聲或門鈴聲便起身吠叫。友忠伯將嘯天犬抱在懷中，悠緩靜搖，拍撫背脊，跟嘯天犬說話，話語不再浮誇，平實樸素了起來。擔憂愈來愈沉，疾病蝕去內心的篤實與自信，日復一日逐漸興起某種認知與直覺，一旦身體好轉，春妹子就要離開了。友忠伯希望自己能病得久一點，身體回復得慢一些，咳嗽能再咳出血絲。搖椅晃蕩，拉出長影，咿咿呀呀梗住包覆陰影的真心話。

晚上，春妹子幫友忠伯按摩。

春妹子的手是綿的，掌心肉是軟的，手指是水做的。友忠伯的腰是彎折的，骨頭是易碎的，皮膚是皺摺的。春妹子的呼吸是暖的，髮絲是溫的，抹上精油的推擠是燙的。友忠伯的呻吟是冷的，胸膛是凹陷的，腹肚因為疾病而是消瘦的。春妹子用指頭肉，用上臂，用磨蹭般擠壓從友忠伯腳底攀爬而上，一股熱潮蔓延，極悠緩，極刺激。春妹子來了，肌膚緊繃了，鬆弛了，摶摶往上往下吸吸吮吮。友忠伯轉身抱住春妹子，如此緊密，春妹子輕聲呻吟呼應友忠伯雙手，上半身傾進去，潮進去，波浪進去。友忠伯湧現精力，熱汗淋漓，一古腦滲進春妹子身體。裹著，起了泡沫。抱著，起了熱潮。春妹子和友忠伯在黑夜裡春心蕩漾，天人合一，實在是難得的陰陽調和。

友忠伯躺在床上，逐漸平息激盪，說，這擺毋免食藥仔。

春妹子笑著說，你感冒藥仔食傷濟，遮爾雄。

身體一日一日清明健朗，只是大多時候，還是寧願躺在床上，躲在被褥，茶來伸手，飯來張口，窗簾即使拉開依舊是狹仄陰暗的房間。要說些什麼，春妹子才會留下來？或者什麼都不說，反正生活本來就是命定般水到渠成，船到橋頭自然直。友忠伯戰戰兢兢假裝咳嗽、吐痰、叫痛、喊冷喊熱，其實整日躺在床上早已腰痠背痛不堪其擾。擔心春妹子幹了太多活，卻又擔心春妹子不願幹了。夜燈下，雨水淋漓，犬吠悠遠，春妹子還躺在他的身邊沉靜呼吸，身體微側，一臉安詳淌落口水。

想起春妹子昨夜說的話，老人院已經看好矣，設備袂穤，一个月兩萬四。

友忠伯不知道春妹子的話語是試探，還是打定主意要搬去人生地不熟的地方，如果能繼續熬著，繼續病著，就繼續下去好了。

友忠伯忽然想起床底下藏著現金三十萬，到時可把春妹子買下來，或是塞進春妹子行李箱，直接給錢，春妹子一定不肯收，或許還會招來一頓斥責。若是三十萬不夠，郵局還有定存，之前林林總總也買了五十幾萬定存股。如果真的還不夠，房子和土地也可以向銀行貸款，他這輩子乾乾淨淨不欠人錢。睡意漸深，計畫如黃金夢般泡沫質地，逐漸沉入意識底層。

從睡夢中驚醒，挺身探看，春妹子不見了，呼喚好幾聲都沒人回應。

友忠伯忽然失去時間感，不知外頭是深夜、清晨或是黃昏，空氣潮得令人心慌。春妹子濃烈的香水味飄浮纏繞，逐漸淡了，被溶解了。兩人長久壓在被褥上的雛形，竟是充滿委靡不振之態。友忠伯一古腦起身，無來由的無助感洶湧而上，再喊了一聲春妹子，依舊無人回應。厝內沒有發現人影，隨即穿上拖鞋尋上街巷。友忠伯覺得自己真邋遢，真丟臉，真沒形象，只是他管不了那麼多。細雨紛紛，跑進廟埕，跑進堤岸，跑進春帆港，跑到大樹公下兜轉，村人吃驚望來，然而他所有的心思全放在春妹子身上，絲毫沒有多餘心力再去理會其他。他感到冷，衣褲都濕透了，恍然間不知該去哪裡，只好磕磕絆絆回厝，摔了跤，再爬起來，濕淋淋坐在床上發冷，想著春妹子到底何時會回來。

友忠伯脫去全身衣物，拿出毛巾擦拭身體，從櫥櫃中拿出整套西裝，先穿內褲，再穿西裝褲、內衣、白色細條紋襯衫和西裝外套，打紅領帶。穿棉質黑襪，噴香水，再替黑皮鞋上油。拿了梳子梳理頭毛。絕對不能如此邋遢，這樣春妹子沒面子，他也沒面子。他依舊必須講究外觀，在意穿著，看不起穿拖鞋、縫補褲子、上半身一件棉衫就來廟埕開講的村人，這樣子會讓神明看笑話。

友忠伯打開厝內大小門窗，坐在床邊等著，等著。

不是冤家不聚頭，春妹子就要回來了。

窗外響起炸裂聲，一陣衝擊接續一陣突圍，撥開窗簾縫往外探看，濛濛萝萝的煙雨，一叢一叢蕊花紛散爆裂。花開，種子錯落，天色淒茫亮麗。有著什麼在未明雲層之中漸次撫平下來，沒有什麼更安靜，也沒有什麼更躁動，彷彿一片寂寥。友忠伯想起春妹子說過的話，絮絮叨叨，像發皺的皮膚。友忠伯答應要帶春妹子去看煙火，雨中，霧中，柴米油鹽中。他是多麼想要盡情、盡性、盡力熱愛他和她各自的不堪，即使秒刻，忘卻殘身完整依附於她。不過這樣太不似他的作風，年紀一大把，該收斂，得務實，整日談情說愛，腹肚也不會像吃了肉臊飯一樣飽。友忠伯穿著全套西裝衣褲，坐在床沿，不知何時從櫥櫃找出墨鏡戴上。他想著，戴了墨鏡好，看出去的世界烏溜烏溜，沒有光，也就不顯得暗。

隱隱約約，腳步聲近了，嘯天犬親暱吠叫。

友忠伯輕微傾身，想看清楚卻又害怕，隨即縮身，清清嗓音，假裝喉嚨有痰，他的面容像雨中明滅煙火，下一秒隨即不露痕跡。

您借錢 我不囉嗦

來開講喔——

選情沸沸騰騰，里長補選不僅關乎競選者，還牽連到各個家庭，甚至是整個有餘村派系黨爭，得選邊站。崇孝伯沿街開講當拜票，出門必定精神飽滿擊掌拍胸，戴競選帽，穿競選背心，背包塞滿香菸、檳榔和幾罐冰啤酒，都是里長婆秀英姊準備的，有時心血來潮，也會騎小綿羊機車，載兩、三箱豆奶和可口可樂慰勞村內的艱苦作穡人。阿嬤和秀英姊感情好，說雖然厝內散食，家己無讀過啥物碗糕冊，但是人是有目睭，有心肝，舉頭三尺有神明，天公伯閒閒無代誌攏佇天頂看。一大早，阿嬤神采奕奕，對鏡梳髮簪髻，撲粉，換上素雅米白上衣，下半身是花草刺繡的深紅七分褲，一雙繡花鞋，說欲去佮秀英沿街拜票。崇孝伯的拜票路線以接天宮和理安宮為基準點，面海一百八十度搜尋，順時針或逆時針，全看心情，不拘謹，反正見到面就開講，抽菸，遞檳榔，問最近有拄著啥物困難無。秀英姊則是三人一隊，拉攏阿嬤和青筍嫂，路線經過妥善規畫，非常謹慎，從西南沿海岸線走至東北，探入歧出小路，拜訪偏僻樹蔭下的獨棟磚瓦住家。

金生和羊頭在廟埕旁的野蕉下捏螞蟻，抓蚯蚓，灌蟋蟀，窮極無聊不知如何打發時間，鬼鬼祟祟跟著崇孝伯當最佳助選員。崇孝伯伸出大掌，抓摸兩人頭顱，笑著說去耍。兩人繼續尾隨。崇孝伯準備邊開講邊遊說，看到兩个死鬼崽子陰魂不散實在心煩，招手，從口袋掏出硬幣，說莫假鬼假怪，去買糖仔餅食。如果當日跟隨阿嬤、秀英姊和青筍嫂沿街拜票，往往會是另一番婆婆媽媽嘮叨風情。青筍嫂軟音綿話，聽得人一顆心十足發癢。阿嬤喜歡聊最近搜括而來的民俗療法，說自製香橙蛋蜜汁能延緩老化，還能抗癌和降血脂，小麥胚芽萊姆汁能增進心肺功能，百香蘋果汁能安神補血，聊完果汁，不忘繼續興高采烈討論食補湯藥。秀英姊有意無意提起選舉，說最近欲里長補選，就愛支持，有餘村才會有發展。一夥人往往從屋簷下移往客廳，喝美容茶，嗑瓜子，食綠豆酥杏仁糕餅，縫補衣裳甚至唱起歌聲一點都不OK的卡拉OK。兩个囡仔跟著湊熱鬧，偷食不少蜜餞、可樂糖和麥芽糖餅乾。助選人員在客廳中扯著喉嚨唱台語老情歌，走台步，金生趁機溜了出來。

「你要去哪裡？」羊頭急忙穿上拖鞋。「為什麼不留下來吹冷氣？」

「我才不要聽他們唱老人歌，魔音穿腦，聽了晚上會作噩夢。」金生順著路徑往山下走。「烏鴉叫還比較好聽。」

「我拿了好多吃的，你要不要？」羊頭拍打圓鼓鼓褲兜。「要走也要先說一聲嘛，這樣子才有時間多拿一些餅乾糖果，你阿嬤不是還在那邊唱歌？」

「我不要吃。」金生嘟嘴。「一直吃一直吃，早晚牙齒全部都爛掉。」

羊頭剝開包裝，將可樂糖、牛奶糖和芒果糖同時塞進嘴巴，糖果在唇舌中喀啦喀啦撞擊。

「真受不了。」金生用力踢踹碎石。「你就是一直吃糖果才會變成小胖子。」

「糖果混在一起有一種很奇怪的甜味喔。」羊頭口齒不清鼓著嘴巴。「確定不要吃嗎？」

金生盯視羊頭。

「怎麼了？」羊頭十分疑惑。「我做錯什麼事情了嗎？」

「沒什麼。」金生垂頭。「有時候，我真的想變得跟你一樣愚蠢。」

羊頭斂起臉色想要生氣，不過想了想隨即露出微笑。「那很好啊，我一直都覺得你太聰明了。

我也想要聰明一點，這樣就不會被欺負。」

金生晃蕩手腳，東繞西竄往前走了一小段路。

羊頭獨自哼唱，不時從口袋掏出糖果查看各種口味。

「作業寫了沒？」金生痞子般轉過頭。

「還沒。」羊頭繼續轉動嘴巴內的糖果。「我是指還沒寫完，耀光不是說老師會檢查嗎？回去之後我就一直寫一直寫，只是還沒寫完，有幾題算術很難，我不會。」

「去跟小桃借啊。」金生的口氣十分強硬。

「你還沒開始寫嗎？」羊頭十分驚訝。「不怕被打手心？」

「我才不怕，現在有規定不能體罰，頂多留下來清潔環境，我才不管那麼多。」金生攤開手。

「數學不會就去借啊，不然就用計算機算。」

「沒關係，我去學校再抄。」

金生繼續朝前走幾步。「你還是把作業寫完比較好。」

「為什麼？」羊頭搔弄耳邊鬢髮。

「怎麼這麼多問題，很煩哩，我是怕你被老師打，等一下又在全班同學面前哭得一塌糊塗。」

金生彎身撿起石頭，丟向左側芭蕉樹上的蜘蛛網。

「可是我還不想跟小桃說話。」羊頭緊咬下嘴唇。

「不會跟許耀光或張淳裕借喔，笨蛋。」

羊頭像是受了責罵，不出聲。

「好啦，我要先回去玩龜兒子，你記得要去借暑假作業回來抄。」金生吩咐。「有沒有沙士糖？」

羊頭突然笑了起來，從褲兜中挑揀糖果。

「吃幾顆就好，不然你會說都是我害你變瘦。」金生倔強解釋。

磚瓦建築內傳出苦澀情歌，如此哀愁，如此怨嘆，一個轉折飆至高音近乎踰越雲層，忽然，青蛙蟾蜍夏夜呱呱叫，原來不小心破音了。

真歹勢，高級音響傳來遮掩不住的笑聲。

金生和阿公在客廳沙發正襟危坐，假裝看電視新聞。阿嬤緊張地坐在阿公身旁，嚙咬指甲，面色十分惶恐。討債的好厝邊又來喝茶，大哥旁有三位跟班小弟，或站或立，凶神惡煞有來頭，染金髮，染紅髮，修剪三分頭，一副隨時都可能怒髮衝冠砸爛電視機模樣。跟班小弟蹺腳抽菸，嚼檳榔，拿起不鏽鋼六爪抓背桿敲打桌子、椅子與電視機。另一個跟班小弟賊頭賊腦，打開神龕和電視機底下的抽屜，翻找值錢物品。

「咱是專辦周轉、借貸、支客票貼現，另外還能一、二、三胎貸款，看你要生幾胎都沒問題，我們很粗勇，絕對不戴保險套。唉，不過多少也要替我們想一想，開錢莊也是需要人力和本錢，開銷很大。」

阿公不理會，繼續看電視。

「人毋是講開車愛繫安全帶，借錢也愛安全貸，這馬錢也借啊，就愛還，哪有欠錢毋還的道理，阿公，你明理，你講是毋是。」帶頭大哥試著和緩語氣。

「莫按呢啦，咱攏是厝邊，錢的代誌總是有法度解決。」阿嬤擠出笑臉。

「原本只有借兩、三萬，借幾工算幾工，閣愛押健保卡佮身分證，是看到鄉親的面子才予恁後生押身分證影本，你看，這頂頭閣有恁後生的簽名佮手印。咱心平氣和來講，啥物時陣欲還錢？慢慢仔還，沓沓仔來，免緊張。來遮爾濟擺，也熟識，算作有緣。咱頭家有吩咐，最近毋是欲選舉，欠的三十萬毋免還利息，就算支持。」帶頭大哥意有所指。「最近通貨膨脹嚴重，外口一張票就開兩千，這三十萬的利息早就超過兩張票四千。閣有，頭家講，選舉後欲請人客，敦親睦鄰，回饋鄉里，到時請阿公佮阿嬤做伙去，毋免包紅包，予恁食予粗飽。」

阿公依舊不回應，直愣愣望向電視機播放新聞。

金生偷拿花生咀嚼。

跟班小弟關掉電視機，將遙控器凶狠摔至地面。

「好啊啦，伊無欲簽我來簽。」阿嬤急忙說。

「有啥物好簽。」阿公一把抓過筆紙，揉爛但書。

「鄉親毋是按呢做，阿公，性格莫親像石頭。」帶頭大哥說。「我是看恁年歲大，驚恁悽慘落魄，若無欠人錢咱攏是提索仔掠人，叫人提錢來換。」

「走，若無我欲叫警察。」阿公挺起脊梁，憤怒了起來。

「你欲揣警察、揣法官攏無要緊，反正遮有恁後生的簽名佮手印，欲拍官司也毋驚。」帶頭大哥點了菸，吞吐雲霧。「而且，咱只是來遮開講，你叫警察來是嫌孤單欲做伙拍麻雀喔。」

「家已去揣人，我毋承認這是我後生。」阿公咬牙切齒。

「毋起毋，利起利，有田押田，沒田押糧，什麼都沒有就押查某。」平頭小弟恐嚇。

「我歹命喔。」阿嬤臨時放聲哭號，雙手握拳搥桌，一顆頭顱左右劇烈搖晃。「哪會遮爾歹命，食閣遮爾濟歲，這馬就欲予少年囡仔送去查某間趁食，我頂世人是做強盜還是刣人放火，這世人逼我賣尻川。」

「無啦，阿嬤，三十萬爾爾，袂掠你去換錢。」帶頭大哥急忙解釋。

「放心，你生這款，倒貼送人也會予人棄嫌。」阿公無關緊要地說。

金生忽然覺得阿公一點都不愛阿嬤，還是說，雖然互相棄嫌卻選擇繼續一起過生活，才是代表阿公對阿嬤的愛呢？

阿嬤立起身，衝向客廳牆角垂掛的厚重日曆，頭顱用力叩嗑，壁虎雙手攀住牆壁，背脊一聳一縮。哭聲愈發激烈，無比嘹亮，咿咿嗚嗚漫天淒厲嘶吼，如氣絕，如咒罵，如詛咒。

帶頭大哥搖頭，隨即帶領跟班小弟離去。

阿嬤真是可憐，不僅阿公不理她，連討債集團也不理她，彷彿全世界都要遺棄她。師尊說平常就要發揮大愛，對蟲魚鳥獸試著感同身受，說這是同理心，金生試著和阿嬤一起哭，用力揉搓眼眶，卻掉不出任何一滴眼淚。

真是失策，應該拿洋蔥助陣才是。

「人攏走矣，閣佇遐吼。」阿公起身撿起電池和遙控器，覆蓋電池的薄蓋已經斷裂，索性用膠帶捆綁，若無其事打開電視。「吵死人。」

阿嬤收斂哭聲，抹去眼淚，手掌當扇搧搧臉頰，哼唱小調踅到廁所洗臉，站立鏡前整理一頭亂髮。

金生好奇地看著阿嬤的一舉一動。

「看恁祖媽婧喔？」阿嬤罵一聲。「去別位耍，暗時欲食啥？」

「欲食雞腿。」金生說。

阿嬤船過水無痕走進房間，從抽屜拿出一本台語歌本，戴上老花眼鏡，打開電燈與電風扇，潤喉拉嗓，練習烏鴉變鳳凰的魔術歌唱。運氣不順時，阿嬤挺起脊梁，在房間內來回走動，氣運丹田，調整呼吸，嗓音逐漸攀高直至破音邊界如指甲狠刮玻璃。此時，金生才了解，剛才的哭吼不過是練唱前的暖身操。

金生嘻皮笑臉跑出厝，急著想向羊頭分享河東獅吼的戲碼。

「你家又不還錢囉——」趙坤申攔人嘲笑，拿一疊紙和一瓶糨糊走在路上。

「不關你的事。」金生沉著臉。

「怎麼會不關我的事，下一次，我要叫人把你的奶奶抓起來當老妓女。」趙坤申抬起頭，傲氣地說。

金生逕自前行。

「你等等。」趙坤申大吼。「你這個畜生給我站住，我在跟你說話你沒聽見嗎？」

金生不理會。

趙坤申又吼了一聲，跑過來，糨糊抹在宣傳單後貼上金生背脊。

「滾開啦。」金生轉頭怒吼。

「你就當我們家的活動人形看板吧。」趙坤申瞬間開溜。

金生撕下宣傳單，讀著：免求人，免欠人情，當天辦理，當天放款——您借錢，我不囉嗦。

「放狗屁，一定要狠狠給他一個教訓才行。」金生計畫復仇，心中興起一股無從宣洩的憤怒，借錢不還的傢伙最好死一死。

食完稀飯，金生和骨灰罈內的龜兒子胡說蓬萊村鬼話，踩踏拖鞋，跑去濱海公路看熱鬧。連續幾日，家門前除了貼滿貸款廣告單之外，還有一張喜氣洋洋邀請單，原來是二號參選人趙乾鐘花大錢，製作大型垂掛布幕，想邀請村人共襄盛舉。傳言中，布幕印上光頭趙乾鐘戴半層鑲嵌式黑框眼鏡，白襯衫，邪惡的發春笑容。現場聚集許多一隻腳早已踏入棺材的老漁民，抽菸，嚼檳榔，穿競選衣、黑短褲與拖鞋，三三兩兩圍聚成團，拉了幾張塑膠紅椅坐。有些人從競選總部拿了幾張方桌，打撲克牌，玩麻將，楚河漢界你死我活拚勁下棋。還有人坐電動代步車逍遙出動，胸前擺了長方形木板，賣刮刮樂。競選總部便是趙乾鐘住家，三層樓高，一樓開敞大門，左右擺滿矗立花圈，還有十幾箱隨意取用的礦泉水。金生探頭探腦跑進門內，客廳寬大，日光燈敞亮，牆邊除了懸掛日曆，還掛滿十幾塊功在屁眼的匾額，喔，是功在桑梓。右側牆壁除了匾額，還有一幅畫工精細的萬馬奔騰圖。左側則是神龕，擺香爐，燒蠟燭，兩旁擺設樹枝狀白珊瑚，迎請噶瑪蘭境內各個神通神祇。客廳裝飾得金碧輝煌，高級泡茶桌在歐風軟沙發旁，電視機是四十二吋液晶大螢幕，後方是髹染白漆的木質隔板，上頭擺滿搜括而來的民脂民膏，有老酒、古陶壺與彌勒佛琉璃座等。原來趙坤申這傢伙那麼有錢，真令人噁心，只是心中為何會出現該死的羨慕感覺呢？幾位競選人員拿出長鞭炮，從二樓垂掛而下一路彎曲迂迴。金生從客廳桌上抓一把牛奶糖塞進口袋，再抓一把黑瓜子喀啦喀拉亂啃吃食。

大鼓咚隆咚隆，亂撒瓜子殼踅到門外，從人潮鼎沸的大人腰臀拐杖間擠身出去。人形布幕捲曲成軸，置放三樓圍牆頂端，九點一到，鑼鼓喧騰，趙乾鐘將親自剪綵。金生好奇地跑到電動代步車前研究刮刮樂，一張一百，最高獎金三十萬。每張刮刮樂都印上金光閃閃的財神爺。青筍嫂和旺伯拿著比十圓硬幣還大的鐵製大圓板，捉對廝殺，選吉祥號，磨去刮膜，取笑對方有得吃、有得穿、有得睡就是偏偏沒有偏財運。金生也想來試手氣，說不定會中大獎，到時不用讀書也不用工作，下輩子不愁吃穿，不過摸穿口袋只找到三十塊，還差七十塊。不如向阿公借好了。每次需要用錢，就會拿著阿嬤生鏽的眉毛夾，從阿公的塑膠豬公存錢筒中夾出零錢。只要再一個五十元硬幣和兩個十元硬幣就行了。距離剪綵還有十五分鐘，絕對來得及，往回跑，遇上原地踟躕的崇孝伯，接著遇見羊頭。

「怎麼只有五塊？」金生往羊頭的口袋猛掏。「你之前不是剛當選噶瑪蘭公主？出場費呢？」羊頭半張嘴巴，餅乾屑掉了出來。「什麼出場費？」

「我是指獎金，真麻煩，還差六十五塊。」金生踩踏愉快步伐。「我有預感，這次我們一定會中頭獎，不理你了，我要趕快回去挖豬公。」

阿嬤捧一籃髒衣服，往灶跤後方的洗衣機移動，悽慘綿情的台語歌讓阿嬤唱得非常動感，像是洗衣粉混水所產生的花泡泡。阿公坐在客廳沙發，戴起老花眼鏡研讀報紙，痛罵政府。金生鎖起門，從阿嬤梳妝檯內找出眉毛夾，蹦蹦跳跳至床頭櫃，捧起豬公，躺在床上熟練夾出兩個五十圓硬幣，多出的硬幣正好能拿來買紅豆冰棒。將豬公和眉毛夾放回原位，躡手躡腳隨著阿嬤時而歧出的破音往外騰躍。劈里啪啦，長蛇炸裂開來，加快腳步竄進人群，急忙在團團腰臀贅肉中找到羊頭。兩人奔向刮刮樂行動攤位，拿出兩個五十元銀亮亮硬幣，低頭仔細挑選。羊頭選了一張左側有摺角的，金生搖頭。羊頭再選了另一張流水號中有許多六的，金生同樣搖頭。羊頭攤手，不選了。鑼鼓大作，咚咚鏘鏘心臟怦怦跳。趙乾鐘拿麥克風在頂樓發表脹脹長演講，趙坤申站在三樓屋頂，相當神氣。金生閉起雙眼，讓一點都不靈驗的第六感帶領，從中慎重抽出一張，接著張開眼睛，笑著說，咱們就要當富翁了。人群突然擁擠成團，互相拉扯，人形布幕從屋頂啪啦啪啦落下，鑼鼓俱鳴，煙火迸射，天空同時落下無數紅紙袋。金生縮身蹲踞，保護懷中的財神爺刮刮樂。鞭炮稍止，助選小弟從競選總部捧出十幾個光鮮亮麗的人形看板。村人興沖沖打開紅紙袋，原來都誤會了，裡頭裝的不是鈔票，而是金元寶巧克力片。人形看板上，趙乾鐘梳油頭，穿白襯衫，紅領帶，黑西裝，右手握拳狀似打氣，不懷好意淫笑著。

「鄉親序大，我藍波二號共你拜託，後禮拜補選就愛選對人。選老婆和選老公攏是一世人的代誌，選里長伯也是。現在離婚率這麼高，不能再這樣浪費資源繼續補選下去，鄉親恁講對毋對？要記得，藍波很愛 Number Two，有選有保佑，無選無志氣。Come on，內底有準備鹹粥佮圓仔，予逐家食健康——」趙乾鐘走到一樓跟村人握手拜票。

人潮一窩蜂搶食鹹粥、湯圓和冰涼綠豆湯。

羊頭和金生拍去手腳與衣褲上的灰塵。

「三十五塊不見了啦，一定是剛才不小心掉了。」金生重新檢查褲袋，彎腰四處搜尋。「快啦，趕快幫我找。」

「喔。」羊頭愣頭愣腦回應。

地面布滿剛炸裂的鞭炮屑，四處散落菸蒂、象棋、旗幟、飲料塑膠空瓶、酒瓶、報紙和裝油條煎餅的油膩紙袋，兩人低頭踢踹垃圾，找不到任何一個硬幣。

「一定被人撿走了。」羊頭放棄。

「算了。」金生有些不高興。「沒關係，反正我的刮刮樂會中三十萬。」

羊頭點頭。「如果幸運中獎的話，可以請我吃肯德基嗎？」

「廢話，你要吃什麼都沒有問題，我們可以每天晚上都吃烤雞翅和咔啦雞腿堡。」金生拿起鐵製大圓板，緩慢刮磨刮刮樂，幸運號是十八號和二十號。

羊頭湊身低頭，看著金生緩慢刮去對獎區的刮膜。

號碼一一擦身而過，最終揭曉，對獎券不過只是一張百元廢紙。金生抖去刮膜，重新檢查，最後憤怒地將刮刮樂對折撕半，撒向天空。大型競選布幕從三樓垂掛而下，隨著夏日涼風啪啦啪啦撞擊壁面，像是趙乾鐘下排金牙貪婪咬嚙什麼。

生死簿：地長地陷

京房《易妖》曰：「地四時暴長。占：春夏多吉，秋冬多凶。」

《運斗樞》曰：「邑之淪，陰吞陽，下相屠焉。」

四時不定，陰陽消長，地之暴長與暴跌常在時日中壯烈發生，搗出大片土壤，恍恍然，晃晃然，空氣中不時瀰漫酒味使人輕微暈眩使人醉。天有陰晴，水有清濁，氣有薄厚，地有屍骸，全在后土中各自運作，交互蘊藉。土有黑壤、軟泥、蚯蚓、樹根、葉鬚、黑金、湧泉、獸物化石、皺摺石紋、腐化金殼等，地牛一個翻身扭腰擺臀，白鷺鷥歛翅休歇，所有裂痕都將攢聚出新的土質皮膚。陸地海面，無論淺層深層，仰天長嘯嘆無情，還有意，抖落體膚的跳蚤、螞蟻、螞蝗、蜈蚣等芻狗之屬，蜷縮身子，漸次低下頭顱闔閉雙眼匍匐前肢。太沉了，真的太沉了，從土中自然長成，相互吞噬，文明傳承所產生的諸多紛濁通通傾覆而來。

曙夏長嘯，雌性雄性並存，地面熱得烤去一層皮。晨早濕氣逐漸消散，頑皮的囡仔踩踏乾可見底的礫石溪床，漿成土，石成粉，源源而生的水氣從更深層的地底透出，長翅般，昇華般，犧牲般，往天空奔去漸次蒸發，凝成深灰色大片積雲，其聲輕微不易發覺。有餘村人早已習慣，地牛的嚎聲與獵獵風聲通體和鳴，搖動廟宇的神祇、養鴿籠內的冠軍鴿和落屎鴿、枝椏黑蟬、鐵皮屋內生鏽的跤踏車、船頭玄天上帝的三角旗幟，以及不斷穿梭循環的火車。夏日灼熱，足以熔化聲音，如削去雙耳，村人大方脫去衣裳，等待午後一場激烈的大雷雨，望著積蓄火燒寮山的雲層，望著林木捉摸不定的水氣，望著燒灼的空氣，滲出濕漉漉汗水。午覺難眠，暈眩感遍布全身，村人穿破洞內褲與無袖棉衣躺在瓷磚地上，左右反覆磨蹭榻榻米，電視機在燃燒，所有不公不義的議題都有夢境質地。想去水上，去船上，去海上，卻又畏縮於烈焰，慵慵懶懶，嬌縱睡眠，於是身擁電風扇，頭顱探進冰箱，吃冰棒，沉浮於體內大潮不停晃動。嘗試翻身，徐徐吐出一口寶氣，伊人尚在遙遠處。繼續嘗試翻身，不知不覺興起了性慾，舌頭騷動，下體腫脹，乳房飽滿，盡情吸吮情人果核般的乳頭，腋下滲透濕如蟬聲的汗水，僵硬的身體需要伸展，需要解放，需要翻天覆地，需要搔癢，還需要愛與不愛永恆的激烈辯證。

冬季長嘯時刻滲透雨聲，細膩如油脂，如濾淨豆漿，如山頂霜雪，始終帶有抒情意味。村人忽略日月風霜，早上睡，下午睡，晚上睡，睡得不知國家大事，睡得夢中編織國家大事，睡得國事與家事都成了芝麻綠豆大小事，腰痠背痛，好不容易醒來了，還以為存在於另一個未睡醒的夢境；朦朧通感全身，滲透生活，細節在黑暗中隱然發光。這時，身體便不自覺產生地長地陷。只有在冬季若有似無的灰暗中，村人才會感知綿長時日竟然也會消蝕殆盡。一切沉於耽溺，讓原生躁動不停擠壓、翻攪與勃發。年輕的睡久了，背脊漸長，頭髮竄成亂草，查埔的喉嚨長石頭，查某的胸部長桃李，枝椏耐不住寂寞，亂發芽，亂發春，亂發浪，徹徹底底胡亂成長，然而不管年歲性別，根部無不緊抓住泥土。老年的睡久了，背脊也彎，軀體折成橢圓，駝背演練弧度，頭髮可白、可黑亦可黃，性別可男、可女亦雙性，牙齒顆顆掉落，指甲片片修剪，抓搔毛髮，把皮膚翻出來摺進去，身體竟然柔軟如嬰孩。一些老歲仔把踩在泥土與大水中的腳拔出來，把皮繭、眼屎與排泄物聚集起來，腐蟲棲身，蚯蚓演化成血管，蛙鳴成了一場性愛高潮後的沉穩鼾聲。一片荒野，亦是一片水澤。另一些老歲仔把根攢得更深，衰弱之眼俯視周遭，不願土地就此陷落，如此便愈發風騷，愈發瘋癲，玩世不恭卻又忿忿不平，一陣風吹來必得七竅發響。老歲仔積累時間厚度，不可取代，即使卑鄙、小氣、變態、嘮叨、瑣碎、失去勞動，卻依舊居於高位，為了探向更久遠的時間光度，探向更深之土。然而，每當村人擲筊詢問，跪膝磕頭祈求平安，無不知曉終有那麼一日，老歲仔與還未長成的囝仔都將成為土壤，讓後代子嗣吸收，所有的臉龐、胸膛、乳房、臀部、肌肉、顱骨、厚繭、骨刺、油脂等都將漸居安分，有所歸依。有餘村人知道，鋤頭掘土，便會有寶，然而並非所有的人都有能耐忍受徒勞終日的翻掘，存有荒唐發財夢的，無非是些理想者、被棄者、拓荒者，或是食飽無代誌做者。

一步一步逼視陰陽相屠，了解殘忍的撕裂不過是最溫柔的能量釋放，如產胎，如男女交媾，如性慾湧出，如胸膛悸動。地長之後，土裂成塹，房屋崩毀、傾斜、分裂，露出隱密之核，新翻之土帶有黏稠濕意，時日一久，也便是詩意。地陷之後，肉體與墓碑被埋了進去，無法言語，於是選擇沉默，兀自石化，輕巧轉化為更堅硬的質地，或者在多年沉積後引發更大規模的山崩，土石俱裂訇然而下，阻斷河流，天地氣魄在剎那間形成寧靜的堰塞湖——湖面底下，無不泱泱水草。

這無疑是仲夏寒冬之短暫甦醒，大眠後，打一個大呵欠，嘴盆吐樹，唾液汪汪流淌，販夫走卒男女老少帶著適切的恐慌，扶老攜幼湧進寬敞街道。天光亮暗，這時衣衫不整有了正當理由，驚慌、狂歡、恐懼、哀傷、傷痛、有強迫症與被害妄想症者都於時間縫隙中甦醒過來。慵懶起身，抓搔亂髮，穿上夾腳拖，查某人搖晃貴妃臀，查埔低垂將軍肚，墓碑裡的骨頭長滿蕈菇百姓耳，所有的村人都聽見遠處轟隆轟隆土地翻攪如悶雷。

土翻新，礦露出，樹高拔，山聳立，水必須悠悠靜深。

三日一小震，五日一大震，不震還令人精神不振想搞搞車震。

熱鬧鼎沸，磬鈸笑聲，團聚街巷十足來勁，人人各自樸素風騷平安自在，有餘村中不知誰大喊一聲：「天公伯番薯食傷濟，放屁啦。」

不在意鬼魅妖精列隊行經。越草澤，浮現月勾形沙洲，上百上千隻白毛鴨擎舉大鴨掌醉酒般踏踏晃晃。得小心前行，不小心踩了鴨掌，不僅會被瞪，還會被咬寶貴的雞雞。看得清楚了，鴨掌先生正蹲踞泥沙痛哭，一雙大鴨掌啪吖啪吖擊地，揚起沙粒，一旁圍了三、四十隻盛氣凌鬼的壓霸白毛鴨。

莫假仙，你這招對阮無效，呱呱呱。

呱呱呱，阮欲掠你去投胎，予你痛苦一世人。

我看你會使叱偌久，呱呱呱，會偷食就愛會記得拭喙。

金生穿越團團白毛鴨擠至鴨掌先生身旁。

白毛鴨瞪來質疑的黑眼珠。

「你們這麼多鴨子欺負一個鴨掌先生算什麼好鴨？」金生挺起魚身，相當憤怒。

呱呱呱，閣來一个仗勢欺鴨的鬼差。

「我們走。」金生扶起鴨掌先生。

袂當，今仔日鴨掌先生愛予阮一个交代，呱呱呱。

「有什麼好交代，鴨掌先生是鬼差，你們要造反啊？」金生嘗試嚇唬鴨群。

鴨群簌簌振翅，搖晃短尾交頭接耳。

真正袂當，鴨掌先生偷偷走去陽間食鴨掌，這已經觸犯天條鬼律，呱呱呱，阮袂使清彩饒赦，毋管伊是做鬼差還是做菩薩攏仝款。

鴨掌先生雙手捂淚，望向金生，續而低頭嚎啕大哭。

「你們看鴨掌先生哭成這樣，就饒他一次吧。」金生放軟語氣，雙鰭孱弱。

鴨群團聚，彎頸碎語像下達命令，從中心往外傳遞消息。鴨群抬起大腳掌，散開，一群還未長大的小白鴨一蹦一跳來到金生面前。成鴨用嘴喙輕撫小白鴨。小白鴨斜傾身，伸出兩條稻禾腳莖，頂端無蹼亦無肉掌。呱呱呱，你看，這攏是鴨掌先生做的好代誌，伊家己的鴨掌無夠食，閣偷旋去陽間食阮後代囝孫的肉掌，你看這件代誌是欲按怎處理？成鴨用嘴喙啄著金生鰭上的魚鱗抗議。

「都發生了，算了吧。」金生看著哭泣的鴨掌先生，再看著義憤填膺的白毛鴨群。

鴨群成群搖頭，表情相當嚴峻。

「得饒鴨處且饒鴨啊。」金生說。「不然，叫鴨掌先生念些往生咒迴向給小鴨。」

真正有夠殘忍，呱呱呱，伊生前已經苦毒咱，死後食家己的鴨掌閣無夠，這擺竟然偷旋去陽間，阮欲去揣崔判官佮城隍爺投，這鬼差誠毋是款。你這个鬼差也是，竟然幫鴨掌先生這種歹鬼講好話，我看你賊頭賊面，一定有插一跤，是毋是有偷食鴨掌肉？

鴨群紛紛展翅抗議，雙蹼踢蹬泥巴，集體張開嘴巴咬住鴨掌先生，以及咬住踉蹌跌倒的金生。一百多隻成鴨煞有氣勢要找城隍老爺擊鼓鳴冤。前有領隊，後有護衛，團團圍住十惡不赦的現行犯。金生呈大字形平躺，手腳軀幹讓鴨掌鉗住不得動彈，只能被動懸空往前。我是鰓人鬼差，我不是犯人，金生大吼，奮力抵抗。踩沙洲，越草澤，進入竹林交掩階梯，前方的領隊鴨左右展翅，抬臀提肛放出青屎，宣告暫時止步。

「吵吵鬧鬧哭爸哭母創啥？」八爺踏下階梯大吼。

阮佇押送犯人，呱呱呱，這兩个鬼差毋知輕重，犯了王法，應該愛掠去予城隍爺好好評判。

八爺面目凝重，一步一震撥開鴨群。「是鴨掌先生佮鰓人，恁講，這兩个鬼差是做了啥物不仁不義的代誌，閣愛出動遮爾大的陣仗，是欲驚死鬼喔？」

鴨掌先生偷旋去陽間烘鴨掌，這个鰓人也有插一跤，呱呱呱，鴨群凶狠噬咬。

八爺舒張蓬蓬黑眉，樹欉錯生，面目與全身肌肉同時迸緊，晃動右手的賞善罰惡虎形露牙令牌，纏繞左手的鐵鍊垂落地面發出金屬鏗鏘撞擊聲，瞬忽大吼：「有這款代誌無？」

鴨掌先生侷促不安地點頭。

「真正毋知好歹，皮咧癢的款──」八爺眼露凶光，發出沉雷低吼。「認罪無？」

「這攏是我毋對，共鰓人鬼差一點仔關係攏無。」鴨掌先生低聲嗚咽。

八爺偏頭瞪視金生，再瞪視喊冤鴨群。

「我只是想講趁投胎進前，試看覓別種鴨肉。番薯島的畜產試驗所足厲害，鴨種直直改良，原先是番鴨，改良到這馬的噶瑪蘭台畜一號佮台畜十一號，遮爾濟好鴨仔，我生前攏無機會食，也一直無佇我的食譜內。」鴨掌先生用力扭動身體。

「好了，放兩鬼差下來。」七爺晃蕩長舌，頎長身子從後頭走來。

鴨群同時收回鴨喙，鰓人和鴨掌先生重重摔落。

「都什麼時候了，還做出這種事情，是嫌蓬萊村不夠亂嗎？」七爺嘆氣。

金生起身，鴨掌先生坐在階梯哭泣，胸膛肩膀隨著悲泣聲一聳一縮，兩個大鴨掌噗噠噗噠擊地。

「你們先回去吧，這事交給我們來處理。」七爺的聲音雖輕微，卻威嚴。

鴨群昂頭斂翅，睜一雙眼珠子互相覷視，沒有一雙鴨掌子抬起腳掌往湖泊移動。

「是聽無人話愛講鬼話，還是聽無鬼話愛講鴨仔話？」八爺左右嚴厲掃視。「閣無欲轉去，等一下我放一把火共恁這一、兩百隻水鴨烘成芳貢貢的鴨肉乾。」

七爺八爺，阮毋是聽無，是水墘閣有枉死的細漢鴨仔等阮轉去，你就愛予阮一个交代，予細漢鴨仔報仇。鴨群磨蹭交頸，張大嘴，齊聲請求呱呱呱。

八爺皺眉，瞪視鴨群，轉身看向七爺尋求解套。「莫吼，我知啦，毋過先愛清楚鴨掌先生的生辰八字，確定身分，閣用勾魂筆佇《生死簿》頂頭審判。這馬，崔判官無佇遮，上重要的簿仔閣無去，是欲按怎予恁交代。」

七爺捲曲長舌，收攏入嘴，兩眼腫大像從腹胃嘔出什麼，長舌重新垂落，吐出一本古籍。藍皮面，米黃紙，一吹，古籍隨即膨脹，封面用鮮血紅字寫著《鬼差錄》。

鴨群同時展翅，撩起滿地落葉塵埃。

七爺翻開《鬼差錄》仔細檢視。

八爺大掌拉起鴨掌先生，搖頭，嘆口凜然鬼氣。「實在糊塗。」

七爺停止翻閱，望向鴨掌先生，說，聽清楚了：

> 鴨掌先生，原名陳貴火，番薯島噶瑪蘭縣人，清嘉慶十一年（公元一八〇六年）生於頭圍城，卒於一八四〇年。先祖同吳沙前來植墾。早歲聰穎，讀過私塾。十七歲娶妻，十八歲生子。一生共有妻兩房，七名子女，四男三女。以米店起家，後經營船塢與海鹽致富。經商之餘，傾盡全力於桑

梓公益，曾捐百萬銀元建造學堂，居功厥偉。歲三十四暴斃身亡。註，陳貴火雖功在鄉里，卻溺口舌，尤嗜好水鴨仔掌。千百水鴨向城隍爺報冤求償，故索命。陳貴火三餐食用燒烤鴨、當歸鴨、薑母鴨、清燉鴨、酸菜鴨、煙燻鴨，更自行研發蒜苗鴨、紅燒鴨和鳳梨香菇鴨。特嗜鴨胸肉與鴨掌，其中，烹調鴨掌方式尤為殘忍。挑選數十隻二至三月嫩鴨，鎖於巨大窯甕，紅磚鋪底，炙火烈烤，磚底抹一層蜂蜜。嫩鴨不堪炙熱，跳動不止，鴨掌漸次腫大並飽吸蜂蜜。每隔十分鐘放嫩鴨出窯，供蜂蜜水。清潔磚上屎尿，重新鋪磚，塗抹蜂蜜。循環五至六次，鴨未死，掌已熟，鴨隻顛簸倒臥立即取出。斷雙蹼，棄鴨。此時，鴨掌勻紅，有嚼勁，泛蜂蜜清香，肉質鮮甜，嚼中帶勁，生猛汁液尤為鮮活。

「有沒有錯？」七爺停止朗誦，血眼珠子凶狠瞪視鴨掌先生。

鴨掌先生搖頭嘆氣，不發一語。

「這本《鬼差錄》是我從《生死簿》抄錄下來，不具法力也不具效用。不過，現在還在找《生死簿》，我先行記錄事情前後經過處置措施，屆時補上。」七爺在白襯衫摸索尋筆。「我的人骨骷髏珍珠筆呢？」

十幾隻鴨子憤怒地咬嚙鴨掌先生的大鴨掌。

「攏予我恬恬。」八爺的鐵鍊往外逆時針鏗鏘一撒，怒氣如風震懾鴨群。

七爺將右手食指咬出血洞，無所遲疑，疾筆書寫事情經過，直至書寫懲罰條例才略微遲疑，抬起頭，瞇細雙眼思考，接著快速下筆。

八爺接過七爺遞來的《鬼差錄》，點頭贊同，打開簿仔面向鴨群。「這馬決定，鴨群家己來刣鴨掌先生的鴨掌，有啥物建議？還是閣有啥物問題？」

鴨群和鴨掌先生大眼瞪小眼，同時搖頭。

七爺收回《鬼差錄》，重新吞進腹中。

鴨群密匝圍攏，嘴喙吐出泊沫，而後默契散開，接著蹦蹦跳跳走出兩隻威武成鴨。

八爺念咒，手中鐵鍊瞬間繃直，鎔成一把寒光灼灼的銳利大刀。

鴨掌先生癱軟身子，坐在階梯上伸長兩腿，緩慢拉高褲管。

兩隻成鴨含住大刀頭尾，看準人肉與鴨肉分界，一前一後刀刃鴨掌先生護衛許久的大鴨掌。

風蕭蕭，葉簌簌，鮮血不斷汩出，鴨掌先生不為疼痛哭泣，而為失去一雙大鴨掌而痛哭失聲。

鴨群嘰哩呱啦，啣著鴨掌先生一雙巨大無比鴨掌當證物，搖臀晃腦離去了。

鴨掌先生低著頭，背脊癱軟，兩手垂落大腿喪失求生意志，時不時抬起腳，滿臉憂傷凝視剛被割刈的傷口。鴨掌已失，腳踝上端的切口像磨刨上光的木椅，滑溜溜。血已經止住，再一晃眼，連傷口上的痂都掉落。鴨掌先生撫摸腳脛底端，沒有腳掌，心底卻彷彿帶有深入魂魄的疼痛，情感難以割捨，陷入某種與外界層層隔閡的恍惚之中。七爺特地彎下竹竿腰，撫拍鴨掌先生肩膀，輕聲細語撫慰，說放心，到時候投胎不會是畸形兒，絕對健健康康不缺手腳。鴨掌先生對於七爺的安慰完全沒有任何反應，身子輕飄飄，臉色蒼白近乎透明。鴨掌先生的長袍從小腿附近晃晃悠悠垂掛下來，鬼風一起便啪啦啪啦拍響。七爺伸長竹節蟲手指，幫鴨掌先生撩起長袍。八爺嘈嘈嚷嚷，鼻子噴叱兩道怒風，罵咧，彼陣鴨群真毋是款。鴨掌先生依舊沒有反應。八爺用肥厚大腳輕踹鴨掌先生大腿，說，莫愣神啊愣神，起床啊。七爺看鴨掌先生依舊沒有反應，深嘆一口氣。

「男子漢有啥物好失志？是無鴨掌，也毋是無膦鳥叫你去做太監，來，我這有物件你提著——」八爺將鐵鍊纏繞手腕，不懷好意地從肚腹迸開的白色襯衫往內左掏右揀，先是掏出豬眼，再揀出牛耳，最後竟然拿出一雙烏黑亮潔的上油墨色皮鞋。「我跤大，這雙傷細，你提去穿。」

鴨掌先生手捧黑皮鞋，抬起頭，眼神空洞望向八爺。

「滾耍笑啦——」八爺仰天大笑。「鴨掌先生你就莫認真，陽間毋是講，先認真的人就輸一半，我是欲祝福你後世人逐工攏穿皮鞋。」

鴨掌先生左手夾住皮鞋，右手撐地嘗試起身，雙腿失去腳掌，觸地不穩隨即摔跤，只好重新坐回階梯。

金生撿起掉落成聖筊的皮鞋，置於鴨掌先生腳脛旁，再四處急忙兜轉，尋到兩根齊長樹枝遞給鴨掌先生。

「還未處理你這个鰓人？」八爺湊上方臉，睜大睪丸雙眼，鼻息冷森森。

「我是鬼差。」金生試著壯大氣勢。

「哼，鬼話連篇，你是鬼差，按呢我毋是閻羅王的後生，若無就是新上任的城隍爺。」八爺抬起下巴，撫弄滿臉落腮鬍。

「我真的是臨時派遣的鬼差，崔判官說，一找到《生死簿》就要把我的名字呈報上去。」金生的聲音時大時小，有些怯懦。「可以去問土地公和崔判官。」

八爺囓咬青紫下唇，喉頭發出低吟，眼珠子快速溜轉逼近，從頭到腳仔細審視，伸出肥蠶手指，從金生逐漸退化的魚鰭中掰下一片半透明銀色魚鱗，兀自搓弄，生煙，嗅聞味道，再放進嘴巴謹慎咀嚼。

七爺高昂聳身，挺直腰，看向蓬萊村濛濛火光。

「是無啥物無仝，但是——」八爺面露狐疑，鋥亮鐵鍊立即環住金生腰腹，緊緊捆綁住金生魚鰭。「我就是有感覺，一定有鬼。」

七爺不妄下評論，伸出食指，叫八爺望向川河與蓬萊村。

「閣有代誌發生。」八爺蹙眉。

「既然土地公和崔判官都知道魍人鬼差，我們就不必多疑，趕緊回村比較重要。」七爺勸。

「你若是敢講痟話，我就共你的目睭仁挖落來，你會曉騙人騙鬼，但是你無法度騙我八爺。我共你講，一旦你落佇我的手頭，一定會予你死甲歪膏揤斜。死一遍無夠，就死第二遍，閣無夠，就愛你隨時享受予人割肉剁骨的滋味。予你爽歪歪，千年萬年樂不思蜀無法度去投胎。」八爺甩動鐵鍊恐嚇。

鐵鍊落下，七爺八爺一高一低一矮一胖搖晃步伐，轉身走向蓬萊村。

陰風陣陣好納涼，金生嚇出一身冷汗，癱軟身子坐在鴨掌先生旁。

兩人失神頹喪，一吐一納，好似努力積攢虛無陰陽氣，無話可說，直到鴨掌先生抬起頭獨自呢喃。

「唉，若有可能，我也想欲竄改《生死簿》重寫陰間處分，一遍閣一遍寫，一百年一千年永遠蹛佇陰間。但是，這馬佇遮，已經無任何的意義。你知影無？古早啊古早，是足嶮巇的年代，吳沙帶領漳、泉、粵地大約一千人，以及鄉勇兩百人開墾頭圍城，吞春帆港，並且徛竹仔圍開墾。如果出了竹仔圍，就會拄著生番仔予刣頭殼。咱只好騰脬掠好絚向南開墾，姑不而將喔，閣愛共平埔族人、泰雅族人佮土匪談判，日子歹過喔，後來有淡薄仔家業，會使好好生活，我上心愛的鴨群竟然向城隍爺投，害我枉死。我知，這幾年來，番薯島的日子是愈來愈歹過，啥物通貨膨脹、金融危機、二次信貸做伙來，揣一个工課的薪水無到兩萬，按怎活？我是未雨綢繆，希望投胎進前加減研究鴨仔，到時佇頭圍、湯圍開一間鴨仔店，我會燒一桌私奇菜，別人攏無知欲按怎料理。到時投胎轉世，檢采揣無工課，閣有一技之長，這上重要，而且是我家己上愛食的鴨肉。」

金生沉靜聆聽鴨掌先生的肺腑之言。

「店號我也已經想好矣，就叫『合鴨米古味堂』，合鴨是水上的作田人，噶瑪蘭足雨、足水佮足鴨。我的獨門絕招就是合鴨米，稻仔佮鴨群鬥陣飼，毋過，稻仔區外口會做籬笆，分開鴨仔佮稻仔田。逐年，挿秧仔後，我就放鴨仔入田工課，了後閣再趕走。鴨仔巧，愛振動，只會啄雜草佮福壽螺、負泥蟲等害蟲，袂啄珍貴的稻穗。鴨的屎尿閣有硫、氮、磷、鉀等元素，作肥料，絕對會使共稻仔飼予肥肥肥。水田有鴨仔暝日佇顧，我才毋甘撒農藥佮化學肥料。這種自由自在四界耍的鴨仔上勇健，肉足，膩瓤少，絕對袂亂注啥物有的無的生長激素。另外，我也家己創作料理，親像米酒蒜苗鴨，食起來鹹甜鹹甜，閣有蔥拌紅甘蔗烘鴨，用的是在地三星蔥。當然，我佇咧研發臭柿仔酸菜鴨、乳酪烘鴨佮正港潤餅鴨賞。內底有大學問，用白毛鴨、紅面番公鴨、褐菜鴨還是用土番鴨攏有天南地北的差別，雖然，鴨子煮熟矣攏會使食，毋過，無仝種的鴨仔使用無仝的料理方式，才有上好的滋味。我閣想過愛按怎賣，合鴨米專門做鴨仔佮稻仔，完全自然有機路線，絕對符合現代人食予健康的大道理——」

鴨掌先生停止嘮嘮叨叨的話語，衣褲外的手背、手掌、頸脖和臉頰同時浮現紅字，細痲痲，像經文。鴨掌先生一雙無辜悽慘的烏趖趖鴨眼看著命籤，輕聲朗誦：

與君萬語復千言，祇欲平和雪爾冤；訟則終凶君記取，試於清夜把心捫。

「走也愛走甲大範派頭。」鴨掌先生將沒有腳掌的腳塞進皮鞋，放下幾褶長袍。

「要跟土地公和鬼差們說些什麼嗎？」金生遲疑詢問。

鴨掌先生搖搖頭，從右側馬褂內側掏出一條一條細緻油亮的鴨賞乾，遞了一把給金生，另外一把自行食用。「我叫這『御用鴨掌條』，是我生前上愛食的點心，食譜佇陽間已經失傳。真正費氣，愛選肥鴨仔掌，掛予懸，予焦，濾血水，了後剁做片，分層入甕。每一層加薑絲、海鹽、蒜茸佮蜂蜜，用烏石頭直直揤予扁。十日後提出來，曝一日，過三暝，閣浸甘蔗水半日。提來，用薑母、香菇、草菇、竹筍、紅菜頭、淮山佮杏仁落去摻汁，開細火，予鴨掌細絲佇油湯內底煠，看著筍乾色閣冷凍半日，就是皇帝食的四秀仔。好好鼻芳，後擺這就失傳囉。」

金生緊握香氣四溢的鴨掌條，細嚼慢嚥，陪伴在鴨掌先生身旁。

「以前的日子辛苦喔，需要氣力，尤其是查埔，田地戽水時就會看見大陣作穡人光跤鬥陣踏龍骨水車搧水，一雙雙大跤啪吖啪吖踏水車，親像水鴨啪吖啪吖扒水。這馬，科技進步，戽水方便，陽間的人反倒轉無想欲種田，嫌辛苦。有啥物好辛苦？我這馬想欲種田閣無法度。」鴨掌先生的眼眶閃現淚光。「投胎前哪會講遮爾濟話，真正是毋甘願。」

階梯遠端傳來竹桿搖晃聲。

牛頭馬面鬼差來到面前，竹竿頭瞬間化成蛇頭。蛇身迤邐竄起二十幾個準備投胎的魂魄，各有獸化器官，豬頭、牛頭、狗頭、貓頭、龜頭、海豚頭，還有飛鼠身、山羊身、猴身、蝦子身、鱸鰻身和烏魚身等。

起程了，牛頭馬面鬼差齊聲吶喊如擂響皮鼓。

「一个人活著若是無啥物性癖，總感覺欠東欠西，但是這个性癖，定定足歹開口，真見笑。有時，我真正毋知是陽間的思想實在落伍，還是陰間傷開放，無免掩掩揜揜，啥物攏毋驚。」鴨掌先生面色堅定咬緊髮辮，拄拐杖，撐腳立身，無比痛苦抬起頭望向穹蒼，像等待時也、命也、運也的齊聚匯流。「拜託囉，有時間佇陰間幫我照顧鴨仔，毋免等一百年我就會轉來，到時，閣做伙圍爐食鴨卵佮烘鴨仔。」

金生閉起眼，不忍看，聽見蟒蛇鑽進鴨掌先生肚腹再從喉頭鑽出的滑潤之聲，確認了身分。睜開眼，牛頭馬面鬼差們領著一行魂魄走遠了，幢幢錯錯搖搖擺擺像踩踏龍骨水車。

乳月在樹葉掩映中愈發增肥。

蟲聲唧唧，不斷鼓譟，沿階梯層疊而去，時有叉路，時有死路，時有陰陽交掩不歸路。陰間的低海拔植物肉葉肥碩，玉莖厚實，吸收孽土冤泥的怨氣瀰漫誘惑異香。花可捕蚊，可吞蠅，可吸孑孓與男女精氣神，長成胃囊狀的花苞吞進一條又一條青光鱗片蛇。獨自走在鬼魅連袂飄揚的草苔階梯，想著已經投胎的鬼差們，想著土地公、土地婆，想著河，想著之前每次吃稀飯時最喜歡配肉鬆，死了之後會不會變成一隻大豬公？此路通向竹林，是死路，只好踅回，再往蓬萊村的脂肪光前進。走累了，索性坐在陰風淒厲的階梯歇息。鰭上鱗片已經開始剝落，羼雜粉色、米色與白色，如剛長出的皮膚有些刺癢。離家出走的父母會不會也待在蓬萊村內？摘下竹葉，放在唇邊嘗試吹奏，氣息觸碰葉子隨即滑開，一點聲響都沒有。以前幾次健行，同樣行走於階梯山路，往北，走淡蘭古道中的分段草嶺古道，石磴如梯；往南，走五方旗山，峭壁林立，鳥道險仄。父親最喜歡折摘細長尖葉嘶嘶吹奏如夜鶯開嗓，母親和他坐在樹下休歇，撥弄蘆葦，追逐手掌大的鳳蝶。父親吹累了，便抽菸。母親和他喝起豆漿和蘆筍汁，吃食紅豆雜糧麵包，始終豔陽高照，像是不管如何浪費生命都不致面對黃昏。夜空陰暗，濕漉漉，不自覺想起父母，情緒糾結成團，一隻命運之手穿過胸骨擰住心臟。不知道為什麼，忽然很想要吃些牛奶糖和奶油泡芙，甜滋滋的，自己一點都不想待在這個雞不拉屎鳥不生蛋的鬼地方。一切都像作夢，鬼壓床般的夢魘，骷髏頭用青紫舌頭說著歡騰愉悅的鬼故事，根本沒有什麼好怕似的。金生捏大腿，擰下好幾片魚鱗依舊清醒，再用力拍打臉頰，還是沒有從夢中醒來。性子焦躁了起來，來回踱步踢踹石頭，該如何回到鬼差們口中所說的陽間呢？是要用符籙、咒語、道術，還是得結手印敲鼓鳴鐘？

旋風襲來，獸物低吼如雷震盪鬼域。

近乎來不及閃躲。

一隻大老虎。

虎爺威風凜凜，一鼓氣，肌肉膨脹糾結，細長虎鬚黑得發亮。虎爺煞止飆速，旋風微歇，前肢騰空躍起，肉掌子重重落地，立在趺坐於地的金生面前。虎爺傾身聳耳，瞪一雙炯炯有神瞳鈴眼，用鼻頭嗅聞辨認。虎爺頭顱上方有一隻用雙鰭支撐上半身的草魚，精準導引方向。虎爺的獸毛異常柔軟，隨風搖曳，毛色黑是黑，黃是黃，斑紋自在錯落如錦繡。前拳如梁柱，後拳如鐵碇，身軀飽實壯碩，尾巴柔軟卻又能作鞭笞。爪子輕抓就能刨碎石階。草魚輕拍虎爺，傳遞指示。虎爺彎駝前肢肉爪，低身，草魚笑吟吟從虎爺頭顱上方躍跳至金生肩膀。

「走吧，我們得立刻趕去陰陽隘口。」草魚說。

金生受了驚，好一陣子才醒過神，顫巍巍立起身。

「有人翻閱過《生死簿》，並且隨意竄改，現在不僅陰間出了紕漏，連陽間的事情也開始大亂。」草魚對著神情恍惚的金生碎語。「不知道到底會發生什麼事情，不過別擔心，土地公正親自坐鎮，指示眾鬼差因應之道，現在最重要的就是切勿驚慌失措。河吩咐，要我立即帶你離開，怕發生意外。河還要我跟你說，祂並不知道你到底是怎麼來到陰間，可是祂相信你來到這裡一定具有意義。我只是一隻小草魚，法力不大，無法改變川河走向，無法改變天象軌跡，也無法改變生死兩隔，不過我會盡量幫你這個小王八的。來吧，現在一起去陽間。」

虎爺在階梯旁用前拳利爪扒草，低頸嗅聞，接著像是臨時受了驚嚇，露出銳牙，全身毛髮聳動成刺。原來是一隻蚯蚓從泥中鑽出，裸露性感腰身。虎爺全身毛髮再度柔順，眼神濯濯發光，由於等待長了，於是打起呵欠原地踱步，接著慵懶臥趴泥地。

「虎爺。」草魚大吼。

虎爺立即立起厚實身軀，搖頸晃臀，繃緊腿肌，尾巴迴旋生風虎虎躍來。前肢跪地，俯身，金生有些驚恐地抓住虎爺耳朵，右腳踩上虎爺前肢蹬跳而上。虎爺黑亮眼珠近在眼前，帶有不可褻玩的威嚇。草魚重新躍跳至虎爺頭頂指引方向。虎爺抖鬚踱步，仰天長嘯，震吼四方鬼域，腿上筋肉一震一躍恍若準備攻城掠地。夜色中，整片林子簌簌發響，虎爺暢意狂奔，騰躍跳動，飄揚御風不生掛礙。陰風陣陣颼颩，虎爺突破頑石困陣，前拳後腿一繃如弦，身子箭矢射擊久久不墜。抓好，別掉了，草魚說。切入一團浮霧，男鬼、女鬼齊坐一排，伸出手掌腳掌，扳平各指頭，鬼差扛一把七尺大刀，刀面拍擊指頭，立即起瘀青，鬼差再用細刀叉，替鬼魂一片一片挑起指甲，最後朝著齊整指甲用力剁切。切入一團浮光，熱鍋去油，膚皺者汆燙血水，涮毛，染紅，再用礫石敲打篩濾油脂，細刀削出一層菁華皮，披掛成獸物披風。切入一團水色，一池深深死水上緣覆蓋大片木板，鑿出窟窿，僅可容納頭顱；鬼魅露出頭顱，如餓殍，下半身長年浸泡早已腐爛，魚蟲啄身，鬼魅為了仰望天光只得持續鎖喉。狂笑聲、悲鳴聲、哀號聲、痛哭聲與呻吟聲同時產生亦同時消滅。魑魅退位，魍魎閃躲，妖精山魈隱身避諱。金生感到害怕，更接近驚悚，震懾低身，緊緊抓住虎爺怕被旋甩出去，眼睛不敢睜開，手不敢亂動，雙腳緊貼虎爺背脊兩側，強風颼颼颩耳，色欲橫生躁動。虎爺龍騰鳳翔，留步起躍無不響起獵獵狂風，帶有降魔除妖的神威，肉爪踏地發散祥瑞卷雲，一路前行，如戲球，如逐珠，如點水蜻蜓毫無塵念障礙，一一穿透濃厚的鬼色魅霧。

生死簿：玉鐲金鐲

清早五點半，冬雨颯颯錯落，菀兒從床鋪內掙扎了一陣子才起身，原本想睡至天亮，又怕遲了。琪拉做事總是出錯，粗心大意，給荷香阿嬤洗臉和洗腳的水不是太燙就是太冷，毛巾洗不乾淨，也不會控制拍痰力道，是會做事，不過不謹慎，不是慢了半拍就是容易會錯意。這陣子，荷香阿嬤起得早，比往常還要難以照料，嘴唇乾癟，呢喃說自己真沒用，活著做什麼？菀兒剛起床，手腳有些冰冷，用溫水洗了臉後便匆忙下樓，待在房間外聽了一會兒，沒聽見荷香阿嬤的呢喃或哭鬧聲，呼吸平穩，夾雜濁重鼻音。荷香阿嬤臥病之後，她總是起得早，將老人家往常做的事情仔細做過一次，以免老人家抱怨掛念。

菀兒燒香，炊煮麵包，溫燙牛奶，或者煮粥開麵筋脆瓜罐頭，每天早上煮七至八顆水煮蛋。荷香阿嬤說水煮蛋營養，帶著上學上班也方便。菀兒認為水煮蛋吃多了不好，膽固醇高，原本不想煮，又怕荷香阿嬤不高興，鬧脾氣，索性還是依了老人家的心意。槐南說，老人家囡仔性，想要同他們講道理，只是爭對爭錯都沒用。好幾次，菀兒坐在灶跤椅上撐著頭，睡著了，過沒多久又被水煮蛋撞擊鍋子的聲音驚醒。心中難免抱怨，老歲仔怎麼只丟給槐南照顧，每個月家族雖有匯錢，也請看護琪拉，可是終究擔負了責任，萬一出了什麼差錯該怎麼辦？菀兒盡力做好本分，卻時刻感到力不從心。無奈心軟，妥協了，總得有人看顧老母親，不能讓老人家每個月至各子女厝內輪流住。

電子業的領班工作接了兩、三個月。張經理攢了大半輩子的錢，決定離開，聽說與人合夥做生意，至大陸青島開了一家工廠準備做各種塑膠商標，規畫許久，低利貸款了兩千八百萬。張經理曾經私下問過菀兒，說番薯島的電子產業已經到了末路，一來技術性低沒門檻，二來工資高，三來講究環保意識，汙染抓得嚴，很難生存下去，又說到時客戶名單會一併帶至大陸。張經理要菀兒一起過去，說到了對岸就是台幹，立即升管理職，薪水往上三級跳，還有宿舍、免費三餐與海外補助津貼。菀兒沒跟槐南討論，夜深人靜，一個人扯著棉被左思右想，心動了，心癢了，最後還是不得不放棄。都四十幾歲了，有家庭，不能再隨意往外跑，如果真要出去打拚，她也放不下對伴侶和子女的掛念，得一起過去才行，不過這絕對行不通。歧出的人生路線充滿誘惑，而她選擇了家人。自己怎麼就沒那股豁出去的勇氣？經理職缺空，公司為節省人事開支沒再補上。前幾日出貨還發生紕漏，寄送地址竟然錯了，一陣兵荒馬亂連忙向顧客道歉，最後不了了之，也不知誰該負責。廠長知曉輕重，卻不願意花錢聘請經理，只從老員工中挑選菀兒擔任領班，一來有工作經驗，知道產品出貨流程，二來年紀不算年輕也不算老邁，剛好。資深老員工有些不滿，認定菀兒偷塞紅包。菀兒知道大夥兒不滿的情緒，於是做起事來更加勤快，待人更加親切，而且一下子就學會如何使用電腦訂單系統，老員工不滿的情緒逐漸壓下。菀兒升領班，自掏腰包，買了五大盒牛奶糕禮盒請老員工吃，說都是靠大家的努力。

八點準時開工，菀兒七點就要先至工廠確認郵件與工作進度。升領班，責任變重，工作時間拉長，只多出兩千塊。工時是上午八點至十二點，下午一點至五點，中間休息一小時。菀兒勤勞，個性謹慎，十一點五十打理好一切，趕緊騎機車回厝炊煮，看顧荷香阿嬤和順順。不到半小時便煮出一桌好飯菜，荷香阿嬤食飯細嚼慢嚥，順順拿捧碗筷到處亂跑，菀兒怕銜接不上工作，叮嚀琪拉好好照料一大一小，急忙包了便當去工廠食。下午拖到六點才下班，趕緊去黃昏市場或大賣場買生鮮蔬果。菀兒心細，支出算得精明，黃昏市場的菜葉還算新鮮，雖然賣相不好，有些被壓爛，有些蟲蛀嚴重，得耐心挑揀。大賣場的菜葉彷彿都經過冷凍，不新鮮，看起來病懨懨的。菀兒提大袋小袋回厝，沒有時間指責正在玩電動的兒子智德和修指甲的女兒茜。菀兒把茜叫進灶跤，說多少也該學習如何烹煮，說自己剛嫁來時還不會殺魚，食了不少苦，荷香阿嬤雖然不曾叫罵，不過菀兒自己心中的壓力大。茜總是有一搭沒一搭，剝蒜頭，洗菜，削蘿蔔皮，排好鍋墊就趁機溜走。這年頭的囡仔誰會對油煙灶跤感興趣？秋冬冷，一雙手浸在冷水中洗菜多難受啊。荷香阿嬤和琪拉坐在灶跤的木椅看著菀兒忙進忙出。荷香阿嬤要琪拉幫忙，菀兒總是嫌琪拉動作慢。菀兒並沒有心思餘力教琪拉煮番薯島菜，覺得麻煩，只教琪拉如何洗米，添水，滴些橄欖油避免飯鍋黏底。琪拉擺好碗筷，站立一旁等待。

壓力大，菀兒逐漸對任何事情失去耐性。

前幾日，剛炒好一盤麻婆豆腐，端盤上桌時突然絆了，整盤菜餚散落一地，菀兒先是驚嚇，而後湧起憤怒，咒罵說是誰把凳子放在這。琪拉連忙拿來抹布和垃圾桶，清潔滿地菜餚。荷香阿嬤說，唉，跤手哪會遮爾無細膩。菀兒聽了，有些不愉快，沉著臉，趕緊再去冰箱拿出碎肉、大蒜、豆腐和辣椒等材料另起爐灶。菀兒不再悶頭做菜，大聲斥責，說琪拉來番薯島有餘村這麼久了，怎麼還是這麼笨，啥事都不會做，無緣無故放一把凳子在那是要讓人摔死啊。琪拉沉默，沒回應。還有一晚，荷香阿嬤在夜裡尿失禁，菀兒巡房時氣憤地叫醒琪拉，說整間房間臭得像豬窩，難道都沒聞到？菀兒親自備水，清理穢物，擦拭木板，再替荷香阿嬤包裹成人尿布。菀兒用嚴肅的表情看著琪拉，罵幾次，心卻軟了。菀兒也知道有時自己的用詞過於尖酸苛刻，想道歉，一張臉又拉不下來。

琪拉是菀兒親自挑選的幫手。

菀兒曾在仲介的文件資料上得知琪拉背景，來自菲律賓宿霧島（Cebu），家中有丈夫和兩個兒子，曾經擔任過看護與按摩師，英文聽說讀寫都還算流暢，學過兩個月中文，會基本會話。琪拉從來沒有跟菀兒提起過自己的家庭，她們也不曾向對方坦露心事，這樣子實在尷尬，也沒有必要，不管怎麼說，兩人都是建立於僱傭關係，本來就存在不對等的隱性位階。菀兒從來沒有聽見琪拉說要打電話回家。好幾次，菀兒甜言軟語對琪拉說，一、兩個月總是要打電話回家一次吧，如果需要，打家裡的電話不要緊，只是別說太久。琪拉說，有的，太太，都有打電話，兩個兒子還很想來番薯島看看。菀兒說，如果真的來了，千萬別住旅館，貴喔，住家裡就好，房間不夠也可以打地鋪，棉被都有，不怕冷到。如果要來，就夏天吧，冬天一直下雨哪裡都去不了的。然而，菀兒從來沒有發現家裡的電話帳單曾經出現過國際電話的費用。

即使忙碌，菀兒還是會撥出時間留給家人。

槐南開車，載順順、琪拉和荷香阿嬤去頭圍城的游泳池游泳。智德和茜都上了國中，有各自交友圈，不太喜歡參與此類日常的家庭活動，整日待在家中玩電腦遊戲，或者打電話跟朋友聊天。菀兒告訴智德和茜，先把功課寫完，要玩再玩。醫生說，荷香阿嬤需要復健和運動，最好的運動是游泳。順順、荷香阿嬤和琪拉換泳裝下水，槐南找了一個無人水道兀自游泳舒壓。菀兒待在游泳池畔的陽傘下看著一家人，悠閒躺臥橫椅，享受一個人的自在時光。荷香阿嬤每次踏入水中都異常興奮，腰間套上游泳圈，緩慢踩水。琪拉陪伴淘氣的順順。有時，菀兒覺得自己也應該下水，舒展僵硬的身子，只是自己一直沒去實踐，慵慵懶懶，覺得什麼事情都不做就是最適切的休息。秋天，泳池關了。槐南開車載一家大小去湯圍泡湯。智德喜歡跟父親一起泡湯。茜則是非常羞赧裸露身體，總是找理由拒絕。每個月花下來的泡湯費不算小錢，一家子只能選擇男女分隔的大眾裸湯。菀兒、荷香阿嬤和琪拉褪下衣物，共同沐浴。菀兒十分貼心準備了毛巾、茶水和餅乾，隨侍荷香阿嬤身邊，怕熱水浸久，老人家無法承受，容易發生意外。菀兒拿一條毛巾，替荷香阿嬤刷洗老皺皮膚，琪拉替荷香阿嬤按摩搥背。菀兒看著荷香阿嬤的身體，沉靜思索，原來老去就是這副模樣；也曾經有意無意注視琪拉身體，想著原來褪下衣服，查某人之間其實並沒有什麼不同。琪拉剛開始感到非常不好意思，拿毛巾遮遮掩掩，後來泡了幾次溫泉也就習慣。澡堂內煙霧氤氳，視線模糊，逼出滿身汗，不須修飾也不須感到羞赧。浸泡了十分鐘，荷香阿嬤就得起身一次，坐在木製階梯上歇息，裸著身，熱水波波瀾瀾浸至腳踝。荷香阿嬤彷彿閉上雙眼，柔軟言語，嘆息著，說人老了不中用。琪拉坐在荷香阿嬤身邊，熱毛巾不時罨熨荷香阿嬤年邁老朽之身，怕離開熱水久了，身子容易冷。菀兒從熱水中起身，滿臉通紅坐在荷香阿嬤另一側，輕攏雙腳，手指輕觸水面。有時菀兒下水，抬起荷香阿嬤雙腳，十指輕柔在各個穴道深淺揉按。左腳按完，換右腳。擰著，搥著，掌心推著。琪拉拿毛巾擦拭荷香阿嬤額間汗水，遞上水。三人再次沐浴更衣。

荷香阿嬤以嫩葉萌芽之聲說，真好，兩个攏是我的查某囝。

荷香阿嬤不堪行走之後，便喜歡窩躺房間，意識清醒便挺起身，靠向牆壁打毛線衣和毛線帽，意識不清醒就躺回床上隨意識兜轉。有時央著琪拉去抽屜拿遺書，戴上老花眼鏡左看右望，嘆口氣，不知道到底要塗改些什麼，偶爾迸出一、兩個歷經歲月的字詞與名字，像吐出骨骸。菀兒除了忙於工作，還得整理家務，應付正處於叛逆期的兒女，時間實在不夠用，壓力愈來愈大。即使如此，食完晚餐，洗完碗盤，菀兒還是會抽空來到房間跟荷香阿嬤說話。荷香阿嬤東說西扯，有時笑，有時板起臉孔，完全沉靜於自己的世界。菀兒坐在床邊聆聽。當荷香阿嬤不再說話，菀兒就嘗試接替話茬兒，問荷香阿嬤今天過得如何？有沒有冷到？偶爾分享上班瑣事，即使早已對日復一日的生活感到厭煩。菀兒知道，只有這樣才能夠幫助荷香阿嬤。菀兒也會叫槐南、智德和茜多跟奶奶說話，三人沒什麼勁，頂多打個招呼就失去耐性，跑去客廳看電視。順順倒是很能和荷香阿嬤打打鬧鬧。順順說一，荷香阿嬤說二。順順說落地，荷香阿嬤回應生根。順順說六六大順，荷香阿嬤說孫悟空九九八十一變。菀兒不能理解順順和荷香阿嬤到底是如何溝通。

一日提早下班，買完什貨回厝，除了神明桌和側廊亮著燈光之外，厝內顯得幽寂，彷彿深鎖於時光木匣子，一疊黑白照片與幾個金戒無比靜默。菀兒嘀咕，說晚了就要開燈，厝內看起來沒人可不好，容易遭小偷，何況順順喜歡到處亂跑，萬一跌倒了怎麼辦。從側廊走過荷香阿嬤房間時，頭一次聽見琪拉的呢喃聲，初始，只覺得聲音有些吵雜，充滿尖銳，真難受；過了不久，再試著傾聽，聲調蛻成綿綿述說，成安撫，逐漸以柔拍節奏滲進隱密空間。菀兒放輕手腳，將什貨放在灶跤桌頂，再度回到荷香阿嬤房間外側耳傾聽。琪拉總是避諱言說自己的母語。房內的聲音遊走溫柔，雖有尖銳，調性卻極為低淺。菀兒想，可能正在打電話。菀兒並沒有打擾光影縫隙中的真誠吐露。琪拉臨時止住，再發聲，迸出一、兩個斑駁脫落的異國音節，有些粗糙啞然，像被磨紙擦過的火花味道。菀兒湧起一股難過，唉，一人在外，其實難，真的很難。

夜晚，菀兒再次坐在荷香阿嬤床邊，不知為何，忽然了解荷香阿嬤想要表達的意思。荷香阿嬤像是背誦遺書般說著，信攏燒矣，燒，身體也欲燒。金手指公平分分，莫冤家。逐家攏是家己人，上驚分了財產就無欲往來，大家口就愛牽牢牢，這馬的社會不比古早。荷香阿嬤呢喃碎語。菀兒跟著回應，講阮家族上團結，免操煩。荷香阿嬤牽起琪拉的手，說這也是我的查某囝，也愛留鑽指，聽著無？琪拉不好意思，要荷香阿嬤好好歇睏，莫烏白想。再接下去，菀兒就不懂了，荷香阿嬤言說零碎日語，臉上充滿童稚笑容，回到遙遠的日治時代，看見死去已久的雙親，靈魂自在穿梭於舊日時光。荷香阿嬤神智不清時，誰都不識，不輕易信任別人，卻願意接納菀兒與琪拉，醫生說這是因為兩人長期照料荷香阿嬤，於是老人家下意識產生了信任感。菀兒盡其所能服侍老人家，然而內心卻早已疲倦，同時發覺自己竟然有些嫉妒琪拉，因為琪拉能夠分辨荷香阿嬤多重夢境，並且成為夢境內外的訊息接收者。菀兒完全無法想像，琪拉竟能在荷香阿嬤的晚年光景中，給予如此重要的支撐力量。

壓力讓菀兒亂了經期，臉上冒出一堆痘子，手臂不知為何出現紅斑，掉髮愈來愈嚴重，她告訴自己，再撐著。只是另一方面，她也日漸妥協，開始教琪拉煮飯。荷香阿嬤晨早甦醒，琪拉一陣忙碌，準備溫水，擦拭荷香阿嬤的臉頰與身體，拍背幫助吐痰，替荷香阿嬤按摩大小腿，再抹上乳液，塗上護唇膏。琪拉幫荷香阿嬤穿上衣物，夏季衣衫以清涼通風為主，秋冬則慎重，針織外套之外，毛襪、手套、圍巾和毛帽缺一不可。荷香阿嬤行動不便，不過不願意外表邋遢，看上去總是要有精神。荷香阿嬤曾經說過，這股精神除了展現給自己看，也是要展現給囝孫看，家有一老，如有一寶，最起碼樣貌要矍鑠。荷香阿嬤一身乾淨，遊走夢境與記憶，一輩子不算風光，不算豔麗，不算聖賢，但求問心無愧。荷香阿嬤心情好，就塗上口紅，額邊用蝴蝶髮簪繫住白髮，告訴琪拉，說要去埕前坐著，看日出，曬太陽，觀風雲，察水土。琪拉攙扶荷香阿嬤坐上輪椅，一路推到埕前，太陽還未突破夜色，濕漉漉空氣卻逐漸有了日光溫度。荷香阿嬤還能移動手腳，只是緩慢，坐在輪椅上推動自己，偶爾在胸前甩動手臂，搥打大腿，嘗試起身扶牆行走。荷香阿嬤這時便成了孩童，非常倔強，吩咐琪拉絕對不要幫忙。一次，琪拉伸了手，怕荷香阿嬤跌倒，荷香阿嬤還氣憤地擰了琪拉的大腿肉。琪拉知道荷香阿嬤的脾氣與性子，趁著空閒，去灶跤炊煮一鍋糙米稀飯，準備脆瓜、大豆、土豆麵筋和一盤燙青菜，泡一壺養氣人參茶。荷香阿嬤吃得簡單。荷香阿嬤回房休息後，菀兒便央著琪拉準備厝內伙食，未到七點，菀兒騎機車載琪拉到頭圍城買菜。菀兒教琪拉如何辨認菜葉，到哪一處攤販買肉、買豆腐、買水果。琪拉很快便記住各種蔬菜、肉品、水果的中文字體與國台語念法。後來，菀兒載琪拉來到市集，只需交付錢與清單，琪拉便能買足蔬果。菀兒算得仔細，給的錢不多不少。琪拉買齊物品，總是能留下二、三十塊。琪拉將餘錢交給菀兒，菀兒揮揮手，說留著吧。

菀兒抓緊機會教琪拉烹煮番薯島家常菜，例如蒸蛋、炒高麗菜、蠔油炒茄子、青椒炒肉絲、苦瓜炒鹹蛋和蛋花湯等。琪拉很快便學會了。菀兒不必再每日中午都急忙回厝烹煮，如果晚上臨時有事，琪拉也能先炒些菜，她再到市集買些料理好的白斬雞。菀兒終於有時間喘一口氣，奇怪的是，心裡頭竟然矛盾了起來，一方面擔心琪拉做不好，另一方面又擔心琪拉做得太好。一晚，工廠趕工，菀兒打了電話說會忙到九點。菀兒東交代、西叮嚀，要智德好好盯住琪拉，說，如果炒的飯菜不合胃口，就去外頭隨意買些炒飯炒麵。智德不耐，只想趕快掛掉電話打電動，說，琪拉知道該怎麼做。這句話竟然無意間傷害到了菀兒。菀兒什麼都沒說，也沒出現什麼劇烈反應，只是想著琪拉早已經是兩個囡仔的母親，這些事是難不倒她的。

休了假，菀兒還是起大早同琪拉照料荷香阿嬤，再載琪拉去市集買菜。市集內人擠人，鬧哄哄，菀兒負責挑菜付錢，琪拉負責提拿裝載鮮菜的塑膠袋。年輕時，菀兒有著用購物來滿足生活欲望的傾向，後來結了婚，負擔重了，便精明計算支出，不再隨意花費。這日，不知為何，菀兒對於每樣鮮果、菜蔬和衣料都興起強烈的購買欲望，除了一家子基本伙食之外，還先後買了手工養生饅頭、銀絲卷、布丁、香菇魚丸、芋頭泥蛋糕、金色指甲油、遮陽帽和大特價的太陽眼鏡。菀兒也想給琪拉買些物品，想來想去，看來看去，心中依舊沒有主意。菀兒忽然看見了內衣攤，也不避諱，拉著琪拉興沖沖挑選，想給琪拉買件舒服的胸罩。琪拉有些害羞，推遲著。菀兒硬拉琪拉，拿起好幾件刺繡玫瑰花紋的胸罩在琪拉胸前比對尺寸。琪拉說，太太，不要花錢。菀兒要琪拉選，說買一件不花什麼錢的。菀兒說，來番薯島這麼久了，還沒買過禮物給妳，真是不好意思。菀兒問，如果不買胸罩，那要買些什麼？琪拉有些扭捏，緊咬下唇，彷彿有件心事藏在心中許久。琪拉抬起頭，睜亮一雙大眼問菀兒，可以花自己的錢買智慧型手機嗎？菀兒有些吃驚，發愣幾秒，過了許久才反應過來，說當然沒問題，要買什麼都是妳的自由啊。琪拉急忙解釋，說電話費太貴了，聽人家說現在只要有網路，就可以不用打國際電話。菀兒問，預算多少？琪拉搖頭，說沒概念。琪拉希望菀兒陪她一起去手機店看機型與價格。菀兒忽然想起智德剛好要換手機，嫌舊的智慧型手機慢。菀兒說，如果不嫌速度有些慢的話，就用智德的，別浪費錢。琪拉要說些什麼，菀兒連忙制止了。菀兒硬是挑了一件刺繡白牡丹的內衣送給琪拉。菀兒還是拉不下臉向琪拉道謝。

旺伯、阿火伯和友忠伯一同來厝內找槐南聊天，談番薯島的經濟發展政策，談接天宮廟旁是否要興建籃球場和停車場，談春帆港內的菲律賓仔和印尼仔的衝突，不知不覺聊起了外籍新娘新住民。旺伯說，越南新婦也毋知會生無，上好先睏予爽，睏予慣勢，這種代誌毋免客氣，若無以後會後悔。阿火伯笑著，說旺伯真是粗人。旺伯開黃腔，說你哪知我下面有夠粗。友忠伯說，聽講別村有娶越南新娘，翁死去，新婦仔行李捆捆咧，提著錢就轉去，我看這種一定是毒死伊翁婿。槐南拿起茶壺替客人斟茶，順勢說了一句，外勞仔攏是番仔性，愛做賊仔。菀兒聽了，內心不快，記住了卻不動聲色。晚上，菀兒念了槐南幾句，問，琪拉是哪裡不好了？厝內也請了人，需要講這麼難聽嗎？而且現在不能說外勞仔，要說移工。槐南一時間還不知道發生了什麼，喃喃罵一句，神經，說不過是順著別人的話，需要這麼大驚小怪嗎？菀兒罵，你們這些查埔人誠毋是款。

荷香阿嬷似清醒、似陷入深層夢囈，一睡是一日，一醒是半暝，夜裡時不時驚醒，雙手撲打床墊，接著哭。菀兒聽見琪拉的叫喚聲，就知道荷香阿嬷又在哭鬧，只得睡眼矇矓下了床。荷香阿嬷重回孩提垂髫，喝水，飲牛奶，拉屎放尿逍遙自在，想哭就哭，想笑就笑，想叫就叫，語言似乎也不堪時日琢磨而日漸脫落。荷香阿嬷伸出手，想要人抱，琪拉抱，菀兒抱，琪拉再抱，總是要折騰兩、三個小時才願意再次閉上雙眼，沉入另一夢境。隔日，菀兒還要上班，只好由琪拉坐在床鋪懷抱荷香阿嬷，一手還得拿奶瓶餵奶。有時，菀兒累得在荷香阿嬷的房間中睡著了。恍惚中，菀兒又聽見琪拉在荷香阿嬷的耳邊輕柔言說菲律賓話，時而連綿，時而短暫，聲音充滿深情，不浮躁，不昂揚，春風拂草冬雨浸葉，彷彿在海底深處探看幾束穿透而來的光芒——字詞的意義或許不再如此重要。

荷香阿嬷聆聽著，閉起眼，接著便安靜沉睡。

菀兒閉起眼，聆聽著，接著便同時沉睡安靜。

好幾次，菀兒和琪拉給荷香阿嬷沐浴，菀兒疲倦呢喃，為何老母親總是自己照顧——菀兒止住了話。菀兒問琪拉，菲律賓的孩子幾歲了？上大學了嗎？什麼時候打算回去？想不想念家鄉？琪拉說，大兒子正在讀大學，電機工程系，小兒子還在念中學。菀兒說，真好，兒子長大當工程師，以後琪拉就是工程師的母親，不用再那麼辛苦工作。琪拉聽了開心。菀兒拿毛巾擦拭荷香阿嬤的頸背，想著，這一出來就是好幾年，回去囡仔都大了吧，只是不出來又不行，總得有人為生計犧牲。不在查埔身邊，彼此真的還會有感情嗎？菀兒嘗試設身處地，卻難以想像自己必須離鄉背井，她無法離開槐南、智德和茜。她捨不得。她不確定如果處在相同經濟狀況之中，自己是否有勇氣出走。或者，這根本無關勇氣，而是不得不如此，容不得餘裕選擇。人啊，都必須有所取捨，她想起張經理勸說前進大陸的諸多話語，星子般滑過腦海，墜入黝黑，她的確捨不得。

夜裡，荷香阿嬤又從睡夢中甦醒過來，沒有大吵大鬧，也沒有驚擾任何人。

點一盞桌前燈坐在床沿，努力撐起拐杖。琪拉醒了，揉搓眼睛，有些不知所措地望著荷香阿嬤。琪拉起身，來到荷香阿嬤身邊，問是否要噓噓？荷香阿嬤笑了，伸長右手手指擺在嘴巴中央，噓一聲，表示保持安靜。琪拉沒有見過荷香阿嬤這副頑皮、活潑又有些撒野的模樣，有些緊張，趕緊跑去敲槐南和菀兒的房門。菀兒來到荷香阿嬤的房間。荷香阿嬤轉身，面對琪拉和菀兒露出童稚笑容，食指再次擺在嘴唇上，像怕吵醒睡夢中的囡仔。荷香阿嬤從底層抽屜的報紙中掏出一把鑰匙，打開木質檀香衣櫃，艱難撥開厚絨絨衣服，從內衣與褲襪中捧出一個方形木盒，龍鳳翔舞的刻痕已經磨損，卻發亮，如黑墨。荷香阿嬤回到床鋪，謹慎捧抱木盒，再將鑰匙插進鎖孔，喀嚓。木盒內，紅色絲絨墊底，幾張黑白照片，擺放六條金項鍊和六個金戒指。荷香阿嬤說，逐个囡仔分一條金項鍊佮一个金手指。荷香阿嬤試著掀開木盒子底層，卻使不出力，只好拿著髮簪往底鑽，撐起，原來還有內層。依舊是紅色絲絨墊底，上有銀環圈住一只金鐲和一只玉鐲。荷香阿嬤說，這个金釧原本是欲予死去的第二查某囝，這玉釧是欲予失蹤的第五查某囝，毋過，我看這世人是無機會拄著，後世人有緣，閣再鬥陣做伙。

荷香阿嬤的眼眶中汩汩落下金淚。

荷香阿嬤叫來菀兒和琪拉，將玉鐲塞進琪拉掌心，將金鐲塞進菀兒掌心，拉住兩人的手，上下覆蓋，再輕柔拍打。荷香阿嬤說，唉，你就親像我無血緣的查某囝，恁就愛好好做姊妹，這兩个釧愛收予好。這半年誠是麻煩，足歹勢，但是閣有啥物辦法？閻羅王傷茌懶，袂記得叫七爺八爺來勾我的三魂七魄——

菀兒和琪拉同時將玉鐲和金鐲塞進木匣子之中。

菀兒說真三八，阿母半暝講啥物痟話。

琪拉說，暗矣，愛緊睏。

荷香阿嬤放下木匣子，唱起一首曲調優美的日文歌，菀兒和琪拉都不知道荷香阿嬤到底在唱些什麼。

琪拉和菀兒坐在床沿沉靜聆聽。

琪拉試著用菲語哼唱，菀兒試著用台語跟著節奏唱和。

荷香阿嬤帶著笑容逐漸枯萎，安詳入睡，歌聲幽遠，隨著氣音，輕巧遁入另一木匣子無傷無痛夢境之中。

當頭棒喝

蘆葦毿毿，虎爺立在湉湉清澈水邊，肉爪子好奇刮搔水面，深淺探入立即湧上一股涼爽，索性整顆頭顱浸進水中消暑，再一晃，毛髮肆意噴濺水珠。山谷棲息夏蟬，噪不停，纏綿如叫春，嗡鳴擾人如經文，蝶蜂點綴花巢草叢，瘋癲停駐虎爺左耳。虎爺大吼，化成狂風，草魚連忙趕走不知輕重的蝶蜂。虎爺貪玩，踏水踐波，又入，聳身抖動濕漉毛髮，陽光從葉縫篩下竟然瀰漫仙果奇卉香。虎爺坐立，勁尾掃水，前掌抓弄鼻頭打呵欠，慵懶了，趴成一隻神龕桌底煞有氣勢的壇木虎。金生順著溪流下行，回頭時還以為自己眼花，怎麼會有一隻大老虎趴臥水中玩耍？揉眼，續下行，再回頭時依舊看見虎爺舔舐前肢，草魚撐起兩鰭挺身，趴在虎爺頭頂大大方方享受十八禁健康日光浴。

金生抓搔腦袋，想著下禮拜一就是暑假返校日，得趕快向羊頭借作業抄，不然到時會被老師叮得滿頭包。唉，要寫一大堆國字真是頭疼，算術可以直接抄答案，計算過程可以鬼畫符，至於日記，還真的不知道要寫些什麼。出廟埕，跨鐵路，跑進屋簷底下的仄狹小徑至濱海公路，抬頭一望，趙乾鐘的大型競選布幕在夏風吹拂中不斷撞擊牆壁，布幕底層，左右兩側各綁一罐增加重量的瓶裝水。趙乾鐘這個大光頭笑得很虛假，真是噁心，金生看到布幕就像看到趙坤中伸出手指頤指氣使，說他家欠了錢，要抓他當小嘍囉，抓阿公當長工，抓阿嬤當粉味老雞。不知不覺間，一股怒氣從內心深處洶湧竄起，彎腰低頭，左右尋找泥土、石子與敗草，混雜雞屎與口水揉成一團。心臟怦怦跳，以不變應萬變，偷偷摸摸跑到競選總部前奮力擲出泥團，不偏不倚打中趙乾鐘右側鼻子，泥團緩慢滑落停駐鼻孔底下。拔腿開溜，不是怕被抓來打尻川，而是得趕緊叫羊頭過來看熱鬧，趙乾鐘的鼻孔下有好大一坨鼻屎。羊頭惴惴不安從另一頭橫越濱海馬路。金生舉起手，大呼小叫，羊頭像是沒有看到他般並不理會。金生跑到羊頭身邊，大聲叫喊一起來看百年難得一見的大鼻屎。羊頭有些緊張，低頭沉默不語，龜縮胸膛，旁若無人走進冗長小巷。小巷並不陌生，阿嬤不知從何時開始，每隔一、兩個禮拜就會來這問厝內大小事情，求指示，背誦毫無意義的名言佳句。金生看羊頭沒有反應，伸出右手朝羊頭頭顱猛力打去，右手卻奇異穿透，再嘗試用雙手推搡羊頭，沒想到雙手與身子竟然浮空穿越。金生尾隨羊頭，雙手蒙住羊頭雙眼，在羊頭耳邊吹氣。羊頭抓搔耳朵，覺得癢。全身輕飄飄，沒有影子，走起路來像微風吹起灰塵，這一定是民間傳說故事中時常提到的元神出竅，金生不僅不緊張，還十分雀躍，滿腦子都是捉弄人的鬼點子。

獻花。獻果。獻香。獻玉。獻童子。獻乳房。獻珠寶。獻玉鐲。獻睪丸。獻洋菸。獻金戒指。獻勞力士手錶。獻恁爸祖宗牌位。獻金子不忘同時搓弄朘鳥獻精子。羊頭畢恭畢敬獻上一大包糖果，內有牛奶糖、人參糖、可樂糖、沙士糖、芒果糖、香蕉糖、金棗糖和金元寶巧克力。信徒們拿出精心準備的奉品，磕跪蒲團，朗誦經文，全心全意虔誠祭拜此生無憾。檀香纏繞，魂魄漫遊，意識跟隨經文飛天遁地乍起乍落，頭顱圍上黃布巾，脖子戴上平安符，線香燃燒，點頭、點左肩、點右肩，元神是欲走去佗位耍？金生雙腳輕點塵世，鬼臉怒相，媽祖慈眉，不管如何對著信徒齜牙咧嘴都不過是一陣風。打螳螂拳、長拳與香蕉菝仔拳，袒胸露背，不管如何脫褲子撒尿都不過是一陣影。燭光閃滅，紅粉胭脂仙姑搖晃碧玉髮髻，面帶微笑導引羊頭。脫鞋，跪至日式木房，竹編簾幕隱約隔起師尊面目。師尊依舊披掛黃袈裟，裸露右側肩膀，時不時咳嗽似氣喘。羊頭從口袋拿出捏皺的紅包袋，打開，再次計數金額，是競選噶瑪蘭公主所獲得的獎金。金生想要阻止羊頭，卻想不出辦法。羊頭恭敬遞呈紅包袋和一張白紙。白紙寫著羊先生的名字、生辰八字與出入院日期。

「求啥？」師尊背對羊頭，身子駝，彷彿因為夏日煩躁而失去氣力。

「求爸爸張廷標。」羊頭併膝磕頭。

「這是孽緣，無得解。」師尊搖頭，聲音充滿疲倦。

「我只希望爸爸變回正常人。」

「唉——」師尊嘆氣，拉起身旁金屬桿子，蒲團自動右旋。

羊頭略微抬頭，雙眼無限期盼。

「如今，我已能時時刻刻天人感應，將內丹、符籙、咒術、哲學、文學與宗教融為一體。能上通神真，役使神將，制伏群妖眾邪。入山不懼毒蛇，入水能震魚精，入大疫無所畏懼，還能禳天災，辟方數十里上，降伏妖魔鬼怪。我有寶書，有祕卷，有文化底蘊，有科學考證背景，有斬蛇飛天之術，收妖精，殺孽蛟，斬蛙妖。可惜的是，就算我有如此多的能力，還是沒有辦法拯救執迷不悟的世俗人。誰該入地獄？誰又不該入地獄？世人為情為愛墜入地獄，如此心甘情願，然而傳道殉道者為這群世俗人犧牲奉獻，一生真值如此？一切終歸煙消雲散。」師尊無奈嘆氣。

「我只要爸爸回來。」羊頭全身顫抖，咕噥著。「我聽不懂師尊在說些什麼。」

金生穿越簾幕，左瞧右望，原來師尊正好面對冷氣機送風處，涼快得很。

師尊身後置放壇木案，一個麒麟香爐，一盤鮮果，左右擺有血紅珊瑚樹盆，正中央的細頸花瓶斜插牡丹，供奉垂眉哀容的觀世音菩薩。

「惹了一身塵埃才想回頭，癡癡傻傻，最後也只能以老死淨身。」師尊放慢語速，一字一句吐露。「我這師尊，也是癡傻。當年，我的母親夜夢金鳳凰啣七彩琉璃珠緩飛至窗，賜珠，懷胎十月產子，直到現在滿室依舊幽香充滿玄妙之氣。後來我經歷一連串惡鬼道，見了曙光，有了神通，能解罪孽。我以為自己真的能代天宣化，以忠孝節義勸世。啊，雖然博通天文地理，精於陰陽讖緯，喜好修練之術，能使攝魔、敕召、役雨、捉祟、治病、召雷電、召雲龍、斗煞、召神咒和役將咒等咒語，到頭來又是如何？世人都是治不了的，不過也非治不可，只能死馬當活馬醫。回去吧，是迷是惑，是癡是傻，是瘋是癲，只有自己最清楚，同時也只有自己最迷糊。」

金生彎身對著師尊耳朵吹氣，用食指彈耳垂，想知道到底什麼是鬼屁神通。

師尊不動聲色，閉起眼，沉入嘆息，老邁身子瀰漫一股臭汗和乳液幽香。

羊頭一臉惶惑，不明白師尊透露了什麼，仙姑指示退下，羊頭還是長跪不起。

「回去吧，用土雞蛋給你父親塗抹身體去煞。」師尊嘆出一口濁氣。

羊頭獲得箴言，笑得開懷，再次磕頭跪拜退下。

師尊有些睏倦慵懶，兩手握拳伸懶腰，起身，從供佛的祭品中挑選一顆飽滿水蜜桃啃食。金生近距離觀察，師尊雖然梳油頭，不過頭頂還看得見明顯戒疤，臉頰胖嘟嘟，泛油光，想必葷素不拘喜好男女色，皮膚層疊鬆垮垮。師尊坐上蒲團，止住動作，嘴皮子收縮膨脹似有千言萬語未曾說盡，又似中風。金生好奇地跑到師尊面前，伸長頸，以為師尊正要使出不可一世的玄妙神通。師尊不動如山，眼珠子外凸，嘴巴愈發鼓起，喉嚨青筋暴露。要出人命了，金生慌張大喊。師尊出其不意，一雙手猛然掐住脖子，咳出遇神噎神、遇佛噎佛尚未度化的果核，還真是當頭棒喝啊。

回厝，站立門口，看見肉身童子躺在竹蓆冒汗沉睡，魂魄走進身體，逐漸感受到存在的疼痛感，胸膛內的五臟六腑都煨成烤番薯暖烘烘的。反覆煎熬，睡夢中不斷掙扎，終於滿頭冷汗驚醒過來。心臟撲通撲通撞擊胸腔，體溫升高，整個人神遊恍惚不知身在何處。鬼壓床，阿公曾經說過。大聲啐罵三字經，身子直蹶蹶騰起，竹蓆和無袖背心都是汗。試著鎮定，洗把臉，照了鏡子擠眉弄眼，全身再度充滿精力，什麼妖魔鬼怪魑魅魍魎都被拋得十萬八千里遠，沒換新衣，急忙踅出厝去找羊頭借暑假作業。現在是星期六下午，還有晚上和星期日一整天可以寫，星期一去學校再交暑假作業就好了。

阿嬤大喊，暗矣閣欲出門，是欲做啥物大事業？

金生沒頭沒腦回說，我要上山打老虎。

阿嬤罵咧，拍你的死人骨頭，袂曉好好讀冊，一日到暗就知影四界迌迌。

生死簿：水梨花與酪梨花

秋冬，一輪明月垂掛在青紫夜空中，如此皓白潔淨。

日日月月，土地始終潮濕豐腴，誰都能在泥上留下足印，誰都能從光中得到溫暖，誰也都能在流水旁佇足冥思，伊在何方，愛人啊，伊所想望的美好時日究竟逝去何方。愁煞人，尤其是在沉靜夜色之中，舌頭蠢動，嘴唇乾燥，身軀搔癢層層脫皮，指尖如綠銀光澤的步行蟲緩緩攀爬，眼瞳一睜就亮，一閉就暗，再睜就望見數十年如一日的明朗月亮。孤身，為錯愛的人，為愛錯的人，為往日浮雲煙火歇停不語。總是如此，被時間過度寵幸的後遺症，恍惚之間，老查某依舊留有一絲少女情懷，童真之心如豐沛水澤，如沃土，如一朵魅惑眾生的狂花，如一片落寞靜斂的枯葉。有餘村的查某都有過顛倒眾生的想望，或卑微，或高傲，於是風情瘋癲，欲擒故縱將所愛的查埔囡仔與查埔人藏進心窩，養成層層皺紋。

唉，只有身為查某，才知道年歲在體內日益產生的些微變化，為一陣風而瘋，為一場雨而語，為成熟而過度成熟。查某長成，必須自詡為水梨花，此花之葉脈脈青翠，不紊亂，不濫情，不雜生旁支，亭亭搖曳有姿有色。花開極私隱，低調，不張揚，歷經數十年的潛藏滋長卻能不動聲色不露風騷。漸隆起，漸細緻，漸水潤，漸肥沃，漸芳香，有餘村的查某只對母親與未來的查某囝描述這一朵即刻綻放體內的水梨花。羞於內，扎穩根莖，勃生繁葉，時刻尋覓抽芽處；形於外，人人感其嬌羞，阻擋不了骨子內的欲望與款款流動的生命。嫩芽初發，花翻露蒂，沃土之鄉以小我的傷害餵養疼痛。極度敏感，不善面對外在，只藏於裙衫百褶之間，白豔，滲有血，甚至淩厲無禮長刺傷人，拒絕著，卻同時誘惑著查埔人，產生若有似無的觸碰。層層花瓣漸次勃展，圓曲，水潤，有密不可分的紋路與色澤，有香草高潔，亦有燃毛阻嚇，隨著每一次呼吸，款款奉獻嬌媚水柔。查某啊查某，水梨花啊水梨花，藏在體內的香草如何保衛？如何有禮放蕩？又如何讓他與她者採擷緊身時刻嗅聞？水梨花的芳香亦是如此，澆灌以水，成之以乳，瀰漫靡靡放浪花果香。白晝向光，無羼雜質，如洗、如滌、如浴的天空都因為花朵一時豔開而趨向更火熱的光明。有餘村的查某無不在每次情欲初動之中，察覺自身濃淡異香，品之，嘗之，享受之，並以此向時日交換，自賞自娛，為更高層次的獻祭準備。查某不肯輕易透露，體內那一朵水梨花在割捨觸摸之後，將轉化為另一種植栽。水梨花得面對難以承擔的枯萎老朽，殘肢斷體，然而一切卻又如此自然，如此緩慢，如此痛苦，如期溢出乳水滋養后土。

水梨花不被記載，私密隱晦於查某的身體之中。

曾有獨自植花養蔬的老查某，庭前庭後疏土、搬石、驅蟲、澆灌、修剪，山林下上探尋、繞境、過澗、伏身並飲露水維生。老查某盼望一朵早已從體內凋零的水梨花，野林之中尋覓原初種子，而後再次栽種，仔細呵護移植體內。盼望能夠狂豔，期待能夠水潤，極力追憶一回頭早已消逝的新娘前身，十八歲的輕狂。暗香凝脂，粉味濕汗，老查某深信食穀者智慧而文，食草者多力而愚，食桑者有絲而蛾，食肉者勇敢而悍，食土者無心而不息，食氣者神明而長壽，不食者不死而神；故老查某必須使用遠渡重洋的香水，飲用海洋深層淨透水，食用無人工化學物添加、無基因改造的五穀雜糧，日日夜夜吞食甲殼素膠囊，吸取日月精華，有時甚至以飢餓來考驗肚腹。為了返老還童，重獲童顏嫩膚，等待花開第二春，老查某不願當自棄怨婦，更不願夕陽西下憑欄感嘆強說愁，得時時刻刻顛顛倒倒施行不老之術，尋覓蘭域奇花，必得找出那一朵若遠似近的水梨花。蘭地花之屬何其繁多，為了駐顏術，不得不遍採百花，文火燉熬，如神農嘗百草。老查某驚訝繁花炫目，繁色填身，繁味迷舌：梅、桂（台所產者惟月桂，來自內地）、蘭（蘭地素心蘭尤多）、菊（黃色多而白色少）、仙丹（一名山丹，其花一朵一百蕊，狀如繡球，色絳，四月開花，至八月尚爛熳）、海棠、長春、麗春、佛桑（佛桑一名扶桑，俗呼大紅花；蘭地有二種，單葉者深紅，名照殿紅，與草木狀所言合，其千葉者有紅、黃二色，與群芳譜合，四時長開）、芙蓉（一名拒霜花）、刺桐（垂陰如梧桐，幹多生刺，三月始盛）、唐棣、木槿、樹蘭（有四葉、六葉二種；《台灣志略》云，花細碎如黍米，色黃，種出暹羅者為暹蘭）、指甲（一名好女兒）、水錦花、石榴、姊妹花、雞爪蘭（花似金粟，開於夏秋之間）、蓮花（一名芙蓉，有紅、白二種，又有千葉蓮）、鳳仙（一名金鳳）、月月紅（一名月季）、玉樓春、番蝴蝶、夜合、薔薇、含笑、玉芙蓉、美人蕉、臙脂花、茉莉、番花、鹿蔥、鷹爪蘭、月下香、番瑞香、噴雪曇花、雞冠、老來嬌、一丈紅、午時梅、繡球、兔絲、茶花、絲綿花、番繡球、七里香、朱蘭、素香、水仙、百日紅、迎年菊、萬壽菊、莿球、山梔、剪絨、金絲蝴蝶、倒垂蘭等。

不管如何採花擷草，查某人依舊暗自熟知酪梨花之花期，逐漸從狂芳豔香的本質中昇華、凋謝並歸於無物。查某人望向年華老去的母親，如同目睹月夜前的黃昏，細雨迷茫，靜脈深紫蔓延全身，一群烏墨鴉雁嘩嘩嘩展翅焦黑天空。落葉紛紛，不需仔細查看便能看見缺陷，或病變，或侵蝕，卻乾枯，或有蟲繭纏身難以隨風搖晃。葉落散盡，花萼無法再次開展，只能苦囚，深蘊另一朵成熟之花，靜夜裡，水月中。酪梨花，如酪梨果，花瓣不再狂野，散去妖媚，散去輕盈，漸次歸於平淡。花色深綠，膚皺，雜有大規模黑斑。花瓣肥滿，莖葉雖衰而親土。此時的酪梨花如此典雅、淡香並收斂，不濃郁，不豔情，隱然帶有土與水的質樸況味，時而用露水尋覓自我來處。花有缺，不盡圓滿，一叢皺綠中亦能養肥眼淚。其淚，亦有花果香，一掐，便能溢出如奶、如蛋、如蜜、如油脂之液。味道散溢，四處充盈，帶有果熟哀傷，遙望回憶時必須懂得妥協與豁達。

有餘村的查某都在體內種了花，熟知身軀是有血有肉的植蔬容器，她們曾因酪梨花而無比驕傲，卻也因凋零的水梨花而對十八歲的自己產生忌妒與欣羨。酪梨花終究得邁向花開瓣落，漸次落

「不是要回學校？」羊頭用力擠壓果實。

「明天中午吃營養午餐時，你在趙坤申的菜和湯內滴一些海芒果汁，他每一次不是都要你幫他盛飯菜嗎？」金生鼓吹。

羊頭面有難色，不再緊擰果實。

「不會怎樣啦，只是要給他一個教訓，頂多拉拉肚子，不會鬧出人命的，放心。」

「可是——」羊頭試著拒絕。

「沒有什麼可是不可是的，反正你就照我的話做，不會怎樣，這次一定要好好挫挫他的銳氣。」金生非常篤定。

「我不想傷害人。」羊頭抗辯。

「管你的。」金生強硬起來。「不要那麼沒用像個小孬孬。」

羊頭放下果實，抬起頭想說些什麼，只是始終沒有說出口。

金生去灶跤拿來透明塑膠袋，倒進汁液，再用橡皮筋捆緊袋口，塞到羊頭畏縮掌心。「報仇的時間到了，高興一點嘛，又不是叫你去殺人放火。」

羊頭雙手顫抖提拿袋子。

兩人坐在床沿，金生左側置放剛換過水的骨灰罈。

「我還是覺得不好，我會怕。」羊頭望來虧欠似的眼神，兩手顫巍巍遞出袋子。「我們不要這麼做好不好？」

「如果不要的話，以後我都不跟你說話，也不陪你去照顧羊先生。」金生恐嚇羊頭。

羊頭縮回手，拽緊袋子，隔沒多久又遞出。「我們可以想些別的法子嚇嚇他就好。」

金生索性爬上床，躺著，偏過頭不理會。「沒用的傢伙。」

羊頭爬上床，不時靠向金生胸膛遞出塑膠袋。「聽我說嘛，我們可以偷他的錢包和手機什麼的——」

「我不要。」金生感到厭煩，甩開羊頭的手，雙腳用力踢踹。

羊頭縮起身，躲到竹蓆角落。「不要這樣子嘛。」

金生胡亂踢踹，吭啷一聲，碧玉骨灰罈不小心從床沿掉落下來，水光中滿地碎片。

兩人都受了驚，挺身爬到床沿。

龜兒子四腳朝天，躺在破碎的骨灰罈中。

電風扇在角落來回轉動，吹得房間更加燥熱，羊頭握緊塑膠袋，恐懼與驚駭從腳底一路攀至頭頂，低沉著臉，像做錯什麼事。

金生的眼皮劇烈跳動，捏緊拳頭，全身不自覺前後顫抖，不斷發出詛咒。我恨你，恨死你了，你實在蠢斃了，就跟金卓越一樣蠢，我一輩子都不要理你，你給我去死，你為什麼不趕快去死一死？你給我滾，滾得愈遠愈好。

六點半，阿嬤輕搖金生雙腳呼喚起床。

金生蝦身，拉緊涼被貪睡十幾分鐘。

阿嬤繼續叫喚，莫閣睏，糜攏欲冷矣，今仔日毋是欲去學校。

搖頭晃腦起了床，刷牙洗臉，食稀飯，背起書包準備騎跤踏車上學時，看到兩本暑假作業簿還

INK PUBLISHING 讀者服務卡

您買的書是：＿＿＿＿＿＿＿＿＿＿＿＿＿＿＿＿＿＿＿＿

生日：　　年　　月　　日

學歷：□國中　□高中　□大專　□研究所（含以上）

職業：□學生　□軍警公教　□服務業

□工　□商　□大眾傳播

□SOHO族　□學生　□其他＿＿＿＿＿＿＿＿

購書方式：□門市＿＿＿書店　□網路書店　□親友贈送　□其他＿＿＿

購書原因：□題材吸引　□價格實在　□力挺作者　□設計新穎

□就愛印刻　□其他＿＿＿＿＿＿＿＿（可複選）

購買日期：＿＿＿＿年＿＿＿＿月＿＿＿＿日

你從哪裡得知本書：□書店　□報紙　□雜誌　□網路　□親友介紹

□DM傳單　□廣播　□電視　□其他

你對本書的評價：（請填代號　1.非常滿意　2.滿意　3.普通　4.不滿意）

書名＿＿＿　內容＿＿＿　封面設計＿＿＿　版面設計＿＿＿

讀完本書後您覺得：

1.□非常喜歡　2.□喜歡　3.□普通　4.□不喜歡　5.□非常不喜歡

您對於本書建議：

感謝您的惠顧，為了提供更好的服務，請填妥各欄資料，將讀者服務卡直接寄回或傳真本社，我們將隨時提供最新的出版、活動等相關訊息。

讀者服務專線：（02）2228-1626　讀者傳真專線：（02）2228-1598

舒讀網「碼」上看

廣	告	回	信
板橋郵局登記證			
板橋廣字第83號			
免	貼	郵	票

235-53
新北市中和區建一路249號8樓

印刻文學生活雜誌出版有限公司　收

讀者服務部

姓名：＿＿＿＿＿＿＿＿＿＿ 性別：□男　□女

郵遞區號：＿＿＿＿＿＿＿＿

地址：＿＿＿＿＿＿＿＿＿＿＿＿＿＿＿＿

電話：（日）＿＿＿＿＿＿＿＿（夜）＿＿＿＿＿＿＿＿

傳真：＿＿＿＿＿＿＿＿

e-mail：＿＿＿＿＿＿＿＿＿＿＿＿＿＿＿＿

INK

放在梳妝檯上，一抓，塞進書包。從灶跤後門竄出，像想到什麼，臨時轉身回到房間，將羊頭的作業簿隨意往桌上一丟，拿透明塑膠方型容器去廁所換水。容器原本用來養獨角仙，無奈龜兒子流離失所，一臉苦命，只好暫時鳩占鵲巢。容器內放了石頭，想著龜兒子游累了，可以爬上迷你龜山島休息一下。平常七點準時出門，這會兒改變心意刻意避開羊頭。阿公阿嬤不斷催促，金生依舊坐在沙發上看電視，慢了十五分鐘才出門。之前上課，羊頭都會騎跤踏車來到金生厝門口，兩人一起出發。金生抬頭望了望，羊頭不在門口，心中竟然有些失落與氣惱。騎跤踏車來到濱海公路，忽然看到羊頭正在公路對側等他，轉過頭猛踩踏板，十分鐘就衝到學校，停妥車後跑進教室。

教室鬧哄哄，黑板上寫著返校日流程：自習、升旗、朝會、導師時間、綜合課、整潔活動以及營養午餐時間，午餐後便放牛吃草。導師還沒來，金生、淳裕、子丞和安傑圍在教室左後方瞎扯，幾個人輪流拍打籃球，朝布告欄上方的白牆投籃，直到牆壁變灰，留下明顯球印。許耀光有些不耐，皺著眉，用刷子清潔粉筆溝，用點名簿大力敲打桌子，說安靜一點，等一下老師就要來了。趙坤申和一群小嘍囉跑去教室外的麵包樹下乘涼，用生鏽剪刀將蚯蚓剪成好幾段，無聊時拿起智慧型手機玩遊戲。有些女同學在教室後方踢毽子，有些聚在一起聊天，有些坐在座位上照鏡子編織髮辮。自習時間即將結束，羊頭才滿頭大汗跑進教室，急忙放下書包，緊接整班同學在教室外排隊走進操場。升旗了。唱完國歌和校歌，體育老師帶領全校師生做簡易運動，頸部繞環、擺臂轉腰、弓步深蹲和擴胸運動。校長喊喊喳喳站在司令台上訓了一個小時，口水牽絲牽成綿密蜘蛛網，不斷強調誠信、讀書、虛心、禮貌與清潔的重要。實在不耐煩，這種熱死人的天氣只有躲避大太陽才是最重要的，后羿應該把太陽射下來，金生對著前面的子丞和右手邊的妘慧抱怨。妘慧用手指玩弄髮辮，假裝自己是乖乖牌，不跟他說話。金生想著這個三八婆最喜歡裝模作樣，實在有夠假仙假觸。校長終於下了台，換成神豬訓導主任訓話，雙下巴與厚肚腩在日光中不斷搖晃，重複說了一次誠信、讀書、虛心、禮貌與清潔的重要。哼，簡直是學人精，只會放狗屁。回到教室，學生們拿著水壺裝冰水，三三兩兩做伙去福利社買運動飲料。金生、淳裕、子丞和安傑輪流拍打籃球，跑到福利社買黑豆漿和運動飲料喝，羊頭龜縮鬼鬼祟祟跟在後頭。

「找你的。」子丞叫住金生。

「不要理他，我們走。」金生站在福利社外，刻意轉過頭。

「我跟他說過了，你不要纏著我，你直接去找他。」子丞對羊頭說。「是他不想跟你說話，又不是我。」

「要不要吃糖果。」羊頭靠近金生，囁嚅著。「我昨天特地去買了一包牛奶糖。」

金生仰頭喝運動飲料，從口袋中拿出口香糖遞給淳裕、子丞和安傑。「走，我們去籃球場。」占了場地，二對二鬥牛，搶球，防守，三分線投籃後再次追逐，上衣濕淋淋緊貼身子，打籃球絕對不怕大太陽。

「球場上的同學們請立即回到教室。」訓導主任廣播了好幾次，緊接響起尖銳哨聲。同學們滿身大汗跑進教室。

「你們的導師正好去台北參加教學研習會。」代課老師說。「今天剛好沒辦法來。」代課老師拿一張導師寫的紙條，上面寫滿了注意事項。

一：開學時，男同學和女同學都要理髮。
二：記得剪指甲。
三：檢查有無攜帶手帕和衛生紙。
四：訂立生活公約和班級公約。
五：選出新學期的班長、副班長、風紀股長和學藝股長等。
六：記得寫完暑假作業。

同學們都不表示意見，沒人提名也沒人投票，除了許耀光再次順利當選班長之外，其他的幹部都是用抽籤的。金生覺得自己真的很衰硝，無緣無故當上衛生股長，不僅得監督班上同學掃地、清廁所、擦玻璃和倒垃圾，還莫名其妙被提名為閩南語朗誦比賽的參賽人員。代課老師選了四位學生，分別是許耀光、金生、陳惠桃和許安傑，說新學期時，導師會再挑選兩位正式參賽選手。鐘聲響了，開始清潔環境，同學們抬起木椅放在桌上，羊頭一語不發拿著掃把畚箕跟在金生後頭。金生拿著報紙，沒擦玻璃，一溜煙跑去操場兜轉。羊頭緊跟金生後頭，跑得滿身是汗，臉頰紅通通喘不過氣。金生瞬間止住身子，站在操場翠綠草皮轉過身，往前幾步，握緊拳頭，凶狠瞪視羊頭。羊頭抬起頭，緊接低下頭。金生不發一語陷入沉默。兩人面對面僵硬對峙，彷彿憎恨彼此。豆大汗珠從羊頭額頭滑至下巴，心頭亂糟糟，偷覷金生，好不容易鼓起勇氣說，你要不要吃牛奶糖，是黑糖口味的喔。金生往前推開羊頭，罵一聲，煩死了，走開啦，我最討厭看到你了。羊頭將掌心的牛奶糖重新塞回褲袋。金生不再奔跑，往教室緩慢走去。羊頭緊抿嘴唇，跟了上去。金生自顧前行，完全不搭理，偶爾用一雙惡狠眼神瞪視羊頭。打掃完，金生和淳裕一起去推營養午餐餐車，值日生站在一樓底下等待，一夥人將方型鐵盒裝的菜餚搬至教室外側，全班同學一窩蜂排隊添飯，菜色有炸雞腿、炒高麗菜、蒸蛋和冰涼的薏仁豆花湯。金生啃了兩根雞腿，喝三碗甜湯，興高采烈拿出籃球繼續對著牆壁投球。代課老師要同學交出暑假作業，說簽個名，馬上發回來。金生交出暑假作業簿，重新搬運盛滿剩菜剩飯的餐盤鐵盒，將餐車推回灶跤。

鐘聲一響就能騎車回厝囉。

作業簿發回來了，代課老師用紅筆簽上閱字。

金生有些憤憤不平，因為代課老師沒有處罰沒有按時繳交作業的人。

教室裡，同學們各自背書包，等待鐘聲響起便要往外狂奔。

同學們籠罩於放學喜悅之中，完全沒有人注意到有什麼異樣。趴在書桌上的羊頭緊摚雙掌，按撫腹肚，脖子迸出好幾條青筋，臉上白慘慘滲出冷汗，時不時發出呻吟。砰一聲，羊頭突然倒臥地面，全班同學立即騷動。羊頭蜷縮身子，不斷發抖，面目深絞，雙手摀住肚腹，雙腳彎曲靠向胸部，嘴裡不停吐出唾沫。同學們受到驚嚇，在羊頭身邊圍成一團，小桃和許耀光立即衝破人牆去找老師。金生用力撥開人群，驚駭地看著全身痙攣的羊頭，呆愣幾秒，隨即醒神，攙扶羊頭往健康中心找護士阿姨。羊頭勉強走了幾步，身體忍受不了疼痛無法再度踏出步伐。鐘聲響起，同學們鳥獸散往外衝。金生蹲身，讓羊頭臥趴背脊，兩手往後鉗住羊頭雙腳，勉強起身，往前走走停停。小桃和許耀光衝了過來，說找不到老師。

「你們走開。」金生大吼。

「你這樣太慢了，我們兩個一起扛羊頭去健康中心。」許耀光說。

金生和許耀光同時搭起羊頭左右胳膊，快速前進。

「對不起。」羊頭扭曲臉頰，淚流滿面胡言亂語。「不是故意的，我真的不是故意的，跟我說話好不好，我已經沒有什麼朋友了。」

護士阿姨讓羊頭躺在病床上。

「他很像中毒了。」金生非常惶恐。「我知道他中毒了。」

護士阿姨急忙打電話叫救護車。

「他吃了海芒果，不是，他是喝了海芒果汁中毒了。」金生口齒不清解釋。

三人低頭站在健康中心外，不發一語，聽著羊頭痛苦的呻吟聲。

放學了，人潮逐漸散去，救護車的嗡嗚從遠而近響起，醫療人員將羊頭送上救護車，嗡嗚從近而遠逝去。

「一定是你對不對。」小桃瞪大眼珠，指責金生。「為什麼要對羊頭做這種事？」

「不關你的事。」金生突然生氣，怒意無從排解。

「如果羊頭出了什麼事情，我就叫警察伯伯把你抓起來。」小桃一點都不害怕，增強聲音。

「來啊，誰怕妳。」金生假裝神氣。「我才不怕，坐牢有什麼好怕的，我爸爸就在監獄裡。」

許耀光拉著小桃往教室走。「回家吧，別理他。」

金生獨自站在健康中心外。

廳堂中央懸掛國父匾額，鏤刻禮義廉恥四個大字。廳堂面對大操場，野狗慵懶躲入樹影，幾位背書包的學生在操場和跑道上走著，幾位學生拿躲避球互相丟擲，比誰丟出去的球比較具有旋轉力，還有幾位學生在磨石子地板奔跑，追逐中不小心摔了跤，膝蓋磨出傷口，哭了一陣子再爬起來。金生倚靠磚牆，一時癱軟，雙腳無法支撐身體重量滑落地面。陽光炙熱，草皮、榕樹、玻璃、木椅、方桌、石階梯與皮膚兀自悶燒，緩慢溢出焦煙。金生握緊拳頭，忿忿捶打地面，他氣羊頭，更氣自己。為什麼這麼沒有用？為什麼要像阿爸一樣傷害自己？為什麼不好好活著？他不捨，更接近氣憤，心中興起一股想要毀滅世界的強烈欲望。

「全部都去死一死，我什麼都不要管，你們最好全部都去死一死。」金生緊咬嘴唇，全身發顫，盡力不流出眼淚。

生死簿：麻竹筍浸冷水

道光二年壬午秋七月甲申，颶風起（十二日辰出，從西北陡起，其勢甚猛，三更後，廳署堂庫倒壓丁胥三命，竹仔頭等莊壓斃男婦三名口，加禮遠口淹斃男婦十一名口，春帆港口沉覆商船四號，署役等人捐資收卹具報在案，同時淡水、嘉義、彰化皆報災）。《噶瑪蘭志略．祥異志》

難得的冬日豔陽天，青筍嫂早早起床，趁著短暫曙日更換床單、枕頭套，把毛巾、棉被、枕頭和塑膠雨衣等濕潮物品，拿到厝外曬衣場曝曬。潮濕衣褲，孳生一層灰菌。衣服洗完，一掛，豔極了，像要出嫁的新娘塗抹濃妝，整片竹架曬衣場光亮了起來。庭院左側，矗立一株老文旦樹，不高，枝葉竄生蓬蓬勃勃，奇怪的是，已經多年不再結果。青筍嫂苦惱許久，前陣子突發奇想，覺得一定是老文旦樹孤單寂寞，年年悽慘過日，只有她這位老姑婆相陪所以才不願結果。青筍嫂異想天開，想要移植另一株文旦樹，說兩株樹可以當夫妻。望向好日照，從厝內拿出躺椅擱放樹下，剛食完粥，還不餓，泡一壺香噴噴茉莉綠茶，從鐵匣內拿出幾塊奶油夾心餅和海苔餅放上白碟，悠悠閒閒躺在樹下曬日。好時日，該開講；好時辰，該拜神；好日照，該爬山挖麻竹筍。

如此悠閒，以至於忘卻前幾日冬雨颱風時，隔壁的死老頭旺伯又發神經大罵，說樹葉仔攏走來遮，也莫家己掃，我等好天就會提鋸仔共樹仔鋸予斷。青筍嫂瞥幾眼，沒搭理，想著旺伯這個頭殼貯屎的船長最喜歡講痟話，隨口大聲回應，好啦，我會共樹仔鉸鉸咧。這樣的好冬日難尋，天色潔淨，一躺就止不住呵欠，半天過了，撲扇垂落地面，茶也涼了。驚醒時，是聽到里長婆秀英姊在厝前叫喚，雙手不斷拍打紗窗紗門。青筍嫂感到臉部一陣一陣若隱若現的熱燙，手一摸，刺麻麻的。起了身，穿上涼鞋去厝前探看。

我以為無人佇厝，秀英姊說。

無啦，我佇厝後曝日啦。

唉喔，面是按怎？哪會遮爾紅？是抹粉欲去錄節目喔？秀英姊大叫出聲。

青筍嫂感到一股尷尬，也不知秀英姊話裡是稱讚還是驚駭，急忙編造理由，唉喔，這是上新的面膜，紅的，聽人講是啥物酒釀紅粕，足貴咧，薄薄仔一片就愛百五。按怎，是廟內閣欲開會還是欲討論啥物代誌？

逐年熱天，逐擺攏做風颱淹大水，這馬咱有福氣，縣政府欲送防災包，每戶一个防災包，愛提身分證佮印仔來阮厝內簽名。秀英姊抬頭說，我看天公伯只有放半日晴，起風矣，天邊攏是雲，我閣欲去繼續通知，等一下閣愛趕緊轉去收衫。

我下晡就去領，青筍嫂說。

回厝，撫摸兩頰，熱的，急忙跑至立鏡前探看，原來日頭曬得整張臉紅腫了起來。左瞧右望，怕有人窺伺，緊張地想著保養四、五十年的白皙臉孔竟然毀在一個冬日早上，著實懊惱不已。只能故作鎮定，洗把臉，還不能用涼水，會痛，要用溫水。趕回房間，從梳妝檯抽出保濕美白面膜仔細敷上。日過正午，青筍嫂躲在房間敷面膜，心中很不踏實，午飯也吃不下，害怕整張臉不能見人，長了皺紋、雀斑或老人斑也就算了，反正上了年紀，不過萬一毀了容，可不是三日兩暝就會過去的。匆匆跑到灶跤切了些黃瓜薄片，覆蓋面膜之上。青筍嫂不敢取下面膜，怕自己看了也難堪，臉上又是冰涼又是滾燙，也不知是羞愧還是紅腫。遠方響起悶雷，豔陽漸逝，急忙衝到曬衣場收衣，天空真是不長眼落下一陣淅瀝淅瀝細雨。今仔日是犯太歲還是惹著惡鬼，哪會遮爾衰，青筍嫂一邊抱怨，一邊用細薄身子捧護懷中衣物置放沙發。小黃瓜薄片和面膜都掉了，行至鏡前一看，唉喔，真正夭壽，整張臉還是紅，像正在悶烤的爐火木柴。青筍嫂的花招多，馬上再跑到後庭盆栽前，拿菜刀取下三大截新鮮蘆薈，用水清洗，削邊，去皮，取透明翠綠纖維的肥沃蔬肉，分三份，兩份用保鮮膜包裹放進冰箱，另一份用盤子裝盛，走到沙發繼續躺，將切細的果肉敷在臉上冰涼涼舒爽爽。青筍嫂想，人要衣裝，佛要金裝，但是無面見人，衣裝毋管偌好敢有路用。

敷過面膜、小黃瓜、蘆薈，灑上化妝水和涼膚凝露，依舊可以感覺雙頰與額頭上的隱隱火苗。青筍嫂不想用這張猴山仔尻川臉見人，實在太見笑了，想了想，又沒辦法，中午才剛剛答應里長婆，百般無奈，只好從櫃中搜出一頂竹編船形帽，剛好可罩住整張臉。小雨搔癢全身，路面濕，冬風發浪喜窺裙下風光，青筍嫂來到崇孝伯厝內時，大門開敞，客廳積滿一袋一袋用透明塑膠袋包裹的防災包。秀英姊翻名冊，找戶籍資料，青筍嫂簽名。秀英姊說些什麼，青筍嫂沒什麼在意地聽著，領完防災包只想趕緊溜人，怕被發現整張臉悽慘紅腫。過了一會兒，青筍嫂才意會到秀英姊拿了一疊宣傳文宣，要她家家戶戶幫忙張貼，說一天一千四，兩天兩千八，算是非常優渥的工資。青筍嫂頓時陷入難題，平常，只要有簡單的活，自己絕對跑第一，輸人不輸陣，輸陣歹看面，什麼發傳單、送獨居老人禮盒、海濱義工撿垃圾、衣物回收、展覽義工等一概包攬，沒有什麼難得了她。只是這會兒，青筍嫂左右為難，兩千八就在褲袋隨手可得，就看要不要拿去存進郵局。崇孝伯和阿火伯的談話聲從外傳來，青筍嫂話不多說，隨意拿個塑膠袋裝入幾百張文宣和防災包，壓緊帽子，怕見人，匆忙向外跑，不忘背對秀英姊大喊，無問題，我作穡你放心。

雙腳踩進軟雨爛泥中，後悔了。

青筍嫂年輕時曾離開了二、三十年，兩個女兒遠嫁番薯尾，不常聯絡。原本還有一個兒子，二十出頭就因吸毒騎車掉進山谷，投胎轉世去了。兩個女兒也不親，一年最多三、四通電話，打來準沒好事，除了借錢，還是借錢，還有一次女兒更直接帶銀行的人來看老厝的土地和建物，說要貸款。青筍嫂死了翁婿後，拋家棄子，兩女兒丟回夫家不管，輾轉在番薯島睡上十幾位查埔人的胸膛胳膊，當過煮麵店老闆娘、機車老闆小老婆、檳榔攤西施阿姨、電子作業員、靈骨塔推銷員、春光無限好歌舞廳秀場服務生和老人看護。

遇上十幾位查埔都沒找到一位可以彼此安身立命的。青筍嫂還記得當她把所有積蓄都借給認定的最後一位查埔，她彷彿躺在紅玫瑰編織的柔軟搖籃中，香氣撲鼻，伸手縮身盡是柔軟。可惜的是，一次又一次輪迴下場，她的查埔沒有將她當秀場服務生的香水錢拿去還清賭債，反而輸光了。青筍嫂不相信，繼續待在愛賭的查埔身邊，一晃三、四年，邊賣肉，邊唱歌，邊還債。可能只是一個念頭，可能來到忍耐臨界，冬日，青筍嫂睡晚了，睜開雙眼，耳旁還傳來查埔沉穩的打鼾聲，整間租賃的小套房充滿深夜的菸味、啤酒味和汗水臭酸味。青筍嫂起身，一如往常洗臉化妝，卻呆愣愣站在鏡前看向年華早已老去的自己，沒有緣由地哭了。青筍嫂坐在床邊凝視她的查埔，伸手撫摸起他的鬍渣、鼻梁、眼睛、臉頰與胸膛。她以為自己不知道愛的本質可能帶著恨，不承認，不甘願，不認輸，然而其實她是知道的，因為現在她的心中只剩下恨。無聲無息離開查埔，攜證件錢包，穿夾腳拖，黑白雨點棉上衣加一件百褶紅裙。原本只是個念頭，想上街買排骨便當，路過火車站時不自覺走了進去。買票後，魂魄就丟了，或者該說買票後，魂魄就回到了身上，忽然想起兩個許久不見正在讀二專的女兒。回到前夫家，像懺悔，像悔恨，像愛的變質，多想大哭一場，只是就算徹徹底底痛哭也沒人會把她當作一回事。累了，就想起故鄉，想起早已獨居的老父，輾轉回到有餘村。青筍嫂很氣，氣命不好，氣女兒不孝，氣老天爺不公平最喜歡捉弄人，氣彩券不管怎麼買連基本兩百都不中。直到寡居多年，才真正體會到原來一切福禍都是自己招惹，怨不得人。知道了，又哪能承認，只有繼續怨嘆下去。

沿街巷走去，行過四、五戶，覺得慢，不敢按門鈴，怕街頭巷尾的鄰人仔細端看她一張不要臉

河推開門。窄巷偏暗，沒想到屋內更暗，一片黑漆黯紫只能辨認輪廓。玉簪婆伸出細長十指，用力拗折左手大拇指與食指，流了滿掌玉液血，從咿咿啞啞竹搖椅中起身，來到牆壁一端紅木桌旁，取銅質蠟燭座，將兩根斷指插進直立蠟燭基座，踩踏碎步，提蠟燭座至鑲嵌精細螺鈿的八仙桌。指尖燒燃，火苗溜竄陰森氣息，廳堂影影綽綽一地曖昧。玉簪倒身，拿起紫銅水煙袋擱放胸前，重新縮進竹搖椅前後晃蕩，吸食手指傷口，捶打睡得痠疼的脖頸，甩手腕，揉大腿，捏頸上穴道。自顧從懷中拿出照妖鏡，在掌心吐口水當定型液，撥攏髮絲，覺得有死角不夠滿意，再拿出八卦鏡，兩面鏡子互相反射探照。

「真歹勢。」玉簪婆放下鏡子捂嘴發笑。「袂記得恁閣佇遮，欲啉茶還是欲啉燒酒？我櫃仔內除了高粱，閣有外國來的威士忌佮嚼燗李麥仔酒。知影啥物是嚼燗李無？就是出產香腸的德國啦。今仔日就愛好好過，毋是，是逐日攏愛好好過。」

河向前走幾步，正想說些什麼，玉簪婆突然伸手止住河。

「講出來拍歹感情，莫提籃假燒金啦。姑不而將，攏是為著《生死簿》來，你有代誌就去辦，免管待我，無要緊，你共這个鰓人留佇遮就好。今仔日，我真正無閒，有足濟代誌欲做，有足濟話欲講，按呢上好，鰓人會使陪我好好開講。」木搖椅咿咿呀呀晃蕩，玉簪婆起身，牽拉河往外走，語重心長嘆了口氣。「我知影你的苦衷——」

從渡口一路走過蓬萊村內的狹仄窄巷，腳有些痠，金生看見木椅擺盪便有貪玩之心，走過桌子，跳上搖晃椅子。木搖椅鋪了層絲綢，放了片人皮粉墊，針繡戲水鴛鴦。八仙桌厚實，鋪米色方巾，桌沿光滑如玉，腳底刻扛桌幼虎。茶壺長喙，褪色的橘光鯉魚優游壺身，杯子框住不時想游出壺身的黑鯉魚。掛牆匾額鏤刻駕鶴西歸與慈暉偉業，字亦是老，挺不起脊梁。一旁擺了幾幅山水古畫。廳堂內側是祭拜地藏王菩薩的神龕，銅質香爐插滿香腳，兩側擺放病懨懨鬼盆栽。好奇打量建築，深是幽深，寂是死寂，鬼魅罣住的基底如此金銀繁華燭光焰火，充滿煙視媚行的意味，然而滄桑感無所不在，煙消雲散，水裡來火裡去。魅惑中，瀰漫一股說不上來的空虛，像是敲擊空心葫蘆卻只有悶響回音，又像蛀光的牙不時抽痛。並非恐懼，他可是鬼差呢，只是寂寥不時漫來讓人無法喘氣。跳起身，模模糊糊看見牆上懸掛一幅古老字畫，想看得清楚些，前行，不小心撞倒石椅，彎下腰，兩手捧住石椅跤，尚未舉起，石椅便瞬間萎縮皺摺。金生感到奇怪，手指戳刺石桌、花盆與神龕，發現所有物品都在瞬間化成餘燼粉末。

「這茶鈷、杯仔、盆栽、石仔桌椅、磚仔房、匾甚至是看起來足厚的壁堵攏是紙糊的。」玉簪婆解釋。「欲食糖仔無？」

金生有些畏懼，搖頭。

「免驚啦。」玉簪婆對諸多凹陷之物吹氣，立即鼓起。「我閣有足濟棟靈厝，但是這馬攏無法度踹，誠悽慘。你真正無欲食啥？鼻芳一下也好。別人是愛食塗豆糖，我是愛食真珠糖。塗豆糖用塗豆做，真珠糖當然是用真珠做的，毋過，我聽講這馬陽間有佇賣老婆餅佮老公餅，攏是啥物獨創品牌，這聽起來誠恐怖，哪有人是佇賣老公佮老婆，有緣做翁仔某就愛好好鬥陣，莫清彩講離婚。」

金生暗自聽著，呢喃回應。「離了婚，再找人結婚就好了，不然兩個人整天吵吵鬧鬧也不是辦法。」

玉簪婆扯下灰白髮絲，每根細髮都由晶瑩細緻玉珠子串起，掰開髮絲，像掰著魷魚絲猛往嘴塞。「好啦，一个鬼一支喙，一支喙一種歪理，一種歪理就是一世人怨嘆。來，今仔日煞尾做鬼差，我心情好，咱來去午夜夢迴館翕相。」

玉簪婆帶金生出門，出暗巷，隨即來到魅惑撩鬼的自盡街，坐上鬼力車。拉鬼力車的是一位雞爪先生，裸上身，脖子披條破舊白毛巾，下身一件廉價西裝長褲，褲腳上捲，剛好至雞爪與肉身交界。雞爪先生不似鴨掌先生有著粗大腳掌與足蹼，細長腳丫子能夠撐得住自己的重量，卻難以拖拉車子。雞爪先生握住橫置胸前的鐵桿雙手推車，背脊左右張開一對米色雞翅，無毛，不過搧動翅骨時確實能騰空前躍。雞皮座椅用三、四層細羽雞毛編織而成，摸起來相當平滑柔順。雞爪先生一跳一躍搧翅推車，說他在世時就是愛吃雞，焢窯雞、油炸雞、煙燻雞、白斬雞、醉雞、麻油雞、當歸人參雞、泰式椒麻雞等等什麼雞料理一概不拒；當然，雞爪先生說，他最喜歡吃的就是雞爪凍，溫熱或冰涼都好吃，一咬下去，嘴巴全都布滿豐富的膠質，好像幾百隻剛出生的小雞在嘴中彈跳。雞爪先生不懷好意笑了笑，說，膦鳥癢的時候也會去叫雞。

玉簪婆有一搭沒一搭跟雞爪先生說話。

下了車，來到照相館。

照相館相當平凡，午夜夢迴的平面招牌住著幽怨女鬼，時而仰望，時而低頭，暗自啜泣黯神傷。

大眼珠先生推開門，緊握玉簪婆雙手，唉聲嘆氣說一切都準備好了。

進入照相館。大眼珠先生的頭顱是一顆巨大無比的澄澈眼珠子，眼皮薄膜一眨一眨，眼白杏仁色，眼瞳墨黑，眼瞼似翔飛之燕疏疏密密。大眼珠先生奉上茶水，引領玉簪婆行至白光窄室，拉開不透光布幕，裡頭懸掛一襲白皙西式婚紗服。天鵝白紗裙，鷺鷥婚紗蓋，裙裾似雪、似霜、似鱗、似張狂豔麗的百合，內有收斂，一蓬蓬，一褶褶，裙裯隱藏花朵露水柔，透露春風秋雨情，紗綴燙平滿臉皺紋。玉簪婆難掩歡喜，急忙套試。金生坐在旋轉椅上喝人生苦難回甘茶，觀看大眼珠先生不慌不忙布置拍攝背景，打鬼光，亮妖火，確定大宅背景。茶都喝完了，玉簪婆才姍姍來遲喊著要鬼差幫忙。金生拉了張旋轉椅，蹬上，努力拉緊婚紗後側的背部拉鍊。玉簪婆憋住氣，努力縮胸擠肉，可豐滿呢。拉上拉鍊，玉簪婆對著鏡子左瞧右望，撥弄珍珠髮絲做造型。髮絲自然垂下不夠好看，上了髻又覺得老氣，最後只好折衷，後側簪髻，額間髮絲自然垂落。覆上婚紗罩，面目即使收斂依舊藏不住喜悅。是新娘子了，水潤潤光滑滑嬌滴滴的新娘子。金生提拉裙襬，讓玉簪婆坐上照相室內的椅子。玉簪婆原先聒噪，說無穿過西式禮服，想袂到遮爾婧，早就應該來遮翕相，唉，無應該等甲最後一工。又說，愛去燙頭毛，請專業的抹粉師來，按呢才有正經，鰓人啊，你看我按呢有親像新娘仔無？你欲做我的翁無？當玉簪婆坐上照相室內的椅子，卻臨時有所顧忌，不說話了，斂著臉，似緊張，似抗拒，似有千纏萬繞船底水波愁，風一吹，燈一亮，光一托，水面照見獨自老去的哀傷面容，不得不一唱三歎萬分驚駭。玉簪婆面無表情坐在骷髏椅上，緊緊收納喜悅與哀愁，木偶般面容，雕刻細緻，顴骨高聳，一時覺得過於嚴肅拘謹索性拉低胸前禮服，笑著說，若無，我露淡薄仔奶仔溝，看起來較性感，你看我的皮膚吹彈會破——煞尅死（Sexy）啦。語畢，尷尬笑著，思緒愈發纏繞糾結。大眼珠先生坐立玉簪婆面前，亮出整顆晶亮眼珠子，外頭深淺似含有萬種風情，雙手固定脖頸，變動眼瞳色澤調整焦距。笑，大眼珠先生說，緊接用力掐住脖子喀嚓一聲。

再來一張喔，眼睛看這，再笑，大眼珠先生猛掐脖子再度喀嚓一聲。頭往上抬，往右邊移動一點，回來，太多了，很好，再繼續笑喔，大眼珠先生說。玉簪婆依舊面無表情，全身上下無不繃緊。大眼珠先生鬆開脖頸，立起身，走到玉簪婆面前說放輕鬆，表情實在過於僵硬，又不是要拍遺照。玉簪婆有些難過地說，唉，誠是婧姑娘。大眼珠先生回到座位，重新固定頸項。玉簪婆面對碩大眼珠依舊面無表情，如同死灰。大眼珠先生說，我們來猜個謎好了，玉簪婆妳猜猜，什麼東西最硬？女孩子特別喜歡喔，尤其是結婚的查某人晚上更是愛得欲仙欲死，絕對不輕易讓別人亂摸。玉簪婆罵三八，不自覺笑了出來，說這種謎猜是挖窟仔予人跳，答案是我上愛的鑽石啦。大眼珠先生瞬間拍了好幾張照片。

玉簪婆換回原本裝束，醒過神，大口喘氣，續而麻雀聒噪直問金生，拄才有婧無？

大眼珠先生坐在玉簪婆和金生面前，先是收斂眼皮，而後再露出大顆眼珠子，顯現十幾張照片讓玉簪婆挑選。玉簪婆望著獨自一人的婚紗照，緊咬下唇，呼吸急促不自覺激動了起來，紗裙如瀑，漫溢如泉，粼粼亮亮沖激大片后土。照片左側一株桃花，右側一棟中西合併紅磚褐瓦洋樓房。玉簪婆坐在樓房前洋溢笑容，彷彿開花結果。燈光好，角度好，看不出一絲皺紋。微笑是自在的，輕鬆的，不過於拘謹又能知禮數、懂進退，像未出嫁的羞澀新婦仔，玉簪婆的聲音充滿懷春少女的歡躍躁動。左挑右選，擇定照片，大眼珠先生閉起眼瞼，進入冥想之中。金生很疑惑。玉簪婆解釋，說這是佇頭殼內底洗相片，予頭腦歡喜，親像拍手銃啦，這大目珠先生死前就是上愛去洗身軀間偷看查某。大眼珠先生的嘴巴緩慢吐出冥紙照，遞上，說遮爾妖嬌的婧查某對佗位來？玉簪婆羞澀捂住嘴巴，笑著說，是你毋甘嫌。

站在照相館面前，玉簪婆望著照片發愣許久，喃喃說，唉，邊仔就欠一个金仔做的翁婿。玉簪婆皺翠眉，眼發綠光，全身上下散發粉味，許久才從珠光寶氣中甦醒過來，說，行，這馬就去揣黃金做的翁婿。行過紛鬧鬼市，滿地腸、滿溝血、滿牆斲斷手腳，玉簪婆含情脈脈引導金生踩過肥嫩脂肪，踏過彈性尻川，撥開濕潤的人舌蛞蝓，旋身兜轉，如水上行船不沾染一絲欲血，說這擔仔為了愛人跳水自殺，彼擔仔規工怨嘆，無心的攏是癡情人，有心的就會烏白愛。人生啊，就是一齣鬱卒苦情戲，攏是空，做戲悾，看戲戇，玉簪婆哀歎，拉住金生來到鬼布袋戲台前，抓了一把人皮骨椅坐。死人器官俱化為文場樂器，笛是穿孔臂，大廣弦和殼仔弦是肥腹肚，揚琴是被拉扯的喉嚨，嗩吶則是時時刮磨長繭聲帶；死人身軀俱化為武場樂器，鑼是前排肋骨，鼓是虎背熊腰，響盞則是兩個不剪指甲的臭腳掌。好戲緊鑼密鼓，時有呻吟，時有呼喊，間露透出無比激情的高潮聲。四處有鬼手傳遞小吃，蔥蒜炒眼珠、酸溜滷肝腸、大腿絞肉燙辣椒熱油、生切細絲耳和軟骨果凍，玉簪婆拿過碟盤遞給金生，嘴裡呢喃，說之前分別演過了《蜘蛛精苦戀鍾馗》、《觀音擠奶救火鬼》、《猛魑嬉鬧張天師》、《人皮小妖盼玉女》和《玄奘吃葷搞三P》。魑魅說，這場戲演的是《吳沙為愛入魔道》。玉簪婆感嘆，說以後就看無囉，雙眼眼白不禁布滿紅玉髓。魑魅插言，侃侃談起吳沙墾殖噶瑪蘭平原，如何進退失據，如何撫慰生番熟番，如何使用牛樟芝、草藥、金剛丸醫治四處肆虐的鬼病，說現在正是精采，說吳沙為含冤女鬼如何為愛瘋癲如何狂。魑魅繼續說兩人糾纏不清的深刻情感，割骨般的愛，割肉般的分離，最為浪漫的犧牲，完全沒有注意到玉簪婆的金骨玉身瘦楞楞縮成一團，顫動著，像含恨，罪孽啊罪孽。魑魅口沫橫飛，玉簪婆瞬間伸長珊瑚細指，兩眼旋轉吐出珍珠唾沫，咬斷翠玉舌，隨著布袋戲台上《吳沙為愛入魔道》越過金生撲向魑魅。魑魅大聲斥罵，甩了玉簪婆十幾個響亮亮巴掌，玉簪婆怒從心窩起，火向肢體燒，依舊死命掐住魑魅不肯放手。玉簪婆說，我欲去投胎，我閣欲去愛，親像欲落去魔道仝款去愛，但是我驚，我真正驚，頂世人已經愛過矣，我無欲繼續痛苦。我無提，我真正無提《生死簿》，會使莫去投胎無？眾鬼慌亂成團，連忙扯開兩鬼。

玉簪婆坐落地面，兩眼失神，繼續啃嚼翠玉舌，吞嚥水晶泡沫長吁短嘆，好一陣子，才從布袋尪仔吳沙的尋尋覓覓哭喊中逐漸甦醒過來，察覺自己的失態，感到非常不好意思，呆愣走向魑魅，說，歹勢啦，若無看你愛啥物金銀財寶，我身軀攏有，你清彩摸看覓，還是欲欶看覓攏無要緊，我這奶仔雖然過了十八歲無親像豆腐，但是，是正港的和闐羊脂白玉。

從布袋戲台前倉皇退出，玉簪婆引領金生再次坐上雞爪鬼力車返回大宅。

玉簪婆忙裡忙外，大珍珠小瑪瑙不斷從銀箔皮膚滲出，折斷一根一根再生碧玉指當蠟燭，削下腰肢石英色澤般脂肪當煤油，黑曜石骨骸成為柴薪。盞盞燈，灼灼光，大宅燃燒了起來，將牆壁、梁柱與匾額染成一片火紅，骨子依舊冷。玉簪婆沒有影子，懸空漂浮，行止風飀，身子彷彿能自由穿透物品。整棟大宅鬼影幢幢，火光森森，紙糊靈厝瀰漫一股焦鎔氣味。玉簪婆又問，腹肚枵未？欲食啥？莫傷古意。金生依舊搖頭。玉簪婆呢喃不止，唉，原本厝內有一對紙糊的金童玉女，燒的時陣，金童提紫藥，玉女捧青蓮，但是來到遮，我就吩咐伊愛入鄉隨俗，金童換做捧水桶，玉女換做提桌布，四界做摒掃啦。後來，我看這天庭來的外勞仔出外拍拚也有夠辛苦，認真作穡但是無庫錢領，就放伊去投胎轉世。玉簪婆從灶跤內陸續端出番薯籤、豬腳麵線、蔥油餅、魚丸湯、碗粿、菜粿、芋仔冰、豆花、花生糖、綠豆糕、杏仁茶、雞蛋糕和紅豆薏仁豆花湯，匙勺盂鍋陶碗玉盤錯綜交疊擺滿廳堂石桌，溢出道地小吃濃濃芳香。玉簪婆自言自語，說，攏是以前愛食的點心，有古早味，也有現代芳。玉簪婆續坐竹搖椅，雙腳、背脊與頭顱輕柔窩靠椅背，閉上雙眼休息。仔細打量，玉簪婆垂著赤鐵礦厚眼袋，臉頰與脖子的銀箔皮膚鬆弛下垂，布滿蛇紋石雀斑，髮量稀疏可見薄薄頭皮；胸膛聳縮，沒有喘出氣息，偶爾從喉中吐出一口色彩鮮豔的貓眼痰。纏小腳，裹腳布中的雙腳卻是石英剔透般透明。玉簪婆朦朦朧朧睜開眼，嘆口氣，望向空曠宅址，望向金生，冒出一句等一下有人客欲來，續而閉眼，修身養性不怒而威。金生不餓，只是長時間看著滿桌點心實在心癢難耐，索性爬上石椅拿綠豆糕吃。搖椅漸止，玉簪婆漸入睡夢，整棟大宅沉沉陷入無所憑依的紙火搖晃之中，翻飛，旋繞，飄落。嗚咽聲乍響——玉簪婆前傾，抓緊左右握把，挺起上半身，五官陷入地層皺摺擠壓。玉簪婆瞬忽嚎啕大哭，腹肚飢餓，像是數十年未曾進食，眼眶凹陷，眼球突腫，脖頸爆裂血管，兩眼露出狂亂貪婪，彷彿自己將無可遏止一寸一寸蠶食魂魄。先是食用由現金卡和信用卡編織而成的卡衣，啃咬繡花荷包內的沉甸銀子，實在吃不飽，再挖鑽石眼珠、摘琥珀耳朵、擰瑪瑙鼻子盡往嘴中塞，用力咀嚼，一不注意便將珊瑚手一指節一指節啃嚼入肚。肉是白銀，骨是黃金，魂魄盡是晶瑩剔透碧玉質地。玉簪婆舔舐已被食盡的手指末端，左右肉掌子持續流出銅色汁液，落了地便鏗鏘作響滾成銅錢。金生看得目瞪口呆。玉簪婆感到滿足，腹肚鼓脹，逐漸恢復意識，相當不好意思地抿嘴遮醜。瞬間，剛剛才讓玉簪婆食進腹肚的器官重新長了出來。遮掩羞澀，說，唉喔，貪財貪財，你毋知古早的生活有偌辛苦，一个錢拍二十四結喔。玉簪婆臨時止住，說，你閣細漢，這噶瑪蘭的歷史講長無長，講短也袂短，你有閒就愛好好了解。

玉簪婆嚙咬右手食指，擠出血，在左手掌心滾成銅錢。

這是清朝來的濃情巧克力，只溶你口不溶你手，食看覓，免驚，抾予掠去投胎轉世啦——玉簪婆半哄半騙。

生死簿：鮫人

《山海經．海內北經》：陵魚人面，手足，魚身，在海中。

《搜神記．南海鮫人》：南海之外有鮫人，水居如魚，不廢織績，其眼泣則能出珠。

鮫人非軼聞怪談，各地文獻均有零星紀錄，然而，在蘭地史籍的鱗之屬中獨獨缺漏，疑為郭公夏五，疑為前人不察，疑為不諳水性而略。鱗之屬記載有：紅魚、烏魚（各港俱有，每冬至前去大海散子，味極甘，後引子歸原港，曰回頭烏，則瘦而味劣矣；子成片，下鹽曬乾，味更佳，過冬則罕見，即《本草》之烏魚也）、馬鮫（骨軟無鱗）、交刀、鯧魚、鱸、午魚（鱸之別名）、鮸（即敏魚，狀似鱸而大，肉粗，重至百餘斤）。記載不多，透露番薯島人對海之陌生，若更深探究，則知底層內蘊，是對於自然與未知的深沉畏懼。土地何其寬闊，永遠充滿無法觸及的疆域，冒險犯難者冒著生命危險拓土開疆，隨時可能一去不回，若僥倖能夠存活，或許還能將經歷述說成英雄歷劫的故事；若意志不夠堅定無法返回，則將遭受自己與所屬之地遺棄，逐漸異化成幽靈。

夏日豔陽，冬日陰雨綿綿，颳陰風，海浪一潮一潮層疊，漁人開膠筏，早出晚歸，引擎轟然犁出尾鰭。定位，熟悉洋流，精準判定鰲清方向，墨液中舉燈引魚。被吸引而出的絕對不僅魚群，老船長嚼食檳榔，滿口血，迎風述說真假難辨的傳說，多少都是離鄉者的故事。魚鉤勒魂，從喉中與鰓中拉拔出線，夾帶血絲，兀自在寬廣無比的胸膛間生猛跳動。因為遠離，因為缺少陸地，因為遙望，胸膛在海水的推送與沖刷間發皺，低垂兩蕊無人撫慰的黑奶子，逐漸衰老、懷念與憂傷。疆域始終在探索之後不斷擴張，老船長引述古籍，在北海有龍魚陵居，狀如狸。又說魚聲如小兒啼，有四足，形如鱧。艱難的字詞需要轉譯與揣摩，年輕一輩的查埔人雖然充滿懷疑與求證精神，也僅止網路搜尋，將故事當作消遣。鮫人當然存在，手足魚身如何，鰓鰭如何，能閉氣、潛水、入大海又如何，由於船隻長時間隔絕陸地，有餘村人更加能夠發揮想像，揣摩異族，或金髮藍眼，或通體黑黝，或毛髮附體如猿猴壯臂，或深入北國南海望見船帆盈鎮。日頭漸衰，海峽蒼綠陸地土褐，大人囡仔擁有各自的幽靈漂流之旅。魚聲是小兒啼，是雲雨啼，是哀傷啼，是俯望啼，是欲望啼，是不可挽回啼，無法吐出的風霜將日漸噤啞成鯁刺啼。

鮫人無不遠赴他鄉。

漁民來往異地，撞見各式春帆、夏檣、秋櫓、冬舟與航行四野八方的大小商艦，不再詫異，隨著小酒館一杯又一杯新酷啤酒下肚，便能在躁動的電子音樂中讀取各種語言，聽見一、兩句熟悉鄉音。放下酒杯，轉身，尋覓熟悉面孔。黑髮墨珠，淺五官，皮膚煤色或糙米黃。鮫人是人，卻異化。鮫人與來自故鄉的人意外會面，無不激動，不自覺流露滿身前世今生的記憶，只是言談過後，剎那間，又了解彼此不過是萍水相逢的陌生人。鮫人有手足，有人面，有軀體，有魚身，有鱗，有尾，與人交談時以鰓開闔，語言含糊，腔調怪異，極力仿效魚之本身，亦步亦趨，潛入海，嘗試在波浪中自得其樂，以悔恨為曲調。村人說米價、番薯、蔥葉、金棗、蜜餞、南洋芭蕉、溫泉空心菜、鴨、臘腸、卜肉、糕渣、西魯肉等，恍恍然，不牢靠的記憶有時還得靠捏造，並且不得不相信捏造。海水緩退收斂，鱗片剝落滿身是傷，鮫人面目模糊，帶著無法言說的自慚形穢，魚刺在背、在身、在骨，如背叛的代價，說不出半句懊悔便匆匆止住交談。

鮫人不廢織績，不廢生兒育女，不廢貸款購屋，不廢勞動苦役，流血能滋潤，眼泣能出珠，堅定意志，不輕易落淚，一方面海能容納所有歸返，另一方面也因為初次見面浮雲偶遇，不應該說苦。雄性鮫人飲酒，叼菸，抖腳，口出粗魯髒言，鼻歙嘆息。眼凸，髮蒼，鼻扁，全身浮腫，說出的話無不帶有古老意味，言行舉止在酒精醞釀中逐漸酥軟了骨頭。曾有短暫時刻，鮫人眼中溢出水波，過往歷歷晃動，卻在褪去鱗片前瞬間醒神，叼菸，飲酒，從原生陸地遷徙至此的人們，啊，恁攏是有餘村來的。雌性的鮫人多產子，際遇好的住進龍宮，平淡日子的也就滿臉風霜，再不濟，再落魄，也得繁衍子孫後代。彼此若即若離，多說什麼怕親近，不多說什麼怕尷尬。話多了，不過是自找麻煩，情感始終比預期還要豐沛，可是此時卻又只能逐步退縮。怕抵達盡頭，怕時間消逝，怕兩眼瞎盲兩耳聽障，怕友朋提了再提、想了再想依舊相隔兩地，菸盒空罄，鄉音頻頻繚繞不得不止住話語。是夜，可在陸地行舟，可在大海行路，可在溪河行越，可在彩雲行走，可逆天，可鑽地，可神出其形如魚優游於水，尾鰭導浪，兩鰓起伏，水氣濛然，意識暈眩最後不知如何終止而慨然終止。

鮫人遠去，隱身於千萬波浪。

月色遠航中，海浪波濤，船員半夜漲滿尿意醒來，踩踏醉步，靠向船舷拉褲抒解，意識尚稱清醒，怪異船尾站立一全身覆滿鱗片的異人，似人似魚，不可辨。鮫人望月，長久興嘆，離鄉的詛咒早已讓面目憂傷難堪不人不鬼，轉身遁逃入海，一溜煙，一迴盪，海面上下盡是鬼魅黑影。隔日，船員神智昏迷，喚不醒只得掉頭回港。尋醫，請道士解煞，喝符水，喚名字，鄭重海祭。多日後，船員甦醒時說，有著鱗片與背鰭的人跟著回來，終於回來了。

漁汛日，船員記誦鄉土鱗之屬，不論鹹水淡水，若詛咒，若回神，若重新辨認水中萬物：鯉、鱸、午魚、鮸、交力、紅魚、烏魚、貼沙、扁魚、紅沙、青鱗、麻虱目、沙梭、獅刀、烏頰、鎖甲魚、荷包魚、鱺魚、狗母魚、飼子魚、龍尖、鸚哥魚、四齒魚、梳齒、黃翅、牛尾魚、黃爵、交網、含西、刺圭、烏濛、花身、青箭、海鱺、鰱魚、草魚、金梭、鯽魚、田鴿、飛烏、賈魚、金魚、鮎、鯧魚、鰻魚、銀魚、鱔魚、鯊魚、墨魚章魚、鎖管、鰇魚、波浪、竹枝、花鈴、金錢、花輝、鯤魚、泥鰌、海翁、海龍……

另一艘船上，恍如命定，一具遺體經由洋流漂移至漁網之中。鮫人裸裎、膨脹、蒼白、腐爛，被魚群啃食得面目全非。船員迎屍，通報，祭香，點菸，尋找乾淨的衣物與布巾妥善覆蓋遺體，心虔誠，不發咒罵求心安。事事完善後必有福報，能解災禍，受財神眷顧中彩券，行船一帆風順。鮫人自知，別逗留海外，千萬別輕易異化成早已面目模糊的哀傷姿態；至於產下的子嗣，半人半魚，半傷半痛，好歹，是啊，好歹不再時時眷戀另一塊永難回歸的土地。

噶瑪蘭平原好口味：酥脆人舌餅

天公赤焰焰，親像欲放火燒厝，到底欲去佗位覕日頭？

焚風吹動榕樹葉、紅楠樹葉、相思樹葉與筆筒樹葉，昆蟲裸身光腳，潮濕地面逐漸溢出蒸熟的絲縷熱氣。天光明亮，無所節制，抓搔得黑影猛發癢，地面燒成火爐，站久了，會被烤出一層香噴噴焦皮。黃昏，應該去塗壓厝餵食羊先生暗頓，已經好幾日沒看見羊頭。哼，才不在乎羊頭，死一死最好了。絕對不能示弱，死也不想走進貼滿法咒、符籙與籤言的破舊古厝，裡頭陰森森，羊頭阿嬤沒日沒夜跪在神龕前念著螞蟻字眼般經文，缺了八、九顆牙，怪婆婆始終露出詭異笑容。接天宮前的廟埕右側植有幾株老榕樹，金生灌蟋蟀，抓蚱蜢，望向黑魆魆不斷鬼吼鬼叫的蟬。天下烏鴉一般黑，發春夏蟬一般鬧，集體喋喋不休躁動起來。索性爬上枝椏，身軀貼住老樹，兩腳夾住枝幹，兩手碗狀護住夏蟬想將聲音徹底封鎖起來。低頭，微露指縫，再打開半掌好奇觀望，夏蟬瞬間變成戰鬥機急速振翅高飛，轉眼間，棲息於高細枝梢之上。

日光曝曬之下，金生繞廟旋圈，學著滿天神佛虎虎生風的姿態，持青龍刀、白虎鞭、降魔杵與雷公鎚，騎虎、獅、龜、牛與大象，時而威嚇，時而斂眉微笑，裝出千古風流人物般的千古下流模樣。石質浮雕是一幅一幅民間傳奇故事，有八仙過海、精忠報國、木蘭從軍、二十四孝與孔明借箭等。花果鬚葉，浮雲卷霧，仙人義士，騎虎打山賊，駕龜馴海盜，金生走馬看花晃蕩旋繞鼓聲鼕鼕，身體漫出汗臭，腦袋發燙，心中卻是颼颼颼颼不平靜。有些難過，不過又能如何？他告訴自己絕對不能在意，一個人反而簡單，羊頭愛哭閣愛綴路，想起來就煩。接天宮共三進，內外層，外低內高，層與層中築有階梯平台，左右平台各有石砌橢圓魚池，飼養整日只會吃飯睡覺游泳的大鯉魚，池中奔躍雕工細緻的吐水龍門魚。金生喜歡抓捧龜兒子在水面上下浮動。龜兒子偶爾也要放暑假。日光照亮水面一層光鱗，恍惚想著，或許這隻龜兒子真的是從陰間竄逃出來的《生死簿》，應該要交給河與土地公，免得蓬萊村亂了秩序。濱海公路突然傳來熱烈鞭炮聲，炮仔騰旋，火光爆裂，即亮即滅，龜兒子在金生掌心輕柔啄嚙像是要說些什麼。兩手密合，抓住龜身浮出水面，龜腹甲浮現「歿」字，左看右看就是看不出什麼眉目，課本還沒教到這個奇怪的國字。

天光大好，鞭炮持續轟炸，里長補選結果已經正式出爐。

「咱來用上鬧熱的噗仔聲來歡迎新科里長。」

趙乾鐘站上棚台發笑，左手接過麥克風，右手撫摸光頭，理正領帶，順了順喉嚨。

金生聽聞風聲，從廟埕跑來，不落人後擠入人群。

「非常感謝，遮爾久的時間一路行來予我守護，予我支持，予我關心，最後予我牽成。我佇遮，欲感謝序大人足濟年的付出，閣有感謝所有的鄉親好厝邊。這擺選了，我的肩胛頭變足重，我知影我有這个責任予有餘村變甲較好。這馬，是我一世人中上溫暖、上重要、上 Romantic 的 Moment，所以，我就愛感謝赴死也袂退的兄弟，恁予我 Love 佮 Hope。閣有，目睭糊著蜊仔肉無選我的鄉親，我也真感謝，以後我會好好鈴聲鄉親的意見。知影啥物是鈴聲無？是英文的 Listen 啦。毋管是硬體的建設，軟體的設施，我攏會好好做，好好拍拚。我袂辜負鄉親對我的期待。當選後，我知，有人會抹黑，講我買票，但是這種卸世卸眾的代誌我袂做，咱是法治的國家，毋管做啥攏愛依法行政，恁講對無——」

鑼聲鏘鏘，鼓聲鼕鼕，大哥哥身穿黑服舞起競選旗。

「以後，有餘村內大大細細的代誌攏交予我，毋管是欲叫瓦斯、修水管、看醫生、掠賊仔、起厝拆厝，還是欲叫查某娶細姨，攏會使來揣小弟，免歹勢。我佇這 Promise，一定會好好做，提升村內的就業率，予鄉親過好日子，增加競爭力，按呢，逐家才會佇眠床頂好好恩愛好好做人，增加國家的出生率。鄉親啊，恁講對無──」

白晝亮起煙火，金生竄出人群，踢踹石子往崇孝伯厝內跑去，有歡喜的贏家就會有悲慘的輸家。阿公、直木伯和阿火伯將方桌和十幾箱礦泉水搬進廳堂，一同收拾塑膠紅椅，捲起懸掛的鞭炮。阿嬤、秀英姊和青筍嫂拿掃把與畚箕，清掃前庭後院，綁起一摞摞未發散的宣傳傳單，齊整疊好三、四十頂競選帽，摺疊競選背心。秀英姊從灶跤拿出兩顆大西瓜放上圓桌，底下墊報紙，大刀剖切分送鄉親。秀英姊嘆了口氣，說，雖然無當選，飯也是愛食，暗時攏莫煮，我來做東道；原本是欲去餐廳辦桌，這馬就千萬莫棄嫌食便飯。金生拿一塊比臉頰還大的西瓜，抹鹽巴，大口大口啃食消暑。阿嬤安慰，說這是鄉親的決定，後擺閣再拍拚就好。秀英姊說，我無要緊，老神在在，是內底彼个老歲仔講袂聽，共家己鎖佇房間內。我拼門毋應，孫仔拼門也毋應，我看，這擺愛媽祖佮玄天上帝來拼門才欲應，誠悽慘。西瓜甜滋滋的，金生的嘴巴瞬間成了噴射器，四處吐黑籽，他實在不懂選不上有什麼好難過，又不是斷跤斷手，而且里長伯這名稱聽起來一點都不威風神氣。阿公和阿火伯耐心敲門，好聲好氣要崇孝伯出來，阿公說就愛有精神繼續拍拚，咱食甲七老八老矣，敢講有啥物風浪無看過。崇孝伯不回應。阿火伯說，這擺是天公伯的意思，世間人較按怎想也是臆無。崇孝伯的怒吼聲突然從門縫底下傳出，整片木門被驚得前後搖晃，分明是對方偷食步，毋干焦買票，我看選票一定有問題，鄉親毋是青盲。平常，崇孝伯都是笑咪咪，眼神樸實，個性和睦，笑起來像個長了皺紋的彌勒佛。一夥兒人都有些吃驚，唉聲嘆氣不再多話。秀英姊連忙緩頰，說，老番癲啦，莫管待伊，枵予死，暗時一定會開門來食暗頓。

夜色降臨，金生從厝內冰箱拿出四顆土雞蛋和昨夜吃剩的香腸炒飯，跑去塗墼厝。右手伸進左側水缸尋備份鑰匙，打開大門，心存警戒走進厝內，隨意從竹簍上拿起一疊報紙鋪墊炒飯底下。塗墼厝瀰漫濃厚的腥臭屎尿味，跳蚤在草蓆間做極限彈跳運動，金生怯生生將炒飯放在蓬頭垢面的羊先生面前。羊先生轉過頭，望向金生，嘴角流出唾沫。金生將炒飯往前推，左手當碗、右手當筷示意食飯。羊先生蹲踞黑暗，跳了過來，低頭四處嗅聞，露出發黑齒根微笑，雙手猛扒，整張嘴巴大口大口啃食冰冷炒飯。食完了，還意猶未盡舔舐指尖與鬍鬚上的油膩。金生記得師尊說要用土雞蛋塗抹羊先生身體，可以去除身上的詛咒與厄運。羊先生一頭撞進水盆中舔水，打飽嗝，抓膦脬，接著跳至窗邊繼續凝望什麼，身子前後規律搖晃，像晃蕩竹椅。金生拿一顆雞蛋，避開滿地屎尿，鼓足勇氣往羊先生移動。握住土雞蛋，伸出手，縮回手，再伸出手，無比恐懼靠向羊先生背脊。羊先生並不在意，眼睛半閉，似打盹。金生在羊先生的脖頸與背脊緩慢滾動土雞蛋，羊先生轉過頭，瞪大眼珠子。金生一時不小心鬆了手，一顆土雞蛋喀啦墜落，蛋黃蛋白全部變成腥臭的黑稠腐爛物。羊先生看見了土雞蛋，連著蛋殼又往嘴巴猛扒，伸出舌頭舔舐。

金生有些驚駭，後退幾步，門也沒鎖便跑回村莊。

有餘村家家戶戶都亮起神龕燈和庭前燈，不開瓦斯爐煮飯，不是去崇孝伯厝食便飯，便是去趙乾鐘的場子食一桌四千的豪華辦桌。黃昏，阿嬤就一直待在秀英姊厝內幫忙，炒高麗菜，準備兩大鍋米粉，斬兩隻鴨和三隻雞，炊煮北關買來的魚蝦海鮮，席開三桌，不多不少都是厝邊鄉親好鄰居，難得的鐵票，金生幫忙擺碗筷，端菜上桌，分發蘋果西打和菝仔汁。新科里長趙乾鐘的辦桌辦在理安宮廟埕，鑼鼓喧天，舞龍舞獅，放煙火，還請了歌舞團魅力歌唱，推擠嫩奶，搖晃尻川，穿得少之又少，每桌除了飯菜之外，還大大方方擺上一罐紅葡萄酒和兩罐金門高粱。崇孝伯厝則冷清多了，不耍花俏，一夥兒人食飯、剝蝦殼、開講、抽菸、飲啤酒、咒罵和看著電視新聞。崇孝伯還是不出來，叫孫子城城送飯都不開門。幾次，兒子正達拿鑰匙開鎖，崇孝伯一驚，呼天搶地鬼吼鬼叫，向外推擠，硬是關上門。崇孝伯怒吼，說，庄頭佮國家攏拄著困難，但是我啥物攏無法度做，接著房間內便傳出悲傷的嗚咽聲。秀英姊還是繼續要城城送飯，說老歲仔上疼惜孫仔，到時腹肚枵矣就會開門。夜深，兩邊的場子都屆結束。廟埕放起蕊蕊煙火，隕石流光一時明亮一時黝黑，趙乾鐘醉聲醉語透過喇叭大吼，咱開競選車來去踅街，謝神，謝票，謝鄉親序大。城城和金生想了一整夜，終於有了妙計，兩人拉開窗戶紗窗，一邊說阿公我來送飯予你食，一邊搖開始終鎖不緊的窗戶。窗戶開了，金生捧飯菜，城城踩木凳笨手笨腳爬進黑漆房間。忽然間，城城的尖叫聲與遠方的鑼鼓聲同時響起，彷彿有輪胎緊急煞車發出長長尖銳聲輾過人肉。

「阿公昏去矣——」城城急忙開門。

「緊啦，新科里長乾鐘桑跋落車底，緊來救人。」遠方有人慌張大喊。「死矣啦，真正是啉予醉醉，拼予碎碎，這擺真正死人。」

夜色中，兩輛載著兩位里長補選競選人的救護車在濱海公路猛按喇叭，比速度，你死我活大車拚，開省道如開高速公路飛飆而去。

救人喔——

「真正是酒後輕飄飄，毋管是開車還是坐車攏會做阿飄。」阿公壓低聲音。

「囡仔閣佇睏，莫傷大聲。」阿嬤從眠床撐起身子，開盞小燈。

金生撐起身子，揉揉眼，睏意瞬間四散。

「人只是高血壓，無要緊，已經坐車轉來歇睏矣。但是，乾鐘這擺悽慘囉，送去病院時已經無喘氣，醫生講予車軋過，顱內出血。你講一世人活著是為了啥？攏是空。」阿公坐在床沿擺擺手。「聽講是家己佇宣傳車頂跋落，本來人是無死，但是四界暗暝矇，駛車的人也無千里透視眼，逐家攏有啉燒酒，人就按呢予車軋過去矣。喜事會變喪事，紅包會變白包，日頭天也會變烏雲日，新聞毋是有講附近有低氣壓，後禮拜可能有風颱欲來，我看番薯島欲變天啊——」

「早就變天，好啊啦，踅踅念踅踅念，緊去洗跤手歇睏。」阿嬤叮嚀。

金生起身環繞房間，發現身體依舊大字沉沉躺在竹蓆打呼嚕，嘴巴張大得近乎能爬進烏龜。

阿公脫下衣物，只穿四角內褲爬上床鋪，調強電風扇風速。「聽講這擺選舉，來了足濟幽靈人口，以前的見笑步數，是選舉前叫親情遷戶口，但是這擺聽講是遷死人的戶口，毋知是塞偌濟錢予頭圍城的戶政事務所。我看這馬有餘村內底，一定蹛足濟老大公好厝邊，半暝就相招來拍麻雀唱卡拉OK。」

「莫亂講，無憑無據就會出一支喙。」阿嬤關了燈。

靈魂出竅時，原來人們是看不到的，金生自在穿越房門，越過廳堂與大門來到街上。夜晚瀰漫涼意，街燈盞盞光亮如蛋黃，偶爾一輛車轟隆轟隆在濱海公路奔馳趕路。幾隻懶散的九命怪貓在屋簷青苔上跳躍，貓爪子抓搔夜的胳肢窩，叫一聲，像是剛做完愛。嘯天犬從傾圮磚瓦間鑽出，跟隨金生走向羊頭的厝。金生穿門而入。嘯天犬昂頭吠叫，蹲踞簷下搖晃尾巴。屋內狹仄，燒檀香，牆壁貼滿黑芝麻經文，千手觀音夾雜在各式骷髏獸身的神將之中，香煙繚繞，影影幢幢，卡帶燒錄的經文聲持續嗡鳴。天兵神將睜大眼珠，神獸齜牙咧嘴，旗幟招風引雨退邪佞。魂魄輕飄飄，行走時依舊躡手躡腳，怕眾神就要跑出圖騰嚴厲指責。羊頭縮擠在羊頭阿嬤身邊，兩腳彎曲併攏，兩手貼平枕臥耳間，覆蓋一條印著紅色卍字的佛賜涼被。羊頭瘦了，瘦得臉頰都有些凹陷，像是花了十幾萬全身抽脂，而且眼袋很厚，像是好幾日都沒睡好。金生輕聲叫喚，羊頭沒有反應。金生貼近羊頭耳邊，說，出來玩了，羊頭還是無動於衷，扯著棉被遮住頭顱。金生穿過棉被，握住羊頭的手，用力拉拔起羊頭魂魄。羊頭立起上半身，揉眼，打呵欠，一看見金生便立即垂下頭，緊咬著唇，哭了。羊頭先是小聲啜泣，而後雙腳用力踢踹，突然劇烈哭泣了起來，臉頰瞬間流滿淚水。金生站在一旁看著羊頭哭，非常難過，不知道是否要出聲安慰。如果想哭就哭吧，能做的也就是陪伴身邊。羊頭漸歇哭泣，緊接嘔吐，先嘔出稀飯再吐出黏稠胃液，身體非常虛弱。金生蹲下，側過身，說，走吧。羊頭用手背抹著眼睛，猶疑幾秒，雙手撐地，艱難爬起身子，搖晃幾步來到金生背後，癱軟身子平穩貼上。金生用半鰭半手往後護住羊頭，起身，這次金生背得起羊頭了。羊頭的頭顱枕在金生右肩，雙手垂在金生胸前，雙腳讓金生雙手緊密鉗住。兩魂魄在夜路中行走，不孤單，穿門，越馬路，行歷圍牆、門板與鐵路，嘯天犬一路尾隨。

兩魂魄都不說話，好像已經說了太多話而無說可說，沉默地來到接天宮廟埕左側的籃球場。蓊蓊鬱鬱的野蕉之林冒出鬼影。

「恁兩个猴死囡仔，知影我佇佗位無？誠奇怪，我哪會揣無路轉厝。」趙乾鐘依舊穿著昂貴西裝服，滿身酒氣，頭顱破了一個大窟窿，滿臉是血。「唉喔，誠毋是款，年歲大記性就無好，我會記得我拄選牢新任里長。」

嘯天犬露出利牙，朝趙乾鐘猛吠。

「幹你娘，是佇吼啥？無看過歹人？」趙乾鐘兇狠咒罵，作勢毆打嘯天犬。

金生雙手向後背著羊頭，再次將羊頭魂魄往上顛跳抬高。

「我清醒的時陣，頭殼淡薄仔痛，有聽著有人佇喚我的名，一个笑面笑面的老歲仔領催命牌，講欲撤銷我的陽間戶口，改領往生證書，但是我覕佇草仔內無欲出來，真正拄著痟人。」趙乾鐘站到夜燈下，撫摸腫脹的頭顱，右眼已經被輾成肉醬，鼻子歪側，斷裂十幾顆牙齒。

羊頭驚呼，指著趙乾鐘要說些什麼卻始終發不出聲。

寒風旋起，冰涼的鐵鍊吭啷吭啷拖地而來，似遠而近，七爺瞬忽顯影，從後架住趙乾鐘，八爺的鐵鍊自動旋繞捆紮趙乾鐘手腕。趙乾鐘用力掙扎亟欲反抗，鐵鍊愈捆愈緊，情急之下只好脫口大罵，我啕恁娘，幹恁祖媽，我是有餘村新科里長伯，烏道白道我攏熟，恁是啥人？八爺立於趙乾鐘前，高舉右手就要甩上巴掌。七爺安撫嘯天犬，接著止住八爺，說，唉，八爺，城隍爺講這麼多次了，你還是不改脾性，絕對不能動用私刑。八爺滿臉怒氣，顴骨腫脹，嘴露利牙彷彿一開口就能咬碎魂魄頭顱，右手巴掌啪拉一聲打在左手拳頭上，沉重跺地。

「趙乾鐘。」七爺蒼白著臉，聲音不帶任何情緒。「你是已死之人，現在正要押你回陰曹地府接受審判，你在這裡已經徘徊太久。」

趙乾鐘目瞪口呆，久久不知該如何反應，驚慌中一臉茫然。

「頭七當天，我和八爺會再押你回來，讓你看陽間最後一眼。」七爺聳立竹竿身，垂頭下望。

「我死矣？」趙乾鐘遲疑。「按呢恁一定是七爺八爺對無？」

八爺眼露凶光，狠狠瞪視趙乾鐘。

「真正歹勢，我一時毋知鬼差大人駕到，真該死。」趙乾鐘彎下腰，聲音柔軟如蜜，露出諂媚微笑，眼珠子溜轉似乎在想著什麼鬼主意，急忙搜尋口袋掏出菸與檳榔。「欲欲欲噗薰無？」

「你這是楔後手走後門，愛罪加一等。」八爺怒吼。

「無啦，這是基本禮數，我是想欲共七爺八爺參詳參詳，予我閣活兩、三工，若無予我轉厝看覓，看看序大人，看看牽手，看看後生，也好 Say Good Bye。」趙乾鐘用搖搖欲墜的門牙輕咬下唇，不時噴出滿嘴血沫星子。

「無這款代誌，你免痟想。」八爺啐一口唾沫。「你頂世人歹代誌做傷濟，我看你後世人一定投胎轉世做畜生。」

趙乾鐘急得哭了出來，雙膝跪地急忙給七爺八爺磕頭，雙掌不停摑自己耳光。「拜託啦。」

「講袂聽。」八爺完全不理會。

「真不好意思，失禮啦，你上輩子說了太多謊話，現在要割下舌頭，不會痛很久的，熱麻熱麻像是吃了滿嘴四川辣椒，習慣了就好。」七爺從西裝外套的口袋掏出骨髓鋼珠筆，輕敲掌心，瞬即變成一把細刀。左手打開趙乾鐘嘴巴，拔出舌頭，右手持刀從舌根猛力割下。細刀甩乾鮮血，再往掌心一敲成了穿線細針，左手再抓捏併攏趙乾鐘上下嘴唇，右手持針線隨意縫合，吐口氣，重新將針線甩成鋼珠筆放回口袋。「這樣子安靜多了。」

「莫閣拖磨，行。」八爺逕自扯動鐵鍊拖走魂魄。迷霧朦朧乍起乍滅，吞食魂魄，求饒聲在月夜中散成蛙鳴。

七爺止住腳步，耐心叮嚀。「趕快回去，別在街上四處遊蕩。」

羊頭十分驚訝，想要開口詢問到底發生了什麼事，只是聲音始終啞萎胸腔。

金生沒有解釋，朝理安宮方向前進，越過廟，左轉，往上攀爬泥徑準備夜溯溪流。

肩膀有些濕，轉過頭，才發現羊頭又哭了。

「對不起。」羊頭的眼睛紅腫了起來。

「你要好好休息，身體好起來後，一定要買新的骨灰罈賠我。」金生逗弄羊頭。

越泥路，溯溪流，踏過溪石與草叢，行經土地公廟再往上。月光粼粼稀釋夜墨，濃疏林葉中響起清脆蛙聲。草葉輕，露珠重，一聲虎吼穿透水霧威武響起，肉蹄子踢水踏石奔躍而下，潑濺大片水花。河騎著虎爺來到。虎爺止步，甩動尾鞭原地旋繞。河從虎爺身上縱跳而下。草魚撐起兩鰭跳至羊頭肩膀，兩鰭好奇扒開羊頭嘴巴，撐開鼻孔，撥開眼皮，若有所思向河說著什麼。河近身，探查羊頭呼吸，突然神情緊張了起來，往前引路，說這小兔崽子身體虛弱，元神都快要飄離，得趕快進入青潭浸泡才行。草魚重新跳回虎爺頭頂。金生背著羊頭，尾隨河。虎爺跨踏虎步一會兒趨前兜轉，一會兒殿後護衛。青潭泓泓，不大，上下游間堆壘碩石，流水從右側沖刷而下。石下青潭散發藻綠光，水紋款款，水珠一躍蛻成金銀幼魚再次探潛入水。金生踩石踏水，謹慎卸下羊頭，聽從河的指示將羊頭緩慢浸至青潭。不要害怕，河會保護你，我也會保護你，金生安撫焦躁不安的羊頭。羊頭非常緊張，一直抓住金生手腕，說自己不會游泳，然而出乎意料的是身子竟然自動漂浮了起來，逐漸鬆開手，隨著水波落葉般蕩進青潭中央。金銀幼魚張開嘴喙，啄食羊頭皮膚吸吮體內毒素。

水流潺湲，金生獨自坐在溪石邊攀折蘆葦，忽然好想好想哭。

生死簿：不歸路

光的鑿子敲開瘀青般海霧。

天烏烏，欲落雨，漁港一年一年瀰漫濃烈海腥味。

阿曼來到多雨的番薯島已經是第四個年頭，簽約，上船，跑近洋漁業，交付一筆錢給菲律賓代辦後遷徙至北島，不懂一連串文件往返，也不懂任何外交事宜。寶島順風一號船長旺伯說程序繁雜，要連登三天廣告，二十一日內無法招募到番薯島勞工才算完工，還有一堆申請書、勞工保險費證明、提繳金額切結書、本國和外國人員名冊等。旺伯說得口沫橫飛，阿曼聽得一知半解低頭傻笑。反正聽不懂的話，就笑，還不能笑得太誇張，得裝笨，得傻笑，得一笑置之。來了好幾個年頭，中文並沒有進步太多，村人和老船長還是說台語居多；只是台語也進步有限，聽得懂的也就是髒話。聽懂了，就會跟著罵，完全不在意髒話到底有多髒，對阿曼而言，異國語言就像病菌，總得好好病上一場才能得到抗體。阿曼有時也會自我調侃，說我是鴨仔聽雷，聽攏無。

寶島順風一號共八人，三位菲律賓人阿曼、索尼和諾立，兩位大陸人，一位印尼人，加上台灣籍船長和副船長共八人。春帆港大，不乏眾多出外打拚的移工漁民，依據各自背景而成群結夥，林立派系，有講塔加洛語（Tagalog），有講河洛話及其他中國方言，也有講印尼話的。來自不同國家，卻都是寂寞查埔，不管是工作、行為或談吐都相當陽剛、獸性且生猛下流。剛來到有餘村，中文一句都還不會，旺伯和一船漁工就逼他喝酒，說這是傳統番薯島歡迎儀式，啤酒一打接一打，米酒加維大力加保力達B，高粱加養樂多，玫瑰紅加蘋果西打，喝到阿曼不醒人事，頭暈嘔吐，全身癱軟卻又恍恍惚惚雞犬升天。阿曼懵懂間逐漸了解，酒到哪裡都還是酒，查埔人到哪裡都還是查埔人，欲望到哪裡也都還是麻煩的欲望。哪裡有錢賺，就哪裡待下，走一步別算一步，算半步就好，想太多只會自找麻煩。阿曼自我告誡，凡事能躲則躲，千萬別輕易替人出頭，縮頭烏龜總是有龜殼保護。來到異地，人生地不熟，除了存錢，平安才是最重要的。

阿曼不時會感到困惑，想著自己為何會待在番薯島？大學讀了經濟學，畢業後卻跑來北國跑船。只能自我說服，一切都是為了未來。先在番薯島待幾年，攢了錢，再申請去新加坡、加拿大或沙烏地阿拉伯工作，如果想要到高所得國家，最起碼都要有兩、三年工作經驗，還要交一筆七萬上下保證金，當然，英語能力是最基本的要求。菲律賓的經濟不好，起薪低，出外工作實在是逼不得已，先求工作再求積蓄，最後如果可能當然設法入籍，阿曼對於未來存有藍圖，恰似明確卻又遲疑。

恁爸腹肚枵，欲去煮暗頓，阿曼的台語比國語溜轉，都是旺伯、索尼和諾立教的。旺伯熱心教導阿曼台語，特別喜歡教阿曼說些髒話和各種性器官詞彙。初始，旺伯嫌阿曼笨手笨腳，一句中文都聽不懂，吩咐任何事情都要比手畫腳。阿曼挨罵，心情不好，只是轉瞬一想又覺得沒什麼大不了，臉皮厚些，羞恥心薄些，必須要懂得苦中作樂。旺伯罵一句，阿曼也學著旺伯罵自己一句。旺伯笑他傻，笑他笨，笑得沒了怒氣。旺伯喜歡找阿曼開講，阿曼國、台語都聽不懂，所以旺伯說什麼都無所顧忌。旺伯蹙眉，說完一連串國、台語交雜的句子便看著阿曼，等待回應。阿曼瞪大眼珠，握緊拳頭，義憤填膺下結語：㑳，我㑳你媽。尾音還要拉長，特別強調一番。來到番薯島頭一個禮拜，阿曼便被索尼和諾立拉去刺青，左手二頭肌上刺的不是鬼頭、龍鳳、鍾馗或波霸美女，而是一個國字，洨。阿曼不懂國字洨和潲的差別，選了筆畫比較少的，怕發炎，也怕筆畫多了會痛。諾立說這是一個非常具有威嚴的字，刺在身上會增強氣勢，別人看了會怕不敢隨意招惹。髒話最好學，罵髒話從來就不需要什麼嚴謹的語句結構，只要將字詞前後綿密亂針刺繡便能達到效果。髒話如同混酒，喝醉爽快最重要。

春帆港有七個各自搭建的簡易工寮，大都分屬獨自運作的中型船。工寮簡易，不需花上多少費用便能畫地為王。寶島順風一號的工寮是用廢棄鐵皮搭建而成，像密閉紙箱，單獨露出一側面對港口。工寮外，矗立兩根漂流木，撐起破損藍色塑膠布，防風遮雨，躲避日曬。裡頭有不插電的舊冰箱、歪斜的木桌和十幾張褪色塑膠椅。鍋碗瓢盆零散放置鐵桌上下，火爐和瓦斯隨意擺放，垃圾桶東倒西歪。殘餘不需處理，春帆港十幾隻到處迌迌的野狗會跑來覓食。寶島順風一號停泊工寮前方，方便船員往來。工寮簡易，不過基本設備應有盡有，發霉床墊和四條棉絮被可供休息，眼睛黏鼻子，胸膛貼後背，還能容下三、四人。一台小電視靠天線收看節目。兩盞黃燈。十幾本充滿精液味道的色情雜誌。工寮右側五、六尺遠的公共便廁早已滿溢糞便。

日頭即將落下，航行回到港口卸下漁獲，阿曼、索尼和諾立便開始洗澡，準備開爐煮飯。不管冬夏，盥洗都脫得只剩一條內褲，抹肥皂，潑水，一桶水必須節省使用，身軀洗不乾淨沒關係，只要留下肥皂香就好。蹲踞地上，拿刀去鱗剖切，魚內臟隨意丟向大海，鍋爐水內放些鹽巴和老薑。若心血來潮想要煮火鍋，便會三三兩兩走到頭圍城買菜，戴毛帽，穿厚外套，穿上拖鞋，索尼喜歡戴墨鏡，諾立專愛一條紅色大圍巾。砂石卡車在濱海公路奔馳呼嘯，右側是鬱青山脈，左側隔著海埔新生地便是海。阿曼最不能習慣的便是蘭地雨水，尤其是東北季風，黏黏稠稠，讓人不快活。阿曼告訴自己，習慣了不習慣，也就習慣了。旺伯對員工不錯，中秋送月餅元旦，端午送鹹粽，農曆年則去海鮮店擺一桌，吃龍蝦喝啤酒。旺伯時常開一輛載滿船員的小貨車去超市買菜，去市場買便當，貨車沒有遮蔽，一車船員搖搖晃晃日曬雨淋從來沒在怕。若遇上大豐收，旺伯也會準備酒和食物，船員一起烤肉，放著震耳欲聾的抒情搖滾樂。船員們都愛烤肉，尤其愛吃肥豬肉，配上啤酒消去滿嘴油光。船員們呼朋引伴，都是來到番薯島賺錢打拚的艱苦人，有看護、工廠幫工和隸屬不同艘船的船員，阿曼在一場烤肉聚會中認識了艾蓮娜。

艾蓮娜和阿曼都來自菲律賓，阿曼住在奎松（Quezon），艾蓮娜住在馬尼拉（Manila）。阿曼身子偏瘦，鬈髮，肌膚曬得跟甘蔗皮一樣黑。艾蓮娜有些豐腴，長髮披肩，笑起來有兩個酒窩讓人感到特別親切。艾蓮娜迷住了阿曼。阿曼不會喝酒，喝了兩罐番薯島啤酒臉就紅了，坐到艾蓮娜身邊，替她烤雞翅，替她倒飲料，替她剝花生殼，兩人開心地用母語交談。阿曼春心蕩漾，覺得自己戀愛了，整個人神昏顛倒六神無主了起來。阿曼看輕自己，不過是個船員，沒錢沒勢，有什麼資格愛人？阿曼遲疑了。黃昏，艾蓮娜推著一位坐在輪椅上的光頭老歲仔在港內散步。阿曼拿著水管清洗船尾，看到艾蓮娜一顆心又慌了，水管一丟，立即穿上乾淨的襯衫長褲，趿上拖鞋來到艾蓮娜身邊。

兩人交往了起來。

阿曼在艾蓮娜的建議下買了一輛二手跤踏車，放假時，便會載艾蓮娜在有餘村、春帆港和頭圍城四處兜轉，買珍珠奶茶、炭烤雞排、紅豆餅、東北滷味和大腸麵線等等，阿曼打腫臉充胖子，認為約會讓女生出錢十分丟臉，不像個男人，總是主動支付所有費用。阿曼騎跤踏車載艾蓮娜在港內晃蕩，各國船員移工都投以羨慕眼神，阿曼春風得意，彷彿胸肌厚了好幾層。艾蓮娜站在跤踏車火箭筒上，雙手搭上阿曼肩膀，繞過攬船柱，繞過大小工寮，繞過各式小吃攤販，成群野狗追逐吠叫。阿曼有了女朋友，並沒有對索尼造成什麼影響，反正有空他就戴上墨鏡，拿魚竿去海濱垂釣。諾立倒是有些意見，覺得很沒面子，自己應該要第一個在番薯島交上女朋友才是，只是諾立並不是真的生氣或羨慕，阿曼還是自己的好兄弟，何況在諾立眼中，艾蓮娜並不是一個好查某。諾立說艾蓮娜喜歡占人便宜，不老實，充滿心機，之前向人借了九千塊沒還，要阿曼小心別被騙。阿曼沉溺於愛情，瞎了眼，他把諾立說的話說給艾蓮娜聽。艾蓮娜說諾立追過她，不過她拒絕了。啊，諾立一定是忌妒他了。阿曼沒有多說什麼，同一艘船上吃喝拉撒，需要好好培養默契與感情。阿曼聽了艾蓮娜的話，逐漸遠離諾立。諾立還是會對阿曼開玩笑，㑳，有了查某就不要兄弟。阿曼傻笑，心中想的卻是另一件事，我們倆早已經不是兄弟。

印尼籍和菲律賓籍漁工因為一條魚而幹起架來。

移工反目成仇互相鬥毆並不是什麼大不了的事，平常散布不同漁船，回港後各自生活，沒有交集，頂多就是多看幾眼面目有些熟識。

索尼洗了澡，戴上墨鏡，走出工寮垂釣，魚上鉤後急忙收繩，一番劇烈拉鋸收收放放，十足難纏，知道這絕對是一條大魚。爭鬥將近二十分鐘，汗流浹背，時不時看到魚背如山崙隆起水面。索尼寸寸收繩。大魚逐漸靠岸，時不時使出一股猛力扯動釣竿往外游，不肯善罷甘休。自製釣竿前頭已然龜裂，再收力，嘣，魚線瞬間脫落。索尼呆愣幾秒。一張手拋網突然從岸上撒下。索尼轉頭一看，達吉拉扯手拋網猛往上拉。索尼四處張望，跳上一艘廢棄木船，划至網落處張望等待，持拿腐爛木槳，攢足氣力，等到魚背靠船浮現便能立即猛力敲打，奇怪的是，網子竟然往其他的方向扯動。原來是達吉搞的鬼。達吉用英文大喊：It's my fish。索尼興起一股怒氣，不打算捉魚了，丟下木槳，跳進海再爬上岸，跟達吉激烈扭打起來。扯頭髮，揍臉頰，捶胸膛，索尼用旺伯教的台語髒話辱罵，達吉不甘示弱，用英文髒話回應。港內漁人急忙拉開兩人。達吉呼喊印尼漁工，索尼教唆菲律賓漁工，兩組人馬面對面凶狠對陣。達吉嘴角淌血，繼續喊，這是我的魚。諾立和一群友人站在索尼背後撐腰，索尼指著達吉，說這魚明明就是自己釣起來的。兩人用英文互相叫囂，逐漸難耐憤怒，兩派人馬各自從船上、陸地與工寮內拿出武器，石頭、飲料罐、魚竿、鐵鎚、垃圾桶、凳子、水桶和菜刀等，口沫橫飛，齜牙咧嘴，下巴抬得比誰都還要高——嗶，海巡的哨聲響起。

印尼派和菲律賓派正式結下梁子。

暗暝，阿曼騎跤踏車載艾蓮娜回來，兩人食完麻醬麵蛤蜊湯，拿橙汁檸檬手搖飲喝，一臉滿足。阿曼哼唱小調走進工寮，跳上船，沒有人在，愣頭愣腦往堤岸晃蕩。春帆港瀰漫一股硝煙般緊張氣氛。海巡人員騎機車來回巡邏。移工們待在船上，阿曼一路行過越南人、泰國人和大陸人工寮，大夥兒心存警戒互相打量。阿曼撿到索尼的破碎墨鏡，遇見一臉怒氣的諾立。阿曼打招呼，諾立看也不看，阿曼以為諾立沒瞧見，索性從口袋掏出香菸追上。諾立轉過頭瞪視阿曼，罵著，㑹，去了哪裡？索尼被警察抓了你知不知道？媽的，我們和印尼鬼幹起架了。諾立沒有接菸，獨自走向船艙。阿曼一頭霧水，不知道發生什麼事，想問明白，索尼可是自己的好兄弟啊。諾立走回工寮抽菸，煩躁踱步。阿曼上了船，聆聽海水扯動船隻的水質、木質與金屬質地的拉扯聲，強風彷彿即將吹歪船桿。深夜，旺伯載索尼回來，買了滷大腸、滷鴨頭以及菸。旺伯拍打索尼肩膀，說無代誌，免煩惱。索尼一張臉始終陰沉沉。旺伯笑著，說，拄才𤆬索尼去湯圍城洗溫泉，他媽的，毋知索尼的膦鳥遮爾大支。索尼躲進船艙，蓋厚棉被，一句話都不說。滷味冷了，野狗涎口水，趁著沒人注意偷偷叼走，海風將漁人們的胸膛醃製成魚乾。

阿曼從來沒有向別人透露，他會跟刺青說話。

刺青暗黑帶紫，如靜脈曲張，阿曼甚至覺得左胳臂上的刺青像條小蛇滑溜過胸膛。阿曼飼養寵物般飼養刺青。旺伯取笑阿曼，就算旺伯解釋了刺青的意義，阿曼還是不在意，認為這個刺青不僅僅只是謾罵，更是勇猛的人體徽章，是離鄉背井者的鬼魅象徵，甚至帶有炫耀意味。每當阿曼撫摸刺青，腦袋就會浮現起熱烘躁鬱的南洋家鄉，芒果與香蕉結滿樹枝，小攤位擺滿炒花生、炸豬皮和椰子，溢出濃稠的芳香與腐臭。阿曼去頭圍城買東西，都會感覺番薯島人用奇怪的眼神看著他，刻意保持距離，彷彿怕被弄髒或被侵犯。真是好笑，皮膚白了點沒有什麼好驕傲，皮膚黑了點也沒有什麼好自卑。阿曼握住拳頭，曲起左臂，鼓脹肌肉上的刺青，心中罵起髒話，例如，看啥洨？你看起來真衰洨。看啥，是欲食洨喔？我聽你佇嘐洨。我袂欲插洨你。不需要罵出聲，如果想要彰顯男子陽剛氣概，只需要露出左肩臂上的一字箴言——洨。

艾蓮娜對於阿曼的穿著、言行和面貌都不在意，只想得到她想要的，要阿曼買跤踏車、名牌鞋子、牛仔外套、香水與蒂芙尼項鍊，索求起來絲毫不知分寸，每個月想跟阿曼拿四千塊。艾蓮娜說，這是未來的結婚基金。阿曼說四千塊太多，討價還價之後，達成協議每個月給艾蓮娜兩千塊。艾蓮娜說，她把錢拿去投資股票，而且已經賺了錢。艾蓮娜不喜歡阿曼過問太多，認為那是質疑，不信任。阿曼喜歡艾蓮娜，只是令人矛盾的是，他知道自己無法和她一起生活，兩人的價值觀實在差太多。艾蓮娜喜歡買東西，放了假，阿曼還會陪她坐客運到都市的百貨公司逛街。阿曼跟艾蓮娜爭吵幾次，原因都是因為錢。艾蓮娜希望阿曼將一半的薪水交給她管理，阿曼不肯。艾蓮娜羞辱阿曼，說他是個窮小子。吵架最忌回嘴，愛罵就罵，被罵又如何？反正沒少一塊肉。被辱罵，被詛咒，被鄙視，被嘲笑，被諷刺，阿曼就和刺青說話：我親愛的洨啊，按怎才會使趁大錢？

阿曼幫艾蓮娜簽了一張六萬塊貸款借據，之後艾蓮娜便甩了阿曼。

艾蓮娜表示，自己從來就沒給過承諾，一切都是阿曼一廂情願。

海水鏽蝕鐵板，阿曼陷入低潮，曾經試圖理論，只是他不肯承認艾蓮娜利用了他，他的心中充滿怨恨，氣自己甘於被騙。艾蓮娜交了一位台籍按摩師新男友，聽說五十多歲，禿頭圓肚，滿臉痘子，走起路來一瘸一拐，開一輛轎車。阿曼依舊每日勞動，捕魚，補網，哺食腹肚，守護一艘永遠都不可能屬於自己的船。

諾立不再把他當兄弟，之前食晚飯，三兄弟會聚在一起添飯夾魚，坐板凳，飯後再來一根快活菸，現在諾立只會拉著索尼聊天。諾立和船員商量，要去大賣場買一副新墨鏡給索尼，阿曼想一起攤錢卻被拒絕。諾立依舊喜歡抱怨，說工作辛苦，說春帆港整日下雨像是浸在水缸，說來到番薯島連吃個番薯都會被嫌屁臭。兩人刻意別開彼此眼神，阿曼想起諾立說過的話，艾蓮娜不是一個好查某，只是當時阿曼怎麼可能聽得下去。諾立曾經嘲笑阿曼，說𪁎鳥爽就毋顧兄弟情。阿曼不覺得自己哪裡有錯，只是心中非常苦悶，時常拉開衣袖看著刺青，喃喃自語，說洨啦，管待你遮爾濟，查埔人就是愛有志氣。

刺青非常淘氣，逐漸發癢灼燒起來。

查埔嘛，做苦力的神經難免大條，出門在外有什麼事情不好解決。日日夜夜，阿曼和諾立待在同一艘船上，共同拉網，食飯抽菸，不說話實在難，彼此的關係漸次有了轉機，何況印尼派和菲律賓派間發生衝突，有了共同敵人，不再看對方不順眼。日子是一條不斷冷熱炊煮的魚，瀰漫腥臊味，得用大量的薑蒜和陳年醬油掩蓋味道。索尼戴上新墨鏡，照常釣魚，隨身攜帶木棍怕被攻擊。諾立時常向阿曼借跤踏車，努力追求一位長髮菲籍看護。阿曼買了一本又一本色情雜誌，沒事就躲在工寮內看俏尻川大乳房，在草叢裡打手槍。阿曼自言自語，問刺青，這樣的生活到底何時才會結束？不，不會結束。阿曼聽旺伯抱怨番薯島政府，聽索尼說起故鄉情人，聽諾立拍打胸脯說要如何用菸酒賄賂中國漁工一起對付印尼派，阿曼有些厭倦了，不再對生活抱有熱情，每一根神經都刺上被詛咒的刺青，呆愣望向海潮，不再說話，偶爾喝啤酒，反正不管發生什麼事，只要罵髒話就能溝通，不是嗎？

旺伯怕船員無聊，特地帶來一副麻將。

打麻將是大陸漁工最喜歡的休閒活動，寶島順風一號的船員耳濡目染也學會了，諾立特別熱中，每次都吆喝阿曼和索尼一起玩。索尼沒興趣。阿曼不喜歡賭錢。初始，輸的人要騎跤踏車去買啤酒和滷味，後來變本加厲，底十塊，一台五塊，一晚下來接近上千塊輸贏。一張牌桌總是兩位大陸漁工對上阿曼和諾立。阿曼無輸無贏。諾立不走運，一直被自摸，第一圈輸了買消夜，第二圈還沒打完就虧了七百多塊，心情非常不好。諾立告訴阿曼，放點水，胳膊不要向外彎。西風圈，諾立當莊，神情緊張等著自摸清一色，想著他媽的，這擺穩贏，謹慎地打出一張國字安全牌，卻被阿曼胡了。諾立立即變臉，麻將啪啦啪啦往桌上丟甩，罵咧，幹 putang ina 肏你娘。阿曼站起身，想回嘴。諾立雙手扯住阿曼衣領往上提，阿曼用雙掌緊捏諾立冒出青筋的粗脖子，麻將桌翻了，東南西北紅中白板青發散落一地，兩人倒在地上翻滾扭打。一船漁工連忙拉開兩人。阿曼和諾立各站一處，凶狠瞪視對方。

諾立說，媽的，我把你當兄弟，你還胡我。

阿曼說，洨啦，你才不把我當兄弟。當兄弟，胡個牌會怎樣？

兩人都氣得牙癢癢的。

阿曼和諾立徹頭徹尾決裂，一句話都不說，不說國語，不說台語，不說英語，不說菲語，不說髒話調劑身心，也不誠心誠意問候對方祖宗。

同一艘船工作，同一間工寮歇睏，同一條破被蓋身，吃同一鍋飯和同一條魚，只是兩人依舊各過各的把對方當空氣。阿曼氣諾立打麻將沒風度，諾立氣阿曼不懂照顧同鄉，兩人立場堅定毫無轉圜餘地。旺伯念幾句，索性收了麻將。諾立時間多了，便和索尼去釣魚，只是沒耐性，覺得無聊只好猛抽菸。阿曼桃花朵朵開，沒想到又戀愛了。船員們不相信，春帆港和有餘村的人不相信，就連阿曼自己也不相信，這次戀愛對象竟然是釀娘子。有人猜，釀娘子看上阿曼年輕力壯體力好，甩了友忠伯；有人猜，釀娘子一夜五百花錢買下阿曼，很便宜。村人無不消遣，說這個世界真是不像話，泡牛奶喝會中毒，吃布丁會發現裡頭沒雞蛋，舔冰淇淋像是舔石雕，連去堤岸散步都會看到異國老少配。旺伯難免八卦，要阿曼老老實實徹徹底底鉅細靡遺招來。

阿曼並不知道到底發生了什麼事。

黃昏，阿曼光裸精實身子在船舷舀水洗澡，聽到查某人聲音，向外探，看到釀娘子和阿秋嫂。釀娘子身穿銀色流穗白衣，黑褲，足蹬豔紅高跟鞋，戴羽毛氈帽，向賣香腸的攤販討公道。釀娘子說誠歹勢，阮阿秋贏遮爾濟，十二根香腸還是愛討。攤販老闆苦一張臉，不好說些什麼，想繼續加碼豪賭。釀娘子大呼小叫說來食香腸，免錢的，看見阿曼就指向他。阿曼糊塗了，困惑了，無神了，左右張望不見其他人，索性穿一條灰色格子內褲跳上岸，還以為自己惹了什麼麻煩。釀娘子將兩根淌熱油的香腸塞上阿曼手掌，轉身，向攤販老闆再討十根。攤販老闆有些為難，想再拚一次骰子，說欠著，佗位來遮爾濟煙腸？阿秋嫂要釀娘子出面，說賭輸就算了。攤販老闆大吼一聲，鼓起氣勢，魄力湧現四個骰子吭啷吭啷甩出九點。釀娘子皺眉，說慘矣，這擺無煙腸好食，拿起骰子對著碗公作勢丟擲，一時停下動作，轉身，好奇地看著阿曼，手心手背抹上阿曼的肚腹、胸膛、胳膊和結實後背，說跋筊這種代誌足邪門，上好用垃圾物件來鎮煞。釀娘子手心一放，骰子噹啷噹啷加起來硬是多出一點。攤販老闆一臉青紫，說這局不算。釀娘子滿臉笑容，不再為難人，拿了六根香腸便走。釀娘子和阿秋嫂各拿一根香腸吃食，其他的就塞給阿曼。阿曼連忙道謝，興奮地將香腸拿回船上。釀娘子晃悠悠離開，沒走幾步便踅回，對阿曼喊：「你叫啥物名？」

釀娘子把阿曼帶回厝內食飯。

阿曼很聽話，尤其聽釀娘子的話，幫忙倒垃圾，脫衣，洗澡，吹髮，按摩，將釀娘子帶上床上繾綣一番。

旺伯笑著說阿曼學壞了，掠魚無氣力，整日無精打采，眼睛都黑了一圈，說再這樣下去阿曼就要被吸乾。阿曼英姿颯爽，春風得意，旁人欣羨眼神更讓他心神晃蕩。下了船，阿曼便用塑膠袋裝幾尾鮮魚，騎跤踏車趕到釀娘子厝內，洗澡，食暗頓，看番薯島新聞和灑狗血電視連續劇。阿曼每日用釀娘子的美膚沐浴乳洗澡，用絲瓜絡刷身，用刮鬍刀除落腮鬍，沉睡於充滿柑橘與玫瑰香的柔軟床上，查某人香，啊，墜入脂粉絲絨的查某人乳房鄉。身體竟然不知不覺起了疹子，像是無法適應如此舒適環境，從左手臂上的刺青開始蔓延，首先只是癢，像蜜蜂採蜜，多抓幾下便紅腫，皮膚酪梨般發皺。阿曼聽釀娘子的話，注意清潔，搽乳液，勤按摩，保持皮膚不過於乾燥亦不過於濕潤。釀娘子很著迷阿曼年輕精壯的身體。阿曼穿三角內褲，躺在床上成了等待崇拜的雕像。釀娘子一個口令，阿曼一個動作。阿曼聽不懂時依舊傻笑。釀娘子喜歡阿曼的刺青，問，你敢知這是啥物意思？阿曼知道，卻裝作不知道，脫去上衣、短褲和釀娘子刻意買來的子彈型內褲，全身赤裸了。釀娘子拉開床被，挺起身，褪去上衣、裙子、胸罩和米色花紋內褲，眼神嬌羞，動作老練，要阿曼仔細看，用心看，充滿慾望地看。口手是潤滑，釀娘子抓住阿曼粗掌大手，摸索身軀中每一條緊繃皺摺，細緻鎖骨，豐饒乳房，餘韻猶存的脂肪腰與兩條歷經風霜的玉脂腿。釀娘子教阿曼罵不同髒話，用指尖，用嘴唇，用皮膚，身軀交疊不斷延伸出性愛歧異詞。慢點。阿曼大膽了，釀娘子羞怯了。快點。阿曼狂野了，釀娘子溫柔了。阿曼挺出胸膛，釀娘子款出俏臀。釀娘子親吻阿曼臂上刺青，舌頭一遍一遍搜尋細舔，說阿曼的身子有著一股非常奇特的味道，帶有椰香，相當南洋風。

阿曼有氣力，有幹勁，有骨頭，他已經不再是剛來番薯島啥事都不清楚的年輕人。

釀娘子上了年紀，抱起來依舊非常舒服，看上去頂多四十，不算老，阿曼聽過番薯島查埔睡了菲律賓查某，可沒聽過菲律賓查埔睡了番薯島查某。釀娘子有錢，雖然不知道到底有多少積蓄，但是一定比他多。他編織白日夢，想著自己改頭換面令人欽羨的新模樣，當上大老闆，穿西裝，打領帶，出門有司機開車，住家有女傭打掃，整日吃喝過好日子。阿曼開始有些賊頭賊腦，變得精明，會算計了。阿曼要釀娘子買禮物給他，買皮鞋、西裝褲和各種不同顏色的襯衫，覺得自己的膚色太黑，不得體，還要用男性面霜乳液美白，早晚噴一次古龍水。釀娘子寵阿曼，阿曼要什麼她就買什麼，只是釀娘子不喜歡阿曼穿西裝，只喜歡阿曼全身光裸只穿一件性感內褲，不，子彈內褲必須脫下來，光溜溜最好看。阿曼不再待在船上或工寮歇息，睡在釀娘子懷中繼續編織番薯夢。

村人笑說，阿曼簡直換了一個人，出大運啊。深夜，阿曼提大塑膠袋，裝一包包東北滷鴨頭、滷鴨掌、菸和三大罐蘋果西打，踩跤踏車回到船上，把甲板踩得嘎吱嘎吱響，猛力扣打工寮木門要船員們起床食消夜。諾立扯棉被，悶頭不起身，從來沒有吃過阿曼帶回來的食物，還胡亂發脾氣，嫌吵。阿曼理短髮，刮鬍子，噴香水，穿上體面的襯衫與西裝褲，整個人看上去非常氣派成熟。阿曼說，番薯島的查某人無仝款，尻川大，一對奶仔搖啊搖，欲搖予我眩船。船員笑成一團。阿曼繼續說，遮的查某攏有海味，遐——遐就親像烏魚子，予你食粗飽。

整船的人拍打船板開懷大笑。

阿曼有時不由自主凝視刺青，想著番薯島生活，想著故鄉親人，想著不斷發炎脫皮的刺青是否代表什麼意義，心中除了一股若有似無的空虛外，還夾雜奇異的喜悅與驕傲。吐一泡口水，抹上刺青，混著乳液揉搓——這是他自己可以掌握的身體。舊皮膚脫落之後，新皮膚依舊是刺青黑底色，而且範圍更大，字體無性生殖般不斷往外開疆闢土，如同傷口、勳章或是階級。

釀娘子準備牲果，帶阿曼去拜黑面媽祖、玄天上帝、釋迦牟尼，求籤，喝符水，點光明燈，希望行船一切平安；勾著阿曼手腕去逛市集、夜市與超市，買阿曼想要的任何物品；頭顱枕在阿曼胸膛看電視，塗蔻丹的指尖在阿曼結實的手腳寫字。釀娘子在阿曼的大腿內側輕柔囓咬，留下齒痕，雙唇仔細吸吮。阿曼學會如何放縱，大膽了起來，慾望與驕傲讓他沉淪。阿曼騎跤踏車帶釀娘子去頭圍城、春帆港和防波堤，帶釀娘子夜航釣魚，摟住釀娘子，享受女性水鄉溫柔。然而，阿曼逐漸產生一些警覺，除了自己的年輕身體之外，他其實一無所有。他厭惡如此，無法接受必須犧牲身體而獲得富足，更令他困惑的是他竟然正在享受這種痛苦，迷戀種種自虐。阿曼並不喜歡釀娘子，也不討厭，覺得彼此間往來更近似一筆交易，有時阿曼會同情釀娘子，這老查某比他還要孤單，只能花錢找人陪伴。大多時候，阿曼無法隱藏內心深處的愉悅，他被釀娘子也被自己寵壞。阿曼用身體滿足對方各種需求，將釀娘子帶到工寮，帶到防波林，帶到布滿菸蒂與啤酒罐沙灘上，毫無保留交付所有，並且用這種方式痛苦地補償自己。

旺伯問，啥物時陣欲結婚？我欲包三千六，我看你身體遮爾好，欲予查某生兩、三个絕對無問題。

阿曼繼續傻笑，他知道自己從來就不喜歡這些笑話與揶揄。諾立依舊不跟阿曼說話，不管是喝酒、開玩笑或去賣場買東西。

天烏暗，欲落雨，阿曼興高采烈買一打啤酒，騎跤踏車駛回春帆港，前方圍聚一群搖搖擺擺酒醉移工，手中握玻璃酒瓶不停搖晃。阿曼撳響喇叭，沒用，扯開喉嚨大喊，借過喔。一群人黑壓壓回望，沒想到達吉竟然在人群之中。阿曼緊張了，猛然按住煞車。一群印尼人互相吆喝，摩拳擦掌團團圍住阿曼。阿曼受了驚嚇，全身發顫，想著該如何脫身，突然踩起跤踏車嘗試衝破人群。酒瓶子騰空飛來，砸上頭顱，啤酒白花花沾濕上衣。阿曼沒有停下腳步，穩住跤踏車，繼續猛踩踏板，身後傳來詛咒聲，咬牙切齒罵出一連串髒話。許多物品不斷砸落，一顆拳頭大的石子碰巧砸中背脊。阿曼飛了起來，騰空幾秒，下墜，滾進草叢，大聲喊救命想要起身跑向工寮。工寮亮起燈火。剛起身還沒站穩，十幾個拳頭便混亂揮下。阿曼重新跌落在地，蜷縮身子，雙手護住臉頰罵髒話，只是他的怒罵消失在更劇烈的咒罵之中。他感到呼吸有些困難，頭殼、臉頰、膝蓋和雙肘都被打得瘀青流血，身體疼痛不已。他聽到熟悉的語言，聽到另一股混亂的激戰聲，早已無法分辨到底發生了什麼事。無法睜開雙眼，繼續蜷縮草叢呻吟，身邊盡是碎裂的玻璃酒瓶。阿曼似睡似醒，如船隻上下晃蕩，浪潮波波襲來，水面下聚集千萬魚群，撒網，魚網沉重拖拉，刺青的左手臂一匝一圈捆住魚網。繼續下沉，刺青刷紅，撕下一層汙漬斑黑皮膚。阿曼忍著疼痛撐起身，看見諾立一張被痛毆後的扭曲面孔。

阿曼和諾立做完筆錄從警局回來。

旺伯氣狠剁腳，抽菸，嚥不下這口氣不停咒罵。千交代萬交代，要阿曼和諾立好好休息，工作不用管，養傷才重要；拿出跌打損傷藥膏，叮嚀萬一醫生的藥仔無效，就抹這，還要兩人這陣子別喝酒。旺伯提拿大包小包食物和器具來回工寮，買來蘋果、鳳梨和香蕉，又買來春捲、蔥油餅和雞腿便當，無比憤慨說一定得報仇，還從厝內找出棒球棍和鐵鍬子。

阿曼躺在諾立身邊，撐起身，望向諾立，露出悽慘微笑。

諾立喊痛，看見阿曼被紗布包裹的頭顱也笑了，臉部肌肉一抽動，傷口就疼。

阿曼笑得雙眼泛出淚光。

諾立罵，肏，哭啥洨。

阿曼跟著罵，肏，哭啥洨。

諾立說他是要去看熱鬧，不是要去救人。

阿曼笑著說，一定是太熱鬧，全身都給煙火炸了。

諾立吃力伸出右手，掀開衣袖，露出刺在皮膚上的肏字和金髮美女，說他一露出手臂刺青，人全嚇跑。

釀娘子帶來香菇雞湯探望，只待了五、六分鐘，將雞湯放在鐵桌上，有些尷尬拘束，船員猛盯著她瞧。釀娘子把阿曼拉到工寮外，問要不要離開這。阿曼搖頭，總不能丟下諾立。釀娘子塞錢給阿曼，說好好養傷，過幾天再來找他。船員吹起口哨，調侃阿曼說真是有本事，誠勢食，食閣遮爾補的番薯查某，早起船頭搖，下哺眠床搖，上愛欶奶。阿曼繼續傻笑，笑得傷口隱然作疼，他的確依戀那張瀾漫查某人乳香的羽絨床，只是那終究不是自己的生活。阿曼想起剛來到番薯島所編織的異國夢，總覺得有些不切實際，如果存了錢，或許可以考慮回國開家餐廳。阿曼餓了，只是他不想吃滷味也不想喝雞湯，突然想起故鄉特有的炸芭蕉，外頭裹一層糖衣下油鍋，味道香甜，吃起來又有飽足感。

諾立搖醒阿曼和索尼，說想上廁所。
深夜，月光明亮，索尼攙扶行動不便的阿曼與諾立，三人來到港邊拉開褲子，露出桿子，三條水路彎曲墜向大海隨即隱匿。
諾立笑著說，阿曼的水管誠強，莫怪查某人愛。
阿曼說，這要感謝天公伯，毋是，是愛感謝阮故鄉的老爸。

由儉入奢易 由奢入殮更易

水川流，花芳馥，竹挺立，夜夜歸人望月點燈，刁蠻的夜叉婆欲講古囉——
「我是出生佇一八三〇年，一八九四年死，隔轉年，清朝就無條件共番薯島送予日本仔鬼。講著番薯島的歷史，真正是無人疼，無人惜，無人愛，無爸無母規工予人幹尻川，誠悽慘。遮爾濟年來，我攏總結婚四擺。雖然毋是大富大貴的千金，但是家境閣過會去。十六歲，嫁第一个翁，是考生，我攏叫伊秀才翁。當時欲去考試攏愛行淡蘭古道去台北，生理人、扛轎的佮新的大陸山仔官員欲來上任攏會行彼條路。彼條路，危險喔，足濟土匪，當時古早話講：『行過三貂嶺，就毋敢想某囝。』就是這道理。秀才翁去考四、五擺，寫啥物風花雪月鱗鳥奶仔，考官攏無愛，原本想欲放棄，但是我喔，是一个足賢慧的牽手，我支持伊，希望伊莫清彩放棄，只要考官心情好娶著細姨就有機會。第七擺，上京趕考轉來，老童生真正想欲做秀才，哪知拄著提刀搶銀兩的山賊。我這个秀才翁本來就失志，閣拄著山賊，一時心情毋好就相諍。山賊一刀，剉入阮秀才翁的腹肚，胃佮腸仔攏走走出來，眾人送伊轉厝門跤口時，一條命早就無矣。」

玉簪婆的眼珠翳著春花秋月薄膜，踩踏浮華光影，引領吃下銅錢的金生來到孽霧之中，前世今生，一幕幕，一影影，朵朵嬌豔的帶刺之花從骨頭裡長出。

「三年後，我閣再鬧鬧熱熱坐花轎，後壁長工歡歡喜喜拖著犁仔甲，頂面攏是嫁粧，我嫁予一个開錢莊的老歲仔，彼當時我二十歲，毋過，已經聽慣別人的閒仔話，世間攏是三人講九頭話。人講，嫁入門就愛順從三從四德，順從頭家的家訓，叫我守寡一世人。我才毋願，我絕對袂欲孤單一世人，所以我嫁予死某死十幾年的老歲仔，伊當時已經六十三歲。我知影，厝邊頭尾表面上攏講好話，講場面話，講我天生就是頭家娘的命，啥物攏免做，會收錢算錢就好。我心內底知影這攏是假的。一年後，老歲仔感冒，感染肺炎，無三、兩工就往生矣。我知影外口的話誠歹聽，講我是啥物掃帚命，專門剋翁。我賣掉錢莊仔，因為也袂曉管理，我啥物親人攏無，就是身軀邊有淡薄仔銀兩。這銀兩比啥物攏重要，死翁無要緊，風颱來也無要緊，但是無錢真正會死人，每一个銀角仔攏愛好好掂輕重，袂使浪費。我孤單，一个人生活，看布袋戲，啉茶，食白糖糕，日日夜夜花開花落等待青春無去。第三个翁，是我飼的，人講『設緣投』，就是飼小白臉啦。我飼這小白臉就是來予家己歡喜，看了歡喜，耍了歡喜，眠床頂拍來翻去也予我勁歡喜，一个尻川白泡泡幼綿綿親像電動馬達晃來晃去。這小白臉親像我第一个秀才翁，閣會曉吟詩作對，誠厲害。這小白臉是唐山來的福佬人，佇布袋班大漢，我共伊買轉來，有閒無閒，叫一个人拍鼓拍扣仔，叫小白臉搬布袋戲予我一人欣賞。我叫伊向東就向東，向西就向西，實在聽話。但是，這个小白臉就是有一點無好，就是生做囡仔款，親像查某，看起來真標致。唉，我飼伊飼六个月，伊竟然包袱仔絪絪矣綴別人走，哪會無生氣，我就叫長工共人掠倒轉來，拍斷一肢跤，關半年。我無法度忍受別人的背叛。伊看袂開，吊頷自殺。這就是我為啥物愛看布袋戲，逐擺我攏感覺對不起伊。但是，你捏著良心講，我是佗位對不起伊，予我招，只有伊的好處，伊食我的飯，穿我的衫，蹛我的厝，叫我的工，睏我的眠床，閣歡喜欶我的奶，是佗位無好？」

物換星移，玉簪婆侃侃而談，面容嬌羞，語調卻是激昂忿怨，攤開掌心，右手持針，在左掌心細膩刺繡，一幅花團錦簇，一幅闔家平安，一幅安居樂業，一幅千山萬水，一幅夫妻百歲，再一幅團團圓圓明月照滿天。玉簪婆用珠寶玉手牽引金生，前行，再度抹去瘴癘詭霧，透出木匣內珠光寶氣。本命是夜明珠，魂魄是碧玉環，怎奈時運是粗礪的崇山峻嶺深川險河，渡不過。再哀歎，貪婪回望不可彌補的時光碎片，千金萬銀難買有情郎啊。

「後來，我知影土地值錢，所以我買足濟土地，做收租婆。當時，我承認我做毋對，我騙原本蹛佇遮的平埔族人的土地，偷徙菜稜佮田界的石頭，我也後悔，傷貪心。清朝，逐家人攏無錢，散食的人只有食地瓜籤、醬瓜仔、青菜佮家己做的豆腐乳，有時也會食淡薄仔豬油粕仔佮黑糖糕，無啥物機會鼻肉味。買土地後，我愈來愈有錢，囥一箱一箱珠寶佮黃金白銀，足濟羅漢跤來噶瑪蘭遮開墾，揣無土地，只有來我這做田佃。逐年五日節，佃戶攏會乖乖提雞、鴨、蝦米、魚仔、白糯米、稻穀仔佮銀兩來，若無，後一冬伊就無土地會使作穡。我也毋是凍霜的人，我也會湊銀兩贊助挖埤仔、修水圳，做善事，求萬事平安。寫契約，就愛愈嚴格愈好，我無欲占田佃便宜，別人也免痟想偷食我豆腐。我三十八歲，生了一个戇大呆，當初，是欲拍掉囡仔，但是想講老死時只有一个人未免傷可憐，一時衝動，軟心啊，哪知，人悾悾。無法度，只有飼矣，這攏是頂世人的業債，這世人來還。後來，我規工疑神疑鬼，疑心別人痟想我的銀兩，為了提防，我就無欲共鄉親往來。六十五歲彼年，來了第四个土匪翁，彼當時伊四十歲，無某無囝。這第四个翁，就是害死我的人。土匪翁來的彼年，我就予縛佇八仙桌頂，看著土匪規群規括搶走我所有的金銀財寶。你講，我後來生活是欲按怎過？為了生活，我翻斷索仔，提一枝碧玉簪仔共土匪摃拚。我是老歲仔矣，閣縛跤，徛攏徛袂好，按怎拚會贏。反正，一世人就按呢欲來收尾。唉，我講，不管是啥物款的人生，攏是瓊花一現，但是享受過，受罪過，怨嘆過，毋管是瓊花、黃梔仔花、牡丹、雞卵花、玫瑰還是路邊的野花，攏會予人留戀不捨一世人。翁某姻緣，定定揀來揀去洞房花燭暗才知揀著一个短跤無奶；我閣較悽慘，揀精揀肥攏是揀著無良心的。」

玉簪婆暫歇，鬆開執住金生的手，兩眼迷茫站立布滿食物的桌旁，好一陣子才從追憶中甦醒過來，接著像臨時記起什麼似的急忙竄入房間。金生遲疑，探頭探腦走到門口，透過房間木門露出的細縫往內瞧。玉簪婆換上一套豔桃紅旗袍，高衩大腿，腰腹繡刺兩隻恩愛和鳴的五彩鳳凰，一旁叢生仙界花草。

梳妝檯左側是核桃心木五斗櫃，塞滿紙衣裳，玉簪婆面對銅鏡化妝，上粉底、眼影與腮紅。玉簪婆覷金生一眼，說，我上愛陽間這馬上流行的春夏煙燻妝，閣有假的目睫毛，兩蕊目睭親像蝴蝶四界飛。最後，玉簪婆簪一朵粉牡丹，從抽屜拿出智慧型手機，開始調角度，睜眼，嘟嘴，伸舌頭，擠乳溝，裝可愛自拍。玉簪婆以古典新娘彩妝面容走了出來，髮是髮，臉是臉，奶是奶，腰是腰，臀是臀，腿是腿，專業的化妝與易容術絕頂一流。拿糨糊與一疊紅囍字，吩咐牆壁、盆栽、桌椅、棉被、米桶、碗盤、門窗與衣櫃都要貼得喜氣洋洋，彷彿等會兒就要有人客來迎娶新娘。

鞭炮從廳堂一路迤邐炸至門外。

玉簪婆喜氣過了頭，有些疲倦，坐在藤椅上抽玉菸，徐徐吐出七彩寶玉氣，一臉茫然沉思哀歎。恁祖媽想講欲收山嫁人囉，袂使哭，但是目屎毋聽話，啥人毋知趁錢有數，性命愛顧，但是人生啊，就是愛用大錠大帛大金大銀買快樂求平安——話語停住一會兒，沉下頭，再說，哪攏無人來，我做人失敗，做鬼也遮爾失敗，只有滿身金銀財寶陪佇身軀邊，無要緊，這擺閣欲嫁第五个翁。

南販珍珠北販鹽，年來幾倍偵財添；勸君止此求田舍，心欲多時何日厭。

玉簪婆誦念命籤，坐在搖椅哀歎，做牛就愛拖，做人就愛磨，做鬼就要投胎做人繼續拖磨。幫我共鬼差佮土地公、土地婆講，這一百年來足感謝，我希望後世人會使好好做人。較停仔，牛頭馬面來的時陣，炮仔會記得點火，欲出嫁，是應該歡歡喜喜。

牛頭馬面鬼差的吆喝聲瞬忽來到。

玉簪婆噙滿珍珠淚，顫巍起身，身子直挺挺散發琉璃珠寶千萬色澤。

金生點火，鞭炮劈里啪啦火花四射，溢出朵朵蓬蓬千萬媚煙，紙糊房逐漸扭曲、皺摺並破裂。

鞭炮持續迸裂，玉簪婆淚流滿面，燦燦珠子灑落一地，塵埃落定般露出微笑跟上投胎行列。玉簪婆咬唇強顏歡笑，說，你看，腰就是腰，奶仔就是奶仔，尻川就是尻川，規身軀親像麻糍仝款軟膏膏，妖嬌十八歲的新娘欲夭壽氣派出嫁。起程囉——牛頭馬面鬼差們再度呼喊。金生獨自站在鞭炮煙霧之中，四周濛濛濃灰不見人影鬼魅。忽然，一位鬼差闖進門，步入濃煙深情叫喊，玉簪婆，你佇佗位，我趕來遮欲共你講再會啦，你的烏目睭看著遮爾濟銀角仔，一定歡喜。金生循聲前探，煙霧中恍然劈砍出冰冷的刀光劍影，鬼差流滿鮮血，全身密密麻麻插滿四、五十把長長短短大大小小銳刀。

煙屑塵光中，鬼差清發抬起頭，一臉深情四處探尋。

生死簿：食牙獸

在有餘村人的記憶中，由於情境、遭遇與歷劫不同，故而在內心深處，產生了別具特色的鬼魅幽魂持續自我蠱惑。各種經歷在被轉化吸收之前，都將不斷興起恐懼、驚嚇、危險、噩夢、膽怯，甚至伴隨對於未知的茫然與興奮。種種情感都將形成各自的瘋癲，各自的夢魘，或是心底不肯透露的祕密。有餘村人見過異獸，追逐過，述說過，想像過，直到最後將歷往一併收納於心，成為妄言與虛構，而自己則是唯一的信服者。

或許因為異獸隱而不現，或許因為籠罩於恍惚之中，或許因為疼痛而引起夢遊，即便當下如此確信，卻又不得不將之瓦解、滲透並擊碎，再以憂傷與感懷予之重組。食牙獸是虛妄，也是虛妄顯現的本質。次次偶然相遇，無力辨認，內心滿懷質疑，雖然想要捕捉卻無法可循。大部分時間，食牙獸隱藏深土，來回奔走夢境渠道，在黧黑暗道內臥躺喘息，睡睡醒醒之間緩慢吐出絲繭之日。胃囊巨大，能啃食堅硬之物，涵養恐龍腹肚磅礴吞吐大氣，漸次消化如白玉、如象牙、如樹脂的年歲齒牙。

囡仔最親食牙獸。

囡仔在母者乳中，在父者懷中，長者含飴弄孫背負，襁褓時大多在地面肆意攀爬，草中滾，石中攀，隨著乳齒萌發、堅硬與齊整，從四足逐漸萎縮成兩足；腳可直，背可挺，手可握，睜亮好奇雙眼打量已被命名與未被命名的事物。乳齒崩落之後，懵懂囡仔開始對於世界有了些一知半解的物理性認識，火燙，冰寒，水流，土沉，雷閃，光亮，還有黝黝暗黑環伺。囡仔手捧斷碎乳牙，忍耐口腔內的疼痛與鮮血，來到床鋪與青苔瓦片屋簷之前。耆老講，雙跤徛齊齊，狗齒換金牙。囡仔不敢不從，若掉落上排乳齒，必須趁無人注意將牙藏進床底，如此便能期待上排新齒乖巧成長；若掉落下排牙齒，則必須以仰望姿態將牙丟向老舊屋簷，期待下排新齒猛發成長。囡仔心存困惑，時有暈眩，口腔窟窿不斷散出濃厚血味，一再回到投擲與掩埋之地再三窺探。抬起頭，高不可見，只能站立原地踮腳伸脖，望向齊整或鋸齒屋簷，不知滿心期待或滿懷憂鬱什麼。低下頭，可見床底，趴身伸手左右撲抓，找乳齒，找隨之割離的粉紅鮮肉，找迷路許久的器官。舊齒拿到日光底下，撫摸，琢磨，敲擊，跟玻璃、金屬與礦物一起發出鏗鏘聲，而後再戀戀不捨放回床底相約改日再見。掉齒日，囡仔會在無意間遇見食牙獸，來不及辨認、反應與捕捉，食牙獸便一溜煙鑽鑿入土。食牙獸行動時會不自覺響起窸窣聲，如落葉，如蟬蛻，如蝶破繭。囡仔不知道自己到底看見了什麼，亦不知道該如何理解、歸納、分辨眼前之物，腦海中模糊浮現長嘴喙刺毛鼠物口啣乳牙，一個輕巧跳動立即消隱。雖然只是極短暫時間，食牙獸卻確確實實多多少少吞噬囡仔，一塊肉，一塊骨，一塊靈魂與一整排隨蛻變而斷落的乳牙。囡仔的一部分被食牙獸吃掉，身體有了空缺，有了遺憾，有了無法解套之謎，於是在漫漫成長歷程中總是感到莫名失落，好似存在已經不再完整。於是回想，於是病變，於是蠱惑，於是顫慄，逐漸了解自己已成為食牙獸體內之物，囡仔與食牙獸唇齒相依，為彼此填補肉體與精神上的空缺。不論願不願意，都無法與食牙獸反抗。食牙獸無耳，長喙，黑膚，體外覆滿菱狀厚殼鱗片，唯渾圓雙眼無鱗庇護。四肢如番豬矮短，舉步有黑熊巨力。腹側有二歛翅，危急可左右伸展如飛鼠。有尾，如穿山甲，與軀幹同長，能肆意甩鞭。獨居，日夜出洞獵食乳牙。食牙獸可長年不睡，又可一口氣眠睡七至八月，甦醒時會發出叫聲，如冬風陣陣咆哮竹林。雙眼渾圓，如墨，可折射觀者面容，由於長年居於土穴視力退化，嗅覺極其敏銳。若遭捕捉能以爪蹼反擊，或以獠牙攻擊，獠牙時刻內歛長喙之中，遭逢危難方才外顯。傳言中，食牙獸肉質鮮甜，不論燉熬蒸炒都合適，炊煮後肉質柔軟，有韌性，有軟筋，富含油脂與蛋白質。食之，面色紅潤，滋陰補陽，五臟六腑如灌真氣，能護膚、排毒、滋潤、養病、提神與促進血液循環，還能返老還童，再次長出齊整成齒。

囡仔模糊中似乎感知自己逝去什麼，似迷惘，似悵然，卻又無法篤定，任何狀似精準的辭彙都難以詳加描繪，只好將失落深埋於心。囡仔詢問老歲仔，自己看到的究竟是什麼異獸，然而因為久遠，因為被視為無稽之談，或讓其他歡騰萬物吸引而逐漸遺忘。多年後，長大的囡仔在翻閱蘭地古籍，腦海竟然不自覺浮現食牙獸神祕模樣，如毛之屬：牛（水牛灰毛，山牛黃毛，水牛力較大，用以研蔗煮糖，黃牛近山多有取而馴習之，用以耕田駕車）、馬（從內地來，亦少，惟營中間有之）、豬、番豬（毛多黃色，出番界）、山豬（即野豬，牙利如鐮）、羊、山羊（能涉峻，生深山中，皮堪作韈）、金錢豹（《本草集解》：文如錢者曰金錢豹，宜為裘）、熊（有人、馬、豬、狗諸種，各肖其形，出於深山。性好舉木而引氣。冬蟄不食，飢則舐其掌，故美在掌，其當心有脂如玉，味尤美，曰熊白）、麋、鹿、麞（即麏）、狗、兔、猴（近隆隆嶺一帶尤多。內山有一種極小者，名金絲猴，不可必得）、貓、山貓（產自深山，故取其毛以做筆，微短而軟）、果子貓、七子貓、鼠（穴室中者俗呼老鼠，在田曰田鼠，在山曰山鼠）、飛鼠（《爾雅》：「鼯鼠夷由」，郭璞注：「似蝙蝠，肉翅，飛且乳，一名飛生。」）、碰尾鼠（形似鼠而尾特長，其毛且鬆而大，俗以毛鬆大者為碰尾也。蓄於籠中，飼以果食，食無所用也）、獺（毛蟲，一名水狗。水居，食魚，知水性，能為穴。又有一種山居者，名旱獺）。諸多毛之屬都有明確名稱與具體圖形，有血有肉，有蹤跡有排遣，唯有食牙獸依舊是傳說，缺乏專業科學研究，也無法論斷是否真實存在。

回望過去，腦海按圖索驥描繪塗抹卻依舊陷入謎團，長大的囡仔異想天開，突然想要驗證內心深處記憶，一心一意想要捕捉來無影去無蹤的食牙獸，齒齦若有呼應，腫脹疼痛滲有血味，體內小小的窟窿攪起漩渦，旋繞成長的苦痛。那是多年前了，午後飄落細雨，霧氣、瘴氣、靄氣、蟲氣在山野中繁衍生育彼此交纏，成鬼，成獸，成魅，成物之本身。囡仔剛食過軟粥，戴毛帽，穿風衣，來到廢棄厝簷下，搬來木凳，望向草苔旺盛的層層瓦片，從兜裡掏出一團仔細包裹的衛生紙，再從中掏出一顆夭折的犄角乳齒，拿穩了，對準屋簷丟去，將生命的堅硬穩穩交付給尚未觸及的高度。食牙獸嗅聞飄香乳齒，從睡夢中甦醒過來，滿嘴都是唾液。泥中有蟲，水中有魚，葉中有繭，木中有隱藏風雨，囡仔隱然知曉食牙獸體內存在自己早已別離的遺物。

風雨曖昧，好似談著戀愛，囡仔坐在屋簷下等待著。

囡仔在泥地上用手指畫圈，書寫名字，捶打痠疼腰肢，揉捏僵硬脖頸，告訴自己得張開雙眼，等會兒食牙獸出現就得猛力迸發手腳。囡仔不知危險，腦海只有興奮，狩獵的強烈渴望驅使著他，雙手當網，身軀當罩。囡仔繼續等待，用食指撓撥口腔空洞，輕柔一壓還有些疼痛，血味淡薄淡薄竟然瀰漫一股難以言喻的甘甜。等得累了，從兜裡掏出一顆沙士糖填補斷齒後的空缺，臉頰枕臂靠向膝蓋，打呵欠，眼睛一張一縮漸次入睡。屋簷好高，牙齒像土墩層層積累。深土內的暗道發出孔竅通風聲，一陣一陣吹襲而來，螞蟻攀爬，蚯蚓蠕動，夏蟬正要出土。囡仔不知不覺爬進土裡。貪食的食牙獸調皮貪玩爬出土裡。囡仔望見食牙獸，想要移動，只是身子沉甸甸完全無法動彈。食牙獸睜亮圓滾雙眼，爬上屋簷，伸出長舌，將隱含年歲時光的乳齒吞進獸嘴發出巨大碾碎咀嚼聲。乳齒在食牙獸嘴中沉靜發光，碾成碎片，陷入黑暗，沉浸於渾沌不明的胃囊之中。囡仔終於掙開束縛，伸手攀爬，奮力叫喊，咬緊雙唇向食牙獸膨脹的肚腹奔赴而去。

原來所有長成都有極其殘酷的代價。

囡仔從睡夢中醒來，雨大了，疼痛愈發彰顯能被理解的意義。

再次捶打痠疼的腰，揉捏僵硬的脖，雙眼混濁看不清眼前事物。挺不起身，只好跛瘸，彎著，咳著，憔悴著，雙手軟弱無力竟然拿不起木凳。囡仔低下頭，水上倒影浮現老邁面容，白髮蒼蒼，肉膚垂垂，豐腴多姿的過往瞬間消逝。眼淚汩落，囡仔知道所有緩疾時刻都已被食牙獸食進腹肚，消化分解，潛進不斷膨脹的胃囊靜脈之中。時日粉碎於黑暗，吞食於空無，而在睜開蒙蔽之眼時，的的確確能夠聽見故鄉伊人一聲又一聲層疊似的深情召喚。

做大水 恁爸走代先

空氣瀰漫暑氣，山坳浮出肥厚厚團簇簇雲朵，像是從山神點心石龕落下的麻糬與白糖糕。薄雲漫天，風一颸，便調皮了，性格了，呼朋引伴不時淅瀝落下一陣撒嬌雨。厝內厝外兜繞，搔頭認真回想，就是想不起來龜兒子到底跑去哪撒野，害怕龜兒子被老鷹吃掉，被貓爪子攻擊，被狗咬，想來想去，都覺得龜兒子出生在悲慘的番薯島絕對沒有什麼好下場，只是一直悲觀下去實在不好，很不健康，雞雞會長不大，個子也不會變高。阿公常說：「生死有命，富貴在天。」多說幾次，也就能說服自己。龜兒子可能太想念崔判官，情不自禁回到蓬萊村，不然就是怕中暑，陰間可是二十四小時冷氣無限大放送。有了藉口，也就不再慌張，鬼差總算能夠回歸正常生活，好好過著鬼日子。

山雨欲來，龍尾颱風的預測路徑將從噶瑪蘭東南方登陸，穿越平原，一路往西北奔去。新聞預報颱風即將來襲，全村無不陷入一股肅殺氣氛之中，龍尾颱風發展迅速，三頓食甲足豐沛，從低氣壓直接三級跳至強度颱風，開了炯炯有神的大屁眼。同時，仙姑傳遞師尊指示，說新上任的里長伯心事未了，怨氣重，不願離去，得在頭七舉辦一場無比莊嚴的招魂儀式，不然無主魂魄將日夜徘徊村莊，恐給陽間帶來不好影響，不僅囡仔會發展遲緩，大人開車容易出意外，老歲仔還特別容易罹患難以治癒諸多苦疾。風雨飄搖，招魂日近了，競選中心臨時改建成靈堂，紙紮的金童玉女左右隨侍，慘白蠟燭引路，冥紙鋪地，米飯插香飼養蒼蠅老鼠，選舉擺放的人形看板笑咪咪護衛兩側，厝內日夜傳出嚶嚶啜泣聲與經文呢喃聲。廟埕的辦桌大棚尚未拆卸，直接用白幡、百合花與招魂旗盛大布置。阿嬤說，發生這種代誌，人攏會軟心，雖然做黑道無好，但是也是家己的後生欠人錢，無啥物好怨嘆；而且，人往生上大，閣講這擺是師尊親自欲出來招魂，希望鄉親鬥陣參加，算做好事。阿公說，我上過香，白包兩千二也包矣，我才毋信啥物師尊五四三，恁查某就是愛烏白信，總有一工會予人拐騙至眠床頂。阿嬤從厝後抱回陰乾的棉被和衣褲，手指觸探覺得潮，便把衣褲塞進烘乾機，對金生說，你看你阿公，真正是食人夠夠，心肝予狗咬去。金生聽慣兩个老歲仔拌嘴，聽久了也能聽出樂趣。食過暗頓，不時打呵欠想睡覺，早早爬上床鋪，最近總是容易頭暈無法集中專注力，好像三魂七魄都離家出走。有時，一睡就是一個下午，有時，一睡就睡到中午，每次醒來都覺得累，不管怎麼睡都睡不飽。是不是魂魄還在蓬萊村四處晃蕩？要如何招回魂魄？雨水打在落葉與屋簷上，叮噹叮噹，窸窣窸窣，枝椏彎了，泥土爛了，脖子都要長出鰓了。

這個世界果真有龍尾颱風，有餘村即將派出最勇猛的羊先生奮力對抗，大家趕快來看好戲喔。

頭七，烏雲密布，強風掀起鏽蝕的鐵皮屋簷，想要搔弄屋厝的胯下癢。

風颱尚未登陸，風勢已經正式擂起大鼓，沖沖滾，雨水鞭子似的，網似的，是準備牽罟與拆厝的大陣仗。阿公騎著打檔車去頭圍城採買泡麵、脆瓜、肉鬆、麵包和電池，巡視厝內前後，修剪植栽瘦弱枝幹，檢查天花板有無漏水。伯父打來電話關心，阿嬤滔滔不絕言說無關緊要的大小事，說得很孟姜女哭倒長城，也很壯志未酬身先死。大雨劈里啪啦落下，阿嬤坐在電視機前觀看最新的風颱動向，十分煩惱，最後意志堅決套上碎花布輕薄外套，再穿上透明塑膠雨衣。阿公說，真正欲去送死？阿嬤說呸呸呸，一支喙糊瘰瘰，是送人出山，是去引魂，毋是送死。阿公搖頭說，你敢知風颱欲來？阿嬤用橡皮筋將頭髮攏成辮，說，我知啦，電視攏佇報，我只是去看覓，暗頓前就會轉來顧厝。阿公換下濕衣，沒好氣地說，你顧好家己的性命我就萬幸矣。金生與沖沖拿塑膠雨衣往身上套。阿公凶狠瞪視，金生連忙脫下雨衣假裝啥事都沒發生，坐上沙發，拿遙控器轉電視頻道，繼續研究不斷旋轉的風颱怎麼變成一個世界無敵大屁眼。

哀號奏響——是生死兩隔，是恩怨情仇，也像是國族分裂的悲情悽慘。

金生性子野，趁阿公上廁所時偷溜出去，一邊跑一邊穿雨衣，雨勢大得睜不開眼，雙腳踩在水溶溶雨中像是踩進大海，只是不管什麼事情，都無法阻擋湊熱鬧、看好戲的大好心情。棚架用鐵架支撐，中間尖聳拱隆，覆蓋一層塑膠藍布，村人虔誠齊聚，面色凝重拿塑膠椅縮擠中央。雨水隨風颳來，一陣強，一陣弱，一陣激昂，一陣頹喪，又一陣猜拳喝酒的醉態。棚內盞盞白燈，立有三面佛像布，前有一尺寬、三尺長供桌，擺放香爐焚燒檀香，左右兩側各有一盆含苞待放的百合盆栽。供桌前有赭紅軟墊。隔三尺，方桌併成法桌，置放雞、鴨、三罐米酒、紙錢，以及鳳梨、柳丁、釋迦、火龍果等水果。村人不知道度亡科儀將如何進行，只是圍聚棚央，聆聽嗡嗡嗚嗚經文聲填塞風雨隙縫。雨大了，野了，風也隨之猖狂囂俳。仙姑簪卍字銀質髮髻，粉紅濃妝，嘟紫唇，戴巨大紡錘金質耳環，等待著。黑轎車駛來，仙姑敬畏打開車門，撐持道傘，如臨大敵護衛師尊走進會場。師尊終於出現，一切都大無畏了。師尊用麥克風說，鄉親，大家好。金生穿著雨衣站在雨中，不自覺回一句，你他媽的真好。行至神像前，隨行弟子將道袍捧至法桌，師尊面目嚴肅嚴謹穿上，頭簪玄冠，披帔，覆紗緞道巾，著黃色成衣與大褂道服，腳蹬黑布雲履。師尊將弟子送上的法鈴、水盂、木魚、法尺、鐃鈸、七星劍與引磬令旗一一齊整擺放法桌，再立幢幡。師尊拿起麥克風，對村內信徒說，師尊本是為民所生，本該為民所死，這次引魂撫魄不知會遭遇何種蹇途，生死未卜，只求盡力而為。弟子們不必擔心，不必懸念，我等左有青龍名孟章，右有白虎名監兵，前有朱雀名陵光，後有玄武名執明，此四靈獸將一路護衛行歷邈邈陰間。陰陽不知甲子，毀又建、圮又起、滅又生、壞又成，木公、金母、水精、赤精、黃老，皆由大地一氣呵成，化為山川草木，化為水火風土。人生人，物生物，塵生塵，各有所源而至生生不息。仙姑提高嗓音，指示村人各持椅子，列成方隊，前後左右約隔半尺。風蕭蕭，雨冽冽，樹幹斷折斲傷，蠟燭亮滅不明。師尊左手搖動法鈴開始念咒。仙姑拿一張〈懇祈召請過世先靈表文〉，詳細寫下亡魂姓名、性別、年齡、出生死亡日、籍貫與家族資料，要村人在召魂文左側蓋上拇指印交至法桌。師尊念念有詞，掐起招魂文，上奏黃紙疏文同長錢焚化；左手執水盂，右手執楊柳枝，沾水，遍灑法壇，緊接結法印，敲鐃鈸，驅趕四方妖魔鬼怪，慎重迎迓神將。夏颱橫掃，落葉紛飛，塑膠棚布啪啦啪啦擊打棚柱，法壇四周忽然湧現黑壓壓鬼魅魅蚊子，逃難似的，肆無忌憚聚集起來。師尊手持七星劍，端起水符碗，口含法水朝四周噴濺開路，再端起另一符碗前後左右撒落鹽米，調兵遣將，大喊一聲，神將鬼差來囉。金生默啐，恁爸是真的來了。風雨大，暫時縮進林子，金生胡亂摘下四、五片芭蕉葉遮風擋雨，看好戲囉。仙姑與隨行弟子站立左右兩側，替每位村人發下兩張冥紙與一條長條形黑布，冥紙覆蓋兩眼，再用黑布緊蒙紮於後腦勺。師尊跪拜神像，念咒，雙手合持三炷香，緊接殺雞鴨，取血畫符，再分別在桌腳、雲靴與法器下各墊一張靈符。師尊薦拔新亡，念謠唱詞〈牽亡歌〉，領魂魄走歷陰朝十殿不驚不擾。村人蒙雙眼，身子輕微發顫，哀歎陰間路不好走啊。仙姑與隨行弟子再拿一元硬幣權充銅錢，塞進村人嘴中。稚幼哭聲從蒙布人群中傳出，金生伸頸觀望，發現是討人厭的趙坤申。初始，金生有些趾高氣昂，忿忿不平想著原來這個討人厭的傢伙也會掉眼淚，不過聽著哭聲，心中也不自覺難過起來。一位婦人懷抱尚在襁褓中的囡仔突然衝進法會，呼天搶地極度悲傷，匍匐著，拳頭一古腦捶打地面，叫著，吼著，嚎啕痛哭說你哪會忍心放揀你的親生後生，你以前一个月予我兩萬箍做所費，這馬你枉死矣，我佮你的寶貝後生是欲按怎較好？你講啊！另一位婦人輸人毋輸陣，輸陣歹看面，隨即衝入法會，要一位六歲大的女孩跪在地上直磕頭，母女哭得驚心動魄，感人至深，天公伯都要下起七月雪，女孩鼻涕眼淚大喊爸爸，你是佇佗位？我親愛的爸爸，我足思念你。法會右側臨時又闖入另一位婦人，左右站立就讀國小的男孩女孩，婦人披頭散髮聲嘶力竭哭喊，指向兩位孩子，說這馬無老爸矣，以後是欲按怎活？人生實在無希望。我無欲要求傷濟，我毋是痟貪的人，一个月三萬五，若無分一棟樓仔厝就好。會場一時混亂，原先無比哀傷的趙坤申像是受到驚嚇，蒼白著臉，止住淚水，嘗試辨識不知從哪突然冒出的兄弟姊妹。左側林葉被風強行掀開，露出一張癡傻面孔，是羊頭。我沒有要跟蹤你，我只是要送飯給羊先生吃，羊頭拗折芭蕉葉，顫巍巍走到金生面前。金生張開嘴，不過還不知道第一句話要說些什麼，索性閉上嘴巴四處張望。羊頭有些不好意思，越過金生朝塗墼厝跑去。笨蛋，金生罵咧。師尊誦念咒訣，腳踏禹步，焚燒奏章徵召神將鬼差一同隨行入陰。九重天，地獄門，腳登雲靴便能上刀山下油鍋。師尊顛晃肥胖聖體，隨法鈴道樂順暢旋身，念總罡服與日值功曹咒，掐二十八宿罡，揮七星劍徐步踏行，一跬一步，一前一後，一陰一陽，一神顛一鬼魅。仙姑與隨行弟子遍撒銀紙鋪路。擊令，散暮色蒼茫；擊令，散人情恩怨；擊令，散塵俗牽掛。村人同時呼應。擊令，散瀟灑強風；擊令，散傲嬌嫩雨；擊令，散吸血蚊蚋。夜近了，風雨愈來愈大，吭啷吭啷七爺八爺牽引亡魂轉厝看覓喔。大風一颾，石頭公的眾後生也來湊熱鬧，騰起，旋飛，不偏不倚落上棚架。電線被扯斷，燈光立即熄滅陷入陰暗。大水漫漲，陰森森，冷颼颼。師尊蒙面雷吼，試圖鎮靜，緊接甩動頭部、頸部、兩手、兩腳與腫脹身軀，像是豬公要被宰殺前的亡命逃竄。村人睜眼不是，閉眼也不是，舉頭三寸有蚊子，低頭思不到故鄉下半身就已經先濕了。啪，左臉見血。啪，右頸見血。啪，尻川見血，這蠓仔哪會飛去內褲底？膦鳥會不會被吸血？趙乾鐘穿同一套西裝，頭顱依舊腫得像豬頭，神情激動跑到眾鄉親面前，拿起麥克風灕灕灑灑又是一次激昂選舉台詞，說感謝，誠感動，做鬼也風流倜儻，以後就靠鄉親序大照顧厝內的猴死囡仔，又說，咱頭圍城是開蘭第一城，就愛囝孫事事順序發財第一名。趙乾鐘說得目珠潸潸，淚水婆娑，可惜的是只有金生和七爺八爺聽得見。趙乾鐘走到兒子女兒面前，伸手想抱囡仔，一雙血手卻穿透肉身。趙乾鐘發顫，縮起肩膀，掛在鼻梁上的碎裂眼鏡掉落了，不自覺間發出撕裂心肺的哀泣聲。七爺站立棚蓋外，光透水溶，顯現輪廓形影，撐立黑傘，拿出防曬美白霜搽拭脖頸，對趙乾鐘搖頭說，原來留下這麼多風流債啊。趙乾鐘睜大眼珠狐疑看著法會中攜家帶眷有備而來的婦女，皺起眉，仔細觀察，依舊沒看出什麼眉目。八爺說，爽了就知落跑，誠是討債。趙乾鐘面容哀戚，嘆口氣，無可奈何說實在無印象，毋是家花也毋是野花，毋是家後也毋是細姨，毋是徛壁也毋是菜店查某，耍攏無耍過，就是生份人。八爺圓睜雙眼，鍾馗般氣勢，滿懷疑惑往棚內走，先在每個村人頭頂搥敲一記，再踅到師尊面前左右兩道疾風搧耳光。師尊慘遭風襲，踉蹌幾步試圖穩住身子，以架勢撐持，以呼吸滋陰補陽如食魚翅。法器、紙錢、神壇、魂幡與神像滲出淚水，濕淋淋。大水漫上，混合泥沙落葉淹至腳踝。山坳同時散溢濛霧，伴隨大水吞噬后土。師尊，欲做大水囉，有人喊聲。現在行走陰間，過奈何橋，跟緊點，陽間有四大金剛護體，風颱絕對不會來，師尊囑咐。旋風疾起颳走棚布，大水繼續淹至腿肚。冷霧蔓延，村人倉皇起身扯下遮眼的紙錢黑布，說，顧命要緊，做不了王公只好做王八，趕緊走代先囉。你推我擠，推搡著，撞擊著，突圍著，四處潰散潛逃，最後只剩仙姑和兩位男弟子還勉強護持法壇。師尊以七星劍指天杵地，腳踏馬步，說前不見退路，後不見歸途。風咻咻強颮，法壇隨即傾倒，弟子撐立道傘，要師尊趕緊回駕保命改日再戰。再一陣風，道傘開了花。仙姑與弟子趕緊收拾散落一地諸多神奇法器，用神像紅布將師尊包裹起來抵抗風雨，強行拖進轎車。趙乾鐘孤單落寞拿起麥克風，再次發表志氣高昂的演說，接著不知從哪拿出刀子，張開嘴巴，一邊呻吟一邊陷入高潮割下自己的舌頭。八爺鎖鍊一甩，捆起亡魂，同七爺消散風雨之中。

風颱果真來囉，雨勢磅礴，金生趕緊跑回厝，遙遠遙遠便看見柚樹旁站立一人。羊頭全身濕淋淋沒有穿雨衣，打寒顫，低下頭，牙齒格格撞擊，偷覷金生，說羊先生也需要雨衣。金生一臉不耐，脫下雨衣塞給羊頭。羊頭捧住雨衣不知該不該接受，說我穿了，你怎麼辦？金生拿過雨衣，甩開，從脖頸往下套在羊頭身上。羊頭梳理雨衣，聞見濃厚汗臭。金生拔腿跑向厝，大聲吼叫，笨蛋，不用怕，這次來的可是貨真價實的龍尾颱風。羊頭緩慢走回厝。大雨中，金生全身熱燙奮力奔跑，胸臆湧起一股暖流，吁口氣，喃喃自語，香蕉你個菝仔，番茄你個阿嬤，他媽的終於說到話了。

生死簿：水路慢慢漫漫

冬日陰雨，水漲退，青筍嫂再次聽見盼望許久的愛人聲音。

查埔的聲音，老父的聲音，撩動內心底層的聲音。

青筍嫂只是想要多賺一些錢。三個月前，來到頭圍城市場買雜貨，收到四、五張傳單，隨意塞進塑膠袋內沒有多加理會，回厝收拾蔬果才有所注意，其中一張傳單是網訊科技公司誠徵電話聊天室的接聽人員。廣告單特地用紅色大字體標明，「恁老二毋免恁歉」的0204色情電話。青筍嫂不在意，想著村庄內還有許多地方需要幫忙，只是過了幾分鐘後覺得多接一份工作也不錯，反正只是聊天，又不是真的要擠乳溝脫褲子。一個禮拜過後，她接到大女兒打來借錢的電話，先是說周轉不靈，再說老公欠下賭債，下個月不還錢人就少手少腳，還要孫子在電話中喊阿嬷。青筍嫂聽著千奇百怪天馬行空的理由，不反駁，不戳破，問欠了多少錢？五十萬。掛斷電話，青筍嫂先一陣毒罵，說佗位來遮爾濟錢，去賣尻川較緊。只是心中還是不捨，再怎麼說人老了，心也就軟了，以前拋家棄子現在就要來還債。五十萬，不可能，存款簿是有，不過得給自己存老本，得養活自己，到時走不動還得住療養院，別像老父一樣惹人厭，頂多就二十萬吧，不能再多。青筍嫂再次注意到傳單，心念一動，告訴自己索性試試。

食飽未？

食飽矣，唉喔，伫遮等你的電話，毋知影你當時才會敲電話來。

今仔日伫咧創啥？

無啥，規工日子攏仝款，下晡親像陷眠，幫阮里長夫人去分啥物防災包，閣愛簽名頓印仔，有夠麻煩，毋過一个下晡就有千四，原本愛做兩工，我一工就做了，薪水有兩千八。

是啥物防災包？

就是政府有錢，上愛亂開，強調啥物有感施政，我看是有感地震。

地震用的？

啥物天災攏會使用，反正有緊急狀況抱予牢牢就對。你是過了按怎？昨昏你毋是講有代誌欲講？

按怎，是欲結婚還是欲叫我做小三。

我毋是食飽傷閒。

青筍嫂特地用薄荷糖、蜂蜜水和菊花茶潤喉清嚨，嘗試發出蝴蝶蜜糖般的嬌嗔聲，說話要軟，語氣要柔，笑的時候要像春雨，得性感，得放蕩，又必須懂得芙蓉水潤，不能一整個往外潑灑，含蓄才有美感。青筍嫂嬌聲嬌氣打了電話過去，不到半小時電話面試便立即被錄取。公司的主管陳董說，時薪一百元，原本預定每日八小時，可惜青筍嫂只能配合四小時。陳董非常看重青筍嫂，覺得青筍嫂的聲音有夠芙蓉豆腐，聽了讓他一會兒心軟一會兒鳥硬，叫起來非常專業。陳董說每個月六號準時發薪，抄錄了青筍嫂的聯絡電話和地址，說當天就會快遞寄出專用的手機和電話卡。青筍嫂掛上電話，愉快得不知該如何反應，她對自己的聲音有著一股無比驕傲。青筍嫂樂不思蜀，唱起歌，扭起腰，搖起尻川旁若無人，雙手輕柔撫摸喉嚨，想著她就要來征服查埔當傾國傾城一代妖姬。

隔日，青筍嫂起大早，心花怒放坐在後庭橫椅，想著等會兒郵差就要來了。

青筍嫂花枝招展面對老文旦樹練習說話，說查某人的話，說查埔和查某人的話，說查埔和查某人床上的話，說得自己不好意思害羞了起來，雙手搭上枝椏，罵一聲真是老不修。繼續搖擺身體，喉嚨發出似召喚、似呻吟、似勾引的靡靡之音。聲音的國度浮現了，可嬌嗔，可怒放，可收斂，可野草，可薄如蝶粉，可厚如油脂。說話時得有韻律，有節奏，沒話可說也要練習沉默，或者熟練轉折詞與連接詞運用，還要自備冷笑話。只要這工作做得起來，有錢賺，她就不必在村莊中莽莽撞撞接些小差事。

食飽未？今仔日有去海邊仔散步無？

唉喔，七點外，早就食飽矣。按怎，聽董仔你的聲音是無爽快還是感冒？秋冬一直落雨，愛家己注意身體，愛保重。

唉。

一日到暗喘大氣對身體無好，有啥物代誌你攏會使共我講，免客氣，無欲收你錢。

唉。

咱開講遮爾久，也有感情，有啥物袂當講？

青青床邊草，你講咱熟識遮爾久，但是我也毋知你的真名。講認真，你叫啥？今年幾歲？結婚未？

我就是叫青青床邊草啊。

隨著年紀增長，青筍嫂對老父的印象也開始產生一連串質變。即使早已步入老年，肉弛骨鬆，眼盲耳聾，老父依舊不改簽賭惡習，早年簽六合彩，也賭政治選舉，還從賭頭那學會上網賭香港賽馬，運動彩券和大樂透開放後更是沉迷。身體上的老化，讓老父知道再這樣下去不行，戒酒，少吃檳榔，不花大把銀子開查某，對車子、基金和股票沒有多大興趣，也沒錢購屋炒房，唯一的樂趣和熟稔的技藝也就只剩下賭。回到有餘村，老父早已賭光所有積蓄，剩下遭法院拍賣的房子和時常發不動的野狼機車。房子一再法拍，好笑的是，竟然沒人敢買，早年建房沒有申請房屋所有權狀，產權不清，買了也只是惹麻煩。老父老邁，雖然不想收斂但也得承認自己力不從心，有時跟著幾位老友打麻將，還沒西風圈就累得挺不直腰，更多時候是想簽大樂透，戴了老花眼鏡卻連號碼都選不好，只好直接電腦選號。

食飽未？七點半佇看新聞？
新聞有啥物好看，我愛看八點檔連續劇，較精采。董仔今仔日的聲音真有磁性，拄著財神爺還是去外口騙婧查某囡仔。
我啥人攏無拄著，頭殼濰攏是你的聲音。
董仔，唉喔，我滿頭殼也攏是你的聲音佮形様。
青青床邊草，講實在話，我膦鳥癢啦。
董仔，你哪會遮直接，我閣是十八歲猶未出嫁咧。
莫假仙。

老父曾在餐桌上跟青筍嫂講，天公伯不公平，大半輩子過去了也沒讓他發達。青筍嫂知道，老父啥都沒有，爛命一條，現在能夠依靠的只剩下樂透。老父碎念，只要中一次大獎，房子、車子和查某人也就回來了，兒孫也就都能享福了。青筍嫂的大哥還算有良心，一個月固定匯一萬二給老父，兩人就靠這筆小錢活下來。青筍嫂對老父沒有深厚感情，不依賴老父，亦不信任，將家族情感看得非常淡薄，不關自己干係似的，反正全天下的父女關係不都如此嗎？老父剛好有了女兒，女兒剛好出生在老父厝中，都是命，好歹怨嘆又如何？老父咿啞如烏鴉喊叫，逐漸消瘦，青筍嫂擔憂之餘竟然感到吐出厭氣般無比輕鬆。青筍嫂過得頹喪，有氣無力，一方面是對查埔徹底灰心，另一方面也是不知如何跟老父再次相處。平常多話，面對老父反而不知要說些什麼。兩人見面不尷尬，只是話少，老父住一樓，近灶跤、大廳與神明桌，青筍嫂獨居二樓。老父找老友打牌，青筍嫂就到街頭巷尾找人開講怨嘆，時間到了，還是乖乖開爐煮飯洗米切菜。冬日，老父最喜歡食青筍嫂熬燉的鳳梨香菇雞湯、大蒜雞湯和竹筍燉排骨，誇手藝好，跟她母親一樣。青筍嫂並沒有感到特別開心，老父的查某人多，根本就搞混了人，青筍嫂老母完全不善廚藝。青筍嫂偶爾也念幾句，語氣冷淡，不帶情感，講規工就知影跋，跋到這馬賭一个人。別人的老爸是儉錢予囝孫，無人的老爸是欠一身債，我有這款老爸也無啥物好講。平常不說，一旦抱怨起來卻完全沒有辦法停下，冷嘲熱諷嘮叨不絕。老父修養沒好到哪去，性子倔強，玩世不恭，不過倒是沒啥興致跟查某囡仔吵，食完飯，拜觀音拜天公伯拜玄天上帝去。

食飽未？我這落大雨，颱風，親像做風颱，你厝內愛顧予好，門窗關予絚。

董仔真正是全國電子，足甘心咧，我這無風無雨，就是直直透風，會寒。董仔你喔，衫褲愛穿予厚，莫感冒。叫你厝內的牽手煮淡薄仔燒湯，黑糖燉老薑上好，會流汗。

青青床邊草，你這个人就是上愛講痟話，我無牽手，一个人。

青筍嫂掌管厝中開銷。每到月底，老父總是畏畏縮縮，像隻蚯蚓滑溜溜鑽入土，不是開口要一、兩千，就是上演失蹤記，鄉親會拿老父的借條跟青筍嫂討債。心中罵歸罵，知道該還的還是要還。青筍嫂對外畢恭畢敬，甚至熱情，對待老父卻非如此，內心深處充滿怨懟，表現於外卻是可有可無，反正並不真的在乎，有時甚至覺得自己真不孝，如果老父死去，她肯定不會掉眼淚，實在不懂到底有什麼好哭？要處理的事情那麼多，喪葬禮儀那麼繁雜，還要理會債權問題，死了簡直比活著容易。另一方面，也知道自己絕對當不了孝女，喪禮哭得呼天搶地表演一次無所謂，替老父做足面子嘛。萬一老父臥病在床，絕對不肯隨侍在旁把屎把尿，折騰自己又折磨別人。活死人何必活，只是自找苦吃。

食飽未？你今仔日佮明仔載記得莫去海邊仔，風浪大，危險。

知啦，知啦，足雜念，敲電話來遮的人攏是欲叫我叫春，我看只有你頭殼有問題，規工問我食飽未？

董仔，你是錢傷濟毋知愛按怎開，若無你記牢我郵局的簿仔號碼，逐个月固定寄萬八來飼我。

青青床邊草，唉，我無欲聽你吹狗螺，我只是，只是想欲揣人開講，人講蓋棉被純聊天，我是敲電話純交友。

我講笑詼啦，莫認真。我知，我會乖乖踣佇厝內，袂亂走。

老父熟睡的時間愈來愈長，青筍嫂待在厝內的時間愈來愈短。村內有任何活動，青筍嫂絕對不會缺席，不管是大小廟會還是演講開會，一定有油水可揩。廟會慶典，青筍嫂義務掌廚，一方面可以跟菜販講價撈取利潤，另一方面也能掌控新鮮食材，堂而皇之將蔬果雞鴨往厝內的冰箱塞。廟會隔日，不忘大清早興沖沖跑去廟埕，地上總有零錢可撿，有時貪念一起向媽祖和玄天上帝借幾張鈔票來花，順手帶走祭祀牲果。想著，信女青筍時運不濟，家道中落，我的觀音媽、媽祖、神農大帝和七爺八爺閻羅王眾神啊，你們吸你們的香，盡量拿你們的金紙花，我不跟你們搶，祭品我就不客氣了；改天發達了，有錢了，中樂透了，再找戲班子唱個七天六夜。青筍嫂完全沒有意識到，自己正在重複老父曾經說過的話。

食飽未？

食飽食飽矣，食到我C罩杯攏變D罩杯，按怎，欲看我十八歲的咪咪無？親像梨山的水蜜桃，足勢流湯，無食過會後悔一世人。

青青床邊草，你真正袂見笑。

青筍嫂曾經趁學童寒暑假，偷跑去學校各個班級，將抽屜內的書籍和作業簿一大捆一大捆繫繩搬運做紙類回收，六、七大捆才賣了三百六十塊，埋怨書重，還差點扭到腰。也不是真的想錢想到不知是非，當賊仔。學校半開放式，教室雖然鎖了門，不過窗戶總是沒有關嚴，新學期要買新課本，舊課本留著也沒啥用，不資源回收難道要當紙錢燒？青筍嫂嫌教室髒，還非常好心前前後後掃了地，用抹布清潔黑板下的粉筆溝。開學後，學校才發現遭竊。青筍嫂打死也不承認自己順手牽羊牽走課本，跟秀英姊講，一定是新學期開始老師沒準備好教材找理由矇騙。那陣子，青筍嫂收斂不少，不出門，整日待在厝內看八點檔悲情連續劇。老父成了電視機前的爬蟲類動物，能不動就不動，能坐就不站，整天喊累，喊自己為何老不死。青筍嫂覺得老父就像一隻養在甕內的蟾蜍，沒牙齒沒利爪，伸長舌頭虛張聲勢罷了。青筍嫂並不覺得自己有多麼照顧老父，洗衣，煮飯，倒垃圾，買蔬果，收法院寄來的掛號信等等，生活起居多一人、少一人並沒有多大差別，有時甚至覺得自己是獨居的，老父就像靈魂來無影去無蹤，根本不必在意。

食飽未？

閣是這句話，我逐工聽逐工聽攏聽飽矣。

出社會後就知做人愛有禮數，愛講好話，上好做牆頭草，有閒無閒攏愛分出時間來共人交際盤撋盤撋。

我知影，先有禮數，閣來就是褪衫褲，對無？董仔，心情好無？你欲聽我叫春無？唉喔，那攏無聲？是走去佗位？是去提衛生紙喔？來啦，免歹勢，我叫予你聽，你幫我評比。

唉，青青床邊草。

董仔，你敲的電話是色情電話，毋是一般交友，一定愛聽我叫兩聲才值得，若無這電話錢足貴。

衛生紙是攢好未？

好啦，若無你三八三八叫幾聲予我鼻芳，我聽看覓。

老父喝了小酒，就愛叨念發牢騷，平時並不怕青筍嫂，心中卻隱然覺得虧欠，加上老了，心境變了，便處處忍讓。青筍嫂知道老父憑仗醉意而有脾氣，也就忍著，厭煩時頂多揶揄幾句。幾次，老父在碗筷碰撞與火車行進間以過來人姿態多念幾句，講青筍嫂找查埔就是不長眼，跟了查埔就啥攏毋管，唉，也袂想後路。老父說查埔不管有錢沒錢都風流，最好找個乖一點的，管得住。青筍嫂就回，上好揣你這款查埔，上好佮你鬥一跤拍麻雀。老父和青筍嫂有了爭執，便不再說話。沉默好，沉默得無聲無息更好，反正自個兒過自個兒的生活。田無溝，水無流。偶爾，老父怨嘆中年捕魚時有機會在美國、加拿大跳機，當時沒有下定決心，不然現在口袋一定裝滿美金。青筍嫂聽了實在有夠厭煩，覺得自己絕對無法再對老父產生尊敬或親近之感。為了躲避老父，青筍嫂食飯時就將菜餚拿到客廳桌上，這樣簡單多了，看電視新聞，看八點檔連續劇，咒罵無能無恥的垃圾政府，胃口竟然比以前還好。

嗯哼，我身騎白馬來褪衫褪褲褪奶帕仔；嗯哼嗯哼，你就愛牽我的手牽予牢，愛喔，董仔，是牽手，毋是豬哥手。Oh my god，阮老爸阮上帝阮觀音媽佮阮的媽媽咪呀，董仔你就愛溫柔，你就愛細膩，嗯哼嗯嗯哼，你愛有耐心沓沓仔入來，你沓沓仔敕，莫緊張，我欲用奶仔來飼你大漢，我欲用白泡泡幼綿綿的尻川來搖予你眩船。

兩人用電視節目來填補食飯間話題，不過有時就連要選擇哪一台新聞或哪一台綜藝節目，都會各自悶出氣來。老父愛看新聞，看完新聞接續看政論性談話節目。青筍嫂對國家大事一點興趣都沒有，只喜歡看無比悲情的連續劇，最煽情、最灑狗血的地方也就是最觸動內心的情節，一把眼淚一把鼻涕，怨嘆全天下查埔都是發春的公狗，有魚就摸，有奶就吸，有洞就插，絕對無法好好對一位查某鍾情一輩子。老父看新聞，青筍嫂不是在修指甲、抹指甲油，不然就是去切水果消磨時間。青筍嫂看連續劇，老父就躺在沙發上交疊雙腳，雙手枕後腦，嘴巴旗鼓大張昏沉入睡。青筍嫂透過連續劇而折射出過往悲慘處境，為何全天下的爛查埔都讓她一個人給碰見了？她怎麼就這麼歹運？青筍嫂不怨天，不想活得像沒用的老父，也不想怪罪別人，愛情都是一個願打一個願挨，一個願幹一個願給幹，可是為何她就是如此衰潲？必須找出理由。青筍嫂左右張望，只見老父一人肆無忌憚打鼾，唉，一定是因為自己長得不夠漂亮，沒有貴妃瓜子臉，沒有AV女優大胸部，尻川瘦巴巴又沒肉，血統不好，一切也只能怪罪老父。

食飽未？今仔日透風，衫愛穿予厚。
董仔啊，我這馬無穿衫也無穿褲，你佇阮的身軀邊予我安慰好無？
青青床邊草，你知影無？有時陣，我感覺你講的話攏是真的，但是我知影你對每一个敲電話去的人客攏講仝款的話，有時陣——
是真的，攏是真的。
青青床邊草，若無你共我講真話，咱兩人有機會見面無？我去揣你。

是真的，我也希望家己講的話攏是真的，我逐工暗暝攏夢著董仔。

青青床邊草，我想欲見你，見你一擺我就滿意，我就爽快。

唉喔，董仔，見我一擺你就滿意，這就是少年囡仔講的一夜情啊，你是欲焄我去佗一間 motel 羋奶仔爽快爽快？

人老，病痛也就來，病痛來，怕死的意識也就日漸高漲。老父賭贏，心情一好就買山豬肉、龍蝦和螃蟹加菜；大多時候老父是賭輸的，心情一差食不下嚥，猛抽菸。老父有高血壓、痛風和糖尿病，卻從不忌口，大贏大輸無不一番心悸。青筍嫂不遑多讓，嫌臉上的皺紋多，氣色不佳，胸部即使穿上彈性胸罩還是擠不出肉。老父是體膚之病，青筍嫂則是心病。老父有時說，人活著真沒意思。初始青筍嫂不搭話，後來愈發無法忍受老父的有病呻吟，時常當著老父面前說，沒意思就去死死咧，莫規工佇遐假死假活。老父也把自己的餘生當成一場賭注，賭的是命。醫生說多喝水，老父就偏喝茶；醫生說早晨起床記得做體操暖筋骨，老父偏偏趴臥眠床，一件一件棉被厚實覆蓋。老父一方面怨嘆活著辛苦，一方面又怕死了寂寞，從來不聽醫生建議，彷彿只有透過這種方式才能展現自我的古怪意志。

食飽未？唉。

話攏還未講就喘大氣，是跋輸筊還是身體無爽快，若無閣來聽我叫兩聲，嗯哼，嗯嗯哼，保證董仔你藥到病除，予你重展男性雄風。

講實在，青青床邊草，我投資的股票直直落，落到我面色青筍筍，欲哭無目屎，暗時欲睏攏無法度眠；這馬我想欲共錢討轉來，但是愛先買新的股票。我想來想去無知欲去佗位生錢。若無你叫幾聲來予我聽，毋拄好明仔日就漲停板。

股票我毋知啦。

唉。

是欠偌濟？

欠到我欲褪褲賣臭尻川。

青筍嫂意識老父不在，已經是老父逝去後第三個月。焚燒老父，辦妥喪葬，更改政府機關的文件證明，處理大小瑣事，漸次回歸日常生活。秋冬夜，青筍嫂從阿滿婆厝返回，竟然發現大門自動反鎖。青筍嫂站立門口，大力敲打喚阿爸，喚了兩、三聲之後止住，身體不由自主強烈發顫。試圖繼續站立原地保持鎮定，然而完全沒有辦法，蹲下身，身體隨黑夜顫抖，雙手緊密環抱小腿。她在害怕，在膽怯，打死也不肯承認自己底心深處竟然會如此依賴老父。她嘗試重新站立門前，往內凝望，唯一的查埔也離她遠去了。青筍嫂想著荏懶卑鄙的老父，想著老父因痛風而腫脹的雙腿，想著老父入睡後會因她的叫喚而觸電般顫動身子，想著老父食糜時興高采烈言說昨暝夢見財神爺來報號碼，想著老父殮葬時自己竟然滿腦袋計算能夠收多少白包。老父成了一張遺照，懸掛大廳，存活於爬蟲類靜默之中。青筍嫂鼓起氣力，不分青紅皂白咒罵老父，說死了好，死了最好，免得我成天伺候。青筍嫂不想花錢請鎖匠，異想天開走到後厝文旦樹下，往上爬，再往上爬至分枝，止住，距離二樓只剩一個蹬跳。青筍嫂跳也不是，不跳也不是，枝椏隨風晃蕩，三八地想著或許死了就是這種感覺。老父啊老父，這擺查某囡仔欲轉來看你啊。青筍嫂在潮濕的黑夜中奮力一跳，一隻蜥蜴伸長舌頭承載青筍嫂越過深淵，平安抵達。青筍嫂喘口氣，雙腳顫動，忽然了解自己著實是在玩命，還好老祖宗和新祖宗攏有保庇。

食飽未？

董仔，幾若工無敲電話來，是佇無閒啥物大生理？

青青床邊草，我破產矣，去了了矣，啥攏無，今仔日法院的人來查封土地。青青床邊草，我只有敲電話予你，你叫幾聲予我拍手槍好無？

你講話哪會一條腸仔迵尻川。

我驚以後無錢敲電話，電話錢貴參參。

準備好未？來囉，我青青床邊草欲幫董仔軟膦鳥，我先欲褪董仔的外褲，內褲，嗯哼，唉喲唉喲，全是毛，遮爾大支是欲驚死人喔——

獨居的青筍嫂空虛了，事事失去興致，一點都沒有腳踏實地的感覺。時日依舊，生活卻都變了，大哥不再給錢，只得想辦法養活自己。飯菜不能煮多，一個人吃不完只能放進冰箱；郵差送法院掛號信來時往往錯過，只好拿著領單去郵局取件；麻將桌收了起來，不時想起老父不服輸再上訴的咒罵聲，愈發沉寂隱晦的什麼讓人愈發恐懼於靜默之中。青筍嫂有時也會陷入恍惚，無止無盡，像沉溺，像痛苦呼吸。青筍嫂走到哪都能聽見老父嘶啞之聲，如影隨形，亦步亦趨。聽見紙張翻飛刮搔門牆，抬起頭，原來是老父張貼的春聯已然殘破；聽見鋼碗竹筷從餐桌滾落，低下頭，原來是老父身前慣常使用的器皿；囝仔向窗戶猛砸一顆石子，還以為聽見老父在祖先桌上打牌，吆喝一聲碰。聽見，又像是沒聽見，恍恍然閉上雙眼想再聆聽辨別，卻不再可得。老父的低沉聲，是碎石琢磨玻璃，是撫摸剛長好的新皮膚，有點癢，帶有輕微疼痛。青筍嫂想起老父，心中便也沉沉思念起老父。

食飽未？

董仔，這句話我聽了心情真是亂操操。

人生啊，食予飽，莫寒著，無病無痛上重要。

董仔，我看你就是冊看傷濟，規工就愛講大道理。人啊，也毋是做和尚尼姑，道理聽別人講就好，敢講道理會使提來食予粗飽？

青青床邊草，有時我感覺你講的才是人生大道理。你看咱遮爾投緣，這世人敢有姻緣湊一對？

真正愛講笑，我看董仔身軀邊毋知有偌濟婧查某黏牢牢。

青青床邊草，我叫你青青好無？講正經的，我這馬身軀無婧查某囡仔，也無錢，我只賭千二箍，暗頓是食上便宜的經濟便當，我的錢攏予人騙去。後擺我看也沒機會敲予你啊。

董仔，你也誠愛講笑。

唉。

是真的。

唉。

有去報警無？

無啥物好報警，是我家己貪心。

若無按呢，你留電話，換我敲電話予你。

青青——

青筍嫂在厝內獨自旋繞，不自覺開口說話，對死去的老父說，對分離的查埔說，對夜裡固定打電話來的孤單聲音說。自言自語，說到自己也搞不清楚到底是在對誰說話。將公司寄來的交戰必勝守則影印了三、四十份，分別貼在灶跤、客廳和房間牆壁，厝內隨時可見，隨時警惕自己這工作得來不易，一個月跟陌生的查埔浪聲淫語也能賺上五、六千塊。青筍嫂朗誦般念著：多功能語音交友服務平台，一對一聊天，保護接聽人員及客戶雙方隱私，拓展人際和生活圈，深入接聽小妹的私人生活，分享趣事，讓交友成為無限可能，最重要的是滿足客戶多樣性需求，創造更豐富、更便利的行動生活。每多念一次，青筍嫂便更加堅定這工作如建造七級浮屠，比救人還偉大，救的可是永遠欲求不滿的人心。青筍嫂特別警惕自己，不要沉淪，不要相信聲音的誘惑，愈是堅定，愈是認定拯救這些查埔是她這輩子最重要的使命。她想成為他們的觀世音，不對，是狐狸精，不對不對，是替他們觀落陰。她知道，所有多情都只是風浪開端，不得不如此。如何拯救迷惘世人？即使風颱天也要同舟共濟，同床共眠，一起滋養床邊青青綿綿波波浪浪兩腳開開淫蕩草。

食飽未？

講我上愛問這句話，你家己毋是仝款？

你去郵局看簿仔無？昨暗我匯三萬箍入去，無濟，但是兩、三个月應該毋免操煩。

青青，我真正毋知欲按怎感謝你。

誠三八。

青青，其實我也毋是啥物董仔，這馬我聽了真正無爽快。

好啊啦，講遮爾濟是有啥物路用。

若無我開一張本票予你。

三萬箍開啥物本票。

做保證啊。

你無欠我錢，你是欠我一个人。

細微聲音不斷騷亂著，放浪著，漩渦著，青筍嫂夜眠不寧，從床上起身，暗黑中洗把臉，給祖先和神明上香，去灶跤泡碗熱杏仁湯喝，暖胃，漱口，再回到床上。神智恍惚，卻又極度清醒，時不時聽見有人在呼喊她，勾引她，迷惑她。是他的聲音，是他和他的聲音，是他和他和他的聲音——是亡者的老父之聲。青筍嫂臥躺床褥，身子輕微發燙，乳房豐滿濕潤了起來，有一顆星子從發皺肌膚急速滑過，乳頭逐漸堅硬。不由自主攤開身子，輕聲回應，土地凹陷下去，山林在撫摸中堅挺起來，她是后土，是流水，是一道通往地獄輪迴的要命光束。他的聲音咬她的耳朵，他的聲音彈她的脖子，他的聲音無拘無束無塵無垢進來了，闖入了，貪婪了，縱欲了。她必須要回應十萬八千里遠的他，他的渴求，他的無禮，彷彿任何一個陌生的他都能滿足她的慾望。老父啊老父，查埔啊查埔，青筍嫂虛脫癱軟，幽魂貼身進占，聲音撕裂她，再一針一線縫補破裂的內在。她呻吟著，彈性著，賁張著，外放著，身體與靈魂不計後果愛上他，他的聲音，他的悽慘，他的私密，他的骯髒，他的拘謹，他的落魄，他的坦誠，他的若即若離咫尺天涯，就算被騙，就算粉身碎骨自投羅網她都不在乎。她要他，死命地要。

食飽未？

食便當矣。

毋是有匯錢予你？閣食便當？

頂个月無錢，只好食經濟便當，這个月有淡薄仔錢，換食炭烤雞腿便當。

你有去郵局看簿仔無？我也真散食，無偌濟錢，有的我攏匯予你矣。

無問題，後禮拜我就會還錢，本票我也已經準備好。

咱是啥物時陣欲見面？

後禮拜。

閣是後禮拜。

青青，你相信我好無？我做人上有信用。

人講翁仔某是分枝鳥，大風一剾各自飛，咱兩人連翁仔某也毋是。

青青，莫烏白想，若無換我褪衫褪褲叫幾聲予你來爽歪歪。

錢。青筍嫂想起錢，心中就充滿顫慄與怨恨，然而這股湧起的情緒並沒有持續多久，因為她的腦袋徘徊她查埔的聲音，安撫了，溫柔了，自欺欺人了。現在，青筍嫂提前用餐時間，沒等到黃昏就煮飯進食，休息會兒再洗澡。之後便是一連串無法省略的護膚、護髮與去角質，準備要去見愛人，髮要黑，臉要白，胸要挺，腰要瘦，腿要細，肉要繃，舌要靈活彈性，指尖要有波浪水療的效果。查埔就要來了，她就要去見他了。查埔就要擁抱她了，她就要欲擒故縱推開他了。穿上從菜市場買來的仿名牌彈性胸罩，半縷空花漾玫瑰內褲，噴香水，化妝，分別抿上紫色、黑色、粉色和紅色口紅，謹慎挑揀顏色，穿上高跟鞋練習走路。青筍嫂無比興奮，性的慾望，精神的自娛，查埔的聲音包裹她，撫慰她，將她的身軀緊密抱住。她如此擔憂衰老，於是必須熟練面對查埔的伎倆，她還可以假裝年輕，還有人愛，不必繼續拘束自己。她告訴自己一定要世故地愛，把查埔所有的錢、房契和身體都管得死死的。她不想再受騙，心中卻知道只有受了騙才能真正無悔地愛。

食飽未？

食飽矣。

明仔載下晡我會坐車去台北，六點半佇番薯車站等好無？東三門。我會穿紅裙，白衫，一領米色外套，懸踏仔鞋。先講好，我毋是婧查某囡仔喔。

我會穿烏色西裝，烏色皮鞋，我也毋是少年囡仔。攏好，你講啥攏好，無斷跤斷手就好。明仔載下晡，莫袂記。青青，你啥攏免煩惱，綴我行就好。

董仔——

青筍嫂一點都不在意沒有退路，一點都不留戀有餘村的日子。她發浪，她搖臀晃奶，她喜樂滋滋哼小調，她滿面春光滿潮秋水蕩漾漾，她葉枝萌芽梨肉出水，她一講話就狐狸、一眨眼就喜鵲，她無拘無束，就算被冬陽曬得滿臉紅光也是喜氣洋洋。青筍嫂決定放蕩自己之前就已經先放蕩了。北上日子終於來臨，客廳內坐不住，房間外站不住，秋雨冬寒好涼意。掛掉電話，一顆心裼成鳳蝶，給神明、祖先和老父上香，打了通電話給不孝的女兒，聽見孫子的打鬧聲，說了幾句依舊寂寥。不自覺走到厝後，淋雨，隨手摘下枯葉，面對孤單的老文旦樹胡言亂語，這一次去了，就不再回來；回來了，就不再愛；不再愛了，又怎麼當查某人？又說，這一次去了，也就是不愛；不愛了，就更是要去；去了又真的不愛該怎麼辦？透過葉縫窺看沉鬱夜空，夜燈飛滿白蟻，水是溶的，天空是礦石的，雨下這麼久也應該要停了。

想睡睡不著，一睡著全身就酥癢，雨水緩慢滲進皮膚，青筍嫂一大早起床，身體疲倦，精神雀躍，今天得千里會情郎。食過糜，瞬間忙碌了起來，將冰箱內的食物分門別類，能冷凍就冷凍，不能冷凍索性丟進垃圾袋，浪費一次沒關係，閻羅王會原諒。收衣服，拔除暖氣插頭，關上開關，確認廁所沒有漏水。天色漸亮，青筍嫂一顆心真是焦急難耐，巡過一次還不夠，再巡，深怕出了差錯。不知道這次出去會多久，說不定就不回來，也說不定晚上就回來，總得做好準備。烏青雲厚，青筍嫂走到後厝，將喝不完的牛奶和豆漿倒在老文旦樹根，對老樹說這次多喝點，植物性高蛋白，接下來沒辦法施肥，如果要活下來就得靠老天爺幫忙。總算安定下來，備妥行李，祭拜時忽然想起那一袋裝滿萬用刀的袋子，發愣許久，心中還擱著擺地攤的計畫呢。想丟掉整袋萬用刀，又覺得實在浪費，誰會丟掉整袋鈔票？思索半天，決定塞進行李箱一起上路。雨水被養肥，青筍嫂坐在客廳沙發椅上發呆，睡著了，行李箱在一旁陪伴著她。她的夢裡有狂風、暴雨、颱風、地震與各種天災人禍，就像她愛看的連續劇，總有人在毀滅前不顧後果勇敢相愛——這輩子，下輩子，下下輩子。

醒來時，人已經在公車站牌下等待了。

青筍嫂被風雨搞得十分狼狽，滿心浮沉，到處摸索口袋內的衛生紙，拿出來的竟是一張交戰必勝守則，指出歡迎中高齡者、負擔家計婦女、求職弱勢者、上下肢體重度障礙者、特殊境遇婦女前來應徵。手心揉捏宣傳單丟向路邊。現在，她不再是這些可憐的查某人。雨水肥瘦，鬧脾氣般，青筍嫂始終等不到公車，心情漸次產生變異。或許爆胎，或許延誤，或許封路，青筍嫂撐傘，拖著沉甸甸行李箱，覺得自己才是最可憐、最不堪、最不要臉的查某人，承認了好，承認了又到底哪裡好。青筍嫂並不曉得臉上早已泛出眼淚，不知是害怕錯過，還是預料這只會是另一場空，她多麼希望公車不要出現，最好雷雨橋斷，發生土石流或任何無法抗拒的自然災害。她的行李箱內有鏗鏘作響的萬用刀，無法自救，只能自殘，他和她的聲音如今都成為生鏽鐵器般的毀壞詛咒。眼影花了，妝糊了，聲音再也無法彰顯自己曾經是位人見人愛人人愛幹的婧查某，遠處馬路泛起水光熹微的車燈，緩慢駛來，雷似的，一陣一陣明滅。青筍嫂緊咬下唇，顫抖著，昂頭望向磅礡模糊的雨水——

道光二十八年戊申秋九月辛巳，連日風雨大作，山裂水涌（自十一日起，三日連宵達旦，暴雨狂風，水涌山裂，西勢自金面山、頭圍山、梗枋、六份仔等處，計壓斃男婦六十餘人。又自北關起至大里簡、草嶺頂、嶐嶐嶺等處，計壓斃男婦七十餘人。又白石山隘至金面山隘、石燭坑、土地公坑等處，計壓斃男婦四十餘人。官為遣人收瘞賑卹。盧舍田園沖失無數，現雖屢次飭勘丈報墾復，而石埔溪道斷，難施力矣）。《噶瑪蘭廳志・風俗・祥異》

紮人紙

第七日。

穀雨，言雨生百穀也，雨淅瀝淅瀝落，穀物滋長。忌安葬、動土。宜裁衣、出行、修造、開市、立券、交易、納財、栽種、納采、開光、嫁娶、拆卸、安床、入宅、破土、啟攢。菜蔬有胡瓜、西瓜、甕菜、大蔥、韭菜、白芋、落花生、甘藷、菜瓜等。魚有花輝、目吼、釘鮸、飛魚、沙魚等。天有雷電隱響，金生躺在鋪巧拼的地板昏沉睡夢，細雨浸入睡眠，淅瀝淅瀝拍打新舊綠葉，厝內幽暗一片，濕氣重。凌晨，阿爸出海捕魚，下午才會載滿漁獲快樂歸航。金生抱捧棉被爬起身，竄進阿爸阿母的大床肆意翻滾。床墊沉著熟睡許久而留下的雛形，躺進凹陷之中，很舒服。

早餐車響起台語老歌，柔情真摯的〈針線情〉是阿母最喜歡哼唱的歌曲——你是針我是線，針線永遠黏相倚。今天應該要做些什麼好？下午向耀光借作業抄，或者叫羊頭幫忙寫；前幾天數學考卷成績不及格，老師交代要簽名，沒有簽名會被罰勞動服務掃廁所，可以等阿爸喝醉，再叫糊里糊塗的阿爸簽名；美勞作業要用蛋殼作畫，染色，拼貼，要叫阿母和阿嬤做菜時留下蛋殼；下禮拜體育課要考帶球上籃，應該要先練習，考一百分絕對沒問題。窗外間歇下起大雨，一陣疏，一陣密，拉開窗簾探向窗外，泥土黏軟，薄霧染上一層濛濛灰影，空氣好清新。肚子餓了，不刷牙，只漱口，跑到灶跤拿早餐。阿嬤買煎餃、饅頭夾蛋和溫熱米漿。電鍋裡有阿母煎煮的菜頭粿。金生拿抹布墊在盤子底下，菜頭粿加甜辣醬，煎餃加醬油膏。趁沒人注意，拿兩罐梅子綠茶踅進房間，看電視，食早飯。乳牙前陣子開始掉，持續落，舔了舔蛀掉的搖晃乳牙，用舌尖鑽啊鑽。阿爸笑著，說萬一乳牙掉不下來就要出動鑿子。金生以為會血流滿地，還會死掉，實在太恐怖了。吃完早餐，喝完飲料，手指伸進嘴巴摳出食物殘渣。

阿母大聲叫喊，全身濕淋淋遞來一袋魚，說拄才遇著入港的船，人送的，提去灶跤洗洗。

金生捧一袋冰冷滲出魚血的塑膠袋，呆愣愣望向阿母，覺得哪裡不太對勁。阿母頸項歪斜，傾向右，烏黑長髮裹滿細碎石子。左手手腕斷一半，輕微搖晃，左腳被削出好大一塊肉，赭紅見骨。金生問，不會痛嗎？阿母歪著頭說，莫浪費時間，緊去洗魚仔。金生跑去灶跤拿鍋子，洗魚，去鱗，放進冰箱。阿母洗了澡，穿七分牛仔褲與棉質白上衣，身上瀰漫精油蠟燭般芳香，以及濃厚不散的血味。阿母抱捧裝滿一厝髒衣的塑膠衣籃，望向灰色天空，踅到厝後洗衣。金生尾隨，望著阿母略微豐腴的微笑臉龐，不知不覺興起一股無法逃避的恐懼。阿母用斷裂的手腕抹肥皂，鮮血滲入白乳泡沫，滲入充滿汗漬的外套，滲入內衣內褲。阿母坐在小凳子上用木槌浣衣。金生來到阿母身後，扶正阿母頭顱，用手指謹慎解開糾結細石的縷縷髮絲。滿手都是細沙，都是礫石，都是爛泥。金生用水洗了洗，告訴阿母該去頭圍城市集買菜。

金生準備兩個大塑膠袋，放進置物箱，戴上西瓜皮安全帽，坐上阿母騎的機車。阿母說，抓好喔，別掉了。金生雙手環向阿母腰肢，抱住，身體緊貼近乎能傳遞體溫。一定要緊緊抓好，絕對不能讓阿母掉下去，只是自己又擔心用力過猛，阿母會痛。一股柑橘清香傳來，隱然散發血的腥甜味，淡薄，不明顯，阿母的衣襬輕柔揚起拂上金生臉龐。雨天，道路浮泛一層薄如蟬翼的水光，雨衣冰冷，喇叭聲在呼嘯而過的風中漸次消弭。睡著幾秒，突然驚恐般睜開雙眼以為世界已經傾頹毀壞。阿母還在懷中，世界是否傾頹毀壞便也毋需在意。

雨中，阿母和金生共撐一把紅傘。

阿母說，別冷到了。

阿母的右手撐傘，左手牽金生。金生提塑膠袋，緊握阿母隨時可能斷裂的手掌。阿母問，想吃什麼？他說想吃蒸蛋、糖炒醬油雞肉絲、熱炒空心菜、芹菜炒鯊魚肉、番茄炒蛋和喝冬瓜蛤蜊湯。阿母問，想買什麼？他搖頭，說不缺，不需要買海賊王書包，浪費錢。阿母還是買了。阿母問，想喝什麼飲料？他又搖頭，堅決地不說話。阿母買一打他最喜歡喝的養樂多，非常甜，甜得牙齒全部蛀光。阿母帶金生來到小桃和小桃媽媽擺的攤位前，買了兩籠餃子。離開後，阿母誇小桃聰明漂亮，考試考得好，又會幫忙厝內做生意，真是一位好女孩。金生撇過頭，不說話，不知為何有些討厭小桃。哼，真是個不要臉的三八婆。上車，去塑膠五金行買尼龍繩、螺絲釘和遮雨棚布，金生提醒阿母，說尼龍繩買錯了。回厝，金生一古腦將蔬果丟進洗碗槽，跑去客廳看電視，走過書桌時發現桌球拍和讓考卷遮住的桌球。

雨暫時停了。

金生跑去找羊頭。

阿母吩咐不要玩得太晚，十二點半前一定要回厝食飯。

金生和羊頭騎跤踏車到頭圍國小，桌球室沒開，兩人只好放棄跑去盪鞦韆，雙腿使勁，大力晃腰，看誰能夠盪上天空摸太陽。正午，再跑去操場和其他學生打一場三對三籃球，氣喘吁吁大汗淋漓。搶球時，一群人圍擠成群，一個凶狠拐子撞上金生臉頰，乳齒斷了，嘴巴立即湧出鮮血。很痛，很痲，金生沒有哭，哭出來實在太孬了，只好默然退下。騎回有餘村，告別羊頭，金生不騎跤踏車，緩慢行走，騎車的劇烈震動會讓牙床不斷滲出鮮血，用舌頭觸碰口腔內的血團，像舔舐海鹽，像舔舐磨骨粉，像是刻意以傷痛來遺忘傷痛。從口袋中掏出斷齒，仔細研究，想著應該要把乳牙丟上屋頂許願。

一點了。

阿公阿嬤慵慵懶懶坐在客廳沙發看新聞，要金生趕快去灶跤食飯，飯菜都冷了。

阿母不在，原來買錯螺絲釘大小，要去塑膠五金行換。

金生呆愣換上乾淨衣褲，心中不知為何興起一股無法消散的強烈不安，整張桌子都是金生愛食的菜色，拿碗筷，添米飯，夾菜餚，然而卻一口也吃不下，好像中暑了。應該要十二點半前準時回來。蹲踞亮晃晃日光之下探向遠方，將碗筷放在地面的跳格子內，將筷子插進米飯，像是祭奠之香，站起身，焦急踮起腳尖。耳朵隱約傳來阿母最喜歡哼唱的台語老歌〈針線情〉——

你是針我是線，針線永遠黏相倚，
人講補衫，針針也著線，為何放阮佇孤單？
啊——你我本是仝被單，怎樣來拆散，
有針無線，阮是欲按怎？思念心情無底看。

十幾隻烏鴉撲翅飛來，一口氣啄瞎他的眼珠。腹肚乾癟，露出條條肋骨，嘯天犬食光碗內飯菜，他聽見貨櫃車從遙遠處響起刺耳煞車聲。甚至來不及尖叫。

影子逐漸拉長，額頭滲出一層腥鹹薄血，舌頭麻，嘴巴腫，牙齒齘傷碎裂成沙。

第七日，穀雨紛落，鮮血流淌，萬物滋長，阿母還是沒有回來。

生死簿：皮薄瓤紅足甘甜

秋冬荒地，人頭瓜青青鬱鬱叢生。

經常是在無預期之中迎頭撞擊，圖騰顯影，獸形面具臨時被賦予生命，魆黑中燃起一把茄青紫、鴿鐵灰、霜雪白火燄，一次一次顫慄，如同圍困之勢，當下被抽離神經四肢無法動彈，喉嚨喑啞，頭頂與全身肌膚起了麻疹無比癢痛，而後漸次舒緩，而這超乎常軌的身心體驗或許可稱為驚懼。

驚懼常以各種不同變形出沒夢境，扭曲言談，擴充形象，凝聚意念，甚至比夢魘還要真實。囡仔初生之犢啥都不怕，偶爾會受到陰暗慘澹的氣氛影響，哭鬧不已，像是妖精鬼怪伺機突襲。中年人有了經驗，多了歷練，懂得運用科學知識解釋各種不可思議，甚至偏頗自圓其說，自我安慰，以為強健心志將一切視為鬼怪無稽之談，不語怪力亂神；當然，也有些中年人篤信鬼怪妖狐，利益交換般舉香跪拜。老歲仔自知年歲已到，不久人世，於是對於物象表面的變化不再有所懼怕，深知真正驚悚，在於回顧漫長往事時的片刻抉擇，如何滄海桑田，如何成住壞空，感嘆心之幻滅不得不；更何況，老歲仔也即將練就鬼言魅語，早些接觸，彼此打個交代並不壞，屆時不諳鬼語又該如何打麻將、簽樂透、玩四色牌？噶瑪蘭田疇遼闊，產瓜，而有餘村沃土不足，雨水氾濫，不適合種瓜，老歲仔時常笑著對不諳世事的囡仔說，有餘村只產人頭瓜。

人頭瓜春夏種植，秋冬豐收，貧瘠砂礫、野地荒石皆可種植。成熟的人頭瓜如金瓜大小，蒂瓣黝黑，果子圓肚酒鍾樣，外肉色，經夜霜凝結，長年有苔蘚附著其上看去斑紋青綠；俟人頭瓜逐漸熟透，苔蘚均褪，表皮轉化成血色如西瓜內肉。傳言，生熟皆可食用，最為補腦。關於人頭瓜紀錄，共有三。其一，為番人口述，人頭瓜為番薯島物，閩人初畏之，以為惡果，誤認烹食易有氣虛、頭昏腦脹、四肢僵硬等徵狀。瓜籽埋入土中，騰生髮莖，一年可收。仔細剔除人頭瓜連蒂處的捲曲黑鬚，橫切開剖，以銀勺挖掘瓜肉，瓤內如豬腸，添酒殺菌，飲嚼之，可滋脾補肺，尤其能強壯男子陽剛氣概。而後，瓜殼以水清洗，曝曬三日可供賞玩，外殼以銳刀雕刻，以丹青彩繪，以筆墨書寫，圖有採擷、遷徙與豐收盛況，亦有狩獵逐鹿、神靈鬼妖與堅貞愛情。人頭瓜置放黃綠相間刺竹牆上，甚為壯觀，在族內有英勇象徵，在族外則具恫嚇意味，警惕異族慎勿肆意侵略領域。

其二，為漢人傳言，人頭瓜表皮初白潤紅，後轉黃，或甚為土褐，熟成後易生黑斑。皮薄瓤紅，葉如掌，莖有粗大如脖者，有纖細如臂者，莖蔓交衍，時常在錯綜連莖中遍生人頭童稚瓜，如族裔相連。秋冬瓜熟，漢人常以豐美人頭瓜祭鬼供神，並以瓜果頭顱之形，滋生各種字體、故事與象徵。例如天字之來源，下為天大地大人亦大焉，象人形，上為頭顱。另外，女媧與伏羲氏無不人頭蛇身。而在《山海經》中則有令丘山的顒，鳥焉梟形，人面四目而有耳；有少咸山的食人窫窳，赤身，人面，馬足；有單狐之山至于隄山五千四百九十里，其神皆人面蛇身等。詳閱蘭地記載，人頭瓜除了具有實體瓜果之外，形象亦常運用於各種神鬼幻化之形。

其三，為有餘村口耳相傳，後人若細心探究，不難發現有餘村的人頭瓜形象融合漢族與先住民的想法觀念，不過村人談起人頭瓜更增添想像樂趣。老歲仔跟囡仔說，以前將人頭瓜籽埋入土中，蓋上泥，撒泡尿，澆灌兩、三日，便會在泥中長出一拖拉尾巴的芝麻小黑點，不斷撒野竄動，如蝌蚪，如精蟲，如魚苗。而後長成大頭顱，上有嘴巴和一顆眼珠，有鈍齒，尾巴敷衍土中，四處蔓延開展枝葉。人頭瓜的生殖力與適應力十足強悍，往往能在一莖蔓葉中輻射開來，不斷寬廣支脈。不高興時還會胡亂咬人，鬼吼鬼叫，性子非常野。老歲仔說自己小時候最喜歡挖出人頭瓜原生支脈，扯弄兩、三尺長綠莖，上頭長滿七、八顆或大或小瓜果。每次拖拉莖葉，人頭瓜便會蹦蹦跳跳張開嘴巴，疼啊疼哀叫，等到人一靠近，還會意圖張嘴咬齧。剖瓜時，亦會發出大小強弱哀號，黑眼珠瞪得像顆發春的豬睪丸。老歲仔也說，人頭瓜有非常強的適應力，每次移植異地，面對全新的水氣、土壤與風勢，熟成的人頭瓜便開始節食瘦身，供給軟莖長出鬚根，死命扎根。囝仔會問，為什麼現在看不到人頭瓜？老歲仔露出微笑，神祕地說，現在的人頭瓜不長在土中，而是長在空中。老歲仔解釋，人頭瓜是火燒寮山打嗝時意外嘔出的瓜果，由於日夜接受山霧煙嵐薰陶，所以便有樣學樣，長出翅膀飛了起來。當然另一個老歲仔會嚇唬囝仔，說人頭瓜是不折不扣的怨靈，每顆瓜果都是一則瀰漫哀傷的故事，番仔為彰顯族群疆域，閃閃銳刀砍伐異族顱頸，瞬間首身分離，於是人頭瓜嗜食囝仔頭顱，搶奪身體，想借屍還魂重回塵世。

廳志中的蓏之屬有王瓜（一名莿瓜，以皮有微莿也；月令，孟夏王瓜生，蘭地春初即有之）、金瓜（有大、小二種，一名南瓜）、西瓜、菜瓜（即絲瓜，或呼鼠瓜，老則成布，台地種於園中，蔓延於地，俗呼為天羅布）、苦瓜（一名錦荔枝）、冬瓜（四時皆有）、涵瓜（有青、白二色，醬豉、糖醋皆宜，或名莦瓜，或名菜瓜）、匏（有長匏，有勁匏，有葫蘆匏，老則皮堅，極大者土人鏤作什器）。志書所闕漏的人頭瓜已經不再允人食用，逐漸從村人認知的歷史長河中銷聲匿跡，只是，漫長時日總是會出現神祕時刻。夜裡，霧氣與瘴氣調皮了，最愛戲弄人，村人不自覺行至墳墓，抬頭一望，燐光瞬間圍攏而來如盞盞人肉鬼火燈籠，不禁心生驚悚，擔心真如老歲仔所言，滿懷仇殺之恨的人頭瓜將張嘴啃食自己的頸項頭顱，鳩占鵲巢，乞丐搶廟公。人頭瓜飄浮空中，搖擺，晃蕩，高低起伏，大眼珠水氣汩汩，小嘴唇青綠斑斑，一雙不大不小的拍翅雙耳翩翩裊裊。村人嘗試反抗，衝撞，拳擊，揮舞枝椏殘幹，口出穢言，而後無比灰心喪盡氣力，緊靠樹幹蜷縮身子，等待頸項頭顱被無情替換。驚悚不再，轉而是虛脫、無感與深層自棄。人頭瓜扶老攜幼，帶領宗族世家共同圍攏迷路村人，舔舐青紫唇，咧開嘴，出乎意料並非一古腦爭奪啃食村人腦袋，而是伸長舌頭，開啟古老的悠悠旋律。大眼珠流下了火色、冰冷、充滿哀悽的眼淚。

花若離枝隨蓮去，閣開已經無仝時，
葉若落塗隨黃去，閣發已經無仝位。

恨你毋知阮心意，為著新櫻等春天，
毋願青春空枉費，白白屈守變枯枝。

紅花無芳味，芳花亦無紅豔時，
一肩擔雞雙頭啼。

望你知影阮心意，願將魂魄交予你，
世間冷暖情為貴，寒冬也會變春天。

村人昏沉入睡，完全不受打擾無比安穩，燈火曬得秋霜冬露都燥乾了。

這種感覺，是溫暖吧。

半夢半醒，一輩子不過眨眼之間，耳朵似乎聽見鑼鼓鐘磬歡鬧聲，滿身疼痛，滿心疲憊，爬起身，有所導引般朝向山下走去。夜色暗沉，廟埕無預警亮起一排一排繁衍至空中的人頭瓜，閉起眼，像是終於獲得一番安心、篤定與慰藉，瓜內無不明亮灼灼紅光。村人若有所失，若有所得，挺起脊梁重新邁開腳步，腦袋浮現來處與去處，感懷與遺憾，以及所思、所念、所惦記者，朝向一路迤邐的鬼燈籠人頭瓜行去。逝者收斂嘴喙，不再言語，闔起眼皮導引未逝者。村人瞬忽理解，原來自己項上人頭也將成為不折不扣的人頭瓜，成為一把令人畏懼、充滿神祕、容易誤解的火，深入暗黑，照亮尚未照亮之處，言傳身教，藉由廣袤故事綿延子嗣。

盡頭前，時日將是一把刀刃，伸向充滿火光的神聖頸項。

春夏肥土，滿地血，正適合栽植人頭瓜。

蒹葭蒼蒼 白露為霜

煙霧抹抹稀釋消散，揭露沉寂，大火從皮膚焚燒進而入骨，黯黑又開始調皮搗蛋起來，眨了眨眼珠，蓬萊村的市集重新喧鬧聚集，如風搔，如爪刻，如晃蕩飽滿雙奶。火花頭，鬼影腳，蔓藤身，魚鱗膚，蛇身肉，金生和清發目光悚然站立兀自燃燼的紙糊塵灰中。清發一語不發，垂頭喪氣，知道慢了，掌中黃澄澄白花花的黃金白銀四處散落，不知從哪抽出一把長刃，雙手握住刀柄使勁朝左腹猛插而入，順時針狠戾旋繞半圈，銀刀入，紅刀出。面容扭曲，似痛苦，似哀怨，又似贖罪後的坦承釋然。鬼影幢幢，金生撥開灰霧仔細辨認。清發滿身刺刀，鋥鋥錚錚，五十多把刀從正面鑿穿身軀刺向背脊，刀鋒見血，或長或短橫刺頸椎、脊梁、腹部、手腳與腹股尻川，只有一把鏽鈍舊刀從後背朝前胸穿刺心臟。穿心刀隨行止跨步上下晃動，彷彿心臟還能奮力跳動。

「玉簪婆，來喝玉泉奶酒喔，不醉不散。」日本將軍左手拿一袋人肉燒烤，右手搖晃酒瓶大喊。

清發變了臉色，撇過頭，完全不想理會滿身酒氣的日本將軍。

「人呢？」日本將軍站立灰燼之中，木屐喀啦喀啦擊地，肚腩上一對大奶子不停晃動。

「真正有夠鑿目。」清發暗自說。

「怎麼不見人影？是在哪裡設宴？我可是屁來不及放、屎來不及拉就急忙趕來！」日本將軍翹起兩撇嬌貴朝天鬍，喘大氣，拍圓肚。「唉，不會撲了空吧。你們這些三等國民，不守時，不守信，不守道德，實在野蠻，根本不值得日本統治。」

清發乜視酒醉的日本將軍，不接話，全身傷痕刀光劍影邁開腳步離去。

「別走啊，你說說這玉簪婆為何燒了紙糊房？我又餓又渴，正要找婆娘喝酒，看藝妓表演，要不要一起來，不醉不歸啦。」日本將軍拿起竹籤插了滷製人腸、髮菜、乳房油豆腐與嚴重脫皮的番薯臭腳掌，再啃嚼一根彈性十足的人肉軟骨香腸。「真是的，以後要去哪吃喝喝摸奶子？」

清發逕自走向滿地血泊的大小鬼攤販。

日本將軍意識模糊睜開醉眼，左右觀望，發現自己竟然不被重視，突然發怒，走到滿身銳刀清發背後，隨手從攤販拿來一把猶帶肉絲的大腿骨，胡亂敲打清發背後的血刀子。「畜生，給我站住，沒聽見本大人正在問話嗎？」

金生連忙擋在兩鬼差之間，撐開手。「別衝動，冷靜下來。」

「賴在寶島不走，整天就會發酒瘋，真是乞丐趕廟公，什麼都不會做，就只會大呼小叫。」清發轉身，氣狠狠瞪視日本將軍。「唉，西元一九四五年八月十五日，曾經至高無上的日本裕仁天皇宣布無條件投降，第二次世界大戰早就結束了，番薯島也早已經脫離日本統治，別在這裡丟人現眼，真見笑。現在講究人人平等，陽間的大同電鍋雖然賣得好，不過還是沒有辦法蒸出大同世界，陰間倒是有規矩，而且律法森嚴，因果循環由不得你，千萬也別妄想在這裡裝老大，沒這回事。」

日本將軍一邊醉步一邊揮舞大腿骨，左搖右晃，不時吐出酒嗝，人肉滷味散落滿地，一不小心酒瓶沒拿穩，吭啷一聲，碎了。望向滿地沒有緣分喝下腹肚的奶酒，先是遲疑，而後隨即面容扭曲全身不禁顫抖起來。

「莫見笑轉生氣。」清發轉身要走。

日本將軍齜牙咧嘴，昂起頭，高舉大腿骨往清發頭頂猛力揮擊。

清發痛得蹲身撫頭，十分憤怒，起身時順勢從大腿拔出一尺染血長刀，握緊刀柄敵視日本將軍。「想再死一次嗎？」

「我生為天皇赤子，死為大和忠魂，行走血路，在青天中駕著櫻花機，就算犧牲生命也在所不惜，一切都無足畏懼，我的名字將與皇國共存，精神長在，永垂不朽。皇室與皇軍是我永遠戮力效忠的不二對象，我必得完成任務，為天皇陛下盡一己微薄之力。啊，儘管前行，儘管犧牲，隨後將會有大批熱血的天皇榮軍跟隨而來，所有的任務都是無比光榮，都讓我等有拋頭顱、灑熱血的大好時機，這亦是我等存在的永遠使命。天皇陛下，萬歲，萬歲，萬萬歲。」日本將軍神魂顛倒，大吼著。「清發，現在還能迷途知返，再晚就來不及。你等著，櫻花機就要帶來櫻花彈重振大和雄威。」

「冇你媽，你這櫻花鬼子食古不化，咱寶島上濟毋是啥物櫻花機，而是櫻花蝦和櫻花鉤吻鮭，我冇你祖宗十八代，腦袋真是壞透，完全沒得救。」清發疾速左右來回揮舞長刀，瞬忽削短日本將軍所持的大腿骨。「幾百年了，還說著天皇陛下，還想著武士道精神，真是沒救。不管是做人還是做鬼都要與時俱進，知進退。親像我，雖然上過公學校，學會幾句日文，不過還是得跟上時代，腹肚枵或者沒長腦袋就去吃萬歲牌開心果，自個兒開心去萬萬歲，別在這裡丟人現眼，難看啊。」

「我親愛的櫻花國——」鬆了手，大腿骨從日本將軍緊握的雙掌落下，整個身子不禁癱軟跪落地面，拳頭奮力敲打泥地，頭顱垂落肩膀極其沮喪。

「真正是歹年冬，厚痟人，死鴨仔硬喙篦講袂聽，我無欲佇遮共你開講浪費我的寶貝時間。」清發轉身離去。

「我脫褲子跟你拚命。」日本將軍瞪兩顆原子彈輻射眼，立起身，昂頭奮起，滿身肥肉衝向清發，拳頭還沒揮到魂魄，便讓清發背後的利刃刺進自己的胸膛、腹部與前臂。清發遲疑止步，身子突然躓礙動彈不得。不得了，要出鬼命了，金生喊。誠害，清發轉過頭說。日本將軍詐死賴活滿身鮮血，低垂頭，噴吐酒，化身皮影戲偶被清發架住身子。清發一把一把謹慎拔起身上刀刃。日本將軍全身軟稠稠像剛炊熟的紅龜粿，暈眩不醒，和服與魂魄被戳出十幾個油脂血窟窿。金生用雙手試圖止住日本將軍魂魄上的洞竅。清發大叫，趕快打電話叫救護車，話未說完卻不自覺笑了，難不成還能真的再死一次？又能死去哪個鬼地方？河循聲，奔跑而來，了解狀況後立即蹲踞日本將軍旁檢視意識。虎爺旋颳卷卷威風，左跳右竄，踱地刨土，吼一聲，瀟灑甩尾。土地公搖晃渾圓耳垂，持拿寶杖，雙腳跨下虎爺，骨頭與膝蓋喀啦喀啦發出脆響，唉，應該託夢給信徒，下次祭拜最好準備些銀杏和維骨力，每次都喝用來刷馬桶的雪碧和可口可樂，難怪會骨質酥鬆。

河用力拍打日本將軍臉龐，撥開眼瞼。

「又是你們兩個，事情已經夠多夠煩，就不能讓我這個老歲仔悠閒過日子嗎？我可是好久都沒有見到土地婆，過家門而不入，更別談上床恩愛溫柔，萬一土地婆跑了怎麼辦？」土地公撫銀鬚，嘆口氣。「揣無《生死簿》，土地婆閣會提掃梳欲損我的尻川，恁這馬也真正對我有夠恩恩愛愛，欲叫我損恁的尻川就對啊。」

「上好死去投胎。」清發氣憤咬牙。

「投胎好。」土地公搖頭，嘗試撫平怒氣。「好投胎，最重要的是投好胎，最好投到書香世家多讀書。」

清發知道土地公意在言外。

「沒事的，我給傷口搽了些草藥。」河兩手撐住日本將軍胳肢窩試圖上提。「等會兒傷口就會自動痊癒，不必擔心魂魄四散。滿身酒氣，不知道喝了幾大甕缸，還真成了沒救的酒鬼。」

「天皇陛下，萬歲，萬歲，萬萬歲——」日本將軍睜大眼珠，張開血盆大嘴胡亂鬼吼。「酒，酒，給我酒，你們這些低等的支那賤民，不要阻擋我，我正要開飛機去撞他奶奶的航空母艦。」

河嘆了口氣。

「莫以為番薯島人好欺負，軟塗深掘，也莫以為家己閣是啥物神風特攻隊的隊長。」清發上前咒罵。「我看你是拍折手骨顛倒勇，愈來愈番。」

「河，你騎虎爺，帶日本將軍回機堡休息。鰓人，你陪清發回去收拾收拾，塵俗未了也該了，時辰到就準備上路，不得拖延。」土地公站立清發和日本將軍中間，無比感慨。「日頭赤炎炎，隨人顧性命，暗暝烏趖趖，隨鬼四界趖。有機會鬥陣做伙，就愛好好珍惜。」

虎爺雙眼炯炯有神，舔舐舌，張開大嘴含住日本將軍，跺地，提掌，奮力往上一拋，日本將軍面朝下尻川朝上，精準落上虎背。河蹬跳攀上虎背，雙手穩住口吐酒沫不斷亂動的日本將軍。虎爺舉步騰煙，跨步射光，慢悠悠甩尾磨蹭土地公等待指示。河彎身，拍撫虎耳指引方向。去吧，土地公說。虎爺眨動大眼，鼓起筋絡，肌肉賁張，四爪刨起漫漫塵灰騰躍而去。土地公說，有大官做，誰欲做土匪，有故鄉蹛，誰欲蹛孤島，日本將軍也是辛苦。清發沒有表示意見，原地舉步逡巡，覺得實在對土地公過意不去。

「我也不知道能看顧這塊土地多久。」土地公搖頭慨歎。「能做的我都會盡量做，至於能做多少那就看天公伯了。」

清發緊蹙眉頭，緊咬唇，沉重吁氣，似乎承受極大苦痛。「土地公千萬別這麼說，番薯島需要天光，需要有人抹去烏暗厚雲。」

「下輩子好好愛人，也好好讓人愛，火爆的脾氣該收斂，人以和為貴。」土地公慎重地說。

清發拜跪，神情激動向土地公磕三響頭。

「如果有能力，我依舊會好好看顧你，千萬別擔心。」土地公說。「去吧，距離投胎前應該還有一段時間，有什麼事情儘管吩咐鰓人到十殿閻羅找我，我去輪轉王那裡探口風，想一想接下來該怎麼辦。原先以為鬼差私心想竄改《生死簿》，豐厚來世福祿，可是實情並非如此，萬事至此已無退路，鬼差一一投胎，虎爺無法晝夜鎮守生死陰陽交界，陽間陰間都大亂，簡直毫無王法可言。去吧，安心投胎轉世去吧，後事就別再管了。」

清發隱忍滿身悲愴的情緒，試圖鎮定，向土地公打躬作揖。

鬼火燈燈盞盞，金生緊隨踩踏竹屐的清發，唐突地，再次竄進蓬萊村衢道巷弄鬼霧之中。

金生氣喘吁吁，捧一把木鞘武士刀往日本將軍暫居的機堡跑去。

刀柄纏繞黑竹纖，木鞘深褐泛檜香，素雅樸質，兩側上緣深深鑿刻日本旗圖騰。金生停下腳步，抽刀斷水，聆聽刀身滑過木鞘的細微摩擦聲。刀銀亮，無鏽，接近柄身鏤刻日本旗以及幾個模糊難辨的日文。輕觸冰冷刀鋒，隨即能感受銳利，絕對能游刃有餘刈下頭顱，不沾血。刀身滑入木鞘，悄沒聲，內裡窖藏呻吟與詛咒。掌心握住清發畫在木牘上的血地圖，穿越大道，右轉迎上磚紅狹仄小路，再經七家紙糊住宅，十幾株老樹蓬蓬勃勃攀磚附壁，右轉，接草苔階梯再越竹林，見一排靠近鬱青山腳的齊整檳榔樹，後方有一大片刺竹竹圍，機堡隱其身後。

竹林無風，瀰漫岑寂，虎爺瞪眼警戒，柔毛貼身昂首闊步，不時將頭顱塞進食人草中咬幾口，熱麻麻一古腦吐出，再張開大嘴一口咬碎草叢中的人骨與骷髏頭。河站立刺竹前，仰望正攀爬樹幹的日本將軍。金生走到河旁，抬起頭，怔忡呆望。日本將軍悻悻難平，手腳環匝緊抱，肥厚肚腩緊貼樹幹增加摩擦，雙手上攀，抓緊了，雙腳趁勢想要往上跨動卻直直墜落。別發神經了，下來吧，河喊。日本將軍囊囊咄咄，似咒罵，似叫喊，似憤怒，身子騰跳往上續而回到原先位置，ばか、途中で諦めることはできません（笨蛋，不能中途放棄）。日本將軍相當堅持一定要爬到樹杪摘檳榔。僵持了大約剖腹自盡的時間，日本將軍一身胖嘟嘟肉團突然噗吱噗吱滑落下來，尻川墜地，雙手雙腳猶然抱緊樹幹，和服鬆垮垮攤開，露出奶子和肚腩。日本將軍依舊猛發譫語，沉溺酒醉不願醒來。原本準備要離開，土地公吩咐我和虎爺暫時駐守生死陰陽交界，不讓人鬼隨意進出，不過還是放不下心怕櫻花將軍又無故惹出什麼麻煩，河搖頭說。日本將軍低垂頭，身子癱軟倒成大字，雙手拍打大肚腩，發出響屁，大喊，河，莫看袂起我，我也會曉講番仔話，幫我買番薯麥仔酒來。河走向前。日本將軍從褲袋掏出一堆新舊日鈔，塞給河，又在草叢中撥弄找石，奮力丟向檳榔籽，說，誰好心鬥相共，我欲食檳榔啦。金生和河一起攙扶起日本將軍。虎爺，河喊著。日本將軍彷彿瞬忽酒醒，掙扎著，奪下金生手中的武士刀，卸除木鞘，舉刀大喊，你們不要過來，不要過來，你們過來我就——虎爺火速躍來，張嘴怒吼，一道旋風橫掃落葉塵土。日本將軍轉身，左右旋腰瘋狂砍樹。樹幹轟然倒下，日本將軍滿心歡喜隨即鬆手落刀，奔前採擷檳榔，一個不注意腳步不穩忽然跌了個狗吃屎。虎爺猛撲，將日本將軍壓在肉爪子之下。日本將軍像個沒睡飽的大嬰兒不停哭鬧，猛力搖晃手腳。金生撿起武士刀，割下大把檳榔，遞給滿臉泥濘的日本將軍。河再度喊了聲，虎爺隨即吹拂鬍鬚跳開，悠哉悠哉來到竹林底下用肉爪子撲抓蝴蝶。日本將軍艱難起身，嘟肥唇，伸厚舌，忿忿不平說，我要去郡役所辦公廳舍告狀，要你們祖先十八代都吃上官司。鬧了一陣子，無人理會，感到有些自討沒趣，肚子不由自主咕嚕咕嚕響，索性將檳榔塞向嘴巴大口咀嚼，覺得苦澀，吐掉，再換顆新鮮檳榔。

「不是要去浴血池泡澡嗎？去吧，這次不會再聽見白琴哭聲。」河將包袱和喝剩一半的高粱酒置放日本將軍身旁。「好歹生前也是衣裝筆挺的軍人，給自己留些面子，別再闖禍了。」

日本將軍急忙將酒瓶擁進懷中。「當然，我可是神風特攻隊隊長，是領導級幹部，是一人前の男，絕對說話算話。每天清晨，我們都從噶瑪蘭南機場朝向大海飛出二、三十架英勇戰機，從事無比神聖的任務。」

河抿嘴，吁口氣，一臉無可奈何。

日本將軍向金生借來武士刀，切除檳榔蒂，再將十幾顆檳榔一口氣丟進嘴巴，渙散眼神逐漸專注於武士刀，兩眼深邃醒轉，瞪大如丸，雙手突然發顫握緊刀柄，神情激動似受到極大刺激。「從哪裡找來這把侍の刀（武士刀）？」

「清發交代，說要拿來還給日本將軍。」金生膽怯言說。

「他還說些什麼？」日本將軍傾過身，抓住金生手臂焦急詢問。

金生搖頭，後退幾步，思索許久才猛然想起。「清發當時自言自語，講：『後世人若有緣，才閣來做抉冤家的親情。』」

日本將軍抬頭仰天，倒抽口氣，踽踏不安魂不附體，銀亮亮武士刀從掌中摔落地面，眼眶不自覺噙滿淚水，緊抿雙唇，牙齒格格撞擊，一副沉重哀歎的模樣，說，原來我的屍骨是清發找回來的。衣袖仔細擦拭武士刀，若有所思撫摸刀面，撐起雙膝，顫巍立身，日本將軍從密匝匝刺竹圍鑽進黑壓壓機堡，無比慌張尋覓什麼物件。乳月柔軟，逐漸明亮，照在光影哆嗦、泥濘亂跡的草澤騷動中，野風颼颼，一路拍擊竹葉樹蓬。日本將軍從刺竹竹圍鑽出肥胖身子，抱捧素面長方木匣子，臂長，半臂寬，表層浮現木頭年輪痕跡。日本將軍面色凝重瞇晞雙眼，雙唇張闔，期期艾艾欲言又止，長嘆口氣，雙眼竟像號哭過般紅腫，輕聲淡語，說起清發擔任鬼差前的生前事跡。

清發十五歲，就充當日本警察的差役，時常奉命來往頭圍城、三貂嶺及草嶺古道等山路，剛開始只是帶路，後來因為學會一些日語，也會陪同日本長官和來噶瑪蘭採集動植物的學者來往兩地；平常擔任轎夫，也擔任搬夫運送物資，還會幫忙交通管制和防空演習等事務。我記得西元一九一七年，日治大正六年七月，開始鋪設從北端八堵至南端蘇澳的北宜鐵路，通過草嶺隧道，直到西元一九二四年，也就是日治大正十三年，大約十二月時，噶瑪蘭線鐵路全線通車。以前，交通真的很不方便。第二次世界大戰期間，清發被徵召至東南亞當軍夫。當時清發二十歲，和同村的噶瑪蘭女子烏妹結了婚，成了親，番薯島人說這是先留個種以免血脈斷絕。烏妹是烏桔的妹妹，父親是噶瑪蘭溪北打馬煙社的大頭目。聽說，清發在東南亞除了拿槍、拿刺刀殺敵之外，還分配當了伙房兵，得拿鍋碗瓢盆，得處理雞鴨魚肉，得潑灑油鹽醬醋。一去就不知歲數，度日如年啊。唉，戰爭時期誰不是度日如年？戰爭結束之後，人沒有回來，全村都以為清發橫死戰場，一家子哭得呼天搶地，沒想到兩年後人卻毫髮無傷回來了，沒缺手，沒斷腳，神智清醒得很，只是身子清瘦許多，有些畏生。清發回到故鄉，找父母磕頭，找祖墳上香，還找已經生了女兒的牽手烏妹。清發的阿爸已經過世，烏妹也帶著孩子改嫁外省人，還替人多生了一個兒子。清發氣死了，可是又能怎樣？攏是無可奈何。後來清發的伯父作主，替他找了個乖順會幫忙家務的啞巴女。回來時好好的，表面看起來沒什麼毛病，就是夜半睡不著，睡著了又容易被驚醒，問了也不說到底夢見什麼，戰爭時又到底經歷什麼，而且睡覺時不抱牽手，沒日沒夜抱一柄刀，只有抱住刀子才能入睡。人沒死在戰場，卻在家鄉瘋了，這到底要怪誰？先悶死啞巴女，拿刀，衝到改嫁至隔壁庄的烏妹，亂刀砍死妻子和外省仔，再砍死親生女兒，砍得像肉醬，把人心都給挖了出來，只留下一個查埔，最後跳海自盡。講起來也真可憐——

「那把刀，」河指向清發左側胸口，幫忙解釋。「清發心臟上的刀，就是當初砍死老婆與親生女兒的那把刀。」

「請務必將木匣子交給清發，お願いしました（拜託了）。」日本將軍挺起胸，立定身，雙腳筆直靠攏，手指齊併貼平大腿外側，朝向金生鄭重鞠躬。

這次，金生右臂夾緊素面木匣子朝清發的茅草屋跑去。

沿木牘地圖回溯，辨認方位，跑得大粒汗細粒汗。

清發直挺挺站立茅草屋前，剛盥洗過，理平頭，修鬍鬚，噴香水，穿上整套燙得漿直的軍服，繫制式皮帶，穿軍用烏面長筒靴，上綁腿，軍衣軍褲一痕不折，即使四、五十把削肉碎骨刀從身子正面刺穿身子，衣褲依舊挺亮。茅草屋前並排兩把黑木凳，正中央擺獅獸香爐，三炷香裊裊生煙，清發手握數十根香，分別插進煎魚、烤雞、鴨賞、豬肝、蜜棗、柑橘、柚子、糕粿等祭品，閉起眼，向神明、祖先與上輩子的恩怨情仇誠心懺悔，同時也款款傾訴。雁鳶掠水，飛鼠竄葉，禱詞旋繞乍飛。清發耐心等待，喘息著，保持心平氣和，無一絲紊亂亦無一絲躁動。金生高舉雙手，急忙將木匣子遞給清發，說這是日本將軍交代拿來的。清發沉默不語，從牆角拿來十幾塊結實紅磚，砌成小火爐，指尖一翻一摺燒燃金紙銀紙，一張臉靜穆沉思火紅起來。金生再次遞上木匣子。清發說，燒了吧，沒有什麼是重要的了。金生有些詫異，不知道該怎麼做，拽緊木匣子，呆愣說，不看一下是什麼嗎？清發沒有理會，兩眼望向火光旋飛的灰燼而後嘆氣，低下頭，收集供品上的香腳綁成一捆丟進火堆，再次行至神爐面前，閉上眼，雙手合十祭拜。金生撫摸木匣子，不知該不該打開，不知該不該丟進大火。清發不再收拾祭品，不滅火，戴起頭盔，繫緊扣環，上下整束軍衣軍褲，朝向喁喁崚崚的黑山昂昂揚揚踏步行去。清發走遠，金生才清醒般緊拽木匣子一邊大喊一邊尾隨。

山路險巇，鬼路仄狹，無路可行依舊得行，平安險中求，鑽獸徑，躍蟻垤，爬峭嶺，鬼眼妖瞳在叢林間眨啊眨，亮啊亮，陰風訇訇一陣一陣彎掩草木，清發臉色愈發蒼白，鮮血不斷從刀刃切口汩汩溢出，大氣卻絲毫不喘一聲。遇到倒木枯枝，便從身體拔出利刀奮力揮砍，或者抬腿直接攀躍。夜露濃了，黏稠著，躓礙著，阻擋著，泥巴中布滿千百貪婪手指頭，有的粗糙生繭，有的細軟如膏，一會兒撫摸腳踝，一會兒猛力捏抓。陰唇葉，陽具根，乳房蛋，尻川殼，手掌鰭，腳掌蹼，肉頸木，脊椎樹，清發依舊不發一語引領向前，磨平欲念草苔，斬斷情恨藤葛，褲襠內一點都不清心寡欲的肉和尚受到刺激直挺挺充血。好幾次金生迷失方向，聽聲辨位，暗黑中尋覓陰寒刀光，顛簸中木匣子突然從肘間滑落，身子追著木匣子同時翻滾下探。鬼蟲磔磔鳴叫，像是有著極深冤屈，金生伸手抓住木匣子，緊密靠向胸膛，翻轉三匝直至大石抵住滑落身軀。緘默著，疼痛著，驚慌著，沒有睜開雙眼，仍舊可以明顯感覺心臟的篤實跳動，只是胸腔內的跳動愈來愈有了距離，像是不屬於自己。往常，他是會哭的，只是這時他想起母親，於是性子變得異常執拗，堅持不願意哭。他必須學會堅強。坦平了，再次試圖感覺身體各個器官是否無恙，鱗片似乎因為摩擦而剝落殆盡。剎那，一陣往下衝刺的力量伴隨大規模土石滑動，清發喊，在哪？有沒有事？你這个囡仔死去佗位？金生撐起上半身，嘗試回應，喉頭卻是乾啞無聲，想揮手，卻發現右手早已脫臼無法使力。清發在草叢間四處尋覓，身軀耀閃刀光，踩踏竹葉嗖嗖滑落，大喊，小心點，刀子不長眼。清發神情慌張滑至金生身旁，確認金生意識，抹去金生臉龐的泥漬草苔，長吁口氣，說，猴死囡仔，魂魄還在就好。清發拔出髀上銳刀，奮力斬草，將刀刃而落的草葉鋪墊礫石之上，再揮刀，砍伐橫阻前方的枯木，一番忙碌之後，確認環境是否安全，坐靠金生身旁，從腰間解下水壺大口大口灌飲，再將水壺湊到金生嘴邊。水壺罄底，清發重新掛回腰間，從褲袋拿出捲菸點火抽食。兩人窩靠，曲身，好像有著明確方向又好像沒有明確方向共同望向遠方。居高臨下，視野開闊，鬼氣鮮甜，蓬萊村在山坳處明滅鬼火，桃花紅，藻苔綠，眼翳白，晶瞳黑，淤血紫，牙垢橙，浮屍般的腫脹浮現一村斑駁曖昧光影。捲菸至底，滅了，吐出最後一口煙，清發捧起金生右手，問，你臆看覓，知影頂頭有毛，下跤也有毛，暗時就是毛對毛，這是啥？金生抬頭思考，清發突然將金生脫臼的手往肩膀內側用力一推。金生慘叫一聲，而後緩慢轉動臂膀，不自覺露出微笑。清發接續拔出左腹短刀，湊上嘴，輕聲吹拂，嚇嚇嗖嗖細膩發響，似呻吟，似嗚咽，似快意渡江風聲疾緩馳騁。

「等會兒要去哪裡？」金生膽怯詢問。

清發望向金生，停止吹奏，露出難得笑容。「我也不知道可以去哪裡。」

兩鬼差陷入一陣毫不尷尬的自在沉默中。

「在南洋時，軍隊時常行軍，有時坐車，有時爬山，一座山又一座山，高高低低來來回回。每次我都期待能夠爬到山頂，因為一站上山頂，或許就能看到大海北端的番薯島，那時，我總是能夠從海風中判定家鄉的方向。戰爭時，我爬過一堆一堆腐爛的肉，屍體不僅被挖出眼珠子，頭顱、耳朵、鼻子、手指和陰莖也都被割了下來，我憎恨地爬過不帶憎恨的屍骨，時不時踩踏人屍，膨脹肚腹還會爆裂，腸子、胃與血肉噴濺滿身。可是我知道我必須要活下去，於是我撥開草叢繼續爬，涉過溪流爬過山嶺抵達海島北邊，我想著，我就要在番仔島最北邊看見番薯島了。」清發顫抖聲音，面色卻依舊平靜，像是述說別人的故事。「越過山稜之後，你知道會抵達哪裡嗎？」

金生歪頭想了想，說：「可能是另一個鬼村。」

「你知道嗎？我真的殺了很多人，那些人都一一出現夢中向我暴戾討命，不過到了後來，我又認為我沒有真正殺過人，我只是被利用而失去控制地去殺人，好像真正的我並不存在，只是被操控，被指使，被擺弄，成為某種奇怪的意念。我必須承認，我的的確確是執行罪惡的劊子手。我不想殺死這些人，卻動了手。我的屈服，我的軟弱，我的平庸苟且，都一再讓我成為無可脫逃的共犯，我以為我是在做對的事情。剛開始我非常害怕，嘗試對抗腦袋中的奇怪意念，可是到了後來，我好像可以感覺被我殺死的人其實還沒有死，他們就活在我的血液與魂魄當中，於是我就不害怕了，因為我已經沾染太多太多的血。到底殺了幾個人，似乎變得沒有這麼重要，反正我已經不是我自己，我只是貫徹腦海中無法抵抗的意念，而我必須學會不去承擔殺戮所隱含的道德風險。」清發伸出手，緩慢拔除腿肚、膝蓋、肚腹、胸膛、脖頸與頭顱上的刀刃。「那些都是不屬於我的意念，而我所擁有、所維護、所仰賴的唯一僅存，便是死亡的意志。我決定殺死自己，就在親手殺死我的老婆和女兒之後，就在我彷彿即將越過山稜之後。我覺得那裡有著什麼正在呼喚我，不是意念，不是意志，而是更加強大的什麼，可以摧毀所有也可以包容所有。是的，我想讓最後單純的死亡欲望控制我，活著實在太辛苦了，我真的無法——」

金生從清發的話語中，感覺到一股無法抗拒的顫慄感。

「我想跟烏妹解釋說那不是我，但是那的的確確是我，我讓那股意念進入身體，並且進入我的意志。我的反抗不夠激烈，我被自己的軟弱所馴服。烏妹未投胎之前，我又遇上她，我無比慨歎走向前想要再次擁抱她，想要懺悔，想要贖罪，想跟她說：『歷史是一條長長的尾巴，有時為了存活，必須狠心斷尾。』然而我卻再次深深傷害了她。我不知道那把殺死她的刀正插在我的胸膛，永遠遠插在我的心臟上。原來，我們從來就不被允許忘記歷史，一旦失去記憶，只會不斷循環相同的傷害與殘暴。我是無法也不願意拔除這把刀，即使刀鋒已鈍、刀身已鏽甚至近乎斷裂，它仍舊是一把能夠警惕自己，同時也是一把動輒能夠傷害別人的刀。」清發緩慢卸下身上所有利刀，只有左側胸膛的刀還不偏不倚橫插心臟。「於是，如同懲罰，我晝夜用刀子鑿刺身子。痛，當然會痛，非常非常痛，不過這些疼痛都沒有比內心的創傷來得更加劇烈。」

金生艱澀喘氣，像是有著什麼沉悶壓住心頭。

「除了鑿刺身體，我還用細刀在身子各處刻上曾經親自殺戮的死者之名。」清發卸下頭盔，解開鈕扣，脫下軍衣，上半身密密麻麻布滿一筆一畫不斷滲血的細刻傷口，手指顫抖，不自覺撫摸傷口上的每個名字。「直到現在，我還是不知該如何償還種種我所虧欠，耗盡時光，磨損精力，依舊無法洗去整身罪惡；即使到了後來，我知道我的名字同樣也刻在歷史身上，成為細刀鏤刻的傷害，始終無法結疤。還有誰願意去細讀這些肉塊？辨識這些零散的名字？已經沒有人願意花費精力去懺悔，去了解，去省思——或許，戰爭已經讓我不懂得如何去愛。」

命籤血字從絞肉深骨處緩慢浮現。

「該來的還是會來。你知道嗎，我寧願死在南洋，穿著這身軍服荒荒唐唐大大方方死在南洋，至少當時，無法抵禦的意念正在操控我，制伏我，說有個崇高的理念需要實踐，有個高尚的理想需要行動。不過太遲了，當我脫下軍服，回到番薯島時就已經太遲了。重新擁有身體，卻喪失意志，於是我必須殺死穿著軍服的自己，再從另一次必死的意志中甦醒過來。穿上軍服，刻下曾經殺戮的名字而投胎轉世應該最為合適，一切都將塵埃落定。與君夙昔結成冤，今日相逢那得緣；好把經文多諷誦，祈求戶內保嬋娟——」清發輕念命籤，呢喃誦念曾經親手殺戮的脹脹長人名。

金生望向命籤發愣。

「能不能幫個忙？幫我拔除這把刀，這把貫穿我心臟一輩子的刀，我希望來世能夠乾乾淨淨，清清白白，不帶任何牽掛與罪愆，拜託了。」月光如水，流淌胸膛與後背似抹平傷口，清發兩膝併攏跪地，挺起上半身，低頭叩謝金生。

金生啞然，雙手發顫沉默行至清發身後，握住刀柄，全身因為顫慄而發出冷汗。「可能會有些痛。」

「不要緊。」清發說。「我必須再次體驗最刺骨的疼痛，我們都是依靠疼痛而存活。」

金生左手堅固地按住清發左肩，右手握住刀柄，嘗試用力向後拉扯。

清發發出慘痛叫聲。

「對不起。」金生臨時鬆手。

「不要緊，千萬不要在意，請幫忙拔出刀來。」清發加快呼吸，兩眼望向茫茫遠方，眼眶漸次漲滿淚水。「這是我的遺願。」

整把刀子長年浸泡血泊，一片赭紅，血脈肉瘤早已完整包裹刀身鏽鐵。金生喘口氣，重整旗鼓，搓熱雙掌蓄足氣力，兩手緊握刀柄，左腳蹬上清發背脊當作支撐，猛力往反方向出力。

「頂頭有毛，下跤也有毛，就是——目睭。」清發正面直蹶蹶仆地，像是魂魄俱散，許久之後兩手艱難撐起，轉過身沉沉坐下，左側胸膛空缺一大塊。

金生往後騰飛草叢，雙掌還緊握刀柄，鈍鏽刀鋒扯下一顆恍若還在跳動的暗紅心臟，心一驚，兩手鬆弛，刀與心臟隨即掉落草地。

清發起身行來。

金生張口結舌，受了驚嚇，還未恢復意識，直愣愣望著從清發胸腔扯落的心臟與鏽刀。

「沒有心，也就不會痛了。」清發口齒不清淚流滿面。「讓空缺之處，留給衷心所愛吧。」

金生試圖鎮定，重新撿起穿刺心臟的鏽刀遞給清發。

「木匣子還在嗎？」清發問。「打開來看看。」

金生在草叢中尋到木匣子，拂去泥巴，推開木質蓋板，內有一條齊整編織的烏黑長辮，分三折彎曲擺放。

清發拿起長辮撫摸，露出令人心痛的微笑，再將長辮與穿刺心臟的鏽刀放進木匣子。「如果方便，再煩請拿去祭天。」

牛頭馬面的搖竹聲節奏響起。

金生十分難過，索性閉起眼，縮身掩耳，不忍看見這令人悲傷的一幕。

伊人啊伊人——清發的唱誦聲輕軟低沉，不張揚，如蛾翅，如燕尾，如水湄濛霧緩慢退去。

起程了。

水霧茫茫，鬼蟲唧唧，等到金生攢聚勇氣再度睜眼，眼眶不自覺沾滿淚水，木匣子似乎比往常還要沉重。

撥開蘆葦，撥開枯枝，撥開蓬蓬蓋蓋低矮樹冠往蓬萊村走，不小心一古腦撞進八爺牛腹大肚腩。

八爺圓睜兩顆血眼珠，烏眉如出鞘的光亮墨劍，鼻息噴叱陰風，右掌如厚繭獅爪啪一聲奪走金生懷中大木匣，打開，心存狐疑一一拿起心臟、刀刃與辮子，透過月光左看右望，用指尖戳刺猶存愛恨的有情心臟，重新放回木匣子。金生連忙向前搶奪。八爺大手一揮，金生隨即騰飛至草叢。這是我的，金生喊。這心臟內底有怨氣，我欲呈報予城隍爺論斷，八爺啐沫，轉身要走。金生爬起身，努力越過八爺，用銳利魚齒凶狠咬嚙八爺比龜殼還硬的皮膚。八爺震怒，喝一聲，右手賞金生兩個響亮亮耳光，左手掐住金生肩膀往上高提再重重拽地，伸出右腳猛力踹擊。金生的胸腔發出喀嚓聲，肋骨瞬間斷裂，他仍舊伸出兩手抵住泥地，挺起上半身試圖掙解，強力反抗。八爺的左手與腹肚夾住木匣子，右手掐法印，鐵鍊隨即緊捆金生手腕。金生慘叫。八爺再結法印，旋風立即震碎金生牙齒，三十幾根銀針密密匝匝縫起金生上下嘴唇。

八爺用鐵鍊拖著金生往蓬萊村行。

「怎麼這麼慢？」七爺站立蘆葦叢盡頭。

「拄著猴死囡仔，欠教示。」八爺威風凜凜跨步，猛拽鐵鍊。

「拿的是什麼？」七爺疑惑看向木匣子。

「欲叫城隍爺論斷。」八爺說。

「過幾天準備出巡，可別再出什麼亂子。」七爺甩動長舌。「多一事不如少一事，諺語不是說：『頂司管下司，鋤頭管糞箕。』別再惹些有的沒的麻煩事。」

金生噙滿淚水，拖拉腳步爬至八爺身後。

「這不是土地公推薦給崔判官的鰓人鬼差嗎？」七爺彎下竹子腰細查。「他做了什麼歹代誌？為什麼要動用私刑？這樣子不好吧。」

「這个柴頭盒仔就是伊提來的。」八爺乜視金生一眼。「這个鬼差一定有問題，我欲掠伊轉去大牢。七爺，你莫講我烏白想，你看這个鰓人鬼差，也無鰭、無鱗、無鰓，一定是偷用啥物法術假鬼假怪。」

「算了吧，別疑神疑鬼。」七爺輕搖蒲扇，鐵鍊隨即鬆綁。「城隍爺出巡前，咱們得趕快先行視察探訪，要大鬼、小鬼、妖鬼、魔鬼、厲鬼、老鬼、少鬼、男鬼、女鬼、陰陽鬼都乖巧點，該躲的躲好，該藏的藏好，千萬別任性添亂惹心煩。城隍爺好是好，就是過於嚴厲，說一不二，怪罪下來咱們絕對吃不消。」

七爺逕自前行，呼喊八爺趕緊跟上。

「後擺就無七爺幫你講情囉——」八爺眼光奕奕瞪視金生，從懷中拿出鏤刻賞善罰惡虎形露牙令牌，用力敲擊金生額頭。

金生隨即恍惚，陷入深層昏迷之中。

睡夢中，一雙巧手輕柔拔除鑿刺唇肉的銀針，在嘴唇、手腳與胸膛敷裹草藥，不一會兒身體便暖和起來，一道文火從外而內兀自燒燃，血液汩溢流竄。八爺的血眼珠無情瞪視，面容化成千百顆暗自竊笑的小骷髏頭，每個小骷髏頭都快速格格發聲撞擊牙骨，準備一口一口嚙咬。鬼光魅影，金生猛然驚醒又似沉睡，受傷處都已修復。一把火炙熱燃燒，水湄邊，川河邊，草澤邊，燃起盞盞肆意浮動的鬼火燈籠。伊人抿唇，火焰竄動中露出親切鬼魅笑容。一紅，一黑，一褐，一灰，一紫，一綠，俱化成幽冥慘白。伊人細頸微弱抽動，血脈鼓出溫暖。如此熟悉，如此陌生，金生在火光中伸出瘦弱雙手，想要牢牢抓住注定塵灰消散的伊人，喉頭喑啞，喊不出聲，全身不由自主劇烈顫慄了起來。

「醒了？」伊人詢問。

金生從搖晃火光中看見伊人臉龐，看見了河。

河將枯枝丟進劈啪作響的火堆。

金生坐起，蜷縮身子似鐘擺晃動。

「是不是惹上鬼差？」河的聲音充滿流水柔情。

金生點頭，膽怯說著：「遇見了八爺。」

「我已經除去束縛身上的咒，只是我的法力孱弱，沒有辦法招回已經被收去的元神，真是抱歉。」河停頓，似乎正在沉思什麼。「現在必須去城隍爺殿尋出魂魄玉盒，八爺一定是將你的元神鎖進玉盒，屆時你就無法返回陽間。我已經有了計策，雖然過於冒險不過總得試試，一切就等城隍爺出巡。」

火光中，金生感覺身子比往常輕飄，草魚蹦跳滑溜，從河的肩膀躍跳至金生肩膀。

「草魚會暫時鎮守你殘存的元神。」河搓揉愈發冰冷的雙手。「我已經立了咒，萬一發生什麼意外，草魚會立即向我傳遞消息。我的法力雖然愈來愈弱，但是不用擔心，我一定會想方設法讓你回歸所屬。」

金生的臉陷入黑影，意志委靡聲音發顫。「我不知道為什麼我會在這裡，想要離開卻沒有辦法，好像被困住了。如果無法找回元神，該怎麼辦呢？」

河凝視金生許久，慎重言說：「如果失敗了，只能重新回到母親的身體之中。」

金生和河同時將雙手探進火中取暖。

生死簿：神農再世

雲俏皮，霧也壯起膽子，一巒一嶂四處嬉戲，有心無心準備採擷伊人草藥去。

春夏秋冬有章法，有條理，番薯島時而縱容雲霧，時而端正面容，念叨著，萬草依天性而生，萬花因質性而開，萬藥因屬性而剋。近礦者堅硬，近木者篤實，近水者濕濡，近火者乾枯，近土者沉澱。教條多是拘束八股，山坳村子與生活其中的番薯人不依循常規，好破格，呈現不同面貌。有些老村子一如往常蕭索，有些新村子因為經濟網絡擴大而形成市鎮，還有些難以判斷年代的村子地老天荒偏於山野海濱——人們老朽，人們婚慶，人們愛欲，人們生滅，人們貪嗔，無不失意快活嘆息人世。

自棄與背棄，伊人漫無目的活著，來往雖有蹤，實無跡，沒有人願意包容，如何幫助鰥寡孤獨可憐可恨之人？有面孔，卻難以分辨；有手腳，卻寧願癱軟；有氣力，卻無從施展。伊人如同瓷磚間細溝，木製地板接縫灰塵，老舊建物遮蔭陰暗，村莊街巷狹仄角落，散發陣陣腐味，伊人遭受歧視、鄙夷、恐嚇、避諱與切割，選擇流放自我，也流放他人。伊人在體制之外，偏於弱勢，俯仰嘆息都帶有深淺悲傷，然而伊人有血、有肉、有怨、有恨、有愛、有悔、有不忍窺看的瘡疤，寧願撕去面目，割離指紋，一再將自己陌生化。

人鬼面目，畜牲雛形，返老還童進而返人還獸。亂髮，塵垢，瞎眼，缺耳，兔唇，斷舌，殘指，紅斑性狼瘡，小兒麻痺——不論是以輪椅床鋪作為依歸，或是選擇自棄，伊人指甲聳長，言語渾沌，荒廢各種可能的實質功能，不被或不願被注目。何須顧及世俗？何須談論僵化價值？何必駭怕遭受他人無情指責？面目慘澹，衣衫破爛，避開人群自在穿梭於烈陽大雨，大隱隱於世，孤獨，自傲，行暗徑，走陰渠，獨自駐足角落，棲身街巷如魂魄。然而，一日之中，總得拋頭露面無可奈何。伊人在林木中鑽木取火，以活水濯足，以軟土敷面，以蝦蟹剔牙，寬衣解帶肆意排泄，時日催化之後，渾身便瀰漫濃厚野獸味。深夜，伊人在雨中等待良久，站立麵包店、便當店與富有良心的小吃店外，等著關店散場。店主人時而厭煩，時而心軟。伊人厚臉皮，露出笑容，滿嘴是尷尬的黑墨齒根。店主人吆喝要伊人離去，隨手塞上剩餘的羹湯殘食。伊人沉默彎腰，不言不語免得惹人嫌，最好的道謝是及早離去。

幸者尋到山中棄屋、工寮與破舊貨櫃屋，裡頭擺放矮鐵床、床褥、桌椅，拼湊鏽鐵架，上頭擺滿奶粉罐、塑膠籃與鍋碗瓢盆；不幸者窩聚車站，藏匿建築間的死角，厚紙板鋪地，廢布蓋身，報紙揉團當枕頭。日腐夜衰，伊人看盡人間百態，嘆息著，惆悵著，感懷著，流落街頭是初衷，亦非初衷，不過都已無所謂。整日無所事事，卻又事事心煩。伊人日復一日洗去僵化的文明外殼，反璞歸真，落魄，不堪，以極度隱喻的口臭、爛齒、不修邊幅探討人所能觸及的各種邊界，鬆動世俗價值，以癡笑、欲望、衣不蔽體挑戰既定觀感，以殘身、跛瘸、受辱之身奉獻給時日之河。一顛簸，一旋身，一排泄，一進食，一舞劍，一吞火，鼻屎可食，尿液可飲，肉身對於伊人而言，究竟占有何孰輕重的存在？於是遊蕩，徘徊，隱隱作痛六親不認。缺鐵，缺鈣，缺蛋白質，缺維他命，缺碳水化合物，火燒頭顱，水攪臟腑，土石淹滿胃腸——體內之傷，體外之痛，大病小病齊併發，身軀崩毀疽壞。是的，只有病痛能讓伊人暫時清醒，從虛無之中醒轉過來，滿淚縱橫，無比深情，哭號曾經深入魑魅鬼域已非人身。無錢就醫，只得自當神農，伊人自有一套獨創的脫胎換骨術，無字天書銘刻肉身，醍醐灌頂，旨意自動浮現。風吹日曬，飲雨水，啃乾木，砍柴生火，抓蚯蚓、蝸牛、蜈蚣、蠍子、毒蛇、鳥雛、獸禽屍體與各式大小蟲卵，刀刃，去殼骨，水鹽煮燉，將蓬勃生長后土的各式草葉混入湯粥，入喉，入腹肚，入五臟六腑。

伊人竟然比醫者更懂得化毒順血之術，草藥食補，嘗百草，食千蟲，力吞甲殼，磨碎莖葉草稈，膽汁旺盛燃燒，鍛鍊金剛不壞宰相肚胃。陰陽調和，真氣四處流竄，伊人與神農此時貌離神合，魂魄俱歸一體，張口咀嚼能養萬物，順風動耳能知動靜，百里外便能依形象、氣味與冥想辨別千萬種草藥。神農與時俱進，食素，亦食葷，深知均衡營養身體自能康復。飲之，吞之，消化之。神農隆重回歸，運籌帷幄，記取蘭地古籍的藥之屬，配方千變萬化，一錢一克不得大意，分量拿捏卻又如此肆意，帖帖濃稠清淡的偏方藥無不時刻恩澤肉身。神農不需遍查古籍，一閉眼，無量光明藥名霹靂閃電浮現腦海：天門冬、穿山甲、熊膽、熊掌、鹿角膠、鹿角霜、海鰾鮹、地骨皮、鹿茸、麋茸（鹿之大者；鹿茸補陽，麋茸滋陰）、龜板、鱉甲、使君子、柏菰（小兒口痛，煎水洗瘡）、林茶菰（即林投之實，肉有紅、白二色，痢疾紅者用紅，白者用白）、三奈（類薑味辛）、薏苡、白扁豆、香附、木通、水燭（生水中，形如燭）、穿山龍、金銀花（有黃、白二種，可療疾）、益母草、豨薟草、蒲公英、蛇草（蛇傷者服多癒）、羊角草、龍舌黃、鴨嘴黃（一名定經草，可調經）、雞角刺、鱟殼刺、馬鞍藤（俱治癰）、白蒺藜、鼠尾黃、紫萍、馬尾絲（有大小二本，生陰濕地，患蛇傷者，取其根搽之立癒）、薄荷、蜂蜜、菖蒲、斑節相思（類薄荷而大）、梔子（一名越桃）、蒼耳子、蓖麻子、木鱉子、急性子（即鳳仙子）、杞子、車前子、風藤（狀與他藤異，似木通，浸酒服之，可治風疾）、山苦瓜（治腳腫）、石決明、天南星、紫蘇、通草（性利水、兼通乳竅，染以綵色製花，鮮明可愛）……

神農退駕離身，暫時遠了。

修復日，安眠夜，草藥補足肉身元氣。

金蟬脫殼，伊人從夢中悠悠醒轉，身軀軟綿，骨骼鬆垮，肌肉逐漸迸出氣力。伊人恍惚，滿腦子暈眩忘卻剛離去的神農，只覺得手腳、肚腹、腸胃、臟腑、骨頭都經歷一場殊死戰。嘔吐了，虛脫了，放縱了，不再追憶前世瘋狂，伊人回歸，只得再次承受飢餓、苦痛與傷懷。撇開烹煮用的泥製器皿，視百草為無物，不管食用再多藥草，都無法滿足腸胃空虛。伊人以羊蹄指甲爬行，下腹觸地磨蹭，左搖右擺，蜥蜴般伏地視野，衣褲俱褪無所羞赧，如多腳蜈蚣，如去勢之猴，如自囚的饕身老龜。伊人身心俱疲，一時神魂顛倒，縱使如何瘋狂，如何放縱，如何元神出竅，還是必須回歸日常。回憶燦爛前生竟如此苦痛，無以為繼的虛空後世又該如何自我放逐，洗滌一身自悔？

瘋癲已過，狂野不過一時，伊人驅趕獸性，同時屈服於獸性。

此生如何去想像另一種人生？

晨早行去市場撿拾歹葉惡果，正午曬陽四處溜達，黃昏索性回到破落居所，日有所思，夜有所夢，時刻辨別不明旨意，像是給予命名，辨別部首，區隔屬性，分門別類詳加揣測，提出各種庸人自擾的選擇。如果當初選擇另一條路？如果不被生養？如果重新來過？如果等待苦難將靈魂迎頭痛擊？如果拒絕？如果這一切不過是一場騙局？如果尋到適合位置並將自我欄楯而入？如果淪為牲畜以身試刀？困惑，猜疑，迷惘，憂懼，墮落，不事生產索性擱置想望，讓原生的欲望與慾望一一浮現。伊人想著愛，想著苦難，想著傷害，庸庸擾擾荒荒唐唐入了獄，只是來回不過是一眨眼。是牢獄，亦是地獄。

是啊，誰不想著在被愛中愛著並激烈做愛。

所愛伊人到底身在何方？

次次魂飛魄散，早已改變彼此面貌，苦痛中，鹿角欲萌發於頭骨；袒胸露背，性別與慾望都不再在意；赤手大足，右手執穗似握千山萬水；肩披碧綠，腰圍樹葉，孤身簑衣翁獨釣寒江雪。雙眼渾圓溜轉，看盡人生，帶有銳光與傻氣，又是時時糊塗處處留情。情話如咒語，幽光閃爍，大規模翻攪塵埃，淚眼婆娑朝向所愛伊人細數藥名——回來吧。藥草可自救，亦可救人，以身試藥，消除體內長年鬱積濁氣。心病終究無藥可醫，只能暗自默禱：金鎖匙（治痔）、磅礴草、黃金子、千里光（治眼）、地膚草、東血草、茶匙黃、虎咬黃、草薢、石斛、榖精子、四時春、馬蹄金（一名一枝香）、萬年薯、鯽魚膽、牛角刺、山葛藤、山四英、過江龍、檳包藤、羊角豆、正埔薑、釘地蜈蚣（性冷，能治蛇傷）、茄冬葉、鳥踏刺、葉下紅（一名馬蹄黃，一名消息草，草幹紅，花圓小、如白絨，葉外青內紅，治損傷）、山茄、山埔銀、真珠黃、龍吐珠、曼桃花、鐵馬鞭、五龍爪、田烏草、冷飯藤、一條根、山藥、茯苓、烏甜、走馬胎、射干、向天盞、黃水茄、夏枯草、海藻、海帶、沙參、浮海石、樟寄生、香楠末、金石榴、瞿麥、桑皮、赤松根、蔓荊子、骨碎補、有骨消、柿蒂、陳皮、武靴藤、釘秤根、宜梧草（治風）、雙鉤藤、獨活、昆布、風不動、金不換、炮仔草、毛將軍、扁蓄（詳草屬乳草註）、王不留行、撮鼻草（治風）、九層塔（即蔡板草）、珠仔草（治跌打損傷）、萬年松（治腹痛）、鹿肚草（治噎嗝）、鹹酸草、遍地錦（俱治咽喉）、蚶殼草（治痧）、蠅翅草（治虛脹）、犁壁草（治癰瘡）、茅根草、無根草（俱利水通淋）、三腳、三腳鱉（俱草本，治瘰癧）、蒲鹽草（治蛇傷）、豬母草（治瘵毒）、澤蘭（能散血）、龍涎（治痰）等。

伊人不知該歸向何方，昂起頭，再次朝向遠方呼喊——回來吧。

收黑霧 見青天

拉開窗簾，透天光，天空清淺泛溢潮溽水氣，厝後鐵皮屋頂被颱開三尺方塊，曬衣架不知去向，橫亙屋頂的掛衣竹桿掉落地面，底端開裂分岔。阿公透早起身，拿掃把與畚箕清掃庭前厝後，聚集一摞一摞落葉、塵沙與飲料罐，接上水管，水柱嘩嘩然清潔大門瓷磚地，回到厝內，蒸熱豆漿、雜糧饅頭和芋泥麵龜，叫喚還在床上的潑皮賴床鬼。招魂大會當日深夜，阿嬤冷吱吱發顫，全身燒滾滾發燙，一張嘴巴時不時就要吐出三昧真火驚嚇世人，爺孫輪流照看，讓阿嬤睡冰枕，飲溫水，一層一層厚棉被將阿嬤緊密包裹起來，得悶出汗，絕對不能當冰山老美人。廣播聲吱吱猶帶雜訊，趴臥床鋪半夢半醒聽見空中傳來喜訊，龜山將軍駐守護衛，使出龜派氣功，龍尾颱風在登陸噶瑪蘭前因為地形影響而偏北轉向。

阿公望山，以指探風，以聲下令，回南吹風囉。

阿嬤食十全大補湯加退燒金剛丸，體溫逐漸降下，只是身子還是相當虛弱，日光從窗戶斜射而入照上阿嬤滿頭亂髮、蒼白臉色與鬆垮身子。清醒了，阿嬤左躺右臥，時而喊冷，時而喊熱，棉被蓋也不是不蓋也不是，伸出雙手，撐起上半身靠臥牆壁，覷視風颱橫掃後不再是處子處女的畜生地，日光明晃晃如碎屑鏽鐵，曬了竟然會產生些微疼痛。金生一整晚半睡半醒，元神出竅，一條命要翹不翹，只有褲襠內的肉和尚始終很翹，實在睏，想賴床，全身依舊充滿輕飄恍惚的隔離感。阿嬤快速拍擊竹蓆。金生驚醒，還以為阿嬤病入膏肓即將往生，準備交代遺言，等會兒就要駕鶴西歸，不過四處看了看一隻鶴都沒有，大概全都被番薯島人宰來吃了。阿嬤瞇著睏倦雙眼，打呵欠，要金生拿來《壽生經》與《地藏菩薩本願經》。阿嬤半是清醒，半是睡夢，發囈語，依舊不忘師尊教誨，問啥物是慈悲喜捨大無量？為了安撫食古不化的老歲仔，金生只好為難自己，一邊啃麵龜一邊喝豆奶，說慈無量是只有奉獻沒有條件；悲無量是只有犧牲沒有雞雞，不，是沒有自己；喜無量是，只有義務沒有權利，捨無量是……阿嬤閉上眼，實在太虛而瞬間神遊太虛。金生躡手躡腳爬離棉被與竹蓆。阿嬤迴光返照般甦醒過來，想必體重太重，神遊時容易消耗精氣神。金生重新坐回床鋪，認真地說，捨無量是只有付出沒有占有。阿嬤滿意點頭，拿起經文，左手滑動佛珠嗡嗚念經。念幾句，飲幾口熱豆奶再念幾句，咬麵龜。阿嬤愈念眼皮愈重，努力眨眼依舊睡著了。再次甦醒時，阿嬤改念《壽生經》，胡言亂語，說多念經不僅可以延年益壽還能受精，不，是瘦身。阿嬤一口氣食完早餐，縮回棉被笑著說，念經這款代誌，意思意思就好，莫傷認真。

要如何好好浪費一整日？從冰箱冷凍庫拿出一枝紅豆薏仁冰舔舐，向祖先、觀世音菩薩和天公Say hi啊hi啊海海人生，奔出家門，迎向日光，越過馬路，從屋簷小巷直徑鑽至海堤，步下階梯，三步併兩步跑向大海。海潮退了，波浪依舊不斷湧上防波堤。老漁夫行走沙岸，尋找數量不多的水流木漂流柴。金生可是抓螃蟹高手，掌中摶沙，捏緊，看到螃蟹出沒時得掩身逼近，敵不動我動，敵動我亦動，動起來時除了比速度，還比準度。大眼瞪小眼，確定目標，穩準擲出沙團，螃蟹立即被掩蓋黑沙之中。蹦跳至沙球旁，彎腰，雙掌輕壓，感覺泥沙中的細微竄動，指頭往下挖掘，用大拇指與食指夾住蟹殼，抖落沙子，將螃蟹丟進塑膠袋內，直到抓滿一袋再一口氣放生。這輩子當螃蟹實在有夠衰㴙哭爸，還是早點往生下輩子人生才有希望，等會兒多拔一些螃蟹腳幫忙螃蟹自殺好了。自己真是做好事，上輩子一定是金身菩薩轉世投胎來普渡眾生。不是菩薩，就是王爺；不是王爺，就是濟公；如果連濟公都不是，那就一定是尊貴的哪吒三太子。抓累了，舔舐嘴中甜膩的紅豆薏仁渣滓，坐在柴堆旁想著什麼，不想著什麼，沙子在陽光照射下逐漸灼燙。弓箭真能射下太陽？不，后羿當初應該是搭火箭太空船。騎烏龜真的能游到龍宮？不，應該先被溺死。做壞事真的會下地獄？不確定，不過應該會先變得跟立法委員一樣有錢有勢，住大房子，吃日本空運青鮒海苔壽司，啃無菌室有機栽培蔬菜，喝海洋深層淨化保養水。抓起細沙，望著沙子從指間隙縫緩慢滑落，發呆一會兒，抱起一把細柴往羊頭厝移動。羊頭不在，臨時決定踅去塗墼厝，繼續懷抱細柴繼續奔向後山。趙坤申露出一張剛被雞巴雞姦後的雞歪臉，兩手拉著廢棄投籃板底下的鐵橫桿，身子前後晃蕩。金生放慢腳步，十足挑釁從趙坤申面前走過去。趙坤申瞪他，他也瞪趙坤申，兩人都沒有說話，只是眼睛瞪得像豬睪丸一樣大，手臂綳得像發情牛陰莖一樣粗。走遠幾步，金生回過頭來，趙坤申依舊兩手攀住鏽蝕橫桿，雙腳彎曲併攏，晃蕩著，手臂痠了便換個姿勢，一股一股熱氣逐漸熔鑄身影。

嘎嘎嘎——叢密深山蓊蓊鬱鬱，夏蟬鼓譟了起來。

晃進塗墼厝，沒看到人，捆綁羊先生的鐵鍊散落一地，將懷中木柴放置牆壁角落。

「羊頭你死去哪裡了？」金生走出門外大喊，內外繞好幾匝，不見人影，索性沿密林草叢小徑左右上溯。

「不見了。」羊頭面色慌張鑽出蘆葦，兩頰通紅像是剛比完百尺賽跑。

金生皺眉，有些疑惑，不知道羊頭到底在擔心什麼，不自覺扯開話題。「我剛才在海邊撿了不少漂流柴，曬一曬，冬天時可以生火取暖。我會一直待在這裡，不會不見的，放心啦。」

「真的不見了。」羊頭心神不寧，低頭呢喃碎語。「羊先生消失了，我到處都找過但是就是找不到人，鐵鍊還在厝內，我不知道羊先生會跑去哪裡。」

金生歪頭想了想，覺得沒有什麼大不了。「可能跑出去玩吧，不要發神經，不會發生什麼事情的。」

羊頭抬起頭，望向金生，心中露出一絲希望，不過隨即沮喪了起來。

「一直被鐵鍊綁著也是非常辛苦啊，就像老師罰我們半蹲，時間久了都會受不了的。」金生拍打羊頭肩膀。「玩累了，羊先生就會回來的，我們再去海邊撿些木頭吧。」

「奇怪，我每次都有把大門鎖起來啊。」羊頭說。

金生有些心慌，他不記得上次離開時有沒有鎖門。

嘎嘎嘎——夏蟬從羊頭身體發出明亮響聲。

「你怎麼變成蟬了？」

「我是挺想要有一雙翅膀。」羊頭搖頭，輕拍褲袋。「我在塗壂厝內抓到一隻蟬。」

「說不定羊先生變成一隻蟬飛走了。」金生異想天開。「我也想要變成蟬，整天嘎嘎嘎叫不停像是熱鬧辦桌。借我看看——」

「我不要。」羊頭往後退一步。

「真小氣，你以為我抓不到嗎？」金生撇過頭。「沒什麼好稀罕，走啦不要愣神愣神，一起去撿漂流木，不對，應該是去撿漂流柴才對。」

「羊先生怎麼辦？」羊頭跟隨金生。

「急什麼，等會兒再說。」金生自拍胸脯。「反正絕對不會被外星人綁架。」

肚子有些餓，臨時轉進厝門，兩人坐在餐桌邊，食阿公大鍋翻炒的香腸炒飯，飲冬瓜香菇魚丸湯。阿嬤睡夢中不忘念經，難得清醒，阿公一邊怨嘆自己是無薪台勞，一邊讓阿嬤喝熱燙燙黑糖老薑汁，擦拭阿嬤額頭與脖頸上汗水。阿公罵，有閒去啥物招魂大會，無閒佇厝內好好摒掃，你這種查某有夠牛，講袂聽。阿嬤意識恍惚，辯解著，師尊講風颱袂來，你看風颱真正無來，有夠準。阿公說，恁師尊有講你會破病無？阿嬤竊笑說，這我無問啦，後擺閣有機會。金生和羊頭將碗筷放進洗碗槽，懶得洗，只用水沖，從冰箱冷凍櫃拿出兩枝牛奶冰棒吃。阿公瞪視金生，說，風颱後風湧大，莫走去耍水，有聽無。阿公的話左耳進右耳出，嘻嘻哈哈腳底抹油推搡羊頭。走走走，大手牽小手，三十六計走為上策，緊旋喔——兩人溜之大吉蹦跳回到海堤。

日光下，海水崙崙翻滾蒸騰，篩濾精細海鹽，光著腳踩踏潮間帶，沙沙的，帶有收斂焦味。兩人躲在海堤旁一排木瓜樹下睡大頭覺。羊頭褲袋內的夏蟬依舊嘎嘎嘎吶喊。樹蔭下，金生瞇睎雙眼躲避日光直射，感覺木瓜樹幹隱約透出人形，睜亮雙眼想看個仔細，挺拔樹幹逐漸顯露一張熟悉臉孔，像樹瘤，起身望向樹幹，疑惑地拿起細長枝椏，朝樹瘤上的鼻子猛力戳刺，軟軟的，帶濕氣，還有油膩感。樹瘤不動聲色，毫無動靜。金生調皮地將枝幹塞住人臉樹瘤兩個鼻孔。木瓜樹瞬間睜開雙眼，張開嘴巴，木質牙齒咬住枝椏，伸出象鼻長的舌頭舔舐金生手掌——原來是面目愁煞魂魄的崔判官。金生臨時收回手，說，真是癲哥鬼。

「你這個小兔崽子怎麼會看得見我，莫非有陰陽眼。」崔判官伸舌，舔舐爬行臉頰的黑芝麻。「這些要命的螞蟻搞得我全身發癢，唉，我這個文判官好久沒來陽間，沒想到一下子就破功被掠包。」

「判官大人是代表城隍爺微服出巡嗎？」金生說。

「問這麼多做什麼？囡仔人有耳無喙，做啞口上好。」崔判官搖晃蓬蓬枝葉，搖下一顆香甜黃木瓜。「這個給你吃，食予甜甜，千萬別洩密，不然看我怎麼收了你這個小王八魂魄。」

金生抱捧掉落掌心的黃木瓜，望著崔判官瀟灑妖嬌搖枝晃葉。「我沒有帶水果刀。」

「真麻煩，要求還真多。」樹幹彎身，鞭子似甩動枝椏俐落剖開木瓜，崔判官的樹瘤臉孔逐漸乾癟弭平。「記著，千萬別洩密，不然到時叫七爺八爺把你打得哭天搶地哀爸叫母。」

金生搖醒正在打呼嚕的羊頭。

「別吵啦，我還想睡。」羊頭皺三角眉。「海風吹起來很涼爽。」

「剛才崔判官來過了。」金生說。「你不起來，我就一個人吃掉大木瓜喔。」

「我才不會上當，樹上都是青木瓜還沒熟，而且誰是崔判官？」羊頭將身子蜷成櫻花蝦。

金生撥開黑籽，大口大口逕自啃食。

羊頭聽到食瓜聲，聞見香味，轉頭睜眼，觸電般立即彈跳起身，從金生手中搶過另一半木瓜。

兩人食完果肉，舔舐手指，百無聊賴重新躺回樹蔭，將啃得相當乾淨的細嫩木瓜皮覆蓋臉上。

「木瓜皮可不能輕易浪費，阿嬤說，敷在臉上皮膚會變得很好喔。」金生鬼扯。

敷完臉，兩人想起課本說要飲水思源思你老爸老母，所以慎重地將木瓜皮埋在樹底下，拉下褲頭，以滋養萬物的壯烈心情，瞄準樹下的花生和辣椒田圃胡亂澆菜。走吧，去撿柴，撿完柴羊先生就會回來了，金生安慰羊頭。兩人一前一後一左一右一東一西一南一北在沙灘上蒐集柴木，聚成小丘，再將散柴裝進米袋。滿臉通紅，全身滲出汗珠，索性脫了上衣浸至海中。大海汪洋，沙灘籠罩一層水霧，肺變成魚，想要一口氣游出胸膛。褲子乾了，兩人奮力拖拉米袋，越過防波堤、街道、檳榔攤、簸仔店、住宅與鐵路，往塗墼厝前進。風颱過境，滿地落葉斷枝，百足蟲與千足蟲在爛泥中爬行，蚯蚓出洞，金綠步行蟲試圖振翅飛行。趙坤申依舊將雙手攀上橫桿，懸空撐起身子，手指擰死一隻一隻螞蟻，睨著眼，對金生和羊頭罵了聲蠢蛋。兩人不理會，繼續把米袋拖至塗壆厝。金生不知為何突然開了千里眼，轉頭又看見戴斗笠、穿蓑衣、化身稻草人的崔判官，一桿乾枯禾草在菜葉與果樹間單腳跳動。崔判官不是普通糊塗，有餘村是漁港，沒有腹地種植稻米，怎麼會出現稻草人呢？龜兒子應該早就回到蓬萊村了。

兩人趁黃昏餘光曝曬木柴。

「還沒回來。」羊頭恍惚說著，面色凝重，手腳互相搓揉非常緊張。「我怕羊先生——」

「今天不回來，明天就會回來，反正肚子餓了一定會回家。」金生大剌剌說著。「放心啦，羊先生不會出什麼事情，一定是跑去跟龍尾風颱談判。」

「我怕羊先生會傷害人。」羊頭突然害羞了起來，不知該如何開口。「羊先生就像公狗一樣，喜歡趴在母狗身上。」

「很多人不是公狗也喜歡趴在母狗身上。」金生撫拍羊頭肩膀，不懷好意笑著。「這樣子村裡的母狗都有一個大屁眼，拉屎時方便多了。」

羊頭坐在木柴中完全不理會玩笑，黃昏光線粉刷身軀，亮一片，暗一片，褲袋內的蟬再度嘎嘎鼓譟。「希望羊先生回來時已經變回爸爸。」

「不用擔心，一定要當個男子漢，所謂的男子漢就是不管遇上什麼事情都不怕。」金生握緊拳頭，大喝一聲。「趕快把柴收一收，轉去食飯囉。」

兩人將散柴層疊堆積，外頭覆蓋塑膠布。羊頭打開大門，希望羊先生趕緊乖乖回厝。兩人立在門前，彎腳傾身，砰一聲，隨即像兩顆彈弓射出的石子往前飛奔。經過廟埕，金生逐漸慢下腳步，羊頭氣喘吁吁從旁竄過，大喊著，你輸了。金生對羊頭扮鬼臉，緩步往回走到趙坤申面前。

「你欠打喔。」趙坤申惡狠狠瞪視金生，握緊拳頭。「站在我面前鎮位創啥？」

金生沒有被嚇跑，依舊看著倔強的趙坤申。

「滾開。」趙坤申伸出拳頭，朝金生晃了晃。「皮癢了嗎？小心我打得你鼻青臉腫滿地找牙。」

「我和羊頭常常會去溪邊抓蝦子，雖然你是個非常雞巴的王八蛋，沒有人愛，不過你還是可以一起來。」金生說完話，轉身就走，完全不知道自己為何會說這些話。

「誰理你，去吃大便啦。」趙坤申的怒吼揭開沉靜夜晚。「小心我宼死你全家——」

阿嬤的身體果真是裝上金頂電池的肉質火爐，不斷滲出汗珠，冒出裊裊香煙。阿公急忙烹煮一鍋又一鍋薑湯，用厚重棉被層層裹住阿嬤，拿出冰枕讓阿嬤枕躺。阿公用手背貼上阿嬤前額測量體溫，覺得不夠準，再貼上頭顱，搖頭說愛去看醫生。阿嬤強烈拒絕，說欲死也愛死佇厝內。阿嬤碎念，說我看著咱厝的祖先佇我的眠床邊拍麻雀，啉燒酒，食人參雞、糕渣、卜肉、芋泥佮西魯肉，大魚大肉親像食免驚，講食了欲開家族會議。阿公勸不住阿嬤，一邊咒罵死死好矣，一邊猛灌阿嬤熱薑湯。阿嬤繼續說，閣有人唱卡拉OK，歌名無聽過，親像是〈望水〉。阿嬤開口要唱，發出幾句，聲音像是烏鴉聲，吵活人也吵死人。死矣啦，按呢，我是欲按怎參加唱歌比賽，阿嬤發愁。阿公替阿嬤拉緊棉被，沒好氣，毋是講欲死也愛死佇厝內，莫傷厚話，這馬閣欲參加啥物阿薩布魯（あさぶろ）唱歌比賽，你以為欲去錄五燈獎喔，我看，你去路邊錄青紅燈就好，三種電火泡仔三燈獎。阿嬤瞇著迷茫雙眼，叫喊，我哪會遮爾歹命，細漢就來遮做新婦仔服侍厝內大細，這馬我老矣，就無人欲愛，真正有夠悽慘落魄。

金生跑到灶跤遠離戰爭，免得蹚渾水。

晚餐還是大鍋飯，從香腸炒飯變成阿公自行混搭鮪魚、海帶、番茄、香菇、雞蛋和洋蔥等雜燴炒飯，配肉鬆與海苔醬，還有一鍋紫菜蛋花湯。金生覺得祖先實在吃得比自己腥臊豐沛多了，不知道能不能插一跤？他很想問阿嬤，阿母也佇眠床邊拍麻雀嗎？肚子餓，只好大口扒飯，必須不在意很有禪意的炒飯——這是炒飯，這不是炒飯，這不能算是炒飯，這不能不算是炒飯，說到底這還是炒飯。喝湯時，發現牆面出現奇怪變化，脫漆壁面凸出一張熟悉面孔，眼睛、鼻子、嘴巴、脖子與肩膀明顯可見，露出半個身子。

怎麼又是你這個猴死囡仔？崔判官蹙眉。

夏蟬從紗窗破洞中飛了進來，不偏不倚停在崔判官下腹部，金生拿碗，躡手躡腳走到牆壁霎然蓋上。

我的膦脬——崔判官尖叫一聲立即縮回牆壁。

金生掀開猶黏米粒的飯碗，往內瞧，夏蟬迅速突破圍困，無比奮力振動薄翼，朝向光輕巧飛起。

生死簿：舉墓窺天

熟稔了砌磚技藝，接續而來的便是延展與創新，將多種相似建築工法融會貫通。磚塊疊砌之順序為置磚，推擠，敲平，刮縫。砂漿鏝敷之先後順序為摔漿，撥漿，刮漿而後砌頭。文鐵熟悉步驟，以至於操作演練時完全不需加以思考，如同反射動作。自我琢磨是重要的，謹慎每個歷程細節，只是時日一久，慣性工法依舊損毀藏於技藝中的精神追求。日復一日，夜復夜，繁瑣如同爬磚、選磚與砌磚的章法，日益使人煩倦，意義失焦，甚至失去初始的勞動核心。文鐵抽菸，仔細思索砌磚紀律，例如選完磚必須接水澆灑，讓整塊磚吸入足夠的清水而使磚頭外乾內飽，避免吸收多餘的水泥砂漿。砌磚時，橫、豎縫之砂漿必須均勻飽和。砌磚工程的基底應同時俱進，保持平衡，每日所砌高度最好囿於一尺，以免急躁、趕工或自滿而導致扭曲坍塌。收工時，未砌完處得砌成階梯狀，接縫的水泥砂漿必須在未凝固前刮去，覆以草蓆或塑膠棚布以妥善養護。新進行的工程如牆身、勒腳、門頭、窗盤、簷口、壓頂等突出部分應加以保護，以免碰撞變形。文鐵對砌磚熱情逐漸消散，對生活本身失去關注，想了想，仍然無法探究出確切理由。以往，可以從對技藝的專一獲得成就，荒廢肉身，捨棄外表裝飾不加理會他人異樣眼光；如今，內在如滲雨水疊砌磚牆，不自覺間成了水患之災。他不加覆蓋，亦不加養護，保有不欲顯露的自毀念頭，一股撞擊而來的厲風即將吹垮豎立多年的磚牆。要粉碎，要拆磚解瓦，要一無所有，讓原初風景一覽無遺。

文鐵決定自我放逐，帶柴犬上山，背包內裝白米、鹽巴、鍋碗與山刀。去打獵。

去深入異境。

去找尋所失、所愛、所恨與所怨。

一個月，夠了，悄然回到有餘村如同悄然離開。文鐵重新站立於散置紅磚中，恍如隔世，長滿粗繭的雙掌撫摸粗糙磚塊，敲了敲，心中突然浮現某個念頭——是該重新打起精神。很多時候，文鐵坐立磚前，回想每一次喪盡熱情傾於放逐的歷往。鬍鬚亂，髮絲長，塵垢滿身，躺臥芒草堆中寬衣解帶吸吮露水，好一個適合射精的夜晚。心凝定，神優游，草蔬四野，身軀有野豬的性慾與黑熊的猛爆，好一個無人熟諳語言的所在。磨獸爪，嚼野草，吸柴煙，枕石漱水吞吐山嵐雲霧，放逐如同磚與磚之間的砂漿，能使磚塊穩固，妥善承受從上而下疊壓而來的重量，填滿縫隙，防止水的滲透與風的侵襲。再一層砂漿，磚塊疊砌後便能更加完整。文鐵會在柴犬的吠叫聲中回到肉身。菸盡，起身，望向圍繞周身的磚牆，覺得應當再次複誦砌磚工法，其中必定隱藏諸多未曾參透的玄機妙法。

下山承接的第一件工程，幫人砌墓。

廟公阿火伯特地拿來設計圖找文鐵商量，說要砌一墳，基底得穩，做工得細，貼磚得密。阿火伯並沒有說明是要為村內哪位死去的親族所建。如今，寸土寸金，要砌私人墳墓，要土葬，行古禮安葬都得花大錢，而當下時人厭倦繁文縟節，撿骨麻煩，不如火化後一乾二淨，骨骸存放納骨塔，左右厝邊新鬼舊魂無聊還可相約拍麻雀，多熱鬧。文鐵沒有多問，只有向阿火伯確立墳墓坐落的地號位置、土地登記謄本、所在地所有權人、面積、長寬高和建材要求。文鐵原先想要多休息一陣子，不想立即開工，只是虛度日子還真是讓人惶恐，倒不如全心全意投入工作。

砍樹，鋤草，搬石，整地，運鋼筋，綁鐵繩，四周再架上板模，接著灌上水泥穩定地基，確定四周有足夠空間擺放建材與日常所需，開輛小貨車至工廠選購完整飽實的磚塊。文鐵在地面與建材上各鋪一層塑膠布，防止磚塊接觸土壤與雨水。建材與墓地預定地間清出一條寬敞通道，再將砌墓位置按照預定圖示，畫線，做記號，寫上每皮磚牆的長、寬、高。仔細琢磨，將平面的泉台設計圖投影於腦海，傾心血，費精力，專心致志忘情工作。砌磚累了，索性抽菸，喝幾口啤酒，慎重書寫施工進度與相關缺失。有時，腦海會不自覺想像即將長眠墓塚的未知主人。查埔人？查某？老歲仔？中年？囡仔？短髮？長髮？子孫滿堂？鰥寡孤獨終老？個性孤僻或交遊廣闊？這些疑惑時常浮現腦海，成為聲音、影像甚至奇特味道。

相隔兩至三禮拜，阿火伯就會向文鐵確認工作進度。工程如火如荼，文鐵的疑惑卻同時日益濃厚，只得壓抑內心不斷滋生的好奇。不管是誰將長眠於此，他都會以完善的墓塚擁護肉身。磚塊堅硬，記憶柔軟，伴隨文鐵一步一步堆砌墓塚，外牆逐次強硬不露細縫，同時內裡與之閉鎖，外塑形定，如將過往種種存於容器。初始，他在內心繪圖，空中閣樓一磚一漿逐步體現，然而不管如何專精，總是左右斟酌，因為過於謹慎而不知不覺陷入困境。表土是否平穩？地基是否厚實？圓曲是否順暢？磚塊是否嚴密？每日晨早，重新活了過來，面對昨日施工謹慎找出缺陷，時而放慢工程進度，時而停頓，不過是老式墓塚，其實並不需要特殊技藝。他告訴自己，放輕鬆，別讓這差事琢磨人了。

工程或許欺騙得了別人，卻騙不了自己。

文鐵決定住進墓塚，白晝施工，夜晚防潮，深怕有人闖入好不容易建構起來的私密空間。他攜帶著菸、泡麵、啤酒、睡袋以及幾條破舊棉被住進墓塚。他被包圍，被拘禁，一股與外界徹底隔離的快感，與之伴隨的是深沉荒涼。時日將他野放，一切溺水醃製，骨頭酥軟，眼珠子浮腫脹大，透過福馬林迷醉望向曾經深情的塵世。墓穴，到底是誰的居所？雲有光而成霞，泉有巖而成瀑，身有傷而成魂，何必在意拘泥？他撫摸磚塊，讓自己深深進入，暫且死去，雲霧瘴氣在體內遨遊鑽竅。想起所愛過的查埔、查某人與魅惑人心的妖精孽子，活生生與之曖昧，死沉沉與之共枕，不生不滅與之長眠，填補彼此不經意顯露的缺口。

心癢難耐，褲襠內的軟硬傢伙同時不安分了起來。

到底誰是墓穴主人？

白髮狐妖，黑髮河童，銀眉山羊，獠牙山豬，長腳蜘蛛，短足蝦蟹，是何方鬼魂魑魅魍魎有情族裔將葬身於此？模糊的面目讓文鐵心癢了，晃蕩了，染垢了，墜落塵世了。施工時，只得按捺情緒告誡自己，磚得結實，牆身及磚縫須力求橫平豎直方正不阿，隨時得用線錘及水平尺校正，萬一地基搖晃、牆面歪斜，不二話，立即拆卸重新架構。文鐵不斷壓抑陰晴不定的欲望，夜半躺進墓塚，滿腦袋填滿細節。他痛苦，自虐，經歷精神上的自瀆與割腕，舔舐尚且無法定義的過往，望向未來，是的，墓碑上將有一張照片。該是上山放逐的時刻，之前心如塵沙，如今豐碩探索使他恐懼，怕愛上鬼火磷磷的墓塚，怕愛上屍身與之共舞，怕不忍告別自己的封閉。汗水入磚，體液滲縫，屈膝葬成伸舌舔露的骨骸——是的，衷心願意。

感到冷。

感到熱。

一張無法拼湊卻同時深愛無比的面孔，暗影中，光亮中，氣中、水中、霧中、土中、火中、磚中，文鐵淚流滿面目睹一切，難以梳理情緒，彷彿入了魔，愛上墓穴與即將葬身墓穴之人。

清早，柴犬吠叫，阿火伯提一袋鮮魚，崇孝伯提兩盒水梨禮盒，一前一後來到逐漸顯露規模的墓塚。

阿火伯露出過意不去的表情，遞上菸。崇孝伯刻意發笑，撫拍文鐵肩膀，甕聲甕氣說阿火伯不好意思開口，唉，這種事情。崇孝伯跟文鐵說，這墓不建了，鄉親說還是火葬好，簡單方便；也是，都什麼年代，古禮能免則免，年輕人都往番薯島外跑誰還留下來撿骨？文鐵一聽，有些震驚，一股難以平復的憤怒洶湧而上。崇孝伯和阿火伯尷尬笑著，文鐵臉色鐵青，試圖鎮定下來，不說話。崇孝伯接續說，磚頭和建材的錢不會少給，工資到今天為止也照發，另外再發一萬二紅包。文鐵回一句，我看是白包。阿火伯加入安撫，說計畫更動本來就是常有的事。文鐵感覺到自己的冒失，不再回話，逕自坐在磚頭上生悶氣。

一定要完成這座泉台，不論好壞，不論是否支薪，文鐵相當篤定。

日出而作，日落而息，墓內墓外都在崩毀中重建。不願放棄，卻又無法按照原定計畫進行。阿火伯說，若真的無緣無故建了墳墓，說不定會給村子帶來不好的影響，破壞風水。文鐵在腦海中確認墓丘、墓碑、碑肩、墓手與墓埕位置，思考該如何改造。還是得專注於砌磚技藝，不懈怠，不荒唐。磚塊間的各接觸面應布滿水泥砂漿，每塊磚間應緊湊結實。磚縫厚度不大於十公釐，亦不小於八公釐。一股聲音不斷浮出，這傾盡心力所建造的墓塚難道真要棄置，甚至任其毀壞？日夜活動墓穴之中，或坐或立，或俯或躺，或醒或睡，他已經不再去想望墓塚之人，發覺曾經如此專注的技藝，到頭來可能只是自我欺騙。他心灰意冷，卻不肯放棄，要為自己建造一鑼鼓喧騰、喜氣洋溢的墓塚，觀天遁地，穴居長嘆，花霧水光中審視剔透朦朧的純淨時光。舉起一塊磚，砌上，再舉起另一塊磚，卸下。來回錯疊，輾轉反側，只是傾盡秒刻時分不過就是一抔注定遭人遺忘的廢土，或自娛，或娛人，或惹人發笑流淚。文鐵愈想愈深入虛無的黑洞，踏進墓塚，種種嘆息回聲乍現乍滅，魂魄如何從死寂潰散中汲取一曲長歡久恨歌？

窩睡墳墓，冷熱紛然，感到霜之冰冷與火之灼燒。

一團寒於至熱的火。

一團火在文鐵周身燃燒了起來，恍然睜開眼，肉身焚毀成灰，撒上磚頭，容身於不可言說的黑暗之中。匝轉尋覓，從冰冷身軀中撚熱兩指，掐朵花，捏蕊焰，烈的，灼的，火熔的，如剛刃開的手腕切口。他終於確定那的確是火，墓塚中的紅火、青火、鬼火、妖火、魅火、精氣火、經脈火、五行火與陰陽火，水鏡破碎，一凝聚，一迸裂，破鏡之中望見荒涼卻豐盈的分身無止無境增長。吐出火，伸手再抓住火往腹肚吞如同反芻。他真自溺，歷往葬向黑暗，可是他卻不願與塵埃灰燼一同葬向瞬間老去的光影。他有一道牆，一處骨骸埋葬之穴，將所有溫柔混以殘暴自傷，挨向擴建之墳，赤裸裸，面對荒廢進而興奮勃起。他要擊碎磚，爬出去，要在墓外撚出一瓣又一瓣焰火。

柴犬遠近吠叫。

文鐵意識迷濛，腦海浮現破碎光影，以為身子正挨靠一座自砌矮埕。鬆懈了，不再拘泥了，不知不覺默想起砌磚工法，疊砌的磚牆與磚塊之間，得留下一條容身通道，至於砂漿，必須調配得不潮不燥，得適中，免得難以塗抹。文鐵想著磚牆和未用的磚塊之間，是應該存在特殊的排列位置，也應該有折射的光影痕跡——諸多雜念篩濾飄落，逐漸被磚塊沉重壓住。文鐵睜開眼，從來沒有探望過肉身居所般睜開眼，身軀赤裸，柴犬依偎一旁。

一夜大雨，一夜大火，一夜大土。

如此深沉，肌肉骨頭萌生飢餓感，文鐵失去衣物，塵垢覆體，無謂羞赧，爬起身，想起昨夜種種，恍惚站立原地，原來墳磚已經砌得如此之高，幾乎快要遮住面容。他在磚牆之後，墳之中，略微伸展軀幹四肢，晃手，蕩腳，晃蕩下體一古腦攀上墳牆。往下跳，便是另一次塵世墜落，幸好文鐵並不擔心，他已經快要砌好墳墓，無論怎樣的失速墜落，這塊土地都接得住。

文鐵越過墓塚，站立泥濘，抬起頭，像一垣磚牆矗立於火屬的天空之中。

鬼有所歸 乃不為厲

爾來了。

行過鬧熱鬼市，一股肅穆莊重氣息陣陣襲來，妖精、魑魅、鬼怪與孽種停止呻吟，收放蕩，斂目色，神情專注懺悔，等待二十四職司行列行過。枷爺鎖爺尾隨，凶狠瞪目，威武抿唇，不邪不佞，猛力拖拉從陽間墜入陰間的新鬼鮮魂，河、無頭鬼和裝扮為囡仔鬼差的金生列隊其中。行走。飄行。顯影。浩浩蕩蕩行向嚴肅的鬼域大殿。鬼殿位於蓬萊村央，基地高隆凸起。河低語，鬼殿雛形取自幽冥酆都，山高二千六百里，周圍三萬里，上下建立宮室，鬼差日夜駐守巡邏，不張揚，不逞威，亦不輕易放鬆警戒。酆都原有六宮，是鬼王決斷人事陟罰臧否之處。蓬萊村為地方政府管轄，為精簡鬼事力求務實，一切以勤儉嚴整為準則。前行，蹬上黑石階梯，著盔甲，持三戟魚叉當護衛武器。階梯不見盡頭，溺於濃霧，行行復行行，深深復長長直至黑霧乍散，城隍殿恢弘矗立，而後黑霧再次聚攏。行至外殿，進入，沿右側前行，寬敞外庭兩側壁面飾以石雕，有忠孝結義，有八仙過海，有水淹金山寺，有二十四孝，有張發大戰長坂坡喝退曹軍。鬼差畢恭畢敬，不敢怠慢，不敢遲疑，不敢大聲喧譁。再上石階至殿外寬埕，闖入森森詭譎陰氣，至底，便見城隍正殿，兩旁飄浮燒燃的血頭顱，長舌外吐順時針旋繞，正殿高堂以黑墨書寫神威顯赫、香火鼎盛與公正不阿等嘉言寶句。正殿有六根黝黑石柱，蟠龍攀柱，伸出龍爪朝夜空抓刨惡鬼，龍鬚蜷曲如觸鬚。歇山式屋頂，起翹燕尾，中脊矗立福祿壽三仙，兩側有雙龍飛鬚，奔騰搶珠。正中央的匾額懸掛「爾來了」三墨字。殿前滿聚百大鬼差。月色中，河、無頭鬼與金生立於正殿外牆右側。金生眨巴雙眼，不管是雕刻、彩繪或塑像都難以準確詳加描述，左側是加官晉祿，右側是金童玉女手持芭蕉元寶，上側是祥獅獻瑞，下側是金獅戲銅球，正中央以象鼻捲牡丹雍容坐鎮。碧雛鳥，金麒麟，赤鬃馬，墨蝙蝠，紅鳳凰，白野鶴，滿瓦滿簷莖葉結果，鬚根抓風吐情，在黃色、橙色、紅色、金色、綠色、藍色、銀色琉璃中盤根錯節。河指示，得平心靜氣，不躁動，不驚恐，不生懼，生來自然清白，死去自然坦蕩，等會兒城隍爺先辦案，後出巡，殿堂內鬼差隨行護衛，屆時趁機折返，從魂魄玉盒中取出被拘禁的元神。金生緊握魚叉壯膽，躲避於殿側，藏身河後，透過鏤空石窗往內探看。眾鬼差左右行列肅隊。木桿子墜地，沉沉連擊掀起慘澹陰風，一片肅殺鎖喉。

驚堂木驚懼拍案。

威武——鬼王捕快鼓起喉嚨，衙役齊聲威吼。

「押罪人前來——」城隍爺低沉發聲。

枷爺鎖爺押解罪犯至殿。

「你可知罪？」

「知罪。」罪犯急忙叩頭，懺悔痛哭。「我什麼都招了，也什麼都幹了，要怎麼罰我都無所謂。」

「說來聽聽，在世時都犯了什麼罪？」

「我七歲時偷摸了隔壁女孩還沒長毛的裙底小妹妹，犯了淫邪罪。十一歲在籤仔店偷了口香糖、黑松沙士和泡麵，犯了偷竊罪。十四歲又吸了隔壁村姊姊D罩杯大奶奶，再次犯了淫邪罪。當然，考試時我不用功，只會作弊，帶小抄，犯了不思進取罪。十五歲，我把我的大膦鳥攤在陽光中，搓熱了，棉花糖朝市集中的人群射去，犯了公共猥褻罪和妨害善良風俗罪。十六歲，我打麻將輸了錢，結果見笑轉受氣，把同桌朋友打了一頓，犯了公共危險罪……」

「停，夠了，公堂之上不得胡言亂語。」城隍爺挺身，瞪大烏光眼珠。「衙役聽命，先賞三十大板。」

「城隍大人，是您要我如實稟報，難道我犯了什麼錯嗎？」

「還貧嘴，再多賞三十大板。」城隍爺氣憤指責罪犯。

犯人平趴殿堂，肆意哀號，金生透過鏤空石窗仔細探瞧。殿央上方供大算盤，四周陰森，黝黑，壁面不見盡頭，似堆疊虎頭鍘、釘板、枷、鎖、釘槌等刑具，一股清涼冷冽穿透其中。鬼頭顱燈籠紅灼灼，露利牙，捲長舌，上下旋飛吐沫。城隍爺頭戴金銀鏽球宰相帽，帽央鑲一顆透亮血碧玉，雕龍鳳呈祥。威嚴面目，卻不抹滅親切，黑臉長鬚，兩眼炯炯有神不容侵犯。著橘紅錦繡蟒袍，編以日、月、星辰、群山、龍、華蟲、宗彝、藻、火、粉米、黼、黻十二章服，織以黃金、珊瑚、琥珀、瑪瑙、珍珠、硨磲、碧玉七寶。踩官靴，樟木龍椅黝黑泛光。犯人尻川皮開肉綻，聲聲淒厲，直說不敢了再也不敢了。

「別顧左右而言他，挑重點說——」

犯人面有難色，尋思如何將一生積累的罪孽化為幾句懺言。雙膝跪地，扭著頭，說：「我就是他媽的有罪，就是他媽的爛人，就是他媽的烏龜王八蛋。」

「崔判官，《生死簿》上是怎麼記載的？」城隍爺搖頭，平緩語氣。

崔判官白臉長鬚，頭頂金光烏紗帽，身披官袍與紅帛金漆彩帶，還有一條紫鬃緞帶，腰束玉帶，左握書牘偽裝《生死簿》，右持肋骨陰陽筆。崔判官面色凜然，試圖鎮定，翻開左手書牘不疾不徐誦念犯人生平：周昌蒲，歲五十三，噶瑪蘭頭圍城頂埔人，罹患肝病身亡，曾多次與有夫之婦涉有瓜葛……

「知罪知罪，我什麼都招了，不是我做的也全招了，我知道自己滿身罪孽，懇請城隍老爺子千萬不要大發慈悲，務必從重量刑。」犯人猛磕頭。

「念你罪愆不重，生前曾多次義捐，提供安養院糧食、保暖衣物與金援，對銀髮族老歲仔有功，又深含悔過之心。決定再杖打三十，拖去四殿閻王行宮，行火輪車崩地獄，苦刑一年即可轉世投胎。服？還是不服？」城隍爺低沉話語如敲響老鐘。

「服，謝城隍老爺不施大恩。」犯人抬起頭，似有隱情。「只是──」

「不滿嗎？」城隍爺蹙眉質問。

「不。」犯人急忙低頭嘆息。「這一年苦刑，想來必定不夠，若能再延長三、四年，方能徹底悔改，以及下輩子能否讓我投胎為畜牲，做人實在太辛苦了。」

「大殿上豈容討價還價，以為這是買賣豚肉秤斤論兩？」城隍爺再度持拿驚堂木拍擊。「枷爺鎖爺，把魂魄上枷，拖下去。」

犯人一邊磕頭一邊向城隍爺道謝。

「下一位。」城隍爺感到喉嚨乾渴，連忙喝些浸泡百年的童子血金棗茶。

威武──鬼差捕快再度鼓起喉嚨，衙役長木擊地，齊聲威吼。

枷爺鎖爺將一位衣不蔽體的女罪犯押解至殿。

「你可知──知罪？」城隍爺再次瞠亮雙眼，嚴肅高喊。

「知，我什麼都知，連你褲襠裡的傢伙硬不硬、尺寸多少、有沒有擋頭我都知。」女罪犯撥撩一頭金色波浪鬈髮，伸出右手，捏了枷爺十足彈性的尻川，再伸出左手，撫摸鎖爺冒出鬍鬚渣的俊俏下巴。

「還不跪下？」城隍爺霎時怒吼。

「我跪，我就要來跪，英俊的老祖宗別發這麼大的脾氣，我跪下來才好，像條母狗，要我舔膦鳥或是屁眼都沒有問題，我很開放的。」女罪犯向枷爺鎖爺拋媚眼，伸出柔軟舌頭，順時針舔舐嘴巴，再嘟起嘴巴分送飛吻，含情脈脈如含了眾膦鳥跪了下來。

「哪裡來的淫娃蕩婦？真是妖孽，活脫脫一隻千年狐狸精來著，竟敢藐視本庭。」城隍爺加強手勁拍打驚堂木。

「我不是妖孽，也不是狐狸精，我這個人最講求兩性平權，當然，我也是服膺性愛解放的女性主義者。」女罪犯扭動腰肢喊冤。「我真是不懂性愛有什麼好遮掩。」

「啥物主義？我看攏是㴙液。」八爺斥罵。

「八爺，公堂之上不可口出穢言。」城隍爺道。

「我——我的意思是曉以大義。」八爺低下聲。

「還貧嘴。」城隍爺一臉瞪視，接著望向女罪犯。「接著說。」

「從小我便十分在意身體的自主權，常常為乳房、陰唇和女性發聲，鄙視婚姻，鄙視查埔對查某人的物化和商品化。我也是什麼都招了，什麼都承認了，不必替我感到難過，我這一生，因為身為女性而感到無比光榮。」

「唉，這世道，搞得我愈來愈糊塗，說來聽聽，在世時都犯了些什麼罪？」城隍爺緩了語氣。

「說來可長呢！我的客官老爺，您得聽我慢慢道來。十一歲，我玩弄堂哥的下體，堂哥玩弄我的乳房；十五歲，我戳破了處女膜，我不要自己和未來的情人有不必要的處女膜情結；同年，我愛上一位五十多歲的有婦之夫，我讓他包養了半年，後來發現自己不愛他，愛的是他的小兒子；十七歲，我開始找人一夜情，當然，我認為這是合理交易，跟不認識的查埔人上床，收錢，讓自己過得更好。二十幾歲，我又愛上幾位有婦之夫，當了別人的小三、小四、小五、小六，自己都覺得可以開小七經營肉店。二十三歲，我頭一次和查某上床，後來也陸陸續續跟幾位查某談戀愛。當我愛上查埔人時，是不收錢的，而當我不愛這個查埔人時，想跟我上床就得付費。這很公平。我把錢都拿去買查埔囡仔，查埔可以召女妓，為什麼查某就不能召男妓？我是覺得我有點性愛成癮啦，不過難道就不能光明正大享受高潮嗎？高潮無罪，乳房無罪，我的陽唇、陰唇和我純純的心都無罪。唉呀，如果城隍大老爺胯下癢，想爽快一下的話絕對沒有問題，不收費。說真的，城隍大老爺喜不喜歡做愛呢？我可是很喜歡的。最喜歡哪一種性愛姿勢呢？」

「荒唐，實在太荒唐。」城隍爺氣得臉色青紫，雙掌握拳，因為過於氣憤而發抖。「衙役聽命，給我結實地痛打一百大板。」

「唉呀，我可是肺腑之言，難道誠實也有錯？」女罪犯發出娃娃音。「到底錯在哪了？」

兩位鬼差衙役用木板子壓平女罪犯綠柳小蠻腰，撩開超短熱褲，露出纖纖尻川，女罪犯胸前兩球過分豐滿的玉脂乳漿奶晃啊晃，蕩啊蕩，讓鬼氣波浪款擺了起來。衙役木質大板一打，女罪犯便縱情撥弄一頭發浪般水亮青絲，擠奶子，繃緊了臀線優美的蜜桃尻川，更加孟浪輕狂，呻吟著，嬌嬈著，萬種風情嫵媚著。全殿上下鬼差衙役都聽得全身酥軟，心癢癢，肉麻麻，屌硬硬，大板子輕了，打在尻川竟像是親吻。城隍爺也讓這嬌嗔聲搞得心煩意亂，下巴鬍鬚興奮得竟然翹了起來，根本無法鎮定，索性急忙下了命令草草押下女罪犯，說交由二殿楚江王發落。

城隍爺接連審了三個來自噶瑪蘭城的魂魄，分別判了斷肢小地獄、糞汙小地獄和剝皮地獄。

殿內再度陷入沉寂凝重之中。

「各位判官、二十四司、捕快和眾多將軍鬼差們，可有要事欲呈手本稟報？」城隍爺眼發琉璃光，橫掃殿堂。

崔判官面色緊斂，緊咬下唇，強嚥口水。

「唉，家己人才講腹內話。最近，十殿閻羅聚在一起不免感嘆番薯島是愈來愈亂，貪官汙吏掌管朝政，濫用警力，財團買下報社、電視台和新地舊址，不管城市鄉村一併飆高房價，小老百姓的月薪屢創新低，買不起房，闢自然保護區為遊樂園；說不定等到廟宇都被財團攻陷，這清清白白的審判大堂就要架設旋轉木馬和雲霄飛車。」城隍爺猛搖頭，從判桌上起身，左右逡巡走動。「我看，以後這明察秋毫的大算盤，都要被當作令人摸不著頭緒的前衛裝置藝術。你們說說，有什麼辦法能夠遏止歪風？打房，打人心貪欲，打情恨糾葛，打，打，打。」

罰惡司向前拱禮，說：「治亂世用重典，世人不把地獄與輪迴轉世當一回事，所以沒有起威嚇效果。我說，得加強巡邏，最好能規模性集體囑託噩夢。」

「以我的角度而言，我認為需要宣揚人世間美德，以善當誘因，必有速效。」獎善司回應。

「世間人人攏有私心，我知影獎善司的立場，但是閣毋是和尚尼姑欲做慈善事業，無效啦。依我的看法，我贊成罰惡司，就愛放風聲予世間人好看。」武判官圓目瞋視。

「我認為利用科學之便，大大延長世人性命，讓慢性疾病緩慢侵蝕病體，生不生，死不死，不生不死昏昏沉沉，便能在陽間自行啃盡惡果。」延壽司說。

「好了——」城隍爺走下台階大吼。

殿內眾鬼差瞬忽喑啞無聲。

城隍爺肅眉瞪眼，在殿堂內來回徘徊，止步，搖頭嘆氣躑躅不定。

「城隍大老爺，」七爺八爺上前稟報。「時間已至，該出巡繞境降妖祛魔以鎮蓬萊村，庇佑有餘村。」

殿外以雷霆氣勢傳來一聲虎吼。

「土地公土地婆駕到。」眾鬼差大喊。

騎虎爺的是盛裝打扮的土地公土地婆。土地公戴深藍員外帽，冠後縫布垂帽沿，以壽字裝飾，白髮髯髯，蓄銀鬍，右手握龍頭拐，左手持金元寶，金色衣袍繪有壽紋與回紋，足蹬如意翹頭履。拿龍頭拐拄地，從虎爺身上老邁蹬跳而下，而後伸手牽引土地婆。土地婆著包頭梳髮髻，別一朵紅牡丹，兩手環袖，金色衣袍繪壽紋、蝙蝠與丹頂鶴。土地公土地婆氣喘吁吁，滿額冷汗，兩眼有些渙散，雙腳不穩，沒走幾步就東倒西歪。

「眼睛都瞎了？還不趕快賜座。」城隍爺大喊。「沒看到土地公土地婆快要喘不過氣啊。」

李排爺和董排爺趕緊拿來兩張人骨龍頭扶椅。

「誠歹勢，這城隍的坎仔行起來真正會死人，老歲仔行無一半跤就無力，只好叫虎爺來。」土地婆拿出壽字方巾擦拭汗水。

「不知曉土地公土地婆要大駕光臨，不然我老早就差遣鬼差去抬轎迎迓。」城隍爺從案桌遞倒兩杯溫燙百年金棗茶。

「七月繞境可是年度大事，自當護衛，怎可勞城隍爺費心？許久沒有來這給您敬稟請安，不敢多有僭越，一切任憑城隍爺差遣。」土地公喝茶，面色和緩紅潤起來。「還好在出巡前趕上了。」

「說的什麼客套話，土地公土地婆不親自來這，我有空也是要去廟內坐坐的，順道替土地公土地婆敲歡喜鑼，擊吉祥鼓，放光明炮。」城隍爺哂笑，撫拍土地公肩膀。「土地公還是一樣健朗。」

「伊是啥物健朗？行兩、三步就跤腿無力，無擋頭。」土地婆正式向城隍爺打躬作揖。

「免禮免禮。」城隍爺趕緊攙扶土地婆，撫黑長鬍鬚。「太多禮就比外人還外人囉。」

「哪會使按呢，咱土地公土地婆是傷低的神格。」土地婆拉土地公重新作揖。

「都是為民服務，神格高低又如何，還不是享用香和紙錢，仝款啦。古書不是說土地公土地婆是五土五穀之神，專為祈禱雨暘時若，五穀豐登。沒有您日夜辛勤駐守防微杜漸，是絕對不行的，地方可是會出大亂子。」城隍爺感嘆言說。「行，我叫職司們多備兩頂綠呢大轎子一起繞境。」

「受袂起啦，也毋是新婦仔欲出嫁，坐啥物轎仔，閣再講《生死簿》攏還未揣著，凡間的代誌亂操操——」土地婆自顧自說。

城隍爺霎時凝斂面目，蹙眉頭，說：「《生死簿》明明在崔判官手裡，土地婆是不是搞錯了。」

「土地婆是烏鴉喙胡瘰瘰，亂講的啦。」土地公朝土地婆猛使眼色。

「我是聽崔判官講的，敢講揣著矣，揣著也愛講一聲免予人煩惱。」土地婆逕自說著，完全沒有發現土地公緊張得牙齒打顫。

城隍爺回頭瞪視，崔判官瞬即雙膝跪落大殿，低沉臉頰一語不發。

土地婆圓嘟嘴唇，像發覺什麼，急忙拿起方巾遮掩驚慌面容。

城隍爺走回殿堂審桌，再度持驚堂木拍擊，其聲可摧心斷脈，震骨折髓。「崔判官，給我如實招來，為何這事我不知情，如今《生死簿》何在？」

賞善司、罰惡司和查察司同時陪伴崔判官下跪，一時靜默無聲。

「是不是要氣死我？你們這些陰間的文武官吏怎麼也跟著荒唐胡亂？」城隍爺上氣不接下氣，握緊雙拳，憤怒捶打案桌。「來啊，牛頭馬面值日皂隸，給崔判官行癢刑。」

崔判官突然搶地磕頭，厲聲哀求，但終究不成話語。

大人，冒犯了，牛頭馬面先行致歉。

牛頭拿人筋繩捆綁崔判官手腳，脫下崔判官雲靴，以七彩羽毛搔癢，再以細竹戳刺癢穴。馬頭從懷中拿出酒甕形木質容器，解下蓋頭，一搖，從中竄出上百隻螞蟻肆意爬行於崔判官身軀，狠毒嚙咬，鑽進魂魄之中。崔判官全身布滿黑蟻，大聲癲笑，無可遏止原地扭動，因為無法止癢而淚流滿面。一會兒朗笑，一會兒號哭，大喊著，唉喲，我的皇天陰朝城隍大老爺，開恩啊。

賞善司、罰惡司和查察司不言不語，直向城隍爺磕頭認罪。

「怎麼都不說話，平常不是都對著鬼魂呼叱來呼叱去，威風得很，怎麼現在真要你們說話卻都唯唯諾諾屁都不敢放一個。」城隍爺怒吼。

職司怯懦斂色，低聲解釋，說《生死簿》消失當晚，四個鬼差正在打麻將，後來崔判官小酌幾杯就出了事。

「崔判官，你素為陰府表率，竟隱匿案情，曠職僨事，一味沉迷賭博貪歡酒杯，叫老爺我正義的形象與面子往哪掛？如今，只有革職摘頂，方能以肅陰政安撫魂心。崔判官，你服？還是不服？」城隍爺炯炯有神的黑眼珠愈發灼亮。

崔判官低下頭，面色慘白逕自發抖。

殿內千百鬼差齊下跪，喊：「請大人高抬貴手，收回成命。」

「你們這些王八蛋，不要魂魄了？仗著誰的勢？被誰灌了迷湯？竟然膽敢搖唇鼓舌，不知輕重同我說情？怎麼會這麼糊塗？按照陰朝律令，狎玩飲酒不理公事本該革職。」城隍爺的語氣愈發堅定。

「懇請大人收回成命。」千百鬼差齊磕頭。

「陰令如山，如今是要逼我出爾反爾？」城隍爺噴叱鼻息。

土地公土地婆連忙作揖，說盡好話向城隍爺求情，說崔判官沒有功勞也有苦勞，功過相抵，不至於摘下烏紗帽。城隍爺悶哼幾聲，面目嚴肅看向石雕壁面，再抬起頭，緊盯殿央的檜木大算盤，搖頭沉重哀歎，呢喃著，惡習啊惡習。土地婆看著崔判官口吐白沫，連忙向前，奪下牛頭用來戳刺的細竹。牛頭著實為難，不知如何是好。

城隍爺氣狠狠瞪視跪落鬼差，無可奈何，沉沉哼出鼻息。

土地公土地婆連忙解開人筋繩，將癱軟的崔判官扶至龍頭椅。

「好了，都起來吧。」城隍爺沉思，對崔判官說：「七日之內得尋回《生死簿》，不然拔官除爵轉世投胎墜入輪迴，就這樣，不得再有異議。」

眾官吏鬼差領旨聽命，城隍爺出巡，千萬別耽誤時辰——七爺八爺左右護衛，雷震大吼向前開路，筋肉雙腳一踏便掀起凜凜陰風。

繞境去。

鬼差抬起支撐神木坐轎的強韌竹椽，彈性搖擺，彎曲自如。鬼差不疾不徐不喘不亂，進三退二，有章法，有氣度，有容乃大，左傾右斜半旋繞，神威顯赫，坦胸露背面目凜然，雙腳踏向濛濛煙霧，昂然步伐不彰不顯依舊能颳旋陰風。虎豹陣，風雨姿，雲龍舞。彎街拐巷，降妖驅魔，報馬仔探路報信，鼓亭領隊舉旗，風帆列行，火炮乍現光明驅逐惡念。眾鬼開腸剖肚，以肝為鑼，以胃為鼓，以喉為嗩吶，以背脊為銅鈸，以胸膛肋骨為風箱，管樂齊鳴龍鳳呈祥奉花獻果，一曲八仙過海，一曲玉兔啃禾，一曲長河奔月。細密灰霧從不斷呻吟的鬼魅七竅中嫋嫋溢出，大風迴旋，灰煙竄高擴散，再泰然自若氤氳垂落循環不已。河拉金生，快步穿過漫漫煙霧，沿坐轎前行，又似後退，貼近，又瞬間拉遠，眼瞳子浮凸腫脹，喉頭深鎖，胸腔凹陷只得苟且喘息。一陣狂亂，一曲惆悵，彷彿坐轎與陣行走向都是為著逝去的、消隱的、不再復返的鬼魅時光。武判官威嚴黑臉，留長鬚，頭戴捕快帽，黑官袍，持錘與尖鐧，踏步震地。七爺八爺牛頭馬面斜肩分別挎一條大花紅綢，元神分身目光炯炯，甩肩晃臂，騰雲駕霧管轄分寸后土。陰陽司公戴官帽著官服，面容半黑、半白、半紅、半金、半陰、半陽、似善、似惡、似笑、似怒。人骨鬼肉的樂器有了默契，再次齊聲共鳴，大無畏，各以荒唐姿態介入漫天喧鬧，奮起激昂，轟轟然，胡琴、二胡、嗩吶、笛子、響板、三弦挾其古老音色牽引鬱鬱神祕的坐轎。咚，鼓聲不歇，以雷電、以霹靂、以拘謹似的放浪形骸開夜行。鞭炮炸裂血珠子，耳膜振動，過分的喧騰凝鍊威嚇，封住撒野，卻依舊止不住前世今生淚眼潸潸。什役挑三十六刑具。枷爺握木枷，鎖爺持鎖鍊，頭戴捕快帽威風快意，巡視四野八方。春夏秋冬四大神威嚇其中，葫蘆臉，蓮花色，鵬鳥姿，虎面態，散發忠義光仁德氣，迴身，跨步，為善笑，為惡愁，為迂迴婉轉的不得已哀歎下註，歸返永遠不遲。武器灼灼，澀冷中響起尖銳甩動聲，不可言說，不可探究，不可索求，金銀銅鐵錘鍊敲打，內底竟是千萬年養成的柔軟心。神轎前行，亦後退，徘徊其中，同時迅速向夜的深處壯烈行去，消逝，卻時刻逼視，餘後的灰身塵體都有墜落與被撐持的震懾。似單獨，又趨近漫長；似瞬間，又集體漫遊。屢次經歷，屢次忘懷，再次讓無比驚懼所攫，反覆和嗚續以醍醐灌頂，充塞孤身，這絕對性、不可抗拒、已遭摧殘而渴求康復的存在。元神恍若緩慢歸位，經歷可憎、可恨、末路岑寂般阡陌溫柔，是春土，是秋泥，是花街，是柳巷，是夏颱，是冬霜，赤身裸體遍體鱗傷。逢街威嚇，遇巷檢視，逢山開道，遇水架橋，逢妖馴化，遇精降伏。河緊拉持戟壯勢的金生，迂迴繞過鬼陣，穿街過巷，跨衢越弄，鞭炮聲劈里啪啦天地乍裂。河的掌心泛出熱潮。金生在朦朧煙霧中奔跑，身體無法控制地顫慄，意識唐突剎那被拋擲於真空，只能望著河在突圍中絡絡飄飛的銀髮，他得要好好握住河的手，再不鬆開。

急忙攀爬階梯，至頂，無頭鬼已更衣換妝，畫大花臉，粉白膚，鮮紅唇，豔紫眉，拿一大壺專門蠱惑查埔的陳年乳香玉漿酒，十足哀怨穿著歌仔戲戲服。無頭鬼遞給金生銅鑼，連忙囑咐，等會兒進入正殿得大張旗鼓地敲，憤世嫉俗地敲，張牙舞爪地敲，千萬別怕，就是盡力敲。河奔躍得滿臉通紅，說，此計成否端看二位鬼差，我得趕快回去加入陣隊，不然容易引起疑竇。約好相見於土地公土地婆厝內。河再度奔向街巷。爾再度來了。無頭鬼引領金生入殿，寬闊正殿內共有六名留守殿衙的鬼差役，圍一張方桌，食花生，啃瓜子，吞雲吐霧吸鴉片菸。金生在肅穆殿堂中吮一大口森森鬼氣，壯起膽子，大力敲響銅鑼，無頭鬼順著鏘鏘鏘金屬聲響踏入殿內，隨即化身苦旦，撲倒在地，伸頸蹙眉，淚眼潸潸哀傷捲袖，欲遮且露。先來七字戲曲調〈破窯調〉：哀家屈守佇破窯，三頓食無一頓燒，想我命苦是真少，兩眼失明看未著，兩眼失明看未著。鬼差繼續歡喜抽食鴉片菸，腳步踉踉蹌蹌圍攏而上，睜大眼珠，唏唏嚇嚇言說，這毋是鬼差無頭鬼嗎？是予誰欺負？無頭鬼沒回應，逕自替鬼差倒酒，接著唱起〈霜雪調〉：哪行哪行哪煩惱，霜雪哪凍欲如何，無食半項落腹肚，枵甲跤痠未行路。今日霜寒佮雪凍，滿天的雪白茫茫，霜雪哪落又哪重，舉目周圍無半人啊無半人。金生趁鬼差圍攏看熱鬧，躡手躡腳爬上判桌，看見了魂魄玉盒，河有交代，木盒雕兩條活靈活現氣燄高張的玉鑲飛龍。金生伸手，卻遲疑了，他同時看見裝有清發心臟、戮刀與髮辮的木匣子擺放魂魄玉盒旁。

「攏予我閃開——」八爺緊捂腹肚大吼。

金生連忙挾住木匣子塞入捕快衣襬，提至腰，鬆了腰帶纏繞，踅下廳堂再次敲起銅鑼。

「誠夭壽，莫共我擋路，腹肚哪會遮爾痛，恁八爺欲去便所爽快。」八爺左手按住腹肚，右手推開圍攏差役，也不管殿內正在鬧些什麼，連忙朝內側跑去。

青燈灼耀，無頭鬼臉色蒼白，無助絕望，不停啜泣頻頻拭淚，起身，七字哭調撕心扯肺。

殿內鬼差役一手拿木棍，一手持鴉片菸槍，立於殿旁兩側趕鬼。

無頭鬼的綿長哀怨如細針刺繡，繡在耳朵，刺進心。

金生腆大肚，一溜煙竄逃出去，不敢停下腳步亦不敢回頭。河事先告知最迅捷的路線，下至梯底，左轉，至市集，筆直穿越市集後取右，順路徑行約百尺，泥路右側有層疊迂迴石梯，沿梯行，遇三叉路取左。三步併兩步，啥都不理，階梯上不小心翻了跟頭，手腳磨出血，趕緊重新闔上掉落的木匣子再次用腰帶捆綁，匆忙起身竄逃。心臟撲通撲通跳動，腦袋浮現河所描繪的書牘簡圖。鬼霧中，乍現千萬圖騰，旗幟獵獵翻攪陰風，鷹鳩疾飛，骷髏瘦頸，怒相金剛。頭顱燈籠火紅豔燃，白臉死，灰臉喪，紅臉怒，綠臉殘，紫臉愴，黑臉威，虎爪獅牙，百獸自暗處撲襲而來。恍恍然，止步市集，喘大氣，面色通紅，兩眼渙散突然看見八爺不知何時四平八穩矗立前方，虎背熊腰，齜牙咧嘴，賁張滿身肌肉。金生早已蛻成人形，鰭、鰓、鱗片與魚尾剝落消失。八爺瞪視怒眼，伸獸掌，緊掐金生細脖，抬起，金生身子隨即懸空搖晃。八爺吐大氣，吹口哨，邁開穩重腳步繼續四處巡查。金生發不出聲音，無法呼吸，雙手掙扎亦逐漸失去力氣，全身痙攣，滿臉青紫腫脹，昏沉沉漸次閉起雙眼。意識消弭，只躍出幾個模糊畫面與零星句子，母親——

母親是否承受更劇烈的苦痛而死去呢？

逝者湮滅時日。

滑溜溜草魚從背脊爬上肩頭，吐出水珠隱身，兩鰭當翅，高高低低上上下下吃力飛了出去。黑霧中，一抹煙，一團火，一欉魅魅鬼影。

瓣瓣剝落的影子擎舉金鎗青令旗，夷戎軍隊徐徐復疾疾神出鬼沒。

獨行，向嬌嫩的哭聲霧裡探花。

是無頭鬼。

金生猶能聽見無頭鬼哭聲，細密軟柔，藻苔似黏膜，活水似母乳，如此冷冽哀傷。無頭鬼淚眼婆娑，依舊穿錦黃戲服，頂寶玉鳳冠，別碧綠翡翠血紋簪子。不知何時，再次暴戾鋸下頭顱，鮮血粉肉碎骨噴濺得滿牢房。無頭鬼自我呢喃，說生前對什麼都沒什麼興趣，唯一的癖好可能就是愛看戲，愛聽歌。無頭鬼彎下腰，撿拾掉落地面的鋸子，湊到嘴邊仔細舔舐，直到重新亮出鋸齒銀光。鬼火般蕊燭閃滅，金生疲憊撐身，揉搓瘀青腫脹的脖頸，嘗試吞嚥口水。無頭鬼繼續旁若無人唉聲嘆氣，兀自吟唱，將一顆無比俏麗的頭顱置放雙膝，左手整理鳳冠飾品，右手梳理髮絲，重新上簪變換髮型。

「對不起。」金生皺眉，怯生生走到無頭鬼面前。「沒想到最後還是失敗了。」

無頭鬼從華采戲服中伸出手，十足親暱將金生拉到身邊。「不需要道歉，你並沒有做錯什麼事，我只是擔心你無法回到陽間。不過說真的，待在陰間比待在陽間好多了，不是嗎？陽間有什麼好的？想來想去還真的想不到理由說服自己投胎。可惜啊，我也沒有多少時間能待在這裡，等到身體浮現命籤，就得認分。人難免一死，鬼也難免投胎，只是就算投胎轉世又能如何？一輩子虛無苟活實在沒有意義，早日自盡，也就能早日清靜。」

「活著可以做很多事情，像是喝可樂、吃炸雞、打電動、逃課還有揍人等等的。」金生搔頭，回想諸多陽間事物。

「始終拖著一副臭皮囊。」無頭鬼哀歎。

「不洗澡的話，身體當然很臭。」金生說。「有時候，我也覺得不知道自己為何要活著，不過活著真的需要那麼多理由嗎？」

「我不應該等到十八歲才自殺，實在太慢了，當時我整天除了寫作業、讀書、考試之外，好像什麼事情都沒有做，這種沒有意義的人生根本不值得繼續下去。」無頭鬼撫摸搽滿胭脂的粉色臉頰。「上吊後真是難看，眼球凸起，舌頭外吐，全身痙攣大小便沾滿褲子。其實說真的，我不知道我為什麼要結束自己的生命。有一堆新聞報導仔細分析，說可能讀書壓力太大，可能為情所困，可能遭受校園霸凌，也可能原生家庭不健全。說起來好笑，當時我竟然還當了好幾天新聞頭條，可出名呢。後來我竟然在無意間成為楷模，許多學生模仿我死去方式，試圖揣摩我自殺的精神，有獨自上吊，也有集體上吊。」

一盞悽慘白燈從遠處照射而入，金生感到冷，愈發依偎無頭鬼。

「所有的分析都只說對一半，因為當時我並不知道自己為何要上吊，我只是感覺我的精神與意識都遠離了我的身體，漂浮著，無所憑依著，好不容易抓住什麼卻發現努力抓住的什麼，不過是假象，一切都是捏造的，沒有什麼可以相信，也沒有什麼值得相信。隱然間，我感覺有一個更龐大的什麼隱藏背後，我想觸及卻發現無法觸及；或者說，當時我把這種迷茫，轉化成無法理解的怨恨，於是當我試圖好好活著時，所能感覺的就只有疼痛。我受不了這個世界，所以荒唐地尋找理由：殘虐、庸俗、可鄙、無恥、傷害、荒謬——認為這個充滿暴力的世界容不下我。只是當時，我並沒有痛擊我所怨恨的一切，擊潰我存在的地方，我太容易感知所有疼痛而無法抵禦。我一直處於墜落，明顯感覺身體與精神失去重心，血脈與心臟承受巨大壓力，而我像是沉在一個永遠被自己遺棄的世界，因為存在本身的殘暴與美好而困惑不已。我想測試生的界線，想探詢內心深處強烈的死亡欲望，我一無所有，所能犧牲的只剩生命。我竟是如此脆弱，而我知道所有的脆弱都試圖讓人變得更加強大，只是在強大之前，必須承受考驗，存活下來。」無頭鬼抱捧頭顱，側轉四十五度，好讓雙眼能夠仰視金生。

金生似懂非懂，專心聆聽，感受無頭鬼體內的顫抖與悔恨。

「直到死去，我才了解，原來我才是背棄世界的罪人。」無頭鬼笑了笑。「然而，已經來不及了，我只好向崔判官和城隍爺請求，希望能在蓬萊村認真地做些事。我當然有權利再度背棄世界，但是我不想，我做出決定。下輩子，我依然不會知道蓬萊村的存在，只會把陰間當成道德訓誡，不過，想像或許還能存在吧。我希望下輩子還能想像，不管是善的想像、惡的想像、欲望的想像甚至是罪惡的想像，我知道能夠呼應想像的只有真實的深切情感。只是，我比往常還要擔心、困惑與害怕，因為這麼多年來，我已經沒有了心。習慣扭曲，習慣失去，習慣摧毀價值，習慣迷失自我。我甚至在胸膛鑿開了洞，挖出心臟，我想要知道我是否早已經失去體驗世界的能力，各種衝動、感官、魅惑、價值、精神、文化是否具有更根本上的意義？」

金生想說些什麼安慰無頭鬼，只是想來想去反而陷入沉默。

無頭鬼從上往下鬆開脖頸旁的戲服金玉鈕扣，拉下胸罩，敞開胸膛，撫摸白皙嫩透的乳房，緊接掌心輕壓肋骨，隱然露出一條圓弧血線，修長指尖刺開縫線，再以指肉扳住血肉，打開左側胸膛，肋骨內竟然廓然無物。不，肋骨內含折射之光，原來魂魄形體是以玻璃質地塑造內裡。無頭鬼右手伸入體內，抓住玻璃心，指尖使勁出力取出透明光亮之心。不僅心臟，所有胸腔內的器官都由玻璃所製，無頭鬼握住玻璃心用力擰捏，隨即碎裂成一地斑駁光影。

金生想起什麼，突然摸索起圓鼓鼓肚子，腰帶依舊緊勒木匣子。

「投胎前，是無法再度回復完整之身，滿是殘缺啊。」無頭鬼敷粉臉蛋更加蒼白。

金生卸下木匣子，謹慎打開，穿刺鏞刀的心臟與長辮依舊齊整擺放。「如果願意再次感覺生命的各種疼痛，就用這顆心填滿空缺吧，這是鬼差清發的遺物，我想他也會希望這麼做的。」

無頭鬼無比顫抖睜亮眼珠子，望向木匣子。

金生放下木匣子，謹慎捧起心臟，右手握住斑駁的木製刀柄，左手輕柔掐捏心臟，猛然拔出刀子。

無頭鬼接過破碎心臟，掀開附著乳房外側的肋骨，閉起雙眼，將心臟緩慢放進玻璃胸腔。瞬間，摧折的心臟與無頭鬼斷裂的血脈細密相連，動脈立即新生如枝椏，黑紫血液汩湧而出，蛻成鮮紅，靜默心臟突然一張一縮頑強跳動起來，鮮血一古腦注入玻璃質地器官而瞬間化為真實血肉。深吸一口氣，闔上肋骨，重新感覺存在本身的痛苦與美好。無頭鬼張開雙眼，淚水盈眶，強忍不願流下淚水，從金生掌中取來鏽刀，卸下滿頭髮冠與髮髻，綹綹割刃青絲，再從懷中掏出細刺鴛鴦的錦繡寶袋，從中掏出骨針，黑髮繞進針洞，打結。「拜託了，請幫我縫上頭顱，我是帶著怨恨死去，但是我不願帶著怨恨而生，我希望下輩子是溫熱之身，同時也是完整之身。」

金生拿著髮線骨針顫抖。

無頭鬼捧起頭顱，重新置放切頸上緣。

金生相當緊張，滿掌滲汗，骨針輕巧穿過頸子上緣，穿過頭顱下緣，滿掌鮮血來回編織屍首身軀。

無頭鬼不喊疼，不叫痛，無傷無亡面目安詳，輕聲哼唱〈黑暗路〉：更深夜靜無人行，樹林黑暗心會驚，荒野淒涼無月影，只有秋蟲的叫聲——歌聲未歇，血字命籤緩慢浮現。

知君指擬是空華，底事茫茫未有涯；牢把腳根踏實地，善為善應永無差。

金生重新縫補無頭鬼頭顱，掌心羼雜手汗、鮮血、肉屑與深情眼淚。

無頭鬼將刀子與髮辮重新放進木匣子，蓋上，撫摸左側胸腔，再撫摸金生童稚臉龐。「這次我會好好活下去，答應我，你也要好好活下去，未找到充足活下去的理由之前，都不能輕易放棄。」

牛頭馬面鬼差分身揹扛竹桿，穿越牢房。

金生懷抱木匣子，縮擠黝黑壁面之下，閉上雙眼，摀住耳朵，齒牙狠戾嚙咬手臂。他覺得一切實在過於荒唐，無法哭泣亦無法發笑，一古腦蜷縮身子，將臉埋在手臂與大腿中，埋進深不見底的窟窿。身子鐘擺前後擺動，顫慄著，不知道自己為何退縮漆黑，為何強烈恐懼，為何無法面對一切。意念浮動跳躍，種種影，盞盞光，炷炷香，金童玉女紙紮虛透身，阿彌陀佛銀質琉璃光，紙錢翻飛，呢喃誦經，祭壇搭建而起，香水百合團團簇擁，擺放母親迷失於時空川河中的遺照。

是誰日日夜夜豎立招魂幡，深埋怨恨，無比堅決緊握小刀，將周身皮膚一刀一刀刻上逝者滲血之名？

起程了。

面壁啊。

震顫終於止息，呼吸逐漸平緩，喉嚨乾渴，腦子內亂糟糟無法思考，背脊因為長時間彎折而疼痛，嘗試睜眼，身體四肢如同觸鬚延展。深黝大牢，無頭鬼已經離去，地面依舊殘留枯乾血漬與零碎肉塊。枯燈漸萎，石砌牆壁的鐵欄圓窗透著若有似無的光芒，似鬼火渣滓，似月光灰燼，似剝落皮膚。緊抱木匣子，裡頭還有清發烏黑髮辮與一把鏽刀，不管如何，都應該慎重交給土地公土地婆。牢房仄狹，兩個榻榻米長，一個榻榻米寬，四面俱為泥磚牆壁，靠近走道有一鐵門，七根直桿矗立而成，外頭上鎖。使勁搖了搖，絲毫沒有任何動靜。不斷旋繞牢房，踟躕著，不知該如何是好，靠向鐵門與牆壁夾角縮擠身子。冗長廊道飄浮幾盞鬼燈，蜂巢似牢房陰暗潮濕，偶爾露出一張被撕去人皮的哀傷面容。金生朝廊道叫喊，毫無回應，只好再次吭唧吭唧用力拽鎖。一時，聲音復歸岑寂，黑暗如毛蟲層層吐繭包裹，再次以手腳貼牆觸摸似尋找機關暗道，可惜一無所獲，只好沉重敲擊牆壁跌坐夾角。一陣迷茫，眼睛盯視若近似遠的黑暗，意識懸空，沉浮，胸腔因為鬼氣進出而上下起伏，一股睡睏倦怠逐漸濃厚起來。壁面與地面逐漸柔軟，泛腥臊藻苔，雙掌觸地嘗試摸索，只是依舊無法辨明情況，鐵柵欄突然大規模潮湧起血水，一波波，一崙崙，一潮潮，湧滾而入，至腳、至腰、至脖並一口氣漫過頭顱。血水持續上湧，金生抓緊欄杆頂端讓頭顱探出勉強呼吸。血水不斷劇烈衝擊，木匣子不禁從懷中掉落，索性鼓起嘴巴憋住氣息，反身下潛，再下潛，雙手觸碰牢底搜尋。木匣子敞開頂蓋。金生握住欄杆上攀，吸口鬼氣，再度憋氣下潛伸手四探，終於尋到鏽刀和髮辮，趕緊游出血水大口喘氣。

咕嚕咕嚕，牢房正伴隨血水四處漂流。

來不及緊張、惶恐、呼喊、哭泣，只得抓緊欄杆，半顆頭顱上探至牢房頂端，吸氣，吐氣，吸氣，吐氣。血水湧漲，絲毫沒有退潮跡象，他不知道自己到底在血水中載浮載沉多久。時有溺斃感，死命抱住木匣子，頭顱猛然上探呼吸鬼氣，而後繼續沉落血水奮力掙扎。血水溫燙，流進耳朵、鼻孔、嘴巴並滲進身體內部，彷彿下一刻元神魂魄即將被消解。金生扯開喉嚨大喊，只是聲音在血水之中顯得無比破碎，被稀釋，被消化，被支解吞噬。一時間竟然浮現放棄念頭，覺得這樣子輕鬆多了，不必痛苦抵抗，然而他著實害怕未知，害怕自己無法面對龐大的死亡，於是耗盡氣力持續聲嘶力竭求救，直到聲音喑啞，黏稠血水灌滿胸腔。

血水持續洶湧氾濫。

「是鰲魚。」一個熟悉的聲音從隔壁牢房傳來。

咕嚕咕嚕，金生還以為聽錯了，努力讓頭顱浮出血水。「有人在嗎？」

「鰲魚，又叫龍魚。」隔壁牢房中的魂魄確實正在對他說話。「這裡是浴血池內的水牢，我們被困在龍頭魚身的鰲魚腹肚之中，祂有金色鱗片和葫蘆尾巴。」

金生一邊求救，一邊試圖辨認熟悉聲音。

「沒有用，就算叫破喉嚨也沒有鬼神會來救你。這條鰲魚調皮得很，有時還會來個前空翻後空翻。」聲音停頓了一會兒。「為什麼會被抓進來？閣是囡仔聲，幾歲？」

「河一定會來救我。」金生有些遲疑，不知是否該回應對方。

「水牢無法隨意進來，也無法隨意離開，我們被困在鰲魚身體裡面，非常非常裡面，每間牢房都有一扇窗，那扇窗其實是鰲魚的金鱗片。唉，我在這裡也待了有段時間，多長呢？多短呢？我也不太清楚，彷彿只要心中存有怨恨，對於時間也就失去了知覺能力。」魂魄嘆了口氣。「相信我，待在水牢比待在其他的地方好多了。渴了喝血水，餓了還有機會吃到新鮮碎肉和被支解的手腳，絕對不會餓著。血水溫燙，正好可以泡溫泉，促進血液循環，還能改善風濕、關節炎和香港腳呢。」

金生認出熟悉的聲音。「你是羊頭的爸爸嗎？」

血水翻騰，肆意攪動，隔壁牢房好一陣子沒有再傳出聲音。

金生憋氣，潛下血水，將木匣子重新捆綁腰間，再度抓緊鐵欄杆探出血水。

「羊頭還好嗎？沒想到我還有機會聽見有人談起有餘村，我以為那只是一場夢。」

「我的阿公是金石義，阿嬤是林春娥，我的不痟老爸是金卓越，我的母親——」金生報上長輩姓名。

「是卓越的後生金生。」

「是啊，我是畜生。」咕嚕咕嚕，金生吐出血水。「叔叔不是去找龍尾颱風談判，怎麼會被關在這裡？」

「一言難盡。」

「被鰲魚吃進肚子，還真的是哪裡都去不了。」

「你的陽壽應該未盡，為什麼會被關在這裡？這裡是罪人懺悔之處，不是你該來的地方。」

「叔叔，不用擔心，我會順利離開的，我可是土地公、土地婆和崔判官親自欽點的鬼差。」金生雙手緊握欄杆，頭顱貼平牢頂，聆聽隔壁傳來的聲音。「叔叔都在牢房內做些什麼？整天被關在這裡一定很無聊吧。」

「我在這裡懲罰自己，我每天都在回想自己曾經幹過的蠢事。不，其實我並不知道我是否真的幹了一些我不想承認的事情，只是心有虧欠，滿懷內疚，時時刻刻都想哭，時時刻刻充滿血腥暴戾之氣。或許，你只是我腦袋裡的想像，想像自己還活著，想像雙腳還能夠踏上有餘村土地，想像重新擁抱我所摯愛的親人，想像跪在阿爸阿母面前磕頭謝罪。」聲音充滿情緒。「只是，我沒有臉再回去了。」

「我和羊頭都有好好照顧叔叔的身體，不管是吃飯、喝水和大小便，物件攏攢好好。」金生咕嚕咕嚕吐出血水。「羊頭還會固定幫叔叔洗澡，還有拍手銃喔——」

「這个囡仔啊。」嘆息聲傳來。「所有的因果都是自找的，怨不得人。這些年來，我認清了一件事，如果想要讓人墮落，那麼就讓他愛上不該愛的人。是的，我愛上一個在湯圍擺菜攤的寡婦，原本只是想要玩一玩，沒想到會愈陷愈深。我傷害了她，也傷害了另一個她，我同時傷害了她們。我說，離婚啊，沒什麼大不了。查埔人出去開查某敢有遮爾嚴重？她不肯。我不知道我是如何傷害她的，我想殺死她，可是就連這個念頭都讓我惶恐，我不敢確認。我多麼希望是她傷害了我。她說，你為什麼打我？我無法度繼續愛伊，是的，我打她，打得她鼻青臉腫，她發了瘋，竟然拿刀想要刺我。她瘋了。那時，我沒有看出她正流著眼淚。我只知道她心真狠，真毒，真是鐵石心腸竟然要我死。還好，她離開了，就像我真的殺死了她。我發現她睡著了，滿臉蒼白，頭髮散亂，流至地面的血已經乾了，她把刀刺向自己；她的屍體繼續對我說話，說她要離開了，要死了，吩咐我好好照顧囡仔，她要我知道她始終愛我，即使我對她已經沒有了愛。我不懂，一個挨了巴掌與拳頭的查某人為何能有如此大的能耐？她愛我，她愛這個家，她捨不得，於是試圖要我去憎恨她，因為憎恨她要比愛她還要容易，她把一切過錯都推給我。她要我記得她，永永遠遠。她刻意帶著被憎恨的情感離去，因為她愛我，太愛太愛，所以願意賠上性命，或者說她其實是在測試自己對愛的能力。我絕對是報復，巨大無比的仇恨，我他媽的每日每夜都籠罩在愛與憎恨之中，直到最後毀滅了自己。我以為我能夠再給她一次機會，不，是讓她再給我一次機會。我喝酒，揍人，開查某，最後失手殺人。我想，我是真的殺了她，但是我無法把她埋起來，她依舊每天徘徊在我的身邊，向我低語，我愛她，是啊，我曾經真的愛過她，曾經真的承諾過她——」

金生並不了解這到底是懺悔，還是正在遙想難以挽回的過去。

「直到現在，我的心中還是充滿恐懼，所怨、所恨、所糾葛，為何總是深深愛過？而這中間到底是受到什麼詛咒，逼迫我們逐步走向毀滅？」

金生手一鬆，沉入血水，手腳當蹼試圖上游，強勁血流再次湧入。

剎那間，一把利齒咬住金生捕快衣領猛力上提。

「還真沉。」草魚在血波中鼓動雙鰭，亮出滿嘴晶亮牙齒。「還好我都有固定用黑人牙膏，不然牙齒早就斷了。」

「我以為祢逃難去了。」金生攀附草魚雙鰭。

「趕快抓住鐵欄杆。」草魚睜大眼珠，吃力擺鰭。「我已經向河報備了你的狀況，木匣子還在吧，裡頭不是有一把刀和一條長辮嗎？刀子可用來鑿開大鎖，長辮得用來搔癢。」

「搔癢？」金生吐出滿嘴血水。

草魚跳回金生肩膀。「別問那麼多，現在深呼吸潛下血水打開木匣子。」

「清發說過，木匣子內的東西要拿來祭天。」金生遲疑不定。

「沒時間考慮了，難道要永遠困在這裡？」草魚說。「先顧性命，再顧老天爺。」

金生再度深吸口氣，潛進血水，解開束帶打開木匣子。草魚咬住長辮，金生拿刀用力鑿開水牢大鎖，推開鐵門，雙腳一踹瞬間游了出去。

草魚引路。

金生游到隔壁水牢，再度用鏽刀銼轉大鎖，刀身瞬間拗斷。

「沒關係，我是自願留下來的。」血波中亮起哀戚雙眼，轉過身，再度退入水牢。

金生用力扯動鐵門卻絲毫沒有鬆動。

「告訴羊頭，活下去吧。」聲音帶有歉意。「活著，回到你所來的地方。」

「一定有什麼辦法。」金生繼續搖晃鐵門。

草魚咬住金生衣裳死命外拽。

游過蜂窩水牢，游過碾絞魚胃，最後游上階梯，彎折回繞直至鰲魚食道口。草魚鬆開不斷掙扎的金生，咬住髮辮一端，鬆弛黑髮隨波上下延展如海草，騷動食道壁。食道劇烈震顫，一股強大水壓滾滾襲來，食壁口悄然敞開。草魚咬住金生腳踝，游過巨大魚舌，再奮力游向魚嘴閘，最終，如同氣泡與渣滓被排放出來。草魚再度緊咬金生，毫無停歇游向浴血池岸。池子內暖呼呼，熱燙燙，氣泡啵啵上竄，金生在血波晃蕩中注視一尾周身金光粼粼的巨大鰲魚，不沾罪孽，不染俗塵，翹銀鬚，動龍角，耀鱗片，偏動魚身，折轉魚尾下潛，向極遠、極深、極靜處悠緩游去。

生死簿：衣衫不整謂之流行

天色慘澹，灰濛濛，還好這是個絲綢錦緞堆紗疊縐的花花世界。

衣衫雲彩有白素、荷邊、繡花、拓印莖葉等，織法、形式與樣貌各俱特色。夏甚豔，遍地衫林褲樹、絲葉繭禾；冬日傲陽，家家戶戶趁乾癟日光晾衣掛褲、曝花曬紋，翩然彩然隨風搖曳。蘭地古書言：「夏尚青絲，冬尚綿綢，皆取之江、浙。其來自粵東者，惟尚西洋布；白則為衣、為褲，女子宜之；元青則為袭、為褂，男子宜之。其來自泉南者有池布、井布、眉布、金絨布諸名目，盡白質。至金絨為毛布，井眉為淺藍、為月白，皆蘭所彈染也。」這已是久遠之景，如今，蘭地有餘村夏尚比基尼海灘褲，冬尚日風、韓風、歐美潮流風，洋蔥式穿法，裏層包裝，得配色，低調者走大地色或高雅黑白風；高調者不乏有五色鳥軒昂羽澤，大膽，豔麗，炫彩包裝般表演意味，紅一塊、青一塊、紫一塊、粉一塊、白一塊、黃一塊，混搭前衛藝術，端看穿搭者心情與個性。

人口老化與人口外移嚴重的有餘村，依舊存在舊式漁村的服裝風格。

不論查埔查某，壯年、中年與老歲仔穿著大都趨於反璞歸真，也就是所謂的邋遢茌懶。查埔人絕大多數選擇外出工作，若是屬於壯年又留於村莊者，大抵家有餘蔭，或者考上公家機關轉調回村，一周上班五日，一律穿白色、米色或細條紋白底襯衫，左胸位置縫製口袋，可裝香菸與打火機，內穿寬鬆白汗衫；褲子大都是量販店或大型綜合賣場所購，一律西裝褲，便宜，耐磨，寬鬆不緊貼，透氣效果不佳，多為黑色或深灰色。查埔人著黑皮鞋，深靛或黑色長襪，繫黑或深褐皮帶，標準公務人員穿著，講究穩重、齊整與規格化。由於村人嚮往公家機關鐵飯碗，半正式穿著也間接影響村中查埔人，只要過了青春期，西裝褲和棉背心是絕對不能少的固定搭配，不同的是，這些老漁夫不喜歡將棉背心和短袖白衫紮向褲內，時常穿藍白拖或夾腳拖就出門找人開講。逢夏，寬鬆至膝蓋處的短褲一看就知是西裝長褲剪裁而成；逢冬，隨意添件褪色棉襖外套、毛線衣衫，或者加一件男女通用的外套羽絨衣，包裹成福氣土地公。西裝褲搭有袖、無袖棉背心絕對是最普遍最流行的風潮，有餘村查埔人無不承襲，發揚光大，賦予衣褲更多的方便性與功能性。居家可穿，外出開講亦不失正經嚴肅，會面親友可，上香祭奠可，下田除草亦可；且夏且冬，且熱且寒，熱了，捲褲管，涼了，長褲管遮著腳踝擋風。有餘村的查埔人沒有注意到的，是西裝褲的產地，標籤一看，絕非番薯島，無不是大陸製、泰國製、印尼製甚至是緬甸製。不過對於使用者而言，是島國製、大陸製、番人製、洋人製或鬼製的都沒差，講究的是實際面，只要便宜、耐用與剪裁合身即可。

至於汗衫，更是充滿男性陽剛味。無袖汗衫是首選，天氣冷時可更換為長、短袖內衣，這些白色汗衫一律承受數年風霜，積累無數次滌洗與磨蹭，衣衫與肉體的纏綿情話漸趨平淡，不再激情，無不鬆垮、垢黃、破洞，然而村人依舊不離不棄貼身相伴。老歲仔蹺二郎腿，還夾腳拖，背桿一彎夾菸吞吐，身上一層若有似無若近似遠的庇護貼身。身瘦者在衣衫與胸骨間挪出寬敞空間，風鼓般拉扯，曖昧多姿，你情我願，乳頭露出如種子，衫花膚樹在一陣風襲時緊貼無語，無風時再盪出間距；身肥者將細薄衣衫鼓成小丘，內有層層褶皺，草皮似的汗衫一翻多摺，摺入胸、乳、腹以及各式深淺慾望，兩乳脹奶，膨脹得有如彌勒佛。汗衫的功用穿法同紀念衫。汗衫自購，紀念衫則是歷年廟會慶典、選舉造勢、曆法儀式和神州大陸出遊的附屬品，印有標籤、人名或圖騰，待時日久遠，一併漿洗褪色。村人還嗜戴帽，尤其是童山濯濯者。帽子樣式無關潮流，而是選舉造勢與廟會紀念帽，戴上競選者的宣傳帽並不代表支持，何況，許多帽上的人名早已成為祖先桌上的名字。奇怪的是，即使帽子與內衣老舊，就是捨不得丟。厝中妻小囝孫看不下去，添購新貨，持拿剪刀將汗衫剪成碎布，擦桌、拭椅、鋪地，棄之如敝屣。穿上新汗衫怪不舒服，也怪舒服，任何有資歷、有故事的衣衫都必須有個饒富趣味的開頭，為了某場喜宴、里民大會或是無人記載的紀念日。破衫可穿，新衫無妨，且求自在與一絲東施效顰般的潮流。

相較於查埔人，有餘村的查某穿著無疑顯現媚態與嬌柔。

以查某公務員而言，沒有固定規則可循，套裝為基本打扮，過與不及都不佳，時常可見出格之服。不談刻意招攬雙眼的內衣，上身著內襯衫或針織衫，淡色系，外加一件墊肩束腰的女性襯衫，顏色深淺不拘，可著寬柔長褲，也可穿裙，不宜過短，不宜放浪。講求的是端莊、溫柔與隱匿其中的專業。然而，這種穿著其實並不常出現，村內查某大都持家，衣服類別分為居家服、出遊服和食喜宴盛裝服。工作所穿與日常裝扮雷同，大都是棉上衣加褲子，依照個性，多少配戴精巧配件，匹對顏色，裸露肌膚，飾品包含耳環、手錶、項鍊、鐲子或鑲有水鑽的拖鞋，有氣質路線、喜宴路線、內斂路線、奔放路線等等。伴隨年齡增長，平日衣衫要求也有了改變，招搖少了，媚態柔情卻依舊。黃昏，查某與老嫗在自家簷埕下拉張短凳，靠向竹製長椅，觀看車潮、人潮、海潮、風雨潮、來往生死潮，一身穿著逐漸歸於平淡，仔細探看，以更加慧黠之眼面對隱匿其中的風花雪月與人情世故。暫且撇開偶一為之的低胸黑禮服露乳裝、緊身束腰旗袍或豹紋長裙，查某與老嫗垂落老奶，逐漸偏向中性，然而令人感到奇特的是，蘊含其中的母性反而更加內斂。雙腳亦是夾腳拖，顏色繁多，裝飾花葉，輔以碎鑽，下半身是七分褲，過短放浪，容易遭人嫌也遭自己嫌，過長卻又泯滅一雙小腿萬分姿色、無限春光，褲子從鈕扣式、拉鍊式轉變為鬆緊帶式。色澤大多為淺色系。小碎花最流行。上身一件胸罩加無袖衫或短袖衫，色彩繽紛，混搭味十足。胸前可圓領飾荷葉邊，可溝領交叉露半胸，亦可整排鈕扣隨天氣、願意展現的性感、開放程度而氣度開闔。夏日，配帽，冬日，配大衣。衣衫大都從緊身、合身再到寬鬆。材質也逐漸從牛仔硬質、絲綢軟質至彈性質地。村中老嫗除了尚飾品之外，還尚竹扇、髮夾、玉鐲與耳環等。

古書言：「蘭人質樸，市人半短衣，士子始服袍褂。至公門中吏胥，則尚時製矣。本地所出惟番布番錦。番布粗厚，番人貨於市，售之者少。番錦價甚昂，而又不宜於服用，以所織花紋半五采也。故蘭地華服亦尚呢羽。」古今對照，蘭地的質樸風還在，尚呢羽、崇華服的美之天性未失。更有甚者，是衣衫褲裙的多樣變化，潮流可神州中國風，可歐風，可美風，可日風，可韓風，也可反璞歸真沾染原住民風。中老年者不斷內化，衣衫選擇傾於一致，彷彿大勢已去，只能在裝扮上白首同歸。村內一波一波衣衫革命風，耆老多多少少看不順眼，覺得花俏浮華，不夠穩重。大部分的傳統無關憂窳，有了變革，便能在衣衫中見縫插針，產生侵蝕、變異與風潮，反正不管大人囡仔，紅橘黃綠，獸皮棉襖，破洞補丁，甚至袒胸露背衣衫不整，只要遭受到質疑，有餘村人就隨口說上一句，這是流行。說這句話的語氣必須帶些不屑、傲氣與自信，慌張是有的，不過轉瞬之間便鎮定下來，反正不管天色如何慘澹，雨水如何蒼白，身上的衣服總是花花綠綠青青紫紫魅魅惑惑，帶著各自偏好的品味。

老一輩的耆老會說，穿得不管再怎麼與眾不同，生下來時，誰不是光著尻川？

呼叫戰鬥巡洋艦

真正夭壽，是誰遮爾無站節，連狗仔佮豬仔也無欲放過——

一大早，羊頭鬱鬱寡歡站立厝外罰站，像是一整個夏天都沒撇過條，阿公把羊頭叫進厝，替他添了碗鹹稀飯，說金生這畜生囡仔不知道為什麼，最近整日都在睡，睏袂飽，醒來也是懶洋洋，做什麼都沒動力親像中了邪。羊頭坐在飯廳椅上枯等。阿公踅到房間喚人。金生打呵欠，刷牙洗臉，意興闌珊走到飯廳添一碗鹹稀飯吃。羊頭嘟唇，一動不動盯視稀飯，雙手在桌底下不安搓揉。金生從冰箱中拿出海苔醬、脆瓜和肉鬆，說吃啊。羊頭搖頭，怯怯然想說些什麼，低頭抿唇。

「我還想睡大頭覺，你怎麼就跑來了。我最愛吃海苔肉鬆，你要不要加一點？」金生用湯匙舀了一大匙肉鬆。「你不吃我也不管你，餓死最好，不過請放心，如果真的餓死了，我絕對不會虧待你，我會免費幫你收屍，順便把器官賣一賣。」

「你知道——」羊頭欲言又止。

「白癡。」金生大口大口吃食鹹稀飯配肉鬆。「你不說我怎麼會知道？我又不是你膦脬裡的精蟲，我是指尻川裡的蛔蟲啦。」

「這幾天，我看到附近很多狗狗、母豬和公雞的屁股都紅紅的，都被捅過了，上面還有黏黏的精液。」羊頭捧起碗筷。「我真的可以吃嗎？」

「當然不可以。」金生故作嚴肅。「肉鬆是我的，你只能吃稍。」

羊頭放下碗筷。「我們得趕緊把羊先生找回來，我怕到時候羊先生獸性大發，捅完動物接著就要捅人。」

「好啦，趕快吃，不然等一下換你被捅。」金生竊笑。

「我是認真的。」羊頭捧起碗筷，一口氣在鹹稀飯上加了甜豆、脆瓜、豆腐乳、海苔醬和肉鬆，狼吞虎嚥了起來。

金生食兩碗粥，摸肚皮，打飽嗝，心滿意足放下碗筷。

羊頭一口氣食下三碗粥。

「放心，我們一定會把羊先生找回來，順便拉去遊街賺錢。」

「我真的很怕羊先生會被警察伯伯抓去坐牢。」羊頭嚙咬筷子。

「這樣子想起來，果真事態嚴重，公的要被雞姦，母的要被強姦，太陽也要被天狗吃掉，我們得馬上成立抓罵鳥緊急應變小組。」金生握緊拳頭，意志篤定恍若不可侵犯。「必須要好好制定一套作戰策略。」

羊頭舔舐碗內殘餘的肉鬆渣，面露靦腆放下碗筷。

金生抓搔腦袋認真思考，撕下日曆紙，在紙張背後胡亂寫下搜查地點。第一：烟店。第二：三太子起童。第三：神ㄊㄢˊ。第四：叫春港。第五：土角厝保ㄨㄟˋ站。第六站——

羊頭搶過紙條，一筆一畫仔細重新謄寫，烟改成菸，寫上壇和衛兩字，叫春港改成春帆港。

「這次的任務就叫做閒閒去揣羊。」金生握拳拍胸。

日光暖烘烘燃燒柏油路面，金生和羊頭在菸店外等待許久卻不見人影，通常要到黃昏才會陸續聚集賭徒。金生撿起枯枝，跑進芭蕉林，蹲踞泥地練習寫書法，寫累了，抓住一隻金龜子，再拿片岩挖土掘出三條蚯蚓，全部放進塑膠袋。羊頭大多時候縮躲屋簷下，踮起腳尖探向窗戶。中午，羊頭依舊不肯離去，說羊先生之前最喜歡賭博，所以一定會來這。

十幾隻麵條般蚯蚓在塑膠袋內爬來爬去找出口。

「不管你了，我肚子餓要回家吃午餐。」金生將塑膠袋口打結，戳弄蚯蚓。「你還要一直待在這裡嗎？」

羊頭點頭。

「還有好幾個地方需要仔細搜查。」金生踩踏拖鞋甩過頭。「待在這裡沒用的。」

「我有感覺羊先生會來這。」羊頭嘗試辯解。

「那你順便感覺一下大樂透號碼。」金生蔑視。

「你先回去。」羊頭說。「我一個人也沒有關係。」

「我不要理你了。」

蹦跳回厝，將裝滿蚯蚓的袋子綁在大門簷柱水龍頭上。阿公懶得煮午餐，將買來的涼麵和下水湯放進碗中，爐鍋內是阿嬤堅持要喝的紅糖八寶薑湯，熬煮山藥、地瓜、薏仁、紅豆、紫米和桂圓，藥方是秀英姊建議的，說食了能夠養生調氣，通體舒暢。阿嬤躺在眠床頂拉開窗簾，死人般躺都躺不累，不停叫喚，說腳痠，說頭疼，說頷頸仔有些壓迫需要揉一揉。阿公一邊替阿嬤按摩，一邊怨嘆，說人生在世坦坦蕩蕩，沒想到晚節不保竟然當起牛郎。金生吃飽了，漱口，將碗筷丟進洗碗槽中一溜煙跑去睡大頭覺。脫去上衣，還是熱，將電風扇對準身體依舊熱，索性連短褲都脫了，只穿一條發黃三角褲睡覺。醒來時，阿嬤正翻閱歌本練唱，臉色紅潤，氣息長，完全不像生病。阿公踅入。阿嬤立即憔悴面容，喑啞喉音，兩眼渙散，嘴巴啵啵啵討水喝，身軀委頓，說莫活矣。阿公翻白眼，癟嘴，實在無奈，說這擺祖先是佇拍麻雀？耍四色牌？還是佇辦桌請人客？金生臥躺枕頭入睡，流滿口水，不知道到底睡了多久，不自覺間讓阿嬤的魔音吵醒，只好穿上衣褲跳下床，打開冰箱吹涼風，拿了兩粒雜糧饅頭和兩罐雪碧出門四處晃蕩。

胖嘟嘟的羊頭滿身汗臭站立菸店屋簷下，像個白癡。

「吃吧。」金生將兩粒饅頭塞給羊頭。「我就說應該要去其他的地方巡一巡，你看，整個早上都浪費了。」

羊頭飢腸轆轆啃食饅頭。「我可以喝飲料嗎？」

「當然不行。」金生勾搭羊頭肩膀往濱海公路走。「這是要給三太子喝的，你又不是神仙。」

兩人穿越馬路，摘了碩大姑婆芋葉遮日，先往南，沿濱海公路前行，遇上大樹公再轉進漁港。

「叫春港到了——」金生說。「這地方這麼大，到底要怎麼找羊先生？」

羊頭張開嘴，呆愣想著。「哦，我也不知道。」

「算了，問你也是白問。」金生站上船碇當起千里眼，從左看到右，從右看到左，一艘一艘漁船左右搖擺好發浪。

選定漁船，兩人蹦跳至船沿，探頭探腦探不出什麼鬼屁人影，行至下一艘漁船，金生忽而用食指用力彈擊羊頭肥耳垂。

羊頭尖叫一聲，推搡金生。「會痛，幹什麼啦？」

「羊先生認得你的聲音。」金生不懷好意笑著。「叫一叫，說不定等會兒羊先生膦鳥癢就會跑出來。如果不好意思叫，我可以繼續彈你的耳朵，或者不嫌油膩捏一捏你的大屁股，唉，我這樣子實在犧牲很大，夠義氣吧。」

兩人繼續沿港口堤岸行走，金生站上鐵碇，跳下，再站上，不時緊擰羊頭大腿肉，幫助羊頭發出嬌羞叫喚聲。止住腳步，看見一艘隨風移動舢舨，周身靛藍，船頭漆金，船沿兩側裝飾紅綵帶。金生跑進港口腹地找到一根廢棄竹篙，將舢舨牽引靠岸，拉著羊頭跳進舢舨，東敲西踹，南搔北抓，在貨艙和物品艙四處拍打。羊頭要走，說羊先生不在這。

「崔判官。」金生再度用力扣打船艙。「醒一醒，別裝了。」

整艘舢舨震動起來，金生和羊頭瞬間跌落船板。「唉啊，怎麼又洩漏我的行蹤，這次不僅是你，還多帶了拖油瓶。」

羊頭轉動頭顱，搜尋颼颼風聲。

「還找不到龜兒子？」金生一臉疑惑。

「《生死簿》還是找不到。」崔判官深嘆一口氣。「我頂頭上司城隍爺生氣了。」

「對了，你有在這看到羊先生嗎？」金生用拳頭敲擊船艙。「我是指羊頭的爸爸，應該只穿一條內褲，也有可能光著屁股，雞雞翹翹的、紅紅的，跟香腸一樣。」

舢舨上下搖晃似回應。

「你在跟誰說話？」羊頭問。

「崔判官。」金生說。「你沒有聽見崔判官正在說話嗎？我叫他幫忙找羊先生。」

「他只能聽見海風和浪潮的聲音。」崔判官說。「我沒有看到人，你們快點上岸，不要在這搗蛋，我還要乘風破浪去問龜山將軍《生死簿》下落。」

金生站起身，刻意左右跳動搖晃舢舨。

「真是虎落平陽被犬欺，卸面子啊，虧我還是掌管陽間生死運命的文職判官。」崔判官唉聲嘆氣。

「走吧。」金生對羊頭說。「這艘船不堅固，快沉了，我們趕快去拜見三太子。」

兩人蹦跳上岸，繼續叫喊羊先生，來到頎長彎曲面海堤防，下方是四十五度角斜坡，陷落三尺，接連寬闊沙灘。沙灘分塊搭棚分圃種植，栽花生、蕹菜、高麗菜和鳳梨等，堤防另側，漫雜野草，零散耕植土地，旁有水泥曲徑向內延伸至老舊磚瓦住家。石雕三太子佇立蔓草，兩尺高，旁側還有一尊笑得非常悽慘的觀世音菩薩，以及一隻不小心刻成忍者龜的大贔屭，二十幾尊遭受遺棄的小土地公眾星拱月。金生爬上贔屭，坐龍頸，搖晃雙腳，倚靠難辨字形的石碑。羊頭閉眼，雙手合十，分別向眾神祈求。金生踐贔屭，蜻蜓點水行過一尊一尊缺手斷腳的土地公，跳至觀世音菩薩懷中，好奇打探蓮花寶瓶。趕快下來，這樣子很沒禮貌，羊頭大喊。金生踩踏觀世音菩薩左手，蹲下身，探過頭，舔舐寶瓶內的清甜露水。快上來，喝了玉露水，就會神龍附體功力大增，觀世音菩薩會一直保護我們的，金生一邊說一邊挪身，攀住右手無畏印。羊頭搖頭，嘟起嘴巴。不會怎麼樣的，膽小鬼，快上來，金生吆喝。羊頭跪地磕頭，喃喃自語，真是抱歉了，誠惶誠恐爬上觀世音菩薩掌心，縮身跪坐，小口小口舔舐玉露水。金生從無畏印中跳回左掌，好奇撫摸觀世音菩薩胸膛上的綠苔。

「你也來摸摸看，濕濕軟軟的。」金生踮起腳尖，手指用力按捏。「好像觀世音菩薩還活著，不過如果觀世音菩薩還活著的話，一定也很寂寞吧。整天在海邊風吹日曬淋大雨，這樣子不管什麼菩薩心腸，到了後來一定會變成鐵石心腸。」

羊頭趕緊立身，抓住金生。「這樣子很不敬，會被懲罰的。」

「要是摸摸神明會被懲罰，那麼把神明丟掉的人不就會下地獄？不，下地獄實在對他們太好了，應該讓他們變成這些被遺棄的神明。」金生跳下，彎身找尋石頭，再攀爬至觀世音菩薩石掌，踮起腳尖用細石刮磨草苔。「如果不刮掉神明身上的苔蘚，過不久就會長滿草喔，到時候觀世音菩薩看起來絕對非常性感，因為長滿毛茸茸胸毛。而且，蚯蚓、金龜子和蛇都會跑進神明的身體裡面睡覺。」

羊頭跳下石掌，朝向田圃四周叫喊羊先生。

觀世音菩薩左側胸口逐漸出現一小塊大理石顏色，金生拿細石，繼續在贔屭的眼眶、龍角、龍鬚、龍鼻和龍嘴中刮磨。「站在那裡做什麼，趕快來幫忙啊。」

羊頭點頭，拿起細石仔細除苔。「三太子要反攻大陸了——」

「白癡喔，都什麼年代，阿公說大陸早就反攻番薯島了。」金生說。「你沒看到現在滿街都是大陸遊客嗎？聽說只要有錢還可以變成番薯島人。不過只要有很多很多錢，想變成哪一國人都沒有問題。」

「我是說三太子身上刻的字，你看，肩膀上被刻了反共抗俄，肚子是解救同胞，屁股是消滅共匪抓間諜，還有盔甲是恁爸贆鳥有三十公尺，我沒有騙你。」羊頭指著三太子。

「恁爸的贆鳥沒有三十公尺，不過有三十公分，你要不要看？」金生一邊笑著一邊拉開褲子。

「無聊，羊先生不在這裡。」羊頭抱怨。「我們去別的地方找嘛。」

「只好下次再給土地公擦澡。」金生蹲身，撫摸神像似下旨。「接下來，咱們去占領神壇。」

「羊先生真的會去那裡嗎？」羊頭一臉疑惑。

「別說廢話，如果不去找找怎麼會知道？」金生說。「師尊無聊時也許也想看看羊先生耍猴戲。」

午後陽光呈現一片烘烤麵包的色澤，沙灘、泥地和柏油路面持續發燙，羊頭躍跳跟上金生。

兩人照例跪在方庭道觀內，低頭顱，唱聖歌，讀經書，吐怨氣，導善緣，就差沒光尻川拍手銃，吸了沉沉檀香如食了軟軟迷幻菇，如抽了令人神魂顛倒好棒棒大麻菸。金生和羊頭不安分跪落蒲團，等待吮吸仙姑冰清玉潔的鮮嫩手指頭，上上次是胳肢味，上次是腳皮味，兩人都希望這次是比較親近人的乳香味。一旁的人都哭了，說家己腳踏七條船罪孽深重，說奅了別人的老婆，說玩了未滿十八歲的金童玉女，說上輩子不積陰騭，這輩子只好遭受因果輪迴生了白癡智障，說每天自瀆數十次無法自拔——金生將遮蔽雙眼的黃布巾往上扯，眨巴雙眼偷覷，祭拜者經過神煙薰陶，一併成了待罪之身，內心出現一本自我點評的《生死簿》，往往一發不可收拾痛哭流涕。滿地散落鮮花素果、金銀項鍊、翡翠戒指與玉質盅碗，仙姑一面指引信徒進入廊道，一面貪婪拾起滿地珍饈奇寶，嘴裡不忘默念經文度化淫邪之心——罪過啊，貪財啊，造業啊，要死囉，人生怎麼可能無欲無望？

這擺一定愛師尊親自出面，我可憐喔，翁早死，佇市場開麵擔仔，厝內閣有兩个查某囡仔，但是誠夭壽，這兩个糞埽囡仔攏無愛讀冊，愈讀愈慼。較講也講袂聽，我只有來求師尊，希望師尊好好教示——一位四十多歲的婦女跪落金生右側，披頭散髮，撒野搥地，聲嘶力竭胡亂哭喊，將女兒的頭顱強壓地面。我一个人是欲按怎活，就是後擺欲靠這兩个囡仔，看無啥物出頭無？讀大學，嫁好翁，按呢我這世人就毋免操煩。

神經喔，女兒潑辣辣朝婦女大罵，想起身卻又被壓住。

有看著無，就是按呢無分寸無站節，閣去外口揣查埔，阿母講的話攏毋聽。

婦女用力拉扯捆住女兒雙手的粗繩，女兒隨即癱倒。

仙姑引路，信徒不斷相勸，將女兒強壓進入廊道，不久，仙姑再次現身向信徒宣告今日不再接見信眾，他日請早。

信眾吱吱喳喳詢問明日師尊會客時間。

「你們有沒有看到羊先生？」羊頭問。

仙姑露出微笑，殭屍仙女粉妝立即破裂，嘴巴一張，露出滿口嚼食檳榔的髒牙。「啥物羊先生？無這款人，好啊，緊轉去，師尊忝矣，較停仔閣欲開壇為信眾消災解厄。」

「就是只穿一條內褲，頭頂、胸膛和屁股都長滿黑毛的查埔人。」羊頭說。

淨壇囉——仙姑拿起四、五十炷燃香當武器，把信眾趕往道觀出口。

天色漸暗，熱風持續烘烤，萬物褪下的焦皮燒成灰燼。

「再去菸店找找好不好？」羊頭停下腳步，嘟起嘴巴。

金生自顧朝塗墼厝前進。

「你沒有聽到我說的話嗎？」羊頭加大聲量。

金生轉過頭，滿臉煩躁望著羊頭。「煩不煩，你不是都等了一個上午了嗎？」

「我就是覺得羊先生會在那裡。」羊頭踢踹地面碎石。「你陪我去嘛，我怕發生了什麼事。」

「要去你自己去，真是講不聽。」金生哼起小調。

羊頭挺直身子，面色凜然，聲音有些顫抖。「我不是在問你，我是要你陪我一起去。」

「誰理你。」金生睜大眼珠，面對羊頭伸出舌頭。

「為什麼每次都要聽你的話？」羊頭滿臉漲紅，握緊拳頭，肩膀劇烈顫抖。「為什麼不能聽一聽我說的話？為什麼每次都要按照你的計畫進行？為什麼你這麼自私？為什麼？」

金生不想屈服。「沒有為什麼，反正我就是這樣子，不爽的話你就滾啊，反正我一點都不在乎。」

「渾蛋——」羊頭罵咧，眼眶積累一層淚水。

「你罵啊，看你還能再罵些什麼，沒用的傢伙，就算找到羊先生我也不要告訴你。」金生噴出鼻息。

羊頭蹲身捏起泥糰，猛力丟擲，砸中向金生右肩膀。

金生走向羊頭，指著自己的臉頰。「你丟啊，沒有丟中，再給你一次機會。」

羊頭搏起另一掌泥，氣狠狠瞪視金生。

金生挺起胸膛，站立羊頭面前，伸出手，不斷推搡羊頭肩膀。「你不丟了嗎？我就站在你面前，膽小鬼，我再給你一次機會。」

羊頭鬆開手，蹲下身，逕自嚎啕大哭。

泥糰散落一地。

「整天只會哭，沒用，哼——」金生轉身要走。

羊頭面孔漲得青紅，一把眼淚一把鼻涕立起身，憤恨衝來，右拳打上金生臉頰，左腳踢踹金生尻川。金生惱怒轉身，用力搥打羊頭胸膛，狠踹一腳。兩人糾結成團，擰捏，翻滾，扭折，用銳利指甲互相摳抓。羊頭繼續號哭搥打。金生左手按住羊頭脖子，右手緊捏羊頭肩膀，不知不覺間竟然逐漸鬆手，不再回擊。羊頭使勁撲倒金生，將肥胖身子騎在金生肚腹，眼淚一滴一滴落在金生臉頰，一拳一拳打在金生胸膛。羊頭逐漸委靡，全身顫抖向右側倒在地，縮成繭，不停嗚嗚咽咽。金生撐起上半身，舔舐嘴角傷口瞪視羊頭。羊頭繼續哭泣，身子不時劇烈震顫抽動。金生站起身，拍打衣褲塵埃，看著膝蓋傷口，輕撫右眉上側被指甲摳抓的血痕，重新穿上拖鞋朝塗漀厝走去。羊頭掩臉，像是不敢面對這個世界，哭聲在夏日黃昏的燥熱中乾癟成蟬殼。金生一路握緊拳頭，走遠了，才發現眼睛紅腫了起來，試圖保持沉默，緊咬雙唇，不願滴下眼淚，也不願再度發出任何一句咒罵。

黃昏點滴吐出墨汁。

金生呆愣坐在塗漀厝門口，心跳緩和，手腳肌肉不再緊繃，身體明顯感覺到各種大小疼痛。嘎嘎嘎，恍惚醒轉，循聲走進厝門至牆角，一隻夏蟬春心蕩漾趴臥牆上。密合雙手，當網，以迅雷不及掩耳的速度罩住夏蟬，這次不能再讓蟬輕易飛走了。仔細呵護掌中的蟬，放進褲袋，壓住褲口。厝門唐突躥進黑影，蓬頭垢面，滿身黑毛羼雜泥垢、雞毛與狗屎，背對稀薄微光，全身上下散發濃烈的精液味道——是羊先生。金生止住氣息，不敢哼聲，亦不敢移動。羊先生全身上下瀰漫一股強烈的攻擊性，兩顆黑眼珠窟窿深幽幽熾燃，毛髮聳動，肌肉結實繃緊。夏蟬鳴噪，林子隨風簌簌搖盪，源源不絕的原始慾望如岩漿湧漲。金生往右前方移動一小步，羊先生碎語呢喃，立即往相同方向移動。黑暗與惶恐沉重壓來，夏風颼颼掃蕩漫散滿地的禾草與乾枯屎尿。金生不自覺後退一步，黑影立即撲來。羊先生用雙手鉗住金生，頭顱、頸子、軀幹與手腳都在金生身上肆意磨蹭，細語碎字，說爸爸愛你，爸爸不是故意要打你，爸爸好愛好愛你。金生撐立雙手，試圖用力推開羊先生。羊先生撥開金生，手肘壓制金生胸膛。夏蟬受了刺激，繼續聒叫。金生雙手往褲袋移動，想保護蟬，一不小心卻觸碰到羊先生紅腫膨脹的陰莖。羊先生劇烈喘息，慾望賁張，帶著低沉、雄性、攻擊性的叫喊往金生身體上下磨蹭，脹大陰莖在金生肚腹與鼠蹊部黏稠滑動，龜頭腫得像是祭神麵龜。金生緊閉雙眼，縮起嘴唇，感到無比羞愧、憤怒與無地自容，他知道自己必須當一次羊先生的兒子，是代勞，是償還，更是寬恕。

夏蟬嘎嘎嘎，塗鑿厝上鎖，鐵鍊一圈一圈勒住脖頸、軀幹、肚腹、尻川與手腳，指紋相連，血管相通，彷彿將兩人緊密捆綁起來。顫巍巍伸出雙手，握住羊先生陰莖上下來回抽動，直到雙手沾滿精液以及自己無法遏止的眼淚。

生死簿：塑膠壁虎

兩隻玉獅肌腱勃勃，筋肉碩碩，石爪子攀附窗戶鐵欄，睜亮琉璃球眼，溫順卻又凶猛，望向天光、水光與火燒寮山漫漫雲瀑光。

永叔蹲踞屋簷底下抽菸，等待財神爺、王爺與閻羅王派遣的大小官差大駕光臨。彎曲雙膝，臀靠地，腰桿子一彎順勢壓上大腿，左右手交替支撐下巴，打呵欠，伸懶腰，百無聊賴望向街巷，像是看透人間百態明白世態炎涼，一番無比憎恨亦是無比豁達模樣。實際上，永叔非憎侶心，非清淨身，非常喜歡湊熱鬧，常替人打抱不平，遇上事情就大呼小叫隨意叫嚷；個性也非滿懷俠義氣，非仗義執言，只是愛看好戲，光出一張嘴，如果真要付出行動，絕對是風聲大雨點小虎頭蛇尾怕麻煩。

夏日，永叔戴競選帽，穿一條捲至大腿的薄質西裝褲，不時光裸上身，裸露下垂肌肉與肚腩；其他季節便穿無袖白色汗衫，套一件老舊深紅排扣夾克，褲子是靛青厚質西裝褲或彈性運動褲，穿上一雙藍白拖，雙手插進褲袋，兩肩向胸膛龜縮，唏唏嚇嚇囉嗦著什麼，看上去有些畏縮，更像抱怨。永叔沒有固定的查某，沒有囡仔，老母去世之後，賣掉金銀玉鐲，占著古厝似占著茅坑消磨時日，什麼正經事都不想幹。永叔嚼食檳榔，說有啥物正經代誌？是會當坐飛行機飛去天庭？是十八層地獄變成十七層？還是三太子變成四太子？這世間無啥物正經代誌，啄龜毋是浪費時間，是享受，親像放屎後坐佇馬桶讀報紙仝款緊享受。永叔曾經以世人可以接受的眼光正經過，只是實在活得太像正常人，於是到了後來竟然覺得生活索然無趣。有啥好提？待在有餘村是能當總統、當國際企業頭子、當討債集團左右手還是當不可一世縣長父母官？能做的就只是餐廳服務生，不然就是水電工或廟內雜工，頂多鋌而走險偷運菸酒，有啥奢求？又有啥好提？

望族，或許吧。

永叔絕對不提自己曾經是地方望族的身分。有過庇蔭，襁褓吸奶時可能穿過錦繡外衣、繭織外褲與絲帛尿布，喝過觀音露水、龍泉清池與來自大陸的吐珠活泉，可惜的是，這些從祖輩一路承襲下來的虛華風光已成斷簡殘篇，餘暉中瀰漫一抹暗影。永叔不想了解祖輩如何風光，代代繁衍至此，正宗或旁支早已泯滅、遷徙、四處流散，親族血緣的關係早已淡然，何況永叔是私生子。然而生活並非是八點檔連續劇，不可能成天呼天搶地上演認祖歸宗戲碼，也沒有謀財害命情節，祖輩錢財已然散盡，房契、地契都在兒孫枝繁葉茂各自爨炊後無所往來，分的分，離的離，散的散，如果要爭，最後可能爭到一屁股老祖宗身後債，還得繳他媽的王八稅。老母在世時，希望永叔能積極些，上進些，努力些，最好出人頭地做一番大事業別被人看不起。後來老母認清事實，永叔並不是成材的料，心灰意冷，最後只希望永叔能夠安分找個工作，別整日遊手好閒，做啥事都半吊子，這樣子怎麼成家？永叔反駁，說偌濟人是錢佇銀行，人佇天堂，有錢就愛開。永叔想著，萬一結了婚當不了羅漢腳，就不能整日摳抓香港腳，就不能荏懶兩光雲遊四海，一天到晚還得為妻小三餐苦惱，何苦為難自己？

膦鳥癢，開查某較簡單。

老母去世之後，永叔便沒了顧忌，整日無所事事想著該如何打發時間。

對永叔而言，交朋友就像撒尿一樣簡單，放屎、抽菸、買什貨或路上偶然相遇，打聲招呼便能東江西水南疆北域鬼扯蛋一番。時而討菸，村人心情好時給心情不好時不給，遭到拒絕也不會感到難過，為這種事情鬱悶未免太窩囊。村人掏出兩根菸，點火，一根自個兒抽，一根遞給永叔，兩人或蹲或立吞雲吐霧暢快得很。兩腳一彎，蹲踞屋簷底下，斜視向上，色而不邪，邪而想射，仔細審視路過的查某一一給予評分。品頭論足，說這腳形好，可惜就是肉鬆了點，膝蓋有疤，抬頭一看是青筍嫂。這腳太營養，膠質多，脂肪厚，適合當神豬，抬頭一看是翡姨。這腳好，該瘦的瘦，該肥的肥，白，白得像河粉，白得像茭白筍，摸起來肯定舒服，只是不知道為什麼走路的姿勢有些異國風，抬頭一看是采蔓。這腳好，裙襬招搖剛好蓋住膝蓋，腳踝像是發了一半的白饅頭非常具有彈性，小趾頭緊繃漂亮，平日有保養，放在嘴巴內肯定調皮，抬頭一看，原來是釀娘子。抽完菸，繼續向村人討檳榔胡言亂語。

永叔的老父在家族內排行老五，早死，老母偏房，受排擠，人又認分，學不來手段，搬來有餘村後就與老父家族老死不相往來。聽說祖輩從神州大陸帶來不少奇珍異寶，只是家族龐大，分了又分所剩不多，值錢物品也陸續典當。老母從老父家族古厝拿回一對骨董玉獅，老母憐惜地說，這對玉獅可是飄洋過海而來，傳了好幾代呢。老母曾經向人請教骨董玉獅好壞。評判骨董玉獅有所準則，要看質、看刻以及看韻。第一，看質，是指質地是否純淨、堅硬，得重，忌石灰水泥，質地佳者細緻滑潤，光澤凝脂。第二，看刻，是指琢磨是否下足功夫，雕刻是否與獸命搏。上乘的玉獅是楷書眼，隸書眉，鬃毛草書張狂。肢得壯，粗而不贅；掌得粗，肉而不肥；爪得銳，藏而不露。坐得靈巧，行得生風，身披一件獸皮華服，掛神通大鈴鐺。雕刻不得在獸身鑿出隙縫、窟窿、裂痕和凹陷，樣貌須自然，無見習琢磨樣。第三，亦是最嚴苛項目，是看韻。神韻關乎眼神姿態，關乎師傅心境，關乎意。獅有雕成魔獅，眼神陰毒吐鬼氣；有雕成卡通獅，眼神開懷洋溢稚氣；有雕成哀歎獅，皺眉垂目，苦守孤身。神韻非關雕工，而存乎心，石獅得自在，貴氣中彰顯神氣，行止平穩坦蕩，氣宇必須非凡。

這對骨董玉獅，稱不上神氣，不過質地、刻工與神韻面面俱到，倒是活靈活現。

屋簷下，永叔蹲坐矮凳，右腳擱放左大腿輕鬆搖晃，沒菸可抽依舊點火，左手懸空夾菸。靠近時抽吸一口，拉遠時噴吐一氣，舌頭仔細在口腔內掏揀菜渣與尼古丁。右手不時挖鼻屎，摳弄腳趾甲縫內黑垢，聞聞舔舔，永叔很能將各種奇特物品送往嘴巴。初始，純粹只是閒來無事打發時間，日子一久竟然演變成獨門噱頭。吞吐之物無奇不有，像蟑螂卵、紅螞蟻、液態氮、螞蝗、蜈蚣腳、蛾繭、沉香灰或蝴蝶翅膀。難以理解的是，永叔不曾拉過肚子，唇舌運作非常正常，身子因為受到刺激反而更加強健，帶有百毒不侵、蟲蛇無畏的意味。永叔把這當作無意義的表演，咀嚼幾口，品嘗味道之後便吐出，還不忘多加句，㑚恁娘，死囡仔脯就是欲看著恁爸予毒死才甘願。永叔不事生產消磨時光，以菸、檳榔為友，以酒、簽賭、打手槍為伴，看向悽慘烏青的冬日天空當作風花雪月。漫長下午窮極無聊，時不時靈光乍現招數盡出，比巧勁，看誰能活捉最多隻蒼蠅；比勇氣，看誰敢食對方鼻屎；比氣力，看誰能首身顛倒步行七步；比無恥，看誰能自吹自擂吹得撐破宰相肚；比輕功，看誰能爬上竹梢抓風；比喝水，看誰能臉不紅氣不喘灌進一盅一盅茶；比彎功，看誰能瞧見媽祖褻褲；比不動如山，看誰能蟲蛇攀爬亦不驚恐；比細心，看誰的指甲留得長；比記憶，看誰能在短時間內記住番文洋字——永叔始終能在波瀾不興平淡生活中找出樂趣，好一番苦中作樂。

玉獅是一對公獅，像兄弟，腹部下側長著搖擺的貪歡酒葫蘆，待在方格木匣內戲弄石球。永叔將雕工細緻的玉獅拿出來把玩，覺得玉雕似有靈性，眨雙眼，搖尾巴，索性將一對玉獅放在客廳牆壁的橫格裝飾櫃內。隔日，永叔大清早便聽見大廳傳來聲音，以為溜進小偷，從房內拿出老母專用的拐杖當武器，躡手躡腳踅近，仔細一聽才知是獸爪抓撓沙發、地板與木質雕花神龕的聲響。大廳的物品東倒西歪，一對玉獅活蹦亂跳，前掌猛耙對方頭顱，舌頭舔舐前肢和毛髮。玉獅望見永叔，聳立雙耳，挺身，擂鼓狀搖晃吉祥粗尾，欲進卻退，欲退卻進，繞起圈追逐起來。永叔還以為自己老眼昏花，搓揉眼睛再看，沒錯，是昨夜在掌心把玩的一對玉獅。永叔拍了左臉頰一巴掌，真痛，夢沒醒，再拍了右臉頰一巴掌，真他媽的痛，還是沒有從夢中醒來。呆愣原地，想找出合理解釋。玉獅左右嗅聞來到永叔腳邊，咬褲管，再用額間玉刻絨毛依偎腳踝，反反復復覆覆挪動位置，最後安穩趴在前肢伸出舌頭舔舐毛髮。

永叔不知不覺成了一對玉獅老父。

喜上眉梢，同時也是憂心忡忡。

餵養？野放？以啥為食？會否如豺豹傷人？難道是祖先神明試圖透露異相？該如何向人解釋？想到頭皮發癢，忍不住猛抓兩、三日，額前漸禿，只能靜觀其變以不變應萬變。先以豬肉、牛肉與魚肉餵食，玉獅不為所動，食槽內再置放稻穀、雜豆與草稈，玉獅依舊不肯進食。兩隻玉獅只喝水，跳進水槽或浴缸，低頭舔舐，用厚墩墩肉掌子觸動水龍頭開關。嘩，濕了滿身。玉獅十分機靈，逡巡永叔腳前腳後當跟班。永叔苦惱得很，玉獅對於獸肉穀糧一點興趣都沒有，萬一靈獸夭折，天啟也將隨即消失。憂心忡忡，垂頭喪氣，持香祭拜祖先牌位與觀世音菩薩盼求指示。香煙溢散，玉獅受了刺激猛然騷動起來，躍至祭桌，躍至神龕，躍至爐肚，獸嘴探進香灰猛舔，舔得圓鼻子鐵灰灰，四掌肉蹼子踩進爐肚騰雲駕霧來去仙界。永叔舒坦了，放心了，身心滿溢喜氣，老祖宗真是有保佑，不自覺叨念老母常言的吉祥話。老母晚年，好念經，喜歡搜集各種四字訣吉祥話，覺得誦念會在冥冥之中帶來未知力量，整個家族將再次興旺起來。一門瑞氣、人修駿德、百子千孫、福林壽宇、萬里和風、寧靜致遠、厚德載福、龍祥鳳舞啊——永叔停了下來，還沒給石獅取名呢！正好，調皮的叫百福，內斂的叫千祥。百福從爐肚一跳至地，攀上永叔小腿肚，彷彿對吉祥話特別感興趣。千祥也跳下神龕。兩隻玉獅一左一右睜亮眼珠子。永叔說，誠厲害，這兩个精牲閣聽有人話。

永叔有許多壞習慣，不甚在意清潔與居住環境，衣褲再穿也是同樣幾件，櫃內有一、兩套正式襯衫和西裝褲，很少穿出門，日夜懸掛櫃內發霉。縫補是件麻煩事，清洗更是，破洞脫線什麼的都無所謂。永叔不怕異味，抽菸，喝酒，嚼檳榔，再難聞的味道也都能掩蓋下去，不僅內衣、襯衫和夾克重複穿套，連內褲也是。內褲穿過幾日，反過來再穿，丟至洗衣籃也不洗，積了七、八件沒得換，再從中挑出一件比較不臭的繼續穿。天色灰濛，抬起頭，兩、三個禮拜沒洗衣褲，洗了也難乾，索性不穿內褲說這樣才自在。人是如此，古厝更是破爛不堪，螺絲鏽了，紗窗變形，洗衣機、烘衣機和收音機也都壞了。打開箱櫃，零散放置舊報、破碗、糨糊、天竺筷、五福臨門茶杯、舊照片等，上頭積一層灰層，漫溢一股古老的沉寂氣息。永叔不在意，東西找不著就算了，又不是少塊肉，反正玉獅喜歡四處翻攪，說不定等會兒連老祖宗屍骨都會被翻出來。為了玉獅，永叔曾經認真庭前庭後打掃幾次，只是古厝朝東，海風颳起特別容易迎來海砂，不易清潔，鐵製品總是斑駁生鏽，加上性子實在懶散，索性對玉獅說，歹竹出好筍，豬圈也會出鳳凰，好自為之吧。

窗戶敞開迎風，永叔坐靠窗旁望向冬雨，拿著指甲剪修腳趾甲。百福前肢趴於鐵欄，弓背，伸直後肢搖動短尾，調皮地在空中抓撓，一排銳利獅牙緊咬鐵欄。百福，想出去玩嗎？這種天氣還是待在厝內好，外頭冷啊。百福回過頭，睜大眼珠，晃動全身上下玉絨毛，再轉過頭望天光，抓海風，嗅水氣。永叔伸出腳在百福日益茁壯的背上踩了踩，說鐵欄杆總有一天會被搖斷。千祥趴臥永叔腳旁，頭枕前掌，偶爾望向百福再望向永叔，咧開獸嘴，歪頭打呵欠，復躺前掌。永叔倦了，想著這獸崽子怎麼會比他還要懶。永叔收起指甲剪，百福俯身，千祥立身，兩隻玉獅低頭踩踏玉掌，伸出舌頭食下永叔指甲。百福和千祥不是普通玉獅，除了愛食香灰之外，還喜歡吃食永叔剝落的腳皮、指甲和頭髮，彷彿想要透過咀嚼、吞嚥與消化來認人。外出的時間少了，不再蹲踞屋簷底下討菸酒檳榔，如今得多花些時間照顧玉獅，其實也稱不上照顧，整日待在厝內對玉獅開講，講東道

天皇の陛下——

要出任務了，願意出征的勇士們舉手，很好，沒有人心生退卻，沒有人惶恐不安。我們是英勇果敢的大和民族，擁有無比高貴的大和の魂，以大和精神忠誠效忠裕仁天皇，保國衛家，至誠至實，此次戰役的興衰勝敗均係吾等壯舉。國家正處於多難之秋，大臣們、軍本營以及像我這樣位低職微的指揮官即使犧牲性命，也已經無法挽救祖國傾頹。只有各位，是的，只有鬥志旺盛、不畏犧牲的青年好漢才能拯救國家，俯衝撞擊絕對不會徒勞，絕對能給予敵軍難以抵禦的致命打擊。各位已經是毫無塵念之神，將受後人永遠供奉祭祀。我將自始至終注視各位努力，向天皇稟報無畏勇敢的戰蹟。現在，集體面朝北方，最後一次向天皇致敬。

日本將軍站立台階，血液沸騰，骨頭熾燃，慷慨激昂發表義正詞嚴赴死宣言，恍惚間，金生還能聽見語句中的抑揚頓挫，永不屈服的意志。眨眨眼，看見河，再拍打臉頰，吐出一顆一顆吹彈即破的血氣泡。腦袋有些暈眩，看出去的世界有些模糊，雖然撐起身子還是不知身在何處。順著河的眼神，茫然望向穿戴齊整空軍服的日本將軍。日本將軍顱頂一副圓形護目鏡，紅領巾，栗色飛行衣飛行褲，黑色防彈胸甲，扣緊上領，胸前垂掛指北針，右側肩懷肋骨處別一張方形白布墨字書寫「隊長：藤原石野」。戴厚皮革黑手套，左右上臂則以白布刺繡日本旗，一滴大紅血，左手擎拿清發歸還的武士刀。日本將軍眼神堅毅，望向空無一人的台階下方，握緊拳頭，繼續扯開喉嚨大聲呼喊。

「二戰已經結束。」河說。「我們正在面對新型態的戰爭，過度沉湎往日其實是無知。」

日本將軍沒有理會，繼續高昂演講。

金生從榻榻米立起身，鬆腰帶，突然掉落空無一物的木匣子。「很抱歉，清發鬼差的刀子和辮子都被鰲魚吃進肚子了。」

「草魚已經告訴我了。」河頷首。「我相信清發不會在意的，他已經在輪迴道上重新獲得生命。」

「日本將軍怎麼了嗎？」金生好奇詢問。

「沒事的，這是日本將軍每日每夜例行公事，演練過世前的軍事活動。」河說。

「戰爭嗎？」

「是啊，二次大戰期間，日本將軍可是神風特攻隊派駐番薯島噶瑪蘭縣城的大隊長。自殺攻擊聽說是從一九四四年開始，通常是由三架自殺機、兩架護航機組成。後來二戰尾聲，戰況吃緊，每天清晨，日本將軍都要率領二、三十架飛機飛向大海。飛行員相當年輕，十八、十九歲而已，大多是知名學校的學生，像是早稻田、慶應義塾大學、法政大學和日本大學等。飛行員架駛飛機，越過龜山島，朝向敵艦飛去。主要的自殺飛機是零式戰鬥機，不過到了後期，飛機逐漸不敷使用，於是南機場陸續挪用一式陸攻轟炸機、銀河雙發動轟炸機、吞龍重轟炸機、川崎三式飛燕戰鬥機、新司偵偵察機、中島艦載攻擊機天山和二式單座戰鬥機鍾馗等等，各種飛行機陸續加入飛行行列。日本將軍雖然脾氣暴躁，不過飛行技術卻相當優良，上級特地指派駕駛護航機。好幾次，日本將軍向上級請示，要求加入自殺行列，但是都被強烈拒絕，只允許日本將軍擔任訓練員與護航隊長。主要任務就是安全回航，具體報告白蝴蝶特攻隊英勇戰績。」河徐徐言說。「那時，日本軍人是沒有自我的，最大的光榮便是為部隊、為祖國、為天皇的榮譽而犧牲。或許應該說，在戰爭中，不管是哪一國的軍人都是沒有自我的。」

> 天皇の陛下。
>
> 敵軍的轟炸將改變山峻面容、川河走向和植被林木，不過卻無法動搖大和士兵的耿耿忠心。戰鬥至死，一機換一艦，絕不屈服，肉身永遠是我們最後一顆無比勇猛的炸彈，堅決衝進敵人之中，摧毀他們，殺戮他們，血洗他們，讓他們知曉我們民族的團結。這是無比光榮的任務，為天皇赴死，加入神的行列，消滅敵人之後靈魂將能永駐靖國神社。一旦進入靖國神社，就會得到神祇關照，加官晉爵，繼續守護神聖的日本島國。因此，我謹代表億萬國民，懇請諸位作此犧牲，並為各位必定到來的成功誠心祈禱。肉體即使腐爛毀壞，靈魂終將永遠保衛祖國。偉い戦士，我們靖國神社見。

日本將軍衝下台階，快速轉動手搖發電機，而後滴答滴答急忙敲鍵疾發電報，具體報告，他將親自帶領櫻花機衝向寬廣太平洋，衝向生死交界。兩眼專注，毫無平日渙散樣貌，再次衝向水泥壁端，跨向竹製紅蜻蜓小型玩具飛機，往上拉抬，至腰間，肥胖身軀剛好抵住中空機艙，露出束得緊繃的肥胖兩腿。嘯，起飛了，轟隆轟隆，兩手抓住機艙順時針盤旋，緩慢加速，兩腳漸增速度，時而跳躍，時而彈動。竹紅蜻蜓騰空翔飛，接著漸次落下彷彿即將墜毀，日本將軍伸出雙腿加快腳步，而後彎膝曲腿，迸放十幾個臭死人薰活人的無敵大響屁，汩出泥漿色屁霧，機身瞬間噴射高飛，準備施展近乎完美的高空攻擊。高度愈加拔升，穿越雲層，至頂，至一萬八千呎。美軍的夭壽雷達已經偵測到了，不過戰鬥機距離抵達航空母艦還有一段時間。絕對不能被攔截。急速下降。尋找軍艦。嘯嘯嘯——嘣。敵軍開火。煙霧團團蓬蓬蒙蔽。急右轉。急左轉。穩住機身。引開戰機。側上轉折九十度左飛。再陡升切入高點，以環狀軌道螺旋欺敵。速度極快，日本將軍讓加速度與離心力緊壓座椅，動彈不得，雙頰與脖子肉顫晃動。最高時速已達每小時七百公里。精湛的飛行技術甩開美軍戰鬥機，毫無疑慮，自殺機即將俯衝殺敵。速度快，角度淺，從一千呎無聲無息下墜。目標五哩。四哩。三哩。穩住機身，響屁不斷迸放。不能讓敵艦趁機規避閃躲。勇士們，勇敢向前去，勇敢用性命摧毀敵艦。日本將軍氣喘吁吁，滿頭大汗，淚流滿面呼喊萬歲。竹蜻蜓再度隱身，調降高度，斂住氣息。白蝴蝶越海，櫻花成浪朵朵盛開。為天皇赴死，得永生。千人針將魂魄繡進大海。悄沒聲，施展隱身術，低空急速迎敵。兩百五十公斤的炸彈開出魚雷般火花。嘯嘯嘯——嘣。很好，正中敵艦，另外還殲滅七架美國 B-24 轟炸機。日本將軍掃射夢囈，蕊蕊火花，鬱鬱煙霧，難以書寫的沉重遺言。戰果如此輝煌，共計擊沉七艘運油船、三艘巡洋艦、六艘驅逐艦、一艘航空母艦、兩艘未辨類型的艦船。日本將軍喘口氣，竹蜻蜓逐漸歇停，屁眼引擎還熱，發出嗚咽般吼叫。日本將軍緊咬下唇，抹去眼淚，再次伸出雙腳，直挺挺站立，雙手垂落竹蜻蜓兩側機艙。

天皇の陛下。

我指揮的神風部隊絕對繼承日本空軍最為優秀的傳統，英勇奮戰，不畏塞途。我的部下無不鬥志高昂，果敢堅忍，毫不遲疑勇猛獻身。在此，對所有關照我的上司，由衷表示感激；對合作的戰友，由衷表示最深沉、最真摯、最無可回報的謝意，永遠に別れました！死亡不會撲滅我保衛祖國的願望。我為陣亡者祈禱，為天皇昌盛祈禱。很遺憾，我無法繼續奮戰下去，我對天皇、人民與夥伴必須承認我最深的內疚與無止盡的歉意。我們會對敵軍展開最後決戰，試圖擊潰敵人，試圖為祖國的最後勝利懷抱一絲希望。不戰鬥，毋寧死；寧犧牲，不受辱。願死守戰鬥前哨，堅持至最後一人倒下。帝国は永久に存在します，我將以肉身作為代價。

日本將軍從竹蜻蜓中起身，走到齊整書桌旁，雙膝跪落，鄭重凝視明治天皇塑像，一一放妥裕仁天皇賜予的卷軸、軍帽、櫻花頭巾、指揮長刀、白手套等，最後是一封字體端正的遺書。向北邊跪拜，手膝伏地，手捧銳利、淨白如雪的短刀，果決握住刀柄，將刀子毫無疑慮凶狠刺進腹肚。

「相信我，」河攬住向前阻止的金生。「這是日本將軍生前的遺願。」

日本將軍將短刀從左至右，從上至下狠力刀刃。

「這是種釋放，或是解脫。」河嘆口氣。「光是切腹是不會死的，沒有介錯人砍下頭顱，只會不斷延伸痛苦。」

日本將軍沒有因為肉體的苦痛而流淚，再次堅忍拔出短刀，鮮血瞬間噴濺滿地，接著回過神，像是解了三個月沒排出的糞便，一臉高潮後的舒爽走到河和金生面前。「你們來了很久了嗎？真抱歉，我滿身都是血。」

「應該說抱歉的是我們，為了躲避七爺八爺，只好暫且帶鰓人待在這。」河向日本將軍鞠躬。

「我知道日本將軍應該不會在意。」

「沒有什麼好在意，要待多久就待多久。不過待在這裡是有條件的，放心，不是要你們褪褲膦，唉喲，得陪我喝酒才行。」日本將軍轉身尋找酒葫蘆。「你們有看到我的金門高粱無？最近天天愛喝五十八度的青花蟠龍酒和五十九度的金馬和平紀念酒，又嗆、又燒、又帶勁，比肏查某人的屄還爽。你們一定得試試。大和國的天皇一定沒品嘗過正港金門酒，不然即使投了兩顆原子彈，說什麼也得保住台澎金馬，怎麼可以無條件投降呢？唉，不過那時候金門酒廠的前身九龍江酒廠都還未產酒呢。來，喝喝看，不喝不給面子。」

酒精熱辣辣一把火燒進身體，金生溫暖了起來。

「你們不用擔心，我住的這個飛機堡可是穿了金鐘罩鐵布衫，天不怕地不怕，神不怕鬼不怕，流彈砲彈原子彈都不怕，這個弧形穹窿可是有三十多公分厚，還是扎扎實實鋼筋混凝土；再說，這裡還有一架桂竹和孟宗竹做的竹蜻蜓，長六百三十公分，機翼七百五十公分，高二百一十公分，機艙能坐人，左右機翼下還各掛一枚睪丸飛彈。誰敢來？一有敵人出現，我就開櫻花機炸死他們——」日本將軍飲酒，再拿高粱酒噴灑不斷滲血的腹肚，抹淨傷口。「你這鰓人惹了什麼麻煩？是不是違抗命令不想投胎？」

金生搖頭。「八爺一直找我麻煩，我只是想要拿回清發的木匣子。」

「沒想到清發真的投胎轉世去了。」日本將軍若有所思，抬頭望向墨夜，嘆口氣，轉身走回灶跤捧出三碟盤子，分裝剛煨熟的手指地瓜、炸耳朵臭豆腐和眼珠蚵仔煎。「來來來，一起來吃。唉，你們知不知道，有時，活著其實比死去還困難，更需要勇氣，我總是告訴自己，耐心點，一定能夠等到勇猛赴死的最佳時刻。只是我不知道死前到底有沒有等到，也不知道自己到底為了什麼而死。是啊，七生報國，七條命為天皇效忠，不願苟活，只願光榮戰死。死是死了，不過死了之後，我才發現這是一場技術高超的騙局。為什麼只有我沒有入祀靖國神社？為什麼壯烈犧牲之後，魂魄竟然留在這皇民化極度不成功的番薯島？為什麼只有我被歷史遺棄？我找不到人也找不到鬼給我答案。」

河撫拍日本將軍的顫慄肩脊。

日本將軍收斂怒氣，勉強露出笑容，拉河和金生來到桌旁，將地瓜、臭豆腐和蚵仔煎放在天皇恩賜的軍帽與信物旁。「原本應該請你們吃些日本傳統的慶典菜，像是烤魚、海帶、米飯、味噌湯和勝利栗等。不過沒有辦法，住久了，口味通通都變了，早已經番薯島化。」

三魂魄坐在榻榻米上，盤起腳，飲高粱酒和番薯島啤酒，食在地小吃。

「或許是時候說出歷史囉，再不說，以後可能也就沒有機會了。我呢，是來自九州的藤原石野，二次大戰期間受過嚴格、扎實、苛刻的魔鬼訓練，表現良好，受到賞賜提拔，一路跟隨海軍中將大西瀧治郎派駐番薯島，分別在新竹機場、台中機場、台南機場和噶瑪蘭南機場建立四個神風特攻隊據點。一九四五年一月，特攻隊第一隊正式在台南組建，並命名為『新高隊』。我原本待在新竹，後來因為噶瑪蘭南機場的戰略位置愈趨重要，而且急需支援，便被派駐此地。清發遞給你的刀，是一直陪伴在我身邊的御賜指揮刀。每次駕駛櫻花機，我一定會佩帶這把武士刀。」日本將軍暫時停了下來，喝口酒，抓搔腮幫子，無比深情撫摸武士刀。「墜機純粹是個意外，我彷彿感覺有些暈眩，身體瞬間劇烈灼燒了起來，非常渴，真的非常渴，像是全身上下的水分都蒸發了。醒來之後，魂魄便不分晝夜徘徊蓬萊村內，而我竟然找不到原先所駕駛的櫻花機殘骸。人不人，鬼不鬼，妖不妖，神不神，魔不魔，我滿懷怨恨，曾經想過投胎，只是又覺得投胎沒意思。我一直很想搞清楚自己到底做錯了什麼？是沒有為天皇殉身？沒有撞毀機艦？還是不該慫恿如此多大和魂駕駛紅蜻蜓。我以為當軍人勇敢站立戰場，他過去所有的罪孽也就一筆勾銷，因為日本的戰爭是以天皇的名義進行的，是聖戰，是犧牲，像是櫻花飄落，純潔，鮮紅，無比壯烈。我多麼不願承認內心深處產生了質疑。啊，歷史，我不敢確認我所經歷的歷史，因為可以幫助我回復記憶的清發也投胎了。我一直沒有透露，清發也一直沉默不語，其實，我們兩個魂魄的梁子生前就已經結下——他是我的連襟。」

河深吸口氣。

「我不願承認，直到現在我還是心有所愧。實際上，我在日本和番薯島各組了一個家庭。在番薯島娶老婆其實是個意外。番薯島人說日本鬼一時賺鳥癢，玷汙了女子烏桔。烏桔的父親是日漸漢化的噶瑪蘭族頭目，有些地方勢力，還擔任過保正，向庄役場和日本政府表達強烈抗議。最後，我只好在長官指示下結了婚，娶了妾，對外說是為了招撫民心，懷柔聯姻。痛苦的是，我無法忍受自己竟然娶了番仔婆，戰爭末期，我們終究還是離了婚，然而我——我發了狠，感到長久以來累積的噁心與厭惡，竟然將番仔婆推入火坑做慰安婦。沒隔兩、三天，我的番仔婆就上吊自殺，而且還是一屍兩命，直到現在，我依舊不知道孩子究竟是不是我的。不，我是知道的，只是我不敢承認，只能繼續欺騙自己。」日本將軍拿起火辣高粱，往嘴裡咕嚕咕嚕猛灌，脖頸腫脹青筋，滿臉瞬間燒燙。「我不知道自己是否愛她，我真的不知道，我只能相信她還沒死，因為過於恥辱而選擇躲藏。或許，她想要讓我感到愧疚，於是透過死亡來戲弄我，恥笑我，諷刺我。我必須當作沒有這回事，我有我要守護的日本，有我的天皇，必須繼續愛著另一個島國的女人與家庭。我沒有發瘋，沒有被洗腦，我知道我必須護送這一批又一批決意犧牲的日本青年，必須要在美軍玷汙聖土前堅決守護，一步都不得退讓。雖然如此，我想我還是失敗了，徹徹底底失敗了。我並沒有成為人肉炸彈撞毀任何一艘敵艦，也沒有殺死任何一個美軍雜種。戰爭尾聲，我駕駛已經被攻擊冒煙的櫻花機，油箱罄底，辨不得方向，後有追機，心臟撲通撲通亂跳，飛機失速最終墜毀在番薯島上。我沒有任何貢獻，只能捏造，是的，繼續捏造每次自殺攻擊所擊沉的艦隊數目。日本島早已經回不去了，待在番薯島不過加深愧疚，我只能透過一次又一次切腹自盡來表達深層虧欠，洗清罪惡。你們說，我到底做錯了什麼？我不知道，我真的不知道。」

河嘗試安撫激動的日本將軍。

「沒有人知道，這世界沒有鬼神可以回答我。」日本將軍的肚腹因為過於激動而綻裂，在飛機制服上開出赭紅牡丹，一朵一枝一欉。眼白裂出血絲，蔫弱壯志騰騰的殺氣，轉而憂愁，多情，鬱卒，嘴角不時顫動，舔舐流至嘴邊的眼淚鼻涕。「清醒之後，我的魂魄只有滿腔憤怒，因為我竟然沒有被供奉在靖國神社。我徘徊在有餘村與蓬萊村內，行走陰陽兩界，想要找回失事的飛機與殘存的肉身骨頭，可是傾盡所有精力卻依舊找不到，我像是孤魂野鬼長年遊蕩番薯鬼島，沒有墓碑，沒有洞窟，也沒有願意記住我、供奉我的後人。混バカ野郎，當你把這把長刀遞給我時，我才恍然大悟，是清發，原來是我長年仇視的清發找到我的墜機處，將我燒毀的肉身安放骨甕。我知道，我的身體並沒有日曬雨淋，沒有棄置荒野，沒有遭到野狗啃食，而是平靜沉睡骨甕，埋藏土裡，成為這塊土地的一分子。我是應該感到羞恥的，所謂的皇民化運動並沒有讓番薯島人變成日本人，而是讓我這個外來者化為島上塵土灰燼，讓繁衍十足強勁的番薯枝葉吸食我僅存的骨灰與精魄。我不該依戀這塊曾經憎恨我的土地，卻無法不依戀。至此，我已經成了徹徹底底的逃兵，彷彿是在歷史夾縫中被強硬彈出櫻花機艙，背負破落降落傘隨風命定降落斯土。我想念遠方伊人，愧對被我所棄伊人，武器都因為染血而生鏽磨損，植入腦海的犧牲意志如散盡盔甲，擁有的刀也只能用來自殘。我必須甘願，用一次一次血泊淨身滌心——」日本將軍放下酒瓶，再次朝向杯盤狼藉的桌面磕頭跪拜，捧起武士刀，遞給金生。「我已經不再需要尋找，當武士刀回到我的身邊，或許我就已經找回所失。現在，你比我還需要這把充滿精魂血魄的武士刀。記住，必須永永遠遠慎重記住，一旦佩帶，便承接賦予的意義與使用的權力，即使不出鞘，不見血。」

金生接過武士刀，握緊刀柄，卸下鞘，刀身耀出灼灼光芒。

日本將軍猛然飲一口烈酒，抹唇，露出落寞微笑，將護目鏡、指北針、胸甲、制服衣褲、皮帶等一一卸下，裸露全身，只穿一件遮擋私處的白色越中褌。收拾碗盤，摺疊衣褲，齊整擺放，肥肚子已經止住了血，肚臍下方的黑卷毛調皮搔癢。打嗝，放屁，腮幫子紅通通，雙手往大肚腩一拍，神豬般晃啊蕩，左右垂乳像兩條隨風搖晃的大絲瓜。日本將軍憑仗醉意，十指掐入腹肚肥肉，猛力一抓，扒開上半身一層光滑油膩的皮膚，繼而扒開手臂、脖頸與頭顱皮膚，光禿無毛，露出燒傷後的糾結疤痕，血淋淋，看似通透粉紅，卻有大片黴菌黑斑敷衍其上。唉，這是我死前樣貌，一直害怕嚇到人，所以才一直穿著特製的彈性人皮。不過，若是一直穿著人皮，一定會忘記自己真實的樣貌，嚇了自己這麼多年，接下來就要去嚇嚇其他的鬼。日本將軍邊說邊套上卷雲刺繡的靛藍色和服，繫灰色橫格腰帶，趿踏木屐，將肥皂、毛巾和換洗衣褲丟進木製臉盆，懷抱胸前。走，這麼特別的日子，一起去浴血池洗個香噴噴鮮血浴，泡個澡，絕對有助鬼氣循環——日本將軍左攬河，右攬金生。

「不了，七爺八爺帶領的追兵很快就會來到這。」河向日本將軍鞠躬。「得趕緊去找土地公土地婆。」

「好吧，我知道了。」日本將軍橫跨雙腳，低俯身，前傾重心，兩手直挺挺撐持膝蓋，朝金生大吼。「你這鯤人鬼差，可是要加把勁，勇敢秉持武士道精神。」

「絕對沒問題。」金生兩手緊握武士刀。

日本將軍又放了十幾個番薯味響屁，拍大腿，打大肚，擊大掌，挺身側轉，露出血肉模糊的皮膚，踩木屐，捧木臉盆，坦坦蕩蕩走出機堡掩體。河站立原地。金生昂頸跂望，手心緊拽武士刀。空氣濡濕，陰鬱，傳來陣陣悲傷的低鳴歌唱，日本將軍兀自撫摸光頭，嘆息著，狂笑著，搖頭晃腦繼而低沉嗚咽——武器疲憊，肉身血泊，英靈不死，永衛祖國。

死而如何無傷？願為天皇戰死，遺體漂浮水上，或深埋草坡歌唱。

死而如何無痛？秋末到，孤島先凋青青草；春來臨，大地又綠青青草。

死而究竟如何不悲不喜無傷無痛？

生死簿：唧唧善吟者

離鄉背井者行走異邦，舉目低頭瀰漫一股恍若隔世的錯覺，深沉的失落、寂寞、異化、反抗與飄零，讓自己變得無所依歸。伊人花錢購買鐵翅票，或許為一時風潮流行，為看望世界寬廣深長，為年少衝動，為慾望勃起，為行走早衰，為雙眼見證而自願流離。伊人是雌，亦是雄，妖豔雄壯，陰柔陽剛，一併肩脊挺拔步上街頭。不願冷默，強烈表達不滿，為何薪資倒退？為何房價高漲？為何毒食流竄？面對冷漠，面對嘲諷，面對打壓，有些伊人逐漸以離去表態。背離是抗議，亦是追尋。番薯島雖然開莖散葉，匍匐扎根，卻大不過亙古大陸，也小不過靜好山城，自然資源缺乏，人力資源亦趨透支，伊人不得不選擇離去，背離是無聲抗議，亦是偏軌追尋。

而立之年遲遲延宕，如何浪跡遊蕩找尋安身立命之道？離開薯葉遮護，跨海探索拔根而起，簡約行李風塵僕僕，一身簡便如此瀟灑卻又患得患失。外有海島，亦有泱泱大國：日本、韓國、澳洲、紐西蘭、英國、愛爾蘭、德國、比利時和加拿大等。伊人們心知肚明，番薯島已成蠱惑之城，浮濫之島，人心狠毒，鬼魅柔情，陰霧裊裊，遂逐漸興起羽翅開展之心。誰以背德謀取巨大利潤？誰以水深火熱慢性謀殺眾島囡仔？澆灌之水富含金屬劇毒，餵養之食是三聚氰胺、塑化劑、毒澱粉和棉花籽油，收割穀粟以劣質米狸貓換太子，通貨膨脹中一再倒退薪資，伊人垂頭喪氣，魂魄俱失，腦袋內的單純想望一一早夭。

流浪異邦，至少還有置換頭顱的機會，千萬別輕易灰心，而立之年繼續延宕。

北國大陸，冰山雪峰拔地而起終年嚴寒，廣闊陸地屬於野生之獸。林木孤傲聳立，氣候蒼涼天寒地凍，土地沉默內斂，不張揚不鋪張如此坦然。伊人行走夕陽霧靄之中，枯枝散葉，人俱滅，一夜冰雪白髮恍如一世，啼聲隱約，獸禽不期而遇，觀望伊人幾眼自顧離去，山羊、麋鹿、灰熊從容自在，野兔竄地，松鼠躍跳枝頭。伊人的外語能力尚可溝通，非流暢，良好的工作機會在當地政府保護政策下留給本地人，於是只能從事服務業工作：幫廚、餐飲服務生、洗碗工、搬家工、裝潢工、衣褲銷售員、房務員等。窩縮北國，賃居房間，來自各地的離鄉背井者共處一室，套房分割成雅房，再分上下鋪，客廳掛上布簾便能分租貼補花費。伊人行走料峭街道，建築拔起，玻璃帷幕高科技，咖啡輕食異國風，雪濺滿身獨黯傷，缺乏社交網絡，只能一步一腳印，餐風露宿，雪堆中昂頭探看暖氣滿溢所在——伊人不覺苦難，只覺心酸，身兼二職，反正以肝換藥、以命換錢已在番薯島流行已久。至少，北國異邦明文規定，八小時後便有一點五倍加班費，兩周達八十小時以上亦以加班費計算，僱主不偷拐搶騙，不暗度陳倉，多元文化主義以人待人。

有餘村內有如此多遠走他鄉的伊人，背負引人爭議的番薯島移工之名，成為失聲者。

兵荒馬亂卻也得步步為營。

木蠹生蟲，羽化為蝶，蛻化歷程令人痛苦。伊人學習在異地生活，租賃房間，開設銀行帳戶，辦理健康保險卡，申請網路與當地手機號碼。語言在腦中百轉千迴吐出滿嘴絲繭，依舊無法順暢溝通，只好比手畫腳，指物命名，試圖不再沉默。伊人時刻自我告誡，用勇氣、冒險、夢想、積極、肯定、努力、閱歷、堅持等字詞不斷催眠自己，然而面對生活卻只能低下頭顱。不輕易外食，投履歷，節衣縮食，沿街沿店詢問是否缺工。也有人反其道而行，閉鎖房間，上網、看番薯島電視、聽音樂，掌握臉書每一則瑣碎貼文。伊人惶惑，到底為何出走？為何抵達？為何自願流離失所？未定型的生活充滿隔絕般灰色氣息，腐朽，抗拒，難以融入，木蠹確實生蟲，可是又該如何化蝶？

南國大陸，熱烘烘，大石矗立陸央，有知名大堡礁與紅色沙漠。風塵僕僕抵達農場，一望無際始終觸碰不到落日線，公車駛過，塵埃揚起似祝福又似詛咒。該何去何從？這一站是採蘋果，上一站是採葡萄，下一站是採香蕉，採收、挑選、裝箱、疏土、修枝、澆水等勞役工作，眾人為存活無不搶工，時薪演化成計件報酬果實秤重。來往城市，行走街道，心中充塞恐懼，物價高昂，便宜食宿難尋，為第一桶金、為旅行、為蒐集二簽而到農場，或者當屠夫、服務生、搬貨工、清潔員、按摩師等。黑工已成常態，時薪甚至只有六至七澳幣不得不令人嘆息，伊人知道有如此多番薯島人甘願裸身下海，為活口，寬衣解帶以身換錢。伊人只能自欺想望，不管如何窮途潦倒，還是比待在番薯島好。番薯島人前仆後繼，忘卻前身，拔樹果，剖獸肉，掃人糞，職業本無貴賤，可嘆總有自賤者低價販賣勞力、身體與不見天日的未來。伊人深知艱苦，為討生活無可奈何，番薯島確實黯淡無光，索性將異地苦難戲稱為壯遊。

留下來吧，不管是黑工、假結婚、真賣淫、非法居留，或者將自我置身於種族歧視脈絡中歧視自我，誰能堂而皇之說這樣不好？不斷自我催眠，高薪勞動，學語言，接受文化衝擊，或許就這樣留下來吧——至少下一代能免於遷徙與自我仇恨的苦難。黑暗中，伊人望見月牙，望見孤燈，望見前身後世恍若賣藝女子吟唱一曲淒涼哀歌。薄冰焦土，北地南國，苦難遠比不過故土殘暴，於是輾轉反覆，迂迴前後，咒罵怒吼，知道這一切都必須用命來賭、來換、來償，不管需要勞其筋骨，餓其體膚，至少遲疑中具有傾向毀滅與重生的選擇。

伊人妥善運用口舌，說話，歌唱，在陌生與熟悉的語句中逐漸靠近音準之位。

啞啞學語，亦是唧唧善吟者。

陌生字彙穿越耳膜，有了反應，像地松鼠挺起上半身地伸出前肢嘗試攫住果實，又像水鴨張翅花紅葉綠，騷動平穩水波。張口發聲，揣摩之，仿效之，唇舌蠢動之，語音模糊卻親切，語調笨拙卻質樸。有聲波，有水紋，有細緻葉脈春雨雷動。伊人棄置舊有口舌，釋放絲繭聲帶，調整舌頭與上下顎長年曖昧，氣息雲淡風輕，多次嘗試之後，終於發出完全陌生卻又精準語音。唧唧復唧唧，吟吟復吟吟，所有巧妙與拙劣的模仿都是為了沖淡強烈陌生化，妥協著，輕聲吟唱遷徙者苦難之音。伊人在夜以繼日勞動中張冠李戴，寄居另一種生活，聲之發言，力之付出，必須具有不被接納的必要豁達。即屈而立，柔情滲透無比感傷，寄人籬下的生活只得低頭苦忍懷以堅強。多少厭倦曾經新穎的異國風、異國味與異國臉孔，然而番薯島人心惶惶各懷鬼胎，伊人不得不繼續隱忍，繼續二簽，或者趁年歲限制前再度遷徙。一再想念起故鄉鳥語詞彙，像採集，像懷舊，像候鳥過境一再復返夢中草澤。眾鳥們色彩斑斕、羽翅張揚、逆風扶搖而上，是否選擇張翅飛越鄉土？留鳥，過境鳥，曾經聚集水畔築巢而居的鳥族們佇立番薯莖葉，怒吼之，求偶之，悲憤之，兮嘆之，天問之。伊人一再複誦、描繪並凌空相遇，透過口音一字一句呼應辨認：雉、鳩（即斑鳩也，與內地異，又有一種身綠嘴足皆紅者曰金鳩，近淡水更多）、燕、鷺、鷹、鷂、雀、鶺鴒、烏、土畫眉（與內地等，眉無白者）、鴛鴦、鳧、鷗、布穀、長尾三娘（即練雀）、烏鶖（身黑尾長，較小於鷹，能搏鷹、鷂、鳶諸惡鳥）、黃鶯、伯勞（鵙也）、土鸝鶯、華雀（似雀而小，紫色，唧唧善吟，置籠中能自來去）、白頭翁、鵝、海鵝（俗名南風鷾，又名布袋鵝，常於海濱獵魚，翎可為箭羽）、鷦鷯（《爾雅》：桃蟲，鷦其鴜鷯；《通志》謂之鷦鷯，一名韤雀，一名巧婦，土番出草，聞其聲則返）、貓頭鳥、雞、鴿、鴨、番鴨（似鴨而大，毛有小采，嘴腳米色，肉粗，來自外洋）、水鴨（嘴頸似鴛鴦，腳短而小，水中能飛）……

風景一路逝去，微光飄浮塵埃，伊人孤身望向模糊遠方，不知身在何處，剎然行止不知所措，如何拋擲虛無？舟車勞頓，頭腦昏沉，四肢出力便頹喪，脊椎骨因日久承壓而疼痛難耐，似糾結，似膨脹，似生骨刺。飲水，食乾糧，嚼果實，歷經漫長休憩才轍出思索軌跡——意義，始終不是預先寫好的章節段落。歧至荒原，歧至沙漠，歧至大雪、烈日、雷雨霹靂之地，傾廢舊鐵路長滿野草，水澤彷彿昭示萬物即將榮發，接下來的歷程將使伊人更加惶惑或更加堅強？伊人背負番薯島，故鄉如此沉甸，成為枕頭，化為夢魘，漂流體內凝成結石，彷彿看見了，的的確確透過記憶縫隙看見了，那是萬念俱灰的委頓時刻，身心透支，傷感自溺，廣漠后土中的萬獸、林麓、湧泉、果園、農舍、房屋、船帆、港口、高樓、市鎮、城市與交錯其中的百路千巷，諸物不過只是離散經驗，而統攝核心的，無非是有餘村獨樂樂、眾樂樂藤葉抒情時光，瓜熟蒂落迎迓曾經擁有的盛日。

誰不好追憶？

伊人時刻想起便也時刻懸浮，幽魂交杯飲惡，背脊承擔過重壓力不禁開裂，從骨骼與肌肉中傾舉出血淋淋模糊雙翅，沾滿鄉愁黏液。一口一口舔舐羊水，舒展每一根動情羽毛，朝向前方望去，疲倦，沉重，亦是溫柔，唧唧善吟者決定過境所有迂迴復返，輾轉潤澤。始終是在路上，在異邦，在想像與追憶的來回往返中，羽翅斷折，匍匐前行，淚流滿面不知何去何從。

煉丹鑄劍居雲房

夜雨淅瀝灑豆，清晨，空氣瀰漫漸被蒸溽的濕氣，葉藤曲生環繞活力伸展，扎向深泥，熱風輕彈露珠，洗面、滌塵、清白混濁身世。夏蟬愈趨昂鳴，樹椏晃動，輕悄悄抖落一、兩片躁鬱枯葉，同蟬聲燒燃。躺在床上，睡夢中的世界發出吱吱喳喳求偶聲，睜開眼，將迎來熾熾白晝或寂寂深夜？將面對白燦人臉或青森鬼面？魂魄伸手一抓，抓住蜷縮沙發的身軀，回到肉身，頭有些疼，軀幹縮擠發麻，打呵欠，回到房間繼續懶睡。阿嬤一反往常，精神矍鑠坐靠牆壁，誦讀師尊給的文宣，主題是吃素、環保、救地球。半喃誦半解釋，原來富甲鄉村的土地公有遮爾濟煩惱：世人拜神染習氣，淨壇案上排屍體，魂出無依逼吾理，忙亂一場鬼神泣。老漢卑職再勸您，殺生獻供非正誠，魂哭嘆苦牲靈依，財福不至嘆可惜。阿嬤自言自語，舌粲蓮花，食菜對身體好，土地公也是老歲仔，袂堪大魚大肉，但是今仔日欲對不起土地公土地婆，閣欲來普渡腹肚囉。阿嬤叫醒流了滿嘴口水的阿公，說，閣睏，是夢著AV女優婧查某還是夢著恁祖媽，行，來去市場買物件，囡仔中晝就到矣——

「毋是破病？」阿公揉搓雙眼。「哪遮爾有精神？是迴光返照喔。」

「老番癲，真正是開喙無好話，共你後生仝款，生雞卵無，放雞屎一大堆。」阿嬤起身，坐上梳妝檯簪鳳凰髻，隨意拿起桌上一疊宗教文宣仔細閱讀。一張是靜觀法則，一張是如何拯救地球暖化，一張是生活周遭潛在威脅，一張是土地公、耶穌與尼采精采對話錄，一張是歷來訓誡，一張是瑤池金母恩賜的不吃澱粉驚人瘦身減肥法。「師尊有講過，所做壞事記佇心，頭殼內底有神明。」

「透日就是師尊講的話，破病時哪無師尊幫你煮暗頓，幫你倒屎尿，頭殼悾悾。」阿公起身，搥打僵硬背脊。

金生跑到灶跤洗臉，炊煮地瓜和雜糧饅頭，阿嬤早已練成嘮叨化骨功，早起得開嗓，鉅細靡遺闡述，說師尊雖然相信萬法歸一不過還是比較推崇大乘佛教，而且還熟讀《維摩詰經》、《妙法蓮華經》，鑽研俱舍、攝論、涅槃等學說，出口成章，沒兩、三句便引經據典。阿公不想理會發了宗教春的阿嬤，用隔夜飯煮稀飯，配醬瓜、甜豆、海苔醬和花生吃。阿公跨騎野狼機車載阿嬤去買菜。金生旋繞厝內，爬上神龕，香灰溢出鐘鼎，奉神金盅添了酒。金生對垂眉俯視的觀世音菩薩擠眉弄眼，拿起祖先牌位，十足好奇搖了搖，敲了敲，阿公曾說，族譜是用一塊一塊纖細木板夾在祖先牌位之後，上頭用毛筆書寫早已神遊太虛的族裔之名。金生見過一次族譜。阿公請來師父，念經燒香，俟時拆卸祖先牌位，填寫名字，將微笑的母親緊緊密密夾進細薄木片之中，彷彿害怕枝葉繁衍的媳婦子嗣不小心從時光隊伍中脫軌。金生將口水吐在掌心，雙手抹勻，擦拭觀世音菩薩雕像與祖先木質牌位，歸放原位，往左移，往右挪，不管是神、是鬼、還是鰥寡孤獨者都得回到崗位才行。爬下神龕，踅回房，舔舐很愛搖擺的幼齒，牙齦腫了起來。隨意拿阿嬤視為珍寶的宗教文宣閱讀，是一張年歲數來寶：五十歲，嗜駝背，肝氣衰退，肝液衰竭，膽汁減少。六十歲，嗜臥躺，產能不足，悲傷未來，血氣鬆惰。七十歲，嗜昏睡，脾氣虛弱，皮膚枯萎，視力老花。八十歲，嗜回憶，肺氣衰退，魄迫離散，顛三倒四說錯話。九十歲，嗜神遊，腎氣衰竭，四臟經脈空虛。一百歲，嗜老死，五臟皆敗，神氣已失，形骸猶存魂魄已離——金生想著自己雖然不到五十歲，不過他可是最愛駝背、臥躺、昏睡，也時常說錯話寫錯字。他常說老師駕鶴西歸來上課，把課文〈我的爸爸是軍人〉改成〈我的爸爸是卒仔〉，另外，蔣公要所有的番薯島囝仔學習魚兒力爭上游，可能是怕萬一入伍當了海軍不會游泳，會被軍官虐待至死。想起之前的上課內容，就覺得課文實在變態，尤其是〈過山洞〉：坐火車，過山洞，山洞長又長，妹妹學數數兒，看看數到幾，山洞才過完——金生可是知道村裡的查埔人，時常在夜裡鬼吼鬼叫過查某的山洞，查某數數兒又特別上火放蕩。丟掉文宣，想再睡大頭覺，閉上眼睛卻瞬間沉入黑黝瘴霧之中，鬼臉白如蠟，紅如蔻丹，紫如茄，灰如足癬，面目猙獰眼眥欲裂，咧嘴伸舌無不傷毀，荒野中，一聲一聲森然鬼鳴追溯而來，勾魂，取命，無處可逃。像夢，卻又無比真實，被牽引，被抓撓，雙手被緊緊纏繞鐵鍊枷鎖。

睡不著，索性騰身，踩踏拖鞋出門，站立濱海公路上想著應該去哪裡迌迌。去找河好了。越鐵路，過接天宮，往北，再過理安宮，依舊往北，瘦巴巴雙腿讓夏日曬出焦味。蹦蹦跳跳沿泥路攀爬而上，沒喘幾口大氣便來到土地公廟，雙手合十，對結滿蜘蛛網的土地公土地婆禱告，一定要保佑自己中大樂透。廟旁右側原有一片菝仔果園，如今缺水，葉褐黃，枝椏悽慘枯萎。灰石壘疊，上溯，溪床竟是乾枯，泥石嚴重龜裂，遠方響起極其細微的淙淙水聲。繼續攀爬，舉目所望依舊一片光禿，不禁心慌了起來。抵達青潭，站立石堆中央，幾窪泥濘積著不再流動的青苔水。左右張望，上下攀緣，石縫漏灑一、兩滴水，這時才恍然意識青潭已經乾枯。虎爺不在，崔判官不在，河也不在。溪流源頭傳來機器運作的金屬聲，不願再往上走了，受到驚嚇趕緊回撤，像是發現什麼重大祕密走回村莊。

厝前停了一輛刷洗得潔淨光亮的轎車。

伯父一家人已經回來了。

電視正在播放談話性節目，討論番薯島出生率低與老齡化議題，桌上放蛋卷、泡芙和乳酪蛋糕三大盒禮餅糕點，阿公推來滾輪式泡茶几，坐在沙發燒開水。伯母拿出飯店料理好的羊肉炒飯、蝦肉蒸餃、烏骨雞湯、八寶粥飯和布丁蛋糕，說這樣子不用大費周章煮一桌。大堂姊和堂哥坐在沙發吃蛋卷看電視。

「卓越閣欲關偌久？」伯父問。

「毋知啦。」阿嬤嘆口氣。「討錢的人來揣足濟擺。」

「一个人本來好好，死某後就變了款，這世間遮爾濟查某。」伯父搖頭。「開二、三十萬娶外籍新娘毋是足好。」

「家己無志氣，愛跋筊，跋甲後來欶啥物安非他命。」阿公罵咧。「這種無見笑的跤數就知跋筊，食㾀仔藥，我看後擺就是欲刣人，予掠去關上好。欠錢也毋知還，這間厝契閣予伊提去銀行抵當。我一定是無積德，才會生這種後生。」

伯母端捧水果來到客廳，滿盤切好的柳丁、蓮霧和水梨，說中晝飯已經攢好矣。

「這種代誌欲按怎講較好——」大伯嘆息。

阿嬤戲精上身，即興表演哭鬧，抹眼淚，哭喊家己哪會生歹囝。

金生有些憤怒，一股血氣悶啞喉嚨，握緊拳頭，從沙發上立起身，頭也不回跳躍出門。

天色漸次黯淡，紫雲不安攢聚若有雷雨，站立著，抬起頭深呼吸，亟欲從體內吐出諸多穢氣。踏躍細瘦小腿快速前行，止住，再往前。立足濱海公路，車輛馳騁，噴染濃厚墨煙，片刻中想衝動跳上一輛陌生砂石車，載向北方，運往南方，或者屈身橫躺滿地窟窿的馬路，像拿起小型塑膠車轉動輪胎，駛過自己的頭顱、喉嚨、腰腹、尻川與腿脛。輕柔滑動，不痛的，頂多被輾壓出好幾條青筋血痕，肋骨斷折，眼珠子碎裂，蒺藜暗黑籠罩而來，真的不痛的。

是日，亦是夜。

伊人遙遠，水涯邊如此遙遠站立成一莖草湄蘆葦。

走進林蔭、樹蔭、祖蔭，上山的路彎曲迂迴，脈搏竄動，一路跪爬深入林中，什麼都不必想，早已想了太多。羊頭站立塗聖厝門簷下，左手腕環繞鐵圈牽引羊先生，眼神充滿哀怨，滿腔憤怒，拉緊鐵圈要羊先生坐下，伸出右手，握住羊先生菇傘般陽具龜頭，彷彿護衛鬱鬱夏蟬，上下磨蹭，兩人同時發出嘎叫聲。羊頭滿手滑膩，精液忒白溶成掌心的香草冰淇淋，羊頭舔舐，羊先生也舔舐。金生不自覺跨開腳步，走到羊頭和羊先生身旁無語矗立。六顆眼珠子望向漆黑天空。金生一同牽拉鏗鏘作響的鐵鍊。夏蟬蛻成烏鴉，千萬隻團簇展翅不漏縫隙布滿穹蒼，尖銳鳥喙啄身。日行夜路，曲徑中盡是荒墳懸棺，骨矗成欄，腸掛枯枝，野草沉浮吐出刨盡肉塊的細瘦日光，花苞沉睡紫嬰，樹瘤吞食人子。天有窟窿，溢出墨色膽汁，似怨氣，似懺悔，似已被開膛剖肚的遺骸。纏繞鐵鍊，緊拉遺棄一切的父者。一陣葷腥，一陣腐爛，一陣濃烈尿臊。雷劈裂，水淹土侵，人頭在粗礪石徑上不斷翻滾。

驚恐中亦無所驚恐。

皮膚熱麻麻，是昏燙，是燃燒，攀上向海延伸的頎長堤岸，一尺半寬，高於沙灘數十尺。緩慢行走，望向大海中的龜山將軍石質盔甲，華冠卷雲，左一步，右一步，往前跳兩步，往後退一步。背倚蒼綠山脈，海風長年侵蝕，山腰矗立兩座鎮守有餘村的古廟。把沙攬進懷中，把海攬進胸膛，把影子攬進腳下，破浪堆疊昂升，前越，而後破裂。行至堤岸盡頭，彷彿無所退路索性坐下，伸出黑瘦小腿懸空晃蕩，朝向大海吼叫。浪潮中，幾隻人形蝌蚪在海中載浮載沉。跳上消波塊，以前是不敢站上去的，擔心不小心摔了跤就會死翹翹，如今站在長滿藤壺的石塊，什麼都不必害怕。掉下去，也就掉下去了，不過只要沉穩站著也就毋需畏懼。單腳站立，搖晃踮起腳尖，而後緩慢旋繞，什麼都不打算抓住，抓住也只能緩慢鬆開，身子充滿失重感，要墜落了，真的要墜落了。重新跳回堤岸，舔嘴唇，帶有腥鹹味，好像終於知道一些什麼，知道自己不想面對的究竟是什麼。陣雨淅瀝，海風夾帶水氣，胸膛都濕了。

拖著鐵鍊行走，搖晃意識有了沉甸重量，從海堤返回，越馬路，迂迴返行鐵路，軌道外緣的砌石斜坡長滿蛻成肉食植物的鬼針草、饑荒草、地膽草等，巨型厚葉，粗莖碩根，咧開嘴，噴吐欲望吞鱗食殼，一列一列火車擦過暗黑夾縫輾壓而來。有人呼喚。他辨識，前後逡巡，不知該前進或後退。許耀光將課文燃成紙火燈籠，走向他，口發咒語，原來正在背誦閩南語朗誦比賽課文。字句飛騰，部首鏗鏘撞擊。他拒絕，卻一路被拉向厝內。翡姨燙波浪鬈髮，滿臉沁油，搖晃滿身肥肉一一遞出蒸鍋內的雞睪丸、羊眼睛、青蛙腿、豬腦與牛肚，一碗一碗祭拜飯。肚子餓，卻堅決不吃。許耀光的父親、母親、兩位姊姊與奶奶共同入席，整桌子笑聲。翡姨伸長舌頭，細語嘮叨，靠過身，要他盡量吃別客氣。許耀光說吃完一起來練習朗誦課文。翡姨探問他的身高、體重與生辰八字，絮叨說一個人得堅強，一定要好好奮發向上。他沉默，忽然感覺自己是多麼痛恨這個世界。忿忿吃食滷肉飯，是的，死去，摯愛的親人都一一死去，所以必須代替伊用力吃食。一道光刺痛雙眼，家人團聚吃食場景讓他感到無比憤怒。而這種憤怒難道是因為心中的自卑？或是亟欲抗拒的羨慕？他想要摧毀一切，讓其他人也知道何謂真正的不幸，讓這個世界同他一起卑鄙，一起遭到遺棄。日光夜路，驚慌失措逃了出來，再次拖著鐵鍊行走。

水貓戲月，天狗蝕日，陰鬱山坳蒸騰瘴氣，四處瀰漫脂膘肉肥的影子。光沒了，才安全。瘦弱幽魂徐徐飄進巷道矮簷，輕叩門，沿街散食乞討香火銀紙，缺眼珠，少睪丸，被削除豐饒出汁的乳房，歷史青盲失卻記憶。敲鑼打鼓，偷拐搶騙，燒血肉，灼骨髓，經文無法化解鑿刻肌膚的罪孽。去吧。舌尖黑黕黕濕涎涎貪婪探入，自顱至趾浸濡屍骨，自趾至顱舔舐肉身。日傾頹，夜荒廢，東南西北混沌不明。向前去吧，朝向生死邊界，刀槍不入，成為骨林中一具耀耀灼燙的獅面青銅鐵身，有情淚，無情水，鏽蝕之日為何遙遙無期？緩步邁向古厝，一片廢墟，想要轉身卻不自覺走入其中。

黃昏被吞食，他知道夜裡有獸。

阿嬤再次來到道觀。

燭光燈火盞盞亮，香灰煙屑撮撮散，阿嬤押金生碎步行過木質地板，跪落師尊面前，從口袋掏出伯父給的紅包，遞給仙姑，緊壓金生頭顱磕頭膜拜。四周陰氣森森，原來為了抵禦暑氣多安裝一台無聲冷氣，供桌前除了鮮花素果，還多了一尊雙修神像，外披錦衣，袒胸露背，面對面，查某神跨騎查埔神結跏趺坐的大腿，雙臉祥和，旁有卷雲彩霞徜徉。

「這次又求啥？」師尊端身正坐，如查埔神結跏趺坐蓮台。

「我家已身體無要緊，左跤已經踏入金元寶棺柴，但是我上煩惱這个金孫仔，老母死矣，老爸閣跔佇櫳仔內底，也毋知啥物時陣才會放予出來。」阿嬤啟動綿密哭調。「我來這求囡仔平平安安大漢，厝內大細項代誌攏會使順順利利，莫閣發生啥物意外，我心臟本來就無力，老歲仔目看袂清，也毋知閣會活偌久，過一日就算趁一日。」

「人命天定，上輩子造了什麼孽，這輩子就得來還。不過命運實可掌握，除了靠修德與法術，人也得開竅才行，若真無法開竅，四大天王八大金剛同來護衛也沒有辦法。」師尊拉起一根金屬桿子，至底，面朝簾幕嘆氣。「我上輩子也是造了孽，這輩子必須來還，即使這一路來多被誤會，甚至被視為神棍，但是只要行得端坐得正，不需要害怕世俗人眼光。年歲有盡，能替善男信女解惑開悟，也不枉走了這一遭——」

「欲退休？」阿嬤好奇詢問。

師尊搖頭。「一日起童，就得終生起童啊。」

「還是欲去佗位救苦救難做十八羅漢？」

「我將居於雲房之間，以青雲為城，紫雲為牆，仙童侍立，玉女散花。正所謂：『陽精為日，陰精為月。』日月精神玄黃星辰，天地共佐真道，必得善養萬物，育六畜糞土草木，飼蟲魚鳥獸乃至魑魅精怪，其中，杳杳冥冥如致道，昏昏默默如正聽。必靜必清，無視無聽，必長必生，無勞無傷，這是運行之理，亦是我格物致知之道。我已經備妥石鹽、紫石英、丹砂、黃丹、雄黃、雌黃、磁石、松脂、空青等礦物，以煉丹鑄劍，以自修羽化，以餘生換取眾生性命。」師尊侃侃而談，語不帶保留。「這些時日以來，還真是累了，累得石破天驚，累得一塌糊塗，累得陰陽難以調和火氣大，容易口臭。我先是當和尚，後來改當道士，更後來受到四大金剛與四大元帥親自傳授教義，得以融合儒釋道天眼神通，外人看來，認為一切是風吹水紋波瀾不驚，是春花化泥蟲豸棲身。不過何苦啊，何苦為了蒼生而勞其筋骨，餓其體膚，傷其魂魄，痛其肥大心室，六根不乾不淨不明不白。這或許就是天公伯所賜蹇途，要成道，必得先以道修身。」

「歹勢啦，攏聽無。」阿嬤有些羞澀。「師尊會使講人話無？」

「道藏有記載，世之昇天之仙，凡有九品，第一曰上仙號九天真王，二曰次仙號三天真王，三曰太上真人，四曰飛天真人，五曰靈仙，六曰真人，七曰靈人，八曰飛人，九曰仙人。我已對塵世無所牽掛，即將羽化成仙而去。」師尊左手攤平膝蓋，右手仰掌成滿願印。「來，來這——」

阿嬤急忙將金生推向簾幕。

師尊以仰掌滿願印牽起金生，再抓住金生不斷抗拒的肩脊拉往自身肚腩袈裟。

金生縮擠背脊，曲腳，心不甘情不願坐上師尊大腿。

師尊輕闔雙眼，斂眉閉眼，氣運丹田，法印自然舒展，以說法印彈擊金生額頭、雙眉、臉頰與肋骨，向金生嘴唇徐徐吹氣，伸出舌頭，舔舐金生左右兩側幼耳。

耳垂在稠濕唾液中前後彈跳。

師尊懷抱金生，噴出鼻息，熱汗大掌撫拍胸膛，往下，分別觸碰肚腹、鼠蹊、生殖器與大腿。

金生全身洩了力氣，雙腳癱軟，腦袋一片空白不知該如何反抗，兩顆眼珠彷彿穿越牆壁，呆愣望向道觀內雙龍搶珠金爐，火燭熄滅，整桌各路神明牛鬼蛇神拖曳陰影，煙霧凶猛熏人，逼出眼淚。金生嚎啕大哭了起來，扭動身軀，手腳胡亂搥擊，拒絕任何人靠近。哭聲不止，道觀內的密室同樣響起哭聲。一瞬間，全身突然鼓出憤怒，蓄滿蠻力，起身，在道觀內胡亂竄跑。一扇門，再一扇門，最後彷彿受到哭聲指引打開最後一道密門。室內幽暗，窗戶高懸如月，一位全身赤裸的婧查某從榻榻米中立起身，長髮散亂，手腳瘀青，啜泣著。哭聲微弱，似乎已經流盡淚水。婧查某手捆鐵鍊，步履蹣跚走向金生，左手護住略有纖毛的下體，右手觸碰左胸乳白乳房，嘴中似有話語亟欲吐露。向前走去，卻臨時被一條棉被罩住全身，耳旁響起咒罵，緊接一股巨大力量將他猛力外拽。金生不知道到底發生了什麼事，眼淚浸濕臉頰、胸膛與棉被。微光灑落婧查某身後，五官難辨，身體滿是傷痕，陰唇彷彿正流出鮮血。師尊不捨，發揮小愛大愛小奶大奶一起愛愛，用舔舐他耳垂的方式舔舐女子下體。飲符咒水，灌真氣，身體被翻來折去形成經文。金生嚎啕大哭，胡亂捶打，直到哭聲漸歇情緒平緩，掀開棉被，站起身，發現日頭西沉了。

抬起頭，道觀屋簷有一隻公烏龜，露出色迷迷雙眼，正想方設法攀爬至母烏龜身上。

生死簿：葡萄美酒夜荒廢

荷香阿嬤拋卻肉身前，神智恍惚哭笑不已，似念經，似祈禱，似懺悔，彷彿在床前看見消失多年的查某囡仔，嘆息著，痛苦著，疼惜著，喊叫了聲——芷芸。

荷香阿嬤走了，芷芸來了，帶著另一位春風秋雨的婧查某來了。

芷芸一直是家族枝葉中一塊無法消散的胎記，是照片中一張陌生卻熟悉的面孔。荷香阿嬤其實有四个查某囡仔佮兩个囝。一家族都不知道芷芸下落，只有槐南私底下久久聯絡一次，兩、三年可能也就一通電話。槐南實在沒把握，不知道到底能不能找到人。電話通了，卻不是芷芸所接，號碼早已換了。荷香阿嬤已百二歲，槐南和兄長姊妹決定找芷芸回來，算是完成荷香阿嬤的遺願。登了廣告，卻沒有多大效果，誰會在意報章一小角尋人啟事？槐南拿著警局的失蹤人口證明到電信公司，取得芷芸個人資料、註冊地址以及當時填寫的緊急聯絡人電話。槐南姑且一試打電話過去，是一位查某接的，聲音嬌軟，聽起來卻像歷經多年風霜。她說自己叫芍。槐南解釋緣由。芍要槐南晚上七點再打電話來，說芷芸那時應該醒了。

芷芸回來了，帶著芍回到有餘村了。

芷芸強裝鎮定，準備簡便行李，買些水果餅乾，戴上米色口罩，芍沉靜陪伴，兩人坐上顛簸搖晃的火車從大墩往番薯島首都，轉客運至湯圍，再轉火車來到村尾。一路上，芷芸大都保持沉默，眼神落寞望向窗外，緊咬下唇，偶爾和芍說出一、兩句彷彿遺失許久的句子。都是嘆息。右側，陸續經過頂埔與頭圍城，龜山島在海的另一端；左側，經過田圃、柑橘林、金棗園和磚瓦古厝，火燒寮山在冬日雨霧中沉睡。芷芸看上去比實際年紀年輕五、六歲，平時相當注重保養，對於角質與皺紋特別敏感，穿淺藍復古刷洗緊身牛仔褲，上半身套一件白棉衣，外頭搭貼身連帽黑夾克，簡單乾淨，素面，留俐落觸肩短髮。芷芸想抽菸。芍瞟了芷芸一眼，指喉嚨，示意對身體不好。芷芸從背包中拿出喉糖，自己含了一顆，遞給芍一顆。兩人一致穿著，芍身上的飾品較多，戴銀質十字架，手腕垂掛佛珠，手指套碧玉戒，淡妝敷面。芷芸穿運動鞋，芍穿一雙絨質皮靴。芷芸拉下口罩，說，等一下我先進去，如果尷尬，自己坐車回去，不用等我。芍看向芷芸，說，我知道，不會惹麻煩的。芷芸想再說些什麼，想了想，抿唇自言自語，真不是滋味。芍問，什麼滋味？芷芸搖頭。

三年前遇見芍時，芷芸正在夜市擺地攤賣運動球鞋，主要是奈吉和艾迪達兩個知名運動品牌。

芍當時打算靠運動與節食瘦身，想買一雙輕便運動鞋，只是心中如同往常有些遲疑，不知道該買哪一種款式。芷芸熟於各種推銷技術，懂得見人說人話，見鬼說鬼話，知道遇到這種客人必須順手推舟，多稱讚，鼓勵試穿，最好有些肢體互動。芍的個性非常優柔寡斷，挑選多種顏色、款式與尺寸，猶豫許久依舊僵持不下。客人來去，芷芸暫時放任芍站立攤位一角。芷芸一口氣賣出三雙鞋，芍還是站在那，考慮許久終究沒買，說改天再來看看。芷芸會做生意，從來不給客人壓力，熱情地說，沒關係，下次再來打八折。芷芸知道，彼此說的都是客套話，這種客人是不會再回來的。隔沒幾天，芍又出現了。芷芸有些詫異。芍穿白色慢跑襪來選鞋，說，還是要穿運動襪才準；接著裝出一臉幹練，挑挑揀揀嫌棄鞋子的設計與材質，說不符需求，打折是打幾折？攀關係，說這次打了折，鞋子好穿，以後都來這裡買鞋。芷芸平常是不給客人打折的，浮誇的折扣也是先行提高本價。芷芸沒有想到芍會回來，爽快地說，八折。芍不滿意，又不知該如何繼續討價還價，芷芸在笑臉中板著臉，有些讓人退卻。芷芸說，因為看得舒服才有折扣。芍說，什麼意思？是哪裡看得舒服？萬一看不舒服呢？兩人就這樣聊開了。芷芸說，在這擺了兩年攤，之前在北部擺攤，賣首飾、手環、玻璃珠和騙人的天珠，日子還過得去，只是北部的警察抓得嚴，時常被開罰單，辛苦賺的錢都白白送給渾蛋政府。搬來中部之後，也不知道能做些什麼，只好繼續擺攤。芍說，許多警察都有黑道背景，還開酒家呢。芷芸笑了，說更早之前也開過服飾店，結果血本無歸，朋友跑了還留下一屁股債，嘆著氣說，朋友之間還是不要有金錢往來，免得反目成仇。芷芸問，妳呢？芍說，沒什麼好說的，換來換去還不是那些工作，服飾店員、餐廳服務生、總機和打雜啊。芷芸岔開話題，囡仔多大了？芍想了好一陣子，尷尬地說，沒結婚，一個人。芷芸反倒不好意思了起來，說真抱歉。芍說習慣了，沒關係，這年紀還沒結婚的查某也算是稀有動物。芷芸想再說些什麼，正好有客人上門。芍拿鞋付錢，說改天再來。

芷芸在門外遲疑許久，望向玻璃像望向生命內側易碎的水晶童年。芍說，我陪妳進去吧。芍走在芷芸面前，按門鈴，喊人。琪拉打開門。芍說，我們來給荷香阿嬤上香。順順顛跑而來，望向芍和芷芸。兩人脫了鞋，趿上拖鞋，順著琪拉指引來到神明桌與祖先牌位前。荷香阿嬤的遺照依舊擺放，木質牌位與骨灰罈依偎在祖先牌位旁。琪拉給芍和芷芸點香。兩人拿香祭拜。芷芸一臉冷峻，試圖鎮定，不想透露出一絲情感。琪拉將芍和芷芸引到客廳，去灶跤沏一壺熱綠茶。芷芸問，槐南還在漁會上班？順順點頭。又問，出殯時有照片嗎？順順起身，興奮翻找抽屜尋出相本。順順說，阿祖出殯時可熱鬧，大家都回來了。芷芸不動聲色翻看照片，拿著筆和一張廢棄廣告宣傳單，在空白處寫下名字和電話交給琪拉，說等到槐南回來就叫他打通電話。芷芸和芍同時起身，退到門前穿鞋。順順問，晚上要一起吃飯嗎？芍笑著說，沒問題。

工作時必須精心打扮，芷芸知道人要衣裝、佛要金裝的道理，最好符合社會期待，才不容易受到傷害。芷芸的衣櫃塞滿衣服，套裝幹練風、龐克風、波西米亞風、旗袍風甚至是民族補丁風，依照服飾風格而改變裝飾配件，鞋子也依照不同心情與衣裙而浮動變換。夏日，心情好，芷芸會去燙一顆黑人爆炸頭，緊身牛仔褲配白襯衫，胸前開兩至三顆鈕扣，跟年輕查某拚性感。冬日，下雨心煩，裹上仿冒貂皮大衣、羊毛圍巾和高皮靴，彷彿披上獸皮就能抵禦什麼。根據天氣與心情選擇服裝風格，配上女性專屬運動鞋，粉紅、羽白、唇紫或橙金居多，芷芸知道，說服顧客前得先說服自己，仔細妝扮，表現出舒適、自然且大方態度。芷芸不怕找不到適宜搭配的大小飾品，金銀亮珠、手環項鍊和玉質戒指多得是，之前獨自跑去韓國和泰國批貨，大包小包過海關還得擔心被抓，囤了一大筆貨也沒賣出去。芷芸聽別人說，現在流行的是網購，還能上網比價，擺地攤是賺不了什麼錢的。芷芸對於網路與電腦沒有多少概念，平常會用智慧型手機上網，看電影，滑臉書，查詢附近知名小吃，不過僅此而已。芷芸必定化妝，且是濃妝，皮膚早已發皺失去彈性，前陣子還花錢去電波拉皮，也想過去韓國整容，聽說價格非常便宜。芷芸不想在臉上動刀，只是從事服務業，誰敢說一張臉不重要？芷芸會賣運動鞋也是經由勤哥介紹，拿的是水貨，從仿製廠以及原工廠流出來的劣級品，外表並無差別，一般顧客根本無法分辨產品好壞。勤哥說，一雙鞋的工廠價不過兩、三百，每賣出去一雙便可現賺兩、三千元。勤哥很照顧芷芸，一直覺得芷芸很吸引人，只是芷芸對於勤哥一點興趣都沒有，上床一、兩次沒什麼差，不過僅止於此。芷芸擺攤，業績好時一個月能有四、五萬收入，自己當老闆，身體不舒服便自行放無薪假，一點都不怨嘆。

天狗食日，瘴氣吞吐，有餘村的冬日沉睡於荷香阿嬤無有夢之鄉。芷芸越過濱海公路，走向堤岸。芷芸的步伐實在慢，芍獨自前行，離了幾百公尺遠後，芍又轉身走回芷芸身邊。芍問，怎麼走這麼慢？冷嗎？還是身體不舒服？芍伸手拉攏芷芸黑夾克，又從背包中拿出一條米色圍巾。芷芸說，不冷，只是不想走這麼快，有時候走得太快什麼都記不住，有時記住的卻是想忘記的。芍說，神經病，沒吃藥喔，這麼正經是要嚇誰？兩人依偎在一起，都笑了。芍勾起芷芸的手，往前走。芍說，妳還沒跟我說過童年。芷芸說，三八，都幾歲了還這麼天真，童年什麼的早就忘光了。芍問，妳在這裡長大的嗎？芷芸說，太多年沒有回來，不確定自己是否真的是在這裡長大。芍說，怎麼可能無法確定？都是心理作祟吧，我可是可以清清楚楚告訴妳我在哪間國小畢業，在哪個地方跟小太妹打架，在哪裡哭過，怎麼可能會記不清楚呢？芷芸說，是啊，太清楚了，就像是妳說過自己沒結過婚一樣。芍忽然沉下臉，不說話了。一道海風吹來，隔開兩人，吹得絲帛開裂漫為粉塵，伸手一抓是潮濕水氣。芷芸靠向欄杆，說以前這裡的住家與海臨得近，不像現在，整片寬廣沙岸成為風景區，人潮是錢潮啊，或許回來這裡做點小本生意，開家早餐店也不錯。芍沒搭理。芷芸繼續說，以前會和槐一大早跑去沙灘，挖洞焢番薯，大約下午四、五點番薯就熟燙燙了。芍亮起眼神，俏皮地說，我們也來試試。芷芸指向天空，說那得等到夏天，而且等會兒就要下雨了。

夜市的甘蔗牛奶汁是芍最喜歡的飲品，尤其冬日，加熱後更能暖和身子。芍和芷芸初始只是談天，後來芍貼心主動買來黑糖薑汁、甘蔗牛奶汁、紅豆蓮藕湯和燒仙草。芍自顧說著，買兩份，平均下來的價格比一份還要便宜。芷芸沒有拒絕，跟顧客保持良好的關係是重要的，何況自己也沒吃虧。只是後來芷芸覺得自己和芍走得太近，或者說，向芍透露過多私事。芷芸一向能把客戶和朋友的關係切離開來。芍無聲無息闖進芷芸生活，芷芸不習慣這種關係，尤其看到芍刻意穿著運動鞋來到攤位便不知該如何是好。芷芸會假裝開心，見到老朋友般打招呼，內心卻為難。芍除了買熱飲，還會買些點心如章魚燒、甘草芭仔和烤魷魚等。芍原本還會向攤販要求將小吃分裝兩包，後來覺得麻煩便不再在意，甚至連竹籤子都只有一根。芍待在攤位的時間愈來愈長，東扯西聊，說剛買的黑豬肉香腸太多肥肉，說昨天看到沒戴安全帽的飆車族摔了車，說冬日喝香菇雞湯最舒服。芷芸要應付芍，還要應付客人，有些心煩。是朋友吧，只是心中知道不僅僅是朋友。一日，芷芸身體不適，有些發燒，為了賺錢吞了阿斯匹靈依舊出門擺攤。芷芸坐在矮凳上，彎腰，一臉愁眉苦臉。芍走到芷芸面前，假裝自己是客人，說怎麼不打招呼？這樣子可做不了生意。芷芸沒有回話，沉著臉，隱忍一股因為病痛而膨脹的怒氣。芷芸盡力露出笑容。芍察覺芷芸的不對勁，越過攤位，拉了另一張矮凳偎近，不舒服嗎？要不要去看醫生？芷芸搖頭咬唇，說能不能幫忙把鞋子收上車，想回去休息。芷芸全身發冷，厚外套裹住蜷縮身子。芍沒開過小貨車，戰戰兢兢速度忒慢，完全不在乎後頭轎車狂揿喇叭。頭一次，芍來到芷芸租賃的房間。

大好時光，漫遊者來來回回，海水前後波濺消磨損毀什麼，懷抱百無聊賴的倦怠逡巡。毋需意義，毋需存在，也毋需可供攀緣想像的核心。所謂的抵抗、拉扯、漩渦甚至噴濺而出的憎恨，都因為時日逝去而漸趨虛無。豐滿的，貧瘠的，都將崩毀而回歸本質。芷芸跟芍說，我的二姊二十幾年前就過世了。小時候我最常跟二姊吵架，不是什麼特別的原因，可能就是她穿了我的絲襪，我弄丟她的衣服，或是我偷搽她買來的昂貴化妝品。離家時，見到最後一面的人也是我二姊。她那時剛交了一位男友，而我交了一位女友。所有的人都很驚訝，應該說都很生氣。她對我說，不為妳自己好，也要為阿爸阿母好，這種事情很丟臉，傳出去怎麼辦？是啊，我就是讓人丟臉，我對她大吼。沒辦法，我的性子從小就是這麼倔強。那天，我跟她說要去外地找些機會，她看出端倪，叫我等會兒，跑到房間拿了三千塊給我，對我說，不要跑太遠。後來我偶爾會和槐聯絡，厝內大小事情都是槐告訴我的。我一直覺得我虧欠她，不，我實在虧欠太多人。二姊去世那幾年，我過得特別不好，家族內老一輩陸續死去，就像槐說的，唉，死也相招，感情敢講真是有遐爾仔好？感冒兩、三个禮拜病毒轉移至肺，就轉去矣。芷芸走進瑟瑟發響的防風林，林子邊緣架設兩、三個鰻苗篷，裡頭置放遺棄般漁網浮球。兩人繼續朝向春帆港前進，芷芸呢喃，以前港口攏無人來。

芍進入芷芸的生活，日夜相伴，緩慢進入芷芸的生命。芷芸的內心底層有種歷經折磨的疲倦與寂寞，只是平常並不會表現出來，尤其面對親近者，更不知道該如何去述說自己因為疼痛而長出的棘刺，於是慣常以沉默疏離，隔開與他人之間的距離。芷芸有過好幾任男友和女友，後來都一一離開，受不了芷芸內心深處幽暗不明的自毀傾向。芷芸曾經認真想過，或許自己無法再愛任何人了吧。芍還在嘗試如何真正去愛一個人。芍跟芷芸說，她打算辭退建設公司總機工作，工作時數長，一個月的薪水才兩萬出頭，倒不如自己擺攤當老闆。芍抱怨，經理上輩子一定是種豬，看到剛畢業的年輕妹妹眼睛就發亮，嘴角不停流口水，盯著別人的大胸部猛瞧，有夠不要臉。芷芸聽得出來，芍的抱怨帶有自棄與欣羨。芷芸擺攤，是夜貓子，每日都忙到半夜，回家收拾收拾，洗個澡，凌晨三、四點才能上床。芍辭退工作之後，下午常買便當去芷芸的小套房。芷芸懶得每次都要下樓開門，索性交給芍一把備份鑰匙。兩人一起吃早午餐，看娛樂新聞，再去附近公園散步，盪鞦韆，坐蹺蹺板。回來，換上室內服，芷芸會上床休息，或者收拾房間摺疊衣褲。兩人興致一起，也會依照食譜烘烤蛋糕，芷芸喜歡香蕉蛋糕，芍喜歡巧克力蛋糕，兩人會一同坐在烤爐面前，說些話，或者什麼話都不說，看著麵糊緩慢膨脹變成鬆軟蛋糕。窗外時有陰雨，潮濕衣褲在烘乾機內翻滾。芍也打算擺攤賣些女性飾品，年輕時有過經驗，不陌生，心中卻又擔心收入無法支撐生活。兩個月了，芍陪伴芷芸，時刻焦慮自己什麼事情都沒做，沒有投履歷，也沒有為擺攤準備，一覺醒來，覺得自己活得一點價值都沒有。芷芸知道芍在想些什麼，為了舒緩芍的經濟壓力，索性要芍搬來一起住，說住兩、三個月沒關係，不過超過半年可是要付房租。芍害怕著，期待著，知道自己等芷芸開口邀約已經等了許久。整間套房塞滿查某的首飾、項鍊、手鐲、胭脂、口紅、絲襪、皮靴、套裝、禮服、皮褲和羽毛絲絨。芷芸得習慣芍，芍得依賴芷芸。這是愛還是必要的詛咒？身體的曲線、姿勢與味道是如何成為生命中恍若永恆的光影？

港口聚集小攤販，芍渴了，原本想買楊桃汁和菊花茶喝，怕不乾淨，索性買了兩罐礦泉水。芷芸望海，喝水，仔細聆聽海浪不斷擊打水泥堤岸的洶湧聲。芍說，肚子餓嗎？我去買雞蛋糕。芷芸跳上堤岸水泥塊。芍遞來一袋熱呼呼雞蛋糕，說趁熱吃吧。芷芸從水泥塊上跳了下來，吃起點心，讓雞蛋糕在嘴中化開。芍看見芷芸開心的表情，自己也開心了起來。芷芸說，我覺得自己沒錯，奇怪的是大家都覺得我錯了，我不過是愛上我喜歡的人，就像喜歡吃雞蛋糕一樣。芍說，想吃的話我再去買。芷芸搖頭，說這麼多年來，有人罵我破麻兒、落漆、不男不女、人妖和撿角，雖然難過，不過我一點都不在意。我會回嘴，我曾經想要給他們好看，要他們閉嘴，只是到了後來便感到累了，太累了。很多時候，我只是想要好好愛人，我好像變得不會愛人，只會一次一次傷害我所愛的人，就像面對我沉默的親人，當他們深情望向我時，我就感到內疚。我不知道我們為何要活得如此痛苦。芷芸拿起一顆石子丟向大海，石子沉進水中像是不曾存在。芍也拿起一顆石子，說妳看好喔，我絕對丟得比妳還遠。

存在本身必然帶有壓力。兩人必須磨合彼此的生活習性。芍抱怨芷芸在房間抽菸，整張床單、枕頭與暴露在外的衣服都染上菸味，很臭，芍會因為菸味而咳嗽，睡不好。芷芸不喜歡芍整日問她到底出去幹了些什麼，實在緊迫盯人，芷芸交代不清或不想交代，芍就低沉著臉，不說話，生悶氣。芍不喜歡芷芸擺攤時穿得太暴露，有意無意還露出乳溝臀溝，說都快五十歲了，何必跟年輕人比身材？芷芸不喜歡芍的沉默，做什麼事情都悶在心底不說，多問了幾句還會被厭煩。芍不喜歡芷芸兩天才倒一次垃圾，便當盒內的醬汁菜渣都已經發餿。芷芸不喜歡芍的畏縮與懦弱，對什麼事情都無法下定決心，實在三心兩意。芍則討厭芷芸的孤傲。芷芸不了解芍的轉變，或者說芷芸發現原來自己並不真的了解芍，實際上芍也不了解自己。兩人的關係依舊緊密，一條繩重複打上好幾個死結糾成一團。套房中，只有一張床。芷芸和芍睡得近，甚至過於近了。芍喜歡嗅聞芷芸剛沐浴完的髮香，耽溺芷芸穿過一日混合汗味與乳香的衣衫。夜裡，芷芸伸出手不自覺摟著芍，貼上胸膛，貼上手腳，貼上呼吸。芍對芷芸說，妳是我的妹妹，是我的囡仔。芷芸對芍說，妳是我老了的新娘。兩人僅止於此，雖然臥躺同一張眠床，穿寬鬆衣褲，卻有所忌諱不曾探進對方的內心深處。一同洗澡，一同進食，一同入睡，離不開彼此。

大壞時光，海上的積雲漸次肥厚。芷芸說，去果園繞繞吧。從春帆港往北，再往西，越過鐵軌與濱海公路，穿過淙淙溪流往山上走。芍用雙手揮趕黑蚊，不時跳動雙腳，拿出藥膏搽拭紅腫處，說都被叮了，好癢喔。芷芸再往上溯，停下腳步，站在林木草澤之中，說以前這裡曾經是一大片蓮霧園，後來改種柚子，還有十幾株金棗樹。金棗適合泡茶，直接食用過於酸澀，洗淨果實，放進鍋內加水烹煮，再斟酌添糖，喝起來非常舒服。芍四處觀望，看不出植栽墾闢的痕跡。芷芸嘗試再往深處探去。芍在後頭說，我不過去了，不要走太遠，小心有蛇。芷芸的腳丫子踩踏亂草泥濘，想起童年跑來林中玩耍，抓金龜子、蚯蚓和步行蟲，摘蓮霧吃。她沒有注意到自己已經走得太遠。長輩曾經耳提面命警告火燒寮山會捉弄人。芷芸記得自己曾在瘴氣中行走，腳步輕軟，鳳蝶飛舞，淡濃果香結成糖漿。一點都不恐懼，優游自在隨意進出同瘴氣說話。沒有人會追問過去與未來，總是快樂，想哭就哭想笑就笑，發呆什麼的也無所謂，不會刻意壓抑自己的情緒。芷芸想再往前探去，想找出更年幼純潔的自己，芍卻臨時叫喚了起來。心中著實充滿無比深沉的感嘆，被經歷過的一切改頭換面摧枯拉朽，辨不得來路去路。芍再度大聲呼喊。

芷芸受不了如此親密卻不激烈的變異關係。芷芸拉芍的手溫柔撫摸自己的乳房，捲曲鬚根般的指尖觸碰乳頭，輕聲呻吟滋潤彼此。芍卻從芷芸掌中收手。芷芸的呼吸緩慢調平，起身去廁所盥洗，再度躺回床上。黑暗中，芷芸無法入睡，在床褥中反覆磨蹭，最終撐起上半身，問為什麼？芍說，什麼為什麼？芷芸說，為什麼妳不碰我？為什麼我始終都不能碰妳？芍說，沒有為什麼，只是不想。芷芸說，我搞不懂妳，難道我們還是陌生人嗎？芍壓低聲音說，睡吧，快要天亮了，別再鬧脾氣，等到睡醒了再說好嗎？芷芸生悶氣，重新躺回床上緊拉棉被蜷縮。還有一次，芍正在洗澡，芷芸脫去衣服躡手躡腳進入淋浴間親吻芍的頸項，舌頭濕潤挑逗。芍顫抖身子，全身肌膚漸次萌芽、出蒂、開花。芷芸想要以肉身滋養芍。芍用雙手半玩笑推開芷芸臉龐，覺得愧疚，再次捧起芷芸的臉，深情地吻。芍對芷芸說，如果有需要，可以去外面找查埔，或者去找查某，我一點都不在意。芷芸悶不吭聲，去找了勤哥。勤哥是一位老大姊。芷芸不在意性別，只是貪於性的歡愉，肉身過眼雲煙不如滿足當下慾望。勤哥講究氣氛和情調，帶了一罐洋酒與玻璃杯，兩人先去日式餐廳吃飯聊天，分享臉書資訊，最後才去旅館。脫下衣服，進入浴室洗澡，替彼此按摩，擁至床上做愛。夜荒荒，葡萄釀溢的醇厚溫柔如十指緩慢撫摸身軀。芷芸單純享受性愛的愉悅，卻又感到罪惡，會來找勤哥的原因不單慾望，而是想要趁機激怒芍。芷芸跟芍說她跟勤哥做愛了，跟另一個查某人做愛了。芍坐在床鋪望向芷芸，沉默著。芷芸問，難道妳不生氣嗎？芍沉著臉，搖頭，好不容易才擠出話，芷芸，我愛妳，像母親一樣愛妳，我是母親，一位不稱職的母親，幾年前我的女兒發生意外去世了，我一直想要跟她多說一些話，或者陪她一起睡覺。芷芸說，我不要當妳的女兒，我要當妳的情人。

槐南打來電話，問在哪裡？芷芸說，正要去祖墳走走。槐南說，我等會兒就回去，晚上留下來一起吃飯，有打算過夜嗎？芷芸說，吃完晚餐就走。芷芸走向溝渠護欄，芍尾隨，兩人一同踏過苔壁，越過亂草，穿過林木，來到破敗祖墳。芍有些避諱。芷芸牽起芍的手，說老父以前每個月就會叫我和槐南來這鋤草，說祖墳的風水會影響一家族，一定得好好維護。芷芸臨時岔開話題，說下次換我陪妳一起回家吧。芍有些尷尬，每次回去都煩死了，總是叫我再嫁，說老了該怎麼辦？我跟他們說，政府福利好，老了還有老人年金領，我可是買了一堆壽險，得了癌症才賺到呢。芷芸故意露出怒容，說我真搞不懂妳。芍回嘴，我才搞不懂妳，整天神祕兮兮耍孤僻，不上班就沉著一張臉，一上班就變了個人。芷芸笑說，都是大嬸了還能這麼幽默，不簡單。芍氣狠狠瞪視芷芸。

兩人維持同居，芍沒有去找新房子，芷芸也沒有要芍付房租。芷芸容忍芍的潔癖，芍也容忍芷芸不太在乎環境的遲鈍。退一步，往前看的世界就更加深遠。芷芸逐漸察覺芍的心中隱藏各種凹陷與黑洞，芍也對於芷芸傾於悲觀的性格有了寬容之心。有時，芍會提起自己的老公，兩人分居七、八年卻遲遲沒有離婚，喃喃自語，說他其實是個好查埔，只是我不值得他對我這麼好。芷芸說，所以暗指我是壞查某嗎？有時，芷芸會提起前一任或前前一任的同性或異性伴侶，說他們如何一個一個離開。芷芸說，我不怪他們，雖然我會咒罵他們，只是想一想也覺得好笑，因為我竟然曾經如此深愛這些賤人婊子，真悲哀。芍笑說，還好妳沒罵他們是公狗，不然好像是在罵自己是母狗。芷芸問，如果我們吵架了，你會罵我什麼。芍側頭想了想，可能罵妳自私吧，一點都不在乎別人的感受。芷芸沒有生氣，竟然還有些得意，誰不自私呢？做人那麼難，何苦為難自己，又不是要當和尚尼姑。

槐南聊些阿母過世後的瑣事，支出費用、遺產處置、喪葬方式和墳地風水等。芷芸沒有多加干預或發表意見，問，阿母有留啥物物件無？槐南想了想，說，無，但是死前幾若工有聽著阿母佇叫你佮二姊的名，講恁兩个愛要無要緊，就愛記牢轉厝的路。芷芸聽了十分難過，抿起嘴，想要再多問一些細節，卻同時擔心內心無法承擔，歉意到底該如何消解？槐南說，頭七彼工，就是跤無栖，閣是大姊共阿母講，一定會共你揣轉來才跤有栖。智德和茜自顧食飯。菀兒心細怕芍尷尬，幫芍夾菜添湯，說別客氣，千萬別餓著，沒時間煮些好料理真是抱歉。槐南說起往事便感到沉重，開起自釀的葡萄酒。芷芸久沒碰酒，芍平常則是能不喝就不喝。槐南說，這是阿母家已激的酒。芷芸和芍喝了幾杯，酒意湧上心頭便滿懷惆悵，滿臉通紅，都喝得有些暈眩。槐南說，這酒後勁強。順順想湊熱鬧。菀兒說，小孩子喝了酒，晚上會尿床喔。順順信以為真，轉而討果汁喝。菀兒切了盤水果，趁上廁所時收拾茜的房間，心中想著應該要準備兩張床還是一張床呢？菀兒繼而收拾槐南書房，想著還是準備兩張床比較保險。芷芸和芍都有些醉了。菀兒要兩人過夜再走，說房間都已經打掃乾淨。兩人執意要走，說不好打擾。槐南開車要送，芷芸說食飽去外口行行較健康。槐南再次向芷芸要了電話和聯絡地址，說厝內的人攏足想伊。芷芸聽了只是更加沉默。芷芸和芍再次向荷香阿嬤燒香祭拜，加快腳步邁向車站，多次想要回頭卻始終不敢。

細雨紛落，淋在身上像是溶進皮膚，芷芸嘆氣，嚙咬指尖，身體不自覺顫抖起來，不知道是天氣冷還是喝多了酒。兩人坐在空蕩蕩車站，呼吸中，瀰漫潮濕氣息，羼雜腐木味，像物體核心向外滲水。白燈滅閃不停，次次拉長單薄背影，芷芸向芍靠近，芍也向芷芸靠近。芷芸想說話，只是不知要說些什麼，企圖止住說話的猛然衝動，許是酒意，許是勇氣，像用盡全身力量想從黑暗中挺起脊梁。芷芸知道自己不能再保持冷漠，不能再拉開距離，不能再靜默，她必須說，她說，後來我才知道，事情可能並沒有如此嚴重，是我刻意誇大曾經受過的傷，我愛過的每一個人，他們都比我墜落得更深，彷彿都比我還要更加痛苦，我從他們身上看到卑鄙的自己。我是因為愛他們而選擇離去，而當我發現原來我是如此深愛他們的時候，我卻沒有勇氣轉過身走向他們。可能我已經老了，可能我刻意拋棄愛人的能力，唉，我知道這都是藉口，自我欺騙總是最簡單的，只是有時候我總覺得自己無法一個人再撐下去……芷芸還想繼續說，一股從腹肚湧出的胃酸在喉嚨不停打轉，連忙躍下月台，穿過鐵軌對溝渠嘔吐，回到月台時，意識已經清醒許多。兩人沉默了一陣子，各自平緩呼吸，坐在月台椅上靠攏身子，蕊苞覆蓋花瓣般緊密。荒廢的夜，藤蔓肆意吮酒，纏繞碎裂的玻璃杯與交尾的蛇，頸間互相摩擦愛撫，勒緊，鬆弛，而後再度傾向彼此，蛇鱗刮搔而落，像是滿地頹喪月光。芍伸出滲滿冷汗的手，握住芷芸。握緊了，掌心也就顯得溫暖。夜班車撳響沉重的金屬笛聲，光束投射而來將人吞滅，兩人晃蕩上車，隨著火車而駛近更巨大的黑暗之中。售票員來了，芷芸說，兩張票到湯圍。售票員皺眉，望向滿身醉意的兩人，說這班車北上，終點站是台北。芷芸說，沒關係，兩張票到終點。芍靠在芷芸肩頭，芷芸頭顱親密依偎。芍在騷動，在嗅聞，在磨蹭，試圖找尋支撐，抬頭注視芷芸，如此深情，不再懼怕吐露真實的自己，眼睛無法克制湧現淚水。芷芸問，哭什麼？酒沒喝夠嗎？芍擦拭眼淚，說不能哭嗎？為什麼一定要有理由才能哭？芷芸說，看妳認真，逗著妳玩的。芍讓芷芸逗得笑了。芷芸又問，笑什麼呢？芍說，笑我們坐錯車啊。芷芸冷然言說，有什麼好笑的，雖然慢些，還是到得了，累的話就先睡在我的肩膀上。

夜車穿行山腹黑暗，一雙一雙隱匿草叢的眼睛在細雨中明亮了起來。

黃道吉日迎投胎

闖入獵獵旋風，刨土石，踏碎骨，隰皋之中盡力奔跑，河兩手攏放虎爺耳朵後方，抓絨毛，低身跨騎肌骨賁張的虎身，前側，近乎貼伏。金生懷中緊抱空蕩木匣子，武士刀橫掛佩帶肚腰，如鞭，一擊一擊。金生窩擠在河冰涼的元神之後，攀住河的背脊，貼上臉頰十足安穩。一股水的清香味泛溢而出。疾速，疾雷，疾光，疾流，疾電穿越勁草蕩蕩悠悠，蜿蜿蜒蜒怡然自得。草魚從金生背脊跳至河的肩膀，再跳至虎爺虎斑王字之上，展鰭搖尾，哼唱魚兒魚兒水中游，游來游去樂悠悠……

慢且。吼聲從後響起。

七爺八爺帶領眾多大小鬼差騎無臉大翅鴞鳥，持喪命鍾，揹切骨刀，舞血槍管，一副威風凜凜不可一世樣貌，更外側的鬼差騎巓小體長的伶俐猴，揮人骨杖威嚇，搖催命旗聲嘶力竭吶喊，陣列迤邐放肆而來。

河凝鍊面色，心有篤定，輕拍虎爺作指示。

虎爺兩瞳晶光深邃，眨啊眨，雷吼一聲騰空御風，跳一步，跨磧石，躍一步，踐荒草，前後肉拳如柔軟鋼柱彈性彎曲，觸地進而迸射騰飛，虎尾赫赫生風。河挺起上半身，側轉，雙手施咒，行過泥路瞬間化成汪汪水路橫阻開來，再一法印，水中騰生縷縷窟窿藻苔。金生轉過頭，望向水湄遠端，七爺八爺吆喝鬼卒人頭馬趕緊勒緊韁繩。人頭馬瞬忽仰起上半身，踢踏止步。八爺一躍而下，濺起泠泠冷水，濕華衣，憤怒揮舉令牌搗起傾天水浪，忿忿咬牙不肯放棄，手結法印怒髮衝冠追擊而來。河不變聲色，愈加沉默。八爺從懷中擲出一枝追魂捕魄奪命令箭，周身激射金光勁速追來，木質身化成鋼鐵質，斜長一端尖銳成狗頭鍘，切風，切水，切霧，切魂魄。河再度轉身，掐指施咒，以齒咬去左手無名指透明指甲，往上一拋，指甲化成強勁水柱如巨鯨之尾，從側面彈開令箭。河雖然專注騰駕虎爺，元神卻逐漸失去氣力，彷彿逐漸失去魂魄。要到了嗎？金生問。河轉頭，露出清淺微笑，說，快到了。金生非常不安，抓緊河，可以感覺即將失去什麼，掙扎許久才說，待在這裡是沒有關係的，我還有記憶，發生在有餘村的事情我都還能記著，這樣子就夠了。河側轉身，伸手撫摸金生頭顱，說，傻瓜，你必須回去，有人正在等著你，回到魂魄所屬之地。抓好囉，越過竹林奔下階梯就快到了。河轉過頭，重新凝神，專注不發一語，俯身緊密抓攏虎身。雷電奔馳，虎爺聳毛曳尾，踏水踐泥，草蔬葉禾均不染，風火水土均不礙，行歷，穿越，滲透，逐漸聞見河水波濺鼓浪聲。虎爺展身騰躍，奔至濛濛大霧川河旁，緩慢梭巡踏步抵至水津，肉掌子輕柔搔弄木板子鬱青藻苔。草魚從虎爺頭上躍跳至河肩，再跳回金生背脊。虎爺前肢跪地，低身。河跳下，轉身，握住金生雙掌牽引落地。

土地公土地婆站立水津渡口，徐徐舒氣，眉開眼笑了起來。

「無代誌就好，我就是驚恁閣予掠去櫳仔內。」土地婆俯身從壽紋金袍中伸出手，撫拍金生肩膀。「唉，這个囡仔我熟識，蹛佇有餘村，定定作噩夢，有時我閣會去伊的眠床頂悉伊入夢。代誌是哪會變做遮款，一半的魂魄佇陽間，一半的魂魄佇遮，人毋是人，鬼毋是鬼，遮爾細漢，無可能做啥物刣人放火的歹代誌，敢講是頂世人的冤仇？」

「或許這是上天指示。」河說。「我只能盡力保護他，只是不知道能支撐到什麼時候。如今，法力漸衰，水量漸枯，再也沒有辦法養育一方土地。」

「年壽有時，枯竭有時，傷痛有時，山有潛形伏體，神魔也有被遺棄的一天，不得不看開。」土地公拄拐杖走來，抖動雙下巴，兩個吉祥肥耳垂晃啊蕩。「棺材舟已經備妥，左右各有木槳可划，擺一根櫓竿，還放了些信徒供奉的素果。不過梨子和蘋果都被蟲蛀過，沒辦法囉，信徒沒這麼多，一、兩個禮拜才來上一次香。」

「予蛀蟲食過上好，這馬的時代上重視健康，種田就愛友善耕作，無下農藥，講這是有機農業。我共你講，蛀蟲無欲食就表示水果有毒，人若是食用一定會一直落屎。」土地婆從衣袖中掏出紙袋，遞給金生。「毋是啥物稀奇物件，就是一寡仔番薯、芋仔佮飯丸，枵時會使坉坉腹肚，我也毋知恁這條水路會行偌久，閣會拄著啥物難關。唉，做人辛苦，做鬼也袂輕鬆，我這个土地婆雖然規日笑咍咍，但是這攏是扮笑面，這馬是愈來愈歹過日，我啊，就是欲予百姓看了歡歡喜喜，無欲規工結屎面。恁一路就愛平平安安——」

「會的，會有辦法溯至源頭。」河看向金生，再篤定看向土地公土地婆。

「好了，不多說，趕快上船。」土地公皺眉催促。「等會兒大批鬼差追兵就要來了。」

水澤草塘，虎爺用肉掌子踏踐泥濘，齜牙咧嘴，眼瞳子炯炯發亮，跨步圈繞守護。

金生拿出藏匿衣下的木匣子，低沉頭，遞給土地婆。「這個木匣子是鬼差清發的，原本裡頭擺著刀子、心臟和黑辮子，交代說要拿去祭天，只是一路上發生太多意外，什麼都沒有保留下來，只剩空殼，真不知道該如何跟清發交代。」

土地婆笑吟吟接收。「無問題，我會共木篋仔囥佇彼原本該去的所在。」

「別再說了，上船吧。」土地公將一行魂魄領向渡津邊緣。「遠方伊人正在等待。」

河小心翼翼蹲身上船，槳頭壓船，槳尾扣岸，穩住晃蕩船身。

「緊去，莫佇遮匂跤。」土地婆嘆了口氣。「這就親像家己的金孫仔欲出外拍拚，心頭亂操操，就愛好好保重。」

金生向土地公土地婆鞠躬三次，轉身拉住河遞來牽引的手，探進船央。

「虎爺，上船去。」土地公撫鬚叫喊，丟出生雞蛋。

虎爺興高采烈昂起脖子在空中吞下生雞蛋，騰躍至船一時激盪水花，警戒低吼，深情望著土地公土地婆。

佗位走——

蕈菇狀雲霧從蓬萊村湧升漲起，紫茄光，煤炭雲，烏灰羽，遮擋扶疏素雅的枯瘦林葉，卷卷團團翻翻攪攪，大片霪雨唐突大肆遍灑，若有雷擊，劈開古樸質地的淒迷水瀾，鴞鵲慌張齊飛。八爺領頭，七爺尾隨，鬼差齊整列隊不苟言笑訇訇襲擊。足蹄滔天鳴響，八爺從人頭馬一躍而下，踐破岩土直奔而至，華衣彩袖啪啦啪啦擊風，樹枝兩眉翻飛，眼珠子滑溜轉動垂落眼角，咧大嘴，露出短肥赭紅鬼舌。土地公立杵拐杖，遮擋前頭，說快走。河一時不知該如何反應，深怕土地公土地婆會遭受責罰。土地公矗立船身之前，鎮定跺足，木拐杖篤實擊土，再次高昂氣勢，說快走，再不走就來不及了。八爺飛奔跨步如野放賁牛，頭生獸角，肥碩胸膛鼓筋脹肉，衝向沉著抿唇的土地公，絲毫沒有止步念頭。風馳電掣，石破天驚，一陣崩裂撞擊引起滾滾塵灰旋繞高揚。土地婆眼神堅定立身土地公旁，兩尊神祇無所畏懼，絲毫不動，沉重肅穆如兩株古老巨木。草飄颺，泥翻攪，冤氣瘴氣羼雜，虎爺一吼，十指俱張震天破雲，從船上凶狠躍跳至岸，逕自撲向八爺無所畏懼。虎爺與八爺翻滾三匝，停住，虎爺踩踏八爺，囓咬肩膀，爪子抓破華服，深嵌八爺胸膛與肚腹。八爺兩掌試圖抵住虎爺上下利牙，使盡全力抓住虎頭，往右傾，重重拽向泥地。八爺隨即翻身，立起，同時鼓出石肌礦背迸裂華衣。虎爺順時針輕踏四足，尋空隙，覓突擊，全身絨毛聳直如針。啥物攏莫講，緊走，土地婆大吼。河滿身冷汗從驚慌中回過神，閉起眼，雙手結印施咒，而後船身快速破浪前行，回溯，逆行而上。河大喊，來世再來供奉土地公土地婆。船身疾駛，河一時洩去氣力癱坐船央，嘴裡呢喃。八爺怒氣酣暢如滾燙亮紅鐵漿，衝向河濱，虎爺大牙一咬，再度將八爺拖向內陸。八爺發狠，石拳痛擊虎身，瞬間擊碎虎爺下排兩根齒牙。虎爺退縮兩步，舔舐斷牙齒根，怒氣高漲。七爺從人頭馬跨步而下，頭頂一見大吉方冠，白衣飄揚，兩手順勢前後晃蕩，凜面目，搖長舌，蹙揚長眉領軍而來。七爺舉起右手蒲扇，手腕交纏鐵鍊如一條銀蛇爬行空中，列隊鬼差倏忽止步聽令。土地公土地婆護守水津絲毫不為所動。讓步吧，七爺說。土地公土地婆昂頭顱，挺脊梁。土地公說，七爺，你明事理，不似八爺執拗如石雕木塑，留一條生路，切勿不分青紅皂白趕盡殺絕。土地婆說，七爺，你捌人情，也知鬼欲，這擺就準煞去，先放過兩个鬼差。七爺手搖蒲扇，另一手亮出陰陽查理長形令，說，這命令是城隍爺所下，不得違抗，我啊，就算是通曉人情鬼欲也無法抵禦律法。土地公土地婆眉頭一皺，收斂面容，逼出兩道精光。看到地方神的面子，真正無法度？在下冒犯了，七爺舉起蒲扇過肩，往前一揮，陣列鬼差擶盔帶甲、擎刀舉劍蜂擁而上，飛沙走石殺氣騰騰。兩神鎮定掐咒，喝擊，土地公的華袖飛出團團老當益壯蛾，土地婆的彩袖飛出簇簇活絡回春蜂。蛾遮目，蜂螫膚，擾得鬼差氣急敗壞，七爺的竹竿身不停彎折雙腳不停跳動。七爺喘口氣，鐵鍊朝空中一甩成鐵絲細網，圈蜂纏蛾。土地公氣喘吁吁，單膝跪地，嘆，老矣，身體袂堪得。土地婆塞給土地公松實桂芝，咀嚼桃花薜荔以含精吐氣增加法力。土地婆起身，遣出蚯蚓泥陣，挾土帶沙，凝住鐵網，蚯蚓層層圈繞七爺竹竿身。七爺再使法寶，蒲扇化成芭蕉扇，搧，再搧，將蚯蚓與后土搧得旋天飛舞。土地婆暫時敗下陣來。七爺對準土地婆要再搧。土地公艱難起身，抛出懷中沉甸甸鎮天金元寶，巨型成塔牆，擋強風。土地公土地婆喘大氣，轉頭看愈行愈遠的棺材船，而後再次堅決面向七爺。七爺不知從哪持來一把盤古女媧錘，鏗鏗然，擊碎金元寶。土地婆斂住氣息，突然向天空潑灑妖嬌童顏沙，使起拳腳來。七爺在迷障中試圖突圍猛撲。土地婆輕巧縱身，以踏雲繡腿向左斜奔成詩七步，轉身，再度踏地飛起，扭腰，翹臀，藤草煙霧糾結向上旋繞，順勢發出三枚芙蓉火蓮子，準確擊中七爺的盤古女媧錘與膝蓋。七爺登時兩腳跪落。土地公大叫一聲好。又有鬼差臨時竄出，大喊，得罪了。鬼差伸出十指鐵鏽陰陽爪，猛扒而來，欺近身，鏽爪朝土地婆頭頂落下。土地婆見來勢凶狠毒辣，閃避不及，立即蜷曲縮足成牡丹花苞，腳跟不動，身枝軀葉隨風搖擺伸出晨露雲手，在鬼差後心發力一推。鐵鏽陰陽爪扒下土地婆幾縷銀髮與玉質髮髻之後，鬼差隨即倒地。七爺向前吐舌迎風進攻。土地婆正欲起身迎敵，卻忽然搥打腰桿子喊疼，原來年歲大了，容易閃到腰。土地公立即向前，環手將拐杖拄入水津前漫漫泥沙，從地面掀起一堵厚實沙牆。七爺八爺重整旗鼓，眾鬼差踏地吶喊，口吐鬼魅血沫，陰陽武器日月法寶各逞威風步步逼向沙牆，齊力推擠，幾隻鬼妖媾和所產的千年野牛突然失心瘋衝撞而來。土地公來到土地婆身旁，攙扶彼此，立起身，從懷中敞開雙手，大地劇烈震動了起來。土地公土地婆面帶微笑，深情注視對方，無憂無慮和藹入定，身體逐漸化成粗壯木質，雙腳攢土成根，身軀粗壯高拔，皺紋、皮膚與白髮結成蓬蓬勃勃蓊蓊鬱鬱水翠綠葉。神木夾泥帶土，經脈元神匯流至地，寬敞開來，沿川濱竄升大小林木枝葉草葛，瞬間連理合縱，化成細匝匝緊繃繃叢密密的神木之林。

水聲潺湲，船身顛簸上溯，河和金生啞聲望向愈漸遙遠的岸邊，而後抿唇，堅決回頭，面對不知深淺、不知紆直的源頭川河。

如此靜默無聲，棺材船緩慢行駛水央，風颳浪，水波崙崙鼓起載高船身，再落下，一陣劇烈搖晃。河的面目比往常蒼白。船悠悠款款，歇停，順水流，甚至時而顛簸後退。河說，往前只能靠手划了。河拿起木槳入水潛划，坐在船尾導向控制速度。金生端坐船頭，左划，右划，疲倦時再次更動姿勢。木槳破水，使勁，往前推動，潑濺嘩喇喇金銀水花，提槳至胸，再次入水。勁力划水，前攀，棺材船穩然逆波前行。累了，依舊不發一語，只是喘著氣，變動姿勢繼續繃緊肌骨。即將穿越

川河汩溢濃烈的汙濁氣味。

汗臭味，魚鱗味，腥臊味，口臭味，腋下味，屎尿味，蠹蟲味，黴菌味，糞土味，潰爛味，膿血味，褻褲味，竄逃味，驅趕味，貪腐味，狗官味，無恥味，香港腳臭味，開膛破肚味，道貌岸然味，兵荒馬亂味，侷促居安味，尸位素餐味，朱門酒肉銅臭味，路有凍死人骨味，官兵點火百姓嚴斥點燈味，鳩占鵲巢乞丐趕廟公味。掩住鼻息，近乎無法呼吸，臭味鋪天蓋地襲捲而來，成抹，成

團，成浮沉不散的瘴癘之氣。氣味捋奪魂魄，一具具臃腫蒼白的唐山浮屍從川河底下浮起，卡住船身。浮屍不辨男女，五官浮凸，身子如即將吹裂崩毀的油膩人皮氣球。河彎身至船外，雙手撐住唐山浮屍，試圖將屍體引至下游。嘣，圓凸腹肚突然迸裂，噴濺千百條蠹蟲沾染滿船。河運氣，用力一吸，以船央為中心繞起旋風吸納蠹蟲，齊入鼻。再次膨脹胸膛，用力嘔出一尊發黑石佛，撲通一聲落至水波，浮浮沉沉終不見蹤影。

天色乍晴，月色蕩漾水紋。

無語，續前行，棺材船剎然止住。

天有枯燃氣味，紅燈蕊，金箔心，火苗遍布四方八野乍亮乍滅，溫度暖了，躁了，焚了，焦了，大片起火了。低掩身，右手探水，是燙的。暗紅穹蒼突如其來斜斜奔來一架轟炸式戰鬥飛機，引擎轟鳴雷響，一偏斜，撞向水面，迸裂蕊蕊染紅浪花。櫻花瓣瓣水中燃燒。另一架三菱KI-67-1飛龍轟炸機越過雲層，兩枚發紅腫脹似膦鳥炸彈對準船身，彈弓斜射而來。金生急忙划槳轉向，速度不及，快跳啊。河的冰冷雙手按住金生，左手掐指，咬破右手腕血管，揮天一揚，漫起清香的野牡丹花蕊水紋，如莖葉卷鬚。戰鬥機猛然撞上，穿越魂魄，化成潑剌剌水花。兩顆炸彈沉進暗流，鑿入礁岩，從川河深底炸旋噴天湧泉。飛機的細碎嗡鳴如玉石沉水，漸緩聲息，終止了。大水淋淋搖船擺舵，霞紅漸退，水面漫起灼亮櫻花，滿江滿川滿潮紅，模糊中，魂魄無形無影呢喃唱誦：夏日草青青，櫻花夢幻滅。河身子一軟，癱坐船央，喘大氣，雙手忍俊不住發抖。還好嗎？金生膽怯詢問，將舵平壓船舷，嘗試維持平衡，走到河身旁，用衣領擦拭河滿臉冷汗。沒關係的，河勉強露出微笑，拉住金生雙手起身。河往後退了一、兩步，左手壓住肚腹，右手掩住嘴唇，朝向大水痛苦嘔出另一尊斲斷手臂、眉目化成骷髏的惡面石佛，撲通一聲，伴隨水勢上下漸趨沉沒。河眼神淒迷，枯槁中逐漸平緩氣息，身子模糊如水上雲霧只存雛形。金生不敢凝視，也不敢發聲詢問，深怕強風一來河便會煙消雲散。沒關係的，真的，河虛弱地說。金生抿唇，不發一語。河行至船頭，細瞇眼，遠望，說划吧，前方還有很遠很遠的水路，怕是撐不到了。金生划槳入水，不時偷覷河，又怕被發現，只好緊收眼神，害怕下次睜開眼時河已經消失。

水流持續從上游沖刷而下。

靜了。

鳶鴨雁鵝沿岸叫喊，一聲一聲，越過對岸孽生俗緣。

繼而動了。

偶有一陣強風，將漩渦水潮與漂流落葉打上船舷。

又靜了，前後遼闊似原處歇止，河和金生划得疲倦，放下船槳，將掌心放進水中導向，逆波導浪。河解下鵝卵石髮簪，側轉頭，露出纖細白頸，柔髮披散左肩，隨風晃蕩膨起，手指當梳，從頸後至胸前順滑而下。月光淨，河的頸子和雙手也淨。金生有一股莫名衝動，喉頭乾裂，皮膚發癢，他想起母親，同時他也抗拒想起遺棄世界許久的母親，下體竟然有些充血腫脹。他用雙腳緊夾下體，握緊槳，再次划水。

「我不曾——」河轉過頭，搖動頸，再次鬆了鬆柳絮白髮。

金生停了槳。「什麼？」

「我不曾對這個世界失望過。」河說。

金生注視河，等待話語。

「其實，我已經很老了，老得早已忘卻年歲，或許是因為年歲對我而言，已經沒有太大的意義。每日每夜，我都從山嶺走向大海，看顧自己所經歷過的流域與土地。這麼多年來，已經有太多的川河乾枯，渠道更迭，可是不管如何，只要天公伯降下雨水，不管是梅雨季、颱風或是冬雨，我都盡其可能照顧川河所孕育的生命，使魚蝦豐饒，使銳石渾圓，使水勢平緩不致氾濫。」河將槳擺至雙膝，側轉身，像是面對金生也像面對遼闊水域。「我還能清楚記得噶瑪蘭的川流古名，南北奔流，如同我的手足：枕頭山旱溪、五十二甲溪、清水溝溪、泉州大湖溪、羅東溪、小埤塘溪、里荖溪、掃笏溪、鼎橄社溪、奇武荖溪、馬賽溪、蘇澳溪、西勢大溪等。有的從內山發源，有的從埤圳而下，有的從土中噴泉，大多匯合眾支溪流，而後磅礴入海，沿途滋養萬草、萬花、萬樹、萬木、萬家、萬戶。我們和土地公土地婆一樣護衛土地，雖然沒有大批信徒拿香祭拜，不過我們依舊能感覺人們心中的感恩與敬畏。當然時有大雨，也會調皮得漫過橋墩，嚇嚇百姓。」

金生的雙眼無法離開河。

「人們來去，辦喪事，鬧喜事，哭哭笑笑，可是苦痛與殘暴依舊沒有任何改變。近年，新住民多了，溯往歷史，漳、泉、粵唐山人，日本人，噶瑪蘭族人，甚至是不斷被逼退的泰雅族人等，族裔間各種進犯與勢力消長從來沒有根本上的變革轉型，只是將威權隱藏諸多名目之中，如墾植、政治、宗教、正名、貿易、通婚等，不服從便施以暴力，以偏頗公權力侵害掠奪。這些新穎的詞，以前我可是相當陌生。幾百年以來，這一切並沒有改善。一日之流，便是短暫一生，日夜之流便是漫漫歷史。我看不見未來，卻能看見過去，目睹每一刻正在流淌的水晶剔透時光，試圖牢牢記住，為自己，也為別人。我活在意識下的現在，徜徉過去，所能看見的未來，無非是過去一切所建構想像，我必須知曉認清每一刻都充滿變數，不斷改變色澤、形象與質地，刷洗苔石與情欲般，只是小我盡頭必然存在。枯竭，在某種意義上而言，是將自我轉化成可供後人墾殖栽作的土地，或許只能擴大方寸，不過那樣也就足夠。真的，我從來沒有對這個世界失望過。只要有雨，便會有一條河，這條等待被命名的河將自行流動，不仰他力，持續興衰，承受並包容萬物，時常面臨乾涸，也時常會在壯大時毫不猶豫流淌蔓延，吞噬諸多傷害。」河徐徐吐氣，將落至臉頰的髮絲撥至耳後，再度對金生展開笑容。「繼續向源頭划去吧——」

「我會的，只是我不知道哪裡才算源頭？」金生沉下臉。

「我也有過這種疑惑。」河轉身拿槳，開始划。「或許，源頭只是粗礪的想像，抵達或不抵達，都只是為了延展不可知的未來，一路歷程便是目的。」

「我會死嗎？」金生語氣笨拙詢問河。「像是母親一樣死去。」

「死去又如何？」河炯炯有神望向金生。

「我怕。」金生委靡聲音。

「怕死是必然，如同害怕再次被生下來，這樣的恐懼終究會溶入無所畏懼的大川。」河指認方向，大聲吆喝金生繃緊雙臂肌肉。「划吧，千萬別辜負土地公土地婆的心意。」

木槳入水。

船身導正再次逆流。

風雨暝晦，颳陰風，一聲一聲哀號從崇山峻嶺深水靜流中響起。

水波四濺嘩嘩嘩。

額刺王字的凶猛生番破草踏水而入，穿藤，攀棘，越石，斬草，破路，動如猿猴，靜如槁木。生番時時潛伏，刻刻襲擊，備毒鏢鎗、短刀、竹弓與竹箭，亮出濯濯發亮山刀砍下人頭，噴濺鮮血。生番拉甩唐人辮頭顱，風光入社，瀟灑踏步，頭顱灌酒，鮮血淋漓滴壺，搖晃烈酒請飲社眾；續而剔去頭顱毛皮，煮去膏脂，將骷髏頭漆髹成金，來蹤去跡在水上雲霧自由出入，難以追蹤。唐人大張隘寮，上礮彈，磨利刀，長矛穿胸而過，謂：「以殺止殺，以番和番；征之使畏，撫之使順；闢其土而聚民，害將自息，久之生番化熟。」一黥面生番窩藏林深雲霧，突從水面乍起，強弩對準船身猛射而來，齜牙咧嘴持刀近逼，吶喊著，憤怒著，悲憤著，嘴裡嘶吼兩字——土地。河兩腳踏穩左右船舷，鎮住船身，左手持槳彈開毒鏢，再抵住生番側擊而來的砍殺。右手持掌朝生番額頭推搡而去。小心後面，金生大喊。河導船，向旁跳越，擊打生番背脊，滿船震盪搖晃。趁空隙，河以手刀割下一綹白髮，纏髮結印，念咒，許多顆頭顱突然紛紛從川河中浮起，如盞盞燈籠照亮幽冥。生番再度近距離肉身襲擊，欲取頭。河原地旋繞一匝，撒髮。白髮散成數百數千隻銀亮白魚，引渡凶暴怨魂，安撫之，餵養之，哺育之，緩慢潛入川河。生番化水，熟番入浪，廝殺與被驅逐的仇恨漸趨安息。河站立船央，衣襬飄搖，身子更趨瘦弱。許久，河不曾有所動靜，直至頭顱燈籠盞盞熄滅。金生不敢驚擾河，他害怕河也可能會在瞬間化成一灘水。河手攏白髮，走至船央，坐下，佝僂身，背脊劇烈震動，雙手摀住嘴巴再次吐出一尊斷折頭顱的石佛。河抱捧石佛，緩慢浸至川河之中，放手，船身搖晃而過。

別怕，划吧——河再次偏轉過頭，梳攏剔透白髮。

金生看到河的手腳、頸背與臉頰像是被擊碎鑿穿的冰塊，塊塊剝落，露出透明的水巢窟窿。

該靠岸了，河說。

霧氣朦朧，棺材船緩慢駛向岸邊峽灣，依舊川深如海，近岸，矗立幾座未被淹沒的礁岩孤嶼。遠處重巒疊嶂，月色養肥草澤百合，花瓣溢汁，旺盛蓬蓬水氣。群山若遠似近，再划，便抵達峽灣。一群白鷺鷥從挺拔鹿角之上飛掠而過，河放下木槳，擎櫓竿，將船舵向岸邊。濃霧漸散，腹地、山坡與山脊清晰可見。近岸不遠處有低矮平房，以茅草、木頭與竹竿搭建而成，還有一幢迥異茅草屋的高聳建築，廢棄崩毀，屋頂塌陷滿地碎石，是一棟結合聖佬楞佐堂與司鐸宅的傳教式宗教建築。河上岸，金生尾隨不知抵達何方。道徑雜生荒草，行往教堂，忽然聽聞一陣嘰嘰喳喳洋語吵鬧聲。不對，基洛斯神父，你看這噶瑪蘭最愛下雨，一下雨教堂都變成游泳池，十字架都歪了，聖母還斷了一隻手，應該暫時守住塔樓以守為攻，藍眼荷蘭老神父振振有詞，撫拍近乎禿頭的金髮短毛，推眼鏡。磚牆教堂破損旋迴樓梯間，站立另一位白髮蒼蒼西班牙神父，回過頭說，彼得神父啊，我們必須在穹頂下主持彌撒，仰賴十字架賦予的力量，盡力榮耀天主的榮光和智慧，所以一定得先修好壁牆。彼得神父又說，不對不對，這雨下不停，我已經快長出鰓了，不先搶救聖母聖子移向乾燥處，萬一偉大的天主長出鱗片怎麼辦？基洛斯神父氣喘吁吁抱捧磚頭爬至梯頂，不願退讓，說如果全能天主真的願意長出鱗片，也是以此彰顯神蹟，讓更多不信服的土人蠻夷重回天主懷抱。你聽我說啊，別再剛愎自用，彼得神父面對傾毀壁牆叫喊。基洛斯神父蹲身，朝破牆抹泥上磚，手臂拭汗，這是我一輩子的工作，不管是生是死，我都必須活在萬能之主的懷抱中。彼得神父又推了推眼鏡，趁基洛斯神父不在意，輕聲走向聖壇，左手抱走面帶微笑的聖母，右手挾住折斷左翼的大天使，躡手躡腳往圓頂大門躥去，不小心踢到碎石，大天使差點從懷中墜落。基洛斯神父聽聞聲響，轉身探看，隨即下樓，發出低沉怒罵聲──你這天主的叛徒。彼得神父急忙竄入塔樓。基洛斯神父拿起《聖經》，懷中緊握十字架，蹲身撿石子一次一次丟向探出頭的彼得神父，說你出來，交出我所敬愛的天主。彼得神父搖頭嘆氣。基洛斯神父手捧《聖經》，拿磚頭，一步一步走向塔樓，說，西班牙人才是這個地方的主人，早在一六三四年，我就在這建立了教堂，對平埔族佈教，我必須要用我的方法來服侍神，讓四十七個盛產砂金、米及鳥獸魚肉土番低頭誠服，我的勢力可是東南通加禮遠港，西北達烏石港，並可時刻聯繫三貂角，完整掌控整個蛤仔難平原。塔樓傳來一陣哀號，基洛斯神父雙手染血，抱捧聖母與大天使回到傾圮教堂，神色自若繼續捧磚砌牆。彼得神父從塔樓走了下來，頭顱被砸破了洞，不懷好意竊笑著，拿起大天使銳利翅膀，隱匿足聲，走至階梯底端，將翅膀刺進基洛斯神父胸膛，拍手，撣衣裳，走回殿堂，抱起聖母與大天使再次回到塔樓，悻悻然說著，天主啊，你當然知道荷蘭軍隊早已經驅逐西班牙。峽灣瞬忽響起嗡鳴聲，一顆巨型砲彈再次將壁牆擊出窟窿，四處冒燃硝煙，軍船昂然飄揚「鄭旗」。另一顆砲彈火速來襲，河矗立金生面前，昂頭念咒。金生顫抖身子，閉起眼，扯開喉嚨，突圍般用力叫喊，直到聲帶乾啞再也發不出任何聲音。

「睜開雙眼吧，」河說。「一切都安靜下來。」

烏山青巒，緩慢睜眼，茅草屋與教堂夢幻泡影如露亦如電消失了，神父們的爭吵裊裊升入夜空。

河和金生站立荒草野木之中。

樹影纏繞做愛，時刻呻吟，汩出清冷白霧，人頭在樹梢與粗根間浮沉，黏稠稠，沾滿老豬臭尿老牛濁屎。月夜冷寂，沉靜潮溽，河的面目更加殘缺，只能看得見大致輪廓。漆黑中，亮起了火。俯身向前，再向前，空氣稀薄刮削肺部。草魚縮進金生懷中，金生彷彿也縮進河懷中。

河不斷剝落的皮膚灼出火色命籤：

仙風道骨本天生，又遇仙宗為主盟；指日丹成謝巖谷，一朝引領向天行。

河止住腳步，低頭覷視命籤，坦然露出微笑。

金生不自覺濕紅雙眼，抿唇，呆愣窩靠向河。

「這一天遲早來到。」河說。「雖然已經存在如此之久，但是我真的不曾感到疲倦。」

「為什麼所有的人、所有的鬼差都要離去？我好難過，真的好難過。」金生囁嚅。「我可以抱抱你嗎？」

「我們會在世界另一頭相遇。」河伸開雙手，將金生擁入懷中，白髮柔順拂上金生臉頰。

金生兩手親密環住河瘦弱的背脊，不願分開，像是緩慢沉睡於河泛溢甘甜身軀之中。

「現在，我必須要實踐生的意志，而你則必須獨自探索。探索月的光明，同時探索黑暗。草魚會適時指引方向，不過最多也只能溯源，無法返回。我已經失去法力，無法確保回程一路平安，記得，唯一的機會便是交換親人氣息，重新吸吮母奶。」河握住金生，緩步穿越密林枯樹，穿越荒野、丘陵與沼澤接壤，穿越無數皺摺深淺壕塹，來到寬廣山腹疏林之中。

火早已旺盛燒燃。

七月。

幽暗天空落下棗紅火光，溫柔，無憂，帶有些微日光照亮大片林木巒嶂。金紙、銀紙、壽金與太歲金不斷燒燃，從人世間落下火光迴向陰間。金生和河不再藏身暗黑，矗立赭紅穹蒼之下，大朵大朵雲霧如乳房牡丹盛開，至絕美，而後枯萎成深處子宮。蕊花中，迸現輕微爆炸聲，浮雲汩出魂魄蒸發的燒焦味，鼓動肉欲，叢生魅惑，在空氣中挑逗陰翳死亡，同時，流露深沉眷戀。一瞬間，若驚蟬，若破繭，曠野即生即滅，穀糠般火苗兀自燒燃。牛頭馬面行踏荊棘，越重阻，破危路，行至火光之前，入喉竹竿串起數百名魂魄，哀號著，痛苦著，反抗著，得一一入火，魂魄血肉俱分離，化為精煙迴旋攀升。再見了，河鬆開金生的手緩步走向大火，遍體琉璃，老僧入定，身軀發出白銀銀光芒。淙淙玉鳴之河進入火中。泉水潺湲，苔石亮潔，蟲蟹羞澀結卵，蘆葦中乍現一隻千年水鹿滌洗雙蹄。水鹿昂頭，金生同時昂頭，望向河晶瑩濕濡之身。水聲清淺流動，溶解滿地紙灰碎屑化解窒息悽愴，水波涔涔翻騰成雲。紅豔豔鬼火瞬忽熄滅，青煙裊裊，如蝶飛，如蛾斂，如虔誠焚燒烏沉檀香再次染紅空氣。

草魚濕淋雙眼，恍若哭泣，不知何時攀上金生肩脊。

生死簿：天公伯目色

看天看地看山看海，生活欲順勢平安，還是愛看天公伯目色。

不管是戇直或奸巧，素面或妖嬌，攏愛會曉扮笑面，規工憂頭結面親像袚結是無效的。天色烏，水色青，悽慘落魄好憂鬱，微風撩撥青苔，暗石滾動如傳遞密語，是規勸，亦是善言。心境或許不該如此狹仄，小村靠山面海坐擁龜山，心可大可小，可以管窺天也可俯視八方，視野遼闊放射，面朝大海花草開落。望穿窗戶，越過鐵欄、低矮屋簷與破裂水管、斑駁苔牆與歪斜水塔，建築互相切割中可望見蒼天。望穿屋頂，越過電線桿、頂樓違章建築與匍匐蔓延的沙岸，亦可望見天。石空山、太和山和鷹子嶺從海中長了出來，蘆竹、番薯島芒、白背芒與諸多向陽植物青青鬱鬱野性得很，天空千古籠罩若遠似近，若可抵達似可退卻。秋冬，天公伯面色始終灰墨，是鴿翼灰，黥面黑，亦是金屬質感的鐵鏽色。大多時候，雲層始終毛茸茸，長滿石虎斑紋與雲豹圖騰，極度壓抑，不喜話語，偶爾來個悶雷便又沉默。唉，雨之為物，能令晝短，能令夜長，能令人歡，亦能令人愁。

不管什麼必要的事情都在凝視與靜默中緩拍，留下喘息，面色不時壓迫而來，不輕易出聲，無可抹去的背景過分凝重，像是追尋不到早已失落多年的時日。若想窺探天公伯心情，得透過天空所降之物，浮生高峰的雲層始終吞吐雨水，濛濛者如纖毛雨、狼毫雨、細葉雨、稻穗雨與耳話雨，而當屋簷旗鼓金銀甲冑隆隆俱鳴，便可知是旋天雨、剿樹雨、虎爪雨、熊吼雨、雷電雨、石崩雨、爆裂雨等，不管如何溫吞如何殘暴，如何徐緩如何急迫，這往往都是蘭地常態，雨水彰顯出強度、範圍與酸鹼度等，偶有異相，出現晨曦寒霜或數十年難得一見的冰雹。噶瑪蘭境內，特別仰賴這些不同面貌、多種型態的雨水，個性殊異，各自向土地諫言成萬家言。雨養稻、植蔬、育果、鬆土，順山坡成溪河，滲泥土成湧泉，噴岩盤可溫燙鼎沸，一次一次沖刷、潤澤、替土地沖洗消毒。養育萬物，有時充滿必要的殘害與暴力，而這是多情了。

不知從何時開始，可供食用的五穀雜糧便中了毒，雨水染上毒素，自顧不暇，便也無法再次洗刷林林總總不知名稱難辨品項的塑膠毒、石油毒、化學毒、神經毒、放射線毒等。番薯島逐漸不種番薯，家家戶戶吃食速食劇毒餐，咀嚼化學加工品，老年人笑呵呵長腫瘤，中年人苦哈哈勤節育，青年人懵懂無知囤積毒素，男女性徵因毒物泯滅，好鬼惡鬼一併拒絕投胎，食香灰竟然可比食米飯健康百倍。不知不覺間，雨之形態有了巨大變化。天地異相，如臼齒崩壞，如骨頭節節斷裂，天空所降不僅雨水，伴隨颶風與淅瀝大雨一併落下各類萬物生靈。天公伯雨血，有腥味，油脂濃稠，凝結地面如瀝青；天公伯雨魚，長五寸，有利齒，有巨眼，有瘤狀突變魚鱗；天公伯雨肉，似羊肋，大如手掌，鮮潤多汁；天空伯雨蟻，淅淅瀝瀝，比黑芝麻大，飽滿如西瓜子，嗜咬人並隨傷口侵略血管嗜巢眼窟；天公伯雨螞蝗，指節粗大，吸人血，吮樹精，啃枝嚙葉，環狀咀嚼；天公伯雨肉瘤，團團壽桃子大，泛惡臭，逐日膨脹，需用竹籤戳刺使之破裂。村人不理解天公伯到底想說些什麼。是否消化不良放臭屁？是否滿身毒瘤長惡瘡？是否心情鬱卒黯神傷？又該何處尋覓良醫好好醫治天公伯？

低沉的灰，雲發福，濕漉冬日讓石頭內側都潮出了水，有餘村人持續等待，到底還有什麼會從天空嘩啦而降引人驚悚。

難得的晴朗冬日，厚雲退去，凝重漸散，穹廬煞爽清朗，地面水鏡反射白銀流沙似日光，吉祥的尋常時日，天公伯食了喜糖，笑呵呵，胳肢窩讓軟雲柔霧搔得失去矜持。從夢中突然驚醒過來，今早必須如期集合村人，查某、查埔、老歲仔佮少年囡仔都要挺起脊梁壯大聲勢一起去縣政府陳情，表達小老百姓安居樂業微小心聲。但求平凡日子竟如此艱難？希望政府能妥善把關，嚴格監控食品安全，訂立嚴刑峻法，不要再發生以劣質混米謀取暴利等事件。

屋簷窸窣窸窣若迎細沙，如滴漏，如大規模沙塵細密墜落，如竹編縷縷篠篠，如天色亮暗清沉——天公伯竟然開始雨下穀物。穀之屬有早占（占者，占城種也，有赤、白二種，粒小早熟，種於二、三月，成於五、六月）、尖仔（純白者佳，諸稻中極美者，種於五、六月，成於九、十月）、三杯（形似尖粟）、內山早、清游早、紅腳早（紅腳即紅蓮種，以上俱早成）、七十日早（種於早春，七十日可成）、白肚早（其狀甚白）、大伯姆（種於窪下之田，水高一尺則長一尺，水不能浸，米白而大）、糯米。秫之屬有尖仔秫（秫如樹，高至丈餘，結實纍纍，有黃、紅、黑三種，西北方謂之高粱）、赤殼秫（殼赤米白，一云即占仔秫）、虎皮秫（殼赤有文，米白而大）、鵝卵秫（粒短殼薄，色白而軟，諸秫中最佳者）、芒花秫、番仔秫（粒甚大，土番摘穗藏之以釀酒）、烏秫。黍之屬有蘆黍、鴨蹄黍（穗似鴨蹄，釀酒甚美）、芝麻（即胡麻）。麥之屬有小麥（閩地麥花多開於夜，台則如北地然）、番麥（狀如黍，實如石榴子，一葉一穗，穗熟百粒）。粟之屬有圓粒（米白而軟，粒短而肥，種稑與埔占同，但米多而為飯少）、埔占（殼白米赤，皮厚，種於三、四月，成於八、九月，園中種之）、三杯早、清游早、大伯姆（見穀屬）、花螺早（俗呼螺米，亦早熟者）、烏尖。菽之屬有白豆、黃豆（粒大倍於內地，土人與白豆和作豆醬）、黑豆（土產者粒不甚大，土人以作鹽豉，俱四、五月種，八、九月收）、綠豆（三、四月種，九月收，但粒小於內地耳）、紅公豆（子紅，莢長尺餘，福州名為豆莢）、米豆（皮色白，可和米煮食，九月收）、菜豆（莢長，亦名長豆，蔓生下垂，有青、紫二種）、刀豆（形如刀，故名）、扁豆（俗名肉豆，一名蛾眉豆）、觀音豆（一名御豆，熬食蒸豚，味尤鬆甘）、虎爪豆（形如虎爪）、荷蘭豆（種出荷蘭，其色新綠，其味香嫩）、土豆（即落花生，蔓生，花開黃色，花謝於地即結實，故名；一房三、四粒，堪充米品，以醡油可代蠟，北方名長生果）。

大籽小籽紛紛落，圓豆扁豆擊擊彈，糧食作物和禾本科種子一古腦俱落泥地。村人興匆匆從灶跤拿出鍋碗瓢盆，鋁製、鐵製、塑膠製或任何空罄容器，昂舉脖子，高舉器皿，睜亮眼珠子望向天空，腳步散亂無章，左一步，右一步，前一步，後一步，還得躲避過於肥碩的穀物種子怕被砸成腦震盪。懷中鍋皿填滿百草穀物，清香滿懷，咀一口，嚼一口，腹肚無不滿足，四肢強壯通體安泰如神靈附身，滿足壓抑許久的食欲。

天公伯喙笑目笑，村人也讓穀物砸得喙笑目笑。

村人笑呵呵，沉浸狂歡，恍惚喜悅中竟然傳來陣陣哭泣聲，其聲稚氣、昂然、無所畏懼。有餘村人抱捧穀物，樂滋滋尋覓聲音來源，廟埕中央有一番薯嬰兒，面目紅潤，全身肌膚包裹濕潤泥土。大眼睛，粗手臂，翹尻川，圓胸膛，肥肚臍，村人圍攏而來面面相覷，一時有所畏懼疑為妖物。番薯嬰兒裸身滾地，伸舌頭，雙手腳肆意擺動紛落滿身泥垢。

廟公阿火伯說：「這敢是囡仔？」

芋頭婆擠進人牆湊熱鬧，如求得上上籤，十足歡喜拍打大腿大吼一聲：「免驚免驚，這就是天公伯生的新番薯之子，趕緊挖一个空予伊蹛，囡仔佇吼，吼袂停。啊，我知，一定是喙焦啦！」

人紙紮

第七日。

焚，大暑。高溫炙熱，天地熱氣烘烘俱出燒燃萬物，穀垂而落，陽至盛而漸衰，暑後汩溢陰氣，如灰，如餘燼。日逢受死日，不宜諸吉事。只宜祭祀、破土、安葬、入殮、啟攢。菜蔬有花椰菜、土白菜、高腳白菜、甘藍、甘藷、芹菜。魚有飛烏、烟仔魚、目吼、卓鯤。曙日，蚱蜢隱響，蟬聲沿發光樹幹枝椏搭橋。金生躺臥鋪設巧拼地板昏沉睡夢，一股躁熱浮泛，時有騷動。窗簾篩濾陽光，將身子切割成亮一塊、暗一塊、又亮一塊。綠葉枝幹挺向穹蒼，留下綽約躍動的光影。凌晨，阿爸出海，不在厝，昨夜暗頓阿爸說最近想要轉投資，養九孔，借錢開設海鮮小餐館，自己當總鋪師，總不能跑一輩子船。金生醒來，伸手撫摸烙印身上之光，一抓，一放，再一抓，彷彿什麼都無法把握住。窩進阿爸阿母床鋪，剛躺臥時非常舒服，久了，就像窩進暖爐開始冒汗，索性撐起身子抓搔亂髮，跑去灶跤食早頓。

餐桌無人，阿公阿嬤在屋簷底下跟鄰居討論是否參加巡迴番薯島廟宇之旅。阿母將早餐放進電鍋，忘了插電，電鍋內的血肉饅頭冰冷冷的，硬得像石頭。一口豆漿，一口饅頭，細沙不斷摩擦喉嚨。必須小心小心咀嚼，前幾日才因為打籃球而被撞掉一顆乳齒，用舌頭舔，還是疼痛。饅頭夾著一顆一顆碎齒，阿母將舌頭、斷裂的手指和切成絞肉的乳房放進饅頭中調味，哺育金生。食完早餐，打呵欠，伸懶腰，拍打大肚咚咚發響。

阿母回來了，提大袋子，要金生拿去神龕櫃安放。

袋內是香、白蠟、紅蠟和金紙銀紙。

金生問為什麼要用白蠟和銀紙。

要拜祖先，阿母說。

金生呆愣望向阿母。阿母的眼神溫柔，五官卻如此陌生，黑髮，臉頰飾米白厚粉，左右搽兩團胭紅，嘴唇塗抹紫唇膏，含一枚銅錢。彎眉毛，長眼睛，左眼睛卻是緊閉，被針線緊密縫起無法睜開，眼珠子已經被輾爛。一身豔紅上衣搭配光潔長裙，腫大的僵硬腳踝撐大高跟鞋。阿母手上戴結婚戒指，飾碎裂玉環，脖子垂掛一條廉價塑膠珠子，鮮豔，俗麗。金生輕柔觸摸紅色衣裙，紙糊，光亮，縐褶多痕，外頭裹一層蠟質，大暑中溫熱如柴。

金生準備兩個大塑膠袋，放進置物箱，戴上西瓜皮安全帽，坐上阿母騎的機車。阿母說，抓好喔，別掉了。金生將雙手環向阿母腰肢，抱住，貼上身體，卻又擔心壓壞阿母。金生想，他會緊緊抓好，絕對不能讓阿母受到任何傷害，絕對不能讓任何一把火無情燒上阿母，絕對不能讓任何一輛車輾過阿母，即使必須射下太陽，讓世界永遠沉於黑暗。阿母身上有一股柑橘類清香，血的腥甜，火燒的灰燼氣息，清淡，不明顯，衣襬輕微揚起拂上臉龐。火日，道路瀰漫蒸騰熱氣，風一陣一陣呼嘯，身子降溫，突然湧現刺骨寒意。金生睡著幾秒，睜開眼，阿母猶然溫存於他的懷中。緊緊擁抱，阿母卻比任何物品都還要熱燙，還要不可承受，金生的手指、手臂和胸膛都因為燒燙而水腫。即使燒毀身子，摧殘神經，還是要繼續懷抱。

一放手，就化為灰燼。

阿母說，要記得吃飽，別整天喝飲料，不健康。

阿母殘手拐腳，斜歪頭顱帶領方向。

金生提塑膠袋，握住阿母的手，一用力，阿母的手便斷了。金生端捧手掌，試圖將斷掌接上阿母的手。阿母說，沒關係，不痛的。金生將自己小小的手掌握住阿母的斷掌與手關節處，不讓阿母身體有所缺陷。阿母繼續說，真的沒有關係。阿母問，想吃什麼？他搖頭。阿母問，想喝什麼？他繼續搖頭。阿母問，想買什麼？這次金生不搖頭，直勾勾望向阿母，兩眼瀰漫一股無比焦慮，他怕阿母就要消失。金生囁嚅，阿母，轉來好無？阿母說，我本來就無離開，戇囡仔。阿母買蔗糖、八寶豆、七顆大芋頭，說晚上來食芋頭泥佮芋頭冰。阿母替金生買了兩套童衣和一件厚實羽絨衣，都是冬裝，尺寸略大，過季商品比較便宜，叮嚀以後不要冷到了。阿母帶金生來到小桃和小桃媽媽擺的攤位，買兩籠餃子。小桃再送給金生一籠餃子，說金生是體育課裡的小組長，很照顧同學。阿母誇小桃漂亮聰明，考試考得好，又很聽話。金生提蒸餃，鬱悶想著不過就是一籠高麗菜豬肉餃子，根本沒什麼了不起。不知為何，金生有些恨起小桃，雖然他並不知道什麼才叫恨。上車，去塑膠五金行買尼龍繩、螺絲釘和遮雨棚布，金生提醒阿母，說螺絲釘買錯了。阿母揣拿阿爸留下的紙條，確認物件。回厝，即使打開所有門窗，廳堂、房間和屋簷下還是熱，金生從冰箱拿出兩罐運動飲料塞進背包，再塞進桌球和桌球拍，往羊頭厝跑。阿母說，十二點半前一定要回厝食飯，不要整天玩，沒有食飯會長不大。

金生和羊頭跑到學校打桌球，原來今日學校舉辦噶瑪蘭桌球聯誼比賽，分國小、國高中和社會組人士，所有的人都轉移場地至體育館打球。九點半，比賽正式開始，所有未參賽的人員陸續離開場地。兩人喝運動飲料，看著球員跑來跳去，動作流暢拉出十分旋轉的上旋球。看累了，兩人騎跤踏車來到海濱，摘下無人看顧的綠香蕉，啃一口，好澀，丟掉，再摘一根啃，嘴巴刺麻麻。跑到海濱，用樹枝寫字，追逐螃蟹，沙子熱燙留下深淺腳丫子，把頭探進依舊燃燒的大水中。

騎回有餘村，告別羊頭。

天空燒下一團一團火，焦熔熔，熱氣時刻鎔鑄身子，頭竟然有些暈眩。索性不騎跤踏車，下車，慢慢走，口乾舌燥好想喝水。前幾日乳牙剛掉落，口腔漲滿血味，如今血味逐漸消失，都乾了，滲進血管。伸出手指，用力戳刺斷齒處，還是疼，有些習慣，也有些不習慣，不管怎樣只能接受。十幾隻黑色心臟般的烏鴉停立屋簷，金生拿石子砸，烏鴉留下幾根斷羽和屎尿，穢物在發燙掌心燃成灰燼。嘯天犬伸出舌頭，叫聲委靡，頭顱趴臥前肢，身體因為喘氣而劇烈震動。皮膚已經焦了，黑了，輕微一抹便露出血溶骨肉。金生咬破手掌，拔出血管，拉了拉試韌性，想著等會兒就要用自己的血管將阿母的斷掌縫起來。不會痛。必須告訴自己真的不會痛。

一點了。

阿公阿嬤很慵懶，坐在客廳沙發看新聞，要金生趕快去灶跤食飯，水要乾了，飯菜都因為焦躁熱氣而發餿腐爛。

阿母不在，買錯了遮雨棚布，要去塑膠五金行換。

金生抱捧已經臭腐的冰冷飯菜，蹲踞太陽底下沒有任何胃口，好想喝水，只是水都被烤乾了，蒸發了，好像所有存在都將屍骨無存。金生不知不覺行於濱海公路，往頭圍城走了十幾分鐘，害怕阿母已經回厝，只好往回走。腳底水泡破了，皮膚、血肉與石礫不斷砥磨，血腳印連接成歪斜扭曲的線。水枯，石裂，血肉熾燃，骨頭如此堅硬，還能走，帶火走，帶牌位走，帶魂魄一起走。遙遠遙遠聽見貨櫃車響起的撞擊聲和拖拉聲，不禁低啞哭泣，他彷彿被狠戾摔擲下來再也無法懷抱阿母。趴著，跪著，匍匐在地，聲帶被無情割裂。

第七日。

火來囉，緊走。

大暑。天地熱氣俱出，焚燒萬物而後漸生陰氣，如灰，如餘燼，如死蕈。骨頭擺不進甕，用鐵杵敲碎，顱內已空，兩顆眼珠子化成灰。生，事之以禮；死，葬之以禮，祭之以禮。大圓滿，不悲不傷，萬物化塵歸土。

阿母還是沒有回來，或許，阿母不會回來了。

生死簿：厥妖角

堅硬之物始終帶有象徵意味。

秋冬，柔軟之日，必須在老朽顱骨萌生嫩芽，尋求變異，讓身體在激情中不自覺延展出新生骨頭。當皮膚垂皺生斑，背脊長刺，肉瘤橫生，齒搖脫落，雙腿軟弱無法立足如伏趴待宰的老牛，銳利之物依舊持續長成，如箴言，如天有雷電，如緩慢卻不間斷的泥石沖刷。村人見怪不怪，怪異之事大都有跡可循，並非空穴來風，從耆老口中，從擲筊而得的籤言，從集體之夢，從野猴大亂廟堂，從神明附身乩童取藥，或者從歌仔戲電光石火毒殺逆行割肉狠毒中。一睜眼，火一色，一閉眼，鐵一色，恍然間雨水嘩嘩迎面襲來，豹風冷霜利齒，廟內的塑膠篷蓋布不夠遮擋，村人扶老攜幼紛紛走避。

供神的戲碼謂之厥妖角。

何物可生角？常見者如鹿、羊、想像中的龍馬圖騰，然而有趣的是，對於有餘村人而言這絕非定論，角可隨心所欲附生萬物，並從中演義諸多吉兆凶兆。最常見者，是發生於牲畜獸物身上，如馬生角、狗生角、豕生角、雞生角、鴨生角等，大抵會被稱為怪胎、異種或畸形，被歸類為上輩子做了缺德事，如姦淫婦女、擄人勒索或東誆西騙，這輩子只好投胎還債。村人會選擇野放，或提早使之成為刀下亡魂解除獸物罪孽。

村人嘖嘖稱奇的是，異角竟然會附著人體身上。似吉？近凶？肉體突變？罪孽深重？只有艾卿伯堅信頭顱日漸茁壯的角，是不折不扣的祥瑞角。

艾卿伯一輩子從來沒有花這麼多時間面對鏡子。

不知從何時開始，艾卿伯便對鏡子說，對空氣說，對長滿黑斑垂皺皮膚說，我足怨恨這个社會，我感覺家己無法度繼續愛人，毋是，是無人會來愛我。

艾卿伯右側額頭隱然發癢，不時用手指摳抓，傷口紅通通起小水泡，有些浮腫，沒有用萬金油、面速力達母或綠油精等藥水藥膏塗抹，只是單純在掌心噴一口唾沫，兩手搓熱，輕柔按摩浮腫處。三、四日後，傷口持續發炎，額頭繼續發癢，像是不知從哪冒出的色鬼魂魄，伸出舌頭撩撥輕搔。艾卿伯不停猛抓，額頭的癢像是會傳遞，到了後來，脖子癢，奶頭癢，肚臍癢，胳肢窩癢，尻川癢，大腿癢，膝蓋癢，膦脬也癢。每次都用十指指尖用力抓撓。啵，皮破了，流出一灘血水才覺得爽快。艾卿伯不大理會，也不大驚小怪，又不是斷手殘腳可以領殘障證明享受福利，沒啥好在意的，只是自己也逐漸注意到，額頭的傷口非常頑強，似乎沒有癒合跡象。當艾卿伯認真回想顱角蠢動初始，他只記得大清早還跟村人和里長崇孝伯一起去頭圍城漁會綁白布條抗議，說番薯島政府啥正事都不幹，只會亂花納稅人的錢，整天窩在冷氣房學習武林祕笈太極拳，打到腹肚積了一大坨屎。艾卿伯義憤填膺，會議上拍桌踹凳，搶過麥克風，面對漁會官員振振有詞，演講得暢快淋漓如入無人之境。艾卿伯年輕時，講話還有些口齒不清，常破音，當漁夫是能有多少道理好講？又能跟誰講？退休後，一張嘴不說還好，說了就停不下來，嘮叨，滑溜，白的要說成灰的，灰的要說成黑的，像章魚吐墨。囝成家，查某囡仔外嫁異地，兒女替他買衫、買房、買車、買雞湯補品，有壽險，有基金，還有好幾個襁褓中的金孫，是應該享受享受清福。艾卿伯不想被供在厝內當老骨董、活神仙，這樣子實在不像生活，他也沒有含飴弄孫的閒情，覺得人生乍失意義，還有什麼要緊事是值得他等待的呢？很自然的，艾卿伯開始對鄉野派系感到興趣，應該說，不知不覺間對政治產生莫名激情。從廟公遴選到里長補選，從投票人到樁腳關係，從白道到黑道，艾卿伯睜亮有些白內障徵狀的雙眼，觀察自己在社會中的角色與地位，一路燃燒熱情，將關懷拉至國家黨派角力以及民主共產間種種拉扯。

艾卿伯最喜歡說的冷笑話是，我這个人毋但支持番薯島獨立，平常時也上支持自瀆，敢知影啥物叫自瀆？就是拍手銃啦。

艾卿伯口沫橫飛，說咱掠魚人雖然是看天公伯食飯，政府還是愛有作為，莫規工攏倚去黑道佮財團，按呢是會害死咱番薯人。咱番薯人的土地雖然無法度共中國相比，但是有山有海，腹肚枵會使去種田掠魚，勤勞作穡，天公伯袂予咱枵著。但是，這毋知好歹的政府毋知咱老百姓的艱苦——艾卿伯說得渾然忘我，滿嘴噴沫，衣袖還來不及抹去鬍渣唾沫，便被三、四個警衛強架出場。艾卿伯使出吸奶、幹查某人的力氣，堅守崗位，雙手緊纏麥克風線，以麥克風當金剛杖降魔杵喝斥妖魔。村人一擁而上，鼓譟，怒罵，叫囂，手忙腳亂，這裡打來拳頭，那裡飛出胳膊，有人尖叫，有人哀號，有人假高潮真淫蕩。艾卿伯握緊麥克風，抗議成念咒，心凝氣定成師尊，混亂中頭顱著實挨了無比深情的一拳，以臥佛姿態保有不屈不服大無畏精神。艾卿伯有所體會，就是那激情一拳，無意間打開自己對政治的竅門。

嫣燕死後，艾卿伯有一陣子待在厝內啥事都不做，後來又跑了三年船，直到六十五歲，賣了船，準備退休。嫣燕是艾卿伯第三位牽手，想不起來是第幾位情人，艾卿伯也曾經背著嫣燕跟前任和前前任的老婆聯繫，跟不同婧查某藕不斷絲很連。從前，艾卿伯有些過意不去，只是到了現在，諸多說詞都成了保護色堂而皇之運用。退休後無所事事，怕被當成隱形人，於是不自覺間便開始懂得整理思緒，陳述意見，並且訓練口才，沉靜察言觀色。只是艾卿伯也發現，自己的許多想法在別人眼中，時常會被認為是不明事理的歪理，就像他認為查埔和查某人間沒有真正的愛，真正的愛都錯愛於最遺憾的那一位，能夠長久共度其實都是不得不，他媽的不得不，沒得挑，所以夫妻相處別嫌棄彼此就好。艾卿伯言之鑿鑿，說自己不愛嫣燕，另一方面卻希望餘光晚年可以找到真正愛他的人。又例如，他認為自己極具魅力，口頭上喜歡說家已老了，白髮多了，不中用了，只是一遇上年輕漂亮婧查某，卻特別喜歡用言語調情。艾卿伯的泡妞方式不值得說嘴，成效卻好，亂槍打鳥總是會打到一、兩隻情感智障鳥。逐漸練就不要臉、不要錢、不要鎂光燈三寸不爛矯情貪歡之舌，三言兩語就能要到查某電話，傳簡訊，約食飯，最好來個路上不期而遇似月下老人牽紅線，若有機會就床上聊，沒機會就床下聊，親嘴巴摸奶子都好——他的膦鳥總是寂寞地晃啊蕩，像一只鞦韆，怎麼就沒下面癢的婧查某願意坐上來溫暖溫暖，蕩啊晃，一同看向遠方風景？

初始，艾卿伯還以為顱骨長了壞東西，細胞不正常增生，得了爛瘡、腫瘤、癌症什麼的，有些擔憂，跑去接天宮擲筊求籤，籤運竟然大吉，壓抑許久的內心便不自覺削弱擔憂，反而有些自得其樂，想著自己神功蓋世有金剛護體，天塌下來都不怕，或許真能長出一根角來。囡仔時，他曾經有著自命不凡的幻想，以為自己是練武奇才，注定要來拯救武林，如今他又有了捨我其誰的偉大想像。拿掉遮掩紗布，對鏡中人癡憨發笑，溫柔撫摸頭顱的隆起物，拍打大髀說，唉，這馬才知影原來我是萬中選一的龍囝。厝內的囡仔都要他去看醫生，他不肯，胡言亂語七拼八湊，說，天公伯要降大任於政治素人也，必先苦其心志，勞其筋骨，突其頭顱，但是我上驚枵啦，絕對袂使枵腹肚，反正我就是人中之龍，終於，我也有出頭天的一工。艾卿伯相當自傲日漸隆起的彎角，只是不好打草驚蛇，角未長成之前不願輕易示眾，嚴嚴整整覆上紗布等待好日子。

等待的時日不長不短，艾卿伯沒心急，沒躁動，沒發瘋，好酒沉甕底，好戲排壓軸，好查某總是錯過，彎角逐漸產生深淺螺形迴旋，往天頂彎翹，如魅誘，如勃起，如返老還童活跳跳硬邦邦。艾卿伯抓好膦脬繼續等待。以前，艾卿伯不知道該如何生活，不來勁，整日都在抱怨，嫣燕還在身邊時嫌她尻川小，腰肢肥，胸部像是菜脯卵，不化妝嚇死人，化了妝嚇活鬼。說年輕時自己吃得開，怎麼年歲大了只能屈就。嫣燕去世後，艾卿伯的的確確傷心一陣子，不思茶水，連布袋戲和歌仔戲都勾不起興趣，只是內化的男性陽剛氣概不肯輕易柔軟下來，不斷壓抑的反社會情結終於忍不住迸發。前期症狀發作時，聊天時常會不自覺激動，擰菸，拍桌，跺腳，說到激動處眼睛還會起煙冒火。阿火伯連忙遞菸，或從口袋掏出檳榔。艾卿伯沒有跟任何人說過，就連枕邊人也沒有，他想若是有機會，一定要開輛大卡車去撞總統府，或者用糞便與火藥製成土製炸彈，把狗官轟得屁滾尿流上西天。艾卿伯嘆口氣，知道自己只是妄想，沒膽執行，一個人生活之後，他逐漸表現出自己也無法明白的另一種面目。

舌頭可長、可短、可直、可彎、還可入火不燃，說再這樣下去真不是辦法，經濟遮爾穤，共產黨毋免來進攻咱番薯島，咱美麗的福爾摩斯，毋是，是美麗的福爾摩沙就欲淪陷矣。艾卿伯有樣學樣，汲取廣播和電視政論節目浮濫觀點，張冠李戴，狸貓換太子，路邊撿來的破洞蜜桃自慰套洗一洗繼續套，給番薯島下了三帖藥。第一帖，發展自我品牌，肯定在地文化。第二帖，錢進東南亞，開工廠找廉價人力，金銀財寶通通匯回番薯島。第三帖，艾卿伯目露精光，望向廟埕眾多聽眾深吸口氣，說最後一帖非到病入膏肓不得輕易示眾。艾卿伯喜歡吊人胃口，可惜的是，沒有多少人願意聽他長篇大論。當艾卿伯想要詳細解釋何謂在地文化，剛要從龜山將軍愛戀蘭陽公主故事講起，整日穿西裝的友忠伯就會來搶他的麥克風，說龜山島的故事才毋是按呢，是龜公佮龜母觸犯天條，玉皇大帝派天兵天將來掠，一路對天庭逐到頭圍城。艾卿伯最受不了友忠伯，覺得友忠伯真不識抬舉，也袂曉看場合，冷然評論一句，真歹眠夢。面對婧查某姑娘姑婆，艾卿伯完全表現出另一種樣貌，巧言令色，舌粲蓮花，誇人美麗、漂亮，皮膚像是水蜜桃，輪廓像是電視上的日劇明星，大腿像是雜誌上的金髮女模，嘴唇一開一闔滑潤潤，眼睛一眨一巴亮晶晶，乳房一晃一動圓滾滾。艾卿伯在查某人面前，除了訓練修辭，還會策略性示弱，說家己靦腆，講話容易臉紅，手心容易出汗，不會說話，不會跟別人交際應酬，最害羞了。幾位婧查某和艾卿伯看上眼，滋生情愫，纏綿一時上了床，最後卻也是不了了之。愛情啊，無對錯，只有適合佮毋適合，艾卿伯碎念。情感上的不順遂，愈發讓他的另外一面壯大起來，得適度轉移注意力，得削除內心不平，得捏造陰陽聖凡心。

於是，彷彿無所選擇，艾卿伯愈發敏感政治，對於相關議題都千里眼、順風耳了起來。

藉由政治，艾卿伯開始返老還童，人生就像廣告說的，有了另一個新鮮的肝，又是情色的，啊，是彩色的才對。轉變真可謂驚天地，驅妖精，泣鬼神。先是穿著，從原先穿戴競選帽、汗衫、廉價西裝褲、夾腳拖的鄉下人變身為穿戴鴨舌帽、格子條紋襯衫、紅領帶、訂製西裝衣褲和咖啡色皮鞋。頭髮原已斑白，髮線後退，這會兒來了一劑提神醒腦政治回春強力藥，立即潔牙，還購買生髮液，染黑髮，不時就拿把梳子梳個道地西裝頭。艾卿伯摸一摸厥妖角，傲氣得很，用指尖輕敲還鏗然有聲，打定主意要將自我與政治融為一體，以彎角頂撞。不怕天，不怕地，不怕柔軟亦不怕堅硬。每日清早都給彎角打蠟，直到光澤沁亮，撫摸起來彷彿沾染白光黏液。開春第一砲，不脫褲子，不打手槍，見客去，身心光影齊鳴響，貪嗔癡傻共患難，撕掉紗布，穿上羽毛內絨的灰色連身帽T，將嘻哈帽往側一擺，露出日益茁壯的顱骨武器。耳邊塞上全罩式耳機，聽西洋抒情搖滾樂。嘴不嚼檳榔，不抽七星，改抽高格調捲菸，煙霧迷濛如進出陰陽關，這進口大麻得來不易啊。

村人還以為來了外來客前來進香，艾卿伯匝繞祭壇，擺上鮮花蔬果，亟欲吐言，心中不時告誡自己得步步為營小心謹慎以退為進。村人沒認出他來，連死對頭友忠伯也自顧喝茶。艾卿伯開心了，勃起了，粗野了，等會兒整個村子就會因為厥妖角而騷動熱鬧起來。深吸一口氣，睜亮雙眼，告訴自己準備好了。摘下太陽眼鏡，拉開外套拉鍊，露出一只骷髏身與婧查某性愛的潮流棉上衣，牛仔褲配皮鞋，抖腳，三七步站立茶桌旁。村人一時靜默，齊望向他，還以為眼睛被鬼怪施展妖術，怎麼艾卿伯徹頭徹尾變了個人？村人揉眼睛，擤鼻子，捏掌心肉，這才驚醒般立起身，團團圍繞起艾卿伯，左瞧右望，覺得怪，臨時又說不出個所以然。艾卿伯享受這種奇妙氛圍，露出神祕笑臉。瞬忽，有人驚叫出聲，原來是里長婆秀英姊發現艾卿伯頭顱上的彎角。村人半驚嚇半昏顛，竟然不知該如何反應。廟公阿火伯率先伸出手，輕觸了，尖叫一聲，說是真的。友忠伯示意咳嗽，說才不信，伸出手想扯下艾卿伯顱角，左搖右晃許久，顱角兀自發閃，並沒有剝落跡象。友忠伯縮回手，不吱聲，皺起眉沉入深思。艾卿伯望見友忠伯面色，更加得意，略微彎下顱頸，讓村人以獵奇與讚嘆的複雜情緒朝拜撫摸。沒幾分鐘，艾卿伯便有了架子，厥妖角不給摸了，廟埕瞬間風風火火熱鬧起來，更多村人聽聞消息團團圍攏而來，彷彿在等待艾卿伯口出金言透露明牌。

千萬別昏了頭，愈是如此警惕，艾卿伯愈發讓虛榮心擄獲。艾卿伯覺得自己的肌膚無不散發迷人香氣，溫火灼心，萬水如血灌注全身，身心不折不扣是個金丹煉藥爐。自我陶醉，說現在的身分地位都不同，得養無量心，得布施善行，得廣施福德，當然也得比往常任何時刻都要認真過活，不用像年輕人一樣以責任制打拚，不過鍛鍊身心、接受新知是絕對必要的。艾卿伯開始日日去健身房，舉啞鈴，練跑步機，騎室內跤踏車，流汗，訓練胸肌、二頭肌、腹肌還有最迷惑眾生的人魚線。不僅如此，也開始選購許多生活上的機組用具，例如美腿按摩機、煮豆漿機、煮咖啡機甚至是果醬麵包機，花錢如流水，購物如囤貨。艾卿伯不在意，他覺得這些電視上販賣的機組用具都是最新科技，他必得了解，才能讓自己成為銀髮回春最佳代言人，不，他已經是了。他發覺自己說的話愈發具有力道，字字句句如露珠，段段落落如綴玉，他是入世許久的食肉戀色潮僧人，身陷菸酒異味，心卻不濁，他用厥妖角來見證自己。他有氣場，有力道，有未卜先知的能力。

他有螯螯之鉗，必要嗷嗷發聲。

冬日午後，灰雲密覆，崇孝伯、直木伯和艾卿伯一起行去火燒寮山。

直木伯沉著臉，一路上不吱聲，偶爾嘆息，念茲在茲的果樹正面臨無水灌溉的困境，只能日日背水澆灌，往來數十趟，腰桿子都快斷了，說要再尋其他水源太難了，得看老天爺。崇孝伯覺得奇怪，蘭地盛行冬雨，河流不曾乾枯，最近不知為何水脈驟變，不僅村內的銀鬚井見底，連河也乾。山泉乾涸不僅影響種植，還嚴重影響村內引水泡茶、燉煮、飲用的老歲仔。艾卿伯不會放過任何一次訪查機會，更何況，這是村內重要的民生大事，得由他親自出馬，這樣子才能彰顯影響。三人一隊，沿乾枯河道探溯。石漸碩，林漸密，霧漸濃，水依舊枯。上溯半小時，身子不自覺間產生輕微震動，顱角熱癢，愈發堅硬，如有感應，緊接，隱然聽見金屬機械運轉傾軋樹枝之聲。心急了，深山峻嶺為何會有挖土機械聲？必定有鬼。艾卿伯就是來降妖除魔，以慈悲護法，以光明驅影，腳步踏石奔飛勇往直前。乾河原先以密林團攏遮光，如今愈發上源，枝林漸疏，開出渾濁天光如同豬狗畜生輪迴色。大地如焚、如灰、如棄，汙黃塵垢蓬蓬鼓起如迷陣。如今鍾馗上身，惡鬼相，憤怒心，拉住直木伯，直木伯再握住崇孝伯，如渡川河行經惡鬼激流道。顱角有了自主意識，能在伸手不見五指的東南西北沉沙飛墨中辨認方向，穿爛泥，越巨石，踩斷木，踏枯巢，葉葉滲漿，泥泥滲水，拿起一截首身分離喬木當作頂天立地拐杖——冤屈啊，怨恨啊，悲嘆啊，三人眼眶流血，成齒俱搖，雙唇瘀青如嚼沙土，不畏恐懼，懷抱折戟沉沙意志站立碾壓大地的巨大機具前，以身阻擋。

出口即冒祥瑞光：「肏你娘祖宗十八代，我呸，這是寶地有餘村，佗位來的妖魔鬼怪？」

組織必然，抗爭必然，村莊鄉民自救會立馬成立。崇孝伯拿空白名冊，家家戶戶索取簽名與資料。艾卿伯可是不會輕易放棄這個大顯神威的機會，面目凜然，當機立斷，說自救會和廟堂常務會議合辦。開會前晚，特地修剪指甲，理髮刮鬍，晚上興奮得睡不著。隔日一大早，穿西裝皮鞋，打領帶，塗髮油，噴香水，給日益雄壯威武的厥妖角抹上一層滑潤保濕乳液。天氣冷，真驚厥妖角親像膦鳥仝款會倒勼。艾卿伯英俊挺拔，捧募捐箱，一舉高呼，口沫橫飛氣憤填膺，說這馬就是有餘村危急存亡時刻，來來來，莫躊躇，簽名、入會外加贊助百箍，這錢是欲用做抗爭所費，買便當，買礦泉水，走行政公文的油費佮人事費。這錢毋是落入我的囊袋仔，是為了有餘村，是為了媽祖、王爺佮玄天上帝，是為了後代囝孫萬代。艾卿伯從來沒有享受過如此多注目，從來沒有機會讓人頂禮膜拜，這會兒即使肉身沾塵染世，精神靈魂卻已風光出竅雞犬升天。

做善事，積陰德，雞雞硬硬的遠勝造七級浮屠。

村民得知消息，氣得火冒三丈口出髒話，氣歸氣，卻不知道該如何處理，都說家己無讀過冊。艾卿伯的積極奮進起了帶頭作用，村人無不以獸角馬首是瞻。艾卿伯唯我獨尊的氣概，不僅彰顯於地方事務，同時，風平浪靜的生活也開始蕩漾性感起來。他多情，他濫情，他留情，糾纏於不同關係不同層次的愛情中，斡旋於查某人的好奇與風騷中，如魚得水如獸入林，查某人香豢養他的肚腹與靈性。婧查某挨近他的身軀，神色曖昧，轉身、回眸與欲張欲闔的雙唇無不撩撥心田。他不服老，衣著可流行如運動風、如復古牛仔褲，也可典雅如雅痞、如國際商旅西裝服；髮型可平頭、雞冠頭、抹油西裝頭；全罩耳機可聽搖滾樂、〈大悲咒〉、春涼悲秋台語歌；行走可精神、悠閒、猛如箭矢；說話可台語、國語、夾雜簡易英文。艾卿伯來者不拒，涵養大無畏、大開闊、大格局胸襟，呵護懷中的查某人綿綿密密暫時不受風寒。喔，my love。

村內的查某人們大都發乎情、止乎禮與艾卿伯精神往來，情不自禁時，便以指、掌、好奇之心，觸摸艾卿伯的厥妖角。慕名而來的查某人，所求便不僅僅只是視覺上的窺探，或是觸覺上的觸摸。艾卿伯享有自己也不甚了解的虛榮與自大，以彎角為首，自憐之，自溺之，自我呵護之。他原本就喜歡耳鬢廝磨，伸出舌頭主動出擊，探索查某人肉身敏感處，如今他依舊伸出舌頭，只是他成為被探索、被嬉戲、被愉悅的對象。他不必再需要裝著害羞，求取查某人發揮同情。他運轉頸項，輕柔搖擺頭顱，使厥妖角搖曳生風，角如唇舌，甚至更加敏銳，鑽入查某人身體中的各個孔竅。磨蹭，發熱，搔癢，舔舐，觸動，艾卿伯昂起頭，獸聲嗷嗷。所有的嬉戲都來到閨房之中，塗抹蜂蜜，裝膜戴套，再施暴進入肉身。厥妖角義無反顧，勇闖無人之穴，堅硬隆起，紅腫著，充血著，興奮著，因為過分摩擦而產生的些微疼痛竟然讓他自豪了起來。不再需要花言巧語，如今他的腦袋由厥妖角掌控，象徵入獄入鍊、殺神殺鬼的大無我。他闡釋番薯島精神，說有餘村在地文化，說寺廟無量清淨心，說為了捍衛村莊必得付諸行動讓厥妖角昂然挺立。摩擦生熱，野火燎原，他以堅硬的厥妖角搓破政府與財團的共犯謊言。

有餘村人就是不明白，保護區內的山坡地為何能興建度假勝地？

凡事講求律法的旺伯還特地找出法條研究，無論是依據國有林地、保安林地、自然保留區林地、野生動物重要棲息林地等諸多保護法則，東北角風景保留區的火燒寮山，絕對不能以植樹園區之名大興土木。

艾卿伯大喊，天公伯、觀世音菩薩、玄天上帝和眾神明鬼怪，這番薯島政府知法犯法！不公不義，為了土地正義絕對得硬起來，啥物口號都得奮力嘶吼，全副武裝大張旗鼓，他媽的絕對不能動火燒寮山，不能改變河道，不能破壞地貌。艾卿伯猛烈來勁，嗓門大了，胸膛厚了，厥妖角翹得更加傲人了，不僅自行設計傳單家家戶戶解說發放，還透過噶瑪蘭廣播電台述說自己也搞不太清楚的理念，反正就是古早味上好，莫來啥物歐式建築，還準備設計風車，簡直四不像。山就是山，水就是水，土就是土，頂多鋪設登山步道，沿途再蓋個涼亭就差不多了。艾卿伯不知道自己為何擔憂，是因為怕被資本主義雞姦？怕村子變調？還是因為這些注視眼光讓他產生自己並不熟悉的虛榮？骨頭深處的熱情確實衍生擔憂，然而不管依據何種理由都無所謂，他就是想要以殉道者的身分幹下去，頂下去，反抗下去。

財團和政府共同召開說明會，邀請民代、鄉里長和關心地方事務的民眾共同參與，與會者還附贈一袋米和一盒西式麵包，釋出善意。艾卿伯噴叱一聲，表示這是賄賂行為，相當無恥。投影片指出，火燒寮山興建植樹園區，不僅能帶動地方產業發展，促進經濟成長，還能創造上百個就業機會。財團指出，到時會以員工數百分之六十至六十五高比例聘請村民，幫助提升鄉鎮委靡不振的就業率。投影片不斷強調，植樹園區將以永續保護作為永久使命，為番薯島多元物種作出卓越貢獻，屆時也將設立博物館。專家一一上台，連番闡述，村民聽得傻愣傻愣不知該如何回應，反對的聲音開始動搖。艾卿伯、直木伯和旺伯手瘦了，不再擎舉抗議牌，索性移到最前座將抗議牌放在膝蓋上，氣狠狠瞪視財團和政府代表，比誰的目睭較大蕊。艾卿伯原先還能文質彬彬，假裝禮貌，展現讀冊人氣質，耐心等待投影片停下舉手發問。心中存有許多疑慮，意圖節節逼問，為何私底下施工？為何風景保留區內可以興建度假村？是否有汙水處理廠？截斷水源可能引發的生態危機？村民的工作權是否有所保證？後來實在等不及了，立身驅前，搶過麥克風，開啟一場降魔除妖世紀大混戰。

幾場說明會最後都無疾而終。

必須強悍起來，必須更加無恥，必須日夜不辭辛勞表達抗議，即使聲嘶力竭用罄氣力。

艾卿伯統籌一切，三人一小隊，常態巡邏共十小隊，每日派遣兩小隊上山靜坐抗議，或者在煙塵土垢中抽菸打牌。參與者大都是退休老漁夫，想為村莊盡一分微薄心力。冬日綿雨，巡邏人員趁雨勢壯大前先行出發，為防範間歇性磅礡大雨，隊員們穿戴兩截式雨衣。小隊人員可循溪流上溯，也可循彎曲顛簸產業道路行至山頂平台，拿出預備好的塑膠布巾，鋪蓋泥濘，或坐在產業道路中，或坐在挖土機等大型機具前，抽菸，嚼檳榔，啃果子食糕餅，拿出水壺倒熱茶，阻擋工程進行。

工程停擺，財團不堪其擾，警察高舉「依法行政」的牌子強行驅趕村民。

艾卿伯搖頭晃腦，無比哀歎，扮演自我陶醉的悲劇英雄，他要在眾多查某人的肉體與精神中尋求慰藉。他在查某人的掌心揉搓，細察敏感；他在查某人肋骨的凹陷中醒睡，彎折軀幹，想要再次被生下；他在查某人的耳垂邊喘息呻吟，用厥妖角琢磨，說出反抗的下一步與下下一步計畫；他以彎角勾勒查某人身上的摺痕與曲折，男女雙方一併癱軟、凹陷與舒張。他斡旋，熟稔每一次呼吸的訊息，湧現哭泣衝動，蜷縮身子，撫摸自己與枕邊人或豐滿或垂皺的乳房。無語了。溫燙了。被包圍了。嘴唇顫抖吸吮查某人乳頭，以厥妖角各種撓騷碰觸代替言語，昏沉入睡——然而，他竟然開始想念起嫣燕。想著已逝牽手，想著一一離開的情人們，發現自己竟然因為愛而起憎恨，情緒如滾漫洪水，光波四溢難以平靜。他的疑心病與反社會意識又被撩撥而起，嫌老人年金不夠花，嫌柏油路面坑坑疤疤，嫌政府從來不在意民間基礎建設，一邊嫌棄，一邊疑神疑鬼，心生恐懼怕自己成為財團和政府頭號敵人。走在路上怕被跟蹤，打電話怕被竊聽，出席任何場所都感覺被監視，甚至懷疑投懷送抱的查某人都是恬不知恥的女間諜，意圖殺人滅口謀財害命。

禁聲，禁欲，禁一切柔情聲色查某人軟玉香。

如此面目可憎，艾卿伯發現自己愈發強烈的抗拒與質疑，其實不過是平日極度壓抑的黑暗面。他比往日痛苦，也比往日更熱中於地方事務，一方面委靡不振，另一方面積極奮發，兩種迥異情緒不斷來回胸臆令他無比痛苦。他得尋求解脫，心中開始興起犧牲的堅定念頭。

天色濛亮，淡墨灰雨，穿上新購西裝褲，蹬黑皮鞋，戴灰氈毛貝雷帽，替厥妖角塗上玫瑰香乳液，來到祖先與神仙龕前上香。出門時，腳步遲疑，踱回鏡前再次整理儀容，想起什麼，立即翻箱倒櫃尋出一個拳頭大銀鈴鐺。銀鈴鐺繫上紅細繩，套上厥妖角，綁緊，步行時發出銀鈴叮噹聲。抗爭現場已經有幾位零星村民戴起抗議布條，或坐或立，警方大舉動員圍成人牆，十幾輛警車阻斷產業道路。村內警察特地拿菸請艾卿伯抽，說等會兒會議開始演演戲就好，新聞記者會來拍照採訪，千萬別太認真，受了傷、流了血就不好了。艾卿伯不動聲色，受不了這種卑鄙的鄉愿心態，竟然有些忿怒。艾卿伯說，這齣服侍神明的戲齣叫做厥妖角，就是我頭頂這枝。

人潮逐漸聚集，零零散散亂無章法擎舉抗議布條，或抽菸，或吐痰，或交談，或嚼檳榔，或小便，或等好戲上場隨意插一跤。鄉鎮里長、地方民代和報社記者陸續抵達。艾卿伯掌管流程，村民輪流用擴音器演講，緊接誦唱番薯島歌謠，堅決表達反對信念。財團高層表示今日將正式回應，並給村民一個完整交代。

村民不安等待。

一切都在艾卿伯搏扶搖而直上的掌控之中。

細雨稍歇，灰墨天空破了洞，一道天庭金光打在正在朗誦講詞的艾卿伯身上。正午，工人與村民們拿便當啃雞腿，艾卿伯搖晃脖頸，吉祥鈴叮噹作響，厥妖角徵兆般發燙、發熱與發潮。艾卿伯得知天啟，搖頭哀歎，代誌大條啊，今仔日是無可能平安順適。直木伯閃身穿越人牆，蹦跳雙腳，一古腦來到艾卿伯身邊大喊，有記者敲電話來，講財團無人欲來，咱攏予騙矣。一股悲憤與氣惱湧上艾卿伯心頭，他從來沒有如此憎恨過，想起日思夜夢的講詞，想起自己花費精力研究河流生態系統，想起一再被安撫的惡意欺騙，想起有餘村世世代代即將被脫褲染指的悲慘下場，想起天公伯賜予他的神器厥妖角，四肢不禁顫抖起來，手心直滲冷汗，染過的黑髮瞬間驚悚成霜。艾卿伯緊握麥克風大喊一聲，衝啊。

眾人紛紛丟棄便當，形成推擠磨合的鋸齒狀人牆。

丁鈴噹啷，我艾卿伯來遮收服妖怪。

艾卿伯衝撞警方人牆，互相推擠，卻不知要衝向何方，以頭顱的厥妖角頂向不願現身的財團與政府高層。他頂，他衝，他撞，他蹭，旋繞如鑽孔，前進如刺擊，在混亂騷動中享受另一次氣憤狂歡的真高潮。被包圍，被聚攏，被監視，即使身處困境，艾卿伯的激情依舊使他飄飄然，身體燃成熾熱溶液，每次推擠都活化細胞，每次阻擋都激發幹勁，他要更用心、更殘暴、更不懷好意愛戀即將逝去的情欲虛榮之光，如此才有存活的感覺。他舔舐，他激盪，他口吐唾沫，匍匐前行無所畏懼，所有的愛意、恨意與貪圖都讓魯莽的行動完善了起來，顯得輝煌，如此熱淚盈眶。

喀——艾卿伯倏忽虛軟身子，氣血盡失，背脊頹喪彎曲。

艾卿伯跪坐原地，四周推擠如光影零散，手腳身心俱成幻滅，他忽然驚悚望見沉土垢灰之中一根斷裂的顱骨。他無比驚恐，跪坐如懺悔，心中滿懷沉痛，伸出手，握住由慾望與血肉滋養的神器，如一根萎縮陽具。光芒不再，金剛不壞之身寸寸瓦解，腦海瞬間淤積俗世的流轉罪孽。他又還原成代罪之身，成凡夫俗子，身體東倒西歪攤平摺疊任人踐踏。所有抗爭都已枉然，無力回天，日夜眷養土地的溪流已被截斷，所有的激情與亢奮都成為一場迴光返照似的放縱宴席。

頂上的好棒棒再也無法讓好棒棒的婧查某姑娘發出好棒棒讚嘆。

艾卿伯不發一語，閉上雙眼，任由警察抬離他的苦痛肉身。

從厥妖角斷裂缺口，濕潤潤流淌出河流靈魂，一道血從額邊滑落臉龐。

艾卿伯掌心發熱，緊緊握住業已斷裂的厥妖角，若權柄，這是他唯一可供抗爭的武器。他不自覺呻吟著，抗拒著，惆悵著，內心澎湃難耐，不知道到底是因為失去什麼而無比心痛。艾卿伯想起開給番薯島的處方箋，始終沒有機會透露第三帖藥，如今心中隱然浮現二字——革命。是自私，亦是悲涼。艾卿伯暗自嗚咽，最終難忍大慟，哀號出聲，眾愛卿眾愛卿我的眾愛卿撒野叫喊，用力握緊剛被剝離的顱骨，心一橫，義無反顧不知所以將厥妖角發狠刺入大髀之中。

渡一葉棺材 涉一朵蓮花

站立顛簸的棺材船上，望向峽灣中莽澤腹地，火光已熄。

嘆口氣，撐起櫓竿入水緩慢駛離，恍恍惚惚浮於川河水央，不進，亦不退，許久，只是佝僂背脊窩擠船央，雙手環住膝蓋，下巴枕靠膝頭不願四處張望。陰風襲來，水波高漲船隻，而後餘波蕩漾良久。疏疏密密一陣雨，水面彈豆，烏雲逝隱四周便又靜悄悄灰幽幽起來，人面鴞、欲望雁與多情鳥悄沒聲啣枝而歸。如果哭了，或許便能面對被遺棄的心情，以傷害平復傷害，以單純面對潮湧而來的複雜，然而自己強忍著，抗衡著，甚至感到全身上下充滿一股無法釋懷理解的憤怒，不願流下眼淚，即便無人目睹獨自浮蕩船央。都是如此，先行者次次離去，完全不在意、亦無法在意被留下的人。似乎哭了，卻立即止住情緒，背脊不斷張縮，如此自棄，如此沉湎，如此頹喪，何須在意？藻荇成影，一葉棺材隨波飄搖，浮浮沉沉漂泊著。

動靜隨即興起。

無月之川，烏雲潮湧如金銀盔甲陣列，風夾鉚釘，浪湧細針，水滾沸銀，不時有人魚鬼鰓舉刀破浪。船隻震盪搖晃，一高一低，若鳴冤懺恨墜向深川源頭。草魚從金生背脊跳至手臂、膝蓋，而後跳至船頭，左右胸鰭撐舟探望。情勢早已生變，草魚圓凸兩眼，鼓起銳利圓弧背鰭，全身如乳色耀出爍爍光彩。魚鱗片片剝落，以船為中心，向外膨生成一隻巨大通透的光暈草魚，如水月，光亮鱗片隔膜罩住整艘棺材船。草魚以胸鰭結印，搖晃巨尾，引領船隻繼續破浪前行。水路蔓生鬼霧，取性命，勾魂魄，吸精血，千形百狀幻化驚駭食肉惡相。光暈草魚以煦光破浪，穿越沼氣，時入水，時攀林，時行跡於荒穢亂澤。一望，漫漫野莽無止無盡如此遼闊，人眼巢，骨頭林，怨念花，貪念藻，苔衣膜，頭髮草，毒燄毛，舌頭菇，耳朵蕨，人心卵，手掌沼，指甲石，骷髏路——恍然抬頭，眼神望穿鱗片之光，看向私情肆流、慾望高漲、吞噬啃嚼的迷亂世界。眼神淒迷不知是否該繼續目睹，或者伸手摸索，緩慢滑過流光異色。厲鬼抓鱗，惡魄剮鰭，獸爪持利戟刺肉，光暈草魚行於水路上下，護舟，漸散光芒。金生將業已萎肉削骨的草魚捧於掌心，呢喃著，去吧。行至船頭，彎腰，將草魚重新浸至水中，鬆開手。草魚款擺尾鰭浮於水面，睜大雙眼望向金生。去吧，重新回到水裡吧。形銷骨立的草魚朝水面噴吐氣泡，努力要向金生交代什麼，可惜法力盡失，傳不出任何一句話語，最終搖尾蕩骨優游沉進水中。

煦光漸失，棺材船漸趨停擺，水域漫漫無疆無域。

獨坐船舷。

一隻手向外撩撥，掬起水，聆聽清脆水聲滴入大潮。起身迂迴踱步，或許一切都將逝去，什麼都不再重要，什麼也都不再值得，太輕易便能放棄。

伊人早已逝去。

聲音。細緻五官。笑容。回眸。披散臉頰的黑髮。掌心。吸吮過的乳房。半橢圓關節。手脈上浮凸青筋。豐腴背脊。淨白脖頸。黑溜溜明亮眼珠子。頭顱經過強烈撞擊而腦出血。掌紋。夏日午後拉長的黑影。鼻尖汗水。哼唱台語情歌。縫補襪子。凝望龜山島的憂傷面容。白燈下縫補衣褲的身影。曬過日光的被子。斷裂的手腕。瘀青出血的大腿。斷裂的牙。瓷碗上剛烹煮好的白飯。添加冰糖的肉臊。篩濾後的新鮮豆漿。高麗菜豬肉水餃。夏風吹乾額頭上的汗珠。站立校門口提著午餐的軟掌。行走樓梯所發出的聲響。拉棉被的十指。微蹙眉頭。夢裡絞肉般的左側臉頰。噴灑香水的姿勢。肥白尻川。髮髻。握拿鉛筆教授國字的專注。洗刷衣褲的肥皂香。驗屍時裸露的烏青乳房。僵硬下體。指甲。脖頸靜止的血管。螞蟻。斷折的大脛骨。舉香朝拜觀音、媽祖與祖先牌位的虔誠。深情凝視。眼淚。溫柔微笑。皮膚上的蛆。被檢察官剪碎的內褲。腫脹啞噎的舌頭。瘀青的胸膛。白髮。壓在屍體上的掌紋。焚燒成粉色的脆弱頭顱骨。腳掌紋路。灶火與焚火。血釀的瞳孔、腮紅、蔻丹、唇膏、旗袍與紅色百褶婚紗……

金生繃緊臉頰，握住繫於腰間的武士刀如護身符，身子不自覺顫慄抖動。

大水深淺，土厚實，風有飆颺之勢，船身回轉偏斜，無所憑依卻有所移動。

靠此岸。魅生的重巒疊嶂，人面鴞掩葉突飛，川河潺湲突而間停歇窄岸，猛石厲水，天落細雨。林子遠近高低，枝枝葉葉吞滅葉葉枝枝。過巨岩，划入右側，川河折彎旋繞。遠方有雷，猛烈，且懾人，低海拔依枝築巢的食蟹獴體發紅光，利齒一露甩尾導舟，晃蕩了。吱吱吱，滅絕之罪，被捕之禍，都是載舟者罪孽。不靠此岸。

在岸上。魅生的乳浪臀波，陽具拔地擎舉，褪出層層筍殼包皮，紅腫，膨脹，肉的肌理與骨的脈層。乳房浮出水面，如蓮花，圓潤、堅挺且帶彈性，相互磨蹭愛撫。赤身裸體，陰毛叢生如藻荇搔月。她與他、她與她、他與他、牠與他們，千百隻放蕩雙手攀附船沿，含情脈脈露出頭顱嫣然一笑，激出情之雷電。即生，即滅，即長，即毀，為了身體與意識上的交媾而日夜思量，四野八方隨即變天。不在岸上。

沉水下。水勢突然高漲，撐起船，驚濤駭浪如潮湧，灰雲半遮烏天。棺材船不敵流勢勁道順流而下，持槳抵住搖晃船身，再入槳逆行，船身匝轉圈繞如陀螺。時日之流域無疆寬敞，迎水漫流，水阻風礙一退再退。驚恐叫喊毫無作用，獨自一人，無他者依靠，只得收納驚慌，試圖鎮定，堅決逆波而行。旋繞中，棺材船不經意撞上一艘歷史悠久艨艟巨艦。棺材船暫且依偎巨艦船舷，直至風浪漸平，木質船，外頭覆蓋剝落生斑牛皮，槳孔中的長槳多數斷裂，弩窗矛孔深幽幽傳出鬼語：啟稟鎮海威武王，此次共劫官船餉銀二千八百兩，碎銀一百六十兩，番銀九十兩，銅錢八千文；另，鹽船共劫番銀三百兩，鹽近百斤，魚乾二十簍。擊斃六十五人，另有數十人溺斃。金生好奇打探，發紅鬼眼從棹孔中探出，船舷處丟甩木質軟梯，數十海盜魂魄攀爬而下。金生拿槳快划。海盜懸空搖晃軟梯，蕩墜船尾激起大片浪花。炮彈破雲，海盜齜牙咧嘴滿頭散髮，持短刃進逼。金生擊出木槳，慌亂中，拔出日本將軍慎重交付的武士刀。雙手顫顫，刀鋒灼灼，長刃如柳柔軟晃蕩。不行，得活著。握緊刀柄，眼神從疲憊中亮出精光，不管如何都得活著，為自己，為已經離去投胎之人。抿唇，雙手繃緊搖晃，長刃毫不猶豫朝向嬲淫進犯的盜賊刺去。海盜聚集船尾，短刀威嚇欲突襲。海盜從水底濕漉漉爬出，勒住金生喉嚨。盜匪趁勢蜂擁而上，金生尖叫壯膽，驚駭出擊，武士刀刺向海盜手肘、肩脊與腹肚。艨艟駛離，鬼影沒入渺渺水煙，飄遠了，海盜隨即成為幻影，自己猶在癡癡威嚇耍刀。棺材船只剩一槳，續往前。不沉水下。

靠彼岸。雁鷹啼吠驚心，蛙噪蟬鳴靜心。百禽千獸魅生。濛霧中，顯現圖騰獸身人形，利爪，皮革，毒牙，尖齒，硬殼，粗蹼，犄角，四蹄，麟角，撒網獵殺，刮鱗去皮，出入陷阱。持刀，架陣，提弓，射箭，執戟，敲錘，甩鞭，砍斧，火炮，火銃；或以毒物，欺詐，玩弄，騙術，恐嚇，利用威權予以閹割，以湮滅，以殺戮，以蒙蔽。禽慌，獸亦惶，剖開肚腹清白展示。殺戮的歷史是一艘隨時翻覆之船。血染成河，成埤，成川，成池，肉身漂浮，肢體斷裂，胸膛滿懷憂傷。有魂魄持書吟誦，有魂魄哀號吟唱，不可言說，猶要言說，揣想各種聲音如何成為喑啞。滿川江河漫有灘上鯨、腐爛龜、暴戾鰻魚、食素魚、無腳蜈蚣、斷裂枯枝等。不靠彼岸。

絕不輕易止槳。

水霧漫起。

伊人或許立於水涯蘆葦彼方。

不知去處，亦忘來處，川河濃霧濕津津難辨方向，不知前進亦不曉後退，暫且將船隻划向水波不斷拍擊的渡頭，櫓舟，突破濃霧，將船隻撐向淺灘。霧靄氤氳，伊人緩慢浮現。櫓竿撐地，背身，轉頭，不敢直視深怕只是徒勞想像。驚險中，莖葉開展，育一朵白玉蓮花。伊人站立花萼，如同失而復得，草葉紛紛，水氣濛濛，羽纖細雨遮蔽視線，有著什麼不安浮動，踟躕著，信賴卻又困惑，該前趨或後退，該展露脆弱或假以堅強。已經逐漸記不起伊人面目，即使腦海顯現大致輪廓，甚至以照片求證，心中竟然悽悽惶惶開始懷疑伊人究竟是否存在。跳船入水，四處纏生水孽草輕搔肌膚。有種感覺，彷彿早已行至此地良久，命定來到，等著被告知，被包容，被了解，被傷害，被修復。或許不去會面是好的，不必面對，也就消弭一時苦痛。伊人早已不在，卻時刻矗立眼前，美麗，豐腴，端莊，帶有個性與不欲顯露的淒涼不堪，充滿不忍面色。就這樣離去吧，無法控制不斷顫抖的自己，雙腿軟弱踏水，從膝蓋至踝，上岸，將纜繩捆綁於水津纜柱。伊人，不是伊人。伊人，真是伊人，這是唯一，也或許是最後的機會。伊人撥攏長髮，從暗影中鑿出面容甦醒過來，抒情了，不捨了，彷彿難以自拔。一切都必須靜止下來，懷以深層恐懼，向前摸索，向前沉寂，向前不自覺跪落。行走充滿歷往灰燼的細緻光影，野薑花不曾枯萎，風雨垂淚，霧中懷抱，滿地銀紙，一一辨識火化濱澤敗草，站立的姿態竟如燒燃不滅的枝香，相對著。伊人揚手，招惹明暗參差的時日，脈搏在褪色風景中兀自跳動。吐出氣息，吸進往昔細碎粉塵。有著什麼正在分解，燃燒，不疾不徐，滿地皆植滿火種焚出透明距離。走過去，一輩子放浪形骸走了過去，從淺水踏上木板，踟躕前進。

川河似海，蔓延著，潮起共擊潮落。伊人踏出纖細足踝，用熟悉的手牽住他。伊人的身體相當溫暖，手掌溫暖，連呼吸也是溫暖。生死橋搭了起來，如此親近亦如此遙遠，抗拒與否此時都已經不再困擾。緩慢晃遊，順川河沿岸沉默行去。伊人牽他，掌心潮濕熱淌，散發一股乳香與肥皂香，同時也發散無法度量、無法探索的憂傷，露出無能為力的面容。伊人面露微笑，低垂雙眉，卻帶有哀痛、難以言說抒發的複雜情緒，彷彿是為夭折的囡仔嘆氣。夭折的是他，不是伊人。依舊不敢抬頭直視，伊人的臉龐如此熟悉，透出溫柔而體諒的目光，然而摻雜其中的是陌生、悲傷與不明所以的距離。伊人停下腳步，迎風撥攏髮絲，斂唇說，過得好嗎？金生垂頭，想哭，一聲不吭恍若抵抗。伊人鬆開手，蹲身，雙手撫摸他的臉頰與亂糟糟頭髮，續而牽手前行。許多話想說，一時又覺得說什麼都如淤泥凝步。伊人活了過來，為了他活了過來，或者是他已經死去，為了伊人而無悔死去。都不要緊，現在伊人只屬於他，不是想像，不是捏造，而是在他的身體之中，血肉中，無所憑依的魂魄之中。彼此運轉的幽冥世界，反射滲透，死生無懼。他深深眷戀，依附，渴望，同時沉溺於慣性抵抗，蜷曲起來，包裹起來，武裝起來，不需要愛般自傷自毀自怨，他要伊人因他而難過，他要伊人因他而流淚，他要伊人同他一樣活在痛苦之中。伊人仍然望他。他仍然欠缺凝視伊人的勇氣。如果一瞬瞥面便是最後？如果面目毀損無法辨認？如果只剩弔唁？他不知道如何才能拯救伊人，或者讓伊人將他從冷漠中拯救出來，索性沉靜壓抑，不管是落寞、憤怒、抗拒或是突然湧現的激動。他說，過得很好啊，沒有媽媽在身邊，我也一樣過得很好。金生更加握緊伊人的手，頭垂得更低，下巴羞恥似靠向胸膛，完全不敢面對伊人，尤其在說了一番傷害自己同時也傷害伊人的話。

鏡花水月，日夜難眠，不取月，知月不可取，只窺探，向輕微作疼的伊人乳房窺探往昔。攀上手，藤蔓卷生，乾枯泥土覆上孱弱陰影，抖擻的卷鬚輕撫開裂傷口。伊人欲語還休，頸項浮現青筋與輾壓過的痕跡，身軀泛溢血液乾枯之味。痛嗎？金生問。伊人搖頭，露出曾經擁有卻已然消弭的微笑。痛嗎？伊人問。金生立住腳跟，無頭無腦說了一個字，痛。

伊人張開雙手，懷抱金生，將胸部貼在他的身軀，將頸脖貼在他的頭顱。

金生情不自禁顫動哆嗦撫摸伊人，脖子白皙，肌膚平滑，乳房柔軟，感受伊人手臂、胸部與肋骨的各種形狀、軟硬與彈性。伊人笑了笑。此時此刻，必須拋棄時日，金生緊緊密密抱住伊人，伊人密密緊緊抱住金生。終於抬起頭，身懷未洗盡的罪孽，淚流滿面注視伊人憔悴面容，並在伊人眼瞳中看見自己逐漸蜷縮成老嬰孩的模樣。伊人將他抱在懷中，撫摸他乾枯斷裂的白髮，撫摸他皺摺斑痕的臉龐，撫摸他凹陷折損的五官。話語成了哭聲，像新生嬰孩，以哭泣來表達難以言喻的恐懼與安慰，能否不要活著？能否斷絕？能否傾身墜入毀滅？沒有必要，所謂救贖為何充滿諸多難以承擔之折磨？真的沒有必要，任何一刻都不值得。伊人拉下肩膀上的衣裳，半解胸罩，露出豐腴左側乳房。金生用折拗骨斷的手指撥弄伊人粉潤乳頭，輕輕緩緩，將委頓青紫的雙唇靠了上去，閉起眼，沉靜吸吮，安心舔舐，胸膛重新溫暖如焚篝火。奶水中，帶有甘甜、腥臊、慾望的血的味道。

不要離開，能否不要輕易離開一句告別都無，願意，是的願意衷心以餘生交換，甚至一輩子剃度贖罪。所謂餘生無非折射當下，再無其他前後，物物而不物於物，情感亦然，迎來的都將逝去，所有事物都將歸於塵土各自團聚離散，隳壞哀戚，斷毀筋骨，彰顯難以參透之存在旨意，生滅無盡，哀傷喜悅，恍若如此愛與痛楚才能完整依附。逼近。呼喚。殘暴。回憶。深刻銘記。擁有豈是曾經。

母親——

生死簿：攀蘿附葛

> 松、柏、樟（蘭地多作梁柱）、楠（始生即具全體，裂土而出，兩葉始蘗，已大十圍，歲久則堅，終不加大，蓋與竹筍同一理也；見郁永河《稗海紀遊》）、香楠（木如黃楊，色微黃，味香，木紋作山水）、柯仔、赤鱗（赤色，皮鱗質堅，入土難朽，大者可作車軸）、烏栽（皮帶黑色，中白大而不堪器用）、柳、象齒（木硬而直，白文如象齒）、埔柿（樹如柿，無花實）、山荔（樹如荔，無花實）、烏柏、埔荊（即荊也，小木叢生，莖婆娑有五葉、七葉）、樸仔樹、破故子（葉似梧桐而小，結子如楝，土人多醃食）……《噶瑪蘭志略．物產志》

山有蒼茫之氣，水有柔情，一隅向海的狹仄平原來自水土反覆沖刷，調陰陽，煞有激盪，深水后土似撫摸長壽嘩啦啦銀鬚水紋。山高，水淺，天空一層遠近灰，透不過，蒙上炭竹罩子，學齡前的囡仔在河床與林木中晃蕩，優哉游哉，撿拾石子與蟲屍當寶。雨野得很。一天的開始與消融是不張揚的，日光屬於淡性，林子擠密，葉子面有肅殺，私底下實則軟綿潤澤，木頭也能散發瀟灑香氣。這時節，人必須溶在雨中，化在霧中，迷路於幽徑中，混沌羞澀之光讓水面和陸地飄浮起來，軟軟的撐住腳丫子。嘿，走慢點。人們從河床往上溯，會發現天，落實地，穿越一條極其隱密的曲折密徑，林木矗立如神祇默禱。行進須以腹面磨地，以頭顱破水，掉落所有嚼過罪惡、神經疼痛的臼齒。嘿，走慢點，後面的野人還未長大，跟不上。

樹分居，河就銀亮了起來。

水汩汩晃蕩而來。

這地區的山始終和雨有契約，雨和土有契約，土和樹有契約，樹和林有契約。以火燒寮山為中心，東靠海，面向龜山島，山勢往北、往東北延伸有窖寮山、番薯寮山、三方向山和灣頭坑山，往西北延伸有鶯嘴嶺、灣潭山、柑腳坑山和梳妝頭山，往西南延伸則有四堵山、鹽草林山、鵲子山、三角崙和草湳山等，林木旺盛，各設三角點。火燒寮山面海，聚風招雨，多雲霧山嵐。有餘村位於山腳，望海，探龜山擺尾，迎日歡慶暖東洋。林木榛莽的遙遠時代，村人和后土之物、獸、鬼、妖、神均有一套獨特溝通方式，尤其因地形與地勢之別，有餘村人又對歷經日月風雨的老樹公存有深厚情感，祭之以禮，祀之以果，埋之以骸，以紅巾圍肚如戴冠冕、如佩璽玉。當村人試圖以有限的科學解釋、概括、揣測所有可以被理解之外的神祕，村人便不再跣足踏地，不再獸皮暖身，不再飲用溪澗泉水，不再林木築巢，被教導以科技文明為護身符，一步一步質變祈天禱地的童者之身、巫者之術與靈者之體。雖是千里眼族裔，卻只能眼視數尺；雖是順風耳子嗣，卻只能耳聽聾音。只有極少數村人依舊能感知天地氣息，一是稚幼囡仔，一是耄耋老歲仔，而村內的青壯年早已聯袂出走。老歲仔會跟囡仔述說古老故事，必須警惕的預兆，所謂的自然在不自覺間成為童趣又可怖的想像，各種異相不斷被詮釋成故事。老歲仔牽拉囡仔的手，散步至老樹公下，飲露水，嚼青葉，食用祭祀飄香的果子、餅乾和糕點。

老歲仔漫不經心說一枝草，一點露，十粒米，百粒汗。來到老樹公底下就愛知食果子拜樹頭，食米飯拜田頭，愛感恩，莫浪費。老歲仔缺牙，面目生皺，跤無力，腰難挺，沉默抽菸或蹺二郎腿興起說故事的強烈欲望，有收斂，有放蕩，久遠的日月風光與血流成河，早已平淡的貪婪橫生與慾望湧動。老歲仔時有機智之言，失智之行，像一株行將枯萎的老樹委靡不振。風聲颯颯，老歲仔將金銀煙火呑進體內，燒出透光洞窟，望向老樹公感嘆，樹頭徛予在，毋驚樹尾做風颱，人生啊，就是愛親像老樹公有堅持。老歲仔坐得久了，生骨刺，勉力起身巡遶老樹公，似沉思，似感嘆，似無奈，踩踏業已枯黃的樹葉，撫摸氣根密語交流。

生前還有什麼遺憾？死後便成養分。

囡仔對老歲仔的俚語智慧與浮光般生命經驗不感興趣，光腳，踩出泥印，睜大眼珠打探所有反應與未反應之物。蹲身撿起石頭枝椏，尋覓落葉與泥洞所有蟲之屬，有蟬、蜂、蝴蝶、螢、蠅、蚊、蛾、蝙蝠、蟋蟀、蜘蛛、蛇、塗釘、守宮、螽斯、螟蛉、蜾蠃、螳螂、蟯蜋、蠅虎、蜂虎、衣魚、蚌蠹、蟻、蛀蠹、蚌虎、米穀蟲、結草蟲、蚤、尺蠖、蠛蠓、伊威、灶雞、蛸蟲、毛蟲、壁鏡、青龍、蜒蚰、蚯蚓、蜻蜓、蝦蟆、水蛙、青約、水蛭、水蛆等。囡仔偶爾複誦老歲仔格言，似警惕，似童謠，朗朗上口繞梁不僅三日。囡仔追逐，丟擲，吵鬧，嬉戲，屎尿，擠眉弄眼，坐臥老樹底下大口喘氣。左手抓泥巴，右手握碎石，滿面泥濘，大口大口啃食祭祀老樹公的餅乾。囡仔難以集中精神，到處撒野，東西樹林南北枝葉，可爬上，可伏下，遁地術一出無人可追。唯有當老歲仔脫離現實束縛，開啟神祕時刻，糅合神性、魔性與鬼性，囡仔才稍有安分。老歲仔將鏽跡斑斑的歷程說成一段孫悟空大戰紅魔兒，將苦難所失說成目蓮盡孝地獄尋親，將人的所在、所感與所依說成一株老樹公枝繁葉茂。

老歲仔說，老樹公、老樹婆都是神祇，鬚根穩扎抓土，綠葉蓊鬱遮蔭，枝椏挺拔承巢，歷度百年榮衰，將過往乾旱水澤一點一滴記錄於血脈粗根。榮發成尊者，枯萎成臥佛，蟲蛇蟻菌攀附寄生，吸取之，轉化之。老歲仔細數一年一年颱風大水，狂飆異雨，村人在漆黑中擔憂房屋建材，操心路況土石，這山嶺眾多的土地神祇是否能穩然抓住后土，吸納雨水，使大地盈滿不致缺水匱乏？呼嘯來，昂揚去，風一陣一陣躁動，雨怒滔滔。村人在慌張中聽見樹枝颼颼、樹葉索索溫柔顫動聲，與風力抗，與水角力，與大地立下傾折亡滅的誓言。強枝握胸，厚葉護頸，不卑不亢，眾多樹之屬發出沉默靜禱經聲咒語。嗡嗡嗡，與天地唱和，與節氣共鳴，似解罪孽，似求情，絮絮喃喃極多情。然而，眾多宣言不過是內層平靜的表象。在這待下。在這持續庇護。在這因苦難而反生茁壯。土地上的神祇們以各自咒語、真言與怒相骷髏圖騰表達萬念慈悲，蓮花遍生，千萬垂眉伸出慈悲掌心供百鬼夜行，燭火迎風光滅幽暗，或旋舞，或斷肢解體，或火樹銀花，或斬貓滅狗，嗡嗚唱和不止。村人聽見殘暴聲，亦聽見與之相輔的潤澤叮嚀，趺坐誦經，不因妄念而動，被遺忘的土地神祇以千形萬象遠近顯現。村人在瞬間成為內心巫者，手舞足蹈，瘋癲失神，不忘朗朗複誦守護土地的神祇木質之名：鹿仔草樹神（即楮也）、榕神（大者垂蔭可十餘丈，多根，故易茂而難拔，不材，故寡伐而長壽）、白樹神、番樹神、楓神、苦苓神、水松神（性好近水，皮溫厚如綿、枝喬而上勾，其葉散碎）、黃目樹神（結實形如枇杷，色黃，皮皺，用以澣衣，功同皂角）、桑神、林投神、九芎神（一名九荊，村落草屋，用為豎柱，入土不朽；《使槎錄》云：「木有交標，小而不高。」茅屋用以為柱，又有白樹，色白可以為器，皆內地所無者）、水漆神（生海泥中，柯葉彷彿刺桐，皮有黏液，著膚則腫，取以圍籬，多生枝葉）、紫荊樹神、赤皮神、九層神、加冬神（樹似冬青）……

幾次番薯島大風大雨，眾人流離，眾樹斷折，眾石崩落，水道淹沒住家，土石翻攪旋起深層血肉。村人開始質疑樹神是否已不再誦經護衛，遂請乩童、耆老與巫者慎重占卜。無卦，亦聽不見眾靈呼應。番薯島政府為了防災，特地請國內樹種專家至海外研習琢磨。他山之石，可以攻錯；他地之樹，可以混種；他地之術，可以亂學。番薯島的專家以番薯地樹種為本，基因改良，期待研發奇枝異樹，可以有效抗風避雷，如棉花吸納雨水。取松、楠、山茶、楓、林投、榕、茄苳、扁柏等數十種木頭基因，交配篩選，移植轉嫁成異樹。番薯島政府在宣傳手冊中夸夸其言，宣稱此樹泛粟香，幹壯如檜木，眾葉粗質含蠟，可嚴防冷霜擋風遮蔭。幼樹至巨木只需二十年，木質堅硬，可供家具、建材、梁柱、木材使用，保百年以上壽命。葉可煉油，當補充燃料，亦可做精油搽身。然而，政府匿而不彰異樹風險，十八年內根部不可入土，須架設支架使其蓬勃生長，每日澆灌一次，每半月得以針孔在無土之根注射營養液。此營養液以豬糞、龜殼、猴尾、鹿角、蚯蚓、蛙腿、蛇膽、鴨心、牛尿混搭，高比例混合化學物品順丁烯二酸酐、單氯丙二醇、甲基咪唑與銅葉綠素鈉等。此異樹為強勢種，種植後將威脅其他樹木生存領域。番薯島政府企圖以此樹種取代山坡隨處可見的檳榔樹。有餘村配合宣導，滅百樹，趕萬獸，空出百尺土地鋪設水泥，大張旗鼓湊熱鬧栽植。支架以金屬建造，分三角矗地，頂端夾樹。異樹可些微日照，不可吹風淋雨，外圍需設立強化玻璃遮蔽，每半月注射營養液時再依照樹圍與樹高調整支架。

老歲仔擔憂，日夜都聽不見樹靈欶欶發響，說異樹並沒有經過自然考驗，而且單靠注射營養液是徹頭徹尾違反植樹法則。然而，異樹一日壯過一日，盤根如章魚觸手粗蠻肥碩，鬚根長滿吸盤，蠕動如肥蠶；莖膨脹，樹圍肥碩，年輪圈繞一層厚過一層；葉猖狂，撒野驕縱。老歲仔不得不將反對聲音吞進腹肚，並哀歎承認這世界日益趨於科幻難以理解。當然，異樹絕對是囡仔新寵。囡仔在玻璃帷幕外探看不須抓土之樹，以想像創造極限，以虛構解放真實，以顛覆力圖反抗。囡仔知道這是一株準備向外太空發射的火箭樹，是一艘飛行空中的木質艦艇，是背土的樹，根本不屑扎根，更或者，是因為土地早已不適生長。這科幻異樹將載走所有居住后土的眾靈，像逃難。誰將攔截？誰將墜落？誰願意以汙染之土餵養未來之樹？

缺土之樹終究超越村人與專家想像。

秋冬，密雨，享受空調恆溫不受風雨侵擾的科幻異樹，竟然在一夜之間結了果。

村人扶老攜幼趕市集，打發寂寂時日，隔一層玻璃帷幕想一探究竟。

異樹的錯根扭曲腫脹，因為觸地而變形，枝椏多折，繁葉空隙結出舍利果。果子土色、褐色、黑壞色，外有漆黑纖細虛毛，內有核心。眼珠狀，亦有細眉。番薯島專家摘下果子，開剖。果肉未熟，堅硬，鮮紅汁液泛溢露水芳香。數日之後，赫然顯現一番驚人的果熟蒂落，斯夜，老歲仔與囡仔都聽見深沉不止的哭泣聲。脫蒂，眼開，吐液，七層表皮蓬鬆開展如層層皺摺眼皮。眼珠子漂浮，一睜眼閃電，一閉眼地裂，從梨白、瓜黃轉為桃紅，深黝眼瞳水靈膨脹，極其深情又極其無奈注視蒙受陰毒的土地。其葉瞬即衰老，莖糾結，根部觸地瞬間化為齏粉。果子持續膨脹，溢出淚水，同哭聲爆裂，低沉沉，卻又鐵錚錚。果子散落成為燒燙火種，黏附任何物品便立即自燃。一場爆破。一次慈悲的殞落。一種自毀自療的果決。經文纏繞樹身，年輪自縊，曦光亮了又暗。

諸多異樹不過留下一身灰燼。

村人站立廢墟不知該如何是好。

被棄的囡仔用磚塊敲碎玻璃，甩開鞋，不知為何饒有默契脫下上衣與外褲來到灰燼之中。囡仔蹲身，好奇地注視滿地殘灰。灰燼留有異香，如穀熟味。囡仔將抹了滿掌灰燼的雙手抹向自己，抹向老歲仔，接著追逐，踐踏，旋繞，呼喊，疾呼，痛哭，捶胸，跪地，痙攣，跳躍如瘋癲失神者。孩童與智者在祭奠的死亡雙掌中又聽見葉聲清朗，風騷動，骨子裡有什麼被陣陣撩撥。灰礦洗面，硯墨染身，面有瞳孔者終於有所自覺，原來，所有的災難都能瞬間俱成、俱往、俱空、俱滅，而所有上溯的歷程都將一一滲透出神鬼溫柔。嘿，能否再走慢些，再往土地靠攏些，為自己也為後者留一條生路。再一次，有餘村的故事必須以鬼木為背景。

蕭朗鬼、婆羅鬼、饅頭果鬼（樹幹似梧桐，但不直聳，有旁枝，一枝數葉如芙蓉，三、四月開小綠花，懸穗，三、四十朵相比，見《台海采風圖考》）、石楠鬼（木性堅重，土人燒為炭）、烏心石鬼（亦炭材）、樾鬼、山茶鬼、土桂鬼、咬人狗鬼（疑即水漆，《台海采風圖考》云其木甚鬆，手拍之便長條迸起，可為火具。高丈餘，葉長大似菸葉，有毛刺，刺人入毛孔甚癢，搔之發紅腫，一晝夜方止）、土杉鬼（大可十圍，周十里許。然在深山叭哩沙喃番界內，莫敢採伐）、松蘿鬼（即女蘿，又名兔絲）、龍牙鬼、狗骨鬼、石柳鬼（皆以形得名）、大丁黃鬼、公牡樹鬼、苦林鬼、刺桐鬼（葉如梧桐，其花附幹而生。枝幹有刺，色深紅，花紅則葉生）——山有蒼茫之氣，水有柔情，村人在夜夢中聽見神鬼無以為繼的喟嘆，林木俱滅，脆弱的攀蘿附葛付諸灰燼。

一人得道 雞犬升天

哎喲喂，你這个死囝仔脯是有好好啉符仔水無？

阿嬤一臉浮腫蒼白，提置衣籃晃悠悠行過灶跤，叫嚷後壁的鉛鉼寮攏生鉎矣，也毋知會擋偌久，時到閻愛開大錢翻厝，是欲去佗位生錢？金生打呵欠，食脆瓜、甜豆和豆腐乳配稀飯，臨時看見阿嬤冰清玉潔的面容，還以為身在蓬萊村不管晝夜都見得到鬼。稀飯大有來頭，拜過土地公、媽祖、玄天上帝和祖宗，阿嬤講養身，自創料理，一鍋稀飯放進紅豆、薏仁、紫糯米、小米和燕麥，煮成濃稠八寶粥，說補腎強身。阿嬤一張臉露出嘴唇、鼻孔與眼眶，昂頭伸頸如吊死鬼，走回廳堂拿符仔燒，澆熱水，像是準備給金生和一臉不屑的阿公灌迷湯，吩咐得喝乾淨。不小心掉落一張臉皮，阿嬤一點也不緊張，反正面皮厚，把冰涼涼蘆薈精華面膜重新貼上臉頰。今仔日是大日子，廟內欲拜七月孤魂野鬼，有請電音三太子來鬥鬧熱，師尊閣講欲升天做仙，阿嬤邊說邊從口袋掏出一疊黃紙。師尊曾給一家子批過八字流年，老秀才還用書法寫下許多注意事項：如何趨吉避凶，如何按摩穴道防範老人癡呆，如何在良辰吉日買樂透賺大錢。還有頭尾不明的句子，例如：忌貪。財神在東方。毒品酒精不可碰，陰間蹇路不可行。阿嬤逼爺孫倆喝完符水，士氣高昂，吊嗓，似說似唱，唉哎哀愛曖，一切攏是因果，無因就無果，無果就緊食水果，一个念頭就決定人的性命，曖愛哀哎唉。阿嬤折磨嗓子，祖先和順風耳折磨耳朵。阿公精神矍鑠，已練就金剛不壞之耳，魔音穿腦亦能不動聲色游刃有餘，從收納櫃挑出一對竹簍子，放進準備好幾日的各式供品，還得依照神鬼性格搭配口味。阿公嫌麻煩。阿嬤說鬼神和人一樣，都會偏食，像是拜神農大帝不供牛肉，拜虎爺不供蘿蔔、香菇與空心菜。阿公唉嘆，還好耳屎幾百年無清，攏聽無。阿嬤繼續喋喋不休，說三太子愛食孔雀餅乾、彈珠汽水佮彩色棒棒糖，冤魂愛食臊的補身體，眾神明有歷史，年歲大，就愛食旺旺仙貝、糕餅佮水果。阿公擺好祭品，神鬼不侵走至爐邊，探視正準備普渡眾生的黑糖饅頭，竹蓋一開，熱氣氤氳鬼氣四散，伸出金剛指測試彈性，滿意點頭，饅頭正式上桌。真燙，金生貪吃，拿了饅頭就啃。阿嬤鋪好布巾，準備材料，左手握饅頭，右手依序從碗盤中拿出切成細條狀的年糕當尾，拿方塊大波露巧克力當蹼，拿紅豆當兩顆眼珠，拿人參糖當頭，最後再用保鮮膜包裹起四肢不健全的保險套饅頭龜。

廟堂響起鞭炮聲。

金生飲彈珠汽水，背負裝滿酒瓶和祭祀盤的紅布巾袋，尾隨揹扛一對大竹簍的阿公，走過街道，行地下道越鐵路，來到理安宮聯合祭典大棚台。阿嬤開疆闢土，占地為后，選擇不曬日的祭祀位置齊整擺放祭品，再三檢查之後，心有鬆懈，索性忙起國民運動鄰里外交，扇子翩舞成花蝴蝶，笑得花枝亂顫，腰間贅肉加了洋菜粉很有彈性。一會兒拉里長婆秀英姊，說要叫崇孝伯愈挫愈勇東山再起，一會兒拉翡姨，大談健康減肥之道，一會兒拉采蔓，聊起以前總是一起和阿滿婆去溪邊擣衣。阿公踅至廟埕泡茶，嗑瓜子，抽菸，一夥老漁夫振振有辭，罵咧老漁民雖然很毋忘在莒，可是國冥黨不該如此無望再舉，政策擺盪，中小企業品牌做不起來，代工做久之後也只能自宮了，真悲哀。一輛火車往北，地面輕微震盪。食平安的透清涼綠豆湯下了肚，金生便鑽進祭桌底下低頭竄行，等待機會準備大鬧人間；不過，還是得小心提防蜘蛛網與橫桿桌腳，不時從摞疊的金紙、水果與雞胸鴨掌魚腹豬肚中鑽出，左探右望，露出三太子晶亮頭顱，志氣高昂，持竹筷子當火尖槍，塑膠碗當乾坤圈，臭汗衫當混天綾。竄到供桌中央觀望，一大圓桌一大圓桌各式烏龜插上令旗，有麵龜、紅龜粿、米糕龜、花生糖龜、米龜、餅龜和阿嬤特製的饅頭龜。崇孝伯放下拐杖，排列大型麵線龜，說，有生有死，而龜長存焉；龜啊，能見存亡，能明吉凶，能彰善惡。聽話，去別位耍。金生瞪大眼珠，沒頭沒腦說，里長伯，這擺欲閣選無？孫悟空會遇上唐僧與牛魔王，哪吒會遇上托塔天王李靖，白蛇會遇上許仙，阿公會遇上阿媽，恁爸會遇上恁祖媽，金生也會遇上死對頭。許耀光抓住金生衣袖，問有沒有專心準備閩南語朗誦比賽。金生搔褲襠，抓跳蚤，想要放響屁，只是腹肚還未能蓄積足夠能量，索性學習濟顛食肉飲酒瘋瘋癲癲，唱起自編歌曲我無醉我真正無罪一生清清白白啊。許耀光搖頭說，沒救了，轉身要走，忽然語重心長沒頭沒尾說著，我覺得你媽媽一定很難過。金生凶狠瞪視，握緊拳頭，滿懷怒氣想回嘴，只是許耀光已經混入人群。剛縮回身，金生就和另一側祭桌底下的羊頭對望上了。羊頭垂三角眉，嘟嘴，偏過頭。往常，都是金生不想理會羊頭，不知道羊頭也會生氣，他覺得自己不應該在乎羊頭這個小孬孬。氣自己，卻又無能為力，反正不管什麼事情都要怪罪羊頭，他頭一次發現原來自己是如此自私。那又怎樣？哼，沒什麼了不起。日光清明，暗影混沌，從祭桌底下探出頭，看見兩位打呵欠的鬼差，戴墨鏡，撐陽傘，穿白西裝黑皮鞋，意興闌珊地說緊食。百鬼日行，哀傷喜慶，有缺眼，瘸腳，全身腫脹滴漏屍水，瘦骨嶙峋，首身分離，青眼白光獨自憂傷，惡鬼、餓鬼與厄鬼返回陽間爬上祭桌吃食嗅聞，大吸香煙，大啖日光塵土，吐露綿綿情恨。舊鬼開口咒罵，有夠卸面子，田地攏予你這房的賣了了，也毋讀冊，規工就知跋筊。子嗣無反應，祖先化身小黑蚊嗡嗚吸血。另一位新鬼捂淚詈罵，毋是款，我才死三、四个月，規个大家口就無欲聯絡，生死無往來，敢講我教育失敗？祖先氣得想借屍還魂驚嚇囝孫。

正午，信眾七嘴八舌討論即將羽化成仙的師尊。

阿嬤絕對不會錯過和信眾交換神諭的難得機會，三寸不爛之舌絕對禁得起流言蜚語的錘鍊，增添修補，你言我語，從中享受八卦樂趣。原來師尊也是凡人，無法避免七情六欲，當然不會鎮日看著觀音媽自我安慰，最近沉溺男女之歡，不思國難在前，只思共修歡喜禪，對象竟然是身心靈都必須好好淨化的信眾。聽說修道的查某人全都面容姣好，身材與口技都一級棒，修得師尊實在太歡喜，進而樂極生悲遭舉報，條子找上道觀，師尊為了蒼生百姓只好破例施以隱身術。共修，人神同歡笑吟吟。流言四起，阿嬤半信半疑，一方面師尊確實解決厝內許多疑難雜症，另一方面不相信自己閱人之深、歷事之廣，怎麼可能會被騙？青筍嫂皮笑肉不笑，問奶帕仔有予褪去無？真三八，阿嬤罵，想替師尊辯解卻找不出好說辭。若是真的，自己怎麼只被劫財沒被劫色？難道被嫌太老？實在是看不起她妖嬌十八歲C罩杯火辣身材。阿嬤爭辯，說等會兒師尊沐浴更衣之後，就要騰雲駕霧升天去。

銅鑼大鼓震響，鞭炮四射，廟埕瞬間綻滿簇亮紅杜鵑，頭一朵，腳一朵，尻川一朵，膦鳥一朵，軟綿乳房也一朵。白煙漸濃，仙氣瀰漫，電音成了一把一把雞毛撣子搔得土地公、土地婆和黑面媽祖笑啊笑，滿地卷雲竄出祥瑞鳥，跟上節拍，十幾尊金臉、黑臉與粉臉三太子騎現代風火輪摩托車進入廟埕，套白手套，穿刺繡戰袍，戴特製墨鏡。摩托車騎至祭祀會場，三太子跳車入世，背脊插五把派兵遣將的令旗，陰陽調和孔雀開屏。三太子跟隨音樂節奏，齊按喇叭，眨亮兩顆黑圓瞳子，騰空躍跳來一段打拚（Popping）電流機械舞，來一段拉緊（Locking）鎖舞，再來一段雷公也爽嗨的雷鬼（Reggae），手舞足蹈目中無人果真是得道天尊。金生受了吸引，陡然振作，竄出祭桌自創他媽的雞雞無敵舞，解開好幾摺金紙銀紙，不停旋轉、踢踏與顛跳用力往外擴撒紙錢當散財童子。螳螂式，八卦步，如來掌，獅吼功，搖龍虎裙，持七星劍，使龜派氣功善哉善哉多做好事。時辰到，嗚呼哀哉，欲去佗位誰會知？三太子沾染塵煙俗垢，拉兩條黑辮子陀螺般旋轉，大眼珠眨啊眨，笑不停，笑不倦，笑不累。眾鄉親向祖先、孤魂野鬼與天公伯合掌祭拜，齊獻齋，奉三牲，收香腳，三太子歡喜率領鄉親至棚台，抬起頭，向天公伯報備。熱氣烘烤，一輛火車轟隆轟隆往南，仙姑和老秀才出現了，面目虔誠，無比哀戚，痛哭失聲如喪考妣，雙掌持拿人形看板，師尊以臥佛之姿面帶微笑坐臥蓮台，雙手拈花，頭顱發散日冕萬丈光芒，紙板背景還有卷雲舒展鳳凰翔飛。三太子齊步踏地，紙錢燃燒，大火瞬間旺盛。眾鄉親持線香仰望，領受平安，將香腳一古腦丟入火堆，掐捏紙錢，入火，入煙，入死後世界。仙姑和老秀才將師尊的人形看板鬧熱迎進火中，燒起脂肪煙，熱流夾雜紙錢塵灰竄繞上升。轟轟轟，遠處太平洋低空飛來一輛飛機穿越有餘村，颳起熱流，至山腳，突彎向上朝西方極喜、極樂、極悲、極苦世界飛去。三太子與眾鄉親無語凝視，鞭炮肆意轟炸，直到有人爆出話語——我的媽媽咪呀恁娘較好，師尊升天了。

午後，颳高潮風，不落稻穗、豆子或魚苗，落下一陣不淫不邪雞巴雨。阿公上午忙完祭祀，頭殼曬得有些暈，午覺鼾聲攪起千軍萬馬。阿嬤神遊太虛，耳聰護體，若無其事起床替阿公拉好棉被，拿收音機至灶跤，一邊尾隨廣播電台情歌吊嗓，一邊清點四散桌面的可樂豆漿、雞鴨魚肉、桃梨荔蕉與各式菜蔬，將百寶乾坤萬年不腐塑膠袋拿給金生，說下午去廟裡把饅頭龜帶回來，隨手撥打電話，進入人生百二歲廣播電台。春娥嫂，足久無敲電話來，誠思念你的歌聲。是走去佗位耍？一定是揣情郎約會。唉喔，今仔日是欲點歌？還是欲一展歌喉唱予鄉親聽？金生想讓耳根子清淨些，領懿旨，隨即蹦跳穿街越巷來到鐵路。

野草旺盛，站立火車鐵軌搖晃乾坤袋，陽光亮得刺痛雙眼，拖鞋夾沙磨得腳趾頭脫皮，有些疼。百寶袋順時針繞圈，而後一口氣鬆開，再繞圈。彎腰，瞪大眼珠觀察軌石間魆黑縫隙，將死翹翹的青蛙、蚱蜢和金龜子塞進袋內，再跳起身顫顫巍巍如螃蟹橫行鐵軌。呼，真是熱，風中瀰漫一股焦味。停下腳步，若有所思注視鏽褐色鐵軌。是在哪裡呢？低頭來回尋覓始終沒有找到。記不得是上禮拜或是上上禮拜，整個下午獨自拿紅磚碎片蹲踞石頭對鐵軌寫字，寫下王八、吃大便、幹你娘等髒話，還畫了一隻沒有翅膀的鳥、擁有六隻腳的魚和自己的大膦鳥。只是不管如何來回尋覓，依舊找不到任何痕跡，心中不由自主難過起來，原來不管再怎麼努力塗抹，火車列列時刻輾壓之後，文字和圖畫都將消失。這是寂寞的想像？憂傷的本質？抑或只是一場啟動後終將耗盡電力的遊戲？突如其來，其實早已潛伏許久，無可抵抗的孤寂翻湧上身，踩住影子，踏上一條被輾斃的白蛇乾屍，用外星人與地球人剛接觸的細長手指輕戳蛇眼，一片一片仔細剝下蛇鱗。將乾坤袋上緣等距鑿開小洞，以蛇當繩，圓弧穿套，站立鐵路中央等待火車迎面撞擊。雖然分屍醜了點，不過應該馬上就能順利嗝屁。為了防止一時怯懦躲避火車，決定將塑膠袋套至頭顱，拉緊蛇身，身子舒舒服服橫躺鐵軌，這樣子不僅缺氧，火車經過時還能保證切腹，絕對死得了，不會只死一半變成殘廢。透過塑膠袋望向湛藍天空，白雲膨脹成棉花糖，日光替皮膚進行全身按摩。

怎麼還不死呢？整天呼吸很麻煩的。

挪動脖子，閉上眼，全身呈現太字形，有時候還要移動不安分的雞雞，等待著，或許就這樣死去也不錯。

「你在做什麼碗糕？」

金生睜開眼，看見羊頭，突然一古腦憤怒起來。「我還筒仔米糕咧，不關你的事情，看見你就討厭。」

「神經病喔，對我生氣做什麼？我又沒有惹到你。」

「你滾啦，滾得愈遠愈好。」

「哼，我才不要理你，要死就去死，我絕對不會哭。」羊頭覺得自己不該多嘴，轉頭抿唇，山羊般跳開。「你這個白癡加智障加低能兒，趕快去死一死。」

日光曬得頭殼有些頭暈，繼續躺臥熱燙鐵軌，等待執行偉大的自殺計畫，大粒汗細粒汗不斷從體內滲出沾濕衣褲，等得好不耐煩而焦躁煩悶起來。「他媽的，怎麼還不死？」

嗚——火車響起鳴聲，鐵軌與大地瞬間歡欣顫動。

睜開眼，最後想要再望一眼世界，赫然發現身旁竟然躺了另一個死兔崽子，理平頭，面朝下，無法看見臉孔，遲疑幾秒終究認出人，騰跳起身，扯掉百寶乾坤袋大聲斥罵。「趙坤申，你吃錯藥想死喔。」

趙坤申不動聲色俯躺，脖子擱放鐵軌。

金生起身，對趙坤申尻川踹上幾腳，趙坤申活死人般沒有反應，索性彎身去拉。

「我就是想死。」趙坤申踹開金生，手中順勢拿起軌石。「你滾開，你不想死就讓我一個人去死。」

金生無比氣憤，一時不知要說些什麼。「不行，這條鐵路是我的，沒有我的允許，你不准在這裡死，而且你死了會弄髒鐵軌，還會很臭，腸子、肝臟和腎臟很多器官都會跑出來。」

「誰管你，我就是想要去死。」

「反正我就是不准你死，要死也要我先死才行。」

火車再次鳴響，石子與鐵軌劇烈震盪。

金生鼓起氣力，從後架住趙坤申，右手從肩膀往下抵住胸膛，左手抱腰，將趙坤申粗暴扯離鐵軌。趙坤申拳打腳踢，手肘往後不斷搥擊金生肚腹，拿起軌石往金生右大腿凶狠砸去。金生不放手，罵咧，你不准死，沒有人准你死。火車夾帶金屬摩擦尖銳聲響從兩人眼前呼嘯而過，引起強大氣流，颸風般，將兩人拉近鐵軌。哭聲一層一疊驚擾滿山雁鷗與滿廟鬼神。兩人跌坐一旁，臉色白蠟，手心發汗，胸膛劇烈起伏。火車緊急煞車，列車長驚慌失措從車頭跳下奔躍而來。趙坤申坐在石上，摀住臉頰慟哭，雙眼紅腫了起來。金生掄緊拳頭，身子震顫不已，右大腿傷口不斷流出鮮血，血液蚯蚓般彎曲往下爬至腳踝，呢喃著，我不准你死，不准，相信我，沒有人希望你死，你這個沒用的傢伙。

走啊走，晃啊晃，蕩啊蕩。

金生獨自走動，轉圈，蹲馬步，晃悠悠拉扯影子騎上理安宮石獅，兩腳踢踏石腹，喊，駕啊，跑啊，怎麼不動？跳下石獅，跑進廟內盯瞧紅蠟燭簇擁的三聖尊王、黑面媽祖和千里眼順風耳，擠眉弄眼，伸出舌頭罵咧，看什麼看，當神明就了不起喔。塑像依舊垂眉不語，展笑容，露歡顏，一臉慈祥。還真是沒見過壞人，金生啐罵，點線香，吹亮線頭火光，踮起腳尖在媽祖彩衣華袖好奇燒出一個黑洞。攀上神龕，探頭朝洞內瞧。焦黑，深邃，灰燼般的洞。伸出食指，旋盤而入，洞內深幽幽颳來一陣陰森旋風，傳來威武虎吼，濛濛霧氣洩漏而出。金生怔然，縮回手，靠坐神龕彎垂背脊，兩隻小腳鐘擺晃動。白霧寒瘮，無意間洩漏方寸土地，鮮花朵朵盛開，白鷺鷥展翅飛過草澤水域。時間真是慢，也真是快，影子成魚、成龜、成擱淺霧中的巨大虎頭鯨。該怎麼辦呢？洞已經補不起來，最好趕快逃開，右大腿傷口持續流血。夏日午後無所事事，適合四處迌迌，適合找個涼爽地方好好自殺。穿越蕉林，走上柏油路面，決定再次回到廟堂。左手持拿紅蠟，右手碗狀護衛火光，前後左右東南西北照亮廟宇各個角落，口渴飲水，飢餓啃果。好想哭，不過知道自己想哭時卻同時強烈抗拒。麻雀展翅，枝椏隨風飄動，光影塵灰時刻浸入，整座廟堂突然瀰漫從高低山巒湧現的團團白霧，一口氣洩向滿懷濤聲的澳灣。或許自己早已死去，或許闖下大禍，或許只是睡夢，依舊行走，迷霧漫至膝蓋，不再感到害怕或是驚恐。想起許多事情，輪廓、色澤與味道緩慢浮現，手一掬，滿是霧氣，捏抓片刻便成水珠，以身當舟，優游蕩進塵世情欲愛恨之中。划過古厝屋簷，划過鐵軌，划過歌妓女妖阿嬤，划過硬骨頭阿公，划過粼粼日光底下一艘棄置岸邊斑駁廢船，划過不斷黑洞膨脹般鯨魚肚腹。閉起雙眼，腦海浮現正在抓蟬的羊頭。羊先生光裸晃蕩，滿頭亂髮漫出惡臭。羊頭說，乖乖剪指甲，不要亂動。羊先生面窗蹲坐，前後擺盪，羊頭跪落羊先生面前替羊先生修剪指甲，喀喀喀，剪下羼有血肉的碎屑。羊先生不喊疼，胯下破布逐漸露出一根長滿黑髮的紅腫肉和尚。

羊頭彎身吸吮羊先生肉趾鮮血，乖，不痛的。

金生站立塗鏨厝口等待。

羊頭熟練解下捆綁羊先生頸項、胸膛與手腳鐵鍊。「這邊有桶子，幫我提水。」

金生呆愣幾秒，醒過神，拿桶子踅到厝外大水桶裝水，提至羊頭身旁。床上放一雙黑襪、一件廟會棉上衣、西裝褲和一雙皮鞋。羊頭拿電動剃髮刀，將羊先生的小頭顱和大龜頭都剃成光頭，撥開亂髮，拿一條舊衣裁切方布擦拭羊先生。金生在羊頭指示下，抓住羊先生因為鐵鍊磨蹭而滲出血絲與瘀青的肩膀。羊頭仔細擦拭羊先生臉頰、鼻孔、耳後、脖頸、鎖骨、胸膛、乳房、胳肢窩、腹肚、尻川、屁眼以及腳掌，方巾次次擰出汙垢。換盆水，再次擦拭全身，用冷水澆熄羊先生慾火。羊頭說，太多次會陽萎的，接著下命令，不要亂動，抬左腳，跨右腳，眼睛閉起來，兩手拉高。

「我是對的喔。」羊頭說。「爸爸回來之後，不僅能聽懂我說的話，最近也不會隨地大小便。」

金生想要道歉，只是個性扭捏倔強無法低頭，說服自己根本沒有必要，認為這樣子實在太做作太女生。「還要繼續銬上鐵鍊嗎？」

羊頭抬起頭想了想，皺起眉，猶疑望向金生。「你覺得需要嗎？」

「不能總是聽我的意見。」金生說。「難道以後你要交哪位女朋友還要問我？」

「算了，反正你也想不出什麼好主意，我會自己做決定。」羊頭望向羊先生。「我們先去廟裡走走好了，好久沒有好好握住爸爸的手了。」

媽祖的彩衣破洞持續噴吐羽絨煙霧。

山朦朧，水煙籠，遠近海聲傳了過來，土地青黝迸裂空隙，日光灼燒，滂滂霧光漫上膝蓋，漫上大腿，再漫上粗細蠻腰。石頭飄浮成雲，樹蓬成巢，一雙一雙翅膀捲雲騰起，番薯鯛時速破表張鰭破浪特愛飆車。塵土飛揚，彩靴梭巡輾轉，戰服灼耀焚燒，煙霧中人顱肆意上下浮動，仙雲彩衣，杏眼凝定張望，神尪仔晃蕩雙臂威風凜凜抓鬼鎮妖。金生從口袋拿出燃至半截的蠟燭重新點亮，領前，拉羊頭，羊頭再拉羊先生。小鬼無毛，大鬼多毛，色鬼好射，淫鬼衰相，懶鬼肥腫，餓鬼骨瘦，醉鬼貪杯，冤鬼啞聲，窮鬼憂愁，病鬼癆亡，髒鬼藏汙，賤鬼賣身，笨鬼呆傻，勢利鬼瞎眼——神垂眉，善相菩薩，喜相彌勒，怒相骷髏，不言不語只留下一身華服木塑。

鬼差叫喊，歹路無通行喔。

三人行歷千山萬水優哉游哉划入廟堂。

得跟神明好好磕頭謝罪。

跪，羊頭說。

神龕擺放獸爐、鮮花素果和各式餅乾飲料，廟埕鋪設六張紅巾圓桌，一群一群壽龜划行水霧，自在騰躍，若隱若現搖頭晃腦出水入水，煙腳柔軟晃蕩成隨波水草。媽祖的破洞彩衣源源不絕汩出水氣。神尪仔瞪大黑眼珠，漂浮著，時而矗立，時而東倒西歪，醉語歡唱大慈大悲阿彌陀佛嗡嘛呢唄咪吽。兩人好奇辨認，有金龍大太子、濟公、青龍二太子、牛頭、丹龍三太子、馬面、銀龍四太子、陰陽司、墨龍五太子、千里眼和順風耳等。金生搖擺神將漆成黑褐色木頭手腳，玩弄鑲嵌神服的粉珠、流蘇與金光閃閃塑膠圓片，垂掛胸前的彩球就像一顆鮮甜水蜜桃，如果剖開一定會跳出桃太郎。

「不可以亂摸，會被神明瞪的。」羊頭有些畏懼。

「沒什麼好怕，我們又沒有做壞事。」金生戳弄彩球。「猴子的英文是莽麒（Monkey）嗎？我覺得這尊二郎神長得好像孫悟空。」

「不一樣啦，二郎神和孫悟空是敵人，整天打架，我覺得這尊神尪仔長得比較像是變型金剛。」

羊頭仔細辨認。「二郎神明明有三個眼睛，應該叫三郎神或者三眼神。」

「你不懂啦。哇靠，你看這個小紗窗可以看到裡面，神明的肚子原來是空心的。」金生露出牙齒跟神尪仔比囟狠。「有獠牙也沒什麼了不起，我可是有乳牙呢。」

「可是神尪仔看起來很厲害，法力一定非常高強。」羊頭踩雲踏霧，磕三響頭，從神龕祭桌求來護身符掛上羊先生脖子。

崔判官頭戴木質方枷，銀質鐵鍊捆綁兩手，伴隨嗚咽哭聲飄蕩而來，面目鐵青糾結如浸了屎籠，逕自搖頭，哀歎日期到了，沒救矣，臣等職司陰曹，輔佐城隍爺，任一方鬼域文官，凡有罪愆無不秉公裁處，沒想到如今落得此等下場。

抱歉，惹誰都行，就是不能惹到城隍爺，就算神仙下凡八大金剛求情也沒用。鬼差向崔判官道歉，一左一右拽拉鐵鍊，引領崔判官走入煙霧，進入無人、無妖、無魔之徑。金生像是忽然想起什麼，拍打頭顱，從口袋中拿出乾坤袋，慈禧太后老佛爺可是有交代任務。優游旋身，霧中捉龜，得謹慎挑選以濾渣滓，非龜甲萬醬油，而是龜頭、龜腦、龜尾、龜蹼、龜爪以及阿公阿嬤躬身製作的保險套饅頭龜。濃霧中浮現兩隻正在顫抖恩愛的烏龜，公龜實在是夭壽不死鬼，正趴在母龜身上含羞溫柔。金生手一抓，公龜還不肯放棄畢生摯愛。羊頭急忙上前幫忙。金生抓住公龜，羊頭抓住饅頭龜，兩人反方向用力拉拔狠心拆散一樁天賜良緣。保鮮膜被刺破了洞。真夭壽，連饅頭都下得了手，金生罵。公龜四蹼朝天，悲憤划動，淚眼汪汪難捨發乎情、越乎禮儀的饅頭龜。抱捧離情依依的公龜，睜大雙眼，反覆翻轉像是視察什麼，忽然大叫，是龜兒子。

羊頭循聲向前，彎腰，食指彈擊龜頭。「真的是離家出走的龜兒子，不過現在已經沒有骨灰罈可以養了，該怎麼辦？」

金生蹙眉思考。

龜兒子用情至深，剛別離便如喪考妣，面色哀傷伸長四蹼。

「不行。」金生堅定語氣，握住拳頭。「一定得將龜兒子再次送回蓬萊村。」

龜兒子趁不注意瞬間滑溜入霧，時隱時現，想要抓住機會再次游向饅頭龜。

水霧蓬勃漫起，高過腰肚，淹上頭顱，如煙，如波，如水晶礦鹽折射穿透之光。

金生繃緊肌力，俟龜頭乍現，身手矯健奮力跳入漫漫雲霧之中。

生死簿：食予肥肥 激予槌槌

兩山之間，其精如小兒，見人則伸手欲引人，名曰「傒囊」，引去故地則死。《搜神記．山精傒囊》

喙開開來啉水，尻川開開來放屎，別人是一暝大一寸，我的寶貝金孫就愛一暝大兩寸。好好大漢，娶某生囝，以後做博士、做律師、做番薯島總統，唉喔，做人莫傷貪心，我看做番薯島的副總統就好……

芋頭婆一直是有餘村內令人頭疼的麻煩人物。當村人談起芋頭婆，總是板起臉孔有所避諱，卻也忍不住七嘴八舌討論。有人說芋頭婆早瘋了，三魂七魄不知被勾去哪；有人說芋頭婆是裝瘋賣傻，城府極深，不管做什麼事情都留一手精明得很；有人說芋頭婆年輕時風光、風騷又瘋狂一時，骨子裡是靈異體質，女巫身，有天眼通，見常人不可見之物。對於各種傳言，芋頭婆一點都不在意自在得很，彷彿不染一絲塵垢，長年住在火燒寮山腰陰暗內側，不易日照，蟲蛇鳥獸相伴，雲霧霜瘴烘托，一只貨櫃屋生莖竄葉，濕氣日日繚繞而使貨櫃屋生鏽剝落。

芋頭婆獨來獨往，屋中堆疊累贅回收物品，村人時常擔心空間狹仄一個轉身便會引起崩塌，大小廢物砸破頭，身子也得一同回收。芋頭婆居處其中，行進，旋身，自由自在席地臥睡亦能跳躍頓地。芋頭婆不想再次涉入苦海人世，只是一副臭皮囊為了活著，就得賺錢，就得買賣，就得與人打交道，遂研發獨門賺錢之道——資源回收。每隔兩周，收集辛苦撿拾的棄物，騎近乎解體的跤踏車至中盤商處換錢，行情隨世界原物料價格上下波動。芋頭婆剽悍得很，甩一頭蝨蟲銀髮，膨脹全身血管，唾沫如毒，先叨念，再說服，中盤商若仍然不願提高價格，芋頭婆就拿一條繩子捆住脖子，說無欲加錢，我就佇遮做七世冤魂膏膏纏。中盤商嘆口氣，以多兩角的價格收購。換了錢，得意得很，她可不會跟人分享這種逼迫手段，如果被人偷學，到時連一角油水都揩不到。有時中盤商大發慈悲，心生同情，便多給五十或一百。芋頭婆很有個性，遇上施捨，往往眼露凶光，大聲咒罵，滿嘴硫磺、鹽酸與諸多臭酸飛揚噴濺，說阮是做回收，毋是做乞食。中盤商多少摸透芋頭婆古怪個性，改口說，今仔日買傷濟便當，食袂了，閣無閒，芋頭婆你鬥相共幫我擲去糞埽筒。芋頭婆罵咧，誠浪費，死後一定落地獄。芋頭婆再次確認綁縛兩乳間的貼身錢包，將便當置放跤踏車後方拖車，心滿意足往回騎。

里長崇孝伯三番兩次代表村人遊說，希望芋頭婆別再撿破爛，說這樣子太操勞，賺不到什麼錢，還搞得滿身惡臭。芋頭婆口頭允諾，心底想的卻不是這麼回事。年屆古稀，牙掉了，奶鬆了，腰彎了，背駝了，腳瘸了，個性卻比蟑螂生命力還要彆扭倔強，想著自己光明正大沒偷沒搶，撿破爛又如何？到底哪裡礙著別人？

不知為何，晚年特別想要囡仔，可惜的是她沒有老公也沒有家庭。時常哀歎自己老了，沒人愛了。成天胡思亂想，到底要去哪變出一個囡仔。領養好？還是去醫院偷抱？難道腹肚還能生囝？總不好整日跟著貨櫃屋內的回收物說話，唉，說得情意綿綿、義正嚴詞、餘音繞梁又如何？芋頭婆跟村內唯一手帕交翡姨吐露心事。翡姨說，一个人孤單傷久矣。芋頭婆不太同意翡姨所說的話，感覺家己一个人閣過會去，只是這世人無做過老母，就親像無做過真正的查某人，到底欲對佗位生出一个乖囡仔來予我好好飼。翡姨每個禮拜都會帶來幾條新鮮魚隻或花枝，偶爾也會叫耀光送來吃不完的香蕉、柳橙和蘋果。翡姨說芋頭婆的性子雖然孤僻，但是人是好的，看外表總是不準。村人說芋頭婆不好相處，愛計較，翡姨多少都會替芋頭婆辯解，說人啊，愛有口德，死後才袂予鬼神拔喙舌。翡姨是全村中唯一一位願意靜下心聽芋頭婆說話的人，實際上，芋頭婆也不是真的在跟翡姨說話，比較像是自言自語。最近，芋頭婆時常晃到翡姨厝內，說我閣做眠夢，夢著天公伯知影我辛苦，欲送我金孫仔予我歡歡喜喜，我看這擺一定是真的，一定是，免懷疑。

芋頭婆的人生是從一場車禍後開始，或者說，那場車禍讓平淡人生折轉大彎。

車禍讓芋頭婆從此跛腳，臉頰與頭顱出現好幾條深淺縫線，然而清晰夢境卻一個一個從腦海浮現跳躍而出。芋頭婆走大運，竟然陰錯陽差擁有靈異體質，彷彿神明恩賜陰陽眼，能在瞬間看清世人一輩子所做齷齪邪佞之事，也能看見科學未能證實的鬼魅世界。清醒，其實是不清醒；不清醒，就時刻入夢，入了夢才清醒。荒謬無疑是最具體的真實。芋頭婆知道，其實不用開天眼就能看見人世橫生的諸色欲望，入不入夢都無所謂，前世今生不過紙雕浮影，七級浮屠俱散成沙，骨骸燒燃都是灰。閉目冥想便能脫離身軀，踩踏時間過奈何橋，忘憂水一嘗再嘗，依舊難忘世間千萬妖媚胭脂紅。人們說，芋頭婆能預見未來，一生造化根本毋需死後蓋棺論定，時刻透視一生，大運如何，低潮如何，夢如何，真實又如何，不過只是經驗諸物諸事當下，隨時都可能會被收走魂魄，隨時也都可能創造新的夢境，時運與命運片片刻刻分分秒秒毫不留情向她撲來。她不在意，等待一切。芋頭婆成為玄妙尊者被請到番薯島各處，解疑惑，釋運命，墜入夢鄉滋陰補陽如此快活。出門坐轎車，食鮑魚，飲露水，穿綢緞，戴鑽錶，住豪宅，只是不到兩、三年便膩煩。看透人世，百態千情不過夢幻，於是無欲，於是無求，於是無傷，獨自參透天律，這輩子也就落得三個下場，孤貧殘——她將孤單至老。不夢之後，試圖將十幾年來的天眼通經驗轉成面相學，芋頭婆閱覽萬人五官，一瞥便能抓住對方根性，然而出乎意料的是，晚年不論裝瘋賣傻，不論神經疾病，不論狂癲癡肥，內心竟然不知不覺讓情感的空缺與寂寞吞噬。她想要，她全身發癢，她奢望自己能傾盡精力瘋狂無羈一輩子只愛一個人。

狹室有光，暗影晃蕩，芋頭婆神遊物外極其慎重深入鬼魅預言之夢。

天公伯說，番薯子將從天而降。

芋頭婆要滿室滿屋廢棄物都小聲點，別發聲，別驚擾，別愛亂說話挑三揀四。舊衣多情，或褪色，或縐褶，或面有焦容；舊衣說，我讓您體驗溫暖。舊鞋耐磨，等待飽滿，囁嚅喊道穿上，我願意因為承受而改變。舊電視笨重，收訊差，解析度不好，說出奶油煉乳般語言，來吧，跟我一起共度時光。碎裂燈泡一貫沉默，不時嘆息，該如何為愛人帶來光？廢棄的存錢筒有豬公、黑熊、石虎和雲豹造型，用腹肚食下各種大小硬幣。皮帶說，用我來當您親密的束縛。鏡子說，來吧，一起哭，一起笑，永遠陪伴我。芋頭婆希望所有貯藏遺棄時日中的金屬、塑膠、紙張、木頭、玻璃、陶瓷和布料暫且安靜下來，自個兒揉手跺腳似等待初戀情人，不時踅至貨櫃屋外，抬頭望天，期待中隱然帶有一股焦慮，想著天賜番薯子何時降落，想著該如何用盡氣力去愛人，想著該如何被愛。

晨早，芋頭婆踅去火燒寮山摘野生鳥巢蕨，彎腰蒐集滿袋嫩葉，不知為何感到有些疲倦，食了飯糰便下山，躺臥舊床鋪補眠。即使是在夢中，思緒依舊紊亂，像是坐在調皮石獅身上四處撒野，芋頭婆心神不寧從榻榻米上爬起身，恍恍然，以為自己聽見下雨聲，探出頭，才知道天空正降落一場五穀雷霆大雨。芋頭婆好奇蹲踞，一把抓起地面的豆子、小麥、穀粟等，放進嘴巴咀嚼，再無比驚喜用力拍打臉頰，不是夢。啊，誠歡喜，天公伯不是起痟，就是發神經，不是嫁女兒，就是收女婿，竟然大恩大德下起穀雨。芋頭婆急忙衝進灶跤，拿出鍋碗瓢盆放置外頭，雙手抱捧牛肚大鋁鍋奔向廟埕，興奮吼叫，鄉親們，起床囉。

天公伯真是菩薩心腸，有求必應，還不必鮮花素果慎重還願。

她等待，盼望，心猿意馬期待一生所愛。

番薯嬰兒果真從天而降。

芋頭婆無比驚訝探看外貌奇異的囡仔，一馬當先突破人牆，叫喊，攏莫搶，這是天公伯欲予我的寶貝金孫。

番薯孫哇哇大哭。

番薯孫一定渴了，身體外的泥土龜裂而塊塊剝落。芋頭婆臨時找不到水源澆灌，彎身抱起番薯孫抹去外層乾泥，再放進大鋁鍋。番薯孫露出黝黑大眼，不停啼哭，芋頭婆急中生智，伸出舌頭舔舐番薯孫嘴巴，舔得番薯孫滿臉肥滋滋口水。番薯孫不哭了，眨雙眼，晃頭顱，手腳鼓脹甩動。芋頭婆伸出指頭，番薯孫用胖嘟嘟手掌好奇抓攏。村人喙笑目笑，匆忙撿穀搶禾旁若無人。芋頭婆抱捧裝載番薯孫大鋁鍋，兩步併一步，跌跌撞撞奔向貨櫃屋，喜上眉梢，樂得連話都說不清楚，回到貨櫃屋，關緊門怕被偷窺，將番薯孫置放床上，拿濕毛巾擦拭番薯孫粗糙皮膚與厚實身子，還逗弄一會兒番薯孫小桿子。激動了，亢奮了，無可救藥了，她想將番薯孫的皮膚擦得光滑剔透，想讓番薯孫日漸結實強壯，從廢物堆中找出毛巾裹住番薯孫，一會兒懷抱，一會兒背負，一會兒輕盈歌唱。芋頭婆說，我一定會好好照顧你，你也一定愛頭好壯壯。

芋頭婆有了必須保護的愛人，便更加不在意塵世，不撿破爛，不參加廟宇信徒大會，外出時間少了，日夜看顧番薯孫，得餵奶，滌洗穢物，編織衣物，準備營養三餐，原來𤆬囡仔並不是一件容易事。芋頭婆將番薯孫放進撿來的竹搖籃中，身旁塞滿毛巾，怕囡仔冷，只是番薯孫不停哭泣，哭得滿臉鼻涕眼淚。芋頭婆手忙腳亂抱起囡仔，拍背，餵食，哼唱童謠細心呵護。番薯孫依舊哭得呼天搶地。芋頭婆仔細檢查番薯孫身體，才發現番薯孫背脊和手腳長滿紅斑。是濕疹或是皮膚病吧，毛巾、衣物和竹搖籃都用肥皂清洗好幾次，不可能不乾淨。芋頭婆著實沒有辦法，萬分焦急，想帶番薯孫去看醫生，抱起囡仔踏出門時突然靈光一閃——哪有番薯是在床上長大的？芋頭婆卸下囡仔衣物，拿把鐵鏟去林中掘土。芋頭婆在番薯孫大腿塗抹濕土，囡仔竟然立即止住哭聲。芋頭婆喜形於色跑至貨櫃屋外，傾倒盛放雨水的大水桶，填滿土，再挖出小洞，確認內無尖銳物品之後，再把番薯孫放進大水桶中，埋土，只讓番薯孫露出頭顱。番薯孫不再哭泣，肥胖雙手從土中竄起攪動周身泥土，滿足呵笑。

番薯孫如此與眾不同，連生活習慣都必須獨樹一格不落俗套。

日夜復返，芋頭婆給番薯孫澆水，清洗臉上塵垢，將米粥傾入泥中。芋頭婆讓番薯孫曬日三小時，天陰便將水桶收進屋中以防淋雨感冒。芋頭婆呢喃，免緊張，千萬免緊張，兩、三工後番薯孫就欲開喙叫人，但是是欲咻阿母還是阿嬤？

歹竹出好筍，好竹出痀崙，芋頭婆飼囡仔嘛會青天霹靂飼著番薯種，這一定是天注定。

番薯孫的臉頰日益紅潤，身軀厚實，皮膚細緻，褐黃斑漬褪退，手腳尾端脫落鬚根毛髮。身子日夜膨脹，果真一暝大兩寸，眉毛濃，鼻梁挺，嘴巴笑嘻嘻，尻川肥嘟嘟，只是心中隱憂一直不散，番薯孫至今未曾說話，不曾喊過她一聲阿母或阿嬤。芋頭婆尋思，再給番薯孫更多時間吧，這个囡仔較閉思，毋愛講話，按呢也好，袂吵吵鬧鬧誠好飼。番薯孫窩睡泥土，吸取水分養分，逐漸有足夠氣力使用雙手，將身子拉拔而出，冷了，累了，想睡了，再鑽進泥洞埋起土，身軀便溫暖起來。

拾起被遺棄之物，重新填補時日中漫長等待。

芋頭婆不再作夢，甚至聽不見廢棄物品眾聲喧譁嘈嘈切切，長舌公婆都閉起嘴巴。番薯孫未來到前，廢棄物總是嘮叨，說前任主人曾在衣服暗袋遺留三百元，說書籍內側夾十元硬幣，說化妝盒內有一只被忽略的金戒指，說乳液罐內還有一半存量，說鋁罐藏有碎鑽，說冷氣機、吹風機、電風扇甚至筆電都有額外價值。焦慮日漸濃厚，因為廢棄物不再說話，不再聒噪，便再也沒有貼補家用的意外之財。貨櫃屋一日比一日空蕩，罄空資源回收物，芋頭婆開始變賣值錢物品，包含替人作夢解災獲贈的金銀飾品，甚至動用棺材本。芋頭婆急了，慌了，亂了，實在不知所措，原本孤身，錢多錢少無所謂，只求三餐溫飽，只是現在是兩個人，不得不投入柴米油鹽醬醋茶錙銖必較，粗礪現實將虛無盡皆抹滅。芋頭婆甚至對番薯孫感到矛盾，有時甚至不由自主憎恨起天公伯，為何自己得承擔飼囡仔的責任？

甘願做，歡喜受，只是日子還真是艱苦。

脾氣差，缺乏耐性易發怒，不過整個人卻像回春，蕭瑟中抽出綠芽。

芋頭婆看見番薯孫玩弄泥巴就生氣，說人毋是人款，番薯也毋是番薯款；看見番薯孫張大嘴巴討吃，說誠愛食，也毋知後擺是乞食命還是皇帝命；看見番薯孫拉一肚子泥土糞便，說遮爾會食會放屎，也無聽著一句感謝。芋頭婆的脾性讓現實激發出來，如今，她得仔細思考生活中衣食費用，不能隨意花費。好幾次，番薯孫趴臥泥中哭泣，芋頭婆心煩氣躁，伸手抱起囡仔往尻川猛打，沒打幾下，心就軟了，顫巍巍言說，金孫仔，你講幾句話予阮聽好無？一句話就好，芋頭婆邊講邊哭，抱起番薯孫一逕親吻。芋頭婆說，毋免驚，我𤆬金孫來去看醫生，就算藥仔是天庭百年結果的天桃，我也會挽予你食。芋頭婆不得不承認，除了煩惱生活所費，還煩惱番薯孫極度緩慢的智能發展。

翡姨拿來一袋湯圓溫泉番茄和一把空心菜，看見番薯孫在泥中攀來爬去，說囡仔閣細漢，莫緊張。翡姨抱起圓滾番薯孫，拿毛巾擦拭番薯孫黑漬臉頰、手腳與身軀。芋頭婆拿一件破布再三縫補的內褲要給番薯孫穿。番薯孫伸展四肢調皮爬動。芋頭婆說，這囡仔就是毋愛穿衫褲，我驚伊會寒，會感冒發燒。番薯孫一雙大眼珠子不停溜轉，一臉無辜惹人憐，笑起來十足憨厚，用肥胖手掌拍打嘴巴啵啵啵發響。囡仔枵矣，芋頭婆隨即抱起番薯孫，沖泡一杯溫奶餵食。芋頭婆一邊懷抱番薯孫，一邊扯下上衣與胸罩，露出乳房，說我規工𤆬奶，就是無效，毋管按怎𤆬就是無奶。翡姨說，誠是起痟，莫𤆬啊，奶頭𤆬甲發炎，無生囡仔就無奶水。番薯孫喝了一半就不喝，心滿意足從芋頭婆懷中爬了下去。芋頭婆說，真正討債，這囡仔喙有時真歹服侍，奶水冷矣就袂欲啉。番薯孫爬出貨櫃屋，自顧自玩黑土，捏泥人。芋頭婆抓搔滿頭霜髮，跌跌撞撞在貨櫃屋內找尋什麼，許久才在角落找到一個強化玻璃製成的透明容器，蓋上有活動鐵環可鎖。芋頭婆說，頂日佇路邊抾著，閣足好，提轉去會使囥物件。翡姨推辭。芋頭婆說，逐擺攏提你的物件，我才歹勢。

光碟片每公斤十五元，鋁每公斤三十元，電池每公斤十五元，舊衣褲每公斤四元，報紙每公斤三元，寶特瓶每公斤十元，鐵每公斤九元，塑膠每公斤四元——芋頭婆悶頭悶腦做紀錄，可是要好好討價還價。以前是一支喙，這馬是兩支，得好好賺錢未雨綢繆。番薯孫整日混於泥土堆中心隨意轉，左手一捏為飛禽，右手一掐成蟲蛇，兩手同心協力變化出唯妙唯肖的人形、百獸、禾蔬、埗巷、廟宇、城池、關隘與山嶺等。番薯孫不善言語，成天愛哭，哭聲擾得芋頭婆滿腦煩悶十足躁鬱。只有碰上泥巴，番薯孫才會面露微笑。芋頭婆想著，囝孫自有囝孫福，索性讓番薯孫自由自在玩泥巴，玩得滿身髒汙，玩得面目薑黃，玩得不知日夜，累了，便躺臥泥土堆中昏沉入睡。此時，手掌、腳掌和大小腿上的鬚根就顯得頑皮，愛耍，非常不安分，一根一根敏感靈動觸角逕往土裡鑽吸取天地養分。芋頭婆之前不敢讓番薯孫一人待在貨櫃屋，怕發生意外，如今為了撿回收不得不外出。芋頭婆騎生鏽跤踏車，拖拉方形平台，四周圍有鐵欄。番薯孫攀爬鐵欄曬日光，吹涼風，淋細雨，舒舒服服伸展身子盡情排泄。路途彎曲，上下顛簸，天光照亮遼闊土地，番薯孫玩累了，總是哭鬧，搔抓芋頭婆破衣，依偎一對晃蕩奶子與柔軟胸膛之間，想要透過芋頭婆身體來溫暖整個未知的世界。

芋頭婆寵愛番薯孫，兩人共享一個滷豬排便當、一袋雞蛋糕、一塊雞肉三明治甚至是一顆酸澀金棗。芋頭婆空閒下來，便撫揉老花眼編織毛帽、衣裳與圍巾，一針一線縫進身體；來回編織不時想著，瞎盲之前得多準備準備衣裳，閻羅王召人絕對不預約。番薯孫逐漸長大，胸膛厚實，全身上下更加充滿氣力。芋頭婆心中依舊焦慮，想帶番薯孫去看醫生，同時卻擔心面對診斷結果，萬一番薯孫是智障或是啞巴該怎麼辦？芋頭婆決定使用各種草藥偏方，即使盲目、愚蠢甚至毫無功效，也要自欺欺人。熬煮草葉湯，三餐餵哺，隨心所欲增添藥材，酸棗仁、龍眼肉、益智仁、膽南星、製半夏、天麻、天竺黃和川貝母等，大碗公加入八分滿清水，放置電鍋燉煮廿分鐘，早晚服用。夏日午後，冬日雨前，芋頭婆和番薯孫手牽手，前後搖擺，大手小手搭成橋，搭成路，搭成蜿蜒鐵軌。芋頭婆說，有燒香有保庇，有食藥有行氣，毋管是做人、做妖還是做鬼攏愛認分；人生啊，有時星光，有時月明，有時風颱，有時大雨，起起落落，上要緊的就是莫虧欠別人，盡本分。

芋頭婆不清楚番薯孫到底聽進多少，只是覺得必須言說，即使嘮叨日夜重複。

番薯孫的毛髮鬚根隨著每次泥塑完成而漸次脫落，粗掌心細，肥指手巧，將毛髮皮質揉捏成一雙眼睛、一掌紋路、一片肌膚、一對乳房與一巢子嗣。番薯孫在揣摩與模擬中日漸茁壯，曬日淋雨，嬉戲撒野，張口發聲學昆蟲語、雞鴨語、鳥獸語、疾風語、雲霧語、水流語與猛禽語。大多時間，番薯孫沉默不語，被打尻川時只知道哭，一雙敏感黑眼睛不斷開闔，記錄，刻印，想像，腦海重新賦予世界千萬物事萬千意義。芋頭婆搖頭嘆息，說也好，人啊，莫痟想傷濟。

各式大小泥塑擺放貨櫃屋內外，番薯孫撒豆成兵，潑水成川，攪土成塔，下指令，要各個泥塑上天下海碧落黃泉打發漫長時光。此時，泥塑或是泅游、爬行、飛天、遁地，摧折損傷毫無干係，番薯孫口沫一吐，泥土一抓，巧手一捏，便能搭配所需補齊面目，突變演進，蛇長足，魚長翅，鳥長鱗，人可雙生疊影如千手觀音。番薯孫以口水、鼻涕與尿液縫補泥中細縫，使之圓潤；指甲掐捏摺皺，使之老熟；泥巴添補削減，使之成熟。番薯孫不愛衣服，只用一條紅布巾遮掩下體，鎮日吃飽睡，睡飽吃，醒時派兵遣將，布巾一拉尻川一蹲放尿放屎，再用泥巴塗抹肛門便算清潔，屎尿混土沾身，滿身野味自成無人膽敢輕易招惹的猴猻之王。

芋頭婆必須花費更多時間蒐集回收物，原先固定每隔兩個禮拜去一次回收站，現在改為每禮拜。換完錢，固定買兩個叉燒便當，再買半隻油雞囥放，想著金孫正要長大，得多食些肉好好補充營養。貨櫃屋內外擺滿大小泥塑，芋頭婆心中有些不快，想著捏泥巴到底有什麼好，頭殼悾悾一句話攏袂曉講，我就毋知捏麵尪仔會捏出博士來。芋頭婆放下便當，彎身收拾滿地泥塑，端捧掌心細瞧，覺得捏得真好，手是手，腳是腳，眼睛是眼睛，鼻子是鼻子，或許還真的能讓金孫捏出一個國內外泥塑權威——唉，毋需光宗耀祖，只要平安大漢就好。芋頭婆抱起躺臥泥中打鼾的番薯孫，回到屋內，想讓番薯孫再多睡會兒，晚些再來溫便當。芋頭婆從懷中掏出錢袋，仔細清算硬幣鈔票，心中打定主意要多存些錢，金孫一路讀到博士的費用可是貴參參無拍折。

無論如何，寶貝金孫都該上學，頭腦才會開竅，嘴巴才會吐人話。

一大早，芋頭婆喚醒番薯孫，拿了盆夜露清水仔細擦拭金孫童子金身，必須得無泥無土，無塵無垢，給番薯孫穿上白襯衫配黑吊帶褲，打紅領結，蹬一雙亮潔黑皮鞋，人模人樣十足俊俏。芋頭婆還替金孫噴香水，吐滿掌口水，抹平金孫亂髮與手腳鬚根。番薯孫抓撓頭髮、手腳與覆蓋衣褲的身軀，搖頭晃腦十分彆扭，不自在。芋頭婆自己也不遑多讓，早有準備，前幾日花私房錢燙大鬈髮，去市場買彈性胸罩，穿深綠碎花旗袍，蹬一雙深紅牡丹繡花鞋。早餐，兩人食鹹稀飯配菜心，腹肚飽了，手腳瞬間充滿氣力，滿心期待，一切如此滿足。芋頭婆喜氣洋洋，桃花春開，雀鶴齊鳴展喉舌，芋頭婆和番薯孫在想像的鑼鼓鞭炮聲中再次手拉手，臀碰臀，駕麒麟，騰雲駕霧上學去。芋頭婆全身上下瀰漫一股莫名衝動，想逢人就喊聲恭喜發財，想了想又覺得傻，還沒過年呢，還是低調些好，止住雀躍改口說，誠夭壽，阮番薯孫還未兩歲就足大漢，學校的先生講這囡仔足巧，愛提早讀冊。兩人雙掌不斷泛汗，不捨放開，彷彿手一鬆開就會生死永隔。番薯孫坐在課堂座位上，傻愣模樣，十分緊張，十指一會兒緊貼大腿，一會兒放在課桌，隨先生指令依樣畫葫蘆，說一不二，嚴守班規，芋頭婆站立教室後方觀望番薯孫是否認真學習。芋頭婆跟課堂先生說，阮番薯孫個性上閉思，無愛講話，較等仔莫叫伊自我介紹。下課休息，番薯孫急忙跑到教室後方，拉住芋頭婆的手一起去喝水，買調味乳喝，踅至樹蔭扒泥巴玩。

誰不知道要給囡仔空間？

學校的先生勸導芋頭婆不要整日待在番薯孫身邊，說這樣會影響學習，阻礙囡仔發展。芋頭婆不是不知道，只是一顆心七上八下怕番薯孫受欺負，腹肚枵時不會去吃飯，又怕學習跟不上進度，親像啞巴袂曉舉手發言。芋頭婆誰都不相信，她覺得只有自己才能好好保護番薯孫，只是學校有制度，終究不得不妥協，從教室後方退到教室外，再退至校園。芋頭婆對番薯孫千交代，愛好好聽先生的話，好好讀冊，有啥物代誌就愛記得擧手，千萬莫恬恬；芋頭婆對學校先生萬交代，番薯孫就一个，請老師好好照顧，莫予別的同學創治。番薯孫拉住芋頭婆的手，攀爬芋頭婆身子。芋頭婆親吻番薯孫，疼惜懷抱囡仔，感嘆言說，後擺就愛靠家己。

每次將資源回收物載回貨櫃屋，芋頭婆便忍不住衝動踏騎鐵馬至學校，躲在教室外樹蔭底下偷覷番薯孫。番薯孫喜歡一人，沒啥朋友，下了課就跑到大草皮挖泥巴，幾位調皮囡仔特別喜歡捉弄番薯孫，不是彈耳朵，就是一根一根拔下番薯孫手腳鬚毛。好幾次，芋頭婆怒火攻心，衝出身子瘋狂斥罵，囡仔都嚇哭了。芋頭婆抱起番薯孫，完全不理會受到驚嚇的學生與試圖維持秩序的先生，自顧言說，讀冊無啥物稀罕，我毋捌字也猶原會使過日子。番薯孫玩弄幾日石頭泥巴，芋頭婆再度心急，想著認字、上學和交朋友還是重要的，以後囡仔要簽署兩岸重大協議時，袂使落氣予人看笑詼，毋但愛學台語佮國語，閣愛有國際觀，好好學英文佮日文。芋頭婆只好忍心再將番薯孫送回學校。先生說，番薯孫無爸無母，有學習障礙，家裡環境也不好，誠懇建議芋頭婆將番薯孫送給社福機構扶養，讀啟智班。芋頭婆當然不肯，發狠咒罵，說先生真正無心肝，講啥物痟話，也毋驚死後會予掠去地獄。先生試圖安撫，說番薯孫非常特別，個性內向，這樣子是對囡仔好，如果讀一般班級容易被欺負。

芋頭婆從午寐中悠悠醒轉，聽見一陣節制、壓抑且掙扎哭聲，尋聲探去，發現番薯孫正在林中和泥塑咿咿嗚嗚說泥巴話。番薯孫垂頭喪氣，端捧泥塑，吐出唾沫，抹平泥塑各式裂縫，接著拿起一旁用來雕刻琢磨的刀片，伸出手腳，忍著痛，一片一片削除皮膚的植物鬚根。番薯孫削下一層皮膚，流出土色鮮血。番薯孫一邊哭一邊削，由於疼痛，不自覺握緊拳頭，擊碎一個一個心愛泥塑。芋頭婆於心不忍，非常難過，想要出面阻止卻有所退卻，擰捏心肝，咒罵自己真是自私——或許削除鬚根，番薯孫就會說話，就會開竅，就會茅塞頓開當天才神童。芋頭婆躡手躡腳回到房間，滿臉淚水，手指深掐掌心。深夜，芋頭婆從泥土堆中捧抱番薯孫回到床上，拿軟膏，輕柔塗抹番薯孫手腳。番薯孫眨巴雙眼，嘴裡呢喃喊痛。芋頭婆說，袂疼，啊，真正袂疼，這世人就愛好好惜皮。

番薯孫喜歡在芋頭婆身上攀來爬去，尤其兩人共同沐浴，番薯孫次次伸出粗質小掌，親暱搔弄芋頭婆，像打磨。芋頭婆拿肥皂替番薯孫抹身，清水從頭至腳澆灌沖刷，再拿一張矮凳坐在水桶旁抱起番薯孫，說各種傳奇故事。說火燒寮山日夜攏生烏雲，行山路愛細膩，就愛好好保持方向，千萬莫行顛倒頭。起烏雲時，霧嗄嗄看攏無，這時就有囡仔款的魔神仔會出現，欲牽人手，欲予人日日夜夜睏佇魔神仔溫柔鄉，食杜蚓仔、蟧蜈、狗蟻、蛇蛆佮田蛤仔，啉死水，佇遐，親像無病無痛，攏無煩惱，但是畢竟毋是阮的鄉土。後擺，行山路，目珠就愛看予清楚，厝是倚海這爿。

淅瀝淅瀝落下雨水，泥塑迎風淋雨，關節鬆脫毀損，殘身斷體失去面目混成泥土，冒出蓬蓬新綠嫩葉。番薯孫受到土地與雨水滋潤，手腳重新開始長出稚嫩鬚根。芋頭婆不知該說些什麼話安慰，講做人就是愛清氣？講身體愛顧？還是講提剃頭刀來剃毛？唉，講正經話，生啥物款、過啥物日子攏是天注定，親像人無法度換爸母，親像人無法度控制啥物時陣欲去見閻羅王啉孟婆湯，人啊，只有好好徛佇土地，莫怨嘆。芋頭婆握緊絲瓜絡用力刷洗番薯孫，手腳鬚根瞬間紅腫，滲出血絲，像豔紅的百足蟲伸展節足。番薯孫咬住下唇，睜亮一雙黑眼珠望向芋頭婆，不喊疼，也不喊痛。芋頭婆實在不忍再次用力刷洗。番薯孫的手腳鬚根肆意探索，收斂，舒張，蜷曲，裹起皮膚。芋頭婆皺巴巴的眼眶濕了。番薯孫傾身向前，伸出舌頭，舔舐芋頭婆臉頰上的淚水。芋頭婆邊笑邊哭，說你這个戇金孫。

身體日益羸弱，眼花齒落，背脊挺不起來，芋頭婆知道留在世上的時日差不多到了盡頭。

芋頭婆坐在貨櫃屋內的破藤椅上，觀看收訊不好的電視節目，手指勤於編織。天氣冷，易受寒，金孫需要手套佮毛襪，崁予牢，無人看著就袂予人滾耍笑。每到傍晚，洗完澡，食完晚餐，番薯孫就推來一只裝滿泥巴的大塑膠桶來到客廳。番薯孫用小鏟挖洞，脫光全身衣褲跨進桶內，再埋起身軀，只露出粗厚脖子與一顆胖呵呵大頭顱。芋頭婆從預知的夢中驚醒，起身替番薯孫澆灌，不時撒一泡尿，拉一坨屎。番薯孫張開嘴巴，飲尿食屎，非常滿足。芋頭婆坐回咿呀咿呀搖晃藤椅，面對雜訊螢幕，拿起編織一半的手套至胸膛。月光隱現，番薯孫和芋頭婆都睡著了，傷痛低沉，整間貨櫃屋只剩下電視聲和時而滴漏的雨水聲，時間無影無蹤如水流逝。番薯孫的手腳往土裡扎根，芋頭婆的手腳低垂空中，呼吸聲徐徐平緩。

有人被夢見，時而哭泣，時而嘴角涎沫笑開懷。

芋頭婆迴光返照，彷彿有所意識這即將是最後一次歡喜起身，持拿鐵鍬鏟一大桶土，猛力拖拉，一步一顫顛顛晃晃來到番薯孫身邊。芋頭婆笑，番薯孫也笑，笑得眼角都是淚。芋頭婆蹲身，吐唾沫於掌心，伸手撫摸番薯孫黑褐色毛髮，溫柔中不自覺閉起雙眼，而後全身皮膚突然黑魆魆發皺如染淤泥，指尖竄出綿長錯綜白色鬚根。再睜開眼，眼球已成深紫，眼白泛血絲，布滿黑斑的皮膚相互垂疊，拿起鐵鍬無所遲疑猛力攢斷番薯孫手腳，而後再度覆土。番薯孫和芋頭婆圓睜深情雙眼，從汪汪瞳孔中望見彼此隨即碎裂的頭骨。芋頭婆徐緩語氣，耐心交代，忍耐一下就過去矣，愛會記得食予肥肥，激予槌槌，妝予婧婧，等領薪水，外口風大雨大千萬莫予人欺負。番薯孫不病不痛，窩進厚實泥土，張開嘴巴，糊里糊塗跟著說了一句肥肥槌槌。

命籤

某一刻，夢醒了。

棺材船蕩入川河，空曠，遼闊，恍然划進川心無處藏匿。

所有的聲音都來自棺材船下的漫漫黝黑，蓬蓬惡蔓，深紫指頭貪婪撫摸船沿，內心所壓抑的衝動與激昂鈴釘作響，交尾著，興奮著，潮熱著，滿船高漲毀壞之欲，沿岸無邊無際開滿飄渺蕨草蘆葦，伸不可得，前不可探，退亦是。各種聲色味覺相互滲透，嗅聞，直入沼泥的軀體攀附逐漸滅毀的老邁面目，曾以擁抱灼燒，雲霧俱散兩骨交融，骷髏浸泡，裹上層層惡之薄膜，棄之核。靜寂了，可能是聲音的稍縱即逝，也可能是一股古老力量將一切完整包裹起來，吮吸不可滲透的心聲，細瓣花朵同落葉沉落，並浮起，萬物噤聲，等待靜默被打破。偶爾起一陣灰白陰風，或雲霧，將船頭船尾蕩離軌針。又起一陣與之抗衡的側風，將棺材船蕩回既有的、原初的節奏與方向，繼續自瀆、自溺、自傷。何處是歸途？是歧途？是蹇途？眼光如此倨傲，不願服從，命也，運也，運命與意志也，該如何繼續抵抗？盛陰夜色，心慌意亂，還是無法忍受如此索然靜寂，浸入一池墨，被染色，被研磨，被嚴密掩蓋起來。紫色，穿越一舟浪花的旋風穿越紫色，若嗚咽，羸弱雙手探進水中，畜牲異色，食肉花草，大水野蠻執拗，肆意如潑墨，強勁如石流，淫月下勃發遍灑，浸淫滿川滿河腫脹癡傻，啊，為何要如此溫柔？水是胭脂紅，是草苔綠，是芙蓉光，是茶花色，是一泓一泓蕩漾慾望波。

收手，才知已溺染其身難以潔淨。

水域不可企及，即使望去青墨煙靄一色依舊如此陌生，雲霧稀薄濃厚，叢生後隨即錯落；遠方有翅掠水，掀起點點回聲兀自擴散開來，山成了哀愁。天光未明、未透、未黯、未亮，浩瀚著，鬱結著，洪流著，涬溟無涯如混沌太虛。誰至此？誰溺斃？誰蕩悠？瑟縮身，一心一舟一搖一晃一吼一恨一魔一愛。木槳冰冷棄置，武士刀亦是，大片雲霧緩慢漫上。該上溯，或悲慟而下與伊正式訣別。水面亮起光，迸裂黯黑，撞擊胸膛的銅錢燒燃朵朵火色，麒麟趾，火龍鬚，鳳凰翅，朱雀眉，白虎爪，貔貅牙，獬豸角，百獸嚎叫護衛，導舟，撩撥水波，雛形面具圖騰顯影，盞盞水燈燃滅隨之飄浮，留下光，透出氣，刻出文，水面如赤錦繡紋，以草書行列斐斐哀傷弔文，是家書，是遺言，是勸告，最後看透一切竟荒唐無字。站立船央，伸出手，撫摸隨即潰散的奇靈異獸，去吧，向著未知的方向去吧——

又是夜，寂靜枯萎。

溫度急速下降，川河時而凝止，時而洶湧，黑藤紫蔓蓬生後隨即凋零，一雙雙滲溢淚水的懍悚之眼深情注視投射而來，獸之欲，生之棄，死之坦然，被壓抑的反抗竟有一股無法抵抗的自靡之情，可憐，無奈，耽思就此了斷。身衰力竭，以餘力採擷殞滅火光，蒐集四散塵煙，填塞胸膛，哺之，育之，在無我與有我之間迷惘醒來，自被棄置午後，自斷蹔折損，自鏽蝕盔甲，蕩悠悠晃於離岸甚遠的棺材船。

心中響起雷霆巨雷，心冷卻熱，路依舊遠。

前有鬼風，後有魅霧，木槳入水，潑刺聲悄然響起。

惡鬼，佗位走，共《生死簿》提來——八爺長嘯一聲，眼神凜冽威嚴詈罵，嘴露利牙，噴吐百年血腥戾氣。風浪立即旋剿，河面浩浩蕩蕩颩颼青紫旋風，追擊戮殺之氣如駟輪轍泥波濺四方。

早已失去反抗之心。

八爺左右划槳，眼露凶光，威風凜然絲毫不滲豆汗，凌厲之勢無法抵擋，船突入，擋住棺材船順水而下。雙手金鎔，雙腳銅鑄，胸脯鐵打生火降妖伏魔而來，蹬跳上舟，上下左右掀起千萬水波。八爺雙眉張狂如展翅，利牙成獠牙，華衣間露出兩個凶猛晃蕩的黑奶子，右手高執賞善罰惡虎形露牙令牌，往金生頭顱猛擊而下，左手掄拳，從後往前順勢甩出鐵鍊。一雙魆黑華靴震得小舟不停震盪。來不及擺正下擺，右手隨即搯捏金生脖頸使之懸空。你這个孤魂野鬼有夠奸詭，莫閣講啥物痟話，我袂予騙，這擺一定愛拍予你叫阿母。放屎後閣欲叫土地公、土地婆幫你拭尻川，真正毋知見笑。八爺使勁搯勒，使之昏迷，看見金生悽悽惶惶有所憾恨的婆娑淚眼時卻隨即驚訝鬆手，右手掌像是受到火燎般一時紅腫熾熱。金生跌落，低垂頭顱癱軟身子，不反擊，不抵抗，不回話，落寞等待八爺無情發落。奇怪，這个囡仔敢講有神通庇佑？八爺兀自呢喃，收斂獠牙，噴吐鼻息，面有所思搯指一算探詢生死，臉色突然鐵青像是受到什麼驚嚇，左腳賭氣跺足轉身，忿忿咒罵，自從你老母予車軋死，你就該死矣，命盡祿絕，陽間早就無你的年歲好活，也毋知是佗位的神靈予你庇佑。真正無看過遮爾無跤數的孤魂野鬼，以前閣會吼，這馬是失魂落魄，也毋知是搬演佗一齣戲，算我呂洞賓拄著何仙姑，這擺予你掠牢牢。八爺深深嘆氣，持槳掌舵，推開來船，往下游划去，說，雖然毋知到底發生啥物代誌，但是我看，是愛平安送你轉陽間。崔判官有夠衰潲，種匏仔生菜瓜，無大官命，已經予掠去大牢，送你轉去之後，我只好也去陪伴崔判官。唉，你啊你，陽間佮陰間攏予你鬧甲霧嗄嗄。我是何苦啊——

一回頭，月亮敞衣滌洗，乳育遠近山巒。遠方巍峨高山，光禿，陰沉，層層疊疊裹進暗黑之中。霧是縹緲，是放縱，是汁液橫流，罩進舟，罩進茫茫不知去路的來回歸途。金生兩眼深邃，無所憑依鵠立舟中，屏氣凝望，不時咬唇，嘔吐，緊捂疼痛肚腹，黑山白水養不活命定厄途的囡仔。愈發遠去，山融入霧，霧融入水，水溶入不知去向不知歸途荒荒無盡時光。誰在其中漫遊？誰在其中溺斃？誰在其中時刻深情注視？河道遇岩，折彎，再向下游放蕩而去。八爺櫓舟，導向，黝黑臉龐醃漬一層銀亮汗鹽，來去喔。風吹拂，潮起落，八爺凝重面目，眼瞳深邃凝光，雙腳外跨踏實船板，得平衡。八爺忽用國語道，不可回，不可任意無故回望，恍若這已成為最嚴厲的詛咒。金生窩縮船央，自我告誡不再輕易回望，低掩頭，如盲者觸摸舟身。這已不是冷，不是寒，而是被徹底穿透。魂魄俱在，偏偏已失肉身。不忍，再回頭，舟身順水漸入塵世，近處已遠，遠處已荒，荒處輪迴流轉不可尋覓。山骨水肌歷年不消，養育一方土地，村庄的脂肪火和皮肉燈瘦了，孽緣肥了，描紅點翠，魂癡魄傻，誰將在此久留定居？八爺脫去華帽，卸下捆綁左臂的鐵鍊，卸下右手賞善罰惡令牌，撩起長袍至胯，華服敞開垂落至腰。胸膛結實粗壯，手划槳，左右導向，噴叱徐徐善氣，黑臉乍現徐徐春光。八爺咆哮，歇停鬼槳，往前踏步顛晃船身，肥掌壓住回望者頭顱，回轉，為保其性命無比憤怒。掌力之大近乎捏碎頭顱，一股氣力剎那活蹦亂跳竄進金生體內。溫暖，帶餘火。八爺回到船尾，雙足踐踏意欲攀附的諸色欲望，淬唾沫，大吼，繼續起船囉。金生恍恍然，雖立足，卻在顛躓難行的船陣中如遭死灰活埋。後頭去不得，如影瀰漫，往前，奈何橋早已傾頹崩塌，這世界終究並非陰陽二分。八爺加快櫓舟，攪動冤孽，順從欲望川河暢快翻浪而下，再下。寬闊川河沖刷遠處洗落的骨骸，陰氣俯襲，匯集且快且慢且強且弱眾多激流，險湍，危波，厲浪，棺材船上升，下沉，再度上升，水路漫漫，兩岸遙遙渺渺濛濛不可見，只能顯現輪廓，大雷剎那光亮，驟閃後則是大規模暗黑。金風瑟瑟，玉露寒寒，三回頭，已辨不得方向，渾身顫慄，似驚醒，恍恍然望見行遠的木質渡口，依稀潮濕，水流清淺迴旋，木板間有罅縫，伊人以肉身血水填滿渡口、植欉、扁舟、枯藤老樹與川河流動源頭。金生昂頭遙望，捂住滿臉淚水奔至船尾，殞落跪拜，悲悲切切朝向離遠的孤單伊人失聲叫喊。八爺不再阻止，望月興嘆，這世間啊——金生將雙手探進深淺翻滾的黑水之中，傷痛俱在，同時俱失，一口氣依稀尚存運轉體內，活著，如此之難。哭聲同朽木、蘆葦與近水的花穗經緯摧折，收斂如復發，砍劈後的痕跡，劫難後的茫然面目，一切一切都將尾隨舟身順暢恣意滑行而去，驚醒眊瞶之姿，同時，也驚醒倖生殘存的查埔囝。身上的脖子、胸膛、背脊與腰臀同時浮現火光，灼刺魂魄。金生跪拜亡者，已成亡者，只能再次投胎。八爺見命籤浮身，隨即朗誦：

一紙官書火急催，扁舟速下浪如雷；雖然目下多驚險，保汝平安去復回。

水路漫漫，險徑迢迢，波浪與礁岩默然契合若有涵義。

雁無遺蹤之意，水無留影之心，水無蘸月之意，月無分照之心，金生掄緊拳頭，有所決定，拿起武士刀果敢再無懼怕，不言、不語、不哭、不泣、不傷、不痛、不亡亦不恨，斬斷手指，輕削皮膚，抽拔軟筋，刀刃血肉，開膛剖肚，分離顱頸，斷裂的雙手仔細以刀鋒剮肉剔骨清還有情、無情、多情之債。棺材船內流滿鮮血，一滴一滴血珠在碰撞流淌之中甦醒意識，凝成甲殼翅羽，長出兩顆晶亮亮黑眼瞳，展翅嗡鳴，群聚飛竄團團蓬蓬，血釀的青蚨子必定承擔使命離去，並歷劫歸來。青燐鬼、瘴癘鬼、災禍鬼、貪婪鬼、無恥鬼、色情鬼、疾病鬼、下流鬼、伶俐鬼、窮死鬼、卸面鬼、齷齪鬼、骯髒鬼、調皮鬼、鴇母鬼、無情鬼等滯魂冤魄，伴隨呼天搶地襲來強風，船頭船尾一時胡亂偏轉，眾鬼欲望頓失重心，鷂子翻身入水，盡化和風細浪滿潮波。喧譁的岸邊林木隨風傾斜，盔甲之獸晃遊，黑土潮溽，高低起伏的山崗四處飄浮頷首注視的人頭燈籠，許諾著，應答著，微笑送行著。隔離彼此生死，曾有的遭遇如夏日果熟逕自崩裂垂墜，水土交配之後，生根展葉，高舉成蔭，養育一地熱燥陰涼。睡夢中，時日沉沉，通透蒼白的昆蟲金甲重新被注入顏色，腹肚膨脹，羽翅開展，同無可排憂的冰冷、疼痛與憤怒緊密交擊，侵占身心，以剛成形的驚懼受愛之身相互碰撞，彼此雷電，來去光影。七月盛夏，冰河皸裂，大水滾滾漫流，被棄的存者以難以言說的憂傷與意志，釋懷了終將不告而別的世界。

這次，不再送了——金生終於痛哭失聲。

生死簿：庖丁解魚

行船的查埔沒有不愛魚，即使不愛也必須愛。

料理魚肉有諸多方式，生食、清蒸、炭烤、燉煮、快炒、鹽漬等，口味層遞變化繁複；其中，能受到青睞並製成刺身的魚類不多，如黑鮪魚、鮪魚、旗魚、鮭魚、紅鮒、海鱺等，因經濟價值高，多出口，較不易成為盤中肉。食魚，除了得講究新鮮、季節、肥瘦、產地之外，還必須強調的是刀工。行船人，不論近海漁業或沿岸漁業甲、乙級船員，大都能持刀、操刀、磨刀、弄刀、舞刀，替魚去鰭刮鱗，剖魚技藝再三磨礪，刀光劍影，鐵錚錚，無不霍霍交鳴，徜徉生死道於魚族江湖。遠洋漁業司職細，有專業廚師、助理與餐廳；近海或沿岸漁業的漁人常是通才，除了職務所在之外，個個都是庖丁解魚者。瓦斯爐一開，火一旺，鍋子添水、加鹽、放嫩薑便能烹煮溢香。大魚得下冷凍庫，垂釣魚隻或大批捕獲的中、小型魚則易成船上餐食，如紅尾冬、紅目鰱、青花魚、黃雞魚等。鮮魚下水，一鑊鍋，一把火，無腥無臭填滿餓肚。刀工下功夫，能讓魚肉配合各自質地，吃出旗魚柔軟、海鱺脆甜、鮪魚綿密的脂肪蛋白等。刀法講究，不馬虎，技能通常是自然養成，耳濡目染，水濕火乾，習得便跟上一輩子難以忘卻。

擇鮮魚，或用鹽水快速解凍冷凍魚。

海洋資源豐富，黃鰭刺鯛、日本真鯛、紅鋤齒鯛等，東北部，一年四季均不缺魚，魚群團簇近海外海來回優游繁衍，肉嫩，甘甜，暗刺易除。多風情，亦多刀工。最能看出刀工技藝精湛與否，無疑是在製作生魚片。切魚，身刀同為一物，是鈍，亦是銳；身體自在伸縮，或裝或卸，讓一把大刀在人魚間虎虎生風，快、狠、準，非強力而為，氣暢經脈，迎骨骼，柔軟處快意刀刃。即使餓了，依舊不疾不徐。去鱗、去鰭、去鰓、去內臟，以水滌清，以魚骨椎脊為中線，切，從鰓下直線刈至尾。尾端瘦肉，不取。魚之上背肉肥厚，最具口感，適宜當生魚片；魚之下腹肉偏瘦，適合與頭骨、脊椎與魚尾熬湯入味。持刀，魚骨椎脊的鰓部從下而上、從頭至尾刀刃取肉，再用細長、銳利鋼刀將魚斬成肉塊。工夫到家者，以大刀削皮，順暢入肉滑溜無礙，如風吹水潭，留餘波，游刃有餘不累贅，切出一層完整魚膚棄之不用。肉如玉質，溫潤，含淡光，如燭火。再隨肉紋橫切，片磚堆疊，仔細置盤。當然，依照人數多寡與魚肉鮮肥，可調動魚片粗細、多寡與弧形。處理時，不可操之過急，不可肆意妄為，身隨意轉，意隨心念，心識專精如孔洞窺探化外，心中梭巡一條大魚款款擺擺來回深幽處。刀如水，兩手駕舵掌鰭如浮游生物竄入魚鰓氣管。手入刺，冰冷染血，味腥甜，無暴戾之氣。最終大功告成。鮮肉微蘸醬油山葵，夾白蘿蔔絲，鮮魚冒髮，骷髏觀音化為萬事萬物，入嘴，無不感化臟腑。肉味鮮甜，不厚不薄恰到好處。有油脂，山葵的嗆辣引味，而後舒緩，進而雪片溶散間或留下酥軟咬勁，嗆味退，魚鮮口齒留香。

庖丁者以此自豪。

同船者均為庖丁，年資深者，用鈍刀剖魚亦不成問題。善刀者只願意在船上展現難得技藝，純為討生活，下船回厝，身心即使熟悉日夜琢磨的操刀術，依舊不願持刀。一持刀，頭就暈，顛顛簸簸暈起岸，說地實在搖，能躺就不坐，能坐就不站，能站就不跳。當天皇老子，當大王諸侯，當王八鱉三，霸氣逞威聚眾滋事，飲酒、食菸、玩查某、嚼檳榔、簽賭通通來，下船後的惡習也只能在船下施展。閒來無事，繼續誇耀操刀術幹人法，提海上生活，提風浪，提各國港口的各地風情，關於陸地上的番薯島議題能避則避。離開太久，熟悉之物已然陌生，羞於承認。

近幾年，庖丁者除了些坦迌囡仔之外，還多了回鄉者，以及從海洋大學、海洋技術學院畢業的甲級船員們。庖丁者依舊海釣、撒網與磨刀，只是漁獲漸少。時有異事，讓庖丁解魚者不能專心一致，不能心凝形釋，刀身無法和一，若切、若削、若砍、若剁都遲疑窒礙。

多年沿岸漁業的捕撈、拖網與垂釣中，不乏紛傳詭異軼聞。

大型天災前後，深層魚必定從閉不見日的暗水浮出，如地震魚，學名勒氏皇帶魚，長於三千公尺深海。長可達五至六尺，通體銀白，背鰭紅，老翁手捋長鬚，行船人稱龍宮使者；此魚去皮，肉鮮嫩，可生食。老船員雖行萬里，見識廣，亦有無法辨識的魚種，深海中往往會游出瞎魚、怪魚、醜魚、面目猙獰魚、齜牙咧嘴魚，器官退化，或皮如厚革，或鱗如盔甲，或鰭如木槳，庖丁初見種種不尋常詭異之魚，心有疑慮十足困惑，斬剁間不易拿捏，刀便不準。又如老船員所言，魚初視無誤，有鱗、鰓、鰭、尾，刀面篤實拍魚，不期然卻從魚身鱗片讀出訊息，斑斕成字，天啟、預告或徵兆，讀之能避災難；除了文字，亦有數字提供抄錄，臆測大樂透數字。老船員不殺這種魚，即使刀面先前已毫不留情強力拍打魚身，鮮血橫流，反正魚往大海一丟隨即還魂，遁入深海不留尾巴。又有一說，刀入魚，去兩側腹鰭，魚嘴吞吐人語，或冤情，或所求，或後事，不可解，亦不可輕易透露。

從事遠洋漁業者，離鄉遠，思鄉情緒濃，得日日夜夜面對封閉居所。庖丁解魚者雖持刀，刀身堅硬銳利，手腕施以巧勁、佐以妙力即能卸魚剖肉，然而，所需面對的絕對不僅技術問題。庖丁者刀入魚身，清內臟，卻挖出吸管、牙刷、原子筆、鏡片、湯匙、電池、光碟、鏽鐵、罐頭與腕錶等。甚異者，是一尾鯊魚。網將收，忽有鯊魚非比尋常自投羅網，肥碩，長三尺。庖丁與大刀連脈同枝化為一體，正要彎身破魚，恍然聽見魚腹傳來一首悠揚悽愴的台語歌〈頭圍城來的尾班車〉——頭圍城來的尾班車，你欲載阮去佗位拍拚，頭圍城來的尾班車，頭前敢會崎崎嶇嶇。一船的庖丁解魚者無不驚訝，睜大眼珠仔細聆聽，還以為是船艙內傳來的廣播。聽聲辨位，確定聲音來自魚肚。庖丁者持刀，縱身入魚，以刀窺肉，以指探源，原來是遠渡重洋的防水手機隱然震動。取出，機體未壞，光源明滅，漂泊千里竟然尚存電力，在汪洋大海中默然收發訊息。

庖丁者放下刀，雙手沾染魚血，端捧手機全身顫抖，腦海中浮現春帆港，浮現有餘村，浮現噶瑪蘭縣城，心中不自覺感到一股不欲人知的悵然。深處有黑暗，有海蛇，有闃靜無聲的波瀾空寂。甲板破水，船顛晃，庖丁解魚者多年乘風破浪習得刀工，可惜技藝竟如身外之物，只能抬頭，一再深情望向遠方——陌生、消逝、象徵初始的遠方。

尾聲 山這邊 海那邊

水霧濛濛，金生全身濕淋俯趴巨大龜殼，雙手緊抓龜脖，一路行過野花惡草鬼魅妖精。龜身闖入大火，游過大水，攀越大山，忍受大寒，折損大刀，斷裂大鏃，最終穿越陰陽交界。黯夜，紫雲襲捲，黑風陣陣突圍行過黑風，龜兒子四蹼划水游至生死橋渡口，逐漸縮身，爬至金生懷中。

墨液中，粼粼妖脂精粉，火炎猴燃燒背脊，人面梟露出半張酣睡臉龐，白玉蛙圓挺大肚呱呱呱準備產下青玉蛙，危樹剿巢倒映波瀾水面，終究走上生死橋。一步一蓮花，一光一牡丹，一影一山茶，胸腔滿血欲吐。水橋悠長，嬉戲一川肥苔胖藻。行走無所輕重，舉步維艱，駝背難以卸除的罪孽。龜兒子從懷中爬至金生雙掌，以潮紅龜頭指引方向。東方是海，盤據龜山島；西方和北方是林，矗立火燒寮山；南方是遼闊土地，大水時刻不歇沖積噶瑪蘭平原。上了橋，端捧龜兒子像端捧牌位。呢呢復喃喃，輾輾復轉轉，似交代，似吐露，似告別。龜殼顯現金生的姓氏、生卒年、出生地、性格與過於短促的一生功過，行走冥界，是生，亦是死。龜兒子伸長脖子，圓睜兩顆晶亮亮黑眼珠，搖擺身，輕巧抖開生卒年。

空無身，虛幻影，鬼差引領新鬼飄浮過橋，手鐐腳銬鎖住一身罪孽。

八爺皺眉，血紅黑眼不停溜轉，滿臉憂鬱從遙遠一端面對面行來，蒲扇斷折，華服繡刺的祥花瑞草萎成亂枝枯藤，懷抱猶然沉於睡夢的小鬼魂魄，再前行，突然望見金生抱捧龜兒子的血肉之軀，大掌擊額似得知天意，用力拍擊大髀，虎吼一聲，真正是天意，這擺崔判官有救。八爺導正下襬衣裳，掐指念咒，面容炯炯有神，肩一頂，金生的元神魂魄便伴隨霹靂朗誦的經文聲騰空而起，復歸於身。八爺從金生掌中取走依舊懷抱春夢的龜兒子，仔細謹慎放入懷中，狠捏尾巴，指頭彈打龜頭，咒罵，你這隻龜，真正會害死鬼，毋但城隍爺佮閻羅王攏佇受氣，也已經驚動天庭，講欲派天兵神將來鬥跤手。八爺迎前，左臂猛然抱起金生，用兩張銀紙與一條黑布蒙住金生雙眼，再度掐指念咒，半蹲蓄力，彎腰，口吐颶風將金生騰空吹向橋一端，大吼，轉去喔——

深幽幽，咒術強風引路推送，引領不明遠近、不知長短、不辨方向的金生穿梭陰陽，不再回頭。

八爺震懾魂魄的叫吼旋繞橋墩一路陪伴。

心中篤定，踏實，不再有所遲疑，一路上依舊能聽見河水嗚咽的清淺哭聲。

最終，送走的，也必須迎回。

「春夏秋冬，日日攏是好日，東南西北，年年攏是好年。這馬，噗仔聲鬧鬧熱熱催落去，歡迎第七號參選者。街頭巷尾田前田尾，咱就愛綴著時代，親像這曲比蠟筆小新的動感光波閣較感動的〈望水〉，咱共同來欣賞春娥嫂美麗妖嬌的歌聲。」

謝天閣謝地 謝你賜阮源源的水源地
望天閣望地 望阮這冬稻仔收成無問題
濁濁的水啊 感謝你來疼惜故鄉的作田人
水頭流到水尾 予家園厝地世世代代永流傳

水啊水 你欲流去佗 有水才有巢 予咱的後代長歲壽
水啊水 你欲流去佗 有水才有稻 予咱的未來免憂愁

敬天閣敬地 求你保庇這塊百年的水源地
望天閣望地 望這條水圳永永遠遠袂破病

阿公咧講起 這條埤圳的水 飼大了囝兒序細平安閣順遂
如今政府財團欲來遮 搶奪這條百年歷史的水圳
伊講阮無愛 阮無愛 阮欲予囝孫久久長長生活佇這片的水寶地

水啊水 你欲流去佗 流入田底飼稻仔 予咱的囝孫萬萬歲
水啊水 你欲流去佗 流入土底飼土地 讓咱的糧食好開花——

大霧已然消散。

金生聽見自己的哭聲，聽見無比熱烈的掌聲，聽見阿嬤嘶啞乾癟如石頭刮磨玻璃的歌聲，晃悠悠清醒過來。揉雙眼，挖鼻屎，打呵欠，舔舐嘴巴中的腥甜傷口，乳牙一顆顆掉了。燭火溫暖，煙氣繚繞，嘗試伸展蜷縮的僵硬身子，一不小心移動木刻神祇掀弄錦衣華服。眾鄉親瞬間倒抽口氣，音樂與掌聲隨即停止，只剩歌伎阿嬤的妖精歌聲。顯靈了，村人虔誠叫喊。金生一時不知該如何是好，不敢再胡亂移動。唱得深情忘我的阿嬤也感到困惑止住歌唱，頂一頭橘色波浪鬈髮愣頭愣腦望向神祇。金生深呼吸，鼓起勇氣，眾目睽睽之下，從媽祖身後探出一顆靦腆紅腫的大龜頭——沒想到露個臉還真是令人害羞。你這个猴死囡仔，覕佇尪架桌頂欲創啥？恁祖媽的歌攏還未唱了，我活欲予你活活氣死，你共我落來。阿嬤麥克風一丟，四處找秀梳仔。

金生雀躍起身，跳至祭桌，光裸小腳丫踩踏金紙、線香與滿桌鮮果餅乾，將饅頭龜天女散花丟向善男信女，說，攏共我閃開，恁爸閣欲來出巡囉。

參考書目

①【晉】干寶，《新譯搜神記》，黃鈞注譯，陳滿銘校閱。台北：三民書局股份有限公司，二〇一〇年一月二版二刷。

②【清】陳淑均，《噶瑪蘭廳志》。台灣歷史文獻叢刊。南投：台灣省文獻委員會，一九九二年六月重新勘印。

③【清】柯培元，《噶瑪蘭志略》。台灣歷史文獻叢刊。南投：台灣省文獻委員會，一九九二年六月重新勘印。

④A. J. BARKER，《神風特攻隊——日本自殺武器》，祖純翻譯。台北：星光出版社，一九九五年十二月。

⑤楊欽年撰文，周家安圖說，《詩說噶瑪蘭》。宜蘭文獻叢刊十八。宜蘭：宜蘭縣文化局，二〇〇〇年十二月。

⑥吳永華，《宜蘭動物學史年表》。宜蘭文獻叢刊二十。宜蘭：宜蘭縣文化局，二〇〇二年十二月。

⑦ 波越重之（上編）、松室謙太郎（下編），《臺北州理蕃誌（舊宜蘭廳）》，莊振榮、莊芳玲翻譯。宜蘭文獻叢刊三十九。宜蘭：宜蘭縣史館。

⑧ 邱坤良、施如芳、張秀玲、藍素婧、郝譽翔，《宜蘭縣口傳文學》上、下。宜蘭：宜蘭縣史編纂委員會，二〇〇一年五月。

⑨ 吳敏顯，《老宜蘭的腳印》。蘭陽文學叢書四十八。宜蘭：宜蘭縣政府文化局，二〇〇五年八月。

⑩ 吳敏顯，《老宜蘭的版圖》。蘭陽文學叢書五十六。宜蘭：宜蘭縣政府文化局，二〇〇七年一月。

文學叢書 513

青蚨子

作　　者　連明偉
總 編 輯　初安民
責任編輯　林家鵬
美術編輯　陳淑美
校　　對　吳美滿　連明偉　林家鵬

發 行 人　張書銘
出　　版　INK 印刻文學生活雜誌出版有限公司
新北市中和區建一路249號8樓
電話：02-22281626
傳真：02-22281598
e-mail:ink.book@msa.hinet.net
網　　址　舒讀網 http://www.sudu.cc

法律顧問　巨鼎博達法律事務所
施竣中律師
總 代 理　成陽出版股份有限公司
電話：03-3589000（代表號）
傳真：03-3556521
郵政劃撥　19000691 成陽出版股份有限公司
印　　刷　海王印刷事業股份有限公司

港澳總經銷　泛華發行代理有限公司
地　　址　香港新界將軍澳工業邨駿昌街7號2樓
電　　話　852-2798-2220
傳　　真　852-2796-5471
網　　址　www.gccd.com.hk

出版日期　2016年 11 月 初版
ISBN　978-986-387-125-5
定　　價　599元

長篇小說 創作發表專案

國家圖書館出版品預行編目(CIP)資料

青蚨子／連明偉. --初版. --新北市中和區：
INK印刻文學，2016. 11　面；
14.8 × 21公分. --（文學叢書；513）
ISBN 978-986-387-125-5（平裝）

857.7　105016849